राजकमल गौरवग्रंथ

WORLD CLASSICS

रा ज क म ल 7 5 वें व र्ष की ओ र...

अल्बैर कामू
7 नवम्बर, 1913
4 जनवरी, 1960

७५ 75 YEARS आपसे हैं हम

प्लेग

LA PESTE

THE PLAGUE

उपन्यास

प्लेग

अल्बैर कामू

अनुवाद
शिवदानसिंह चौहान
विजय चौहान

राजकमल गौरवग्रंथ

यह उपन्यास सर्वप्रथम फ्रेंच में 'LA PESTE' नाम से 1947 में प्रकाशित हुआ।
अंग्रेज़ी में पहली बार 1948 में 'THE PLAGUE' नाम से छपा।

पहला पुस्तकालय संस्करण
राजकमल प्रकाशन प्राइवेट लिमिटेड द्वारा
1961 में प्रकाशित

नई साज-सज्जा और संशोधित अनुवाद में
राजकमल गौरवग्रंथ माला में पहला पेपरबैक संस्करण : नवम्बर, 2021

राजकमल गौरवग्रंथ माला : कालजयी साहित्य की विशिष्ट प्रस्तुति

राजकमल प्रकाशन प्रा.लि.
1-बी, नेताजी सुभाष मार्ग, दरियागंज
नई दिल्ली-110 002
द्वारा प्रकाशित

शाखाएँ : अशोक राजपथ, साइंस कॉलेज के सामने, पटना-800 006
पहली मंजिल, दरबारी बिल्डिंग, महात्मा गांधी मार्ग, प्रयागराज-211 001
36 ए, शेक्सपियर सरणी, कोलकाता-700 017

वेबसाइट : www.rajkamalprakashan.com
ई-मेल : info@rajkamalprakashan.com

यश प्रिंटोग्राफिक्स
ग्रेटर नोएडा-201 310 (उत्तर प्रदेश)
द्वारा मुद्रित

मूल्य : ₹399

PLAGUE
Hindi Translation of the Novel **La Peste** by Albert Camus
Translated by Shivdan Singh Chauhan, Vijay Chauhan

ISBN : 978-93-90971-84-8

प्रकाशकीय

हिन्दी पाठकों को श्रेष्ठ साहित्य उपलब्ध कराना हमेशा से हमारी प्राथमिकता रही है। अपनी इस प्रतिबद्धता के अनुरूप हम हिन्दी के साथ-साथ हिन्दीतर—देशी और विदेशी—भाषाओं की श्रेष्ठ कृतियों के अनुवाद भी निरन्तर प्रकाशित करते रहे हैं। ऐसा नहीं कि विश्व की प्रसिद्ध कृतियों के अनुवाद पहले नहीं हुए, पर इस सदी के पहले वर्ष में जब हमने 'विश्व क्लासिक श्रृंखला' के अन्तर्गत विभिन्न विदेशी भाषाओं की किताबों के हिन्दी अनुवाद प्रकाशित किए तो इसका व्यापक स्वागत हुआ। इस श्रृंखला में कथा साहित्य भी था और विचार साहित्य भी। वास्तव में इसके ज़रिए हम पाठकों के समक्ष कालजयी साहित्य का वैश्विक परिप्रेक्ष्य प्रस्तुत करना चाहते थे, जिसमें इसकी परम्परा को निर्मित करने वाली प्रतिनिधि कृतियों के साथ-साथ नई दृष्टि और नए विचारों से इस परम्परा को दिशा और विस्तार देने वाली कृतियाँ भी शामिल थीं। इस पहल के प्रति पाठकों की सकारात्मक प्रतिक्रिया निश्चय ही हमारे लिए उत्साहवर्धक रही।

तब से, दो दशक से अधिक समय गुज़र जाने के बाद भी विश्व क्लासिक श्रृंखला में लोगों की दिलचस्पी लगातार बनी रही है। नई पीढ़ी की रुचियों और आवश्यकताओं को ध्यान में रखते हुए हमने इस श्रृंखला को और सुव्यवस्थित तरीक़े से प्रस्तुत करने का निर्णय लिया है। प्रकाशन के 75 वर्षों की गौरवशाली यात्रा की विश्वसनीयता को आगे बढ़ाते हुए हम, अब 'विश्व क्लासिक श्रृंखला' को 'राजकमल गौरवग्रंथ : विश्व क्लासिक' के रूप में न केवल नए रंग-ढंग में प्रस्तुत कर रहे हैं, बल्कि पुराने अनुवादों को परिष्कृत और प्रस्तुति को संवर्द्धित भी कर रहे हैं। इसमें 'विश्व क्लासिक श्रृंखला' की पूर्व प्रकाशित किताबों के अभिनव संस्करण तो होंगे ही, वे कृतियाँ भी होंगी जिनका हिन्दी में अब तक अनुवाद नहीं हुआ था।

प्लेग आधुनिक फ्रेंच साहित्य की एक प्रतिनिधि कृति है जिसके लेखक अल्बैर कामू के दार्शनिक विचारों ने बीसवीं शताब्दी के मध्यवर्ती वर्षों में साहित्य-जगत में अभूतपूर्व आलोड़न पैदा किया था। इस उपन्यास में कामू ने एक शहर में अचानक फैली महामारी के कारण उसके नागरिकों के जीवन और व्यवहार में आए बदलावों का चित्र उकेरा है। विद्वानों ने इस उपन्यास में वर्णित महामारी को दूसरे विश्वयुद्ध के दौरान फ्रांस पर नाज़ी जर्मनी के क़ब्ज़े का रूपक भी माना है। इस तरह *प्लेग* मनुष्यता पर मँडराते उन तमाम ख़तरों से आगाह करने वाला उपन्यास है जो एक सुन्दर-सुखद मानवीय भविष्य की उम्मीदों को समाप्त कर सकते हैं।

आशा है, पाठकों को हमारी यह नवीन प्रस्तुति पसन्द आएगी। आप अपनी राय, अपने सुझाव हमें पत्र या ई-मेल के ज़रिए ज़रूर भेजें। इससे हमें इस 'गौरवग्रंथ माला' को बेहतर ढंग से आगे बढ़ाने में मदद मिलेगी।

1 अक्टूबर, 2021
नई दिल्ली

अशोक महेश्वरी

क्रम

प्रमुख पात्र 10

प्लेग

पहला भाग 11

दूसरा भाग 77

तीसरा भाग 173

चौथा भाग 193

पाँचवाँ भाग 269

परिशिष्ट

समय-सन्दर्भ 313

उत्तर कथन

मानवीय भविष्य की तलाश 321

प्रमुख पात्र

डॉक्टर बर्नाद रियो	उपन्यास की कथा बयान करने वाला। नास्तिक, मानवतावादी और कर्तव्यनिष्ठ। ओरान शहर में प्लेग फैलने के बाद तमाम जोख़िम उठाते हुए लोगों का उपचार करता है।
जीन तारो	अपनी डायरी में ओरान में प्लेग का ब्योरा लिखनेवाला नौजवान। हालाँकि वह ओरान का निवासी नहीं था। डॉक्टर रियो के समान सामाजिक और व्यक्तिगत ज़िम्मेदारी महसूस करनेवाला।
जोज़ेफ़ ग्रान्द	ओरान म्युनिसिपैलिटी का अधेड़ क्लर्क। अलग हो चुकी पत्नी को पत्र लिखने की वर्षों तक कोशिश करता रहता है पर इसके लिए उचित शब्द नहीं खोज पाता। वह एक किताब भी लिखना चाहता है, पर ऐसा भी नहीं कर पाता।
रेमन्द रेम्बर्त	ओरान की अरब आबादी में स्वच्छता स्थितियों पर शोध करने आया पेरिस का पत्रकार। प्लेग फैलने के बाद ओरान से वापस पेरिस पहुँचने के लिए तमाम जुगत लगाता है।
कोतार्द	संदिग्ध, उन्माद से पीड़ित और अस्थिर। अपने एक अपराध के लिए पकड़े जाने को लेकर भयभीत। प्लेग के कारण मची अफ़रा-तफ़री में वह भयमुक्त होकर तस्करी में शामिल हो जाता है।
फ़ादर पैनेलो	विद्वान जेसुइट पादरी। प्लेग को मनुष्य के पापों का ईश्वरीय दंड बताता है। हालाँकि बाद में उसने प्लेग को आस्था की सर्वोच्च परीक्षा के रूप में देखा।
मोशिए आथों	ओरान का मजिस्ट्रेट। रूढ़िवादी। जीन तारो की नज़रों में जनता का अव्वल दुश्मन।
जेकस ओथों	मोशिए ओथों का छोटा बेटा। प्लेग से संक्रमित होने के बाद डॉक्टर कास्तेल द्वारा निर्मित प्लेग सीरम का टीका लेने वाला पहला व्यक्ति।
डॉक्टर कास्तेल	ओरान में फैली महामारी को प्लेग बताने वाला पहला व्यक्ति।
दमे का मरीज	डॉक्टर रियो से उपचार कराने वाले इस व्यक्ति के ज़रिए महामारी के दौरान ओरान के समाज के बदलते मिजाज का पता चलता है।
डॉक्टर रिचर्ड	ओरान में मेडिकल एसोसिएशन का अध्यक्ष। शहर में फैली महामारी को प्लेग मानने और बचाव के लिए तत्काल कदम उठाने के लिए राजी नहीं होता।
प्रीफेक्ट	प्लेग की रोकथाम के लिए स्वच्छता अभियान चलाने के अनुरोध पर पैर पीछे खींचने वाला।
माइकेल	उस मकान का चौकीदार जिसमें डॉक्टर रियो काम करता था। उपन्यास में प्लेग से पीड़ित होने वाला पहला किरदार।
मर्सियर	म्युनिसिपैलिटी दफ़्तर में चूहे मारने वाले महकमे का इंचार्ज।

पहला भाग

I

इस वृत्तान्त में जिन अनोखी घटनाओं का ज़िक्र किया गया है, वे सन् 194— में, ओरान में हुई थीं। इन घटनाओं की असाधारणता को देखते हुए सभी लोग इस बात से सहमत थे कि उनके लिए ओरान उपयुक्त स्थान नहीं था, क्योंकि ओरान एक मामूली शहर है, जिसकी ख़ूबी सिर्फ़ यह है कि वह अल्जीरियाई तट पर मौजूद एक बड़ा फ्रेंच बन्दरगाह है और वहाँ एक फ्रेंच 'विभाग' के प्रीफ़ेक्ट का हेडक्वार्टर है।

हमें यह क़बूल कर लेना चाहिए कि यह शहर अपने आप में निहायत बदसूरत है। यहाँ का वातावरण इतना शान्त और आत्म-सीमित है कि आपको यह पता लगाने में कुछ समय लगेगा कि आख़िर वह कौन-सी बात है जिसके कारण यह शहर दुनिया के दूसरे व्यापारिक केन्द्रों से अलग है! मिसाल के लिए आप एक ऐसे शहर की कल्पना कैसे करेंगे, जिसमें कबूतर न हों, पेड़-पौधे और बाग़ न हों, जहाँ न तो कभी पंखों की फड़फड़ाहट सुनाई देती है न पत्तियों की सरसराहट, यानी जो पूरी तरह से एक नकारात्मक जगह हो! यहाँ पर मौसमों का फ़र्क़ सिर्फ़ आसमान में नज़र आता है। वसन्त के आगमन की सूचना आपको सिर्फ़ हवा के स्पर्श से मिलती है या पड़ोस की बस्तियों से फेरीवालों द्वारा लाई गई फूलों की टोकरियों से। इस वसन्त की आवाज़ें बाज़ारों में ही लगाई जाती हैं। गर्मियों के मौसम में सूरज मकानों को सुखा देता है, हमारी दीवारों पर सलेटी रंग की धूल का छिड़काव कर देता है और आपके सामने इसके सिवा और कोई चारा नहीं रह जाता कि आप बन्द दरवाज़ों के भीतर जलने वाली आग में दिन काटकर किसी तरह जीते रहें। लेकिन पतझड़ के दिनों में हमारा शहर दलदल से आप्लावित हो जाता है। सिर्फ़ सर्दियाँ वास्तव में सुहाना मौसम लाती हैं।

किसी शहर से परिचित होने का शायद सबसे आसान तरीक़ा यह है कि यह

जानने की कोशिश की जाए कि उसमें रहने वाले लोग काम किस तरह करते हैं, प्यार और मुहब्बत किस तरह करते हैं और मरते किस तरह हैं। हमारे इस छोटे-से शहर में (क्या मालूम यह भी यहाँ की जलवायु का ही असर हो!) ये तीनों बातें बहुत-कुछ एक ही ढंग से की जाती हैं, उसी उत्तेजनापूर्ण, किन्तु आकस्मिक ढंग से। सच तो यह है कि यहाँ हर आदमी ज़िन्दगी से ऊबा हुआ है और अच्छी आदतें डालने की कोशिश में लगा रहता है। हमारे नागरिक कठोर परिश्रम करते हैं, लेकिन उनका एकमात्र उद्देश्य धनवान बनना होता है। उनकी मुख्य दिलचस्पी व्यापार में है और जीवन में उनका मुख्य उद्देश्य, उनके ही शब्दों में 'कारोबार करना' है। इसलिए यह स्वाभाविक है कि वे लोग इश्क़-मुहब्बत करने, समुद्र में नहाने या सिनेमा देखने-जैसे सीधे-सादे मनोरंजनों से अपने को वंचित नहीं रखते। लेकिन बड़ी बुद्धिमानी से उन्होंने इन मनोविनोदों के लिए शनिवार की शाम और रविवार के दिन रिज़र्व कर रखे हैं, और सप्ताह के बाक़ी दिन वे ज़्यादा-से-ज़्यादा पैसा कमाने में इस्तेमाल करते हैं। शाम के वक़्त दफ़्तरों से निकलकर वे एक नियत समय पर रोज़ शहर के जलपान-गृहों में जमा होते हैं, एक ही बुलेवा[1] पर चहलकदमी करते हैं, या अपनी-अपनी बालकनी में बैठकर हवा खाते हैं। नौजवानों में मुहब्बत का जोश तो बहुत ज़ोर से उमड़ता है, लेकिन वह क्षणस्थायी ही होता है। बुज़ुर्गों के गुनाह गेंद के खेलों, दावतों और महफ़िलों में शामिल होने या क्लबों में ताश खेलने तक ही सीमित हैं, जहाँ हर बाज़ी के ख़त्म होने पर बड़ी-बड़ी रकमों की अदला-बदली होती है।

इसमें शक नहीं कि लोग कहेंगे कि ये आदतें सिर्फ़ हमारे शहर की ही विशेषता नहीं हैं; दरअसल हमारे सभी शहरों में समकालीन स्थिति बहुत-कुछ ऐसी ही है। निश्चय ही आजकल सबसे साधारण बात जो हमें देखने को मिलती है वह यह कि लोग सुबह से लेकर शाम तक काम करते हैं और फिर ज़िन्दा रहने के लिए उनके पास जो समय बच रहता है, उसको बरबाद करने के लिए ताश खेलने की मेज़ों, जलपान-गृहों या गप्पबाजी के ठिकानों की ओर चल पड़ते हैं। इसके बावजूद, कुछेक शहर और देश आज भी ऐसे हैं, जहाँ के लोगों को कभी-कभी इससे भिन्न ज़िन्दगी का आभास मिल जाता है। आमतौर पर इससे उनकी ज़िन्दगी का ढर्रा नहीं बदलता, लेकिन उनको कुछ नया एहसास तो हो ही जाता है, और उनके लिए इतना ही काफ़ी है। ख़ैर, ओरान एक ऐसा शहर है जिसको कभी कोई नया

1. चौड़ी सड़क, जिसके दोनों ओर वृक्षों की पंक्तियाँ होती हैं।

एहसास नहीं होता, दूसरे शब्दों में वह पूरी तरह आधुनिक है। इसलिए हमारे नगर में प्यार-मुहब्बत कैसे की जाती है, इसका वर्णन करने की ज़रूरत मुझे नहीं दिखाई देती। जिसे 'प्रेम-क्रीड़ा' कहा जाता है, उसमें हमारे यहाँ के लोग या तो एक-दूसरे का बहुत तेज़ी से भक्षण कर लेते हैं या फिर दाम्पत्य-सम्बन्ध की हलकी-फुलकी आदत डालकर ज़िन्दगी बसर करने लगते हैं। इन अतिवादों के बीच का जीवन हमें यहाँ अक्सर देखने को नहीं मिलता। यह भी ख़ास नहीं है। बाक़ी शहरों की तरह ओरान में भी, समय और चिन्तन की कमी के कारण लोगों को एक-दूसरे से मुहब्बत करनी पड़ती है, बिना यह जाने हुए कि मुहब्बत होती क्या है।

हमारे शहर की अगर कोई विशेषता है तो वह यह कि यहाँ आदमी को मरने में कठिनाई का अनुभव करना पड़ता है। 'कठिनाई' शायद पूरी तरह उपयुक्त शब्द नहीं है, 'परेशानी' ज़्यादा सही है। बीमार होना कभी रुचिकर नहीं होता, लेकिन कुछ शहर ऐसे होते हैं जो आपके बीमार पड़ जाने पर मानो आपसे हमदर्दी दिखाते हैं, जहाँ आप अपने प्रति लापरवाह हो सकते हैं। मरीज़ को बस मामूली देखभाल की ज़रूरत रहती है। वह चाहता है कि किसी पर भरोसा कर सके और यह बिलकुल स्वाभाविक है। लेकिन ओरान में तापमान के हिंसक अतिवाद, व्यापार-धन्धे की तात्कालिक ज़रूरतें और मन को प्रेरणा और स्फूर्ति न देने वाला वातावरण, एकाएक आ जाने वाली रातें और उनके बँधे-बँधाए मनोरंजन इस बात की माँग करते हैं कि आदमी का स्वास्थ्य बहुत अच्छा हो। मरीज़ यहाँ अपने को बेगाना महसूस करता है। ज़रा सोचिए तो कि एक मरणासन्न व्यक्ति को यहाँ कैसा लगेगा, जो गरमी से तपती हुई हज़ारों दीवारों के बीच आ फँसा हो, जबकि शहर के सारे बाशिन्दे जलपान-गृहों में बैठे हों या टेलीफ़ोन से कान लगाए सामान से लदे जहाज़ों के आने, सामान उतरवाई की उजरत और अपने कमीशनों की बहस में लगे हों। तब पता चलेगा कि मृत्यु के साथ, हर आधुनिक मृत्यु के साथ कितनी परेशानी जुड़ी हुई है जब वह एक ख़ुश्क जगह की इन परिस्थितियों में आपको पछाड़ कर रख देती है।

इन कुछ उलटे-सीधे विचारों से शायद आप अनुमान लगा सकें कि हमारा शहर कैसा है। जो भी हो, हमें अतिरंजना से काम नहीं लेना चाहिए। दरअसल, आपको यह आभास करा देना ही हमारा उद्देश्य था कि इस शहर का बाहरी रूप और इसके अन्दर की ज़िन्दगी कितनी क्षुद्र है! लेकिन अगर आपको आदत पड़ जाए तो आप यहाँ बिना किसी दिक़्क़त के अपने दिन काट सकते हैं। और चूँकि हमारे शहर आदतों को ही प्रोत्साहन देते हैं, इसलिए समझ लीजिए कि यह सब कुछ अच्छे

के लिए है। इस दृष्टिकोण से देखें तो इसकी ज़िन्दगी विशेष आकर्षक नहीं है, यह मानना ही पड़ेगा। लेकिन, कम-से-कम, हमारे यहाँ सामाजिक असन्तोष-जैसी चीज़ एकदम अज्ञात है। और हमारे स्पष्टवादी, स्नेहपूर्ण और परिश्रमी नागरिक बाहर से आए आगन्तुकों के दिलों में हमेशा से उचित सम्मान का भाव जगाते आए हैं। वृक्षरहित, आकर्षणरहित, आत्मारहित ओरान शहर अन्त में शान्तिपूर्ण दिखाई देने लगता है और कुछ दिन में ही आप यहाँ निश्चिन्त भाव से गाढ़ी नींद में सोने लगते हैं।

यहाँ पर इतना और कह देना उचित होगा कि ओरान को एक अनोखी पृष्ठभूमि में स्थापित किया गया है—एक नंगे पठार के केन्द्र में, जिसके तीन ओर चमकती हुई पहाड़ियों का घेरा है और उत्तर की दिशा में खाड़ी, जिसकी आकृति अपने आप में पूर्ण है। हमें अगर किसी बात का अफ़सोस हो सकता है तो सिर्फ़ इसका कि यह शहर कुछ इस तरह बसाया गया है कि इसने खाड़ी की ओर अपनी पीठ कर ली है, जिससे समुद्र को देख पाना असम्भव हो गया है। समुद्र देखने के लिए आपको उस तक चलकर जाना पड़ता है।

ओरान की साधारण ज़िन्दगी चूँकि ऐसी थी, इसलिए उस साल के वसन्त में जो घटनाएँ हुईं, उनकी आशंका हमारे नागरिक क्यों नहीं कर पाए, यह बात आसानी से समझ में आ सकती है। ये घटनाएँ (जैसा कि हमने बाद में महसूस किया) उन गम्भीर और दुखदायी घटनाओं की पूर्वसूचनाएँ थीं, जिनका विवरण हम यहाँ पेश करेंगे। कुछ लोगों को ये घटनाएँ बिलकुल स्वाभाविक लगेंगी, लेकिन दूसरों को एकदम अविश्वसनीय। लेकिन स्पष्ट है कि कहानी कहने वाला लोगों के नज़रियों की इन भिन्नताओं को महत्त्व नहीं दे सकता। उसका काम तो सिर्फ़ यह बताना है कि "जो हुआ वह यह था," क्योंकि वह जानता है कि वास्तव में हुआ भी तो यही था, कि इसने शहर के सारे निवासियों की ज़िन्दगी को निकट से प्रभावित किया था और यह कि यहाँ के हज़ारों व्यक्तिइसके गवाह हैं जिन्होंने इन घटनाओं को अपनी आँखों से देखा था, और वे अपने दिलों में इस बात की दाद दे सकते हैं कि कहानी कहने वाला जो लिख रहा है, वह सच ही है।

जो भी हो, कहानी कहने वाला (जिसका नाम आपको वक़्त आने पर बता दिया जाएगा) इस कार्य के लिए उपयुक्त व्यक्ति न होता, अगर घटनाओं ने उसे तथ्य एकत्र करने की स्थिति में न डाल दिया होता, और अगर परिस्थितिवश वह उन सब घटनाओं में निकट से भाग लेने के लिए मजबूर न होता, जिनका वर्णन वह

करना चाहता है। एक इतिहासकार की भूमिका अदा करने का उसके पास सिर्फ़ यही एक औचित्य है। ज़ाहिर है कि एक इतिहासकार के पास, चाहे वह इस काम को शौकिया ही क्यों न करता हो, हमेशा कुछ तथ्य होते हैं—व्यक्तिगत अनुभव से हासिल या दूसरों के बताए, जो उसका पथ-प्रदर्शन करते हैं। इस कहानी को कहने वाले के पास तीन प्रकार के तथ्य हैं–सबसे पहले, जो उसने ख़ुद अपनी आँखों से देखा; दूसरे, उन अनेक लोगों के बयान, जिन्होंने अपनी आँखों से देखा (उसने जो भूमिका निभाई थी उसकी वजह से वह उन तमाम लोगों के व्यक्तिगत अनुभवों को जान सका था, जिनका इस वृत्तान्त में ज़िक्र हुआ है); और अन्त में उसे उन दस्तावेज़ों से मदद मिली, जो बाद में उसके हाथ लगे। उसका इरादा है कि वह जहाँ भी मुनासिब समझेगा उनका सहारा लेगा और अपने मन के मुताबिक़ उनका इस्तेमाल करेगा। उसका यह भी इरादा है कि...

लेकिन शायद अब समय आ गया है कि वृत्तान्त की भूमिका और आगाह करने वाली टिप्पणियों को छोड़कर सीधा वृत्तान्त को शुरू किया जाए। शुरू के कुछ दिनों की घटनाओं को विस्तारपूर्वक बताने की ज़रूरत है।

2

16 अप्रैल की सुबह जब डॉक्टर रियो अपने ऑपरेशन-रूम से निकला तो उसे अपने पैरों के नीचे कोई नरम चीज़ महसूस हुई। ज़ीने के बीचो-बीच एक मरा हुआ चूहा पड़ा था। डॉक्टर ने तत्काल पैर से ठोकर मारकर चूहे को एक तरफ़ हटा दिया और उसके बारे में और अधिक सोचे बग़ैर ज़ीने से नीचे उतरता चला गया। लेकिन सड़क पर जाने से पहले उसे ख़याल आया कि आख़िर उसके ज़ीने पर मरा हुआ चूहा क्यों पड़ा रहे, इसलिए उसने मकान के चौकीदार को बुलाकर चूहा हटाने का आदेश दिया। इस ख़बर की बूढ़े माइकेल पर जो प्रतिक्रिया हुई, उससे डॉक्टर को एहसास हुआ कि बात इतनी मामूली नहीं है। ख़ुद तो उसने यही सोचा था कि मरे हुए चूहे का होना एक अजीब बात ज़रूर है, पर इससे ज़्यादा कुछ नहीं। लेकिन चौकीदार सचमुच बेहद परेशान हो उठा था। एक बात के बारे में उसका दावा बिलकुल पक्का था, "इस इमारत में चूहे नहीं थे।" डॉक्टर उसे बेकार ही समझाता रहा कि एक चूहा तो था ही और वह अब शायद ज़ीने की सीढ़ी पर मरा पड़ा है। लेकिन माइकेल अपने विश्वास पर अडिग बना रहा। "इस इमारत में चूहे थे ही नहीं," उसने अपनी बात दुहराई, इसलिए इस चूहे को कोई बाहर से लाया होगा। शायद कोई बच्चा शरारत करने की ख़ातिर डाल गया होगा।

उस दिन शाम को, जब डॉक्टर रियो अपने फ़्लैट के ज़ीने पर चढ़ने से पहले दरवाज़े के पास खड़े होकर जेब में चाबी टटोल रहा था कि उसने बरामदे के अँधेरे कोने की तरफ़ से एक मोटा चूहा अपनी ओर आते हुए देखा। चूहा डगमगाता हुआ चल रहा था और उसकी बालदार खाल भीगी हुई थी। उसने रुककर ख़ुद को गिरने से बचाने की कोशिश की, डॉक्टर की ओर आगे बढ़ा, फिर रुका और एक चीख़ के साथ कलाबाजी-सी खाकर बग़ल की ओर उलट गया। चूहे का मुँह थोड़ा-सा

खुला हुआ था और उसमें से ख़ून की धार निकल रही थी। उसकी ओर एक क्षण ग़ौर से देखने के बाद डॉक्टर ज़ीने से ऊपर चला गया।

वह चूहे के बारे में नहीं सोच रहा था। ख़ून की उस धार ने उसका ध्यान उस चीज़ की ओर खींचा जो सारे दिन उसके दिमाग पर हावी रही थी। उसकी पत्नी, जो एक साल से बीमार थी, अगले दिन पहाड़ के एक सेनेटोरियम में भरती होने के लिए जाने वाली थी। उसने अपनी पत्नी को सोने के कमरे में लेटकर आराम करते हुए पाया। इतनी लम्बी और कठिन यात्रा से पहले ऐसा करने की वह उसे ताकीद कर गया था। पत्नी ने उसकी ओर देखकर मुस्करा दिया।

"जानते हो, मैं आज बेहतर महसूस कर रही हूँ!"

"डॉक्टर ने उस चेहरे को ग़ौर से देखा जो सिरहाने के लैम्प की रोशनी में उसकी ओर मुख़ातिब था। उसकी पत्नी की उम्र तीस बरस की थी, और इस लम्बी बीमारी ने उसके चेहरे पर अपनी छाप छोड़ दी थी। फिर भी, उसे देखकर, डॉक्टर रियो के मन में यह विचार उठा कि वह कितनी छोटी दिखाई देती है, बिलकुल एक लड़की-जैसी! लेकिन उसे ऐसा शायद उस मुस्कान के कारण लगा, जो बीमारी के सारे चिह्नों को मिटा देती थी।

"अब सोने की कोशिश करो," उसने सलाह दी। "नर्स ग्यारह बजे आएगी और तुम्हें दोपहर की ट्रेन पकड़नी है।"

उसने पत्नी का पसीने से तर माथा चूमा। पत्नी की मुस्कराहट ने दरवाज़े तक डॉक्टर का साथ दिया।

अगले दिन, 17 अप्रैल के आठ बजे जब डॉक्टर बाहर जा रहा था तब पोर्टर ने उसे रोककर बताया कि कुछ निकम्मे बदमाश छोकरे हॉल में तीन मरे हुए चूहे पटक गए हैं। साफ़ ज़ाहिर है कि उन चूहों को बड़े मज़बूत स्प्रिंग वाले शिंकजे में पकड़ा गया था, क्योंकि उनमें से ख़ून की धार बह रही थी। पोर्टर बहुत देर तक चूहों को टाँगों से पकड़कर दरवाज़े में खड़ा, सड़क से गुज़रने वाले लोगों को ग़ौर से देखता रहा था। उसका ख़याल था कि शायद शरारती छोकरे खीसें निपोरेंगे या मज़ाक करेंगे, जिससे उनकी पोल खुल जाएगी। लेकिन उसकी यह कोशिश बेकार गई।

"लेकिन मैं उनको पकड़कर ही दम लूँगा," माइकेल ने आशापूर्वक कहा।

इस घटना से हैरान रियो ने उस दिन पहले शहर के छोर की बस्तियों का मुआयना करने का फ़ैसला किया, जहाँ उसके ग़रीब मरीज़ रहते थे। इन मोहल्लों में कूड़े-कचरे की सफ़ाई काफ़ी दिन चढ़े होती थी, और जब वह अपनी मोटर ड्राइव

करते हुए सीधी, धूल-भरी सड़कों से गुज़रा तो उसने सड़क के दोनों ओर फुटपाथ के किनारे रखे कूड़े के कनस्तरों पर नज़र डाली। एक सड़क पर ही डॉक्टर ने गिना कि सब्जियों के छिलकों और दूसरे कचरे से भरे कनस्तरों के ऊपर एक दर्जन से भी ज़्यादा मरे चूहे पड़े थे।

उसे अपना पहला मरीज़, जो अर्से से दमे से पीड़ित था, सड़क की जानिब वाले उस कमरे के भीतर बिस्तर में मिला, जो डाइनिंग-रूम और बेडरूम दोनों का काम देता था। यह मरीज़ कठोर और खुरदरे चेहरे वाला एक बूढ़ा स्पेनवासी था। उसके सामने चादर पर सूखी मटर से भरे दो पतीले रखे हुए थे। जब डॉक्टर कमरे में दाख़िल हुआ उस वक़्त वह बूढ़ा बिस्तर में बैठा, अपनी गरदन को पीछे की ओर मोड़कर साँस लेने की कोशिश में हाँफते हुए हवा सुड़क रहा था। उसकी पत्नी पानी का एक कटोरा लेकर आई।

इंजेक्शन लगते वक़्त वह बोला, "हाँ तो डॉक्टर, वे अब बड़ी तादाद में निकलकर बाहर आने लगे हैं, क्या आपने भी देखा है?"

"इसका मतलब चूहों से है," उसकी पत्नी ने बताया, "पड़ोसी को अपनी दहलीज़ पर तीन चूहे मिले।"

"अरे, वे अब निकलकर बाहर आ रहे हैं, आप कूड़े के कनस्तरों में उनको दर्जनों की तादाद में पड़े हुए देख सकते हैं। यह भूख है, बस भूख, जिसने उन्हें बाहर निकलने के लिए मजबूर कर दिया है।"

रियो को जल्द ही पता चल गया कि शहर के उस हिस्से में चूहे बातचीत का सबसे बड़ा विषय बन चुके थे। मरीज़ों के घरों का राउंड करने के बाद डॉक्टर मोटर में बैठकर घर आ गया।

"सर, आपका एक तार आया है, जो ऊपर रखा है," माइकेल ने उसे ख़बर दी।

डॉक्टर ने उससे पूछा कि उसे और चूहे तो नहीं दिखाई पड़े।

"नहीं, और नहीं दिखाई दिए। मैं बड़ी मुस्तैदी से निगरानी कर रहा हूँ। मेरे यहाँ रहते उन छोकरों को शरारत करने की जुर्रत नहीं होगी।" पोर्टर ने जवाब दिया।

तार में रियो की माँ ने ख़बर दी थी कि वह कल आ रही है। वह उसकी पत्नी की ग़ैर-मौजूदगी में उसका घर सँभालेगी। अपने फ़्लैट पर पहुँचकर डॉक्टर ने देखा कि नर्स पहले ही आ चुकी है। उसने अपनी पत्नी की ओर देखा। वह दरजी का सिला हुआ सूट पहने थी और उसने अपने चेहरे पर मेकअप भी किया था। डॉक्टर उसकी ओर देखकर मुस्कराया।

"बहुत ख़ूब, तुम बड़ी अच्छी लग रही हो!" उसने कहा।

कुछ ही देर बाद वह अपनी पत्नी को ट्रेन की 'स्लीपिंग कार' में बिठा रहा था। पत्नी ने डिब्बे में चारों ओर नज़र दौड़ाकर देखा।

"यह सचमुच हमारे लिए बहुत महँगा है, है न?"

"इसकी फ़िक्र मत करो," रियो ने उत्तर दिया, "यह तो करना ही था।"

"सुनो, यह चूहों का क्या क़िस्सा है, जिसकी हर जगह चर्चा है?"

"मैं इसकी वजह नहीं बता सकता। बड़ी अजीब-सी बात है, इसमें शक नहीं। लेकिन यह क़िस्सा जल्द ही ख़त्म हो जाएगा।"

फिर उसने बड़ी जल्दी में अपनी पत्नी से माफ़ी माँगी। उसने कहा कि उसे उसकी और अच्छी तरह देखभाल करनी चाहिए थी। वह इस बारे में बहुत लापरवाह रहा था। लेकिन जब उसकी पत्नी ने अपना सिर हिलाकर उसे ऐसा न कहने से रोकना चाहा तो वह बोला, "ख़ैर, अब तुम जब लौटकर आओगी तो सब कुछ ठीक हो जाएगा। हम नए सिरे से ज़िन्दगी शुरू करेंगे, तुम और मैं, डियर!"

"बिलकुल ठीक!" पत्नी की आँखें चमक रही थीं। "आओ, हम लोग नए सिरे से ज़िन्दगी शुरू करें।"

लेकिन फिर उसने अपना मुँह दूसरी ओर फेर लिया और ऐसा लगा जैसे डिब्बे की खिड़की बाहर प्लेटफार्म पर जल्दी और घबराहट में एक-दूसरे से टकराते हुए लोगों को देख रही हो। इंजन की आवाज़ उनके कानों तक पहुँची। उसने प्यार से अपनी पत्नी को उसका पहला नाम लेकर पुकारा। जब उसने डॉक्टर की ओर मुँह फेरा तो डॉक्टर ने देखा कि उसका चेहरा आँसुओं से तर था।

"नहीं, रोओ नहीं," वह बुदबुदाया। आँसुओं के पीछे मुस्कान लौट आई, किंचित कसी हुई-सी। फिर उसने एक गहरी साँस ली।

"अच्छा, अब तुम जाओ! सब ठीक हो जाएगा।"

रियो ने उसे अपनी बाँहों में भर लिया, फिर वह उतरकर प्लेटफार्म पर आ गया। अब वह उसकी मुस्कान को खिड़की से ही देख सकता था।

"प्लीज़ डियर, अपनी ख़ूब देखभाल करना," वह बोला।

लेकिन वह उसकी बात न सुन सकी।

प्लेटफार्म से बाहर निकलते वक़्त फाटक के पास पुलिस मजिस्ट्रेट मोशिए ओथों से उसकी मुलाक़ात हो गई, जो इस वक़्त अपने छोटे बच्चे का हाथ पकड़े खड़ा था। डॉक्टर ने पूछा कि क्या वह भी वापस जा रहा है?

लम्बे, क़द्दावर और साँवले मोशिए ओथों के व्यक्तित्व में एक 'दुनियादार' और किराये के मातमी की-सी झलक मिलती थी।

"नहीं," मजिस्ट्रेट ने उत्तर दिया, "मैं मदाम ओथों को लेने आया हूँ, जो मेरे परिवार से मिलने गई थीं।"

इंजन ने सीटी दी।

"ये चूहे, अब..." मजिस्ट्रेट ने कहना शुरू किया।

रियो एकाएक ट्रेन की तरफ़ लपका, लेकिन फिर मुड़कर फाटक की ओर चल पड़ा।

"क्या, चूहे?" वह बोला, "यह मामूली-सी बात है।"

बाद में उसे इस क्षण के बारे में इतना ही याद रहा कि रेलवे का एक कर्मचारी मरे हुए चूहों से भरा एक डब्बा बग़ल में दबाए वहाँ से गुज़र रहा था।

उसी दिन तीसरे पहर जब मरीज़ों का आना शुरू हुआ तो एक नौजवान रियो से मिलने आया। डॉक्टर को पता चला कि वह नौजवान पेशे से पत्रकार था और सुबह भी एक बार वहाँ आ चुका था। उसका नाम रेमन्द रेम्बर्त था। उसका क़द नाटा था और कन्धे चौकोर थे। उसके चेहरे से दृढ़ता का आभास मिलता था और उसकी पैनी आँखों से अक्लमन्दी ज़ाहिर होती थी। उसके समूचे व्यक्तित्व से ऐसा लगता था कि वह बुरी-से-बुरी परिस्थितियों में अपना सन्तुलन कायम रख सकता है। उसने खिलाड़ियों-जैसी पोशाक पहनी हुई थी। आते ही उसने काम की बात शुरू कर दी। उसके अख़बार ने, जो पेरिस के अग्रणी दैनिक अख़बारों में एक था, उसे फ्रांस में रहने वाले अरब लोगों के रहन-सहन की परिस्थितियों, विशेषकर सफ़ाई, के विषय पर एक रिपोर्ट लिखने के लिए तैनात किया था।

रियो ने जवाब दिया कि जिन परिस्थितियों में अरब लोग रह रहे हैं वे अच्छी नहीं हैं, लेकिन रियो कुछ और कहने से पहले यह जानना चाहता था कि उस पत्रकार को सच्ची बात कहने की इजाज़त मिलेगी भी या नहीं।

"ज़रूर मिलेगी," रेम्बर्त ने जवाब दिया।

"मेरा मतलब है कि क्या तुम्हें मौजूदा परिस्थितियों की सरासर भर्त्सना करने की इजाज़त मिल सकेगी?" डॉक्टर ने समझाया।

"सरासर! सच पूछिए तो इस हद तक मैं नहीं जा पाऊँगा। लेकिन क्या परिस्थितियाँ इतनी बुरी हैं?"

"नहीं," रियो ने शान्तिपूर्वक कहा। परिस्थितियाँ इतनी बुरी नहीं थीं, लेकिन

उसने सिर्फ़ यह जानने के लिए रेम्बर्त से सवाल पूछा था कि क्या रेम्बर्त सचाई से विश्वासघात किए बग़ैर तथ्यों को पेश कर सकेगा या नहीं।

"मुझे ऐसे बयानों में क़तई दिलचस्पी नहीं है, जिनमें किसी पहल को छिपाकर रखा जाता है। इसलिए मैं तुम्हारी रिपोर्ट के लिए कोई सूचना नहीं दूँगा।" रियो ने कहा।

पत्रकार मुस्कराया। "आप तो बिलकुल न्याय-मूर्ति की भाषा बोल रहे हैं।"

रियो ने बिना उत्तेजित हुए बताया कि वह न्याय-मूर्ति है, यह तो वह नहीं जानता। यह एक ऐसे व्यक्ति की भाषा है जो दुनिया से तंग आ चुका है, हालाँकि उसे मानव-ज़ाति से बहुत लगाव है। उसने फ़ैसला कर रखा है कि जहाँ तक उसका सवाल है वह बेइंसाफ़ी से कोई ताल्लुक़ नहीं रखेगा और सचाई में किसी तरह की मिलावट नहीं बर्दाश्त करेगा।

रेम्बर्त ने कन्धे सिकोड़ लिए और कुछ क्षण तक ख़ामोशी से डॉक्टर की तरफ़ देखता रहा। फिर वह कुर्सी से उठ खड़ा हुआ और बोला, "मैं आपकी बात समझ गया।"

डॉक्टर उसे दरवाज़े तक छोड़ने आया, "मुझे ख़ुशी है कि तुमने मेरी बात को अन्यथा नहीं लिया," डॉक्टर ने कहा।

"हाँ-हाँ, मैं समझ गया," रेम्बर्त ने दुहराया, लेकिन उसकी आवाज़ में बेसब्री की झलक थी। "मुझे अफ़सोस है कि मैंने आपको परेशान किया।"

हाथ मिलाते वक़्त रियो ने सुझाया कि वह अगर अपने अख़बार के लिए कुछ अजीबोग़रीब 'कहानियों' की तलाश में हो तो उसे चाहिए कि वह मरे हुए चूहों की उस असाधारण संख्या के बारे में लिखे जो इन दिनों शहर में हर जगह मिल रहे हैं।

"आह!" रेम्बर्त ने उत्साहपूर्वक कहा, "मैं इस बात में ज़रूर दिलचस्पी ले सकता हूँ।"

अपने मरीज़ों को देखने के लिए डॉक्टर पाँच बजे शाम को जब दुबारा घर से निकला तो ज़ीने पर डॉक्टर को भारी-भरकम शरीर, झुर्रियों से भरे विशाल चेहरे और घनी भौंहों वाला एक नौजवान मिला। वह उसे पहले दो-एक बार सबसे ऊपर वाली मंज़िल में मिला था, जहाँ कुछ स्पेनिश नृत्यकार रहते थे। सिगरेट से कश खींचते हुए जीन तारो अपने सामने की सीढ़ी पर एक दम तोड़ते चूहे की छटपटाहट का निरीक्षण कर रहा था। उसने सिर उठाकर ऊपर की ओर देखा और कुछ देर तक उसकी नज़र डॉक्टर के ऊपर टिकी रही। फिर उसने डॉक्टर का अभिवादन

करके कहा कि यह कुछ अजीब-सी बात है कि ये सब चूहे मरने के लिए अपने बिलों से निकलकर बाहर आ रहे हैं।

"बड़ी अजीब बात है," रियो ने सहमति प्रकट की, "और इन्हें देखकर हरेक को कोफ़्त होती है।"

"एक मायने में ही डॉक्टर, एक मायने में ही। हमने पहले कभी ऐसा होते नहीं देखा, बस इसीलिए। ख़ुद मुझे तो यह बात काफ़ी दिलचस्प लगती है, सचमुच बहुत दिलचस्प।"

तारो ने अपने माथे से लट हटाने के लिए बालों में उँगलियाँ फेरीं और फिर एक बार चूहे की ओर देखा जिसकी हरकत बन्द हो रही थी। फिर वह रियो की ओर देखकर मुस्कराया।

"लेकिन डॉक्टर, दरअसल तो यह पोर्टर की जिम्मेवारी है न? क्यों?"

और संयोग से रियो को फ़ौरन पोर्टर नज़र आ गया। वह सड़क के दरवाज़े के पास दीवार से पीठ सटाकर बैठा था। वह थका दिखाई दे रहा था और उसका चेहरा, जो आमतौर पर लाल रहता था, इस वक़्त पीला पड़ा हुआ था।

"हाँ, मैं जानता हूँ।" बूढ़े ने कहा। रियो ने उसे एक और चूहे के मरने की ख़बर भी दे दी थी। "मुझे एक साथ दो-दो तीन-तीन मरे चूहे मिल जाते हैं। लेकिन हमारी सड़क के बाक़ी मकानों में भी यही कुछ हो रहा है।"

पोर्टर उदास और परेशान दिखाई दे रहा था और खोया-खोया-सा अपनी गरदन खुजला रहा था। रियो ने पूछा कि उसकी तबीयत कैसी है। पोर्टर ने कहा कि वह बीमार तो नहीं है, फिर भी उसकी सेहत अच्छी नहीं है। उसके ख़याल में इसकी वजह परेशानी थी। इन कमबख्त चूहों ने उसे 'सदमा-सा' पहुँचाया था। जब चूहे बिलों से निकलकर सारी इमारत में मरना बन्द कर देंगे तब जाकर कहीं उसे चैन आएगा।

अगले दिन, 18 अप्रैल की सुबह जब डॉक्टर स्टेशन से अपनी माँ को लेकर लौट रहा था तो उसने देखा कि माइकेल पहले से भी ज़्यादा परेशान है। तहख़ाने से लेकर बरसाती तक ज़ीने में एक दर्जन के क़रीब मरे चूहे पड़े थे। सड़क के सब मकानों के कूड़े के कनस्तर चूहों से भरे थे।

डॉक्टर की माँ को इस बात से ज़रा भी परेशानी नहीं हुई।

"कभी-कभी ऐसा ही होता है।" माँ ने सन्दिग्ध स्वर में कहा। वह नाटे क़द और चाँदी जैसे सफ़ेद बालों वाली महिला थी जिसकी काली आँखों से कोमलता

टपकती थी। उसने कहा, "मुझे फिर तुमसे मिलकर बेहद ख़ुशी हुई है बर्नार्द! ख़ैर जो भी हो, चूहे इस ख़ुशी को नहीं बदल सकते।"

डॉक्टर ने सिर हिलाकर रज़ामन्दी ज़ाहिर की। दरअसल माँ की मौजूदगी में डॉक्टर को हर चीज़ आसान लगने लगती थी।

फिर भी उसने म्यूनिसिपैलिटी के दफ़्तर में टेलीफ़ोन किया। वह चूहे मारने वाले उस महकमे के इंचार्ज से अच्छी तरह वाकिफ़ था। उसने पूछा, क्या म्यूनिसिपैलिटी को इस बात की ख़बर है कि चूहे बिलों से निकल-निकल कर मर रहे हैं? हाँ, मर्सियर ने जवाब दिया कि उसे मालूम है। म्यूनिसिपैलिटी के दफ़्तरों में, जो बन्दरगाह के नज़दीक हैं, पचास मरे हुए चूहे पाए गए थे। दरअसल मर्सियर बहुत परेशान था। क्या डॉक्टर की राय में यह संजीदा बात थी? रियो ने कहा कि वह निश्चित रूप से तो कुछ नहीं कह सकता, लेकिन उसका ख़याल है कि सफ़ाई के महकमे को ज़रूर कोई क़दम उठाना चाहिए।

मर्सियर की भी यही राय थी। उसने कहा, "अगर तुम्हारा ख़याल है कि कुछ करना चाहिए तो मैं एक ऑर्डर जारी करवा दूँगा।"

"ज़रूर कुछ करना चाहिए।" रियो ने जवाब दिया।

डॉक्टर के घर सफ़ाई करने वाली नौकरानी ने उसे अभी बताया था कि जिस फैक्टरी में उसका पति काम करता है वहाँ सैकड़ों मरे चूहे इकट्ठे किए गए हैं।

इस वक़्त तक हमारे शहर के लोगों में घबराहट के लक्षण दिखाई देने लगे थे, क्योंकि 18 अप्रैल के बाद से फैक्टरियों और गोदामों में ढेरों मरे या मरणासन्न चूहे पाए गए थे। कई जगह तो चूहों को यंत्रणा से बचाने के लिए उन्हें जान-बूझकर मार दिया गया था। शहर के बाहर की बस्तियों से लेकर शहर के केन्द्रीय हिस्से तक तमाम उन गलियों में, जहाँ डॉक्टर अपने मरीज़ों को देखने गया था, हर सड़क पर कूड़े के कनस्तर मरे हुए चूहों से भरे थे। नालियों में भी मरे हुए चूहों की क़तारें लगी थीं। उस दिन सांध्यकालीन अख़बारों ने यह समस्या उठाई और पूछा कि म्यूनिसिपैलिटी के मेम्बर कोई क़दम उठाने जा रहे हैं या नहीं, जनता को इन घृणित चूहों से जो परेशानी हो रही है उस संकटकालीन स्थिति का सामना करने के लिए कौन-से क़दम सोचे जा रहे हैं? दरअसल म्यूनिसिपैलिटी ने कुछ भी नहीं सोचा था। लेकिन अब स्थिति पर विचार करने के लिए एक मीटिंग बुलाई गई। सफ़ाई के महकमे को ऑर्डर भिजवाया गया कि हर रोज़ सुबह वे मरे हुए चूहों को जमा

करा लिया करें और उन चूहों को म्यूनिसिपैलिटी की दो गाड़ियों में भरकर शहर की भट्ठी में जलाने के लिए भेज दिया जाए।

लेकिन कुछ दिनों में स्थिति और भी बिगड़ गई। सड़कों पर मरे हुए चूहों की तादाद बढ़ती गई और हर रोज़ सुबह भंगियों को पहले से भी ज़्यादा गाड़ियाँ मरे हुए चूहों से भरनी पड़ती थीं। चौथे दिन चूहों ने फिर बिलों से निकलकर एक साथ मरना शुरू कर दिया। तहख़ानों, निचली मंज़िलों और नालियों से वे लड़खड़ाती हुई क़तारों में निकलकर दिन की रोशनी में आते, बेबस छटपटाते और फिर पैरों की उँगलियाँ सिकोड़कर सूत कातने-जैसी हरकत करके घबराए हुए दर्शकों के क़दमों पर पछाड़ खाकर मर जाते। रात के वक़्त गलियों और बरामदों में मरते समय की उनकी हलकी चीख़ें साफ़ सुनाई देती थीं। हर रोज़ सुबह मरे हुए चूहों की क़तारें पड़ी हुई मिलतीं। हर चूहे की थूथनी पर लाल फूल की तरह की ख़ून की एक गाँठ-सी जमी रहती। कुछ चूहों के फूले हुए शरीर सड़ने लग जाते थे। कुछ के शरीर अकड़े हुए होते और उनकी मूँछें सीधी खड़ी होतीं, यहाँ तक कि शहर के व्यस्त भागों में भी सीढ़ियों के आगे और पिछवाड़े के आँगनों में उनके छोटे-छोटे ढेर लगे रहते। कुछ चूहे अकेले में मरने के लिए दफ़्तरों के कमरों, खेलने के मैदानों और जलपान-गृहों के बारजों के बीचोबीच जा पहुँचते थे। हमारे नगरवासी यह देखकर हैरान रह जाते कि प्लेस द आर्म्स, बुलेवार और स्ट्रैंड जैसी चहल-पहल वाली जगहों पर भी मरे चूहों की वीभत्स लाशें जगह-जगह छितरी हुई हैं। सुबह सूरज निकलने के समय शहर में जो झाड़ू-सफ़ाई होती थी, उसके बाद कुछ देर तक तो शान्ति रहती, लेकिन फिर धीरे-धीरे चूहों का निकलना शुरू हो जाता और सारे दिन उनकी संख्या बढ़ती जाती। रात को अक्सर लोगों के पाँव के नीचे अभी ताज़े मरे हुए चूहों के गोल और गरम शरीर आ जाते। लगता था जैसे कि जिस ज़मीन पर हमारे मकान खड़े थे, उसके पेट में से बहुत दिन के जमा विषैले रस खारिज हो रहे हों और उसकी आँतों में जो घाव और पीप के फोड़े बन गए थे वे बाहर निकल आए हों। अब आप अनुमान लगा सकते हैं कि इससे हमारे छोटे-से शहर में कैसा आतंक छा गया होगा, जहाँ की ज़िन्दगी अब तक इतनी शान्तिपूर्ण थी, लेकिन जिसे एकाएक इन घटनाओं ने इतने ज़ोर से झकझोर दिया था, जैसे एक तन्दुरुस्त आदमी को एकाएक तेज़ बुख़ार चढ़ जाए और उसे महसूस हो कि उसके ख़ून में आग लग गई है और दावानल की तरह उसकी लपटें उसकी रक्त-शिराओं में दौड़ रही हैं।

हालत यहाँ तक बिगड़ गई कि रेंसदाक सूचना-विभाग ने (जो हर विषय पर पूछे गए प्रश्नों का तुरन्त और सही-सही उत्तर देता था और जो प्रचार के रूप में रेडियो से मुफ्त इन्फॉर्मेशन सर्विस चलाता था) 25 अप्रैल को अपनी वार्ता इस घोषणा से शुरू की कि अकेले उसी दिन 6231 मरे चूहे जमा करके जलाए गए थे। हमारी आँखों के आगे कई दिन से जो हो रहा था, उसकी सम्पूर्ण और सही तस्वीर पेश करके इस संख्या ने जैसे हमारी जनता की हिम्मत को एक ज़बरदस्त धक्का दिया। अब तक लोग एक वीभत्स दृश्य से किंचित परेशान थे और आपस में बड़बड़ाते रहते थे, लेकिन अब उन्होंने महसूस किया कि इस विचित्र घटना में, जिसका विस्तार नापना सम्भव नहीं था और जिसके मूल-स्रोत का पता नहीं लगाया जा सकता था, शायद भयानक और ख़तरनाक सम्भावनाएँ छिपी हुई हैं। सिर्फ़ वह बूढ़ा स्पैनिश ही, जिसके दमे का इलाज डॉक्टर रियो कर रहा था, अपने हाथ मल-मलकर इससे प्रसन्न था, "अब वे बाहर आ रहे हैं! अब वे बाहर आ रहे हैं!"

28 अप्रैल को जब रेंसदाक ब्यूरो ने घोषणा की कि आज आठ हज़ार चूहे जमा किए गए हैं तो सारे शहर में डर और घबराहट की लहर-सी फैल गई। लोगों ने अधिक कारगर क़दम उठाने की माँग की, अधिकारियों पर लापरवाही दिखाने का आरोप लगाया और जिन लोगों के घर समुद्रतट पर थे, उन्होंने वहाँ चले जाने की धमकी दी, यद्यपि अभी साल शुरू ही हुआ था। लेकिन अगले दिन ब्यूरो ने सूचना दी कि यह घटना एकाएक ही बन्द हो गई है और सफ़ाई-विभाग ने आज सिर्फ़ थोड़े-से ही मरे चूहे जमा किए हैं। इससे सब लोगों ने चैन की साँस ली।

लेकिन इसी दिन के दोपहर की बात है कि डॉक्टर रियो ने लौटकर जब अपने फ़्लैट की इमारत के सामने कार खड़ी की तो चौकीदार माइकेल को गली के सिरे से अपनी ओर आते देखा। वह अपने को घसीटते हुए चल रहा था, उसका सिर झुका हुआ था और बाँहें और टाँगें अजब ढंग से फैली हुई थीं और वह इस तरह झटके दे-देकर चल रहा था जैसे यंत्र-चालित गुड़िया हो। बूढ़ा माइकेल एक पादरी की बाँह का सहारा लेकर चल रहा था, जिसे रियो पहचानता था। वह फ़ादर पैनेलो था, विद्वान और जोशीला जेसुइट पादरी, जिससे वह कई बार मिल चुका था और जिसके बारे में लोगों की बड़ी ऊँची धारणा थी—उन लोगों की भी जो धर्म के प्रति उदासीन थे। रियो कार में बैठा उनके पास आने की प्रतीक्षा करता रहा। उसने देखा कि माइकेल की आँखें बुख़ार से चमक रही हैं और वह बड़ी मुश्किल से साँस ले रहा है। बूढ़े ने बताया कि कुछ 'बेचैनी-सी' महसूस करने पर वह खुली हवा

में साँस लेने के लिए बाहर चला गया था। लेकिन वहाँ जाकर उसे अपने शरीर में हर जगह दर्द महसूस होने लगा—गरदन में, बग़लों में और जाँघों के बीच में। इसलिए मजबूर होकर वह लौट आया और उसे फ़ादर से अपनी बाँह का सहारा देने के लिए कहना पड़ा।

"इन जगहों पर सिर्फ़ सूजन आ गई है, लेकिन उनमें दर्द बहुत तीखा है," उसने कहा। "ज़रूर मैंने अपने को थका लिया होगा।"

कार में से बाहर की ओर झुककर डॉक्टर ने माइकेल की गरदन पर हाथ फेरा! एक सख़्त लकड़ी की गाँठ-जैसी गिल्टी वहाँ उभर आई थी।

"फ़ौरन जाकर बिस्तर में लेट जाओ और अपना टेम्प्रेचर लो। मैं तीसरे पहर तुम्हें देखने आऊँगा।"

बूढ़े के जाने के बाद डॉक्टर रियो ने फ़ादर पैनेलो से पूछा कि चूहों की इस विचित्र घटना के बारे में उसका क्या ख़याल है?

"ओह, मेरा ख़याल है कि उनमें कोई महामारी फैल गई है।" गोल और बड़े चश्मे के पीछे से पादरी की आँखें मुस्करा रही थीं।

रियो जिस वक़्त अपनी पत्नी के तार को दोबारा पढ़ रहा था, जिसमें उसने सैनेटोरियम में अपने पहुँचने की सूचना दी थी कि टेलीफ़ोन की घंटी बज उठी। यह उसके एक पुराने मरीज़ का टेलीफ़ोन था, जो म्यूनिसिपैलिटी के दफ़्तर में क्लर्क था। वह बहुत दिन से हृदय की रक्तनली में सिकुड़न आ जाने के रोग से पीड़ित था और चूँकि वह ग़रीब था, इसलिए डॉक्टर रियो ने उससे फ़ीस नहीं ली थी।

"शुक्रिया डॉक्टर कि आप मुझको भूले नहीं हैं। लेकिन मैं इस वक़्त किसी और के लिए आपको तकलीफ़ दे रहा हूँ। हमारे बग़ल के मकान में जो आदमी रहता है, वह एक दुर्घटना का शिकार हो गया है। मेहरबानी करके फ़ौरन आइए; सख़्त ज़रूरत है।" उसकी आवाज़ से लगता था जैसे उसकी साँस फूल रही हो।

रियो ने तेज़ी से सोचा। ठीक है, वह चौकीदार को बाद में देख लेगा। कुछ मिनट के बाद ही उसने शहर के किनारे के मोहल्ले रू फ़ेदर्ब के एक छोटे-से मकान में प्रवेश किया। टूटे-फूटे और बदबूदार ज़ीने के बीच में ही म्यूनिसिपल क्लर्क जोज़ेफ़ ग्रान्द से उसकी मुलाक़ात हो गई। वह क़रीब पचास की उम्र का आदमी था; लम्बा और झुकी कमर, दुर्बल कन्धों, पतले अंगों और पीली-सी मूँछों वाला आदमी।

"अब उसकी हालत पहले से बेहतर है," उसने डॉक्टर को बताया, "लेकिन

तब मुझे लगा था कि सचमुच उसका वक़्त क़रीब आ गया है।" फिर उसने ज़ोर से अपनी नाक साफ़ की।

दूसरी मंज़िल में एक दरवाज़े पर बाईं ओर डॉक्टर ने लाल रंग की खड़िया मिट्टी से कुछ लिखा हुआ देखा—अन्दर आ जाओ। मैंने अपने आपको फाँसी दे ली है।

दोनों कमरे में दाख़िल हुए। एक लैम्प के कुंडे से बँधी रस्सी नीचे लटक रही थी। पास में एक कुर्सी पड़ी थी। खाने की मेज़ को सरकाकर कोने में कर दिया गया था। लेकिन रस्सी ख़ाली लटक रही थी।

"मैं ऐन वक़्त पर पहुँचा था।" लगता था जैसे ग्रान्द को बोलने से पहले शब्द तलाश करने पड़ते हों, हालाँकि वह अपनी बात हमेशा सीधे-सादे शब्दों में ही कहता था। "मैं घर से बाहर जा रहा था कि मुझे कुछ आवाज़ सुनाई दी। मैंने जब दरवाज़े पर लिखी वह इबारत पढ़ी तो मुझे लगा जैसे यह...मज़ाक़ हो। तभी मुझे एक अजीब क़िस्म की कराह सुनाई दी। मेरा ख़ून एकदम ठंडा पड़ गया।" उसने अपना सिर खुजलाया और फिर बोला, "मेरे ख़याल में ख़ुदकुशी करने का... यह बहुत तकलीफ़देह तरीक़ा है। सो मैं अन्दर घुस गया।"

ग्रान्द ने एक दरवाज़ा खोला और वे लोग एक साफ़-सुथरे, लेकिन मामूली तौर पर सजे हुए कमरे में दाख़िल हुए। दीवार के सहारे एक पीतल के फ्रेम का पलंग रखा था, जिस पर एक छोटे क़द का गोलमटोल आदमी लेटा ज़ोर-ज़ोर से साँस ले रहा था। उसने आगन्तुकों की ओर लाल आँखों से घूरकर देखा। एकाएक रियो जहाँ-का-तहाँ खड़ा रह गया। उस आदमी की साँसों के बीच उसे चूहों की हल्की-सी चीख़ें सुनाई दीं। लेकिन उसे कमरे के कोनों में कोई चीज़ रेंगती हुई नहीं दिखाई दी। फिर वह पलंग के पास गया। साफ़ ज़ाहिर था कि वह आदमी ज़्यादा ऊँचाई से या तेज़ी से नीचे नहीं गिरा था, क्योंकि उसके कन्धे की हड्डियाँ टूटी नहीं थीं। दम घुटना तो ख़ैर स्वाभाविक ही था। एक्स-रे फोटोग्राफ़ की ज़रूरत पड़ेगी। तब तक के लिए डॉक्टर ने उसे कपूर का एक इंजेक्शन दिया और उसे इत्मीनान दिलाया कि वह कुछ ही दिनों में बिलकुल ठीक हो जाएगा।

"शुक्रिया, डॉक्टर!" वह आदमी बड़बड़ाया।

रियो ने जब ग्रान्द से पूछा कि क्या उसने पुलिस को सूचना दे दी है, तो उसने अपना सिर झुका लिया।

"जी, सच तो यह है कि मैंने पुलिस को इत्तिला नहीं की। मैंने सोचा कि सबसे पहले मुझे चाहिए कि..."

"निस्सन्देह", रियो बीच में ही बोला, "मैं इसको देखता हूँ।"

लेकिन वह बीमार आदमी घबराकर बिस्तर पर बैठ गया और बोला कि अब वह बिलकुल ठीक है। दरअसल इसमें परेशान होने की तो कोई बात ही नहीं है।

"डरो नहीं," रियो ने कहा, "यह सिर्फ़ एक जाब्ते की कार्यवाही है। इससे अधिक नहीं। तो भी, मेरे सामने और कोई चारा नहीं। मुझे तो पुलिस को सूचना देनी ही पड़ेगी।"

"ओह!" वह आदमी फिर बिस्तर पर लुढ़क गया और धीरे-धीरे सुबकने लगा।

ग्रान्द, जो दोनों की बातचीत के बीच अपनी मूँछें ऐंठता रहा था, पलंग के पास गया।

"बस, बस, मोशिए कोतार्द! ज़रा मामले को समझने की कोशिश करो। तुम्हारे दिमाग में ऐसा करने का फितूर फिर सवार हुआ तो लोग डॉक्टर को दोषी ठहराएँगे कि उन्होंने पुलिस को इत्तिला क्यों नहीं दी।"

कोतार्द ने आँसू-भरी आँखों से उसको आश्वासन दिलाया कि अब ऐसा करने की रत्ती-भर आशंका नहीं है। उसे पागलपन का दौरा-सा आया था, लेकिन वह दौरा अब ख़त्म हो गया है और अब उसकी इच्छा है कि उसे तंग न किया जाए। रियो दवाई का नुस्खा लिख रहा था।

"बहुत अच्छा," वह बोला, "हम फ़िलहाल इस बारे में ख़ामोश रहेंगे। एक या दो दिन बाद मैं फिर आकर तुम्हें देख जाऊँगा। लेकिन याद रखना, फिर ऐसी पागलपन की हरकत न करना।"

ज़ीने से उतरते वक़्त उसने ग्रान्द को बताया कि वह पुलिस को इस मामले की सूचना देने के लिए मजबूर है, लेकिन वह पुलिस-इंस्पेक्टर से कहेगा कि वह अभी दो-तीन दिन तक इसकी जाँच-पड़ताल न करे।

"लेकिन किसी को रात के वक़्त कोतार्द पर नज़र रखनी चाहिए," वह बोला, "क्या उसका कोई रिश्तेदार यहाँ है?"

"मेरी जानकारी में कोई नहीं है। लेकिन मैं ख़ुद उसके पास रात को रह सकता हूँ। मैं यह तो नहीं कह सकता कि मैं उसको बख़ूबी जानता हूँ, लेकिन पड़ोसी की मदद तो करनी ही चाहिए, है न?"

ज़ीने से उतरते वक़्त रियो की नज़र बरबस अँधेरे कोनों में जा पड़ती थी। उसने ग्रान्द से पूछा कि क्या शहर के इस हिस्से से चूहे एकदम गायब हो गए हैं?

ग्रान्द को इसका कुछ भी अन्दाज़ नहीं था। यह सच है कि उसने चूहों के बारे में कुछ चर्चा सुनी थी, लेकिन वह ऐसी अफ़वाहों पर ध्यान देने का आदी नहीं था। "मुझे और बातों पर सोचने से ही छुट्टी नहीं मिलती," वह बोला।

रियो जाने की जल्दी में था, इसलिए उसने फ़ौरन हाथ मिलाया और चल पड़ा। उसे अपनी पत्नी को पत्र लिखना था और सबसे पहले वह चौकीदार को देखना चाहता था।

अख़बार बेचने वाले सबसे ताज़ा ख़बर चिल्ला-चिल्लाकर सुना रहे थे—चूहे एकदम गायब हो गए हैं। लेकिन रियो ने अपने मरीज़ को पलंग की पट्टी पर झुका हुआ पाया। वह एक हाथ से अपने पेट को और दूसरे हाथ से गरदन को दबा रहा था, और चिलमची में गुलाबी रंग के पित्त की उल्टी कर रहा था। कुछ देर तक उल्टी करने के बाद माइकेल बिस्तर पर लेट गया। उसका दम घुट रहा था। उसे 103 डिग्री बुख़ार था, गले, बग़ल और जाँघों की गिल्टियाँ सूज रही थीं और उसकी जाँघों में दो काले धब्बे उभरने लगे थे। अब वह अन्दरूनी दर्दों की शिकायत करने लगा था।

"लगता है मेरे भीतर आग जल रही है," वह पिनपिनाया, "यह हरामज़ादी मुझे भीतर से जला रही है।"

बुख़ार से पपड़ी पड़े होंठों के बीच से बोलने में उसको कठिनाई हो रही थी और वह सिरदर्द और आँसुओं से बाहर को निकल आई आँखों से डॉक्टर को टकटकी बाँधकर देखने लगा। उसकी पत्नी ने चिन्तापूर्वक डॉक्टर रियो की ओर देखा, जो अभी तक चुप था।

"प्लीज़ डॉक्टर, इसे क्या हुआ है?"

"यह—कुछ भी हो सकता है। अभी निश्चित रूप से इस बारे में कुछ नहीं कहा जा सकता। इसे हल्का खाना देना और ख़ूब पानी पिलाना।"

मरीज़ न बुझने वाली प्यास की शिकायत करता रहा था।

अपने फ़्लैट में लौटकर रियो ने अपने सहयोगी रिचर्ड को टेलीफ़ोन किया, जो शहर का प्रमुख डॉक्टर था।

"नहीं, मैंने अभी तक कोई असाधारण बात नहीं देखी है," रिचर्ड ने कहा।

"क्या कोई बुख़ार का मामला नहीं देखा, साथ में गिल्टियाँ भी हों?"

"ज़रा ठहरो! हाँ, मेरे पास सूजी हुई गिल्टियों वाले दो मामले हैं।"

"गिल्टियाँ क्या असाधारण रूप से सूजी हुई हैं?"

"ख़ैर, इसका फ़ैसला तो इस बात पर निर्भर करता है कि तुम 'साधारण' का क्या मतलब लगाते हो," रिचर्ड ने उत्तर दिया।

जो भी हो, उस रात चौकीदार का बुख़ार 104 डिग्री तक चढ़ गया और वह सरसाम में लगातार 'ये चूहे,' 'ये चूहे' की ही रट लगाए रहा। रियो ने गिल्टी का मुँह बन्द करने की कोशिश की। माइकेल को जब तारपीन की चुभन महसूस हुई तो वह चिल्लाया, "हरामज़ादे!"

गिल्टियाँ और भी सूज गई थीं और लगता था जैसे गोश्त में ठोस गाँठें-सी गड़ी हुई हों। माइकेल की पत्नी एकदम थकान से चूर हो गई थी।

"उसके साथ बैठो, और अगर ज़रूरत पड़े तो मुझे बुला लेना," डॉक्टर ने कहा।

अगले दिन 30 अप्रैल को आसमान नीला था और उस पर कोहरे की झीनी-सी चादर बिछी थी। गरम और कोमल बयार बह रही थी और शहर से बाहर की बस्तियों से फूलों की भीनी सुगन्ध ला रही थी। सड़कों पर प्रातःकालीन कलरव बाक़ी दिनों की अपेक्षा अधिक उल्लासपूर्ण और ऊँचा सुनाई दे रहा था, क्योंकि आज का दिन हमारे शहर के हर निवासी के लिए ज़िन्दगी का एक नया पैग़ाम लेकर आया था। एक हफ़्ते से डर और आतंक का जो बादल छाया हुआ था, वह छितरा गया था। रियो भी जब चौकीदार को देखने गया, तब ऐसे ही आशावादी मूड में था। पहली डाक से उसे अपनी पत्नी का जो पत्र मिला था, उसने भी उसके हृदय में प्रसन्नता भर दी थी।

बूढ़े माइकेल का टेम्प्रेचर उतरकर 99 डिग्री पर आ गया था और यद्यपि वह बहुत कमज़ोर दिखाई दे रहा था, फिर भी वह मुस्करा रहा था।

"इसकी हालत पहले से बेहतर है, है न डॉक्टर?" उसकी पत्नी ने पूछा।

"हाँ, लेकिन अभी कुछ नहीं कहा जा सकता।"

दोपहर के समय बीमार माइकेल का टेम्प्रेचर एकाएक फिर 104 डिग्री तक चढ़ गया। अब वह लगातार सरसाम की अवस्था में था और फिर उल्टियाँ करने लगा था। गरदन की गिल्टियाँ छूने से भी दर्द करने लगीं और लगता था जैसे वह दोनों हाथों से सिर पकड़कर उसे अपने शरीर से दूर रखने के लिए दमतोड़ कोशिश कर रहा हो। उसकी पत्नी मुलायम हाथों से उसके पाँव पकड़े बैठी थी। उसने याचनापूर्ण नेत्रों से रियो की ओर देखा।

"सुनो," रियो ने कहा, "हमें इसको अस्पताल ले जाना होगा। वहाँ हम इसे एक नई दवा देकर देखेंगे। मैं एम्बुलेंस गाड़ी के लिए टेलीफ़ोन किए देता हूँ।"

दो घंटे बाद रियो और मदाम माइकेल एम्बुलेंस गाड़ी में बैठे चिन्तापूर्वक मरीज़ की ओर देख रहे थे। माइकेल के खुले गन्दगी से भरे हुए मुँह से रह-रहकर कुछ शब्द निकल रहे थे। वह बार-बार दुहरा रहा था, "ये चूहे! ये हरामज़ादे चूहे!" उसका चेहरा बेजान और सलेटी हरे रंग का हो गया था। उसके रक्तहीन होंठ सफ़ेद पड़ गए थे और हठात झटकों के साथ उसकी साँस चल रही थी। रक्त की शिराओं में गाँठें पड़ जाने से उसके हाथ-पैर फैले हुए थे। वह एम्बुलेंस की बर्थ में इस तरह घुसकर पड़ा था जैसे वह उसमें ही अपने-आपको दफ़न कर रहा हो या जैसे ज़मीन की गहराइयों से कोई आवाज़ उसे नीचे की ओर बुला रही हो। लगता था जैसे बेचारे का किसी अनदेखे दबाव से दम घुट रहा था। उसकी पत्नी सुबक-सुबककर रो रही थी...

"डॉक्टर, क्या कोई उम्मीद बाक़ी नहीं रही?"

"वह मर चुका है।"

3

माइकेल की मौत के साथ, कह सकते हैं कि हैरतअंगेज़ अपशकुनों का पहला दौर ख़त्म हुआ और दूसरा दौर शुरू हुआ, जो पहले के मुक़ाबले कहीं ज़्यादा मुश्किल था, क्योंकि उसमें शुरुआत के दिनों की परेशानी धीरे-धीरे भयानक डर के रूप में बदल गई। बाद की घटनाओं की रोशनी में पहले दौर का जायजा लेते समय हमारे नगरवासियों ने महसूस किया कि उन्होंने स्वप्न में भी कभी इस बात की कल्पना नहीं की थी कि दिन-दहाड़े सारे-के-सारे चूहों की मौत या अजब क़िस्म की बीमारियों से चौकीदार की मौत-जैसी वीभत्स घटनाओं के लिए हमारा शहर ही चुना जाएगा। इस बारे में उनका विचार ग़लत था और ज़ाहिर है कि उसको बदलने की ज़रूरत थी। फिर भी, अगर मामला यहीं पर ख़त्म हो जाता और आगे न बढ़ता तो आदतन सोचने का यह ढंग ही बना रहता। लेकिन हमारे समाज के और सदस्यों को भी,जो सिर्फ़ नौकर-चाकर वर्ग के या ग़रीब ही नहीं थे, उस रास्ते से ही जाना पड़ गया, जिस रास्ते से माइकेल मौत के मुँह में गया था। जब ऐसा हुआ तब भय और भय के साथ गम्भीर चिन्ता का दौर शुरू हुआ।

ख़ैर, अगले दौर की घटनाओं का विस्तारपूर्वक वर्णन करने से पहले कथाकार गुज़रे हुए दौर के बारे में एक और गवाह की राय पेश करना चाहता है। जीन तारो, जिससे इस कथा के आरम्भ में ही हम परिचित हो चुके हैं, कुछ सप्ताह पहले ओरान आया था और शहर के बीच में स्थित एक बड़े होटल में ठहरा हुआ था। ज़ाहिर है कि उसके पास अपनी दौलत थी और वह किसी व्यापार में नहीं लगा था। हालाँकि वह धीरे-धीरे हमारे बीच एक परिचित व्यक्ति बन गया था, फिर भी किसी को यह नहीं मालूम था कि वह कहाँ से और क्यों ओरान आया है। वह अक्सर सार्वजनिक स्थानों पर दिखाई दे जाता था और जब से बहार का मौसम आया था, वह अक्सर किसी-न-किसी समुद्र-तट पर मौजूद रहता था। निश्चय ही उसे तैरने

का शौक़ था। ख़ुश-मिज़ाज, हमेशा मुस्कराता हुआ चेहरा—लगता था जैसे वह ज़िन्दगी के सभी सामान्य सुखों का भोग करने का आदी था, लेकिन उनका गुलाम नहीं था। दरअसल लोग उसकी सिर्फ़ एक ही आदत के बारे में जानते थे। वह यह कि वह उन स्पैनिश नृत्यकारों और संगीतकारों की सोसाइटी से ताल्लुक पैदा करने में लगा रहता था जिनकी तादाद हमारे शहर में बेशुमार थी।

उसकी डायरियाँ शुरू के उन अजीबोग़रीब दिनों का एक तरह से आँखों देखा विवरण हैं, जिनके बीच से हम सब गुज़रे थे। लेकिन यह विवरण सामान्य क़िस्म का नहीं है, क्योंकि उसको पढ़ने से लगता है जैसे लेखक जान-बूझकर बड़ी बात को भी छोटा करके देखता है, जिससे हमें पहले तो यह अनुमान होता है कि तारो में घटनाओं और लोगों को जैसे दूरबीन के उलटे छोर से देखने की आदत थी। उन अराजकतापूर्ण दिनों में उसने उन घटनाओं का इतिहास दर्ज करने का बीड़ा उठाया, जिन्हें साधारण इतिहासकार नज़रअन्दाज़ कर जाता है। स्पष्ट है कि उसके स्वभाव के इस विचित्र असन्तुलन पर हमें अफ़सोस हो सकता है और हम शक कर सकते हैं कि शायद उसमें सही भावनाओं की कमी थी। फिर भी इस बात से इनकार नहीं किया जा सकता कि यह व्याख्यात्मक-सी डायरी उस दौर का विवरण प्रस्तुत करती है जिसमें ऐसे अनेक तुच्छ लगने वाले ब्योरे दिये गए हैं जिनका आज भी महत्त्व है और जिनकी विचित्रता से ही पाठक को यह एहसास हो जाएगा कि उस विलक्षण आदमी के बारे में झटपट कोई राय कायम कर लेना उचित नहीं है।

जीन तारो ने अपनी डायरी तभी लिखनी शुरू कर दी थी जब वह ओरान आया था। शुरू से ही डायरी के पन्नों में ओरान-जैसे बदसूरत शहर पर सन्तोष प्रकट किया गया है जिसमें विरोधाभास की झलक मिलती है। इसमें टाउन हॉल के ऊपर बनी शेरों की दो कांस्य-मूर्तियों का बारीकी से बयान किया गया है। वृक्षों की कमी पर, मकानों की बदसूरती और शहर के बेढंगे डिजाइन पर भी टीका-टिप्पणी की गई है। ट्रामों और सड़कों पर उसने जो बातचीत सुनी थी, बीच-बीच में उसके भी कुछ अंश हैं। उन पर लेखक ने अपनी तरफ़ से कोई टिप्पणी नहीं की है, सिवाय इस प्रसंग के जो डायरी के आख़िरी हिस्से में आता है। एक बातचीत की इस रिपोर्ट में कैम्प्स नामक एक व्यक्ति को लेकर चिन्ता जताई गई है। दो ट्राम कंडक्टर आपस में बातें कर रहे थे।

"तुम तो कैम्प्स को जानते थे न?" एक ने पूछा।

"कैम्प्स? वही लम्बा आदमी जिसकी काली मूँछें थीं?"

"हाँ, वही! जो रेल का काँटा बदलता था।"

"अरे हाँ, मुझे अब याद आया।"

"तो सुनो! वह मर गया है।"

"ओह! कब मरा?"

"चूहों के उसी क़िस्से के बाद!"

"क्या कह रहे हो! क्या बीमारी थी उसे?"

"यह तो मैं ठीक से नहीं बता सकता। कोई बुख़ार-वुख़ार था। वैसे तो उसमें सेहत नाम की कोई चीज़ थी ही नहीं। उसकी बग़लों के नीचे फोड़े निकल आए थे, मालूम होता है उसी से वह ख़त्म हो गया।"

"लेकिन देखने में तो वह बाक़ी सब लोगों जैसा ही था?"

"मेरे ख़याल में ऐसा नहीं था। उसके फेफड़े कमज़ोर थे और वह शहर के बैंड में तुरही बजाया करता था। तुरही बजाने का फेफड़ों पर बुरा असर पड़ता है।"

"हाँ, अगर आदमी के फेफड़े कमज़ोर हों तो ऐसे बाजे बजाना ठीक नहीं।"

इस बातचीत को नोट करने के बाद तारो ने यह अनुमान लगाने की कोशिश की है कि जब तुरही बजाना कैम्प्स के लिए इतना ख़तरनाक था, तब भी वह क्यों बैंड का सदस्य बना! किस अज्ञात प्रेरणा से उसने इतवार की सभाओं में सड़कों पर कवायद करने के लिए अपनी जान ख़तरे में डाली!

डायरी से पता चलता है कि तारो की खिड़की के सामने वाले घर की बालकनी पर हर रोज़ जो दृश्य दिखाई देता था, उससे तारो बहुत प्रभावित हुआ था। होटल में उसके कमरे का रुख एक छोटी-सी गली की तरफ़ था जहाँ दीवारों के साये में हर वक़्त बहुत-सी बिल्लियाँ सोई रहती थीं। हर रोज़ लंच के बाद, जब अधिकांश लोग अपने कमरों में थोड़ी देर सोते थे, एक नाटे क़द का फुर्तीला बूढ़ा, सामने की बालकनी पर आ जाता था। उसकी चाल-ढाल फ़ौजियों-जैसी थी। वह तनकर खड़ा होता था और पोशाक भी फ़ौजी ढंग की पहनता था। उसके बरफ़-जैसे सफ़ेद बाल हमेशा कायदे से सँवरे रहते थे। बालकनी से झुककर वह आवाज़ देता था, "पूसी! पूसी!" यह आवाज़ रोबीली होने के साथ-साथ स्नेहपूर्ण भी थी। बिल्लियाँ उसकी ओर उनींदी पीली आँखें झपकाकर देखतीं, लेकिन कोई हरकत न करतीं। वह इसके बाद काग़ज़ के कुछ टुकड़े फाड़ता और नीचे सड़क पर गिरा देता। सफ़ेद तितलियों की फड़फड़ाती बारिश होते देखकर बिल्लियों की दिलचस्पी एकदम जाग उठती

और वे आगे बढ़कर काग़ज़ के आख़िरी टुकड़ों को पकड़ने के लिए अपने पंजे आगे बढ़ातीं। इस पर वह बूढ़ा ध्यान से निशाना साधकर उन बिल्लियों पर ज़ोर से थूकना शुरू करता और जैसे ही उसकी तरल गोलियाँ ठीक निशाने पर बैठतीं, उसकी आँखें ख़ुशी से चमक उठतीं।

अन्त में, मालूम होता है कि तारो को हमारे शहर का व्यवसायी मिजाज भी बहुत आकर्षक लगा था, जिसकी शक्ल-सूरत, काम-धन्धे, यहाँ तक कि जिसके आमोद-प्रमोद भी व्यवसाय की दृष्टि से निर्धारित होते थे। यह विलक्षणता—डायरी में उसने इसी शब्द का प्रयोग किया था—तारो को बेहद पसन्द थी। दरअसल हमारे नगर की इस विलक्षणता की प्रशंसा में लिखे गए वाक्य को उसने विस्मयबोधक चिह्न के साथ इस प्रकार समाप्त किया था, "आख़िरकार!"

ये ही कुछ वाक्य हैं जिनमें हमारे यात्री ने उस दौर में अपनी व्यक्तिगत भावनाओं को व्यक्त किया है। इन भावनाओं का महत्त्व और उनके पीछे छिपी ईमानदारी शायद पाठकों को तत्काल स्पष्ट न हो। मिसाल के लिए, इस बात का वर्णन करने के बाद कि एक मरे चूहे का पता चलने के फलस्वरूप होटल के कैशियर ने उसका बिल किस तरह ग़लत बना दिया, उसने लिखा, "प्रश्न : अपना वक़्त बरबाद न करने की क्या तरकीब है? उत्तर : हर समय इसके बारे में सचेत रहना। यह कैसे किया जा सकता है, इसके तरीक़े—दाँतों के डॉक्टर के वेटिंग-रूम में एक तकलीफ़देह कुर्सी पर बैठकर अपने दिन गुज़ार कर; इतवार की पूरी शाम अपनी बालकनी में खड़े रहकर; ऐसी भाषा में व्याख्यान सुनकर जो आती न हो; ट्रेन में सबसे लम्बे और सबसे कम आरामदेह रास्तों से सफ़र करके, जिनमें रास्ते-भर खड़े रहना पड़े; थियेटरों के टिकटघरों के आगे लगी क़तार में खड़े रहें और फिर टिकट न लें, वग़ैरह-वग़ैरह।"

विचारों और शैली की इस विलक्षणता के बाद हम उस प्रसंग पर पहुँचते हैं जिसमें शहर की ट्राम-सर्विस का, ट्रामकारों के ढाँचों का, उनके सन्दिग्ध रंगों का और सब ट्रामों में पाई जाने वाली गन्दगी का ज़िक्र था। अन्त में उसने लिखा था, "कैसी विलक्षण बात है!" इस टिप्पणी से कुछ समझ में नहीं आता।

'चूहों की घटना' पर तारो की टिप्पणियों की यह भूमिका है।

"सामने की बालकनी का बूढ़ा आज बहुत दुखी है। आज गली में कोई बिल्ली दिखाई नहीं देती। सड़क पर बिखरी हुई चूहों की लाशों को देखकर हो सकता है उनकी शिकार करने की प्रवृत्ति जाग उठी हो। ख़ैर जो भी हो, सारी बिल्लियाँ

गायब हो गई हैं। मेरे ख़याल में उनके लिए मरे हुए चूहे खाने का तो सवाल ही नहीं उठता। मुझे याद है कि मेरी बिल्ली मरी हुई चीज़ों को देखकर नाक-भौं सिकोड़ लेती थी। हो सकता है वे तहख़ानों में शिकार कर रही हों। इसीलिए बूढ़ा इतना परेशान था। आज उसके बाल भी पहले की तरह सँवरे हुए नहीं हैं और उसकी सतर्कता और फ़ौजीपन भी कम हो गया है। साफ़ ज़ाहिर है कि वह परेशान है। कुछ देर के बाद वह कमरे में वापस चला गया, लेकिन जाने से पहले उसने एक बार थूका—ख़ालीपन पर।

"आज शहर में एक ट्राम रुक गई, क्योंकि उसमें एक मरा हुआ चूहा पाया गया था। (सवाल : चूहा वहाँ कैसे पहुँचा?) दो या तीन औरतें फ़ौरन ट्राम से नीचे उतर गईं। चूहे को बाहर फेंक दिया गया और ट्राम चल पड़ी।

"होटल में रात की ड्यूटी के पोर्टर ने, जो ठंडे, समझदार दिमाग का आदमी है, मुझे बताया कि ये चूहे किसी भावी विपदा के सूचक हैं। 'आपको एक कहावत मालूम है जनाब? कहते हैं कि जब किसी जहाज़ को छोड़कर चूहे भाग जाएँ...' मैंने जवाब दिया कि यह कहावत जहाज़ों के बारे में है, लेकिन यह शहरों पर भी लागू होती है इसका सबूत अभी तक नहीं मिला। वह अपनी बात पर अड़ा रहा। मैंने उससे पूछा कि आख़िर शहर पर कौन-सी 'विपदा' आ सकती है? उसने कहा, वह तो मैं नहीं बता सकता। मुसीबतें हमेशा अचानक आती हैं। हो सकता है ज़मीन के भीतर भूचाल की तैयारियाँ हो रही हों। मैंने कहा, हो सकता है। उसने पूछा, क्या मुझे डर नहीं लगता?

"मैंने उसे बताया, 'मुझे सिर्फ़ एक ही चीज़ में दिलचस्पी है। वह है मानसिक शान्ति।'

"वह मेरे मन की बात समझ गया।

"इस होटल में एक परिवार खाना खाने आता है जो मुझे बहुत दिलचस्प मालूम हुआ। पिता एक लम्बा-दुबला आदमी है जो हमेशा काले रंग की पोशाक पहनता है, जिसकी कमीज़ के कॉलर हमेशा कलफ़दार होते हैं। उसकी खोपड़ी बीच से गंजी है, आसपास सफ़ेद बालों के दो गुच्छे हैं। उसकी छोटी चमकदार आँखों, तने हुए सख़्त चेहरे से मालूम होता है कि वह एक सुसंस्कृत उल्लू है। वह सबसे पहले रेस्तराँ में आता है और एक तरफ़ खड़ा हो जाता है ताकि उसकी पत्नी, जो काले चूहे की तरह है, भीतर जा सके। फिर वह एक छोटे लड़के और लड़की को साथ लेकर आता है जो सरकस के झबरे कुत्तों-जैसी पोशाकें पहनते हैं। जब वे खाने

के लिए बैठते हैं तो वह तब तक खड़ा रहता है, जब तक कि उसकी पत्नी और 'झबरे' कुर्सियों पर नहीं बैठ जाते। वह अपने परिवार के सदस्यों से स्नेहपूर्ण शब्दों में बातें नहीं करता। पत्नी पर नम्र और द्वेषपूर्ण टिप्पणियाँ करता है और बच्चों के बारे में अपनी राय मुँहफट ढंग से व्यक्त करता है।

" 'निकोल, तुम बड़ा शर्मनाक व्यवहार कर रहे हो।'

"नन्ही लड़की रुआँसी हो उठी है, जैसा कि होना चाहिए।

"आज सुबह नन्हा लड़का चूहों की ख़बर से बहुत उत्तेजित दीख रहा था और उसने इस बारे में कुछ कहना चाहा।

" 'फ़िलिप, खाने की मेज़ पर बैठकर चूहों की बातें नहीं करनी चाहिए। ख़बरदार जो कभी मैंने तुम्हारे मुँह से यह लफ़्ज़ सुना। समझ गए!'

" 'तुम्हारे पिता ठीक कहते हैं।' चुहिया बोली।

"दोनों झबरों ने प्लेटों में मुँह डाल दिए और उल्लू ने गुस्ताखी से सिर को झटका देकर कृतज्ञता प्रकट की।

"इस शानदार मिसाल के बावजूद, शहर में हर शख़्स चूहों की चर्चा कर रहा है, और अब यहाँ के अख़बारों में भी यह चर्चा शुरू हो गई है। 'नगर-चर्चा' के कॉलम में पहले हर तरह के विषयों की चर्चा रहती थी, लेकिन अब उसमें सिर्फ़ स्थानीय अधिकारियों के ख़िलाफ़ ज़हर उगला जाता है। 'क्या हमारे नगर-पिताओं को पता है कि इन चूहों की सड़ी लाशों से शहर के निवासियों की ज़िन्दगी को ज़बरदस्त ख़तरा पैदा हो गया है?' होटल का मैनेजर भी अब सिर्फ़ इसी विषय की रट लगाए रहता है। लेकिन उसकी शिकायत का एक व्यक्तिगत पहलू भी है; उसके तीन सितारों वाले होटल की लिफ्ट में मुर्दा चूहों का मिलना उसके लिए जैसे कयामत आ जाने के बराबर है। उसका मन रखने के लिए मैंने कहा, 'लेकिन, आप तो जानते ही हैं कि इस वक़्त सब लोग एक ही नाव पर सवार हैं।'

" 'यही तो बात है,' उसने जवाब दिया, 'अब हम भी हर किसी की तरह के हो गए।'

"उसने ही सबसे पहले मुझे इस क़िस्म के बुख़ार के फैलने की ख़बर दी थी, जिसने शहर में आतंक फैला रखा है। उसकी एक चेम्बर मेड को यह बुख़ार चढ़ा है।

" 'लेकिन मुझे विश्वास है कि यह छूत का बुख़ार नहीं है,' उसने जल्दी से मुझे आश्वस्त करना चाहा। मैंने उससे कहा कि मेरे लिए सब बराबर हैं।

" 'आह, मैं जनाब को समझ गया! आप भी मेरे-जैसे ही हैं, आप भाग्यवादी हैं।'

" मैंने उससे ऐसी कोई बात नहीं कही थी, और फिर मैं भाग्यवादी क़तई नहीं हूँ। मैंने उसे यह बात साफ़ कह दी..."

इसके बाद तारो की डायरी में विस्तार से उस विचित्र बुख़ार का ज़िक्र किया गया है जिसने आम जनता में इतनी परेशानी फैला रखी थी। यह सूचना देने के बाद कि अब चूँकि चूहों ने निकलना बन्द कर दिया था, जिससे उस छोटे क़द के आदमी ने फिर अपनी चाँदमारी के लिए बिल्लियाँ जमा कर ली थीं और वह अपनी निशानेबाज़ी को और भी अचूक बनाने में जुट गया था, तारो ने लिखा कि जहाँ तक मालूम है, इस बुख़ार के एक दर्जन से ऊपर मामले हो चुके हैं और उनमें से ज़्यादातर मरीज़ मर गए हैं।

आगे की कहानी पर रोशनी डालने के लिए यह ज़रूरी है कि डायरी का वह अंश यहीं पर जोड़ दिया जाए, जिसमें तारो ने डॉक्टर रियो का वर्णन किया है। कथाकार की दृष्टि में यह वर्णन काफ़ी दुरुस्त और वाजिब है।

"देखने से पैंतीस बरस की उम्र का आदमी लगता है। क़द मामूली है। कन्धे चौड़े हैं। चेहरा बिलकुल समकोण है। आँखें काली और सधी हुई हैं, लेकिन जबड़ा उभरा हुआ है। नाक कुछ बड़ी, लेकिन ख़ूबसूरत है। काले बाल महीन कटे हुए हैं। खमदार मुँह। मोटे होंठ अक्सर भींचकर बन्द किए रहने की आदत। धूप में तपा हुआ रंग। हाथ और बाँहें साँवली। उसे हमेशा गहरे नीले और काले रंग के, लेकिन ख़ूब फबने वाले सूट में देखकर सिसली के किसानों का स्मरण हो आता है।

"उसकी चाल तेज़ है। सड़क पार करते वक़्त वह अपनी रफ़्तार बदले बग़ैर ही फुटपाथ से नीचे उतर पड़ता है। लेकिन दूसरे पार के फुटपाथ पर चढ़ने के लिए एक बार हल्के से उचकता है। लगता है कि वह बड़ा भुलक्कड़ है क्योंकि मोड़ से गुज़र जाने के बाद भी वह अपनी कार के साइड सिगनलों को नीचे नहीं गिराता। हमेशा नंगे सिर रहता है। मालूम होता है कि समझदार और ज्ञानी है।"

4

तारो के आँकड़े सही थे। स्थिति ने कितना गम्भीर मोड़ ले लिया था, इसका डॉक्टर रियो को पूरा एहसास था। चौकीदार की लाश को अलग रखवाने के बाद उसने रिचर्ड को टेलीफ़ोन करके पूछा कि गिल्टियों वाले बुख़ार के इन मामलों के बारे में उसकी क्या राय थी।

"मैं उनके बारे में कोई राय क़ायम नहीं कर सका," रिचर्ड ने स्वीकारा। "मेरे दो मरीज़ों की मौत हो चुकी है—एक अड़तालीस घंटों में मरा और दूसरा तीन दिन के भीतर। और दूसरे मरीज़ में तो जब मैं उसे अगले दिन देखने गया, तब बुख़ार से अच्छा होने के लक्षण दिखाई दे रहे थे।"

"अच्छा, अगर तुम्हारे पास और मामले आएँ तो मेहरबानी करके मुझे इत्तिला देना," रियो ने कहा।

उसने अपने कुछ और साथी डॉक्टरों को टेलीफ़ोन किया। इस पूछताछ के फलस्वरूप उसे पता चला कि पिछले कुछ दिनों में इसी क़िस्म के क़रीब बीस मामले हो चुके थे। और ये सभी घातक साबित हुए थे। इस पर उसने रिचर्ड को, जो स्थानीय मेडिकल एसोसिएशन का चेयरमैन था, सलाह दी कि अब जो नए मामले आएँ उन्हें छूत वाले वार्ड में रखा जाए।

"अफ़सोस है कि मैं इस बारे में कुछ नहीं कर सकता," रिचर्ड ने उत्तर दिया, "इस तरह का आदेश तो प्रीफ़ेक्ट ही जारी कर सकता है। ख़ैर जो भी हो, तुम किस आधार पर अनुमान कर रहे हो कि इससे छूत का ख़तरा है?"

"आधार तो कोई ख़ास नहीं है। लेकिन रोग के लक्षण ज़रूर डरावने हैं।"

रिचर्ड ने फिर भी यह बात दुहराई कि "इस तरह की कार्यवाही उसकी अधिकार-सीमा में नहीं आती।" वह अधिक-से-अधिक इतना ही कर सकता था कि प्रीफ़ेक्ट के आगे यह मामला पेश कर दे।

लेकिन अभी ये बातें चल ही रही थीं कि मौसम ख़राब हो गया। माइकेल की मृत्यु के अगले दिन आसमान में बादल छा गए और रह-रहकर मूसलाधार बारिश होने लगी। इन बारिशों के बीच के घंटों में बेहद उमस भरी गरमी हो जाती थी। समुद्र का रंग भी बदल गया था। बादलों से भरे आसमान ने उसकी गहरी नीली पारदर्शिता मिटा दी थी और अब उसके रंग में इस्पाती या रुपहली चमक आ गई थी जो आँखों को चुभती थी। वसन्त की उमस और गरमी से तंग आकर सब लोग ग्रीष्म की आने वाली ख़ुश्क गरमी की कामना करने लगे थे। शहर में, जो पठार पर केंचुओं की तरह फैला हुआ था और हर तरफ़ से समुद्र से ओझल था, गम्भीर बेचैनी का मूड छा गया। सफ़ेदी की हुई दीवारों की क़तारों के बीच घिरकर या धूल-भरी दुकानों के बीच से गुज़रते हुए, या गन्दी पीली ट्रामों में सफ़र करते हुए महसूस होता था, मानो वहाँ की आबोहवा ने आपको अपने शिकंजे में जकड़ लिया हो। लेकिन रियो के बूढ़े स्पैनिश मरीज़ के मन की अवस्था ऐसी नहीं थी। उसने इस मौसम का बड़े उत्साह से स्वागत किया।

"यह मौसम आपको भून देता है," वह बोला, "दमा के मरीज़ को तो यही चाहिए।"

इसमें शक नहीं कि यह मौसम 'आपको भून देता' था, लेकिन बिलकुल बुख़ार की तरह। दरअसल, पूरे शहर को बुख़ार चढ़ गया था; कम-से-कम डॉक्टर रियो की यही मानसिक प्रतिक्रिया थी, जब वह कोतार्द की ख़ुदकुशी की कोशिश की जाँच-पड़ताल के बारे में रू फ़ेदर्ब की ओर मोटर में जा रहा था। वह जानता था कि उसके मन की यह प्रतिक्रिया सही नहीं है, और उसने सोचा कि थकान और परेशानी के कारण ही उसे ऐसा महसूस हो रहा है। सचमुच इस वक़्त उसके पल्ले में चिन्ताओं का काफ़ी बड़ा भाग था। दरअसल, समय आ गया था जब वह अपनी परेशानियों को और न बढ़ाकर अपने मन को सुस्थिर करने की कोशिश करे।

कोतार्द के घर पहुँचकर उसे मालूम हुआ कि पुलिस इंस्पेक्टर अभी तक वहाँ नहीं आया। ग्रान्द ने, जो उससे सीढ़ियों पर मिला था, सुझाया कि दरवाज़ा खुला छोड़कर उसके घर में बैठा जाए और इंस्पेक्टर का इन्तज़ार किया जाए। म्यूनिसिपैलिटी के क्लर्क के पास दो कमरे थे, जिनमें बहुत थोड़ा फ़र्नीचर और सामान था। ध्यान आकर्षित करने वाली सिर्फ़ दो ही चीज़ें थीं—एक किताबों की रैक, जिस पर दो-तीन डिक्शनरियाँ पड़ी थीं; और एक छोटा-सा ब्लैक-बोर्ड जिस

पर अध-मिटाए दो शब्द अभी भी पढ़े जा सकते थे। ये शब्द थे—'कुसुमित सड़कें'।

ग्रान्द ने बताया कि कोतार्द ने अच्छी तरह रात बिताई थी। लेकिन सुबह उठने पर उसके सिर में दर्द हो रहा था और तबीयत बहुत भारी-सी थी। ग्रान्द स्वयं काफ़ी थका और उत्तेजित दीख रहा था। वह लगातार कमरे में इधर-से-उधर टहलता रहा और मेज़ पर रखे, ठूँस-ठूँसकर पांडुलिपियों के पन्नों से भरे पोर्टफोलियो को बार-बार खोलता और बन्द करता रहा।

फिर भी, इस बीच उसने डॉक्टर को यह सूचना दे दी कि वह कोतार्द के बारे में सचमुच बहुत कम जानता है, लेकिन उसका ख़याल है कि उसके पास अपनी छोटी-सी पूँजी ज़रूर है। कोतार्द 'रम पियक्कड़' था। काफ़ी अरसे तक उन दोनों की जान-पहचान सिर्फ़ यहीं तक सीमित थी कि ज़ीने पर भेंट हो जाने पर दोनों एक-दूसरे को दुआ-सलाम कर लेते थे।

"अब तक उससे मेरी सिर्फ़ दो बार बातचीत हुई है। कुछ दिन पहले मैं रंगीन चॉक का एक डिब्बा लेकर घर लौट रहा था। वह डिब्बा मेरे हाथ से छूटकर गिर पड़ा। उसमें नीले और लाल रंग की चॉकें थीं। उसी वक़्त कोतार्द अपने कमरे से निकला और उसने मुझे चॉकों को बीनने में मदद दी। उसने मुझसे पूछा कि मुझे रंगीन चॉकों की क्या ज़रूरत है?"

इस पर ग्रान्द ने उसे बताया था कि वह अपनी लैटिन भाषा की जानकारी को ताज़ा करने की कोशिश कर रहा है। उसने स्कूल में लैटिन सीखी थी, लेकिन अब उसकी याददाश्त धुँधली पड़ गई है।

"देखिए न डॉक्टर, मुझे बताया गया है कि लैटिन का ज्ञान फ्रेंच शब्दों का अर्थ समझने में सहायता देता है।"

इसलिए वह अपने ब्लैक-बोर्ड पर लैटिन के शब्द लिखता था और हर शब्द के उस हिस्से को, जो संयुक्त करने से या कारक बदलने से बदल जाता था, नीली चॉक से लिखता था और जो हिस्सा कभी नहीं बदलता था उसे लाल चॉक से लिखता था।

"मुझे विश्वास नहीं कि कोतार्द को मेरी यह बात साफ़ समझ में आ गई हो, लेकिन मुझे लगा कि इसमें वह दिलचस्पी ले रहा है। उसने मुझसे एक लाल चॉक माँगी। इससे मुझे ताज्जुब हुआ, लेकिन आख़िरकार—भला मैं उस वक़्त अनुमान कर भी कैसे सकता था कि वह उस चॉक का क्या इस्तेमाल करेगा!"

रियो ने पूछा कि उनकी दूसरी बातचीत का क्या विषय था? लेकिन इसी वक़्त

इंस्पेक्टर आ गया। उसके साथ एक क्लर्क था। उसने कहा कि वह सबसे पहले ग्रान्द का बयान सुनना चाहता है। डॉक्टर ने देखा कि कोतार्द के बारे में बात करते समय ग्रान्द हमेशा उसे 'अभागा आदमी' कहकर पुकारता है और एक बार तो उसने 'उसके कठोर निश्चय' का भी ज़िक्र किया।

कोतार्द ने किस मुमकिन इरादे से ख़ुदकुशी करने की कोशिश की, इसकी बहस के वक़्त ग्रान्द ने अपने शब्दों के चुनाव में बड़ी सावधानी बरती। अन्त में उसने अपनी बात को स्पष्ट करने के लिए जिन शब्दों को चुना, वे थे 'कोई पोशीदा ग़म'। इंस्पेक्टर ने पूछा कि क्या उसने कोतार्द के व्यवहार में कोई ऐसी बात देखी थी जिससे ज़ाहिर होता हो कि उसका इरादा ख़ुदकुशी करने का है?

"कल उसने मेरे दरवाज़े पर दस्तक दी," ग्रान्द ने बताया, "और मुझसे माचिस माँगी। मैंने उसे एक डिब्बी पकड़ा दी। उसने कहा कि मेरे काम में हर्ज़ करने के लिए उसे अफ़सोस है, लेकिन चूँकि हम पड़ोसी हैं, इसलिए उसे उम्मीद है कि मैं बुरा नहीं मानूँगा। उसने मुझे इत्मीनान दिलाया कि वह मेरी डिब्बी वापस कर देगा, लेकिन मैंने कहा कि अपने पास ही रखे।"

इंस्पेक्टर ने ग्रान्द से पूछा कि क्या उसने कोतार्द के व्यवहार में कोई अजीब बात देखी थी?

"मुझे उसके व्यवहार में सिर्फ़ यही बात अजीब लगती थी कि वह हमेशा मुझसे बातचीत का सिलसिला शुरू करने के लिए उत्सुक दिखाई देता था। लेकिन उसे कम-से-कम इतना तो दिखाई देना ही चाहिए था कि मैं अपने काम में व्यस्त रहता हूँ।" फिर ग्रान्द ने रियो की ओर मुँह करके शरमीले अन्दाज़ में कहा, "मैं अपने एक निजी काम में व्यस्त रहता हूँ।"

इस पर इंस्पेक्टर ने मरीज़ को देखने और उसकी बात सुनने की इच्छा प्रकट की। रियो ने सोचा कि कोतार्द को पहले से इस भेंट के बारे में तैयार कर देना उचित होगा। वह जब बेड-रूम में दाख़िल हुआ तो उसने देखा कि कोतार्द ग्रे फलालेन की नाइट-शर्ट पहने आतंकित भाव से दरवाज़े की ओर टकटकी बाँधे अपने बिस्तर में बैठा है।

"पुलिस आई है, है न?"

"हाँ, लेकिन घबराओ नहीं," रियो ने दिलासा दी, "कुछ जाब्ते की कार्यवाही पूरी करने के बाद पुलिस चली जाएगी और तुम्हें शान्तिपूर्वक अकेला छोड़ दिया जाएगा।"

कोतार्द ने उत्तर दिया कि उसकी नज़र में यह सारी कार्यवाही बेकार थी और जो भी हो वह पुलिस को पसन्द नहीं करता।

रियो चिढ़ गया।

"मैं भी पुलिस से प्यार नहीं करता। सिर्फ़ कुछ सवालों का संक्षिप्त और सही जवाब देने-भर की बात है, उसके बाद तुम्हें पुलिस से छुट्टी मिल जाएगी।"

कोतार्द ने इस पर कुछ नहीं कहा और रियो दरवाज़े की ओर जाने को हुआ। अभी उसने एक ही क़दम उठाया होगा कि उस छोटे क़द के आदमी ने उसे वापस बुला लिया। रियो जब पलंग के पास पहुँचा तो कोतार्द ने ज़ोर से उसके हाथ थाम लिये।

"ये लोग एक बीमार के साथ सख्ती तो नहीं करेंगे—ऐसे आदमी के साथ जिसने अपने को फाँसी दे ली थी, क्यों डॉक्टर?"

रियो ने एक क्षण उसकी ओर देखकर आश्वासन दिया कि इसका कोई सवाल ही नहीं उठता और अगर कुछ हो भी तो अपने मरीज़ की रक्षा करने के लिए वह मौजूद रहेगा। कोतार्द को इससे कुछ सांत्वना मिली और रियो इंस्पेक्टर को लाने के लिए बाहर चला गया।

ग्रान्द का बयान पढ़कर सुनाने के बाद इंस्पेक्टर ने कोतार्द से ख़ुदकुशी करने का सही-सही कारण पूछा। उसने पुलिस अफ़सर को बिना देखे सिर्फ़ यही जवाब दिया कि 'कोई पोशीदा ग़म' उस कारण को सही-सही बयान कर देता है। तब इंस्पेक्टर ने कठोर स्वर में पूछा कि क्या उसका इरादा 'फिर एक बार आज़माइश करके' देखने का है? इस बार आवेशपूर्वक उसने जवाब दिया, "हरगिज़ नहीं।" उसकी सिर्फ़ एक ही ख़्वाहिश थी कि उसे शान्तिपूर्वक अकेला छोड़ दिया जाए।

"भले आदमी, मुझे कहना चाहिए कि इस वक़्त तो तुम्हीं ने दूसरों की शान्ति में खलल डाल रखा है," इंस्पेक्टर ने किंचित चिढ़कर जवाब दिया। रियो ने उसको इशारे से और कुछ न कहने के लिए मना किया और इंस्पेक्टर चुप हो गया।

"एक अच्छा-खासा घंटा बेकार बरबाद हो गया," दरवाज़े से बाहर निकलते ही इंस्पेक्टर ने आह भरकर कहा। "आप तो अन्दाज़ कर ही सकते हैं कि हमारे पास सोचने के लिए इस वक़्त और कई मसले हैं, जैसे यह बुख़ार, जिसकी हर शख़्स चर्चा कर रहा है।"

फिर उसने डॉक्टर से पूछा कि क्या शहर को इससे गम्भीर ख़तरा पैदा हो गया है? रियो ने जवाब दिया कि वह अभी कुछ नहीं कह सकता।

"यह सब मौसम की वजह से है," पुलिस अफ़सर ने फ़ैसला सुनाया, "बस यही बात है।"

इसमें शक नहीं कि मौसम ख़राब था। दिन चढ़ने के साथ-साथ हर चीज़ चिपचिपी होती गई और हर विज़िट के बाद डॉक्टर रियो की चिन्ता बढ़ती गई। उस रात किनारे की बस्ती में रहने वाले उसके एक मरीज़ के पड़ोसी ने अपने पेट के निचले हिस्से को हाथों से दबाते हुए उल्टियाँ करनी शुरू कर दीं। साथ में तेज़ बुख़ार और सरसाम भी था। उसकी गिल्टियाँ माइकेल की गिल्टियों से कहीं ज़्यादा बड़ी थीं। उनमें एक गिल्टी फूटने वाली थी और कुछ ही देर में अत्यधिक पके फल की तरह उसका मुँह फट गया। अपने फ़्लैट में लौटकर रियो ने ज़िले के मेडिकल स्टोर डिपो को टेलीफ़ोन किया। अपनी मेडिकल डायरी में उसने आज के दिन सिर्फ़ एक बात दर्ज की थी, 'नकारात्मक उत्तर'। उसे शहर के विभिन्न भागों से ऐसे ही मामलों के लिए बुलावे आने लगे। ज़ाहिर है कि घाव को तो हर शर्त में चीरना ही पड़ता था। एक चीरा इधर से और दूसरा उधर से और गिल्टी एक अंजुली भरकर ख़ून और मवाद उगल देती। मरीज़ों के हाथ-पाँव, जितनी दूर तक सम्भव था, अकड़कर फैल जाते और ख़ून का बहना जारी रहता। उनकी टाँगों और पेटों पर काले धब्बे उछल आते। कभी-कभी कोई गिल्टी बैठ जाती, लेकिन फिर एकाएक फूलने लगती। अक्सर मरीज़ बदबूदार सड़ान्ध के बीच दम तोड़ देते।

स्थानीय अख़बार, जो चूहों के बारे में इतनी बड़ी-बड़ी सुर्ख़ियाँ देकर ख़बरें छापते थे, अब बिलकुल ख़ामोश हो गए थे, क्योंकि चूहे सड़कों पर मरते हैं और आदमी अपने घरों में। और अख़बार सिर्फ़ सड़कों में ही दिलचस्पी रखते हैं। सरकारी और म्यूनिसिपैलिटी के अफ़सर आपस में मशविरा कर रहे थे। जब तक कि एक-एक डॉक्टर के पास दो या तीन मामले ही पहुँचे थे, तब तक किसी ने इस बारे में कोई क़दम उठाने की बात ही नहीं सोची। यह सिर्फ़ संख्याओं को जोड़ने का सवाल था, लेकिन जब ऐसा किया गया तो कुल संख्या हैरतअंगेज़ निकली। कुछ ही दिनों में मरीज़ों की संख्या दिन दूनी रात चौगुनी की रफ़्तार से बढ़ गई और इस विचित्र बीमारी के दर्शकों को इसमें ज़रा भी सन्देह न रहा कि ज़रूर कोई महामारी फैल गई है। स्थिति इस हद तक पहुँच चुकी थी, जब रियो का एक सहयोगी डॉक्टर कास्तेल, जो उससे उम्र में काफ़ी बड़ा था, एक दिन उससे मिलने आया।

"ज़ाहिर है कि तुम तो जानते ही होगे कि यह कौन-सी बीमारी है," उसने रियो से कहा।

"मैं अभी तक पोस्टमार्टम के नतीजे का इन्तज़ार कर रहा हूँ।"

"ख़ैर, मैं जानता हूँ। और मुझे पोस्टमार्टम के नतीजों की कोई ज़रूरत नहीं है। मैंने अपनी काफ़ी ज़िन्दगी चीन में गुज़ारी है, और बीस साल पहले पेरिस में भी मैंने इसी तरह के कुछ मामले देखे थे। हुआ यह कि उस वक़्त किसी को इस बीमारी का सही नाम लेने की जुर्रत नहीं हुई। हमने एक प्रतिबन्ध लगा रखा है कि लोगों को सही नाम बताकर दहशत न पैदा कर दें। लेकिन इस तरह काम नहीं चलेगा। इसके अलावा हमारे बीच एक अन्धविश्वास भी फैला हुआ है, जैसा कि मेरे एक साथी डॉक्टर के इस कथन से ज़ाहिर है। उसने कहा, 'यह अकल्पनीय है। हर शख़्स जानता है कि यह महामारी अब पश्चिमी यूरोप के देशों से गायब हो चुकी है।' हाँ, यह ठीक है कि हर शख़्स इस बात को जानता है—सिवाय उन अभागों के जो इसकी वजह से मौत के घाट उतर चुके हैं। रियो, बहानेबाज़ी छोड़ो। तुम भी उतना ही अच्छी तरह जानते हो जितना मैं कि यह बीमारी क्या है।"

रियो सोचने लगा। वह अपने ऑपरेशन-रूम की खिड़की से पहाड़ी की उस चोटी की ओर देख रहा था जो क्षितिज पर स्थित खाड़ी के आधे वृत्त को ढँक लेती थी। नीले आसमान में एक धुँधली-सी आभा थी, जो दिन ढलने के साथ उसकी नीलिमा को और मुलायम बनाती जा रही थी।

"हाँ कास्तेल! इस बात पर यक़ीन करना मुश्किल है। लेकिन बीमारी के सारे लक्षण इसी ओर इशारा करते हैं कि यह प्लेग है," रियो ने उत्तर दिया।

कास्तेल उठकर दरवाज़े की ओर चल पड़ा।

"तो फिर तुम यह भी जानते हो," बूढ़े डॉक्टर ने रुककर कहा "कि वे हमसे क्या कहेंगे? यही कि यह बीमारी बीच की जलवायु वाले मुल्कों से कभी की गायब हो चुकी है।"

"गायब हो चुकी है? आख़िर इन लफ़्ज़ों का ठीक मतलब क्या है?" रियो ने अपने कन्धे हिलाए।

"हाँ। और यह भी मत भूलना कि ठीक बीस साल पहले पेरिस में भी..."

"अच्छा। ख़ैर हमें उम्मीद करनी चाहिए कि इस बार उतनी तबाही नहीं फैलेगी। फिर भी इस बात पर... यक़ीन नहीं होता।"

5

'प्लेग' का नाम अभी-अभी पहली बार लिया गया था। कहानी के इस बिन्दु पर पहुँचकर जब डॉक्टर बर्नार्द रियो अपनी खिड़की के सामने खड़ा बाहर का दृश्य देख रहा है, शायद आप हमें डॉक्टर की इस अनिश्चितता और हैरानी को उचित बताने की इजाज़त देंगे क्योंकि मामूली फ़र्क़ के बावजूद उसके अन्दर भी वैसी ही प्रतिक्रिया हुई थी, जैसी हमारे शहर के अधिकांश निवासियों के अन्दर। सभी जानते हैं कि दुनिया में बार-बार महामारियाँ फैलती रहती हैं, लेकिन जब नीले आसमान को फाड़कर कोई महामारी हमारे ही सिर पर आ टूटती है तब, न जाने क्यों, हमें उस पर विश्वास करने में कठिनाई होती है। इतिहास में जितनी बार युद्ध लड़े गए हैं उतनी ही बार प्लेग भी फैली है। फिर भी प्लेग और युद्ध समान रूप से लोगों को हैरत से भर देते हैं।

दरअसल बात यह है कि हमारे नगरवासियों की तरह, रियो को भी यह आशंका नहीं थी। इसलिए इस तथ्य को स्वीकार करने में उसे जो हिचकिचाहट हुई, उसे हम समझ सकते हैं। इसी तरह हम यह भी समझ सकते हैं कि परस्पर-विरोधी डरों और विश्वासों के बीच फँसकर उसके मन में कैसा द्वन्द्व मचा होगा। जब युद्ध छिड़ जाता है तो लोग कहते हैं, "यह निहायत बेवकूफ़ी की बात है; यह लड़ाई ज़्यादा दिन नहीं चल सकती।" फिर भी युद्ध चाहे 'निहायत बेवकूफ़ी की बात' ही क्यों न हो, लेकिन उसका ज़्यादा दिन तक चलना रुक नहीं जाता। बेवकूफ़ी की बात आगे बढ़ने के लिए अपना रास्ता तलाश कर लेती है, जिस तरह हमें यह देखने की कोशिश करनी चाहिए कि हम कहीं हमेशा तो अपने-आप में इतने बन्द नहीं रहे।

इस मामले में हमारे नगरवासी औरों की तरह ही थे—अपने-आप अपने में बन्द। दूसरे शब्दों में वे मानववादी थे; वे महामारियों पर विश्वास नहीं करते थे।

महामारियाँ मनुष्य के नाम से नहीं बनतीं। इसलिए हम अपने-आप से कहने लगते हैं कि महामारियाँ सिर्फ़ दिमागी आतंक हैं, कि वे एक बुरे सपने की तरह गुज़र जाएँगी। लेकिन वे हमेशा आसानी से नहीं गुज़र जातीं और एक बुरे सपने के बाद दूसरे बुरे सपने का सिलसिला शुरू होने की तरह, मनुष्य गुज़रते जाते हैं; उनमें से भी सबसे पहले मानववादी महामारी का शिकार होते हैं, क्योंकि वे अपने बचने के लिए सावधानी नहीं बरतते। हमारे नगरवासियों का दोष औरों से ज़्यादा नहीं था। वे सिर्फ़ मर्यादा भूलकर यह सोचने लगे थे कि अभी भी उनके लिए सब कुछ सम्भव हो सकेगा, जिसका मतलब था कि महामारियाँ असम्भव हैं। वे अपने काम-धंधों में पूर्ववत् लगे रहे, अपनी यात्राओं की तैयारियाँ करते रहे और दुनिया में होने वाली घटनाओं पर अपनी राय कायम करते रहे। भला प्लेग-जैसी चीज़ के बारे में वे क्योंकर सोचते, जो भविष्य को मिटा देती है, यात्राओं को स्थगित कर देती है और विचार-विनिमय को ख़ामोश कर देती है! वे सोचते थे कि वे आज़ाद हैं, लेकिन जब तक महामारियाँ हैं, तब तक कोई आज़ाद नहीं हो सकेगा।

दरअसल, इसके बाद भी डॉक्टर रियो के दिमाग में यह खतरा अवास्तविक-सा ही बना रहा, जबकि उसने अपने मित्र के सामने यह स्वीकार कर लिया था कि शहर के विभिन्न हिस्सों में कुछ लोग, किसी पूर्व सूचना के बिना ही प्लेग से मर गए थे। इसका कारण बहुत साधारण था, वह यह कि जब कोई व्यक्ति डॉक्टर बन जाता है तब मानव-पीड़ा के बारे में उसके अपने विचार बन जाते हैं और साधारण लोगों की अपेक्षा उसकी कल्पना का विस्तार अधिक हो जाता है। खिड़की से शहर को देखते हुए, बाहर से जिसमें कोई परिवर्तन नहीं हुआ था, उसे भविष्य के बारे में एक हल्की-सी परेशानी, एक अस्पष्ट-सी घबराहट ही महसूस हुई।

उसने याद करने की कोशिश की कि उसने इस बीमारी के बारे में क्या-क्या पढ़ा था। उसकी स्मृति में आँकड़े तैर गए, और उसे याद आया कि प्लेग की जिन तीस महामारियों का इतिहास को पता है, उन्होंने करीब दस करोड़ लोगों की जान ली है। लेकिन दस करोड़ मौतें क्या होती हैं? जो युद्ध में लड़कर आ जाता है, वह कुछ दिन बाद यह भूल जाता है कि मुर्दा आदमी क्या होता है। और चूँकि मुर्दा आदमी वास्तविक नहीं होता, जब तक कि उसको प्रत्यक्ष मरते हुए न देखा गया हो, इसलिए इतिहास में दस करोड़ व्यक्तियों के शवों की घोषणा मनुष्य की कल्पना में धुएँ के एक कश से ज़्यादा वास्तविक नहीं दिखती। डॉक्टर को कुस्तुन्तुनिया की प्लेग की याद आई, जिसके बारे में प्रोकोपियस ने लिखा था कि

एक ही दिन में उससे दस हज़ार मौतें हुई थीं। दस हज़ार मृतकों की संख्या किसी बड़े सिनेमाघर के दर्शकों से लगभग पाँच गुनी हुई। हाँ, ठीक है, इसी तरह इसको समझना चाहिए। आपको चाहिए कि पाँच बड़े सिनेमाघरों के दरवाज़ों पर ही उनके दर्शकों को जमा कर लें, फिर उन्हें शहर के चौक में ले जाएँ और फिर उन्हें ढेर के ढेर मर जाने दें, अगर आप दस हज़ार मौतों का साफ़-साफ़ मतलब समझना चाहते हैं। फिर मुर्दों की इस अज्ञात भीड़ में कुछ परिचितों के चेहरे भी जोड़ दें। लेकिन ज़ाहिर है कि ऐसा करना एकदम असम्भव है। इसके अलावा ऐसा कौन आदमी है जो दस हज़ार चेहरों को पहचानता हो? जो भी हो, प्रोकोपियस की तरह उन पुराने इतिहासकारों के दिये हुए आँकड़ों पर भरोसा नहीं किया जा सकता, यह आम धारणा थी। सत्तर साल पहले कैंटन शहर में प्लेग से जब चालीस हज़ार चूहे मर चुके तब जाकर बीमारी नगरवासियों में फैली थी। लेकिन कैंटन की महामारी में भी चूहों की गिनती करने का कोई प्रामाणिक तरीक़ा नहीं था। केवल मोटे तौर पर अन्दाज़ ही तो लगाया गया था, जिसमें ग़लती की काफ़ी गुंजाइश थी। "आओ, ज़रा हिसाब लगाकर देखें," डॉक्टर ने अपने-आप से ही कहा, "मान लो कि एक चूहे की लम्बाई दस इंच होती है, तो चालीस हज़ार चूहों को अगर एक-दूसरे के आगे बिछा दें तो वह क़तार कितनी लम्बी होगी..."

उसने झटका देकर अपना होश सँभाला। वह अपनी कल्पना को खिलवाड़ करने का मौक़ा दे रहा था, जिसकी इस वक़्त क़तई ज़रूरत नहीं थी। उसने अपने-आपको आश्वासन दिया कि कुछ मामलों के आधार पर इसे महामारी नहीं कहा जा सकता। ज़रूरत सिर्फ़ गम्भीरतापूर्वक सावधानी बरतने की है। सबसे पहले तो उसे उन लक्षणों पर ध्यान केन्द्रित करना चाहिए, जो उसने अपने मरीज़ों में देखे हैं—बेहोशी और बेहद थकान, काँख और जाँघ में गिल्टियाँ, भयंकर प्यास, डिलीरियम, शरीर में काले धब्बे, अन्दर-ही-अन्दर घुलना और आख़िर में...आख़िर में, डॉक्टर के दिमाग में कुछ शब्द आए, जो संयोग से उसकी मेडिकल हैंडबुक में दिये गए वर्णन के आख़िरी वाक्य में भी थे। "नाड़ी फड़फड़ाने लगती है, तेज़ रफ़्तार से और रह-रहकर, और ज़रा-सी भी हरकत से मौत हो जाती है।" हाँ, आख़िर में मरीज़ की ज़िन्दगी एक धागे से लटक जाती है, और चार में से तीन मरीज़ (उसे ठीक-ठीक संख्या याद आ गई) इतने बेसब्र होते हैं कि कोई-न-कोई हल्की-सी हरकत कर बैठते हैं, जो इस धागे को तोड़ देती है।

डॉक्टर अभी भी खिड़की से बाहर देख रहा था। बाहर वसन्त के शीतल आकाश

की शान्त आभा फैली थी। कमरे के अन्दर एक शब्द की प्रतिध्वनि अभी तक गूँज रही थी—वह शब्द था 'प्लेग'। वह ऐसा शब्द था जिसने डॉक्टर के दिमाग़ में कुछ ऐसी तस्वीरें जगा दीं, जो सिर्फ़ उन तस्वीरों से ही मेल नहीं खाती थीं जिनका वर्णन विज्ञान ने किया है, बल्कि जिनमें कुछ ऐसी हैरतअंगेज़ सम्भावनाओं का पूरा सिलसिला निहित था जो उसकी आँखों के आगे बिछे इस भूरे और पीले रंग के शहर से बिलकुल भिन्न थीं, जिसकी सड़कों से लोगों के कार्य-कलाप की हल्की-हल्की आवाज़ें उस तक पहुँच रही थीं; संक्षेप में, एक उदास कलरव-सा उठ रहा था न कि शोरगुल—एक सुखी नगर की आवाज़ें, अगर एक साथ ही उदास और सुखी होना सम्भव हो तो। शहर में ऐसी आकस्मिक और विचारहीन शान्ति छाई थी जो मानो अनायास ही प्लेग की पुरानी तस्वीरों का खंडन कर रही हो। एथेंस, एक विशाल श्मशान जिससे आसमान तक सड़ाँध उठ रही थी और जिसे चिड़ियाँ भी वीरान करके उड़ गई थीं; चीन के शहर प्लेग के मरीज़ों से पटे हुए, जो ख़ामोशी से अपनी यातना झेल रहे हैं; मर्साई, जहाँ पर क़ैदी खन्दकों में सड़ी हुई लाशों के ढेर जमा कर रहे हैं। प्रोवेंस के इलाक़े में प्लेग की क्रुद्ध हवाओं को रोकने के लिए एक महान दीवार का निर्माण; कुस्तुन्तुनिया के कोढ़ीगृह, बदबूदार सड़ी चटाइयाँ मिट्टी के फ़र्श में धँसी हुईं जहाँ मरीज़ों को कुदालों से ठेलकर अपने बिस्तरों से नीचे गिराया गया था; काली मौत को शान्त करने के लिए नक़ाबपोश डॉक्टरों का मेला; मिलान शहर के कब्रिस्तानों में स्त्रियों और पुरुषों की खुली रतिक्रियाएँ; लन्दन की पिशाचों के भय से आक्रान्त अँधेरी सड़कों से लाशों से भरी गाड़ियों का चरमराते-लड़खड़ाते हुए गुज़रना—हमेशा और हर जगह मनुष्य के दर्द-भरे चिर-क्रन्दन से आक्रान्त रातें और दिन। नहीं, ये दहशतें अभी तक इतनी नज़दीक नहीं पहुँची थीं कि वसन्त के उस तीसरे पहर की शान्ति को भंग कर देतीं। और खाड़ी की दिशा में टकटकी बाँधकर देखते हुए डॉक्टर रियो ने प्लेग की उस आग की याद की जिसका ज़िक्र लूक्रिशियस ने किया है—उस आग की जो एथेंस के लोगों ने समुद्र के किनारे पर जलाई थीं। रात होने पर वे मुर्दों को वहाँ ले गए लेकिन वहाँ उनके लिए काफ़ी जगह नहीं थी, और ज़िन्दा लोग अपने-अपने प्रियजनों की लाशों को रखने की जगह के लिए आपस में मशालों से लड़े थे, क्योंकि वे ख़ूनी जंग में कूदने को तैयार थे, लेकिन अपने मुर्दों को समुद्र की लहरों में नहीं छोड़ना चाहते थे। रियो की आँखों के आगे शराब-जैसे काले शान्त समुद्र में प्रतिबिम्बित चिताओं से उठने वाली एक लाल रोशनी, आपस में जूझती हुई मशालों से चारों दिशाओं में

छिटकती हुई चिनगारियों और ऊपर से झाँकते आसमान की ओर उठने वाले घने और सड़ाँध-भरे धुएँ की एक तस्वीर कौंध गई...

लेकिन ये अतिरंजित आशंकाएँ तर्क की रोशनी में अपने-आप मिट गईं। माना कि 'प्लेग' का नाम ले लिया गया था, हो सकता है कि इस वक़्त भी एक या दो को इस बीमारी ने पकड़कर पछाड़ दिया हो। फिर भी, यह रुक सकता था या रोका जा सकता था। ज़रूरत सिर्फ़ इस बात की थी कि जिस तथ्य को स्वीकार लेना चाहिए था, उसे संजीदा दिल से स्वीकार लिया जाए; ऐतिहासिक स्मृतियों की काली छायाओं को दिल से निकालकर क़दम उठाए जाएँ जो उठाने चाहिए। तब प्लेग का फैलना बन्द हो जाएगा, क्योंकि यह एक अकल्पनीय बात थी या फिर लोग इसके बारे में ग़लत ढंग से सोचने के आदी थे। अगर, जैसा कि सम्भव था, प्लेग ख़त्म हो गई तो सब कुछ फिर ठीक हो जाएगा। अगर ख़त्म नहीं हुई, तो कम-से-कम लोगों को पता तो चल जाएगा प्लेग क्या होती है और उसका मुक़ाबला करने और आख़िर में उस पर काबू पाने के लिए क्या क़दम उठाने चाहिए।

डॉक्टर ने खिड़की खोली और फ़ौरन शहर की आवाज़ें तेज़ हो गईं। पास के किसी वर्कशॉप से मशीनी आरी के चलने की खरखराहट लगातार सुनाई देने लगी। रियो ने अपने-आपको सँभाला। वहाँ, उन रोज़मर्रा के कार्यों में निश्चिन्तता थी। बाक़ी सब बातें अनिश्चित और क्षुद्र तात्कालिक ज़रूरतों से बँधी थीं; आप उनके लिए वक़्त बरबाद नहीं कर सकते। असल बात यह थी कि अपना काम इस तरह किया जाए जिस तरह किया जाना चाहिए।

6

डॉक्टर का विचार-प्रवाह इस बिन्दु पर पहुँचा ही था कि उसे जोज़ेफ़ ग्रान्द के आगमन की सूचना मिली। म्यूनिसिपैलिटी के क्लर्क की हैसियत से ग्रान्द को कई तरह के काम करने पड़ते थे और अक्सर उसे आँकड़े तैयार करने वाले विभाग की ओर से जन्म, विवाह और मृत्यु के आँकड़े जमा करने के काम पर तैनात कर दिया जाता था। इस तरह इस बार उसे पिछले दिनों में होने वाली मौतों की संख्या जमा करने का काम सौंपा गया था और वह चूँकि मेहरबान दिल का आदमी था, इसलिए उसने ख़ुद ही डॉक्टर से वादा किया था कि वह मौतों की ताज़ा सूची लेकर उसके पास आएगा।

ग्रान्द के हाथ में काग़ज़ का एक पन्ना था और साथ में उसका पड़ोसी कोतार्द था।

"तादाद बढ़ती जा रही है, डॉक्टर! पिछले अड़तालीस घंटों में ग्यारह मौतें हुई हैं।"

रियो ने कोतार्द से हाथ मिलाकर उसकी तबीयत का हाल पूछा। ग्रान्द ने उसकी ओर से सफ़ाई देते हुए कहा कि कोतार्द ने सोचा कि डॉक्टर का शुक्रिया अदा करना और उनको उसकी वजह से जो तकलीफ़ करनी पड़ी, उसके लिए माफ़ी माँगना उसका फ़र्ज़ है। लेकिन रियो काग़ज़ पर लिखी संख्या की ओर त्योरियाँ डालकर देख रहा था।

"ख़ैर," वह बोला, "शायद अब हमें इस बीमारी को इसके सही नाम से पुकारने का निश्चय कर लेना चाहिए। अब तक हम लोग सिर्फ़ इधर-उधर की बातें ही करते रहे हैं। सुनो, मैं लेबोरेटरी तक जा रहा हूँ, मेरे साथ आना चाहते हो?"

"ज़रूर, ज़रूर," डॉक्टर के पीछे-पीछे ज़ीने से उतरते हुए ग्रान्द ने उत्तर दिया।

"मैं भी चीज़ों को उनके सही नाम से पुकारने में ही विश्वास करता हूँ... बहरहाल, इस बीमारी का सही नाम क्या है?"

"वह मैं नहीं बताऊँगा, और फिर उसका नाम जानने से तुम्हें कोई फ़ायदा नहीं होगा।"

"देखा आपने," ग्रान्द मुस्कराया, "आख़िरकार यह मामला इतना आसान नहीं है!"

वे तीनों प्लेस द आर्मे की तरफ़ चल पड़े। कोतार्द इस वक़्त भी ख़ामोश रहा। सड़कों पर भीड़ होने लगी थी। हमारे शहर की संक्षिप्त गोधूलि की वेला रात में तब्दील हो चुकी थी और क्षितिज-रेखा से ऊपर कुछ तारे नज़र आने लगे थे। कुछ ही देर में सड़क की सारी बत्तियाँ जल गईं और सड़क की आवाज़ें जैसे एक स्वर-लहरी में ऊपर उठने लगीं।

"माफ़ कीजिए, लेकिन मुझे अब अपनी ट्राम पकड़नी चाहिए," प्लेस द आर्मे के कोने पर पहुँचकर ग्रान्द ने कहा। मेरी शामें...पवित्र हैं। जैसी कि हमारे इलाक़े की एक कहावत है, 'कल के लिए काम कभी न छोड़ो।'

रियो ने पहले ही लक्ष्य किया था कि ग्रान्द में अपने इलाक़े की किसी उक्ति का हवाला देने की आदत है (वह मॉन्तेलिमर का निवासी था) और इसके बाद वह अक्सर ऐसी टकसाली अभिव्यक्तियों का प्रयोग करता था जैसे 'सपनों में खो गया' या 'तस्वीर-जैसी ख़ूबसूरत'।

"यह सच है," कोतार्द ने कहा, "डिनर के बाद आप इसको अपने दरबे से हिला भी नहीं सकते।"

रियो के पूछने पर कि क्या वह म्यूनिसिपैलिटी के लिए अतिरिक्त-काम कर रहा है, ग्रान्द ने उत्तर दिया कि नहीं, वह तो सिर्फ़ अपनी ओर से यह काम कर रहा है।

"क्या सच?" रियो ने बातचीत जारी रखने के लिए कहा, "और क्या तुम्हारा काम ठीक चल रहा है?"

"इस बात को ध्यान में रखते हुए कि मैं बरसों से ऐसा काम करता आया हूँ, यह ताज्जुब की ही बात होगी अगर मैं ठीक से काम न चला सकूँ। हालाँकि, एक अर्थ में, इस दिशा में काफ़ी प्रगति नहीं हुई।"

"क्या मैं जान सकता हूँ," डॉक्टर ने ठहरकर पूछा, "कि तुम किस काम में लगे हो?"

ग्रान्द ने हाथ से पकड़कर हैट को अपने विशाल, बाहर को निकले हुए कानों

तक खींचते हुए अस्फुट स्वर में कुछ बड़बड़ाकर कहा, जिससे रियो ने यह नतीजा निकाला कि ग्रान्द के काम का 'व्यक्तित्व के विकास' से सम्बन्ध था। फिर वह तपाक से मुड़कर तेज़ी से छोटे-छोटे क़दम रखता हुआ बुलेवार द ला' मार्ने के किनारे पर लगी अंजीरों की पाँत के नीचे-नीचे आगे बढ़ गया।

वे लोग जब लेबोरेटरी के दरवाज़े पर पहुँचे तो कोतार्द ने डॉक्टर से कहा कि वह उससे मिलकर एक ज़रूरी मामले के बारे में उसकी सलाह लेना चाहता है। रियो ने, जो अपनी जेब में आँकड़ों वाले काग़ज़ को टटोल रहा था, कहा कि वह कन्सल्टेशन के घंटों के बीच कभी भी आ जाए। लेकिन फिर अपना इरादा बदलकर बोला कि वह कल के दिन जब उसकी बस्ती की तरफ़ आएगा, तब तीसरे पहर के बाद ख़ुद ही उसके यहाँ आ जाएगा।

कोतार्द के जाने पर डॉक्टर ने गौर किया कि वह ग्रान्द के बारे में सोच रहा था, प्लेग फैलने के बीच ग्रान्द की मौजूदगी की कल्पना कर रहा था—ऐसी मामूली प्लेग के बीच नहीं जैसी इस वक़्त फैली हुई थी, बल्कि प्राचीन युगों की भयानक प्रलयकारी प्लेगों के बीच। 'वह उस क़िस्म का आदमी है जो ऐसे मौक़ों पर ज़िन्दा बचे रहते हैं।' रियो को याद आया कि उसने कहीं पढ़ा था कि प्लेग कमज़ोर और दुर्बल शरीर के लोगों को छोड़कर मज़बूत और तन्दुरुस्त व्यक्तियों को ही आमतौर पर अपना शिकार बनाती है। ग्रान्द के बारे में सोचते हुए वह इस नतीजे पर पहुँचा कि वह अपने तुच्छ ढंग का एक 'रहस्यपूर्ण आदमी' है।

यह सच है कि अपने साधारण व्यवहार और बाहरी पहनावे से, पहली नज़र में यही लगता था कि वह स्थानीय म्यूनिसिपैलिटी का एक मामूली कर्मचारी है। लम्बे क़द और दुर्बल शरीर का यह आदमी हमेशा ढीले-ढाले कपड़े पहनता था, शायद इस ग़लत ख़याल से कि ढीले कपड़े ज़्यादा दिन चलते हैं। हालाँकि उसके निचले जबड़े के अधिकतर दाँत अभी तक सुरक्षित थे, लेकिन ऊपर के सारे दाँत गिर चुके थे। नतीजा यह था कि ऊपर के होंठ को उठाकर—नीचे का होंठ अक्सर हिलता भी नहीं था—जब वह मुस्कराता तो उसका मुँह उसके चेहरे में बनाए गए एक काले छेद की तरह दिखाई देता। उसकी चाल एक नौजवान शरमीले पादरी-जैसी थी, जो दीवारों से सटकर चलता है और दरवाज़ों में चूहों की तरह सरककर घुस जाता है। और उसके बदन में धुएँ और तहख़ानों की सीलन-जैसी गन्ध आती थी। संक्षेप में, तुच्छता और नगण्यता के सभी लक्षण उसमें थे। दरअसल, शहर के स्नान-गृहों की चुंगी की दर के काग़ज़ों को लेकर ध्यानपूर्वक डेस्क पर झुके

रहने या किसी जूनियर सेक्रेटरी के लिए सफ़ाई के नए टैक्स की सामग्री जमा करते रहने के अलावा और किसी रूप में उसकी कल्पना करना मुश्किल था। वह क्या काम करता था, यह बताए जाने से पहले ही आपको यह महसूस होने लगता था कि उसको सिर्फ़ इसी मकसद से इस दुनिया में पैदा किया गया है कि वह 62 फ्रांक और 30 सेंट माहवार पर म्यूनिसिपैलिटी के एक अरज़ी असिस्टेंट क्लर्क की ज़रूरी ड्यूटी अंजाम देता रहे।

दरअसल, टॉउन हॉल के स्टॉफ़ रजिस्टर में 'जगह जिस पर तैनात हैं' के कॉलम में वह हर महीने यही बात दर्ज किया करता था। बाईस साल पहले मैट्रिकुलेशन का सर्टिफिकेट पाने के बाद, पैसों की तंगी की वजह से वह इससे आगे तरक़्क़ी नहीं कर सका। उसे जब इस अस्थायी नौकरी पर नियुक्त किया गया, तब उसे उम्मीद हो गई थी कि उसे जल्द ही पक्का कर दिया जाएगा। शहर के प्रशासन की नाजुक समस्याओं को समझकर उनके मुताबिक़ काम करने की योग्यता दिखाने-भर की ज़रूरत थी। उसे यह भी आश्वासन दिया गया था कि एक बार पक्का होते ही उसको ऐसे ग्रेड में तरक़्क़ी पाने में दिक़्क़त नहीं होगी, जिससे वह आराम की ज़िन्दगी बसर कर सकेगा। निश्चय ही महत्त्वाकांक्षा ने जोज़ेफ़ ग्रान्द को मेहनत से काम करने की ऐड़ नहीं लगाई थी, सूखी मुस्कान बिखेरकर वह यह कसम खाकर कह सकता था। वह सिर्फ़ इतना ही चाहता था कि अपनी मेहनत के बल पर भौतिक दृष्टि से उसकी ज़िन्दगी सुरक्षित हो जाए ताकि वह अपनी फ़ुरसत का वक़्त अपने मनपसन्द कामों में लगा सके। उसने अगर यह नौकरी मंज़ूर की तो सिर्फ़ दयानतदारी की ख़ातिर, या अगर इजाज़त दी जाए तो वह कहेगा कि एक आदर्श के प्रति अपनी वफ़ादारी की ख़ातिर।

लेकिन यह 'अस्थायी' स्थिति चलती ही चली गई, महँगाई दिन दूनी रात चौगुनी बढ़ती गई, मगर ग्रान्द का वेतन मामूली सालाना तरक़्क़ी के बावजूद आज भी नगण्य था। उसने रियो को यह बात बताई थी, लेकिन और कोई उसकी स्थिति के प्रति सचेत नहीं दिखाई देता था। और इसी में ग्रान्द की मौलिकता या कम-से-कम उसका संकेत छिपा है। वह ऊपर के अधिकारियों के नोटिस में अगर अपने अधिकारों को नहीं, जिनके बारे में वह स्वयं आश्वस्त नहीं था, तो उन वायदों को तो ला ही सकता था जो नौकरी देते वक़्त उससे किए गए थे। लेकिन डिपार्टमेंट के जिस अध्यक्ष ने ये वायदे किए थे, एक तो वह मर चुका था और दूसरे उसे ख़ुद याद नहीं था कि इन वायदों की ठीक शर्तें क्या थीं। और आख़िर में सबसे बड़ी

मुसीबत तो यह थी, जोज़ेफ़ ग्रान्द किन शब्दों में फ़रियाद करे, यह नहीं जानता था।

रियो ने देखा कि यही विशेषता हमारे इस नेक नगरवासी के व्यक्तित्व की सच्ची कुंजी थी। उसमें यही कमी थी जो उसे हमेशा हल्के प्रतिवाद का वह पत्र लिखने से, जो उसके दिमाग़ में छाया रहता था या इस स्थिति का मुक़ाबला करने के लिए कोई दूसरा क़दम उठाने से रोक देती थी। उसके अनुसार उसे अपने 'अधिकारों' के बारे में बात करने से ख़ास नफ़रत थी। यह ऐसा शब्द था जिस पर पहुँचकर वह अटक जाता था। इसी तरह वह 'वायदों' का उल्लेख करना भी पसन्द नहीं करता था, क्योंकि इसका मतलब यह लगाया जाएगा कि वह अपना जायज़ हक पाने का दावा कर रहा है जो कि एक ऐसी गुस्ताखी होती जो मामूली क्लर्क की हैसियत से मेल नहीं खाती। दूसरी ओर वह अपनी दरखास्त में 'आपकी कृपा', 'कृतज्ञ' या 'प्रार्थना'-जैसे शब्दों का प्रयोग करने के ख़िलाफ़ था, क्योंकि उसका ख़याल था कि ये शब्द उसके आत्म-सम्मान से मेल नहीं खाते। इस तरह उपयुक्त शब्द खोजने की क्षमता के अभाव में वह बुढ़ापे की उम्र तक अल्प वेतन वाली इस नौकरी पर काम करता आया था। इसके अलावा डॉक्टर रियो को उसने यही बताया था, एक लम्बे तजरबे के बाद वह इस नतीजे पर पहुँचा था कि वह अपनी आमदनी के भीतर गुज़ारे की हमेशा उम्मीद कर सकता था। उसके लिए सिर्फ़ इतना ही करना ज़रूरी था कि अपनी आमदनी के मुताबिक़ अपनी ज़रूरतों में कटौती करता जाए। इस तरह वह हमारे मेयर की, जो नगर का बड़ा पूँजीपति था, राय की पुष्टि करता था। मेयर अक्सर ज़ोर देकर कहा करता था कि अगर जाँच करके देखा जाए तो (वह अपनी इस चुनी हुई अभिव्यक्ति पर विशेष ज़ोर देता, क्योंकि वह सचमुच उसके तर्क को सिद्ध कर देती थी) यह विश्वास करने का कोई कारण ही नहीं है कि हमारे शहर में कभी कोई व्यक्ति भूख की वजह से मरा हो। जो भी हो, अगर जाँच कर देखा जाए तो जोज़ेफ़ ग्रान्द की कठोर और अभावग्रस्त ज़िन्दगी इस बात की गारंटी थी कि इस बारे में चिन्ता करना व्यर्थ है...। वह उपयुक्त शब्दों की तलाश में जीये चला जा रहा था।

एक विशेष अर्थ में यह भी कहा जा सकता है कि उसकी ज़िन्दगी एक शानदार मिसाल थी। वह उन असाधारण लोगों में से था, हमारे शहर में ही नहीं बल्कि कहीं भी, जिनमें अपनी नेक भावनाओं के मुताबिक़ चलने का साहस होता है। उसने अपनी व्यक्तिगत ज़िन्दगी के बारे में थोड़ा-बहुत जो बताया था वह उसके दयालु कारनामों और उसके अन्दर प्यार और स्नेह की उस क्षमता का सबूत था जिसे हमारे

ज़माने में कोई अपनाने तक की जुर्रत नहीं करता। बिना किसी शरम और हिचक के उसने क़बूल किया कि वह अपने भतीजों और बहन को हृदय से प्यार करता है। उसके नज़दीकी रिश्तेदारों में सिर्फ़ वे ही बचे हैं और वह उनसे मिलने के लिए हर दूसरे साल फ्रांस जाता है। उसने क़बूल किया कि उसे अपने माँ-बाप की याद करके, जिनका उसकी बाल्यावस्था में ही देहान्त हो गया था, बहुत पीड़ा होती है। उसने यह बात भी नहीं छिपाई कि उसे अपने पड़ोस के गिरजाघर की घंटी विशेष रूप से प्यारी लगती है जो रोज़ पाँच बजे शाम के क़रीब मधुर स्वर में बजना शुरू करती है। लेकिन इन सीधी-सादी भावनाओं को व्यक्त करने के लिए भी उसे बहुत कठिन प्रयत्न करना पड़ता था। और अपनी अभिव्यक्ति के लिए उपयुक्त शब्दों को तलाश करने की दुर्निवार कठिनाई ही उसके जीवन का अभिशाप बन गई थी। "ओह डॉक्टर, काश मैं अपने को व्यक्त करना सीख पाता!" वह कहता। रियो से वह जब कभी मिलता, इस विषय की चर्चा ज़रूर करता।

उस शाम को ग्रान्द की दूर जाती हुई आकृति की ओर देखते हुए डॉक्टर ने एकाएक सोचा कि आख़िर वह क्या चीज़ है जिसे ग्रान्द व्यक्त करना चाहता है? ज़रूर वह कोई किताब या ऐसी ही कोई चीज़ लिख रहा होगा। और विचित्र बात यह है कि लेबोरेटरी में घुसते समय इस विचार ने रियो को फिर से आश्वस्त कर दिया। उसने महसूस किया कि यह एक ऊटपटाँग विचार है, लेकिन वह विश्वास नहीं कर पा रहा था कि एक ऐसे शहर में भी, जहाँ ग्रान्द-जैसे अज्ञात कर्मचारी अपनी विचित्र रुचियों के अनुसार काम करने में लगे हों, कोई महामारी बड़े पैमाने पर फैल सकती है। कहने का मतलब यह है कि वह इसकी कल्पना ही नहीं कर सकता था कि प्लेग से पीड़ित समाज के लोगों में कभी इस तरह की विचित्र रुचियाँ भी पाई जा सकती हैं, और वह इस नतीजे पर पहुँचा कि हमारे नगरवासियों में प्लेग को बरबादी फैलाने का ज़्यादा मौक़ा नहीं मिलेगा।

7

अगले दिन बहुत कह-सुनकर, जो कई लोगों को उचित नहीं लगा, रियो ने प्रीफ़ेक्ट के दफ़्तर में 'स्वास्थ्य कमेटी' की एक मीटिंग बुलाने के लिए अधिकारियों को राज़ी कर लिया।

"शहर के लोग घबराने लगे हैं, यह हक़ीक़त है," डॉक्टर रिचर्ड ने स्वीकार किया, "और इसमें शक नहीं कि तरह-तरह की अफ़वाहें फैल रही हैं। प्रीफ़ेक्ट ने मुझसे कहा कि 'अगर तुम ज़रूरी समझो तो सख़्त कार्रवाई कर सकते हो, लेकिन लोगों का ध्यान मत आकर्षित करो।' ख़ुद उसका विश्वास यह है कि यह सब झूठा आतंक है।"

रियो अपनी कार में बिठाकर कास्तेल को प्रीफ़ेक्ट के दफ़्तर ले गया।

"क्या तुम जानते हो कि सारे ज़िले में हमारे पास प्लेग के टीके की एक बूँद भी नहीं है?" कार में कास्तेल ने रियो से कहा।

"मुझे मालूम है, मैंने डिपो को टेलीफ़ोन किया था। डायरेक्टर जैसे सुनकर भौचक्का रह गया। टीके पेरिस से मँगाने पड़ेंगे।"

"हमें आशा करनी चाहिए कि वे इसमें जल्दी करेंगे।"

"मैंने कल एक तार भेज दिया है," रियो बोला।

प्रीफ़ेक्ट ने स्नेहपूर्वक उनका अभिवादन किया, लेकिन उसके ढंग से मालूम पड़ता था कि वह बहुत घबराया हुआ है।

"मीटिंग फ़ौरन शरू कर दें, साहिबान! क्या आप ज़रूरी समझते हैं कि मैं पहले पूरी स्थिति पर रोशनी डालूँ?" वह बोला।

रिचर्ड की राय में इसकी ज़रूरत नहीं थी। वह और उसके साथी डॉक्टर तथ्यों से परिचित थे। प्रश्न सिर्फ़ एक ही था कि स्थिति का मुक़ाबला करने के लिए कौन-से क़दम उठाए जाएँ?

बूढ़े कास्तेल ने बीच में बात काटकर दो-टूक कहा, "प्रश्न यह है कि हम जानना चाहते हैं कि यह प्लेग है या नहीं।"

उपस्थित दो-तीन डॉक्टरों ने इसका प्रतिवाद किया। बाक़ी डॉक्टर हिचकिचा रहे थे। प्रीफ़ेक्ट एकदम चौंक पड़ा और उसने जल्दी से दरवाज़े की ओर देखकर अपने को आश्वस्त करना चाहा कि यह भयानक शब्द कहीं बरामदे में किसी को सुनाई तो नहीं दे गया। उसकी राय में अभी तक तो सिर्फ़ इतना ही कहा जा सकता था कि हमें एक विशेष प्रकार के बुख़ार का सामना करना पड़ रहा है, जिसमें पेट-सम्बन्धी पेचीदगियाँ पैदा हो जाती हैं। जैसे ज़िन्दगी में, उसी तरह मेडिकल साइंस में भी जल्दी से किसी नतीजे पर कूदकर पहुँच जाना अक्लमन्दी की बात नहीं है। बूढ़े कास्तेल ने, जो शान्त मुद्रा में अपनी गन्दी, पीली मूँछों को चबा रहा था, अपनी पीली, चमकती हुई आँखें उठाकर रियो की ओर ग़ौर से देखा। फिर कमेटी के अन्य सदस्यों पर एक मैत्रीपूर्ण दृष्टि डालकर उसने कहा कि वह ख़ूब अच्छी तरह जानता है कि यह प्लेग है और कहने की ज़रूरत नहीं कि वह यह भी जानता था कि अगर इस बात को सरकारी तौर पर मान लिया गया तो नगर के अधिकारियों को बहुत सख़्त क़दम उठाने के लिए मजबूर होना पड़ेगा। यही वजह थी जिससे उसके साथी इस तथ्य का सामना करने से हिचकिचा रहे थे, लेकिन अगर उसके कहने-भर से उनके मन को चैन मिल सकता था तो वह यह कहने को तैयार था कि यह प्लेग नहीं है। प्रीफ़ेक्ट इस बात से परेशान हो गया और बोला कि उसकी राय में बहस का यह ढंग ही ग़लत है।

"लेकिन अहम बात यह नहीं है कि बहस का तरीक़ा ग़लत है या ठीक, बल्कि यह कि वह आपको यह सोचने के लिए मजबूर कर देती है।"

रियो से, जो अब तक चुप रहा था, अपनी राय प्रकट करने के लिए कहा गया।

"हम टाइफ़ॉयड क़िस्म के एक ऐसे बुख़ार का सामना कर रहे हैं, जिसमें उल्टी भी आती हैं और गिल्टियाँ भी सूज जाती हैं," रियो ने उत्तर दिया। "मैंने ये गिल्टियाँ चीरकर देखी हैं और उनके मवाद की जाँच भी कराई है। हमारी लेबोरेटरी के परीक्षक का पक्का ख़याल है कि उसे मवाद में प्लेग के कीटाणु मिले हैं। लेकिन मैं यह भी साफ़ कर देना चाहता हूँ कि ये कीटाणु पुस्तकों में बताये गए प्लेग के कीटाणु से कुछ भिन्न हैं।"

रिचर्ड ने राय दी कि इससे 'ठहरो और इन्तज़ार करो' की नीति ही सही साबित होती है। और फिर यह अक्लमन्दी की ही बात होगी अगर एक हफ़्ते से जो

अलग-अलग जाँच-पड़ताल की जा रही थी, उसकी संख्याबद्ध रिपोर्ट का इन्तज़ार कर लिया जाए।

"मगर जब एक कीटाणु," रियो ने कहा, "शरीर में घुसकर तीन दिन के अन्दर ही तिल्ली को बढ़ाकर चौगुना कर देता हो, अन्न-पेशी की गिल्टियों को सुजाकर नारंगी के बराबर बना देता हो और उन्हें उबलते हुए गरम मवाद से भर देता हो, तब 'ठहरो और इन्तज़ार करो' की नीति को बेअक्ली की नीति ही कहा जा सकता है। रोग का संक्रमण बढ़ता जा रहा है। बीमारी जिस रफ़्तार से फैल रही है, उसे देखते हुए अगर फ़ौरन रोकथाम न की गई, तो वह अगले दो महीनों में शहर की आधी जनसंख्या को मौत के हवाले कर देगी। ऐसा होते हुए, इससे कोई फ़र्क़ नहीं पड़ता कि आप इसे प्लेग के नाम से पुकारते हैं या किसी विशेष प्रकार के बुख़ार के नाम से। अहम बात यह है कि इस शहर की आधी जनसंख्या को मौत के हवाले करने से रोका जाए।"

रिचर्ड ने कहा कि इतनी भयंकर तस्वीर खींचना ग़लत होगा और फिर, इसका कोई सबूत नहीं मिलता कि यह छूत की बीमारी है। सच तो यह है कि मरीज़ों के रिश्तेदार, एक ही छत के नीचे साथ रहकर भी, इसके शिकार नहीं हुए।

"लेकिन और तो मरे हैं," रियो ने कहा, "और ज़ाहिर है कि छूत कभी सर्वग्राही नहीं होती, नहीं तो बीमारों की संख्या में क्रमशः इतनी तेज़ी से बढ़ती होने लगे कि मरने वालों की तादाद आसमान को छूने लगेगी। यह भयंकर तस्वीर खींचने का सवाल नहीं है, सवाल तो बचाव के लिए क़दम उठाने का है।"

लेकिन रिचर्ड ने अन्त में स्थिति का जायजा पेश करते हुए बताया कि यह बीमारी अपने-आप बन्द नहीं हुई तो कोड में लिखे हुए छूत से बचाव के कठोर नियमों को लागू करना ज़रूरी हो जाएगा। और यह करने के लिए, सरकारी तौर पर यह स्वीकार कर लेना पड़ेगा कि प्लेग फैल गई है। लेकिन अभी तक इस बारे में निश्चित रूप से कुछ नहीं कहा जा सकता। इसलिए जल्दी में कोई क़दम उठाना अनुचित होगा।

रियो अपनी बात पर अड़ा रहा, "बहस की बात यह नहीं है कि कोड में दिये गए बचाव के नियम कितने कठोर हैं, बल्कि यह कि क्या वे शहर की आधी जनसंख्या को मरने से बचाने के लिए ज़रूरी हैं। बाक़ी सब बातें प्रशासनिक कार्यवाही से सम्बन्ध रखती हैं और मुझे यह बताने की ज़रूरत नहीं है कि हमारे विधान में ख़तरे के मौक़ों पर प्रीफ़ेक्ट को ज़रूरी आदेश जारी करने का अधिकार दिया गया है।"

"बिलकुल ठीक," प्रीफ़ेक्ट ने सहमति प्रकट की, "लेकिन आप डॉक्टरों को बाकायदा लिखकर घोषित करना पड़ेगा कि यह बीमारी प्लेग ही है।"

"हम लोग अगर लिखकर यह बयान नहीं देंगे तो ख़तरा इस बात का है कि शहर की आधी आबादी तबाह हो जाएगी," रियो ने कहा।

रिचर्ड ने किंचित् बेसब्री से बीच में दख़ल देते हुए कहा, "सच यह है कि हमारे दोस्त को विश्वास हो गया है कि यह प्लेग है। उन्होंने जिन लक्षणों का वर्णन किया है, उससे तो यही साबित होता है।"

रियो ने उत्तर दिया कि उसने 'लक्षणों' का वर्णन नहीं किया, बल्कि जो अपनी आँखों से देखा था वही कहा। और उसने जो देखा वे थीं सूजी हुई गिल्टियाँ, तेज़ बुख़ार और साथ में सरसाम और अड़तालीस घंटों के भीतर मौत। क्या डॉक्टर रिचर्ड यह घोषणा करने की जिम्मेदारी लेंगे कि छूत से बचाव के लिए सख़्त कार्यवाही करने के बग़ैर ही बीमारी अपने-आप ख़त्म हो जाएगी?

रिचर्ड पहले तो हिचकिचाया, फिर रियो को घूरते हुए बोला, "मेहरबानी करके मुझे साफ़-साफ़ लफ़्ज़ों में बताओ। क्या तुमको पक्का विश्वास है कि यह प्लेग है?"

"तुम समस्या को ग़लत ढंग से पेश कर रहे हो। यह बीमारी के नाम का सवाल नहीं है। सवाल वक़्त का है।"

"तो तुम्हारी राय यह है," प्रीफ़ेक्ट ने कहा, "अगर्चे यह प्लेग न भी हो तो भी प्लेग की छूत से बचाव करने के लिए क़ानून के मुताबिक़ जो भी कार्यवाही ज़रूरी है, वह फ़ौरन की जानी चाहिए?"

"अगर आप मेरी 'राय' पर ही ज़ोर देना चाहते हैं तो मैं कहूँगा कि आपने उसे काफ़ी सही शब्दों में पेश किया है।"

डॉक्टरों में विचार-विनिमय होने लगा। रिचर्ड उनकी ओर से बोल रहा था।

"तो इसका यह मतलब निकला कि हमें इस तरह अमल करने की ज़िम्मेदारी उठा लेनी चाहिए मानो यह बीमारी सचमुच प्लेग ही हो। है न?"

आमतौर पर सभी लोग सवाल को इस ढंग से पेश किए जाने से सहमत थे।

"मेरे लिए इसकी कोई अहमियत नहीं," रियो ने कहा, "कि आप लोग किन शब्दों में इस स्थिति को बयान करते हैं। मेरा कहना तो सिर्फ़ यह है कि हमें इस तरह अमल नहीं करना चाहिए मानो शहर की आधी आबादी के ख़त्म हो जाने का कोई ख़तरा ही न हो; क्योंकि तब वह ज़रूर ख़त्म हो जाएगी।"

रियो लोगों की चढ़ी त्योरियों और प्रतिवादों के बीच कमेटी-रूम से निकलकर बाहर आया। कुछ देर बाद जब वह कार ड्राइव करता हुआ पिछवाड़े की एक गली से जा रहा था, जो भुनी हुई मछलियों के टुकड़ों और पेशाब से पटी थी, पीड़ा से चीख़ती हुई एक औरत ने, जिसकी जाँघों की गिल्टियों से ख़ून चू रहा था, उसकी ओर अपनी बाँहें फैला दीं।

8

कमेटी मीटिंग के तीसरे दिन बुख़ार ने एक और छोटी कामयाबी हासिल की। अख़बारों में भी इसने जगह पा ली, लेकिन अत्यन्त संयत शब्दों में। उसके बारे में कुछ संक्षिप्त हवाले ही दिये गए थे। उसके अगले दिन रियो ने देखा कि शहर में सरकारी नोटिस चिपके हुए थे, यद्यपि ऐसी जगहों पर जहाँ उनकी ओर लोगों का ध्यान आकर्षित न हो। इन नोटिसों से इस बात का आभास नहीं मिलता था कि अधिकारी परिस्थिति का पूरी तरह सामना कर रहे हैं। जो कार्यवाहियाँ करने का एलान किया गया था वे कठोर तो थीं ही नहीं, साथ ही यह भी लगता था जैसे लोगों में आतंक न फैल जाए, इस इच्छा से अनेक रियायतें भी दी गई थीं। नोटिस में दी गई हिदायतें एक बेहूदा बयान से शुरू होती थीं कि ओरान में एक बुरे क़िस्म के बुख़ार के कुछ मामलों की इत्तिला मिली है। अभी तक यह बताना सम्भव नहीं है कि यह छूत का बुख़ार है। इसके लक्षण इतने स्पष्ट नहीं हैं कि सचमुच घबराने की बात हो और अधिकारियों को विश्वास है कि नगरवासी धैर्यपूर्वक स्थिति का सामना करेंगे। फिर भी विवेक की भावना से प्रेरित होकर, जिसे लोग अन्यथा नहीं समझेंगे, प्रीफ़ेक्ट ने सावधानी बरतने की ख़ातिर कुछ नियम और प्रतिबन्ध लागू किए हैं। अगर इन नियमों को ध्यान से समझकर उन पर अच्छी तरह अमल किया गया तो उनसे किसी महामारी के फैलने का ख़तरा मिट जाएगा। ऐसा होने की वजह से प्रीफ़ेक्ट को पूरा भरोसा है कि हर व्यक्ति अपनी-अपनी जगह पर अपनी निजी कोशिशों में पूरे मन से सहयोग देगा।

अधिकारियों ने जो सामान्य प्रोग्राम बनाया था, नोटिस में उसकी रूपरेखा दी गई थी। इस प्रोग्राम में शहर के चूहों की कुल आबादी को नालियों में जहरीली गैस भरकर नेस्तनाबूद कर देना और पानी की सप्लाई पर सख़्त निगरानी रखना शामिल था। नगरवासियों को सलाह दी गई थी कि वे पूरी सख़्ती से सफ़ाई रखने

की कोशिश करें और अगर किसी को अपने बदन में पिस्सू मिलें तो उसे फ़ौरन म्यूनिसिपैलिटी की डिस्पेंसरी में जाकर अपने को दिखाएँ। हर परिवार के मुखिया को हिदायत दी गई थी कि अगर डॉक्टर उसके यहाँ किसी को बुख़ार से पीड़ित बताए तो वह अपने परिवार के उस बीमार सदस्य को अस्पताल के स्पेशल वार्ड में रखने की इजाज़त दे। आगे यह बताया गया था कि इन स्पेशल वार्डों में मरीज़ों के तत्काल इलाज का पूरा इन्तज़ाम किया गया है ताकि अच्छा होने में उन्हें अधिक-से-अधिक आसानी हो सके। कुछ अतिरिक्त नियमों के द्वारा यह ज़रूरी कर दिया गया था कि बीमार के कमरे और उस गाड़ी को, जिसमें वह सफ़र करे, फ़ौरन कीटाणु-नाशक दवाइयाँ छिड़ककर शुद्ध किया जाए। नोटिस के बाक़ी हिस्से में प्रीफ़ेक्ट ने आमतौर पर एक बीमार के सम्पर्क में आने वाले हर व्यक्ति को सलाह दी थी कि वह सफ़ाई-इंस्पेक्टर से जाकर मिले और उसकी दी हुई सलाह पर पूरी तरह अमल करे।

डॉक्टर रियो तेज़ी से इस पोस्टर के आगे से हटकर अपने ऑपरेशन-रूम की ओर लौट पड़ा। ग्रान्द ने, जो उसका इन्तज़ार कर रहा था, डॉक्टर को आते देखकर नाटकीय ढंग से अपनी बाँहें उठाईं।

"हाँ, मुझे मालूम है, संख्या बढ़ती जा रही है।" रियो ने कहा।

ग्रान्द ने बताया कि पिछले दिन दस मौतों की इत्तिला मिली थी। डॉक्टर ने उससे कहा कि वह उससे शाम को मिलेगा, क्योंकि वह कोतार्द को देखने के लिए जाने का वायदा कर चुका है।

"बहुत बढ़िया ख़याल है," ग्रान्द बोला, "आपके जाने से उसको बहुत फ़ायदा होगा। दरअसल, मुझे तो उसमें काफ़ी तब्दीली नज़र आती है।"

"किस तरह की?"

"वह काफ़ी मिलनसार हो गया है।"

"क्या पहले वह मिलनसार नहीं था?"

ग्रान्द उलझन में पड़ गया। वह यह नहीं कह सकता था कि कोतार्द पहले मिलनसार नहीं था; यह कहना सही नहीं होगा। लेकिन कोतार्द एक ख़ामोश और रहस्यमय व्यक्ति था और उसके आचरण में कुछ ऐसी बात थी, जिससे ग्रान्द को एक जंगली सूअर का ख़याल हो आता था। अपने बेडरूम में बन्द रहना, सस्ते रेस्तराँ में दोनों वक़्त का खाना खाना, रहस्यमय ढंग से कभी बाहर जाना और कभी लौटकर आना—कोतार्द का दैनन्दिन कार्यक्रम सिर्फ़ इतना ही था। वह अपने-आपको

शराब और मदिरा का यात्री कहकर पुकारता था। कभी-कभी उसके पास दो या तीन आदमी आते थे, जो शायद ग्राहक होते थे। किसी-किसी दिन शाम को सड़क के उस पार सिनेमा देखने चला जाता था। इस बारे में ग्रान्द ने एक विशेषता का ज़िक्र किया जो उसे नज़र आई थी। उसे ऐसा लगा था कि कोतार्द को शायद चोर और डाकुओं की फ़िल्में ज़्यादा पसन्द थीं। लेकिन उसे कोतार्द में जो बात सबसे अनोखी लगी, वह उसकी लोगों के प्रति उदासीनता थी, और उससे अगर कोई मिलता था तो वह उसे अविश्वास की दृष्टि से तो ख़ैर देखता ही था।

लेकिन, ग्रान्द का कहना था कि अब वह बिलकुल बदल गया है।

"मैं नहीं जानता कि इस बात को किन शब्दों में व्यक्त करना चाहिए, लेकिन मैं इतना ज़रूर कह सकता हूँ, कि मुझे लगता है वह अब हरेक को ख़ुश करना चाहता है, हरेक की नज़रों में अच्छा बनना चाहता है। आजकल वह मुझसे अक्सर बातें करता है और साथ-साथ बाहर जाने का आग्रह करता है, जिससे मैं इनकार नहीं कर पाता। बड़ी बात यह है कि मुझे वह दिलचस्प आदमी लगता है, और इसमें शक नहीं कि मैंने ही उसकी ज़िन्दगी बचाई थी।"

कोतार्द ने जब से ख़ुदकुशी करने की कोशिश की थी, तब से उसके यहाँ कोई आदमी नहीं गया था। सड़कों पर, दुकानों में, हर जगह वह दोस्त बनाने की कोशिश करता रहता था। पंसारी के सामने वह अपनी मुस्कानें बिखेरता था और तम्बाकू-फ़रोश की गपबाज़ी में अब वह सबसे ज़्यादा दिलचस्पी दिखाता था।

"इस तम्बाकू-फ़रोश से—जो औरत है—सभी डरते हैं," ग्रान्द ने बताया। मैंने जब कोतार्द से यह बात कही तो उसने जवाब दिया कि मेरे मन में उसके प्रति कोई द्वेष है, उसमें ऐसी कई ख़ूबियाँ हैं, जिन्हें अगर कोई चाहे तो देख सकता है।"

दो या तीन बार कोतार्द ने ग्रान्द को शहर के बड़े और शानदार रेस्तराँ और कॉफ़ी-हाउसों में दावत खिलाई थी, जहाँ वह आजकल जाने लगा था।

"वहाँ का वातावरण ख़ुशगवार होता है," उसने कहा था, "और फिर वहाँ आदमी ऊँचे लोगों की सोहबत में बैठता है।"

ग्रान्द ने देखा कि इन जगहों के वेटर और बैरे कोतार्द के इशारे पर नाचते थे। उसे इसका कारण भी मालूम हो गया जब उसने देखा कि उसका साथी उनको दिल खोलकर बख्शीश देता है। इस बख्शीश के बदले में उसके प्रति जो सम्मान और आदर दिखाया जाता था, उससे लगता था, कोतार्द बहुत प्रसन्न होता था। एक दिन जब हेड वेटर उसे दरवाज़े तक छोड़ने के लिए साथ आया और उसने

उसे ओवरकोट पहनने में मदद की तो कोतार्द ने ग्रान्द से कहा, "यह बहुत भला आदमी है और एक अच्छे गवाह का काम देगा।"

"एक गवाह का? मैं नहीं समझा।"

उत्तर देने से पहले कोतार्द हिचकिचाया।

"हाँ, वह कह सकता है कि मैं सचमुच बुरा आदमी नहीं हूँ।"

लेकिन उसके स्वभाव में उतार-चढ़ाव भी थे। एक दिन जब पंसारी उसके प्रति अधिक ख़ुशी से पेश नहीं आया तो वह गुस्से से लाल-पीला होता हुआ घर लौटा था।

"वह दूसरों की हिमायत कर रहा है, सूअर कहीं का।"

"किन दूसरों की?"

"उन सभी बदज़ात लोगों की।"

तम्बाकू-फ़रोश की दुकान पर ग्रान्द ने स्वयं एक विचित्र दृश्य देखा था। बड़े जोशो-खरोश से बहस चल रही थी और काउंटर के पीछे खड़ी औरत ने कल के एक मामले के बारे में, जिसने एल्ज़ीयर्ज़ में काफ़ी सनसनी फैला दी थी, अपनी राय सुनानी शुरू कर दी थी।

"मैं तो हमेशा से कहती आ रही हूँ," औरत बोली "कि वे अगर उन सब बदमाशों को जेल में बन्द कर दें तो नेक और भले लोग आज़ादी से साँस ले सकेंगे।"

लेकिन वह कोतार्द की प्रतिक्रिया से स्तम्भित हो गई और अपनी बात जारी नहीं रख सकी–कोतार्द बिना कहे ही तपाक से उठकर दनदनाता हुआ दुकान से बाहर चला गया। तम्बाकू-फ़रोश और ग्रान्द भौचक्के होकर उसकी ओर देखते रह गए।

कुछ दिनों बाद ग्रान्द ने कोतार्द के स्वभाव की और तब्दीलियों के बारे में भी डॉक्टर को इत्तिला दी। आर्थिक प्रश्नों पर 'बड़ी मछली छोटी मछली को खाती है' की नीति के ख़िलाफ़ कोतार्द हमेशा उदार विचारों का समर्थन करता था। लेकिन अब वह ओरान के जिस एकमात्र अख़बार को खरीदता था वह अनुदार (कन्जर्वेटिव) दृष्टिकोण का मुख्यपत्र था और इसमें शक नहीं कि वह उसको जान-बूझकर सार्वजनिक स्थानों पर पढ़ने का उपक्रम करता होगा। रोग-शय्या से निकलने के बाद उसने कुछ ऐसा ही आग्रह ग्रान्द से भी किया था। ग्रान्द ने उसे बताया था कि वह पोस्ट ऑफ़िस तक जा रहा है। इस पर कोतार्द ने उससे कहा था कि वह मेहरबानी करके उसकी एक दूर रहने वाली बहन के नाम उसकी ओर से सौ फ्रैन्क का मनीऑर्डर करता आए। उसने यह भी बताया कि वह हर महीने

अपनी बहन को मनीऑर्डर भेजता है। फिर जब ग्रान्द कमरे से बाहर जाने लगा तो कोतार्द ने उसे वापस बुलाकर कहा—

"नहीं, उसे दो सौ फ्रैन्क भेज दो। उसे 'प्लेज़ेंट सरप्राइज़' होगा। उसका ख़याल है कि मैं उसके बारे में कभी सोचता भी नहीं। लेकिन सच यह है कि मैं उसे बहुत चाहता हूँ।"

कुछ दिनों बाद उसने बातचीत के दौरान ग्रान्द से कुछ विचित्र बातें कहीं। उसने खोद-खोदकर ग्रान्द को यह बताने के लिए मजबूर कर दिया था कि वह अपनी सारी शाम किस रहस्यमय 'निजी काम' में लगाया करता है।

"मुझे मालूम है!" कोतार्द ने विस्मय भरे स्वर में कहा, "तुम कोई किताब लिख रहे हो, बोलो नहीं लिख रहे?"

"हाँ, कुछ ऐसी ही चीज़ है, लेकिन बात इतनी आसान नहीं है।"

"आह!" कोतार्द ने ठंडी साँस भरकर कहा, "काश, मुझे भी लिखने का अभ्यास होता!"

ग्रान्द ने जब इस पर आश्चर्य प्रकट किया तो कोतार्द ने कुछ हिचकिचाते हुए कहा कि साहित्यिक व्यक्ति होने से कई बातों में बड़ी सहूलियत हो जाती होगी।"

"सो क्यों?" ग्रान्द ने पूछा।

"सो क्यों? क्योंकि एक लेखक को साधारण लोगों से कहीं ज़्यादा अधिकार प्राप्त होते हैं, यह सभी जानते हैं। लोग उसकी बहुत सी बातों को बर्दाश्त कर लेते हैं।"

जिस दिन सरकारी नोटिस चिपकाए गए थे, उस दिन सुबह के वक़्त रियो ने ग्रान्द से कहा, "लगता है कि चूहों के इस क़िस्से ने उसके दिमाग़ को झकझोर दिया है, जैसा कि और बहुत से लोगों के साथ हुआ है। या शायद 'बुख़ार' का आतंक उस पर छा गया है।"

"इसमें मुझे शक है, डॉक्टर! अगर आप मेरी राय जानना चाहते हैं तो वह..."

ग्रान्द अचानक रुक गया। इसी वक़्त नज़दीक से 'चूहों का नाश' करने वाली गाड़ी खड़खड़ाती हुई गुज़री जिसकी भाप की नली से मशीनगन-जैसी तड़-तड़ की आवाज़ आ रही थी। रियो ख़ामोश रहा। जब यह शोर कम हुआ तो उसने उत्सुकता दिखाए बग़ैर ग्रान्द से उसकी राय पूछी।

"वह ऐसा आदमी है जिसकी अन्तरात्मा पर किसी गम्भीर गुनाह का बोझ है।" ग्रान्द ने गम्भीरता से जवाब दिया।

डॉक्टर ने कन्धे सिकोड़ लिये। इंस्पेक्टर ने कहा था कि उसे और भी कई काम हैं।

उस दिन तीसरे पहर रियो ने कास्तेल से फिर बात की। प्लेग के टीके अभी तक नहीं आए थे।

"टीके अगर आ भी जाएँ तो उनसे शायद ही कोई फ़ायदा निकले," रियो ने कहा, "यह कीटाणु अजब क़िस्म का है..."

"इस बारे में मैं तुमसे सहमत नहीं हूँ," कास्तेल बोला, "ये नन्हे ज़ालिम अपने व्यवहार में हमेशा मौलिकता दिखाते हैं। लेकिन बुनियादी तौर पर, कीटाणु वही पुराना होता है।"

"ख़ैर यह तुम्हारी थ्योरी है। लेकिन सच बात यह है कि हम लोग इस बारे में कतई कुछ नहीं जानते।"

"माना कि यह मेरी थ्योरी है, फिर भी यह सब पर लागू होती है।"

सारे दिन डॉक्टर को यह एहसास बना रहा कि प्लेग का ख़याल आते ही उसके मन में कुछ हैरानी की जो भावना उठती है वह लगातार गहरी होती जा रही है। आख़िरकार उसे महसूस हुआ कि इसका क्या मतलब है, सिर्फ़ यह कि वह डर गया है। दो बार वह भीड़-भरे कॉफ़ी-हाउसों के भीतर घुसा। कोतार्द की तरह उसे भी दोस्ताना सम्पर्क, मानवीय गरमाई की ज़रूरत महसूस हुई। यह एक मूर्खतापूर्ण मनोवृत्ति है, रियो ने अपने आप से कहा। फिर भी इसने उसे याद दिला दी कि उसने कोतार्द से मिलने का वायदा किया था।

डॉक्टर उस दिन शाम को जब उसके कमरे में दाख़िल हुआ, तब कोतार्द खाने की मेज़ के पास खड़ा था। मेज़पोश पर एक जासूसी कहानी खुली पड़ी थी। चूँकि रात हो रही थी, इसलिए बढ़ते हुए अँधेरे में पढ़ सकना मुश्किल रहा होगा। सम्भव है कि कोतार्द बैठा, गोधूलि की वेला में, कुछ सोच रहा होगा, जब उसने दरवाज़े की घंटी बजाई थी। रियो ने उसकी तबीयत का हाल पूछा। कोतार्द ने बैठते हुए चिड़चिड़े स्वर में कहा कि उसकी तबीयत काफ़ी अच्छी है, लेकिन अगर उसे विश्वास हो जाए कि उसे अकेला शान्तिपूर्वक रहने दिया जाएगा तो उसकी तबीयत और भी अच्छी हो जाएगी। रियो ने कहा कि आदमी हमेशा अकेला नहीं रह सकता।

"मेरे कहने का यह मतलब नहीं है। मैं उन लोगों के बारे में सोच रहा था जो आपके लिए मुसीबतों के बीज बोने के लिए ही आपमें दिलचस्पी दिखाते हैं।"

जब रियो ने इस पर कुछ न कहा तो उसने अपनी बात जारी रखी, "याद रखिए, मैं अपनी बात नहीं कर रहा। बात यह है कि मैं उस जासूसी कहानी को पढ़ रहा

था। यह एक अभागे आदमी की कहानी है, जिसे अचानक एक दिन सुबह गिरफ़्तार कर लिया जाता है। कुछ लोग उसमें दिलचस्पी लेने लगे थे और उसे इसका पता भी नहीं था। वे दफ़्तरों में उसकी चर्चा करते रहते थे और कार्डों पर उसका नाम लिखने लगे थे। आपके ख़याल में क्या यह ठीक है? आपके ख़याल में क्या लोगों को किसी आदमी के साथ ऐसा बरताव करना चाहिए?"

"ख़ैर यह तो बहुत-सी बातों पर निर्भर करता है," रियो ने कहा, "एक माने में मैं तुमसे सहमत हूँ, किसी को ऐसा करने का अधिकार नहीं है। लेकिन ये सब फ़ालतू बातें हैं। तुम्हारे लिए सबसे ज़रूरी बात यह है कि तुम्हें टहलने के लिए बाहर जाना चाहिए। इतनी देर तक घर में बन्द रहना ग़लत है।"

कोतार्द चिढ़-सा गया और बोला कि ज़रूरत पड़ने पर वह अक्सर बाहर जाता रहता है। सड़क के सभी लोग इसकी गवाही दे सकते हैं। इतना ही नहीं, वह शहर के और हिस्सों के बहुत सारे लोगों को भी जानता है।

"क्या तुम मोशिए रिगो को भी जानते हो? वह मेरा दोस्त है।"

कमरे में इस वक़्त अँधेरा छाया था। बाहर, सड़क पर, शोरगुल बढ़ता जा रहा था और जब सड़क की सारी बत्तियाँ एक ही साथ जल उठीं, तब जैसे राहत की एक कल-कल ध्वनि ने बत्तियों का स्वागत किया। रियो बालकनी पर आ गया। कोतार्द भी उसके पीछे-पीछे आया। किनारे के मुहल्लों से, जैसा कि हमारे शहर में हर शाम को होता है, हल्की वायु के झोंके कलरव की आवाज़ों, भुनते हुए गोश्त की ख़ुशबू और दुकानों और दफ़्तरों से छुट्टी पाकर सड़कों पर चलने वाले नौजवानों की ख़ुश और महकती हुई भीड़ों का शोर बहाकर ले आते थे। रात के पहले घंटे में अदृश्य जहाज़ों के भोंपुओं के गहरे दूरागत स्वर, समुद्र से आने वाले कलरव और हर्षोन्मत्त भीड़ों के शोरगुल में रियो को हमेशा एक खास सौन्दर्य नज़र आता था, लेकिन आज उसे लगा जैसे इस वातावरण में भयानक संकट की गूँज भरी हो, क्योंकि अब उसे बहुत-सी बातों का ज्ञान हो चुका था।

"क्यों न हम भी बत्तियाँ जला लें!" जब वे कमरे में लौटे तो उसने कोतार्द से कहा।

बत्ती जलाने के बाद उस छोटे क़द के आदमी ने चौंधियाती हुई आँखों से उसकी ओर टकटकी बाँधकर देखा।

"डॉक्टर, मुझे एक बात बताइए। अगर मैं बीमार पड़ जाऊँ तो क्या आप मुझे अस्पताल में अपने वार्ड में दाख़िल कर लेंगे?"

"क्यों नहीं?"

कोतार्द ने तब पूछा कि क्या कभी ऐसा हुआ है कि नर्सिंग-होम में पड़े आदमी को भी गिरफ़्तार कर लिया गया हो? रियो ने उत्तर दिया कि ऐसा होना नामुमकिन नहीं है, लेकिन यह सब मरीज़ की हालत पर निर्भर करता है।

"आप जानते हैं, डॉक्टर," कोतार्द ने कहा "कि मुझे आप पर पूरा विश्वास है।" फिर उसने डॉक्टर से पूछा कि क्या वह उसे अपनी कार में 'लिफ्ट' दे सकेगा, क्योंकि वह भी शहर तक जा रहा है।

इस वक़्त तक शहर के केन्द्र में लोगों की भीड़ छँटने लगी थी और बत्तियाँ कम होने लगी थीं। घरों के दरवाज़ों के सामने बच्चे खेल रहे थे। कोतार्द के आग्रह पर डॉक्टर ने बच्चों के एक समूह के सामने कार रोक दी। वे कीड़ी-काड़ा (हाप्स्कॉच) खेल रहे थे और बेहद शोर मचा रहे थे। उनमें से एक मटमैले चेहरे वाले लड़के ने, जिसके बाल करीने से कढ़े और साफ़ थे, चमकती, साहसी आँखों से रियो की ओर कठोरतापूर्वक घूरकर देखा। डॉक्टर ने अपनी नज़र फेर ली। फुटपाथ पर खड़े होकर कोतार्द ने उससे हाथ मिलाया। फिर उसने रूखी आवाज़ में, उसके कन्धों पर घबराहट-भरी दृष्टि से देखते हुए कहा—

"हर आदमी किसी महामारी की चर्चा कर रहा है। क्या इस बात में कुछ सचाई है, डॉक्टर?"

"लोग तो चर्चा करते ही रहते हैं। उनसे ऐसी ही उम्मीद की जाती है।" डॉक्टर ने उत्तर दिया।

"आप ठीक कहते हैं। अगर हमारे यहाँ दस मौतें हो जाएँ तो वे सोचेंगे कि क़यामत का दिन आ गया है। लेकिन यहाँ हमें उसकी ज़रूरत नहीं।"

कार का इंजन घरघरा रहा था। रियो का हाथ गीयर की मूठ पर था। लेकिन वह दोबारा उस लड़के की ओर देख रहा था जो अभी तक उसकी ओर एक विचित्र गम्भीरता से टकटकी बाँधे घूर रहा था। एकाएक, अप्रत्याशित रूप से, अपनी बतीसी दिखाते हुए वह बालक मुस्करा दिया।

"क्या कहा? तो हमें किस चीज़ की ज़रूरत है?" रियो भी बच्चे की तरफ़ देखकर मुस्कराया।

एकाएक कोतार्द ने कार का दरवाज़ा ज़ोर से पकड़ लिया और फिर जाने से पहले, क्रुद्ध आवेशपूर्ण स्वर में चिल्लाया।

"भूचाल चाहिए, बहुत बड़ा भूचाल—जो हर चीज़ को तोड़-फोड़ डाले!"

भूचाल नहीं आया था, और अगला सारा दिन, जहाँ तक रियो का सम्बन्ध है, कार लेकर शहर के कोने-कोने में दौड़ने, बीमारों के परिवारों को मशविरा देने और ख़ुद बीमारों से बहस करने में गुज़र गया। अपने पेशे की ज़िम्मेदारियों का इतना भार रियो पर पहले कभी नहीं पड़ा था। अब तक उसके मरीज़ उसकी ज़िम्मेदारियों को हल्का करने में मदद देते आए थे। वे ख़ुशी से अपने-आपको उसके हाथों में सौंप देते थे। अब पहली बार डॉक्टर ने महसूस किया कि वे जैसे तटस्थ हों; एक हैरत में डालने वाली दुश्मनी की भावना से अपनी बीमारी के आवरण में जैसे अपने-आपको बन्द रखते हों। यह एक ऐसा संघर्ष था, जिसका वह अभी आदी नहीं हो सका था। और जब, रात के दस बजे अपनी आख़िरी विज़िट के लिए उसने अपने पुराने दमा के मरीज़ के घर के आगे कार खड़ी की, तब उसके लिए अपनी सीट से उठ पाना भी मुश्किल हो रहा था। कुछ क्षण तक वह बैठा अँधेरी सड़क के ऊपर काले आकाश में तारों का टिमटिमाना देखता रहा।

रियो जब कमरे में दाख़िल हुआ, तो बूढ़ा बिस्तर पर बैठकर हमेशा की तरह एक पतीले से सूखे मटर निकालकर दूसरे पतीले में डाल रहा था। आगन्तुक को देखकर बूढ़े ने प्रसन्न और पुलकित होकर कहा—

"कहो डॉक्टर, शहर में हैज़ा फैल गया है न?"

"यह ख़याल तुम्हारे दिमाग़ में कैसे आया?"

"अख़बार में यह ख़बर छपी है और रेडियो से भी यही मालूम हुआ।"

"नहीं, हैज़ा नहीं फैला।"

"ख़ैर जो भी हो।" बूढ़ा उत्तेजित होकर अपने कंठ में हँसा। "मैंने सुना है मोटे-मोटे खटमलों ने आफ़त मचा दी है। वे पागल हो गए हैं न!"

"इन बातों पर बिलकुल यक़ीन मत करो।" डॉक्टर ने कहा।

बूढ़े की जाँच के बाद डॉक्टर गन्दे और छोटे डाइनिंग-रूम में बैठा था। हाँ, उसने जो भी कहा था उसके बावजूद वह आतंकित था। वह जानता था कि अकेली इसी बस्ती में आठ-दस आदमी सूजी गिल्टियों की पीड़ा से चीख़ते हुए कल सबेरे उसकी विज़िट की प्रतीक्षा करते होंगे। दो-तीन मामलों में ही गिल्टियों के चीरने से मामूली-सा फ़ायदा हुआ था। ज़्यादातर मरीज़ों को अस्पताल में भरती होना होगा और उसे मालूम था कि अस्पतालों के बारे में ग़रीब लोग कैसा महसूस करते हैं। "मैं नहीं चाहती कि वे लोग मेरे पति पर अपने प्रयोग करें," एक मरीज़ की पत्नी ने उससे कहा था। लेकिन दरअसल उस पर प्रयोग नहीं किए जाएँगे; वह मर

जाएगा, बस इतनी-सी बात है। जो हिदायतें लागू की गई थीं, वे पर्याप्त नहीं थीं, यह तो साफ़ ज़ाहिर था। जहाँ तक 'विशेष व्यवस्था वाले वार्डों' का ताल्लुक है, उनकी हक़ीक़त भी उससे छिपी नहीं थी—दो इमारतें थीं, जिनमें से मरीज़ों को जल्दी में हटा दिया गया था, जिनकी खिड़कियाँ कसकर बन्द कर दी गई थीं और जिनके चारों ओर सिपाही तैनात करके लोगों को अन्दर आने की मनाही कर दी गई थी। उनको सिर्फ़ एक ही उम्मीद थी कि बीमारी अपने-आप ख़त्म हो जाएगी। कम-से-कम यह तो निश्चित ही था कि अधिकारियों ने बीमारी का मुक़ाबला करने के लिए जो क़दम उठाए थे, उनसे वह रोकी भी नहीं जा सकती थी।

फिर भी उस रात को सरकारी विज्ञप्ति और भी ज़्यादा उम्मीदों भरी थी। अगले दिन 'रेंसदाक' ने घोषणा की कि स्थानीय अधिकारियों ने जो नियम लागू किए थे, उनका सार्वजनिक स्वागत हुआ है और इस वक़्त तक तीस मामलों की इत्तिला पहुँच चुकी है। कास्तेल ने रियो को फ़ोन किया।

"स्पेशल वार्डों में कितने बेड हैं?"

"अस्सी!"

"तब तो निश्चय ही शहर-भर के तीस मामलों से तो कहीं ज़्यादा हैं न?"

"यह मत भूलो कि दो तरह के मरीज़ होते हैं—एक वे जो घबरा जाते हैं और दूसरे वे—जिनकी संख्या कहीं ज़्यादा होती है—जिन्हें घबराने का भी वक़्त नसीब नहीं होता।"

"हूँ, यह बात है। क्या इसकी जाँच की गई है कि कितने लोग दफ़नाए जा रहे हैं?"

"नहीं। मैंने फ़ोन पर रिचर्ड से कहा था कि प्रभावशाली क़दम उठाए जाने चाहिए, सिर्फ़ लफ़्ज़ों से ही काम नहीं लेना चाहिए। हमें बीमारी के ख़िलाफ़ एक मज़बूत घेरा डालना चाहिए, नहीं तो हमारा सब किया-धरा बेकार है।"

"अच्छा! और उसने क्या कहा?"

"कुछ नहीं किया जा सकता। उसके पास इतने अधिकार नहीं हैं, वग़ैरह, वग़ैरह। मेरी राय में हालत बिगड़ती जाएगी।"

और यही हुआ भी। तीन दिन के भीतर दोनों स्पेशल वार्ड पूरे भर गए। रिचर्ड की बात से मालूम हुआ कि किसी स्कूल को अधिकार में लेकर वहाँ एक सहायक अस्पताल खोलने की बात चल रही है। इस बीच रियो सूजी हुई गिल्टियों में नश्तर लगाता रहा और प्लेग के टीकों के आने की प्रतीक्षा करता रहा।

कास्तेल अपनी पुरानी पुस्तकों के अध्ययन में जुट गया और पब्लिक-लाइब्रेरी में घंटों गुज़ारने लगा।

"ये चूहे प्लेग से ही मरे थे," अपने अध्ययन से वह इस नतीजे पर पहुँचा, "या फिर किसी बिलकुल प्लेग-जैसी ही चीज़ से। और उन्होंने शहर में लाखों पिस्सू पैदा करके छोड़ दिए हैं, जो इस रोग की छूत को तेज़ी से फैला देंगे, अगर ठीक वक़्त पर रोकथाम न की गई।"

रियो चुप रहा।

इन्हीं दिनों मौसम फिर अच्छा हो गया था और सूरज की किरणों ने पिछली बारिश के गढ़ों को बिलकुल सुखा दिया था। हर सुबह नीला, प्रशान्त आकाश सूर्य की सुनहली किरणों से भर जाता और कभी-कभी बढ़ती हुई गरमी के बीच हवाई जहाज़ों की आवाज़ें सुनाई देने लगतीं। लगता था कि दुनिया में फिर ख़ुशी छा गई है। लेकिन अगले चार दिन में ही बुख़ार में चौंकाने वाली प्रगति हुई थी—पहले दिन सोलह, फिर चौबीस, अट्ठाईस और बत्तीस मौतें हुई थीं। चौथे दिन शिशुओं के एक स्कूल के भीतर सहायक अस्पताल खोले जाने की घोषणा की गई। नगरवासी अब तक नुक्ताचीनी करके अपनी घबराहट को छिपाते आए थे, लेकिन अब जैसे उनकी बोलती बन्द हो गई थी और वे उदास चेहरे लिये अपने कामों पर जा रहे थे।

रियो ने प्रीफ़ेक्ट को फ़ोन करने का निश्चय किया।

"स्थिति को देखते हुए ये नियम और पाबन्दियाँ कारगर साबित नहीं हो रहीं।"

"दुरुस्त," प्रीफ़ेक्ट ने उत्तर दिया। "मैंने आँकड़ों पर ग़ौर किया है, और जैसा कि तुम्हारा कहना है, ये आँकड़े बहुत चिन्ताजनक हैं।"

"सिर्फ़ चिन्ताजनक ही नहीं, उनसे पक्का नतीजा निकाला जा सकता है।"

"मैं सरकार से आदेश जारी करने की माँग करूँगा।"

कास्तेल से जब रियो अगली बार मिला तब भी उसके कानों में प्रीफ़ेक्ट के शब्द खटक रहे थे।

"आदेश!" उसने नफ़रत से कहा, "जबकि ज़रूरत आदेशों की नहीं कल्पना की है।"

"टीकों के आने की कोई ख़बर है?"

"इस हफ़्ते तक आ जाएँगे।"

प्रीफ़ेक्ट ने रिचर्ड की मार्फ़त रियो को हिदायत भेजी कि उपनिवेश के केन्द्रीय प्रशासन के पास भेजे जाने के लिए वह वक्तव्य तैयार करके दे जिसमें क्लिनिकल

जाँच-पड़ताल और महामारी के आँकड़ों को भी शामिल करें। उस दिन चालीस मौतों की इत्तिला मिली थी। प्रीफ़ेक्ट ने कहा था कि वह नए और कड़े प्रतिबन्धों और नियमों के लागू करने की ज़िम्मेदारी ख़ुद अपने ऊपर ले रहा है। इनके अनुसार बुख़ार के हर मामले की रिपोर्ट करना और मरीज को सख़्ती से परिवार से अलग रखना एकदम ज़रूरी करार दे दिया गया। यह भी ज़रूरी कर दिया गया कि बीमारों के घरों को बन्द कर दिया जाए और दवाई छिड़ककर उनके कीटाणु मारे जाएँ। उन घरों में रहने वाले बाक़ी सभी लोगों को चालीस दिन के लिए अलग जाकर रहने (क्वारंटाइन) के लिए कहा गया। मुर्दों को दफ़नाने की क्रिया स्थानीय अधिकारों की देखरेख में ही होनी चाहिए, इसका आदेश जारी किया गया—किस ढंग से इसका ब्योरा बाद में दिया जाएगा। अगले दिन हवाई जहाज़ से प्लेग के टीके आ गए। ये टीके तत्काल की ज़रूरतें पूरी करने के लिए तो काफ़ी थे, लेकिन महामारी फैलने की सूरत में वे पर्याप्त नहीं थे। रियो के तार के जवाब में उसको सूचना दी गई कि आकस्मिक ज़रूरत के लिए टीकों का जो स्टॉक था वह सारा-का-सारा भेज दिया गया है, लेकिन और टीके तैयार किए जा रहे हैं।

इस बीच पड़ोस की बस्तियों से वसन्त का मौसम हमारे शहर में प्रवेश कर रहा था। बाज़ारों और सड़कों पर फेरी लगाने वाले पुष्प-विक्रेताओं की टोकरियों में गुलाब के हज़ारों फूल मुरझाए जा रहे थे और शहर की हवा उनकी भीनी गन्ध से बोझिल हो रही थी। ऊपर से देखने पर यह वसन्त भी और वर्षों के वसन्त-जैसा ही था। काम के घंटों में ट्राम-गाड़ियाँ हमेशा की ही तरह भरी रहती थीं और बाक़ी वक़्त ख़ाली और गन्दी दिखाई देती थीं। तारो उस छोटे-से बुड्ढे को ग़ौर से देखता रहता था और वह छोटा-सा बुड्ढा बिल्लियों पर थूकता रहता था। ग्रान्द दफ़्तर का काम ख़त्म करके रोज़ की तरह शाम को अपने 'रहस्यपूर्ण कार्य' में जुटने के लिए लपकता हुआ घर की ओर बढ़ता था। कोतार्द अपने ढर्रे पर ही चलता जा रहा था और मजिस्ट्रेट ओथों अपने कुत्ते को लेकर टहलता था। स्पैनिश बूढ़ा उसी तरह अपने मटर एक पतीले से दूसरे पतीले में उलटता रहता था और कभी-कभी वह पत्रकार रैम्बर्त भी दिखाई पड़ जाता था जो हमेशा की तरह जिस चीज़ को भी देखता था उसमें दिलचस्पी दिखाने लगता था। शाम के वक़्त पुराने चेहरे सड़कों पर घूमते नज़र आते थे और सिनेमाघरों के सामने टिकट खरीदने वालों की क़तारें लम्बी होती जाती थीं। इसके अलावा ऐसा लगता था कि महामारी का ज़ोर अब घटने लगा है। किसी-किसी दिन तो दस-बारह से

अधिक मौतों की सूचना प्रकाशित नहीं होती थी। लेकिन फिर एकाएक मौतों की संख्या एकदम बढ़ गई। जिस दिन यह संख्या तीस तक पहुँची, प्रीफ़ेक्ट ने डॉक्टर रियो को एक तार पढ़ने के लिए दिया और कहा, "तो अब लगता है वे लोग भी घबरा उठे हैं—आख़िरकार।" तार में लिखा था : 'प्लेग फैलने की घोषणा कर दो। शहर के फाटक बन्द कर दो।'

दूसरा भाग

I

इसके बाद से, कहा जा सकता है कि प्लेग हम सबकी चिन्ता का विषय बन गई थी। अब तक अपने आसपास होने वाली विचित्र घटनाओं से कोई कितना भी हैरान क्यों न रहा हो, लेकिन हर व्यक्ति जहाँ तक सम्भव था, बदस्तूर अपने काम-धन्धे में लगा हुआ था। और इसमें भी शक नहीं कि वह इसी तरह करता चलता। लेकिन एक बार जब शहर के फाटक बन्द कर दिए गए, तो कथाकार-समेत हममें से हर व्यक्ति ने महसूस किया कि अब हम सब एक ही नाव पर सवार हैं और हममें से हरेक को जीवन की नई परिस्थितियों के मुताबिक़ अपने को ढालना पड़ेगा। इस तरह, मिसाल के लिए अपने प्रियजनों से बिछुड़ने की पीड़ा-जैसी एकदम निजी अनुभूति एकाएक एक ऐसी सार्वजनिक अनुभूति बन गई थी, जिसमें सभी सहभागी थे और भय के साथ-साथ यह निर्वासन के आने वाले लम्बे दौर-सी सबसे गहरी यंत्रणा देने वाली अनुभूति बन गई थी।

फाटकों के बन्द होने का सबसे बड़ा नतीजा यह हुआ कि लोग अचानक एक-दूसरे से बिछुड़ गए। वे इस आकस्मिक घटना के लिए बिलकुल तैयार नहीं थे। माताएँ और बच्चे, प्रेमी, पति और पत्नियाँ, जिन्हें कुछ दिन पहले पक्का यही लगता था कि वे कुछ ही दिनों के लिए एक-दूसरे से बिछुड़ रहे हैं, जिन्होंने प्लेटफार्म पर एक-दूसरे को चूमकर विदाई ली थी और इधर-उधर की मामूली बातें की थीं, उन्हें यक़ीन था कि कुछ दिनों या ज़्यादा-से-ज़्यादा कुछ हफ़्तों बाद वे फिर मिलेंगे, निकट भविष्य में मानव की अन्धी आस्था ने उन्हें ठग लिया था। विदाई के बाद भी उनकी जीवनचर्या में कोई ख़ास फ़र्क़ नहीं आया था, लेकिन बिना किसी चेतावनी के अब वे अपने को असहाय रूप से एक-दूसरे से दूर पा रहे थे। वे न एक-दूसरे से मिल सकते थे, यहाँ तक कि एक-दूसरे से पत्र-व्यवहार भी नहीं कर सकते थे। दरअसल जनता को सरकारी हुक्म की ख़बर होने से कुछ घंटे पहले ही फाटक

बन्द हो चुके थे। ज़ाहिर था कि किसी भी व्यक्ति की तकलीफ़ पर कोई ध्यान नहीं दिया जा सकता था। यह ज़रूर कहा जा सकता है कि इस भयानक महामारी का सबसे पहला असर यह हुआ कि हमारे शहर के लोग इस तरह से आचरण करने को मजबूर हो गए जैसे उनमें व्यक्तिगत भावनाएँ हों ही नहीं। उस दिन जब हुक्म जारी हुआ कि कोई भी शहरी शहर से बाहर न जाए, दोपहर से पहले ही प्रीफ़ेक्ट के दफ़्तर में प्रार्थियों की भीड़ लग गई। सबके पास शहर छोड़ने के अकाट्य तर्क मौजूद थे, लेकिन किसी की भी अरजी पर ग़ौर नहीं किया जा सकता था। हमें इस बात का पूरा एहसास कुछ दिनों के बाद हुआ कि हम एकदम संकट में घिर गए थे और 'विशेष इन्तज़ाम', 'मेहरबानी' और 'तरजीह' जैसे शब्द बिलकुल बेमानी हो गए थे।

यहाँ तक कि हमें पत्र लिखने के सन्तोष से भी वंचित कर दिया गया था। यानी, अब हालत यह हो गई थी। न सिर्फ़ हमारे शहर का बाहर की दुनिया से सम्बन्ध टूट गया था, बल्कि एक नए हुक्म के मुताबिक़ सारा पत्र-व्यवहार बन्द कर दिया गया था ताकि पत्रों के जरिये प्लेग की छूत शहर से बाहर न चली जाए। शुरू के दिनों में कुछ लोगों ने, जिनकी पहुँच थी, सन्तरियों को राज़ी कर लिया था कि वे फाटक के बाहर की दुनिया को सन्देश भेज सकें। लेकिन यह तो महामारी के शुरू के दिनों की बात है जब सन्तरी अपनी मानवीय भावनाओं के अनुसार चलना स्वाभाविक समझते थे। बाद में जब इन्हीं सन्तरियों को स्थिति की भयंकरता से अवगत कराया गया तो उन्होंने किसी भी ऐसे काम की ज़िम्मेदारी लेने से इनकार कर दिया जिसका कोई भी भयंकर नतीजा निकल सकता था। शुरू में तो दूसरे शहरों में टेलीफ़ोन करने की इजाज़त थी, लेकिन सरकारी टेलीफ़ोन बूथों पर लोगों की इतनी भीड़ जमा होने लगी और लाइन मिलने में इतनी देरी होने लगी कि बाद में अधिकारियों ने इस पर भी रोक लगा दी और इसके बाद मृत्यु, शादी या बच्चा पैदा होने की सूचना देने तक ही, जिन्हें वे 'अर्जेन्ट केस' कहते थे, टेलीफ़ोन का उपयोग सीमित कर दिया गया। तब हम लोगों को टेलीग्राम का आश्रय लेना पड़ा। गहरी मित्रता, स्नेह या शारीरिक प्रेम से जो लोग जुड़े हुए थे, उन्हें तार के दस शब्दों की सीमा में ही अपने पुराने सम्बन्धों की निशानी खोजनी पड़ती थी। और चूँकि, व्यवहारतः, टेलीग्राम में कुछ इने-गिने शब्द ही भेजे जा सकते हैं, इसलिए दीर्घ-कालीन जीवन सम्बन्ध या आवेगपूर्ण आकांक्षाओं की अभिव्यक्ति कुछ हल्के और टकसाली शब्दों तक ही सिमटकर रह गई, जैसे "स्वस्थ हूँ। हमेशा तुम्हारे बारे में सोचता रहता हूँ। प्यार।"

फिर भी हममें से कुछ लोग पत्र लिखने में लगे रहे और बाहर की दुनिया से सम्पर्क स्थापित करने के लिए तरह-तरह की योजनाएँ बनाने में काफ़ी वक़्त गुज़ारने लगे। लेकिन ये तरकीबें कभी कामयाब न हो पातीं, अगर किसी ख़ास मौक़े पर वे कामयाब हो जाती होंगी, तो भी हमें इसका पता नहीं चलता था, क्योंकि बाहर से कोई जवाब नहीं आता था। नौबत यहाँ तक पहुँची कि हम लोग हफ़्तों तक अपने लिखे एक ही पत्र को बार-बार टकटकी बाँधकर देखने लगे, एक-सी ही ख़बरों या निजी आग्रहों को बार-बार नक़ल करके लिखने लगे। इसका नतीजा यह हुआ कि जिन सजीव शब्दों में हमने अपने हृदय का सारा रक्त उँडेल दिया था, वे एकदम निरर्थक हो गए। इसके बाद हम यंत्रवत उनको बार-बार नक़ल करके उन बेजान शब्दों के जरिये अपनी मुसीबतों का हाल बयान करने की कोशिश करते रहे। आख़िरकार, इन बेमानी, बार-बार दुहराये गए एकालापों, कोरी दीवार से बातें करने की बेकार कोशिशों से तो टेलीग्राम के नपे-तुले क्षुद्र फार्मूले ही ज़्यादा अच्छे लगने लगे।

इसके अलावा कुछ दिनों बाद—जब यह साफ़ ज़ाहिर हो गया कि कोई भी हमारे शहर से बाहर निकलकर जाने की उम्मीद नहीं कर सकता—लोगों ने यह पूछताछ शुरू कर दी कि जो लोग महामारी फैलने से पहले बाहर चले गए थे, क्या उन्हें फिर वापस आने की इजाज़त दी जा सकेगी?

कुछ दिनों तक विचार करने के बाद अधिकारियों ने 'हाँ' में उत्तर दिया। लेकिन उन्होंने बताया कि लौटकर आने वाले लोगों को फिर किसी भी अवस्था में दोबारा शहर छोड़कर बाहर जाने की इजाज़त नहीं दी जाएगी; उन्हें हर हालत में फिर यहीं रहना पड़ेगा। कुछ परिवारों ने, जिनकी संख्या कम थी, इस बात को महत्त्व नहीं दिया और अपने परिवार के ग़ैरहाजिर सदस्यों से मिलने की जल्दी में, विवेक को ताक पर रखकर, तार भेज दिए कि वे वापस लौटने के इस मौक़े से फ़ौरन फ़ायदा उठाएँ। लेकिन जल्द ही प्लेग के इन क़ैदियों ने महसूस किया कि ऐसा करने से उनके रिश्तेदारों की जान भी कितने ख़तरे में पड़ जाएगी और उन्होंने दुखी मन से उनकी ग़ैर-मौजूदगी को झेलना क़बूल कर लिया। जिन दिनों प्लेग अपने पूरे ज़ोर पर थी, उन दिनों हमने सिर्फ़ एक ही ऐसा मामला देखा जिसमें प्राकृतिक भावनाओं ने मौत के डर से एक दुखदायी रूप में काबू पाने की कोशिश की थी। जैसी आशा की जा सकती है, यह दो नौजवान प्रेमियों का मामला नहीं था, जिनके भावुक और जोशीले प्रेम ने हर तरह की पीड़ा की कीमत चुकाकर भी एक-दूसरे की निकटता पाने की आकांक्षा को दुर्दमनीय बना दिया हो। ये दोनों डॉक्टर कास्तेल और उसकी

पत्नी थे और उनकी शादी को बहुत साल हो चुके थे। प्लेग फैलने से कुछ ही दिन पहले मदाम कास्तेल नज़दीक के एक शहर में किसी से मिलने के लिए गई थीं। उनका दार्बी और जोन-जैसा आदर्श विवाहित जोड़ा भी नहीं था बल्कि, कथाकार के पास यह कहने का आधार है कि सम्भवत: डॉक्टर कास्तेल और उसकी पत्नी, इन दोनों को यह विश्वास नहीं था कि अपनी शादी से उन्हें वह सब प्राप्त हुआ है जिसकी कामना की जा सकती है। लेकिन इस निरंकुश, लम्बी जुदाई ने उन्हें यह महसूस करने का मौक़ा दिया कि वे एक-दूसरे से अलग नहीं रह सकते, और इस चेतना की आकस्मिक दीप्ति में उन्हें प्लेग का ख़तरा नगण्य दिखाई दिया।

यह एक अपवाद था। अधिकांश लोगों के आगे यह साफ़ था कि महामारी के ख़त्म होने तक उनकी जुदाई ज़रूरी है। और हममें से हरेक को लगा कि उसके जीवन की सबसे बड़ी भावना ने—जिसके बारे में उसका ख़याल था कि वह उसे बख़ूबी जानता है (हम पहले ही कह चुके हैं कि ओरान के लोगों की भावनाएँ बड़ी सरल हैं)—एक नया ही रूप धारण कर लिया। ऐसे पति, जिनको अपनी पत्नियों पर पूरा विश्वास था, यह देखकर हैरान रह गए कि वे ख़ुद भी उतने ही वफ़ादार बन गए थे और प्रेमियों को भी ऐसा ही अनुभव हुआ। जो पुरुष डॉन जुआन बनने की कल्पना किया करते थे, वफ़ादारी की मिसाल बन गए थे। साथ रहते हुए जिन बेटों ने कभी अपनी माताओं के चेहरों की ओर आँख उठाकर देखना भी पसन्द नहीं किया था, अब स्मृति-पटल पर उनके अनुपस्थित चेहरों की हर झुर्री को हार्दिक वेदना से याद करते थे। इस कठोर और बेरहम जुदाई ने भविष्य में हमारे लिए और क्या लिखा है, इसकी अज्ञानता ने हमें अचानक ही हक्का-बक्का कर दिया था और हम उन लोगों की ख़ामोश आरज़ू-मिन्नतों के प्रति, जो अभी तक इतने नज़दीक थे, लेकिन भौतिक रूप से इतने दूर थे और जिनकी याद हमें दिन-रात सताया करती थी, किस तरह व्यवहार करें, यह नहीं समझ पा रहे थे। दरअसल, हमारी यंत्रणा दोहरी थी; एक तो अपनी और दूसरी उन ग़ैर-मौजूद बेटों, माताओं, पत्नियों या प्रेमिकाओं की कल्पित यंत्रणा।

और किन्हीं परिस्थितियों में हमारे नगरवासी शायद अपनी क्रियाशीलता बढ़ाकर, सामाजिक जीवन में अधिक सक्रिय भाग लेकर अपनी घुटन दूर कर लेते। लेकिन प्लेग ने उनको निष्क्रिय बनने के लिए मजबूर कर दिया था, उनका घूमना-फिरना सिर्फ़ उस शहर की सीमा के भीतर ही बाँध दिया और इस तरह उन्हें अपनी स्मृतियों के सहारे सन्तोष और राहत पाने के लिए विवश कर दिया। निरुद्देश्य सैर करते

हुए वे बार-बार उन्हीं सड़कों पर पहुँच जाते थे जहाँ से कुछ देर पहले गुज़रे थे, और चूँकि शहर छोटा है, इसलिए ये अक्सर वे ही सड़कें होती थीं, जिन पर ख़ुशी के दिनों में वे उनके साथ घूमे थे जिनसे आजकल जुदा हो गए थे।

इस तरह प्लेग ने पहले हमें निर्वासन का दंड दिया। कथाकार को विश्वास है कि वह यह दावा कर सकता है कि सब लोगों को ऐसा ही एहसास हुआ था। ख़ुद उसने तो यह महसूस किया ही था, उसके सारे दोस्तों ने भी यह बात क़बूल की थी। इसमें शक नहीं कि यह निर्वासन की अनुभूति थी—अपने दिलों में खालीपन का वह एहसास जिसने कभी हमारा साथ नहीं छोड़ा, गुज़रे ज़माने की याद करके उसमें खो जाने या फिर वक़्त की रफ़्तार को तेज़ कर देने की वह तर्कशून्य आकांक्षा और स्मृति के वे झोंके जो चिनगारियों की तरह बदन में चुभते थे। हम लोग कभी-कभी अपनी कल्पना से खिलवाड़ भी करते रहते थे, इन्तज़ार में बैठ जाते थे कि शायद किसी के लौटकर आने की सूचना देने के लिए घंटी अब बजने ही वाली है, या किसी की परिचित पग-ध्वनि ज़ीने पर बस सुनाई देने वाली है; लेकिन चाहे हम जान-बूझकर उस समय घर पर ही रह जाते हों, जिस वक़्त शाम की गाड़ी से लौटने वाले यात्री आमतौर पर पहुँचते थे और चाहे हम एक क्षण के लिए यह भुला देते हों कि ट्रेनें अब चलती ही नहीं, फिर भी, ज़ाहिर है कि झूठ-मूठ विश्वास करने का यह खेल अधिक दिन तक नहीं चल सकता था। हमेशा कोई-न-कोई ऐसा मौक़ा आ जाता जब हमें इस तथ्य का सामना करना पड़ जाता था कि आजकल सभी ट्रेनों का आना-जाना बन्द है। और फिर हमें एहसास हुआ कि यह जुदाई अभी और जारी रहेगी, इसलिए भविष्य के साथ समझौता करने के अलावा हमारे पास कोई चारा न रहा। अर्थात हम फिर अपने क़ैदख़ाने में लौट आए और अतीत के सिवा हमारे पास कुछ न रहा। अगर कुछ लोगों को भविष्य में रहने का लोभ होता भी था तो जैसे ही–जितनी जल्दी एक बार वे यह महसूस कर लेते थे कि जो अपने को कल्पना के हवाले कर देते हैं, वे ज़ख़्मी हो जाते हैं उन्हें फ़ौरन यह ख़याल छोड़ देना पड़ता था।

सबसे बड़ी बात तो यह है कि हमारे शहर के लोग जल्द ही एक बात को भूल गए। उन्होंने सार्वजनिक रूप से भी इसे व्यक्त नहीं किया। उनसे उम्मीद की जा सकती थी कि शायद वे अपने निर्वासन-काल का अनुमान लगाने की कोशिश करेंगे और इस आदत को जारी रखेंगे। उसकी वजह यह थी। जब घोर निराशावादियों ने कहा कि प्लेग छह महीने तक रहेगी, जब उन्होंने शोकपूर्ण छह महीने की कटुता

का स्वाद पहले से ही कल्पना में चख लिया और बड़े कष्ट से अपने साहस को बर्दाश्त की सीमा तक पहुँचा दिया, आने वाले हफ़्तों और दिनों की लम्बी यातना में रहने के लिए अपनी बची-खुची शक्तियों को भी एकत्रित कर लिया, जब ऐसा करने के बाद किसी दोस्त की बातचीत से या किसी अख़बार के लेख को पढ़कर उनके मन में एक अस्पष्ट आशंका या दूरदर्शिता कौंध जाती थी और कुल मिलाकर उन्हें लगता था कि कोई कारण नहीं है कि महामारी छह महीने से ज़्यादा नहीं चलेगी; एक साल या उससे भी ज़्यादा अरसे तक क्यों नहीं चल सकती?

ऐसे क्षणों में उनका साहस, सहन-शक्ति और इच्छा-शक्ति इतनी जल्दी शिथिल पड़ जाती थी कि उन्हें लगता था कि वे ज़िन्दगी में कभी अपने को निराशा और अवसाद की दलदल से नहीं निकाल पाएँगे जिसमें वे गिर गए थे। इसलिए वे कभी अपने को मुक्ति के दिन की कल्पना के लिए मजबूर नहीं करते थे जिसके रास्ते में बहुत-सी कठिनाइयाँ थीं। उन्होंने भविष्य में देखना भी छोड़ दिया था और अब हमेशा उनकी नज़रें अपने पैरों के नीचे की धरती पर रहती थीं। लेकिन इस बुद्धिमत्ता और अपनी दुर्दशा के साथ इस झूठे खेल की आदत से भी कोई नतीजा न निकला जैसा कि स्वाभाविक ही था। क्योंकि स्मृतियों के खिंचाव से, जिसे वे बर्दाश्त नहीं कर सकते थे, उन्होंने बचने की कोशिश की, इसलिए वे उन सुखद क्षणों की कल्पना से भी वंचित रह गए जिनके द्वारा वे मन-ही-मन भावी मिलन की तस्वीरें बनाकर प्लेग के विचारों से मुक्ति पा सकते थे। इस तरह इन ऊँची और नीची सतहों में वे ज़िन्दगी की धारा में बहते रहे। इसे जीना नहीं कहा जा सकता था। वे निरुद्देश्य दिनों और ऊसर स्मृतियों के शिकार हो गए थे। वे उन भटकती छायाओं की तरह थे जो सिर्फ़ अपने अवसाद की ठोस धरती पर जड़ पकड़कर ही मूर्त रूप धारण कर सकती थीं।

इसी तरह उन्हें सभी क़ैदियों और निर्वासितों के असाध्य शोक का भी एहसास हुआ जिन्हें सदा ऐसी स्मृतियों के साथ रहना पड़ता है जो बेमानी होती हैं। यहाँ तक कि अतीत में भी जिनके बारे में वे लगातार सोचते रहते थे, सिर्फ़ पश्चात्ताप की अनुभूति थी। उनके अतीत में जो भी अपूर्णता रह गई थी वे कल्पना में उसकी कमी को उन मर्दों या औरतों के साथ मिलकर पूरा कर देना चाहते थे जिनके लौटने की राह वे देख रहे थे। अपने सभी कामों में, यहाँ तक कि अपेक्षाकृत सुखद कामों में भी, वे क़ैदियों की-सी ज़िन्दगी बसर करते हुए अपने अनुपस्थित साथियों को शामिल करने का व्यर्थ प्रयास कर रहे थे। इस तरह उनकी ज़िन्दगी में हमेशा

किसी-न-किसी बात की कमी रहती थी। अतीत के प्रति मन में वैर था, वर्तमान के प्रति अधीरता थी और लगता था जैसे किसी ने धोखे से हमारा भविष्य छीन लिया है। हमारी हालत उन क़ैदियों-जैसी थी जिन्हें इनसान का इंसाफ़ या नफ़रत जेलों के सीखचों में रहने के लिए मजबूर करती है। ऐसी स्थिति में उस असहनीय अवकाश से मुक्ति पाने का सिर्फ़ एक ही रास्ता था। वह यह कि कल्पना में ट्रेनों को फिर से दौड़ाया जाए और ख़ामोशी की रिक्तता को भरने के लिए दरवाज़े की घंटी के बजने की कल्पना की जाए जो आजकल हठपूर्वक ख़ामोश रहती थी।

फिर भी अगर यह निर्वासन था, तो हम अधिकांश लोग अपने घर के भीतर ही निर्वासित थे। हालाँकि कथाकार को भी सबकी तरह निर्वासन झेलना पड़ रहा था, फिर भी उसे पत्रकार रेम्बर्त और उसके-जैसे अन्य लोगों की दुर्दशा नहीं भूली थी जिन्हें जीवन की सुख-सुविधाओं से और भी अधिक वंचित रहना पड़ गया था। वे मुसाफ़िर थे और प्लेग की वजह से वे जहाँ थे उन्हें वहीं रुकने के लिए मजबूर होना पड़ा था। वे अपने घरों और प्रियतमाओं से दूर थे। निर्वासितों में भी वे सबसे अधिक निर्वासित थे। सब लोगों की तरह वे भी समय के चक्र से त्रस्त थे, उनके लिए जगह का मसला भी था; वे प्रतिक्षण इस विशाल और विदेशी क़ैदख़ाने की दीवारों पर अपना सिर पटकते थे जिसने कोढ़ियों की बस्ती की तरह उन्हें उनके खोये हुए घरों से अलग कर दिया था। निस्सन्देह, यही वे लोग थे जिन्हें हम अक्सर सारा वक़्त धूल-भरे शहर में अकेले भटकते देखते थे। वे ख़ामोशी से अपने सुखी देश की उन शामों और प्रभातों की कामना किया करते थे जिनका सौन्दर्य केवल वे ही जानते थे। वे अपनी निराशा को क्षणिक सूचनाओं और सन्देशों पर पालते थे जो चिड़ियों की उड़ान की तरह, सूर्यास्त की ओस की तरह या सूरज की उन किरणों की तरह, जो कभी-कभी ख़ाली सड़कों को चितकबरा बनाती हैं, निरर्थक और विच्छिन्न थे। उन्होंने बाहर की दुनिया से आँखें मूँद ली थीं, जबकि यह दुनिया हमेशा हर तरह के विचारों से मुक्ति दिला सकती है। वे तो अपनी कल्पना के सच्चे प्रेतों को पालने पर तुले हुए थे और अपनी समस्त शक्ति लगाकर एक ऐसे देश की तस्वीरों की कल्पना में डूबे थे जिसमें प्रकाश की किरणें एक ख़ास ढंग से छिटकी थीं, दो या तीन पहाड़ियाँ थीं, उनकी पसन्द का एक वृक्ष था, एक स्त्री की मुस्कान थी, इस दुनिया की कमी को कोई दुनिया पूरा नहीं कर सकती थी।

आख़िर में हम उन विरही प्रेमियों का खासतौर पर ज़िक्र करेंगे जिनकी कहानी बेहद दिलचस्प है और जिनके बारे में कहने का शायद कथाकार को अधिकार भी

है। उनके मन में तरह-तरह की भावनाएँ उठ रही थीं, जिनमें पश्चात्ताप की भावना अधिक थी। उनकी मौजूदा स्थिति ऐसी थी कि वे पूरे जोश से अपनी भावनाओं का यथार्थ विवेचन कर सकते थे। ऐसी हालत में उनके लिए अपनी खामियों को न देख सकना असम्भव था। सबसे पहले ये भावनाएँ उनके मन में तब उठीं जब उन्हें इस बात का सही अनुमान लगाने में कठिनाई हुई कि उनका दूसरा साथी क्या कर रहा है? अब उन्हें अपने इस अज्ञान पर अफ़सोस होने लगा कि वे यह भी भूल गए हैं कि उनका प्रेमी या प्रेमिका किस तरह अपना वक़्त गुज़ारते थे। उन्हें यह सोचकर आत्मग्लानि हुई कि उन्होंने अतीत में इस बात की तरफ़ ध्यान क्यों नहीं दिया। वे क्यों सोचते रहे कि एक प्रेमी के लिए जब वह अपनी प्रेयसी के साथ नहीं रहता तो प्रेयसी के कार्यकलाप के प्रति उसके मन में हर्ष के बजाय उदासीनता क्यों पैदा होती है। इस बात का एहसास होते ही वे अपने प्रेम के इतिहास को नए सिरे से देख सकते थे और जान सकते थे कि किस जगह उनके प्रेम में कसर रह गई थी। साधारण परिस्थितियों में हम सब चेतन या अचेतन रूप से जानते हैं कि कोई प्रेम ऐसा नहीं जिसमें बेहतरी की गुंजाइश न हो। फिर भी हम कुछ हद तक इस सत्य से समझौता कर लेते हैं कि हमारा प्रेम कभी औसत स्तर से ऊपर नहीं उठ सका। लेकिन हमारी स्मृति समझौते के लिए तैयार नहीं होती। निश्चित रूप से इस मुसीबत ने जो बाहर से आकर सारे शहर पर छा गई थी, जिसकी वजह से हमें बहुत-सी तकलीफ़ें सहनी पड़ी थीं जो इतनी नाजायज़ थीं कि उन पर क्षुब्ध होना स्वाभाविक ही था। इसने हमें स्वयं अपने लिए यंत्रणा उत्पन्न करने को प्रेरित किया जिससे हम कुंठा को ही स्वाभाविक स्थिति समझने लगे। यह भी महामारी की एक चाल थी, जो उसने हमारा ध्यान असली समस्याओं से हटाने और हमारे दिमाग़ में उलझन पैदा करने के लिए चली थी।

इस तरह से हम सबको विशाल आकाश की उदासीनता तले एकान्त में दिन गुज़ारने के लिए मजबूर होना पड़ा था। भुलाए जाने की यह अनुभूति जो शायद उचित मौक़े पर लोगों के चरित्र में परिष्कृति पैदा कर सकती थी, उनका जीवन-रस सोखकर उन्हें निकम्मा बनाने लगी। मिसाल के लिए हमारे कुछ साथी नागरिक एक विचित्र क़िस्म की गुलामी के शिकार हो गए, जिसने उन्हें सूरज और बारिश के रहम पर छोड़ दिया था। उन्हें देखकर ऐसा लगता था जैसे ज़िन्दगी में पहली बार उन्हें मौसम की अच्छाई-बुराई का एहसास हो रहा हो। सूरज की कुछ किरणों का फूटना ही उनके मन में संसार के लिए उल्लास भर देने के लिए काफ़ी था, जबकि

बारिश के दिनों में उनके चेहरों और मूड पर भी एक काली छाया आ जाती थी। कुछ हफ़्ते पहले वे मौसम की इस हास्यास्पद गुलामी से आज़ाद थे, क्योंकि उन्हें ज़िन्दगी से अकेले नहीं जूझना पड़ता था। वे जिस व्यक्ति के साथ रहते थे वह कुछ सीमा तक उनके छोटे-से संसार की तस्वीर के अगले हिस्से में छाया रहता था, लेकिन अब स्थिति बदल गई थी। उन्हें लगता था कि वे आकाश की मर्जी के रहम पर हैं। दूसरे शब्दों में, हम कह सकते हैं कि उनकी पीड़ा और आशाएँ तर्कहीन थीं।

इसके अलावा एकान्त की इस पराकाष्ठा में कोई भी अपने पड़ोसी से कोई मदद पाने की आशा पर निर्भर नहीं कर सकता था। सभी को अपनी मुसीबतों का बोझ ख़ुद उठाना पड़ रहा था। अगर, संयोगवश, हममें से कोई दूसरों के सामने अपनी भावनाओं की बात करता या मन का बोझ हल्का करने की कोशिश करता तो उसे हमेशा ऐसा जवाब मिलता था जिसे सुनकर आमतौर पर उसे सदमा पहुँचता था चाहे वह जवाब कैसा भी हो। फिर उसे अचानक एहसास होता था कि वह जिस आदमी से बात कर रहा है उसके मन में कोई और ही बात है। अपने व्यक्तिगत अवसाद पर लगातार कई दिन तक सोचने-विचारने के बाद अगर कोई अपने मन की उस तस्वीर को, जिसे उसने पश्चात्ताप और तीव्र भावना की आग में डालकर आकार प्रदान किया था, किसी दूसरे को दिखाना चाहता था तो दूसरा आदमी उसकी बिलकुल कद्र नहीं करता था, बल्कि उसको इस तस्वीर में रूढ़िगत और साधारण भावना दिखाई देती थी—ऐसा दुख जिसे बड़े पैमाने पर तैयार करके हाट-बाज़ार में बेचा जा रहा हो। जवाब चाहे अनुकूल हो या प्रतिकूल, उसमें गरमाई नहीं होती थी, और अपने दिल की बात बताने की कोशिश छोड़ देनी पड़ती थी। यह बात कम-से-कम उन पर तो लागू होती ही थी जो ख़ामोश रहना बर्दाश्त नहीं कर सकते थे। और बाक़ी लोग चूँकि उपयुक्त, भाव-व्यंजक शब्द तलाश ही नहीं कर सकते थे, इसलिए वे आम टकसाली भाषा का इस्तेमाल करके ही सन्तुष्ट हो गए—वर्णन और चुटकुलों की उस सीधी-सादी चलताऊ भाषा का या अपने दैनिक अख़बार की भाषा का। इसलिए ये लोग भी अपने सच्चे और गहरे दुख को मामूली बोलचाल की भाषा के जरिये ही व्यक्त करते थे। इन नपे-तुले शब्दों का इस्तेमाल करके ही प्लेग के ये सब क़ैदी अपने चौकीदारों या सुनने वालों की हमदर्दी पाने की उम्मीद कर सकते थे।

फिर भी—और यह बात महत्त्वपूर्ण है कि—उनकी यंत्रणा चाहे जितनी कटु और उनके हृदय चाहे जितने भारी रहे हों, अपने हृदय की रिक्तता के बावजूद प्लेग

के आरम्भिक दिनों में तो कम-से-कम ये निर्वासित नागरिक एक तरह से अपने को ख़ुशक़िस्मत समझ सकते थे। ऐसे क्षणों में जब शहर के लोगों में घबराहट फैली थी, इन लोगों के विचार पूरी तरह से उस व्यक्ति पर केन्द्रित थे जिससे मिलने के लिए वे बेचैन थे। प्यार के अहंकार के कारण जनसाधारण के दुख-दर्द ने उन पर कुछ असर नहीं किया था, प्लेग के बारे में वे सिर्फ़ यही सोचते थे कि कहीं उसकी वजह से उनकी जुदाई अनन्त न हो जाए। महामारी के ऐन बीचोबीच भी उन्होंने एक उदासीनता अख्तियार कर ली थी जिसे देखकर आत्मविश्वास होने का भ्रम होता था। उनके अवसाद ने उन्हें घबराहट से बचा लिया था। इस तरह उनकी मुसीबत का भी एक अच्छा पहलू था। मिसाल के लिए अगर उनमें से कोई महामारी का शिकार हो जाता तो उसे इस दुर्भाग्य का एहसास तक न होता। किसी स्मृति के प्रेत के साथ लम्बे और मौन सम्पर्क के बाद अचानक वह सबक गहनतम मौन में विसर्जित हो गया। उसके पास किसी बात के लिए वक़्त नहीं रहा था।

2

जब हमारे शहर के लोग संसार से अपने इस अप्रत्याशित अलगाव से समझौता करने की कोशिश कर रहे थे प्लेग की वजह से शहर के फाटकों पर सन्तरी बिठा दिये गए थे और ओरान आने वाले जहाज़ों को वापस भेजा जा रहा था। जब से फाटक बन्द हुए थे, बाहर की कोई गाड़ी शहर में दाख़िल नहीं हुई थी। उस दिन के बाद से ऐसा लगता था जैसे सब कारें गोल दायरे में चक्कर काट रही हों। बुलेवारों के ऊपरी हिस्से से देखने पर बन्दरगाह का दृश्य भी विलक्षण मालूम होता था। तमाम व्यापारिक हलचलें, जिनकी वजह से ओरान समुद्र-तट का प्रमुख बन्दरगाह बन गया था, अचानक रुक गई थीं। सिर्फ़ कुछ जहाज़, जिनके यात्रियों पर यात्रा का प्रतिबन्ध लगा दिया गया था, लंगर डाले खाड़ी में खड़े थे। लेकिन घाटों पर खड़ी क्षीणकाय निकम्मी क्रेनें, माल ढोने के उलटे हुए वैगन, बोरों और पीपों के लापरवाही से बिखरे हुए ढेर—सब इस बात की गवाही दे रहे थे कि व्यापार भी प्लेग से मर चुका है।

ऐसे असाधारण दृश्यों के बावजूद ऊपरी तौर पर देखने से लगता था कि हमारे शहर के लोगों को अपनी असली स्थिति का एहसास होने में दिक़्क़त हो रही थी। भय और जुदाई तो ऐसी भावनाएँ थीं, जिनमें सब लोग साझीदार हो सकते थे, लेकिन उनके विचारों में अभी भी व्यक्तिगत स्वार्थ ही प्रमुख थे। इस बीमारी का सचमुच क्या मतलब है, इस बात को कोई अपने-आपसे क़बूल नहीं करना चाहता था। अधिकतर लोग सिर्फ़ उन्हीं बातों के बारे में सचेत थे, जिन्होंने उनके जीवन के साधारण कार्यक्रम को भंग कर दिया था या जो उनके स्वार्थों को आघात पहुँचा रही थीं। वे या तो परेशान होते थे या नाराज़—लेकिन इन भावनाओं से प्लेग का मुक़ाबला तो नहीं किया जा सकता था। मिसाल के लिए, उनकी पहली प्रतिक्रिया यह हुई कि उन्होंने अधिकारियों को गालियाँ बकना शुरू कर दीं। अख़बार हर रोज़

प्रीफ़ेक्ट की नुक्ताचीनी करते हुए पूछते थे—क्या नियमों में संशोधन करके उनकी सख़्ती कम नहीं की जा सकती? लेकिन यह प्रश्न अप्रत्याशित था। अभी तक न तो अख़बारों को न रेंसदाक सूचना ब्यूरो को सरकार की तरफ़ से महामारी के आँकड़े बताए गए थे। अब प्रीफ़ेक्ट हर रोज ब्यूरो को आँकड़े देकर प्रार्थना करता था कि उन्हें हफ़्ते में एक बार ज़रूर प्रसारित किया जाए।

इस मामले पर भी, आशा के विपरीत जनता की प्रतिक्रिया बहुत देर से हुई। इस बयान से कि प्लेग के तीसरे हफ़्ते में तीन सौ दो मौतें हो चुकी हैं, लोगों की कल्पना को कोई आघात नहीं पहुँचा। एक कारण तो यह था कि हो सकता था ये सारी मौतें प्लेग की वजह से न हुई हों। इसके अलावा शहर में किसी को यह अन्दाज़ नहीं था कि साधारण परिस्थितियों में औसतन एक हफ़्ते में कितनी मौतें होती हैं। शहर की आबादी दो लाख थी। मौत के ये आँकड़े क्या सचमुच इतने ज़्यादा थे यह कोई नहीं जानता था। दरअसल इस तरह के आँकड़ों की कभी भी ज़्यादा परवाह नहीं की जाती, हालाँकि इनका महत्त्व स्पष्ट है। संक्षेप में यह कहा जा सकता है कि जनता के पास तुलना करने के मानकों की कमी थी। वक़्त के साथ-साथ जब मरने वालों की संख्या इतनी बढ़ गई कि उनको नज़रअन्दाज़ करना असम्भव हो गया, तब जाकर कहीं जनता को इस सचाई का सही एहसास हुआ। पाँचवें हफ़्ते में तीन सौ इक्कीस मौतें हुईं और छठे हफ़्ते में यह संख्या तीन सौ पैंतालीस तक पहुँच गई। जो भी हो, इन आँकड़ों से स्थिति साफ़ ज़ाहिर होती थी। फिर भी ये आँकड़े इतने सनसनीखेज़ नहीं थे कि हमारे शहर के लोगों का यह भ्रम टूट जाता कि शहर में जो कुछ भी हो रहा है वह एक संयोग है, जो अप्रिय होते हुए भी स्थायी नहीं है, हालाँकि लोग काफ़ी परेशान थे।

सो लोग हमेशा की तरह शहर की सड़कों पर चहलक़दमी करते थे और रेस्तराओं की छतों पर बैठते थे। आमतौर पर बुज़दिल नहीं थे, वे बातचीत में रोने-धोने के बजाय मज़ाक़ ज़्यादा करते थे और उनके व्यवहार से ऐसा लगता था कि उन्होंने ख़ुशी-ख़ुशी उस अप्रिय स्थिति को क़बूल कर लिया है जिसे वे अस्थायी समझते थे, अर्थात वे ऊपर से तो निश्चिन्त होने का ही अभिनय करते थे। लेकिन महीने के अन्त में जब प्रार्थना-सप्ताह क़रीब आया, जिसकी चर्चा हम बाद में करेंगे, तो कई गम्भीर घटनाएँ हो गईं जिनसे शहर की पूरी सूरत बदल गई। सबसे पहले तो प्रीफ़ेक्ट ने ट्रैफिक और खाने-पीने की चीज़ों पर कन्ट्रोल लगा दिया। पेट्रोल राशन पर मिलने लगा और खाने की चीज़ों की बिक्री पर पाबन्दियाँ लगा दी गईं। बिजली का ख़र्च

कम करने का हुक्म जारी किया गया। सिर्फ़ ज़रूरत की चीज़ें ही लारियों या हवाई जहाज़ों के जरिये ओरान लाई जाती थीं। इस तरह ट्रैफिक लगातार कम होता गया।

और नौबत यहाँ तक आ पहुँची कि सड़कों पर प्राइवेट कारें बहुत कम दिखाई देने लगीं। विलासिता की वस्तुओं की दुकानें रातों-रात बन्द हो गईं, और दूसरी दुकानों ने 'सारा माल बिक चुका है' के नोटिस लगा दिए जबकि खरीदारों की भीड़ दुकानों के दरवाज़ों के आगे खड़ी रहकर इन्तज़ार करने लगी।

ओरान की सूरत एकदम बदल गई। सड़कों पर पैदल चलने वाले लोग ज़्यादा नज़र आते थे। फ़ुरसत के वक़्त सड़कों और रेस्तराओं में बहुत से लोग जमा हो जाते थे। इन दिनों वे निकम्मे हो गए थे, क्योंकि बहुत-सी दुकानें और दफ़्तर बन्द हो चुके थे। फ़िलहाल ये लोग बेकार नहीं थे, सिर्फ़ छुट्टी पर थे। जब मौसम अच्छा रहता था तो दोपहर को तीन बजे के क़रीब ओरान को देखने से ऐसा लगता था जैसे शहर में सब लोग जश्न मना रहे हों, और जश्न मनाने वालों के लिए सड़कें ख़ाली करने के लिए दुकानें बन्द कर दी गई हों और ट्रैफिक रोक दिया गया हो।

यह स्वाभाविक ही था कि इस स्थिति से सिनेमाघरों को बहुत फ़ायदा पहुँचा और उन्होंने ख़ूब पैसे कमाए। लेकिन उनके सामने एक दिक़्क़त थी—नई फ़िल्में कैसे दिखाई जाएँ, क्योंकि शहर में नई फिल्मों का आना बन्द था। पन्द्रह दिन बाद सिनेमाघरों ने आपस में ही फिल्मों का तबादला कर लिया और कुछ दिन के बाद वे एक ही फ़िल्म दिखाने लगे। इसके बावजूद उनकी आमदनी में कोई फ़र्क़ नहीं आया।

रेस्तराँ भी अपने ग्राहकों की माँग पूरी करने में समर्थ थे। दरअसल ओरान शराब-व्यापार का मुख्य केन्द्र था, इसलिए वहाँ शराब का बहुत-सा स्टॉक जमा था। सच पूछिए तो लोग बहुत ज़्यादा शराब पीने लगे थे। एक रेस्तराँ वाले के दिमाग़ में एक शानदार विचार आया और उसने रेस्तराँ के बाहर एक नारा लिखकर टाँग दिया : "बढ़िया शराब की बोतल प्लेग की छूत से बचने का सबसे अच्छा तरीक़ा है।" लोगों की यह धारणा और भी पुष्ट हो गई कि शराब छूत की बीमारी से आदमी को बचा सकती है। हर रात तड़के दो बजे के क़रीब बहुत से लोग नशे की हालत में लड़खड़ाते हुए क़दमों से रेस्तराओं से उम्मीदें बघारते हुए निकलते।

लेकिन एक माने में ये सारी तब्दीलियाँ इतनी विलक्षण थीं और इतनी जल्दी में हुई थीं कि किसी को यक़ीन ही नहीं हो सकता था कि यह स्थिति कुछ दिनों से ज़्यादा चलेगी। इसके परिणामस्वरूप हम पहले की तरह अपना सारा ध्यान अपनी व्यक्तिगत भावनाओं पर ही केन्द्रित करने लगे।

शहर के फाटकों के बन्द होने के दो दिन बाद जब डॉक्टर रियो अस्पताल से निकला तो सड़क पर उसकी मुलाक़ात कोतार्द से हुई। कोतार्द का चेहरा ख़ुशी और सन्तोष से चमक रहा था। रियो ने कोतार्द को उसके ख़ुश नज़र आने पर बधाई दी।

कोतार्द ने कहा, "हाँ, मैं बिलकुल स्वस्थ हूँ। मैंने अपने को कभी इतना स्वस्थ नहीं महसूस किया जितना कि अब करता हूँ। लेकिन डॉक्टर, एक बात बताओ, इस कमबख्त प्लेग के बारे में तुम्हारा क्या ख़याल है? मामला कुछ गम्भीर होता जा रहा है न! जब डॉक्टर ने सिर हिलाकर हामी भरी तो कोतार्द ने प्रफुल्लित स्वर में कहा, "अब इसके थमने की कोई वजह नहीं दिखती। लगता है कि शहर में कोई भयंकर गड़बड़ होने वाली है।"

दोनों जने कुछ दूर तक साथ-साथ गए। कोतार्द ने अपनी गली के एक परचूनिए का क़िस्सा बताया जिसने बाद में बड़ा मुनाफ़ा कमाने के लिए खाद्य-सामग्री के बन्द डिब्बे जमा रख छोड़े थे। जब एम्बुलेंस गाड़ी वाले उसे उठाने आए तो उसके पलंग के नीचे गोश्त के दर्जनों डिब्बे पाए गए। वह अस्पताल जाकर मर गया। प्लेग में किसी को मुनाफ़ा नहीं हो सकता यह पक्की बात है। कोतार्द को महामारी के बारे में सैकड़ों ऐसे सच्चे और झूठे क़िस्से मालूम थे। उसने एक ऐसे आदमी का क़िस्सा बताया जिसे तेज़ बुख़ार था और प्लेग के सारे लक्षण दिखाई दे रहे थे। वह भागता हुआ सड़क पर आया और उसे जो पहली औरत दिखाई दी, उसे बाँहों में भरकर वह ज़ोर से चिल्लाया कि उसे छूत लग गई है।

"उसके लिए अच्छा ही हुआ!" कोतार्द ने टिप्पणी की, लेकिन उसकी अगली टिप्पणी ने पहले के उल्लासपूर्ण वाक्य को झुठला दिया, "ख़ैर जो भी हो, अगर मैं सोचने में ग़लती नहीं कर रहा तो जल्द ही हम सब पागल हो जाएँगे!"

उसी दिन शाम को ग्रान्द ने आख़िरकार रियो के सामने अपने दिल का बोझ हल्का कर दिया। डेस्क पर रखी श्रीमती रियो की फोटो देखकर उसने प्रश्नसूचक दृष्टि से डॉक्टर की तरफ़ देखा। रियो ने बताया कि उसकी पत्नी शहर से कुछ दूर एक सेनेटोरियम में इलाज़ के लिए गई है। ग्रान्द ने कहा, "एक माने में यह ख़ुशक़िस्मती है।" डॉक्टर ने भी कहा कि एक माने में यह ख़ुशक़िस्मती की बात है, लेकिन सबसे बड़ी बात तो यह है कि उसकी पत्नी को स्वस्थ हो जाना चाहिए।

"हाँ, मैं समझ गया।" ग्रान्द ने कहा।

और फिर पहली बार, जब से रियो का ग्रान्द से परिचय हुआ था, ग्रान्द ने दिल खोलकर बातें कीं। उसे अपने भाव व्यक्त करने के लिए उचित शब्द तलाश करने

में दिक़्क़त हो रही थी, लेकिन हर बार उसे कोई-न-कोई शब्द मिल ही जाता था। ऐसा लगता था जैसे वह बरसों से इन बातों पर ग़ौर करता रहा हो।

किशोरावस्था में ही उसने एक ग़रीब पड़ोसी परिवार की लड़की से शादी कर ली थी जो उम्र में बहुत छोटी थी। दरअसल शादी करने की ख़ातिर ही उसने पढ़ाई छोड़कर मौजूदा नौकरी शुरू कर दी थी। न जीन और न वह कभी शहर के उस हिस्से से बाहर निकले थे जहाँ वे रहते थे। कोर्टशिप के दिनों में जब वह जीन से मिलने जाया करता था तो जीन के परिवार के लोग जीन के इस शरमीले और ख़ामोश प्रशंसक का मज़ाक़ उड़ाया करते थे। जीन का पिता रेलवे कर्मचारी था। ड्यूटी से छुट्टी पाकर अधिकांश वक़्त खिड़की के पास कोने में बैठकर सड़क पर आते-जाते लोगों को देखने में गुज़ारता था। उसके बड़े-बड़े हाथ उसकी जाँघों पर फैले रहते थे। उसकी पत्नी सारा वक़्त घर के कामों में व्यस्त रहती थी जिनमें जीन भी हाथ बँटाती थी। जीन इतनी छोटी थी कि उसे चौराहा पार करते देखकर ग्रान्द का मन घबरा उठता था। उसके सामने से आती हुई गाड़ियाँ भीमकाय दिखाई देती थीं। फिर क्रिसमस से पहले एक दिन वे एक साथ थोड़ी दूर तक सैर करने गए थे और किसी दुकान की सजी हुई खिड़की की तारीफ़ करने के लिए खड़े हो गए थे। कुछ क्षणों तक खिड़की की तरफ़ मुग्धभाव से देखने के बाद जीन ने उसकी तरफ़ मुड़कर कहा था, "ओह! यह कितनी ख़ूबसूरत है!" ग्रान्द ने उसकी कलाई दबाई थी। इस तरह दोनों की शादी हुई थी।

ग्रान्द के विचार में बाक़ी कहानी बहुत सीधी-सादी थी, सब विवाहित जोड़ों की तरह। आपकी शादी होती है। आप कुछ ज़्यादा दिन तक मुहब्बत करते हैं, काम करते हैं। आप इतना ज़्यादा काम करते हैं कि आप मुहब्बत को भूल जाते हैं। चूँकि ग्रान्द के दफ़्तर के बड़े अफ़सर ने अपना वादा पूरा नहीं किया था इसलिए जीन को भी बाहर काम करना पड़ता था। इस बात पर आकर, ग्रान्द के मनोभावों को समझने के लिए कल्पना की ज़रूरत थी। थकान की वजह से धीरे-धीरे वह अपने पर से काबू खो बैठा, उसके पास कहने के लिए बहुत कम बातें बचीं। वह अपनी पत्नी में यह भावना जीवित रखने में असमर्थ हो गया कि वह उससे मुहब्बत करता है। काम से थका हुआ पति, ग़रीबी, बेहतर भविष्य की आशा का लोप हो जाना, घर में बिताई गई ख़ामोश शामें—ऐसी परिस्थितियों में भला प्रेम का उन्माद कैसे ज़िन्दा रह सकता था? शायद जीन ने दुख झेले थे। फिर भी वह ग्रान्द के साथ रह रही थी। निश्चय ही इनसान बहुत दिन तक बिना दुख के एहसास के, दुख झेल

सकता है। इसी तरह कई साल गुज़र गए। फिर एक दिन जीन उसे छोड़कर चली गई। यह स्वाभाविक ही है कि वह अकेली नहीं गई थी। 'मैं तुम्हें बहुत चाहती थी। लेकिन अब मैं बहुत ज़्यादा थक गई हूँ। मैं ख़ुशी-ख़ुशी नहीं जा रही, लेकिन नए सिरे से ज़िन्दगी शुरू करने के लिए ख़ुशी की ज़रूरत नहीं है।' जीन के पत्र का यही भावार्थ था।

ग्रान्द ने भी दुःख झेला था। शायद वह भी नए सिरे से ज़िन्दगी शुरू कर सकता था जैसा कि रियो ने कहा। लेकिन नहीं वह अपनी आस्था गँवा बैठा था... वह जीन की याद को नहीं भुला पाया था। वह चाहता था कि वह जीन को पत्र लिखकर अपनी सफ़ाई दे।

उसने रियो को बताया, "लेकिन यह आसान नहीं है। मैं बरसों तक इस बारे में सोचता रहा हूँ। जब हम एक-दूसरे को चाहते थे तो हमें एक-दूसरे के मन की बात समझने के लिए शब्दों की ज़रूरत नहीं पड़ती थी। लेकिन कोई भी हमेशा के लिए प्यार नहीं करता। एक ऐसा वक़्त आया जब मुझे जीन को अपने साथ रखने के लिए कुछ शब्द कहने चाहिए थे—लेकिन मैं उन शब्दों को ढूँढ़ नहीं सका।" ग्रान्द ने अपनी जेब से एक कपड़ा निकाला, जो देखने में चारखाना झाड़न मालूम होता था, और ज़ोर से अपनी नाक साफ़ की। फिर उसने अपनी मूँछें पोंछीं। रियो ख़ामोशी से उसकी तरफ़ देखता रहा। ग्रान्द ने फ़ौरन कहा, "माफ़ करना डॉक्टर, लेकिन, मैं किन शब्दों में बताऊँ कि मैं क्या कहना चाहता हूँ?—मुझे लगता है कि तुम पर भरोसा किया जा सकता है, इसीलिए मैं ऐसे मामलों के बारे में भी तुमसे बात कर सकता हूँ। और फिर आप देख रहे हैं कि मैं भावुकता में बह जाता हूँ।"

साफ़ ज़ाहिर था कि इस वक़्त ग्रान्द के विचार प्लेग से कोसों दूर थे।

उसी शाम को रियो ने अपनी पत्नी को तार दिया जिसमें लिखा था कि शहर के फाटक बन्द हो चुके हैं, वह हर वक़्त उसको याद करता है, उसे अपनी सेहत की देखभाल जारी रखनी चाहिए।

❖ ❖ ❖

एक रोज़ शाम को जब रियो अस्पताल से निकला तो उसने देखा कि सड़क पर एक नौजवान उसके इन्तज़ार में खड़ा है। यह फाटक बन्द होने के तीन हफ़्ते बाद की घटना है।

"आपको याद है, मैं कौन हूँ?"

रियो का ख़याल था कि वह नौजवान को जानता है लेकिन वह ठीक से उसे 'पहचान' न सका।

"इस मुसीबत के शुरू होने से पहले मैं आपके पास आया था, अरबों की बस्ती में रहन-सहन की परिस्थितियों के बारे में पूछताछ करने। मेरा नाम रेमन्द रेम्बर्त है।"

"अरे हाँ, मुझे अच्छी तरह याद है। अब तो तुम्हें अपने अख़बार के लिए बहुत शानदार कहानी मिल सकती है।" रेम्बर्त में पहली मुलाक़ात की अपेक्षा इस बार कम आत्मविश्वास दिखाई दे रहा था। उसने कहा कि वह अख़बार के काम से नहीं आया, वह डॉक्टर से सहायता की प्रार्थना करने आया था।

उसने कहा, "मैं इस तकलीफ़ के लिए माफ़ी चाहता हूँ, लेकिन सचमुच मैं यहाँ किसी को नहीं जानता और मेरे अख़बार का स्थानीय प्रतिनिधि तो एकदम बुद्धू है।"

रियो ने कहा कि वह शहर के केन्द्र में, एक डिस्पेंसरी की तरफ़ जा रहा है। उसने रेम्बर्त से कहा कि दोनों एक साथ पैदल चलें। उन्हें नीग्रो बस्ती की तंग गलियों से गुज़रना था। शाम हो गई थी, लेकिन शहर में जहाँ कभी इस वक़्त कोलाहल रहता था, अजब ख़ामोशी छाई थी। हवा में, जो सन्ध्या की किरणों से सुनहरी हो गई थी सिर्फ़ कुछ बिगुलों के स्वर गूँज रहे थे। फ़ौज यह दिखाने की कोशिश कर रही थी कि उनके सब काम पूर्ववत जारी हैं। जब दोनों जने नीली, जामुनी और केसरिया रंग की दीवारों से घिरी तंग गली में से गुज़र रहे थे तो रेम्बर्त लगातार बोलता जा रहा था। मालूम होता था कि उसके स्नायु काबू से बाहर हो गए हैं।

उसने कहा कि वह अपनी पत्नी को पेरिस में छोड़ आया था। वह दरअसल उसकी पत्नी नहीं थी, लेकिन उससे कोई फ़र्क़ नहीं पड़ता। जब शहर के फाटक बन्द हो गए तो उसने अपनी पत्नी को एक तार भेजा था। उसका ख़याल था कि यह स्थिति सिर्फ़ कुछ दिनों तक ही चलेगी, इसलिए उसने अपनी पत्नी को एक पत्र भेजने की कोशिश की थी, लेकिन पोस्ट ऑफ़िस के अफ़सरों ने पत्र भेजने की इजाज़त नहीं दी थी, उसके साथियों ने कहा कि वे उसकी कोई सहायता नहीं कर सकते। प्रीफ़ेक्ट के दफ़्तर के एक क्लर्क ने उसके मुँह पर उसकी हँसी उड़ाई थी। दो घंटे तक एक क़तार में खड़े रहने के बाद वह एक तार मंजूर करवा सका, 'मैं ख़ैरियत से हूँ। जल्द ही तुमसे मिलूँगा।'

लेकिन अगले दिन सुबह जब वह सोकर उठा तो उसे एहसास हुआ कि यह स्थिति कितने दिन तक चलेगी, यह कोई नहीं कह सकता। इसलिए उसने फ़ौरन शहर छोड़ने का फ़ैसला किया। अपने पेशेवर पत्रकार होने की हैसियत से उसने

प्रीफ़ेक्ट के दफ़्तर के एक बड़े अफ़सर से मिलने की तिकड़म तो भिड़ा ली। उसने बताया कि वह संयोगवश ओरान आया था। उसका ओरान से कोई ताल्लुक नहीं और उसका यहाँ रुकने का भी कोई कारण नहीं था, इसलिए निश्चय ही उसे शहर छोड़ने का अधिकार मिलना चाहिए, भले ही उसे शहर से निकालकर कुछ दिन के लिए क्वारंटाइन में रखा जाए। अफ़सर ने कहा कि उसे रेम्बर्त से पूरी हमदर्दी है, लेकिन वह इस मामले में किसी का भी लिहाज नहीं कर सकता, क्योंकि कायदे सब लोगों पर बराबर लागू होते हैं। लेकिन वह इस बात का ख़याल रखेगा, हालाँकि फ़ौरन किसी फ़ैसले की बहुत कम उम्मीद है क्योंकि अधिकारियों की नज़र में स्थिति बहुत गम्भीर हो गई है।

"भाड़ में जाएँ कायदे-क़ानून! मैं इस शहर का रहने वाला तो नहीं हूँ!"

"यह तो सही है। लेकिन हमें यही उम्मीद करनी चाहिए कि महामारी जल्द ही ख़त्म हो जाएगी।" अन्त में उसने यह कहकर रेम्बर्त को तसल्ली देने की कोशिश की कि पत्रकार होने के नाते रेम्बर्त को ओरान की स्थिति पर लिखने के लिए बहुत अच्छी सामग्री मिल सकती है। अगर आदमी ध्यान से सोचे तो हर घटना का, चाहे वह कितनी ही अप्रिय क्यों न हो, आशापूर्ण पहलू भी होता है। यह सुनकर रेम्बर्त ने गुस्ताखी से अपने कन्धे सिकोड़े और बाहर निकल आया।

दोनों शहर के केन्द्र में पहुँच गए थे।

"यह निहायत अहमकाना बात है न डॉक्टर! दरअसल मैंने अख़बारों के लिए लेख लिखने के लिए दुनिया में जन्म नहीं लिया था। मेरा ख़याल है कि मैं किसी औरत के साथ ज़िन्दगी बसर करने के लिए पैदा हुआ हूँ। यह तर्कसंगत बात है न?" रियो ने सतर्कता से उत्तर दिया कि सम्भव है रेम्बर्त की बात में सचाई हो।

केन्द्र के बुलेवारों पर पहले-जैसी रौनक़ और भीड़ नहीं थी। थोड़े-से लोग थे जो दूर कहीं अपने मकानों की तरफ़ तेज़ क़दमों से बढ़ से रहे थे। किसी के चेहरे पर मुस्कराहट नहीं दिखाई दे रही थी। रियो ने अनुमान लगाया कि शायद हाल ही की रेंसदाक ब्यूरो की घोषणा के परिणामस्वरूप सड़कें सूनी हो गई हों। चौबीस घंटों के बाद शहर के लोग फिर आशावादी हो बन जाएँगे। लेकिन जिन दिनों आँकड़ों की घोषणा होती थी, उन दिनों आँकड़े सबकी स्मृति में ताज़ा रहते थे।

अचानक रेम्बर्त ने कहा, "सच बात यह है कि वह औरत और मैं बहुत थोड़े दिनों तक साथ रहे हैं और एक-दूसरे के बिलकुल माफ़िक हैं।" जब रियो ने कोई जवाब न दिया तो रेम्बर्त ने कहा, "देखता हूँ कि आप मेरी बातों से बोर हो रहे

हैं। माफ़ कीजिए, मैं सिर्फ़ यह जानने के लिए आया था कि क्या आप मुझे यह सर्टिफिकेट दे सकेंगे कि मुझे यह मनहूस बीमारी नहीं है। मेरा ख़याल है कि इससे मामला आसान हो जाएगा।"

रियो ने सिर हिलाया। एक छोटा-सा लड़का उसकी टाँगों से टकराकर सड़क पर गिर पड़ा था। रियो ने लड़के को उठाकर खड़ा कर दिया। चलते-चलते वे प्लेस द आर्मे के नज़दीक पहुँचे। रिपब्लिक की एक मूर्ति के आसपास धूल से सफेद हो चुके पॉम और अंजीर के पेड़ निराश भाव से झुके थे। मूर्ति पर भी धूल और मैल की परतें जमी थीं। दोनों जने मूर्ति के पास जाकर रुक गए। रियो ने सफ़ेद धूल की परतों को हटाने के लिए पत्थर के चबूतरे पर पैर पटका। पत्रकार का हैट पीछे की तरफ़ सरका हुआ था, टाई की ढीली गाँठ के नीचे से अस्त-व्यस्त कॉलर दीख रहा था। उसने ठीक से शेव भी नहीं की थी। उसके चिड़चिड़े, ज़िद्दी चेहरे से लगता था कि वह एक ऐसा नौजवान है जिसे किसी ने गहरी चोट पहुँचाई है।

"मेहरबानी करके यह न सोचना कि मैं तुम्हारी बात समझता नहीं," रियो ने कहा, "लेकिन तुम्हें यह समझना चाहिए कि तुम्हारी दलील एकदम ग़लत है। मैं तुम्हें सर्टिफिकेट नहीं दे सकता, क्योंकि मुझे यह नहीं मालूम कि तुम्हारे अन्दर इस बीमारी के कीटाणु नहीं हैं। और अगर मुझे मालूम होता तो भी मैं इस बात की गारंटी कैसे दे सकता हूँ कि मेरे यहाँ से निकलकर प्रीफ़ेक्ट के दफ़्तर तक पहुँचने के बीच तुम्हें इस बीमारी की छूत नहीं लग जाएगी। और अगर मैं ऐसा कर भी सकता..."

"अगर आप ऐसा कर सकते...?"

"अगर मैं तुम्हें सर्टिफिकेट दे दूँ, तो भी उससे तुम्हें कोई मदद नहीं मिलेगी।"

"आख़िर क्यों?"

"क्योंकि इस शहर में हज़ारों लोग तुम्हारी-जैसी स्थिति में पड़े हुए हैं, और उन्हें शहर छोड़कर जाने की इजाज़त देने का सवाल ही नहीं उठ सकता।"

"मान लीजिए अगर उनको प्लेग न हो, क्या तब भी?"

"यह वजह काफ़ी नहीं है। ओह, मैं जानता हूँ कि यह एक बेहूदा हालत है, लेकिन हम सब इसके जाल में फँस रहे हैं और हमें चाहिए कि इस हालत को, जैसी भी है, मंजूर कर लें।"

"लेकिन मैं तो यहाँ का रहने वाला नहीं हूँ।"

"बदक़िस्मती से अब तुम यहीं के होकर रहोगे, बाक़ी सब लोगों की तरह।"

रेम्बर्त ने आवाज़ ऊँची करके कहा :

"डैम इट, लेकिन डॉक्टर क्या आप इतना भी नहीं देखते कि यह सवाल मानवीय भावनाओं का है? या आप यह महसूस ही नहीं करते कि उन लोगों के लिए जुदाई का क्या मतलब होता है जो...एक-दूसरे से प्यार करते हैं?"

रियो ने कुछ देर ख़ामोश रहकर उत्तर दिया कि वह इस बात को पूरी तरह समझता है। वह भी चाहता है कि रेम्बर्त को अपनी पत्नी के पास लौटने की इजाज़त दी जाए और वे सब लोग भी फिर आपस में मिलें जो एक-दूसरे से प्रेम करते हैं। लेकिन क़ानून तो क़ानून है। प्लेग फैल गई है और वह सिर्फ़ वही कर सकता है जो किया जाना चाहिए।

"नहीं," रेम्बर्त ने कटु स्वर में कहा, "आप नहीं समझ सकते। आप तर्क की भाषा इस्तेमाल कर रहे हैं, दिल की नहीं; आप सिद्धान्तों की अमूर्त दुनिया में रहते हैं।"

डॉक्टर ने रिपब्लिक की मूर्ति की तरफ़ नज़रें उठाईं और कहा कि वह तर्क की भाषा इस्तेमाल कर रहा है या नहीं, यह तो वह नहीं जानता, लेकिन वह यह जानता है कि वह तथ्यों की भाषा बोल रहा है, जिनसे सब लोग परिचित हैं, ज़रूरी नहीं कि दोनों बातें एक हों।

पत्रकार ने टाई सीधी करते हुए कहा, "तो इसका मतलब यह है कि मैं आपसे किसी क़िस्म की सहायता की आशा नहीं कर सकता। अच्छी बात है, लेकिन..." उसके लहजे में चुनौती का भाव था, "हर हालत में मैं शहर छोड़ दूँगा।"

डॉक्टर ने फिर कहा कि वह नौजवान के दिल की बात अच्छी तरह समझता है लेकिन इससे उसे सरोकार नहीं।

"माफ़ कीजिए, इससे आपको सरोकार है।" रेम्बर्त फिर ऊँची आवाज़ में बोला, "मैं आपके पास इसलिए आया था क्योंकि मुझे पता चला है कि नए कायदों के बनाने में आपका बहुत भारी हाथ है। इसलिए मैंने सोचा कि शायद एक मामले में तो आप अपने फ़ैसले को रद्द कर सकते हैं। लेकिन आप इस मामले में एकदम उदासीन हैं, आपको किसी के दुःख की परवाह नहीं, क़ानून बनाते वक़्त आपने उन लोगों का बिलकुल ख़याल नहीं रखा जो एक-दूसरे को चाहते हैं और जिन्हें बिछुड़ना पड़ा है।"

रियो ने क़बूल किया कि कुछ हद तक यह बात ठीक है। उसने ऐसे मामलों के बारे में नहीं सोचना ही बेहतर समझा था।

"ओह! अब समझा! आप अभी साधारण जनता की भलाई की बात करेंगे। लेकिन हममें से हरेक व्यक्ति की भलाई में ही जनता की भलाई है।"

अचानक डॉक्टर जैसे सपने से जाग पड़ा।

उसने कहा, "जाने भी दो, तुम्हारी बात सही है, लेकिन इसके कई और पहलू भी हैं। एकदम नतीजा निकालने से कोई फ़ायदा नहीं। तुम जानते हो।... लेकिन मुझे तुम्हारी नाराज़गी की कोई वजह समझ में नहीं आती। अगर तुम अपनी मुसीबत से निकलने का कोई रास्ता निकाल सको तो यकीनन मुझे बहुत ख़ुशी होगी। लेकिन कुछ ऐसी बातें हैं जिन्हें मैं अपनी सरकारी पोजीशन की वजह से नहीं कर सकता।"

रेम्बर्त ने गुस्ताखी से सिर झटकते हुए कहा, "हाँ, मुझे अपनी खीज ज़ाहिर नहीं करनी चाहिए थी। मैं आपका बहुत-सा वक़्त बरबाद कर चुका हूँ।"

रियो ने उससे कहा कि वह आकर रियो को सूचित करे कि उसे अपनी स्कीम में कितनी सफलता मिली है, और वह रियो से नाराज़ न हो कि वह इससे ज़्यादा दोस्ती का सलूक़ नहीं कर सका। उसने विश्वास जताया कि भविष्य में वे ज़रूर किसी-न-किसी बात पर सहमत होंगे। रेम्बर्त घबराया-सा नज़र आया।

फिर उसने थोड़ी देर ख़ामोश रहने के बाद कहा, "हाँ, अपने स्वभाव और आपने अभी जो बातें कही हैं उनके बावजूद भी मेरा ख़याल है कि हम ज़रूर मिलेंगे।" फिर कुछ रुककर उसने कहा, "फिर भी मैं आपकी राय से सहमत नहीं हूँ।"

हैट आँखों तक सरकाकर वह तेज़ी से चला गया। रियो ने उसे उस होटल में घुसते देखा जहाँ तारो रहता था।

अगले ही क्षण डॉक्टर ने धीरे से सिर हिलाया जैसे वह उस विचार का समर्थन कर रहा हो जो उसके दिमाग़ में आया था। हाँ, पत्रकार ने ठीक ही किया था, वह अपनी ख़ुशी को बचाना चाहता था। लेकिन क्या उसने रियो पर यह इल्ज़ाम लगाकर कि रियो सिद्धान्तों की दुनिया में रहता है, ठीक किया था? क्या उन दिनों 'अमूर्त' शब्द लागू हो सकता है जब प्लेग शहर पर पलकर मोटी हो रही हो और मरने वालों के साप्ताहिक आँकड़े पाँच सौ तक जा पहुँचे हों, जबकि रियो सारा वक़्त अस्पताल में रहता है? हाँ, ऐसी मुसीबतों में अमूर्त सैद्धान्तिकता का कुछ अंश ज़रूर आ जाता है जिसका यथार्थ से सम्बन्ध टूट जाता है। लेकिन जब ऐसी 'अमूर्तता' इनसान की तबाही करने लगती है तब उसकी तरफ़ ध्यान देना ही पड़ता है। और रियो यह जानता था कि यह सबसे ज़्यादा आसान रास्ता नहीं था; मिसाल के लिए इस सहायक अस्पताल को चलाना जिसका रियो इंचार्ज था। अब ऐसे तीन अस्पताल बन गए थे और यह आसान काम नहीं था।

रियो के ऑपरेशन-रूम की बग़ल में डॉक्टरी सामान से लैस एक कमरा था, जहाँ मरीज़ को सबसे पहले लाया जाता था। इसके फ़र्श को खोदकर एक उथली-सी पानी और क्रेसीलिक एसिड की झील बना दी गई थी, जिसके बीच में ईंटों का एक छोटा द्वीप-जैसा बनाया गया था। मरीज़ को इस द्वीप पर ले जाया जाता था, तेज़ी से उसके कपड़े उतारकर कीटाणुनाशक पानी में डाल दिए जाते थे। नहलाने, सुखाने और अस्पताल की मोटी-खुरदरी नाइट-शर्ट पहनाने के बाद उसको जाँच के लिए रियो के पास लाया जाता था; फिर उसके बाद किसी वार्ड में। इस अस्पताल में, जो स्कूल की इमारत को क़ब्जे में लेकर खोला गया था, पाँच सौ बेड थे। लगभग सभी बेड भरे हुए थे। मरीज़ों को रियो स्वयं अपनी देखरेख में दाख़िल करने के बाद उन्हें टीके लगाता था, गिल्टियों में नश्तर लगाता था और आँकड़ों की दोबारा जाँच करने के बाद फिर दोपहर के वक़्त अपने मरीज़ों को देखने के लिए लौट आता था। अँधेरा होने पर वह मरीज़ों का हालचाल पूछने के लिए निकलता था और रात को बहुत देर से लौटता था। कल रात उसकी माँ ने उसे उसकी पत्नी का तार देते वक़्त कहा था कि उसके हाथ काँप रहे हैं।

"हाँ," रियो ने जवाब दिया, "लेकिन अब सवाल सिर्फ़ डटे रहने का है। देख लेना मेरे स्नायु अपने-आप शान्त हो जाएँगे।"

डॉक्टर हट्टे-कट्टे बदन का आदमी था और अभी तक वह थकान से चूर नहीं हुआ था। फिर भी बार-बार मरीज़ों को देखने जाने की वजह से उसकी सहन-शक्ति पर बोझ पड़ने लगा था। एक बार यह पता चलने पर कि किसी को प्लेग हो गई है, उसे फ़ौरन ही घर से हटाकर अस्पताल पहुँचा दिया जाता था। उसके बाद 'सैद्धान्तिकता' और परिवार के साथ संघर्ष शुरू होता था, जिन्हें अच्छी तरह मालूम था कि अब वे मरीज़ को उसके मरने या स्वस्थ होने से पहले नहीं देख सकेंगे। "डॉक्टर, रहम करो!" तारो के होटल की नौकरानी माँ मदाम लोरेतव ने डॉक्टर से प्रार्थना की थी। इस प्रार्थना का कोई फ़ायदा नहीं हुआ था। निस्सन्देह डॉक्टर रहमदिल था। लेकिन इन हालात में रहम का क्या फ़ायदा हो सकता था! डॉक्टर को टेलीफ़ोन करना ही पड़ा और जल्द ही सड़क पर एम्बुलेंस की आवाज़ सुनाई दी थी। (शुरू में तो पड़ोसी खिड़कियाँ खोलकर सारा दृश्य देखते थे, बाद में वे फ़ौरन खिड़कियाँ बन्द कर देते थे।) फिर संघर्ष का दूसरा दौर शुरू हुआ, आँसू और मिन्नतें, जिसे संक्षेप में 'अव्यावहारिकता' कहा जा सकता है। मरीज़ों के कमरों में, जहाँ बुख़ार की गरमी और स्नायविक विक्षिप्ति छाई थी, पागलपन

के दृश्य होते थे। हर बार एक ही मामले पर संघर्ष होता था। मरीज़ को हटा लिया जाता था, इसके बाद रियो भी वहाँ से चला आता था।

शुरू के दिनों में तो रियो सिर्फ़ अस्पताल में फ़ोन कर देता था और एम्बुलेंस के आने का इन्तज़ार किए बग़ैर दूसरे मरीज़ों को देखने चला जाता था। लेकिन उसके जाते ही परिवार के लोग घर में ताला लगा देते थे। वे मरीज़ से बिछुड़ने के बजाय प्लेग की छूत के सम्पर्क में आना ज़्यादा पसन्द करते थे, क्योंकि उन्हें अच्छी तरह मालूम था कि बिछुड़ने का नतीजा क्या होगा। इसके बाद गाली-गलौज, चीख़ों, दरवाज़े तोड़ने और पुलिस और फ़ौज की कार्यवाही का सिलसिला शुरू होता था। मरीज़ पर धावा बोल दिया जाता था। शुरू के कुछ हफ़्तों में रियो को एम्बुलेंस के आने से पहले मरीज़ के पास रुकने के लिए मजबूर होना पड़ता था। बाद में जब हर डॉक्टर के साथ एक वॉलेंटियर पुलिस-अफ़सर जाने लगा तो रियो निश्चिन्त होकर जल्दी से दूसरे मरीज़ों को देखने के लिए जाने लगा।

लेकिन महामारी के प्रारम्भिक दिनों में हर शाम यही क़िस्सा होता था जो उस दिन हुआ था जब रियो मदाम लोरेन की बेटी को देखने गया था। उसे एक छोटे-से फ़्लैट में ले जाया गया था जिसमें पंखे और काग़ज़ के फूल सजे हुए थे। मदाम लोरेन ने काँपती हुई मुस्कराहट से रियो का स्वागत किया था।

"ओह, मेरा ख़याल है यह उस क़िस्म का बुख़ार नहीं है जिसकी आजकल लोगों में चर्चा है!"

रज़ाई और कमीज़ उठाकर डॉक्टर ने ख़ामोशी से लड़की की जाँघों और पेट पर पड़े लाल दागों और सूजी हुई गिल्टियों को देखा। उन पर नज़र डालते ही माँ शोक से फूट-फूटकर रोने लगी। हर शाम को माताएँ इसी तरह विलाप करती थीं, अपने बच्चों के पेट और जिस्म पर घातक चिह्न देखते ही वे घबराहट और अव्यावहारिकता का प्रदर्शन करने लगती थीं, हर शाम को अनेक हाथ रियो की बाँहों को जकड़ लेते थे, निरर्थक शब्दों, वादों और आँसुओं की झड़ी लग जाती थी। हर शाम को एम्बुलेंस की घंटी सुनकर ऐसे दृश्य होते थे जो हर प्रकार के शोक की तरह निरर्थक थे। रियो जानता था कि भविष्य में उसे लगातार ऐसे अनगिनत दृश्यों का सामना करना पड़ेगा। हाँ, अमूर्तन की तरह प्लेग नीरस थी। शायद सिर्फ़ एक ही चीज़ में परिवर्तन आया था। वह रियो ख़ुद था। उस रोज़ शाम को रिपब्लिक की मूर्ति के पास खड़े होकर रियो को अपने इस परिवर्तन का एहसास हुआ था। वह होटल के दरवाज़े की तरफ़ टकटकी लगाकर देखता

रहा जहाँ रेम्बर्त अभी दाख़िल हुआ था। उसे लगा एक ठंडी उदासीनता धीरे-धीरे उसके मन में व्याप रही है।

इन थका देने वाले हफ़्तों के बाद और उन तमाम शामों से गुज़रने के बाद जब लोग निरुद्देश्य घूमने के लिए सड़कों पर जमा होते थे, रियो ने सीखा था कि अब उसे अपना दिल सख़्त करने की कोई ज़रूरत नहीं रह गई है। जब करुणा निरर्थक होती है तो इनसान का दिल ख़ुद-ब-ख़ुद करुणा से ऊपर उठ जाता है। और इसी चेतना में, जो डॉक्टर के मन में धीरे-धीरे व्याप रही थी, उसे अपने असह्य बोझ को हल्का करने का एकमात्र साधन और सांत्वना दिखाई दी। वह जानता था कि यही चेतना उसके काम को आसान बना देगी, इसीलिए वह ख़ुश था। जब रियो तड़के दो बजे लौटकर घर आया, तो उसकी माँ बेहद घबरा उठी। रियो ने भावशून्य दृष्टि से माँ की ओर देखा। माँ रियो के इस एकमात्र मुक्ति-मार्ग की भर्त्सना कर रही थी। अमूर्त सैद्धान्तिकता से लड़ने के लिए ज़रूरी है कि व्यक्ति के चरित्र में भी इस गुण का समावेश हो। लेकिन भला रेम्बर्त से इस बात को समझने की उम्मीद कैसे की जा सकती थी! उसे तो लगता था कि उसकी ख़ुशी के रास्ते में यही ख़ामख़याली एकमात्र रुकावट है। सचमुच रियो को महसूस हुआ कि एक माने में पत्रकार की बात सही थी। लेकिन वह यह भी जानता था कि कभी-कभी ख़ामख़याली अपने को इनसान की ख़ुशी से ज़्यादा बड़ा साबित करती है, और तभी उसकी सत्ता को स्वीकार करना पड़ता है। रेम्बर्त का भी यही हाल होना था जैसा कि डॉक्टर को बाद में जाकर पता चला जब रेम्बर्त ने अपने बारे में और ज़्यादा बातें बताईं। इस तरह से एक अलग स्तर पर रियो को हर व्यक्ति की ख़ुशी और प्लेग की अमूर्तताओं के बीच चलने वाले नीरस संघर्ष का पता चला जो बहुत लम्बे अरसे तक हमारे शहर की समूची ज़िन्दगी बन गया था।

3

लेकिन जहाँ कुछ लोगों को ख़ामख़याली नज़र आती थी, वहाँ दूसरे लोग सचाई देखते थे। प्लेग के पहले महीने का अन्त निराशापूर्ण हुआ। महामारी ख़ूब ज़ोर से फैली, और जेसुइट पादरी फ़ादर पैनेलो ने एक नाटकीय प्रवचन दिया। जब बूढ़े माइकेल में प्लेग के लक्षण दिखाई दिए थे और वह लड़खड़ाता हुआ घर लौट रहा था तब फ़ादर पैनेलो ने उसे अपनी बाँह का सहारा दिया था। फ़ादर पैनेलो ओरान जियोग्राफ़िकल सोसायटी को लगातार योगदान देकर पहले ही अपनी पहचान बना चुका था, जो मुख्य रूप से प्राचीन शिलालेखों से सम्बन्धित थे। वह इस विषय का विद्वान माना जाता था। लेकिन उसने वर्तमान व्यक्तिवाद पर बहुत से भाषण दिये थे, जिससे साधारण जनता तक भी उसकी पहुँच हो गई थी, जिसकी संख्या बहुत ज़्यादा थी। इन भाषणों में फ़ादर ने अपने को ईसाई सिद्धान्तों के शुद्ध और सही स्वरूप का साहसी समर्थक साबित किया था। उसके विचारों में न आधुनिकता की उच्छृंखलता थी, न अतीत का पुरोहितवाद था। ऐसे मौक़ों पर वह तीखे अकाट्य सत्यों से अपने श्रोताओं को परास्त करने से कभी बाज़ नहीं आया था। इसीलिए शहर में उसकी इतनी शोहरत थी।

महीने के अन्तिम दिनों में हमारे शहर के पादरी-वर्ग ने अपने विशिष्ट हथियारों से प्लेग का मुक़ाबला करने का फ़ैसला करके एक 'प्रार्थना-सप्ताह' मनाने का आयोजन किया। सार्वजनिक धर्म-भीरुता के इन प्रदर्शनों का समापन रविवार के दिन प्लेग से पीड़ित होकर शहीद होने वाले सन्त रॉच के तत्त्वावधान में होने वाली विराट् प्रार्थना-सभा से होने वाला था, और फ़ादर पैनेलो से उस सभा में प्रवचन देने के लिए कहा गया था। एक पखवारे तक उसने सन्त ऑगस्ताइन और अफ्रीकी चर्च के बारे में अपना अनुसन्धान कार्य स्थगित रखा, जिसके कारण उसे अपने पादरी-वर्ग में ऊँचा स्थान प्राप्त हुआ था। जोशीले और उग्र स्वभाव का व्यक्ति

होने के कारण, वह पूरे दिल से इस काम की तैयारी में जुट गया। काफ़ी पहले से ही उसके प्रवचन की चर्चा होने लगी थी और एक तरह से इस काल के इतिहास में इस प्रवचन की तारीख़ काफ़ी महत्त्व रखती है।

'प्रार्थना-सप्ताह' की सभाओं में प्रतिदिन खासी भीड़ जमा हो जाती थी। फिर भी, हमें यह मानना पड़ेगा कि अच्छे दिनों में भी ओरान के निवासियों की धर्म-निष्ठा में कमी नहीं होती थी। मिसाल के लिए रविवार के दिन समुद्र-स्नान को गिरजाघर की हाज़िरी से गम्भीर प्रतियोगिता करनी पड़ती है। न ही यह समझना चाहिए कि उन्हें एक दिव्य रोशनी दिखाई दे गई थी, जिसने एकाएक उनका हृदय-परिवर्तन कर दिया था। लेकिन एक तो शहर को बन्द कर दिया गया था और बन्दरगाह में दाख़िल होने की मनाही थी, और दूसरे, चूँकि वे एक विशिष्ट मन:स्थिति में थे और हालाँकि अपने दिलों की गहराई में वे अब भी अपने ऊपर आई मुसीबत की भयंकरता को स्वीकार करने में असमर्थ थे, वे यह अनुभव किए बिना न रह सके थे कि कोई चीज़ निश्चित रूप से बदल गई है। फिर भी, अधिकांश लोग अब भी यह उम्मीद लगाए बैठे थे कि यह महामारी जल्द ही गुज़र जाएगी और वे और उनके परिवार सुरक्षित बच जाएँगे। इसलिए वे अभी तक अपनी आदतों में कोई परिवर्तन करने की ज़रूरत महसूस नहीं करते थे। उनके लिए प्लेग एक अयाचित आगन्तुक की तरह थी जो उसी तरह अचानक चली जाएगी जिस तरह आई थी। वे घबराए तो थे, लेकिन अभी तक इतने हताश नहीं हुए थे कि प्लेग उन्हें अपने अस्तित्व के दुर्निवार तन्तु के रूप में दिखाई देती और अब तक उन्होंने जिस ज़िन्दगी का उपयोग किया था, उसको ही भूल जाते। संक्षेप में, वे परिस्थिति में परिवर्तन होने की प्रतीक्षा कर रहे थे। रही धर्म की बात तो और बातों की तरह उसके बारे में भी प्लेग ने उनकी मन:स्थिति कुछ ऐसी विचित्र बना दी थी, जो उदासीनता से उतनी ही दूर थी जितनी उत्साह से, जिसे 'वस्तुनिष्ठता' कहकर पुकारना ही शायद सबसे ठीक है। प्रार्थना-सप्ताह में भाग लेने वालों में से अधिकांश लोग उस उक्ति को दुहराते जो डॉक्टर रियो ने चर्च जाने वाले किसी व्यक्ति के मुख से सुनी थी। "जो भी हो, इससे कोई नुकसान नहीं हो सकता।" यहाँ तक कि तारो ने भी अपनी नोट-बुक में यह दर्ज करने के बाद कि ऐसे मौक़ों पर चीन के लोग प्लेग के देवता के आगे डफली बजाने लगते हैं, यह राय जाहिर की यह बताना मुमकिन नहीं है कि क्या सचमुच व्यावहारिक रूप से, छूत रोकने की एहतियाती कार्यवाहियों के मुक़ाबले डफली

ज़्यादा कारगर साबित होती थी? इसके आगे उसने यह विचार दर्ज किया कि इसका फ़ैसला करने के पहले हमें यह निश्चय करना पड़ेगा कि प्लेग का देवता वास्तव में होता भी है या नहीं और इस बारे में अज्ञान हमारी उन सब धारणाओं को व्यर्थ सिद्ध कर देता है, जो हम बना लेते हैं।

ख़ैर, जो भी हो, प्रार्थना-सप्ताह के दिनों में गिरजा हर समय उपासकों से खचाखच भरा रहता था। शुरू के दो-तीन दिन तक बहुत से लोग पोर्च के सामने के बाग़ में पाम और अनार के वृक्षों के नीचे खड़े होकर दूर से ही प्रार्थनाओं और आह्वानों के चढ़ते हुए ज्वार को सुनते रहे, जिनकी प्रतिध्वनियों से आस-पड़ोस की सड़कें तक गूँज उठती थीं। लेकिन एक मिसाल कायम होते ही वे लोग गिरजे में घुसने लगे और हिचकिचाते हुए उन प्रतिक्रियाओं में भाग लेने लगे जो प्रार्थियों के हाव-भावों से प्रकट हो रही थीं। और रविवार के दिन उपासकों की एक विशाल भीड़ ने गिरजे के मध्य भाग में तिल रखने की जगह न छोड़ी, यहाँ तक कि सीढ़ियों और अहाते में भी लोग भरे हुए थे। एक दिन पहले से आसमान में बादल छा गए थे और आज ज़ोर की बारिश हो रही थी। जो लोग खुले में खड़े थे उन्होंने अपनी छतरियाँ तान लीं। फ़ादर पैनेलो ने अपने प्रवचन के लिए जिस समय मंच पर क़दम रखा, उस समय गिरजे के भीतर की हवा गीले कपड़ों की गन्ध और अगरबत्तियों के धुएँ से बोझिल हो रही थी।

वह औसत क़द और चौड़ी काठी का आदमी था। जब वह मंच के किनारे लकड़ी की कारीगरी वाले जंगले को अपने चौड़े हाथों से पकड़कर चढ़ने के लिए झुका तो लोगों को सिर्फ़ उसकी विशाल, काली धड़ और उसके ऊपर दो गुलाबी गाल ही दिखाई दिए जिन पर लोहे के फ्रेम में जड़ा चश्मा टँगा था। उसकी भाषण-शैली शक्तिशाली, बल्कि भावनात्मक होती थी जो श्रोता को दूर तक बहा ले जाती थी, और जब उसने स्पष्ट और ज़ोरदार स्वर में उपासकों की भीड़ पर पहले ही वाक्य में प्रहार किया कि "तुम पर एक संकट आया है, मेरे भाइयो! और, मेरे भाइयो, तुम इसी के काबिल थे"—तो लोग हैरानी से हक्के-बक्के रह गए और यह हैरानी बाहर बारिश में खड़े लोगों तक फैल गई।

इसके बाद उसने जो कुछ कहा उसका तर्क की दृष्टि से इस नाटकीय आरम्भ से कोई सम्बन्ध नहीं था। प्रवचन जब आगे बढ़ने लगा तो उपस्थित श्रोताओं के आगे स्पष्ट होता गया कि भाषण-कला की एक चाल से फ़ादर पैनेलो ने जैसे एक घूँसे की तरह अपने पूरे प्रवचन का सार उनके मुँह पर दे मारा था। यह प्रहार करने

के बाद उसने फ़ौरन मिस्र की प्लेग के बारे में एक्ज़ोडस की किताब से उद्धरण देते हुए कहा, "इतिहास में यह कहर जब पहली बार आया, तब इसका इस्तेमाल परमेश्वर के दुश्मनों को बरबाद करने के लिए किया गया था। फराओ ने परमेश्वर की मंशा क़े ख़िलाफ़ लड़ने की कोशिश की, लेकिन प्लेग ने उसको घुटनों के बल झुकने पर मजबूर कर दिया। इस तरह इतिहास के शुरू से ही परमेश्वर का यह कहर अहंकारियों के गर्व को चूर करता आया है और उन्हें धूल में मिलाता आया है जिन्होंने उसके ख़िलाफ़ अपने दिलों को सख़्त कर लिया है। इस बात पर अच्छी तरह ग़ौर करो, मेरे दोस्तो! और अपने घुटने टेककर बैठ जाओ।"

बारिश की तेज़ी बढ़ गई थी और गिरजे के पूर्वी भाग की खिड़कियों से टकराती हुई बारिश की बूँदों से वातावरण की ख़ामोशी और भी बढ़ गई थी। इस निस्तब्धता में गूँजते हुए फ़ादर के स्वरों में इतनी आस्था थी कि क्षणिक झिझक के बाद कुछ लोग अपनी सीटों से सरककर घुटनों के बल बैठ गए, दूसरों ने भी उनका अनुकरण करना उचित समझा। धीरे-धीरे उनकी देखा-देखी गिरजे के एक सिरे से लेकर दूसरे सिरे तक सब लोग घुटनों के बल बैठे नज़र आने लगे। कुर्सियों की चूँ-चूँ के सिवा और कोई आवाज़ नहीं आ रही थी। फिर फ़ादर पैनेलो तनकर खड़ा हो गया और एक गहरी साँस लेकर उसने अपना प्रवचन जारी रखा जो अब पहले से अधिक शक्तिशाली हो गया था।

"आज आपके बीच प्लेग इसलिए आई है, क्योंकि आपके सोचने की घड़ी आ पहुँची है। नेक लोगों को डरने की कोई ज़रूरत नहीं लेकिन गुनहगार काँपेंगे। क्योंकि प्लेग परमेश्वर का मूसल है और दुनिया फ़र्श है। परमेश्वर बेरहमी से अनाज को तब तक कूटेगा जब तक दाने छिलकों से अलग नहीं हो जाते। छिलकों की तादाद ज़्यादा होगी। बेशुमार लोग बुलाए जाएँगे लेकिन चन्द लोग ही चुने जाएँगे। परमेश्वर ने यह आफ़त नहीं बुलाई। बहुत दिन से हमारी दुनिया बुराई का साथ देती रही है और परमेश्वर के रहम और माफ़ी पर भरोसा करती रही है। इनसानों ने सोचा कि गुनाहों पर अफ़सोस ज़ाहिर करना ही काफ़ी है। गुनाह करने में कोई कसर नहीं छोड़ी गई। सब इत्मीनान से गुनाह करते थे और उनका ख़याल था कि जब क़यामत का दिन आएगा तो वे गुनाह छोड़कर माफ़ी माँग लेंगे। उन्होंने सोचा जब तक वह दिन नहीं आता तब तक सबसे आसान रास्ता यह है कि गुनाह के आगे हथियार डाल दो, बाक़ी काम परमेश्वर के रहम से हो जाएगा। बहुत दिन तक परमेश्वर रहम की निगाहों से इस शहर को देखता रहा, लेकिन इन्तज़ार करते-करते

वह थक गया। हम उसकी शाश्वत उम्मीद को बहुत देर तक टालते रहे और अब उसने हमसे मुँह मोड़ लिया है। और इसलिए, परमेश्वर की रोशनी हमसे छिन गई है, हम अँधेरे में चल रहे हैं, इस प्लेग के घने अँधेरे में!"

श्रोताओं में से किसी ने अड़ियल घोड़े की तरह नाक से आवाज़ की। कुछ देर की ख़ामोशी के बाद पादरी ने तनिक धीमे स्वर में कहा :

"हम गोल्डन लीजेंड में पढ़ते हैं कि बादशाह अम्बर्तो के ज़माने में प्लेग ने इटली को तहस-नहस कर दिया था और सबसे ज़्यादा तबाही रोम और पाविया में हुई थी। प्लेग इतनी भयंकर थी कि लाशों को दफ़नाने के लिए ज़िन्दा लोगों की तादाद कम पड़ गई थी। उस वक़्त लोगों को एक नेक फरिश्ता दिखाई दिया था जो शैतान के दूत को, जिसके हाथ में शिकार करने का नेज़ा था, मकानों पर प्रहार करने का हुक्म दे रहा था। जिस घर पर नेज़े के जितने ही प्रहार होते थे, उतनी ही लाशें वहाँ से निकलती थीं।"

अब फ़ादर पैनेलो ने अपनी दोनों छोटी बाँहें खुले पोर्च की तरफ़ फैलाईं, मानो वह बारिश के हिलते हुए परदे के पीछे किसी चीज़ की ओर इशारा कर रहा हो।

"मेरे भाइयो!" पैनेलो ने ऊँचे स्वर में कहा, "वे दूत फिर शिकार पर निकले हैं और आज हमारी सड़कों पर तबाही मचा रहे हैं। वह देखो, महामारी के दूत को जो लूसिफ़र की तरह ख़ूबसूरत है, जो शैतान की तरह चमक रहा है, वह तुम्हारे मकानों की छतों पर मँडरा रहा है। उसके दाएँ हाथ में नेज़ा है जो प्रहार करने के लिए ऊपर उठा हुआ है। उसका बायाँ हाथ आपके मकानों में से कुछ मकानों की ओर बढ़ा हुआ है। मुमकिन है, इसी क्षण उसकी उँगली आपके दरवाज़े की ओर इशारा कर रही हो, लाल नेज़ा आपकी चौखटों को खटखटा रहा हो। और क्या पता प्लेग आपके घर में दाख़िल होकर आपके सोने के कमरे में जाकर बैठ गई हो और आपके लौटने का इन्तज़ार कर रही हो। धैर्य और सतर्कता से वह उचित अवसर की ताक में बैठी है, उससे बचना असम्भव है; जैसे विधि के विधान से कोई नहीं बच सकता। दुनिया की कोई ताक़त, यहाँ तक कि—ग़ौर से मेरी बात सुनें—साइंस की ताक़त भी, जिसकी इतनी शेखी बघारी जाती है, इस प्रहार से आपको नहीं बचा सकती; अगर एक बार वह हाथ आपकी तरफ़ बढ़ गया। ख़ून से भरे शोक के फ़र्श पर अनाज की तरह तुम लोगों को फटकारा जाएगा और तुम चोकर के साथ दूर फेंक दिए जाओगे।"

फ़ादर ने फिर मूसल के प्रतीक पर प्रभावशाली और ओजस्वी भाषण दिया।

उसने श्रोताओं से कहा कि वे कल्पना करें कि "उनके शहर के ऊपर लकड़ी की एक सलाख घूम रही है और अन्धाधुन्ध मकानों से टकरा रही है, और जब वह ऊपर उठती है तो ख़ून की बूँदें बरसती हैं, धरती पर शोक और रक्तपात होता है, बीज बोने के लिए, जिससे सचाई की फ़सल तैयार होगी।"

इस लम्बे वाक्य के बाद फ़ादर पैनेलो ख़ामोश हो गया। उसके लम्बे बालों की लटें माथे पर छा गई थीं। वह ज़ोर से मुक्का मारकर जब अपना आवेश ज़ाहिर कर रहा था तो उस आघात से उसका सारा शरीर काँप उठता था। जब वह दोबारा बोला तो उसका स्वर धीमा था, लेकिन उसमें अभियोग की थर्राहट थी। "हाँ, अब गम्भीरता से सोचने का समय आ गया है। आप मजे में सोचते थे कि सिर्फ़ इतवार के दिन परमेश्वर से मिलना काफ़ी है और हफ़्ते के बाक़ी दिनों में आप मनमानी कर सकेंगे। आपका ख़याल था कि कुछ छोटी-मोटी औपचारिकताओं से, और कुछ बार घुटने झुकाकर आप परमेश्वर को ख़ुश कर लेंगे और अपनी लापरवाही की कसर पूरी कर लेंगे, जो कि बहुत बड़ा जुर्म है। लेकिन आप परमेश्वर से ऐसा मज़ाक़ नहीं कर सकते। ये संक्षिप्त मुलाक़ातें परमेश्वर की मुहब्बत की तेज़ भूख को शान्त न कर सकीं। वह आपको अक्सर और ज़्यादा देर तक देखना चाहता था। उसकी मुहब्बत का यही तरीक़ा है। इसीलिए जब परमेश्वर आपका इन्तज़ार करते-करते थक गया तो वह ख़ुद-ब-ख़ुद आपसे मिलने चला आया; इतिहास के शुरू से ही परमेश्वर उन तमाम शहरों में जाता रहा है जिन्होंने उसके ख़िलाफ़ गुनाह किए हैं। अब आप भी वही सबक सीख रहे हैं जो केन[1] और उसकी औलाद ने, सोडोम और गोमोरा[2] के बाशिन्दों ने, जोब[3] और फ़राओ[4] ने और उन तमाम लोगों ने सीखा था जिन्होंने परमेश्वर के लिए अपने दिल के दरवाज़े बन्द कर लिए थे। उनकी तरह आप लोग भी, जब से शहर के फाटक बन्द हो गए हैं और आप महामारी के साथ रह गए हैं, इनसानों और सारी सृष्टि को नई नज़र से देख रहे हैं। आख़िरकार अब आपको एहसास हुआ है कि आप उन बुनियादी बातों पर संजीदगी से सोचें जो ज़िन्दगी की सबसे पहली और आख़िरी चीज़ें हैं।"

सीली हवा का एक झोंका गिरजे के बीच के हिस्से में, मोमबत्तियों की रोशनी

1. केन—केन ने अपने भाई की हत्या करके दुनिया में सबसे पहला गुनाह किया था।
2. सोडोम और गोमोरा—बाइबिल में वर्णित प्राचीन शहर जो दुराचार की पराकाष्ठा के कारण तबाह हो गए थे।
3. जोब—परमेश्वर ने मुसीबतें भेजकर जोब की परीक्षा ली थी।
4. फ़राओ—मिस्र का निरंकुश बादशाह।

को झुकाकर मद्धम कर रहा था। जलते हुए मोम, लोगों की खाँसी और किसी की दबी हुई छींक का तीखापन फ़ादर पैनेलो तक पहुँचा जो बड़ी बारीक़ी से अपने व्याख्यान के आरम्भिक भाग को दोहरा रहा था। यह बारीक़ी सबको बहुत पसन्द आई। फ़ादर ने शान्त, सीधे-सादे स्वर में कहा, "मैं जानता हूँ कि आप सब सोच रहे हैं कि आख़िर मैं इन बातों से क्या नतीजा निकालना चाहता हूँ! मैं आपको सचाई की तरफ़ ले जाना चाहता हूँ और आपको ख़ुशी सिखाना चाहता हूँ—हाँ, ख़ुशी। मैंने अभी आपको जो बातें बताई हैं उनके बावजूद मैं चाहता हूँ कि आप ख़ुशी मनाएँ, क्योंकि वह वक़्त बीत चुका है जब किसी की मदद या नेक सलाह के कुछ शब्द आपको सही रास्ते पर ला सकते थे। आज सचाई एक हुक्म बनकर आई है। वह ख़ून से सने लाल नेज़े की शक्ल में आई है जो मुक्ति के सँकरे रास्ते की तरफ़ कठोरतापूर्वक इशारा कर रहा है, मुक्ति का यही एक रास्ता है। इस तरह मेरे भाइयो, परमेश्वर की मेहरबानी आपके सामने आई है, जिसने हर चीज़ में अच्छाई और बुराई, ग़ुस्सा और रहम, प्लेग और आपकी मुक्ति पैदा की है। यही महामारी आपको तबाह करने के साथ-साथ, आपकी भलाई भी कर रही है और आपको सही रास्ता दिखा रही है।

"कई शताब्दियों पहले अबीसीनिया के ईसाइयों ने प्लेग में अमरत्व पाने का परमेश्वर का दिखाया हुआ, निश्चित तरीक़ा देखा था। जिन्हें प्लेग की छूत नहीं लगी थी, उन्होंने प्लेग से मरे लोगों की चद्दरें ओढ़कर मौत को दावत दी थी। मैं कहता हूँ मुक्ति पाने का यह तरीक़ा निरा पागलपन था, जिसकी तारीफ़ हम नहीं कर सकते। इस तरीक़े में एक जल्दबाज़ी और गुस्ताख़ी नज़र आती है जिसकी हमें निन्दा करनी पड़ेगी। किसी इनसान को ज़बरदस्ती परमेश्वर का हाथ उठवाने की या मौत की घड़ी को निश्चित समय से पहले बुलाने की कोशिश नहीं करनी चाहिए। इसका मतलब हुआ विधि के बनाए क्रम में दख़ल देकर जल्दी काम करवाना। परमेश्वर ने हमेशा के लिए पक्के क़ानून बना दिए हैं जो बदले नहीं जा सकते। इससे अगला क़दम नास्तिकता है। फिर भी हम उन अबीसीनियन ईसाइयों के जोश से सबक सीख सकते हैं जो सबक हमारे लिए फ़ायदेमन्द साबित होगा। इसका अधिकांश भाग हमारे धर्म के उपदेशों और बुद्धिमत्ता के ख़िलाफ़ है, फिर भी इसमें उस ज्वलन्त शाश्वत प्रकाश की झलक मिल सकती है, जिसकी शान्त दीपशिखा इनसान के दुःख के अँधेरे में जलती है। यही प्रकाश उन अँधेरे रास्तों को भी आलोकित करता है जो हमें मुक्ति की ओर ले जाते हैं। इससे हमें परमेश्वर की मरज़ी की अमली शक्ल पता चलती है, जो निश्चित रूप से बुराई को नेकी में

बदलती रहती है। आज फिर यह रोशनी हमें डर और सिसकियों की अँधेरी घाटी में से पवित्र ख़ामोशी की तरफ़ ले जा रही है जो सारी ज़िन्दगी का स्रोत है। मेरे दोस्तो, यही है वह सबसे बड़ी तसल्ली जो मैं आप लोगों को देना चाहता हूँ ताकि जब आप परमेश्वर के इस घर से बाहर निकलें तो अपने दिलों में सिर्फ़ नाराज़गी के लफ़्ज़ नहीं बल्कि राहत का एक पैग़ाम भी लेकर जाएँ।"

सबने मान लिया कि इन शब्दों के साथ ही प्रवचन ख़त्म हो गया है। बाहर बारिश बन्द हो गई थी और गिरजे का आँगन सीली धूप से पीला हो गया था।

सड़कों से ट्रैफ़िक की धीमी भनभनाहट और अस्पष्ट कोलाहल सुनाई दे रहा था; यह जागते हुए शहर की भाषा थी। बड़ी सावधानी और दबी हुई सरसराहट से गिरजाघर के श्रोताओं ने अपनी चीज़ें समेटनी शुरू कर दीं। लेकिन फ़ादर को अभी कुछ और कहना था। उसने कहा कि यह स्पष्ट कर देने के बाद कि यह प्लेग उनके गुनाहों की सज़ा देने के लिए परमेश्वर की तरफ़ से भेजी गई है, अन्त में कुछ और कहने की ज़रूरत नहीं है, क्योंकि ऐसे शोकपूर्ण मौक़े पर और कुछ कहना शोभा नहीं देगा। फ़ादर ने यह यक़ीन और उम्मीद ज़ाहिर की कि सब श्रोता अब अपनी असली हैसियत समझ गए होंगे। लेकिन मंच छोड़ने से पहले वह एक क़िस्सा बताना चाहेगा जो उसने मार्सई के प्राचीन इतिहास में प्लेग के बारे में पढ़ा था, जिसमें इतिहासकार मैथ्यू मैरे ने अपनी दुर्दशा का रोना रोया है। वह कहता है कि उसे नर्क में तड़प-तड़पकर मरने के लिए फेंक दिया है जहाँ न कोई मदद करने वाला है न कोई उम्मीद है। ख़ैर! मैथ्यू मैरे अन्धा था! सबके लिए परमेश्वर की मदद और ईसाइयों-जैसी धार्मिक आशा की इतनी तीव्र आवश्यकता फ़ादर पैनेलो को कभी महसूस नहीं हुई थी जितनी कि आज हुई थी। उन्हें आशा थी, हालाँकि यह दुराशा-मात्र थी कि इन दुर्दिनों की विभीषिका के बावजूद, पीड़ित नर-नारियों के चीत्कार के बावजूद ओरान के नागरिक सच्चे ईसाइयों की तरह परमेश्वर से दुआ करेंगे—मुहब्बत की दुआ। बाक़ी काम परमेश्वर ख़ुद सँभाल लेगा।

4

इस प्रवचन का हमारे शहर के लोगों पर कुछ असर हुआ या नहीं यह कहना कठिन है। मजिस्ट्रेट मोशिए ओथों ने डॉक्टर रियो को यक़ीन दिलाया कि उसे पादरी की दलीलें 'एकदम अकाट्य' मालूम हुई थीं। लेकिन सब लोग ऐसी अगाध श्रद्धा से प्रवचन के बारे में नहीं सोचते थे। कुछ की समझ में सिर्फ़ यही बात आई कि उन्हें किसी अनजाने गुनाह के लिए अनिश्चित काल की सज़ा मिली है। बहुत से लोगों ने अपने को इस क़ैद के अनुसार ढाल लिया और उनकी अति साधारण ज़िन्दगी का सिलसिला पहले की तरह जारी रहा। कुछ ऐसे भी थे जिनका मन विद्रोह कर उठा था और जिनके मन में इस वक़्त सिर्फ़ एक ही विचार उठ रहा था—इस क़ैद से कैसे छुटकारा पाएँ!

शुरू में तो बाहर की दुनिया से सम्पर्क टूट जाने की हक़ीक़त को लोगों ने बिना शिकायत के मंजूर कर लिया, जैसे लोग किसी अस्थायी असुविधा को बर्दाश्त कर लेते हैं जो उनकी कुछ आदतों में ही दख़ल देती है। लेकिन अब अचानक उन्हें यह एहसास हुआ कि वे आसमान के नीले गुम्बद तले, गरमी की लपटों में झुलसते हुए, क़ैद काट रहे हैं। उनके मन में एक अज्ञात भाव उठा कि मौजूदा घटनाओं से उनकी सारी ज़िदगी ख़तरे में पड़ गई है और शाम को जब ठंडी हवा के झोंकों से उन्हें कुछ होश आता था, तो क़ैदियों की तरह बन्द रहने की यह अनुभूति कभी-कभी उन्हें बड़ी मूर्खतापूर्ण हरकतें करने के लिए मजबूर करती थी।

यह ग़ौर करने की बात है—हो सकता है यह निरा संयोग न हो, कि इस इतवार को प्रवचन के बाद शहर में बड़े पैमाने पर घबराहट फैल गई और लोगों के दिलों में इस तरह छा गई कि देखने वाले को शक हो सकता था कि हमारे शहर के लोगों को अब जाकर कहीं अपनी स्थिति का सही एहसास हुआ है। इस दृष्टि से देखने पर शहर का वातावरण कुछ बदला हुआ नज़र आता

था। दरअसल प्रश्न यह था कि वातावरण बदल गया था या उनके दिल बदल गए थे!

प्रवचन के कुछ दिनों बाद जब रियो शहर के बाहर की एक बस्ती में जाते हुए ग्रान्द से इस तब्दीली पर बहस कर रहा था तो अँधेरे में उसकी टक्कर एक आदमी से हो गई जो फुटपाथ के बीचोबीच खड़ा बिना आगे चले कमर हिला रहा था। इसी वक़्त अचानक सड़क की बत्तियाँ जल उठीं। इन दिनों सड़क की बत्तियाँ काफ़ी देर से जलाई जाती थीं। रियो और उसके साथी के पीछे वाले लैम्प की रोशनी उस आदमी के चेहरे पर पड़ी। उसकी आँखें बन्द थीं और वह बिना आवाज़ के ही हँसे जा रहा था। उसके चेहरे पर पसीने की बड़ी-बड़ी बूँदें टपक रही थीं। एक मौन आनन्द से उसका चेहरा ऐंठ गया था।

"कोई पागल है," ग्रान्द ने राय दी।

रियो उसकी बाँह थामकर, उसे आगे ले जाने लगा तो उसने देखा कि ग्रान्द बुरी तरह से काँप रहा है।

"अगर हालात ऐसे ही रहे तो सारा शहर पागलख़ाना बन जाएगा," रियो ने कहा। वह थक गया था, उसका गला सूख गया था। उसने कहा, "चलो चलकर शराब पिएँ!"

दोनों एक छोटे-से रेस्तराँ में पहुँचे। सिर्फ़ शराब के काउंटर के ऊपर के लैम्प से रोशनी आ रही थी। भारी हवा में एक अजीब-सी लाली थी, और न जाने क्यों सब लोग दबी आवाज़ में बातें कर रहे थे।

ग्रान्द ने जब बिना सोडे की शराब का एक छोटा गिलास माँगा और उसे एक ही घूँट में पी गया तो डॉक्टर को बड़ा ताज्जुब हुआ। ग्रान्द ने कहा, "ख़ूब तेज़ चीज़ है!" फिर उसने आगे चलने का सुझाव दिया।

बाहर सड़क पर आकर रियो को लगा जैसे रात फुसफुसाहटों से भरी है। सड़क के लैम्पों के ऊपर अँधेरी गहराइयों में हल्की सनसनाहट सुनकर रियो को उस अदृश्य मूसल का ध्यान आया जिसका ज़िक्र फ़ादर पैनेलो ने किया था, जो लगातार क्लान्त हवा में अनाज को कूट रहा था।

"ख़ुशी की, ख़ुशी की..." ग्रान्द बुदबुदाया और फिर ख़ामोश हो गया।

रियो ने उससे पूछा कि वह क्या कहना चाहता था?

"ख़ुशी की बात है कि मेरे पास अपना काम है।"

"हाँ, कम-से-कम इस बात की तसल्ली तो है ही।" फिर जैसे हवा में बजने

वाली पैशाचिक सीटी की आवाज़ से बचने के लिए उसने ग्रान्द से पूछा, क्या उसके काम का कोई नतीजा निकला है?

"हाँ, मेरा ख़याल है कि मैं आगे बढ़ रहा हूँ।"

"क्या बहुत ज़्यादा काम बाक़ी है?"

ग्रान्द ने अपने स्वभाव के विपरीत अत्यधिक उत्तेजना दिखाई। शराब पीने की वजह से उसके स्वर में गरमी आ गई थी।

"मैं नहीं जानता। लेकिन असली सवाल यह नहीं है डॉक्टर! मैं तुम्हें यक़ीन दिलाता हूँ कि यह असली सवाल नहीं है।"

अँधेरे की वजह से साफ़ नहीं दिखाई दे रहा था, लेकिन रियो को लगा कि ग्रान्द अपनी बाँहें हिला रहा था। वह कुछ कहने के लिए अपने को तैयार कर रहा था, और जब वह बोला तो शब्द एक साथ उसके मुँह से फूट पड़े।

"डॉक्टर, दरअसल मैं ये बातें चाहता हूँ। जिस दिन मेरी रचना की पांडुलिपि प्रकाशक के पास पहुँचे तो वह उठकर खड़ा हो जाए—यानी पांडुलिपि पढ़ने के बाद खड़ा हो और अपने दफ़्तर के कर्मचारियों से कहे, "हैट्स ऑफ़! जेन्टलमैन!"[1]

रियो स्तब्ध रह गया और उसकी हैरत और भी बढ़ गई जब उसने देखा, या उसे भ्रम हुआ कि ग्रान्द झटके से अपना हैट उतारकर आगे की तरफ़ बाँह बढ़ा रहा है। ऊपर हवा में सीटी की विलक्षण आवाज़ और भी तेज़ हो गई।

ग्रान्द ने कहा, "देखा! मैं चाहता हूँ कि मेरे काम में एक भी नुक्स न रहे।"

रियो साहित्य की दुनिया के बारे में ज़्यादा नहीं जानता था, लेकिन उसे शक हुआ कि इतने शानदार और नाटकीय ढंग से घटनाएँ कभी नहीं होतीं, जैसा कि ग्रान्द बयान कर रहा था। मिसाल के लिए प्रकाशक दफ़्तरों में हैट पहनकर नहीं बैठते। लेकिन क्या पता ऐसा होता भी हो, इसलिए रियो ने ख़ामोश रहना ही बेहतर समझा। अभी भी ऊपर हवा में गूँजती हुई प्लेग की पैशाचिक फुसफुसाहट उसके कानों में पड़ रही थी, हालाँकि वह उसे न सुनने की पूरी कोशिश कर रहा था। वे शहर के उस हिस्से में पहुँचे जहाँ ग्रान्द रहता था। कुछ ऊँची सतह पर होने के कारण, रात की ठंडी हवा के झोंके दोनों के गालों का स्पर्श कर रहे थे और शहर के कोलाहल को उनसे दूर ले जा रहे थे।

ग्रान्द बोलता जा रहा था, लेकिन रियो को उस शरीफ़ आदमी की सारी बातें समझ में नहीं आ रही थीं। वह इतना ही जान सका कि ग्रान्द आजकल जिस रचना

---

1. यूरोप में आदर प्रदर्शित करने के लिए सिर से हैट या टोपी उतार ली जाती है।

को पूरा करने में लगा है, उसमें बहुत से पृष्ठ होंगे और वह अपनी रचना को मुकम्मल रूप देने के लिए अनेक मानसिक यंत्रणाएँ झेल रहा है। "ज़रा सोचो तो सही, एक शब्द को सही करने में कई बार पूरे हफ़्ते गुज़र जाते हैं! कई बार तो वाक्यों को जोड़ने वाले एक शब्द पर इतना वक़्त लग जाता है।"

अचानक ग्रान्द रुक गया और उसने डॉक्टर के कोट का एक बटन पकड़ लिया। उसके दन्तविहीन पोपले मुँह में से शब्द लुढ़क रहे थे।

"मैं तुम्हें समझाना चाहता हूँ डॉक्टर! मैं मानता हूँ कि 'लेकिन' और 'तथा' में से चुनाव करना आसान है। 'तथा' और 'तब' में कौन-सा सही रहेगा इसका चुनाव ज़्यादा मुश्किल है। लेकिन सबसे मुश्किल चीज़ है यह जानना कि 'तथा' को वाक्य में लगाया जाए या काट दिया जाए।

"हाँ, मैं तुम्हारी बात समझ गया।" रियो ने कहा। रियो ने फिर आगे चलना शुरू कर दिया। ग्रान्द सकपका गया, फिर आगे बढ़कर रियो के साथ आ गया।

"माफ़ करना, न जाने आज शाम से मुझे क्या हो गया है!" ग्रान्द ने शर्मिन्दा आवाज़ में कहा।

रियो ने ग्रान्द का उत्साह बढ़ाने के लिए उसकी पीठ थपथपाई और कहा कि उसे ग्रान्द की बातें बेहद दिलचस्प मालूम हुई हैं और वह ग्रान्द की मदद करना चाहता है। इससे ग्रान्द को कुछ तसल्ली हुई और जब वे ग्रान्द के घर पहुँचे तो ग्रान्द ने कुछ हिचकिचाहट के बाद डॉक्टर से कहा कि वह कुछ देर के लिए भीतर चले। रियो राज़ी हो गया।

वे डाइनिंग रूम में दाख़िल हुए और ग्रान्द ने मेज़ के नज़दीक एक कुर्सी पर रियो को बिठाया। मेज़ पर काग़ज़ों का ढेर लगा था, जिन पर बहुत ही महीन अक्षर लिखे हुए थे और जगह-जगह पर अशुद्धियाँ ठीक की गई थीं।

डॉक्टर की सवालिया निगाह के जवाब में ग्रान्द ने कहा, "हाँ, यही मेरी पांडुलिपि है। लेकिन क्या तुम कुछ पिओगे नहीं? मेरे पास थोड़ी-सी शराब रखी है।"

रियो ने इनकार कर दिया। वह झुककर पांडुलिपि को देख रहा था।

"नहीं, इसे मत देखो। यहीं से मेरा वाक्य शुरू होता है जो मुझे बेहद परेशान कर रहा है।"

वह भी मेज़ पर रखे काग़ज़ों को देख रहा था और उसका हाथ किसी प्रबल आकर्षण से प्रेरित होकर एक काग़ज़ की तरफ़ बढ़ा। फिर वह काग़ज़ को उठाकर बिना शेड के बल्ब के पास ले गया। रोशनी में काग़ज़ का आर-पार दीख रहा था। उसके

हाथों में काग़ज़ काँप रहा था। रियो ने देखा कि ग्रान्द का माथा पसीने से गीला था।

“बैठ जाओ और यह काग़ज़ पढ़कर सुनाओ।” रियो ने कहा।

“हाँ, मैं भी चाहता हूँ कि तुम्हें पढ़कर सुनाऊँ।” ग्रान्द की आँखों में एक संकोचपूर्ण कृतज्ञता थी।

वह कुछ देर खड़ा रहकर काग़ज़ की तरफ़ देखता रहा, फिर बैठ गया। उधर रियो सड़कों से उठती हुई भिनभिनाहट को सुन रहा था जो प्लेग की सिसकियों का जवाब मालूम होती थी। उसी क्षण रियो की आँखों के सामने नीचे फैले शहर की साफ़ तस्वीर उभर आई, जो बाक़ी दुनिया से अलग और कटा हुआ था, जिसके अँधेरे में पीड़ा की दबी सिसकियाँ फैली थीं। फिर ग्रान्द का अत्यन्त धीमा लेकिन साफ़ स्वर उसके कानों में पड़ा।

‘मई की एक सुहानी सुबह में एक शानदार घुड़सवार लड़की बोये द बोलोन के फूलों से ढकी सड़कों पर देखी जा सकती थी। वह एक ख़ूबसूरत भूरे रंग की घोड़ी पर सवार थी।’

फिर ख़ामोशी छा गई, जिसमें पराजित शहर की अस्पष्ट शिकायत-भरी ध्वनि थी। ग्रान्द ने काग़ज़ मेज़ पर रख दिया था और उसकी तरफ़ ताके जा रहा था। कुछ देर बाद उसने आँखें ऊपर उठाई।

“इस बारे में तुम्हारी क्या राय है?” रियो ने कहा कि शुरू के वाक्य को सुनकर उसकी जिज्ञासा बढ़ गई है और वह इसके बाद की कहानी भी सुनना चाहता है। इस पर ग्रान्द ने कहा कि रियो ने ग़लत हिस्सा सुना है। ग्रान्द उत्तेजित दीख रहा था। उसने ज़ोर से अपनी हथेली मेज़ पर रखे काग़ज़ों पर दे मारी।

“यह तो अभी कच्चा मसौदा है। जब मैं मन की तस्वीर को बिलकुल सही ढंग से बयान कर सकूँगा, जब उस घुड़सवार की चाल की सही ‘लय’ को शब्दों में व्यक्त कर लूँगा—घोड़ा सरपट चाल से भाग रहा है, एक-दो-तीन, एक-दो-तीन—समझ गए मैं क्या कहना चाहता हूँ! बाक़ी की कहानी लिखने में ज़्यादा आसानी हो जाएगी और उससे भी बड़ी एक चीज़ मुमकिन हो जाएगी। कला का भ्रम इतना मकम्मल हो जाएगा कि पहले शब्दों को पढ़कर ही आदमी कह उठेगा, हैट्स ऑफ़!”

लेकिन उसने क़बूल किया कि इस सम्पूर्णता तक पहुँचने के लिए बड़ी सख़्त मेहनत करनी पड़ेगी। इस वाक्य को वह इस रूप में हरगिज़ छपने के लिए नहीं दे सकता। कभी-कभी उसे इस वाक्य से सन्तोष भी हो जाता है—लेकिन उसे पूरा

एहसास है कि यह वाक्य कला की दृष्टि से अभी दोषरहित नहीं है और कुछ हद तक शायद इसकी लय अति साधारण मालूम होती है। अति साधारणता से चाहे यह सम्बन्ध कितने ही दूर का हो, फिर भी दिखाई ज़रूर देता है। ग्रान्द ऐसी ही कोई बात कह रहा था जब उन्हें खिड़की से नीचे सड़क पर लोगों के भागने की आवाज़ें सुनाई दीं। रियो खड़ा हो गया।

"कुछ दिन बाद देखना मैं इसे कितनी शानदार चीज़ बनाऊँगा!" ग्रान्द ने कहा।

फिर उसने खिड़की की तरफ़ देखा, "जब यह सारा हंगामा ख़त्म हो जाएगा।"

लेकिन इसी वक़्त भागते हुए लोगों के क़दमों की आवाज़ फिर सुनाई दी। रियो आधा ज़ीना पार कर चुका था और जब वह बाहर सड़क पर पहुँचा तो दो आदमी उसे छूते हुए पीछे निकल गए। मालूम होता था कि वे शहर के फाटकों में से एक फाटक की तरफ़ जा रहे थे। दरअसल प्लेग और गरमी से हमारे शहर के कुछ लोग अपना मानसिक सन्तुलन खो रहे थे। मारपीट की बहुत-सी घटनाएँ हो चुकी थीं और हर रात सन्तरियों को चकमा देकर बाहर की दुनिया में भागने की कोशिशें की जाती थीं।

5

दूसरे लोग भी, मिसाल के लिए रेम्बर्त, इस बढ़ती हुई परेशानी के वातावरण से मुक्ति पाने की कोशिशें कर रहे थे, लेकिन ज़्यादा चतुराई और धैर्य के साथ। हालाँकि उन्हें भी अपनी कोशिशों में ज़्यादा कामयाबी नहीं मिली थी। कुछ दिन तक रेम्बर्त लगातार अफ़सरों से संघर्ष करता रहा। हमेशा से उसका ख़याल था कि धैर्य और सहनशीलता से ही कामयाबी हासिल हो सकती है और एक माने में संकट के मौक़े पर रसूख और पहुँच ही काम आती है। इसलिए वह लगातार सभी तरह के अफ़सरों और ऐसे लोगों से मिलता रहा जिनके रसूख से साधारण परिस्थितियों में बहुत से काम हो सकते थे। लेकिन संकट के इन दिनों में ऐसे रसूख का कोई फ़ायदा नहीं था। अफ़सरों में से अधिकांश लोग ऐसे थे जिनके विचार सिर्फ़ निर्यात, बैंकिंग, फलों और शराब के व्यापार के बारे में बुद्धिमत्तापूर्ण और सुनिश्चित थे। जहाँ तक बीमों, ग़लत ढंग से लिखे गए समझौतों की व्याख्या और ऐसे कई मामलों का सवाल था उनकी योग्यता साबित हो चुकी थी; उनके पास ऊँची योग्यताएँ थीं और उनके इरादे भी नेक मालूम होते थे। दरअसल उनकी यही चीज़ मिलने वालों को सबसे ज़्यादा प्रभावित करती थी—उनकी नेकनीयती। लेकिन जहाँ तक प्लेग का सम्बन्ध था, उनकी योग्यता और कार्य-कुशलता न होने के बराबर थी।

ख़ैर, रेम्बर्त को जब भी मौक़ा मिला वह इन सब लोगों से मिला और अपना मामला पेश किया। उसकी दलीलों का एक ही सारांश था; वह हमारे शहर में परदेसी था इसलिए उसकी प्रार्थना पर विशेष रूप से ध्यान दिया जाना चाहिए था। आमतौर पर सब लोग फ़ौरन उसकी इस दलील का समर्थन करते थे, लेकिन वे साथ ही यह भी कहते थे कि रेम्बर्त-जैसे कई और लोग भी शहर में मौजूद हैं इसलिए उसकी स्थिति में कोई ऐसी विशेषता नहीं है जैसा कि वह सोचता है। इसके जवाब में रेम्बर्त

कह सकता था कि इससे उसकी दलील पर कोई असर नहीं पड़ता। इस पर रेम्बर्त को बताया जाता था कि इस बात का असर ज़रूर पड़ता है क्योंकि अधिकारियों की परिस्थिति पहले से ही कठिन है, और वे किसी के प्रति पक्षपात नहीं करना चाहते, वरना उन्हें डर है कि एक 'मिसाल' कायम हो जाएगी—इस शब्द को वे बड़ी नफ़रत से इस्तेमाल करते थे।

डॉक्टर रियो से बातचीत के दौरान रेम्बर्त ने बताया कि वह किन-किन लोगों से मिल चुका है। रेम्बर्त ने उन्हें कई श्रेणियों में बाँटा था। जो लोग ऊपर लिखी हुई दलीलें देते थे उन्हें वह ज़िद्दी कहता था। इस श्रेणी के अलावा तसल्ली देने वालों की श्रेणी थी जो उसे यक़ीन दिलाते थे कि मौजूदा स्थिति ज़्यादा दिन तक नहीं चल सकती। जब रेम्बर्त ने उनसे ठोस सुझाव देने के लिए कहा तो उन्होंने यह कहकर उसे टरका दिया कि वह क्षणिक असुविधा के कारण व्यर्थ ही इतनी हाय-तौबा मचा रहा है। कुछ बहुत बड़े लोग थे जिन्होंने रेम्बर्त से कहा कि वह संक्षेप में अपना मसला लिखकर छोड़ जाए, उचित समय पर उसकी अरजी पर फ़ैसला किया जाएगा। कुछ अफ़सर उसके साथ खिलवाड़ करते थे और असली सवाल का जवाब देने के बजाय उसे ख़ाली मकानों का पता बताते थे और कहते थे कि वे पुलिस की मदद से उसके लिए रहने की जगह दिला सकते हैं। कुछ अफ़सर तो जैसे लाल फीते के व्यापारी थे, जिन्होंने रेम्बर्त से फ़ॉर्म भरवाकर उसे फ़ौरन फ़ाइल में रख दिया; काम के बोझ से पीड़ित अफ़सर भी थे जो बार-बार आसमान की तरफ़ बाँहें उठाते थे, और जनता से दुखी अफ़सर थे जो बात सुनकर दूसरी तरफ़ मुँह फेर लेते थे। सबसे ज़्यादा तादाद परम्परावादियों की थी, जिन्होंने रेम्बर्त की अरजी किसी दूसरे दफ़्तर में भेज दी थी या उसे काम निकलवाने का नया ढंग बताया था।

इन बेमानी मुलाक़ातों ने पत्रकार को थका दिया था। इन मुलाक़ातों का इतना फ़ायदा ज़रूर हुआ था कि उसे म्यूनिसिपल कमेटी के दफ़्तर और प्रीफ़ेक्ट के हेडक्वार्टर के काम-काज के अन्दरूनी तरीकों का पता चल गया था, क्योंकि उसे घंटों तक नकली चमड़े के सोफ़ों पर बैठे रहना पड़ा था, सामने दीवारों पर लगे पोस्टर उसे इनकम टैक्स से मुक्त सेविंग बॉण्ड खरीदने की अपील करते थे या फ्रांस की औपनिवेशिक फ़ौज में भरती होने की ताकीद करते थे। उसे दफ़्तरों का खासा अनुभव हो गया था जहाँ इनसानों के चेहरे भी फ़ाइल रखने की अलमारियों और उनके पीछे रखे धूल-भरे रिकॉर्डों की तरह भाव-शून्य थे। इतनी ताक़त ख़र्च करने के बाद रेम्बर्त को सिर्फ़ एक ही फ़ायदा हुआ, जैसा कि उसने रियो को

कटुता-भरे स्वर में बताया कि इससे उसका मन अपनी दुर्दशा से हटकर और बातों में उलझ गया था। दरअसल प्लेग के तेज़ विकास की तरफ़ उसका ध्यान ही नहीं गया था। उसके दिन जल्दी से गुज़रने लगे और जिन परिस्थितियों से शहर गुज़र रहा था उन्हें देखते हुए यह कहा जा सकता था कि उन लोगों के लिए जो ज़िन्दा बच जाते थे। हर रोज़ कठिन परीक्षा में से चौबीस घंटे कम हो जाते थे, रियो इस दलील की सचाई को क़बूल तो करता था लेकिन उसके ख़याल में यह सचाई ज़रूरत से कुछ ज़्यादा व्यापक थी।

एक बार रेम्बर्त को क्षण-भर के लिए आशा की किरण दिखाई दी थी। प्रीफ़ेक्ट के दफ़्तर से उसे एक फ़ॉर्म भेजा गया था जिसमें उसे हिदायत की गई थी कि वह सावधानी से सारे ख़ाली ख़ानों की पूर्ति करे। फ़ॉर्म में उसके हुलिये, परिवार, मौजूदा और भूतपूर्व आमदनी के ज़रियों के बारे में पूछताछ की गई थी। दरअसल उससे ज़िन्दगी के तथ्यों की पूरी सूची माँगी गई थी। उसे लगा कि यह पूछताछ उन लोगों की सूची बनाने के लिए की जा रही है जिन्हें शहर छोड़कर अपने घरों में लौटने का आदेश दिया जाएगा। एक दफ़्तर के कर्मचारी से कुछ अस्पष्ट-सी जानकारी मिली जिससे रेम्बर्त के विचार की पुष्टि हो गई। लेकिन जब उसने और गहरी छानबीन की तो उसे उस दफ़्तर से जहाँ से फ़ॉर्म आया था, पता चला कि यह जानकारी विशेष प्रयोजन से इकट्ठी की जा रही है।

"कौन-सा प्रयोजन?" उसने पूछा।

बाद में उसे पता चला कि हो सकता है वह बीमार होकर मर जाए। इस जानकारी से अधिकारियों को उसके परिवार के सदस्यों को सूचित करने में और यह फ़ैसला करने में मदद मिलेगी कि अस्पताल का ख़र्च म्यूनिसिपल कमेटी को उठाना चाहिए या उसके रिश्तेदारों से वसूल हो सकता है। ऊपर से देखने पर ऐसा लगता था कि रेम्बर्त का सम्पर्क उस औरत से पूरी तरह नहीं टूटा था जो उसके लौटने का इन्तज़ार कर रही थी, क्योंकि अधिकारी-वर्ग स्पष्ट रूप से उन दोनों की ओर ध्यान दे रहा था। लेकिन इस बात से उसे कोई तसल्ली नहीं मिल सकी। सबसे बड़ी बात, जिससे रेम्बर्त अत्यन्त प्रभावित हुआ था, यह थी कि किस तरह मुसीबत के बीच भी दफ़्तरों का काम-काज बिना किसी बाधा के चल रहा था और वे ऐसे क़दम उठा रहे थे जिनका न बड़े-से-बड़े अधिकारियों को पता था, न ही उन क़दमों का कोई तात्कालिक महत्त्व था। ये क़दम सिर्फ़ इसलिए उठाए गए थे, क्योंकि उन दफ़्तरों को इसी मकसद के लिए खोला गया था।

अगला दौर रेम्बर्त के लिए सबसे ज़्यादा आसान होते हुए भी सबसे अधिक कठिन था। यह अतीव आलस्य का दौर था। रेम्बर्त दफ़्तरों के चक्कर काट चुका था और भरसक सारे क़दम उठा चुका था। अब उसे एहसास हुआ था कि इस क़िस्म के सारे रास्ते उसके लिए बन्द हो गए थे। इसलिए अब वह निरुद्देश्य एक रेस्तराँ से दूसरे रेस्तराँ में भटकता रहता था। सुबह का वक़्त वह रेस्तराँ की बालकनी में गुज़ारता और इस उम्मीद से अख़बार पढ़ता था कि शायद महामारी के प्रकोप के कुछ कम होने की ख़बर मिले। वह सड़क पर चलने वालों के चेहरों की तरफ़ देखता रहता और अक्सर उन चेहरों के नीरस अवसाद को देखकर वह ग्लानि से मुँह फेर लेता था। फिर सड़क के सामने लगे दुकानों के बोर्डों को, लोकप्रिय शराबों के इश्तहारों को जो, अब अप्राप्य थीं, पढ़ने के बाद वह उठकर किसी कॉफ़ी-हाउस या रेस्तराँ की तरफ़ चल देता था। इन इश्तहारों को वह असंख्य बार पहले पढ़ चुका था। एक दिन शाम को रियो ने उसे एक कॉफ़ी-हाउस के दरवाज़े के पास मँडराते देखा। वह भीतर जाए या न जाए, इसका निश्चय नहीं कर पा रहा था। आख़िरकार उसने भीतर जाने का फ़ैसला किया और कमरे के पीछे वाली एक मेज़ के पास बैठ गया। इस दौर में कॉफ़ी-हाउसों के मालिकों को सरकारी हुक्म था कि वे ज़्यादा-से-ज़्यादा देर बाद रात को बत्ती जलाया करें। मटमैली साँझ कमरे में फैल रही थी। सूर्यास्त की गुलाबी आभा से दीवारों पर लगे शीशे आलोकित हो उठे थे। साँझ के झुटपुटे में सफ़ेद संगमरमर की टॉप वाली मेज़ें चमक रही थीं। ख़ाली कॉफ़ी-हाउस में बैठा रेम्बर्त अँधेरे की परछाइयों में एक 'खोयी हुई' परछाईं की तरह नज़र आ रहा था जिसे देखकर मन में करुणा उपजती थी। रियो ने अनुमान लगा लिया कि रेम्बर्त इसी वक़्त अपने को अकेला और परित्यक्त महसूस करता है। इसी वक़्त शहर में क़ैद सब लोगों को अपने एकाकीपन का एहसास होता था और हर आदमी यही सोचता था कि चाहे कोई भी तरीक़ा अपनाना पड़े, इस क़ैद से छूटने की कोशिश ज़रूर करनी चाहिए। रियो जल्द ही वहाँ से चला गया।

रेम्बर्त कुछ वक़्त रेलवे स्टेशन पर भी गुज़ारता था। किसी को प्लेटफार्म पर जाने की इजाज़त नहीं थी। लेकिन वेटिंग रूम खुले थे और बाहर से उनमें लोग दाख़िल हो सकते थे। जब बहुत गरमी पड़ती थी तो भिखारी इन ठंडे और अँधेरे कमरों में आ जाते थे। रेम्बर्त टाइम-टेबल, थूकने पर लगाई पाबन्दियों और यात्रियों के लिए छपे सरकारी नियमों को बहुत देर तक पढ़ता रहता था, फिर एक कोने में बैठ जाता था। कमरे के बीचोबीच एक पुरानी लोहे की अँगीठी, जो कई महीनों

से ठंडी पड़ी थी, विशिष्ट चिह्न बनकर खड़ी थी। फ़र्श पर आठ की संख्या के आकार के बेलबूटे बने थे जो बहुत वर्ष पहले बनाए गए थे। दीवारों पर लगे पोस्टर सैलानियों को केन्ज़ या बन्दोल में निश्चिन्त छुट्टी मनाने का उल्लासपूर्ण निमंत्रण दे रहे थे। इस कोने में बैठकर रेम्बर्त को आज़ादी का कड़वा स्वाद मिलता था जो पूर्ण वंचना से आता है। उसने रियो को बताया कि उसके मन में उस वक़्त जो विचार उठते थे उनमें पेरिस के विचार प्रमुख थे। उसकी आँखों के आगे, बिना बुलाए ही पेरिस की तस्वीर उभरने लगती थी, पत्थरों की बनी प्राचीन सड़कें, नदी के तट, पेले-रॉयल के कबूतर, गेरे दूनोर्द, पेन्थियोन के आसपास की प्राचीन ख़ामोश गलियाँ, और शहर के अनेक और ऐसे दृश्य। वह पेरिस को इतना ज़्यादा चाहता है, यह उसे पहले मालूम नहीं था। मन में उभरने वाली इन तस्वीरों ने कुछ करने की तमाम इच्छाओं को ख़त्म कर दिया। रियो को यक़ीन था कि वह इन दृश्यों द्वारा अपने प्यार की स्मृतियों को ताज़ा कर रहा है। एक दिन जब रेम्बर्त ने रियो को बताया कि उसे सुबह चार बजे उठकर अपने प्रिय पेरिस को याद करना बहुत अच्छा लगता है, तो डॉक्टर आसानी से समझ गया कि रेम्बर्त अपने अनुभव के आधार पर ऐसा कर रहा है, क्योंकि इसी वक़्त उसे मन में बिछड़ी प्रेयसी की तस्वीरें बनाना अच्छा लगता है। दरअसल सारे दिन में सिर्फ़ यही ऐसा वक़्त था जब वह सोच सकता था कि उसकी प्रेयसी पूरी तरह से उसकी है। तड़के चार बजे इनसान कोई काम नहीं करता, चाहे रात बेवफ़ाई में भी गुज़री हो तब भी सुबह आदमी नींद में बेख़बर रहता है। हाँ, दुनिया के सभी लोग इस वक़्त सोए रहते हैं। इस विचार से बड़ी सांत्वना मिलती है, क्योंकि बेचैन दिल की सबसे बड़ी ख़्वाहिश यह होती है कि वह लगातार सचेत रूप से अपने प्रियजन को पाता रहे। अगर यह सम्भव न हो सके तो अपने प्रियतम या प्रेयसी को जुदाई के क्षणों में एक ऐसी गहरी नींद में सुला दे, जिसमें न सपने आएँ और जो तब तक न टूटे, जब तक फिर से उनका मिलन नहीं हो जाए।

6

गरमी फ़ादर पैनेलो के प्रवचन के बाद से ही बेहद बढ़ गई थी। जिस इतवार को बेमौसमी बारिश हुई थी, उससे अगले दिन घरों के ऊपर झुलसती हुई गरमी छा गई। पहले तो दिन-भर तेज़, तपती हुई लू चली जिससे घरों की दीवारें सूख गईं। इसके बाद सूरज ने आसमान पर क़ब्ज़ा जमा लिया और दिन-भर गरमी और तेज़ रोशनी शहर पर छाई रही। सिर्फ़ मेहराबदार गलियाँ और घरों के कमरे ही इस गरमी से बचे थे, बाक़ी सारी जगहों पर तेज़ चौंधिया देने वाली रोशनी पड़ रही थी। सूरज हमारे शहर के लोगों का हर गली, हर कोने में पीछा कर रहा था और जब वे क्षण-भर के लिए धूप में रुकते थे तो उन्हें सरसाम हो जाता था।

चूँकि गरमी के हमले के साथ-ही-साथ प्लेग के मरीज़ों की तादाद भी बढ़ गई थी। अब हफ़्ते में क़रीब सात सौ मौतें होने लगी थीं। शहर में गहरी निराशा छा गई। शहर की बाहरी बस्तियों की लम्बी, सपाट सड़कों और घरों के छज्जों पर हमेशा रहने वाली रौनक़ गायब हो गई। आमतौर पर इलाक़ों में रहने वाले लोग दिन का काफ़ी समय अपने दरवाज़ों की सीढ़ियों पर बैठकर गुज़ारते थे, लेकिन अब हर दरवाज़ा बन्द था, कोई आदमी दिखाई नहीं देता था, यहाँ तक कि खिड़कियाँ और परदे भी बन्द रहते थे। यह जानना मुश्किल था कि लोगों ने प्लेग के डर से खिड़कियाँ बन्द की थीं या गरमी की वजह से। कुछ घरों से कराहने की आवाज़ें आ रही थीं। शुरू में तो लोग जिज्ञासा या करुणा से प्रेरित होकर बाहर जमा हो जाते थे, लेकिन अब लगातार तनाव छाए रहने के कारण ऐसा लगता था कि लोगों के दिल भी सख़्त हो गए थे; लोग कराहटों के आसपास इस तरह रहते थे और उनके नज़दीक से इस तरह गुज़र जाते थे जैसे आहें और कराहटें ही लोगों की साधारण और स्वाभाविक भाषा हों।

फाटकों पर हुई मारपीट के फलस्वरूप, जिसमें पुलिस को रिवॉल्वर इस्तेमाल

करने पड़े थे, अराजकता की भावना चारों ओर फैल गई थी। पुलिस के साथ हुई मुठभेड़ में कुछ लोग ज़ख्मी भी हो गए थे लेकिन शहर में गरमी और आतंक के सम्मिलित प्रभाव के कारण हर बात बढ़ा-चढ़ाकर कही जाने लगी थी और लोगों का कहना था कि मुठभेड़ में कुछ लोग मर भी गए हैं। लेकिन जो भी हो, एक बात निश्चित थी कि असन्तोष सचमुच बढ़ रहा था और इस डर से कि कहीं स्थिति बिगड़ न जाए, स्थानीय अफ़सर बहुत दिन तक बहस करते रहे कि अगर महामारी से तंग आकर लोग पागलपन पर उतारू हो गए और स्थिति काबू से बाहर हो गई तो कौन-से क़दम उठाने उचित होंगे। अख़बार में नए सरकारी नियम प्रकाशित हुए जिनमें फिर कहा गया था कि कोई आदमी शहर छोड़ने की कोशिश न करे। नियम का उल्लंघन करने वालों को चेतावनी दी गई कि उन्हें लम्बी क़ैद की सज़ा मिलेगी।

शहर में पुलिस गश्त लगाने लगी और अक्सर ख़ाली, पसीजी हुई गलियों के पत्थरों पर घोड़ों की टाप सुनाई देती और घुड़सवार पुलिस का एक दल सड़क के दोनों ओर कसकर बन्द की हुई खिड़कियों की क़तारों के बीच से गुज़र जाता। कभी-कभी बन्दूक की आवाज़ भी सुनाई देती थी। हाल ही में चूहों और कुत्तों को ख़त्म करने के लिए एक स्पेशल ब्रिगेड बनाई गई थी ताकि वे छूत न फैला सकें। ख़ामोशी को चौंका देने वाली इन कोड़ों-जैसी आवाज़ों ने शहर के स्नायविक तनाव को और भी बढ़ा दिया था।

गरमी, ख़ामोशी और परेशानी ने हमारे शहर के लोगों को इतना संवेदनशील बना दिया था कि ज़रा-सी आवाज़ भी उन्हें बहुत महत्त्वपूर्ण मालूम होती थी। लोगों ने पहली बार आसमान के बदलते हुए रंगों और धरती से उठती हुई गन्धों पर, जो हर बार मौसम बदलने पर उठती हैं, ध्यान दिया। लोगों को यह क्षोभपूर्ण एहसास हुआ कि गरमी से महामारी और भी फैल जाएगी, और साफ़ ज़ाहिर था कि गरमी का मौसम शुरू हो गया था। शाम के वक़्त घरों के ऊपर चहकने वाले पक्षियों की आवाज़ें पहले से तेज़ होती जा रही थीं। आसमान का वह विस्तार अब नहीं रहा था जैसा कि जून की शामों में होता है जब तारे टिमटिमाते हैं—ऐसे में हमारे क्षितिज अनन्त दूर तक फैले नज़र आते हैं। बाज़ारों में अब कलियों के बजाय खिले हुए फूल बिकने आते थे और सुबह की खरीदारी के बाद, धूल से सने फुटपाथ पैरों तले रौंदी हुई पंखुड़ियों से भर जाते थे। साफ़ ज़ाहिर था कि बहार ख़त्म हो चुकी थी, उसने असंख्य फूलों पर अपना उत्साह लुटा दिया था, हर जगह वे खिले दिखाई देते थे और जो अब गरमी और प्लेग के दोहरे हमले से मुरझा रहे थे। हमारे शहर

के लोगों के लिए वह गरमी का आकाश, धूल से सनी सड़कें, जो लोगों की मौजूदा ज़िन्दगी की तरह धूसरित और नीरस थीं, इन दिनों हर रोज़ होने वाली सौ मौतों की तरह अमंगलपूर्ण थीं। अब वे दिन बीत चुके थे जब धूप लोगों को दोपहर के सोने और छुट्टी मनाने के लिए आमंत्रित करती थी और लोग समुद्र-तट पर जाकर विनोद और प्रेम-क्रीड़ाएँ करते थे। अब बन्द शहर में धूप बेमानी और खोखली हो गई थी। उसमें गरमी के सुखद मौसम का सुनहरा जादू नहीं रहा था। प्लेग ने सब रंगों को तबाह कर दिया था, और अपने विशेषाधिकार से ख़ुशी पर पाबन्दी लगा दी थी।

महामारी से यही सबसे बड़ा परिवर्तन हुआ था। इससे पहले हम ख़ुशी-ख़ुशी गरमी के मौसम का इन्तज़ार करते थे। शहर समुद्र-तट पर बसा था और नौजवान लोग समुद्र-तट पर आज़ादी से घूमते थे। लेकिन इस बार गरमी में नज़दीक होते हुए भी समुद्र तक पहुँचना मश्किल था। नौजवानों को समुद्र की ख़ुशियाँ नसीब नहीं थीं। ऐसी परिस्थितियों में हम क्या कर सकते थे? इन दिनों की ज़िन्दगी की सच्ची तस्वीर फिर तारो ने ही बयान की है। यह कहने की ज़रूरत नहीं कि उसने प्लेग की बढ़ती का ख़ाका खींचा है, तारो ने यह भी नोट किया है कि जब से रेडियो ने मौतों के हफ़्तावार आँकड़े बताने के बजाय यह बताना शुरू किया कि हर रोज़ बानबे, एक सौ सात या एक सौ तीस मौतें होने लगी हैं तब से महामारी के इतिहास में एक नया दौर शुरू हुआ है। अख़बार और सरकारी अफ़सर प्लेग के साथ खिलवाड़ कर रहे हैं। उनका ख़याल है कि वे प्लेग पर जीत पा रहे हैं, क्योंकि नौ सौ दस के मुक़ाबले एक सौ तीस छोटी संख्या है। उसने उन करुण और आश्चर्यजनक घटनाओं का भी बयान किया है जो उसके देखने में आई थीं। मिसाल के लिए जब वह एक सुनसान गली से गुज़र रहा था तो एक औरत तिमंज़िले के सोने के कमरे की खिड़की खोलकर दो बार ज़ोर से चिल्लाई और उसने फिर खिड़की बन्द कर ली। तारो ने यह भी नोट किया है कि दवाई की दुकानों में पिपरमेंट की गोलियाँ ख़त्म हो गई थीं, क्योंकि लोगों का ख़याल था कि जब तक ये गोलियाँ मुँह में रहती हैं तब तक प्लेग की छूत नहीं लग सकती।

वह लगातार सामने की बालकनी पर अपने प्रिय अजूबे को देखा करता था। मालूम होता था कि बूढ़े शिकारी पर भी मुसीबत आ गई थी। एक दिन सुबह सड़क पर बन्दूक की आवाज़ सुनाई दी थी, या तारो के शब्दों में, "सीसे की थूक ने अधिकांश बिल्लियों को मार डाला था और बाक़ियों को डराकर भगा दिया था।" ख़ैर, जो भी हो अब बिल्लियाँ आसपास कहीं नज़र आती नहीं थीं, उस दिन नाटा

बूढ़ा हमेशा की तरह निश्चित समय पर बालकनी पर आया, और उसने हैरानी ज़ाहिर की। फिर रेलिंग पर झुककर वह ग़ौर से सड़क के कोनों को देखने लगा और बैठकर दाएँ हाथ से बालकनी की सलाखों पर कुढ़ता हुआ उँगलियों से तबला बजाने लगा। कुछ देर रुकने के बाद उसने कुछ काग़ज़ फाड़े और अपने कमरे में चला गया। थोड़ी देर बाद वह फिर लौट आया। बहुत देर तक बालकनी पर इन्तज़ार करने के बाद वह फिर कमरे में चला गया और उसने ज़ोर से खिड़कियाँ बन्द कर लीं। एक हफ़्ते तक वह लगातार यही हरकतें करता रहा। उसके बूढ़े चेहरे पर दिन-ब-दिन उदासी और हैरत बढ़ती जाती थी। आठवें दिन तारो बूढ़े का इन्तज़ार करता रहा, लेकिन बूढ़ा नहीं आया; खिड़कियाँ मज़बूती से बन्द रहीं। उनके भीतर एक गहरा अवसाद बन्द था जिसे तारो आसानी से समझ सकता था। यहाँ अन्त में तारो ने लिखा है, "प्लेग के दिनों में बिल्लियों पर थूकना मना है।"

एक और प्रसंग में तारो ने नोट किया है कि शाम को जब वह लौटता तो रात की ड्यूटी का चौकीदार सन्तरियों की तरह चहलक़दमी करता नज़र आता था। वह सब लोगों से यही कहता था कि उसने इन घटनाओं की कल्पना बहुत पहले से कर ली थी। तारो ने कहा कि उस आदमी ने किसी मुसीबत की भविष्यवाणी तो ज़रूर की थी, लेकिन उसका ख़याल था कि भूचाल आएगा। इस पर बूढ़े ने जवाब दिया, "काश भूचाल ही आता। एक ज़ोर का धक्का लगता और क़िस्सा ख़त्म हो जाता। लाशों और ज़िन्दा लोगों की गिनती की जाती, बस! लेकिन यह कमबख़्त बीमारी—जिन्हें इसकी छूत नहीं लगी वे भी हर वक़्त इसके सिवा और कोई बात नहीं सोचते।

होटल का मैनेजर भी हताश था। शुरू के दिनों में बाहर से आए मुसाफ़िर अपने कमरों में टिके रहे थे, क्योंकि वे शहर छोड़कर नहीं जा सकते थे। लेकिन जब उन्हें महामारी के घटने के कोई लक्षण न दिखाई दिए तो वे एक-एक करके अपने दोस्तों के घरों में चले गए। जिस कारण से कमरों में लोग टिके हुए थे उसी कारण से अब कमरे ख़ाली हो गए थे, क्योंकि अब शहर में और नए मुसाफ़िर नहीं आ रहे थे। तारो उन बहुत कम लोगों में से था जो होटल में अभी भी टिके हुए थे। हर मौक़े पर मैनेजर उन्हें यह बताए बग़ैर नहीं रहता था कि वह अपने मेहमानों को तकलीफ़ नहीं देना चाहता, वरना वह कभी का होटल बन्द कर देता। वह अक्सर तारो से पूछता था कि उसकी राय में महामारी अभी और कितने दिन तक चलेगी। तारो ने उसे बताया, "सुना है कि सर्दी के आते ही इस क़िस्म की बीमारियाँ ख़त्म

हो जाती हैं।" मैनेजर हक्का-बक्का रह गया और बोला, "लेकिन जनाब इस इलाक़े में तो सचमुच की सर्दी कभी नहीं पड़ती। ख़ैर जो भी हो, इसका मतलब है कि अभी यह बीमारी कुछ और महीनों तक चलेगी।" इसके अलावा मैनेजर को यक़ीन था कि भविष्य में भी बहुत दिन तक सैलानी इस शहर से दूर-दूर रहेंगे, और पर्यटन कारोबार तबाह हो जाएगा।

कुछ दिन तक गायब रहने के बाद मोशिए ओथों, उल्लू की शक्ल वाला गृहपति फिर डाइनिंग रूम में दिखाई दिया, लेकिन इस बार उसके साथ सिर्फ़ सरकस के 'झबरे कुत्ते' यानी उसके बच्चे थे। पूछताछ से पता चला कि मदाम ओथों को छत वाले वार्ड में क्वारंटाइन कर दिया गया था। वह अपनी माँ की देखभाल करती रही थी, जिसकी प्लेग में मौत हो गई थी।

"मुझे यह बात क़तई पसन्द नहीं है," मैनेजर ने तारो से कहा।

"मदाम ओथों छूत के वार्ड में क्वारंटाइन है या नहीं, लेकिन डॉक्टरों को छूत का शक ज़रूर है। इसका मतलब है कि उसके सारे परिवार को छूत हो सकती है।"

तारो ने समझाया कि अगर इस दृष्टि से सोचा जाए तो सभी लोगों को छूत हो सकती है। लेकिन मैनेजर की अपनी राय थी जिसे छोड़ने के लिए वह राज़ी नहीं था।

"नहीं जनाब, आप और हम पर छूत का शक नहीं हो सकता, लेकिन इन लोगों पर ज़रूर है।"

ख़ैर, मोशिए ओथों पर इन बातों का बिलकुल असर नहीं हुआ और न ही प्लेग की वजह से उसकी आदतों में रत्ती-भर फ़र्क़ आया था। वह हमेशा की तरह शालीनता से डाइनिंग रूम में आता, अपने बच्चों के सामने बैठकर बीच-बीच में शिष्ट, किन्तु अप्रिय टिप्पणियाँ करता। सिर्फ़ छोटा लड़का कुछ बदल गया था; वह भी अपनी बहन की तरह काले रंग की पोशाक पहनता था, लेकिन वह पहले से दुबला हो गया था और हूबहू अपने बाप की संक्षिप्त अनुकृति मालूम होता था। रात के चौकीदार ने, जो मोशिए ओथों को नापसन्द करता था, तारो से कहा, "देख लेना, यह छैला इसी तरह कपड़े पहने-पहने मर जाएगा। लगता है, इसने परलोक जाने की पूरी तैयारी कर ली है, इसलिए इसे दफ़नाने में ज़्यादा ख़र्च नहीं आएगा।"

तारो ने फ़ादर पैनेलो के प्रवचन पर भी कुछ टिप्पणियाँ की हैं। "मैं इस तरह के धार्मिक उत्साह को अच्छी तरह समझता हूँ और मुझे यह बुरा नहीं लगता। किसी भी महामारी के शुरू और अन्त में धुआँधार व्याख्यानों की काफ़ी गुंजाइश रहती है। शुरू में इसलिए क्योंकि लोगों की आदतें पूरी तरह से मिटती नहीं, और

अन्त में इसलिए क्योंकि पुरानी आदतें फिर से लौटने लगती हैं। जब इनसान किसी मुसीबत में गले तक डूब जाता है तो उसका दिल सचाई के प्रति कठोर हो जाता है, यानी वह ख़ामोश हो जाता है। अच्छा, देखें क्या होता है!"

उसने यह भी नोट किया है कि डॉक्टर रियो से उसकी लम्बी बातचीत हुई। उसे सिर्फ़ इतना ही याद है कि उस बातचीत का 'अच्छा असर' पड़ा था, इस सिलसिले में उसने मदाम रियो के रंग, डॉक्टर की माँ की आँखों के पारदर्शी भूरे रंग पर भी ग़ौर किया है। और एक विलक्षण टिप्पणी दी है कि ऐसी निगाहें, जिनमें हृदय की इतनी पवित्रता झलकती है, हमेशा प्लेग पर विजय पाती रहेंगी।

उसने रियो के दमे के मरीज़ के बारे में भी बहुत कुछ लिखा है। बातचीत के फ़ौरन बाद वह डॉक्टर के साथ उस मरीज़ को देखने के लिए गया था। बूढ़े ने विनोदपूर्ण हँसी से और ख़ुशी से हथेलियाँ रगड़कर तारो का स्वागत किया। वह हमेशा की तरह बिस्तर पर बैठा था और उसके आगे सूखे मटर से भरे दो पतीले रखे थे। तारो को देखते ही उसने कहा, "आह! एक और आ गया! यह उलटी दुनिया है जिसमें मरीज़ों के बजाय डॉक्टर ज़्यादा हैं, क्योंकि दुनिया उन्हें दिन-ब-दिन घास की तरह काटे जा रही है। क्यों, ठीक है न? उस पादरी की बात सही है। हम लोगों ने ख़ुद ही यह मुसीबत बुलाई है।" अगले दिन तारो बिना ख़बर किए उसे देखने चला आया।

तारो की टिप्पणियों से पता चलता है कि उस बूढ़े ने, जो पेशे से बजाज था, पचास बरस की उम्र में तय किया कि वह जितनी मेहनत कर चुका है, वह ज़िन्दगी-भर के लिए काफ़ी है। वह बीमार पड़ गया और फिर बिस्तर से कभी नहीं उठा। इसका कारण दमा नहीं था, क्योंकि दमे की वजह से उसे चलने-फिरने में कोई दिक़्क़त नहीं हो सकती थी। उसकी थोड़ी-सी बँधी हुई आमदनी थी जिससे वह पचहत्तर बरस की उम्र तक गुज़ारा करता आया था। बुढ़ापे का उसकी ख़ुशमिज़ाजी पर कोई असर नहीं हुआ था। वह घड़ी देखना बर्दाश्त नहीं कर सकता था और उसके घर में एक भी घड़ी नहीं थी। वह कहता था, "घड़ी बहुत बेहूदा चीज़ है और फिर क़ीमती भी है।" वह वक़्त यानी खाने के वक़्त का पता अपने दो पतीलों से लगा लेता था। जब वह सुबह सोकर उठता था तो एक पतीला सूखे मटरों से भरा रहता था। वह बड़ी सावधानी से लगातार नियमित ढंग से दूसरे पतीले में एक-एक मटर का दाना डालता जाता था। इस तरह वह इन पतीलों की मदद से वक़्त का अन्दाज़ लगाया करता था और दिन में किसी वक़्त भी बता सकता था कि कितने बजे हैं।

वह कहता था, "जब पन्द्रह बार पतीला भर जाता है तो खाने का वक़्त आ जाता है। वक़्त जानने का इससे आसान तरीक़ा और क्या हो सकता है?"

उसकी पत्नी का कहना था कि इस सनक के लक्षण उसमें बहुत पहले से दिखाई देने लगे थे। दरअसल उसे किसी चीज़ में दिलचस्पी नहीं थी। वह काम-काज, दोस्तों, कॉफ़ी-हाउसों, औरतों, पिकनिकों के प्रति हमेशा से उदासीन था। वह ज़िन्दगी में सिर्फ़ एक बार अपने शहर से बाहर गया था। जब उसे अपने किसी घरेलू काम से एल्जीयर्ज़ जाना पड़ा था, उस वक़्त भी वह ओरान के बाद वाले स्टेशन से लौट आया था, क्योंकि उसके लिए इस दु:साहसपूर्ण काम को जारी रखना असम्भव था।

तारो ने बूढ़े की इस एकान्तपूर्ण ज़िन्दगी पर हैरत जताई थी। उसके जवाब में बूढ़े ने जो कहा था उसका सारांश इस प्रकार है—इनसान की शुरू की आधी ज़िन्दगी पहाड़ की चढ़ाई की तरह होती है और दूसरा आधा हिस्सा ढलान की तरह होता है। इस काल में उसका ज़िन्दगी के ऊपर कोई दावा नहीं होता, उसके हक़ किसी भी वक़्त उससे छीने जा सकते हैं। वह उनका कोई इस्तेमाल नहीं कर सकता और सबसे अच्छी बात यही है कि वह उनसे छेड़-छाड़ न करे। साफ़ ज़ाहिर था कि बूढ़े को अपनी बात काटने में कोई संकोच नहीं होता था, क्योंकि कुछ ही मिनट के बाद उसने तारो से कहा कि वह ईश्वर के अस्तित्व को नहीं मानता, अगर ईश्वर होता तो दुनिया में पादरियों की कोई ज़रूरत न रह जाती। इसके बाद की घटनाओं पर ग़ौर करने के बाद तारो को एहसास हुआ कि उस इलाक़े में लगातार दीन-दुखियों की सहायता के लिए घर-घर घूमकर चन्दा इकट्ठा किया जा रहा था। बूढ़े को उससे सख़्त चिढ़ होती थी। उसकी फ़िलॉसफी का इस चिढ़ से गहरा सम्बन्ध था। बूढ़े ने कई बार यह दिली ख़्वाहिश ज़ाहिर की थी कि वह बहुत लम्बी उम्र भोगकर मरना चाहता है। बूढ़े के चरित्र की तस्वीर इस बात से पूरी हो जाती है।

'क्या वह सन्त है?' तारो ने अपने-आप से यह सवाल पूछा और जवाब दिया, "हाँ, अगर आदतें इकट्ठा करना ही सन्तों का गुण है तो सचमुच बूढ़ा एक सन्त था।"

उधर तारो प्लेग-पीड़ित शहर की एक दिन की ज़िन्दगी का एक लम्बा-सा विवरण तैयार कर रहा था, ताकि उस साल के गरमी के मौसम में हमारे नागरिकों की ज़िन्दगी की सही तस्वीर पेश की जा सके। तारो ने लिखा है, "शहर में शराबियों के सिवा कोई नहीं हँसता और शराबी ज़रूरत से ज़्यादा हँसते हैं।" इसके बाद वह प्लेग का वर्णन शुरू करता है।

"पौ फटने पर हवा के हल्के झोंके ख़ाली सड़कों पर पंखा झलते हैं—रात की मौतों और आने वाले दिन की मृत्यु की यंत्रणा में तड़पने वालों के बीच के वक़्त में ऐसा लगता है जैसे कुछ देर के लिए प्लेग ने अपना हाथ रोक लिया हो और वह साँस लेने के लिए रुक गई हो। सारी दुकानें बन्द रहती हैं, लेकिन कुछ दुकानों पर लगे नोटिसों—'दुकान प्लेग के कारण बन्द है' से ज़ाहिर होता है कि जब और दुकानें खुलेंगी तब भी ये दुकानें बन्द रहेंगी। अख़बार बेचने वाले लड़के अभी नहीं चिल्ला रहे क्योंकि उनकी आँखें अभी अधमुँदी हैं, लेकिन वे नींद में चलने वाले लोगों की तरह सड़क के कोनों पर बने बिजली के खम्भों की तरफ़ अपने अख़बार बढ़ा रहे थे। जल्द ही तड़के चलने वाली ट्रामों के शोर से ये लड़के जाग जाएँगे और शहर भर में फैल जाएँगे। इनके बढ़े हुए हाथों में अख़बार होंगे जिन पर बड़े अक्षरों में 'प्लेग' लिखा होगा। क्या पतझड़ के मौसम में भी प्लेग जारी रहेगी? प्रोफ़ेसर बी की राय है 'नहीं'। प्लेग के 14वें दिन हुई मौतों की संख्या एक सौ चौबीस।

"काग़ज़ की दिनों-दिन बढ़ती कमी से मजबूर होकर कुछ दैनिक अख़बारों ने अपने पृष्ठ कम कर दिए हैं। एक नया अख़बार शुरू हुआ है, 'प्लेग समाचार'। इसका उद्देश्य है 'सचाई और ईमानदारी से शहर के लोगों को बीमारी के घटने या बढ़ने की सूचना देना; प्लेग के भविष्य के बारे में विशेषज्ञों की राय को छापना; हर किसी को, चाहे वह जीवन के किसी भी क्षेत्र से सम्बद्ध हो, और जो इस महामारी का मुक़ाबला करना चाहे, लिखने के लिए खुला निमंत्रण देना; जनता के साहस और विश्वास को बनाए रखना; अधिकारियों के नवीनतम आदेशों को प्रकाशित करना और उन तमाम शक्तियों को इकट्ठा करना जो इस मुसीबत में लोगों की सक्रिय सहायता करना चाहती हैं।' दरअसल कुछ दिन बाद ही इस अख़बार के कॉलमों में प्लेग से बचने के नए और 'अचूक' तरीक़ों के विज्ञापन छपने लगे।

"तड़के छह बजे ये अख़बार दुकानों के खुलने के एक घंटा पहले से खड़े लोगों की क़तारों को बेचे जाते हैं; फिर बाहर की बस्तियों से आने वाली ट्रामों से उतरने वाले लोगों में ये अख़बार बेचे जाते हैं। ट्रामें खचाखच भरी रहती हैं। आजकल ट्रामें आने-जाने का एकमात्र साधन हैं। लोग फुटबोर्डों पर खड़े रहते हैं और डंडों को पकड़कर लटके रहते हैं, इसलिए ट्रामों की चाल भी धीमी हो गई है। एक और अजब बात देखने में आई है कि मुसाफ़िर अपने साथियों की तरफ़ पीठ करके खड़े होते हैं और अपने शरीर को हास्यास्पद रूप से टेढ़ा-मेढ़ा करते हैं। इन सब बातों के पीछे एक ही मतलब है—छूत से बचना। हर स्टॉप पर जलप्रपात

की तरह नर-नारियों की एक भारी भीड़ ट्राम से निकलती है। हर व्यक्ति अपने को दूसरे के स्पर्श से बचाने की कोशिश करता है।

"जब तड़के की ट्रामें गुज़र जाती हैं तो धीरे-धीरे शहर जागता है। कुछ कॉफ़ी-हाउस सुबह जल्दी ही अपने दरवाज़े खोल देते हैं। काउंटर पर ऐसे वाक्यों की भरमार रहती है, कॉफ़ी नहीं है, अपने साथ चीनी लाइए इत्यादि। इसके बाद दुकानें खुलती हैं और सड़कें सजीव हो उठती हैं। इस बीच धूप तेज़ हो जाती है और सुबह के वक़्त भी आसमान गरमी से तपते हुए शीशे-जैसा हो जाता है। यही वह वक़्त है जब निकम्मे लोग बुलेवारों में टहलने निकलते हैं। उनमें से अधिकांश तो जैसे विलासिता के प्रदर्शन से ही प्लेग का सामना करने पर तुले नज़र आते हैं। रोज़ ग्यारह बजे के क़रीब नौजवान लड़के और लड़कियों की ड्रेस-परेड-सी नज़र आती है, जिसे देखकर एहसास होता है कि हर तरह की मुसीबत के बीच इनसान के दिल में ज़िन्दगी की कितनी ज़बरदस्त ख़्वाहिश पलती रहती है। अगर महामारी और ज़्यादा फैल गई तो लोगों के चरित्र भी काबू से बाहर हो जाएँगे और हमें मिलान के सैटरनेलिया[1]–जैसे दृश्य फिर दिखाई देंगे और मर्द और औरतें क़ब्रों के गिर्द मस्ती में नाचेंगे।

"दोपहर को देखते-ही-देखते सारे रेस्तराँ भर जाते हैं। दरवाज़ों के बाहर फ़ौरन ऐसे लोगों के छोटे-छोटे समूह इकट्ठा हो जाते हैं जिन्हें बैठने के लिए जगह नहीं मिलती। तेज़ तपिश की वजह से आसमान की चमक कम हो जाती है। खाना खाने के लिए आए लोग बड़े-बड़े शामियानों के नीचे इन्तज़ार करते हैं। दोपहर की गरमी से झुलसती हुई सड़कों के किनारे लोगों की क़तारें लगी रहती हैं। रेस्तराँ में इतनी भीड़ इसलिए रहती है क्योंकि वे बहुत से लोगों की खाने की समस्या को हल कर देते हैं। लेकिन छूत का डर कम करने के लिए वे भी कोई क़दम नहीं उठाते। बहुत से खाने वाले कई मिनट तक कायदे से अपनी प्लेटें साफ़ करते हैं। कुछ दिन पहले रेस्तराँ ने यह नोटिस लगाया था—'ग्राहकों को आश्वासन दिया जाता है कि हमारी प्लेटें, छुरियाँ और काँटे कीटाणुरहित हैं।' लेकिन धीरे-धीरे उन्होंने इस क़िस्म का प्रचार बन्द कर दिया, क्योंकि ग्राहक हर सूरत में वहाँ आते थे। इसके अलावा आजकल लोग दिल खोलकर ख़र्च करते हैं। बढ़िया शराबों या उन शराबों पर, जिन्हें रेस्तराँ वाले बढ़िया बताते हैं, तथा क़ीमती फुटकर चीज़ों पर पैसा ख़ूब उड़ाते हैं। लोग बिना सोचे-समझे फ़िज़ूलख़र्ची करने के मूड में हैं। मालूम होता है

1. आनन्दोत्सव।

कि एक रेस्तराँ में घबराहट का वातावरण छाया था, क्योंकि एक ग्राहक अचानक बीमार पड़ गया, उसका चेहरा सफ़ेद हो गया और वह फ़ौरन लड़खड़ाते हुए क़दमों से दरवाज़े की तरफ़ चल पड़ा।

"दो बजे के क़रीब धीरे-धीरे शहर ख़ाली होने लगता है। इस वक़्त सड़कों पर ख़ामोशी, धूप, मिट्टी और प्लेग को मनमानी छूट रहती है। ऊँचे भूरे रंग के मकानों के सामने वाले हिस्सों से इन लम्बी, क्लान्त घड़ियों में लगातार गरमी की तरंगें उठती रहती हैं। इस तरह से दोपहर थकी-माँदी चाल से धीरे-धीरे शाम में मिल जाती थी और शाम शहर के भीड़युक्त कोलाहल पर कफ़न की लाल चादर बनकर लिपट जाती थी। जब तेज़ गरमी शुरू हुई तो किसी अज्ञात कारण से सड़कें वीरान रहने लगीं। लेकिन अब ठंडी हवा का ज़रा-सा झोंका आते ही यदि लोगों के दिलों में उम्मीद के पंख नहीं फड़फड़ाते तो कम-से-कम उनके दिल का बोझ तो ज़रूर हल्का हो जाता है। जन-समुद्र घरों से बाहर निकल आता है, बातों के नशे में अपने को बेसुध कर लेता है, बहसें और प्रेम-लीलाएँ शुरू हो जाती हैं, और सूर्यास्त की अन्तिम लालिमा, जो प्रेमियों के जोड़ों से बोझिल हो जाती है और लोगों की आवाज़ों से मुखरित हो उठती हैं, बिना पतवार के जहाज़ की तरह, धड़कते हुए अँधेरे में भटकने लगती है। सिर पर फेल्ट हैट लगाए और फहराती हुई टाई बाँधे एक धर्म-प्रचारक व्यर्थ में ही लगातार यह चिल्लाता हुआ बढ़ता है, 'परमेश्वर नेक और महान है। उसी की शरण में आओ!' बल्कि सब लोग फ़ौरन ऐसे क्षुद्र उद्देश्यों की तरफ़ बढ़ते हैं जिनका तात्कालिक महत्त्व उनकी दृष्टि में परमेश्वर से कहीं ज़्यादा है।

"शुरू के दिनों में जब लोगों का ख़याल था कि यह महामारी भी दूसरी महामारियों की तरह है, धर्म का काफ़ी ज़ोर रहा, लेकिन ज्योंही लोगों को तत्काल ख़तरा नज़र आया तो वे ऐयाशी की तरफ़ ध्यान देने लगे। दिन के वक़्त लोगों के चेहरों पर जिन घृणित आशंकाओं की मोहर लगी रहती है वे डर, धूल-भरी प्रचंड रातों में एक विक्षिप्त हर्षोन्माद में बदल जाते हैं और उनके ख़ून में एक रूखी स्वच्छन्दता दौड़ते लगती है।

"और मैं भी दूसरे लोगों से अलग नहीं हूँ। लेकिन उससे क्या फ़र्क़ पड़ता है? मुझ-जैसे लोगों को मौत की परवाह नहीं। घटनाएँ और नतीजे ही उन्हें सही साबित करते हैं।"

7

तारो ने अपनी डायरी में जिस मुलाक़ात का ज़िक्र किया है, रियो से यह मुलाक़ात तारो के आग्रह पर ही हुई थी। उस रोज़ शाम को ऐसा संयोग हुआ कि तारो के आने से पहले डॉक्टर कुछ क्षण तक अपनी माँ को देखता रहा था जो बीमार थी और निहायत ख़ामोशी से डाइनिंग रूम के एक कोने में बैठी थी। घर के काम-काज से फुरसत पाकर वह अपना अधिकांश समय उसी कुर्सी में बिताती थी। गोद में हाथ रखकर वह इन्तज़ार में बैठा करती थी। रियो को ठीक से मालूम नहीं था कि उसकी माँ उसी का इन्तज़ार करती है, लेकिन जब रियो घर में दाख़िल होता था तो उसकी माँ के चेहरे का भाव हमेशा बदल जाता था। मेहनत की ज़िन्दगी की वजह से उसके चेहरे पर जो मूक असहायता का भाव आ गया था, फ़ौरन ख़ुशी की दमक में बदल जाता था। इसके बाद उसके व्यक्तित्व में पहले की-सी शान्ति आ जाती थी। उस रोज़ शाम को वह खिड़की से बाहर सुनसान सड़क की तरफ़ देख रही थी। सड़कों पर अब सिर्फ़ दो-तिहाई रोशनी रह गई थी और शहर के गहन अँधेरे में बहुत देर बाद लैम्प की टिमटिमाती रोशनी दीखती थी।

"जब तक प्लेग रहेगी, क्या बत्तियों का भी यही हाल रहेगा?" मदाम रियो ने पूछा।

"हाँ, मेरे ख़याल से।"

"उम्मीद करनी चाहिए कि जाड़ों तक प्लेग ख़त्म हो जाए, वरना बड़ी उदासी फैल जाएगी।"

"हाँ," रियो ने कहा।

रियो ने देखा कि उसकी माँ की नज़रें रियो के माथे पर लगी थीं। वह जानता था कि पिछले कुछ दिन की सख़्त मेहनत और परेशानी उसके माथे पर अपनी निशानी छोड़ गई है।

"आज क्या काम-काज ठीक से नहीं हुआ?" रियो की माँ ने पूछा।

"ओह, वैसा ही जैसा हमेशा चलता है।"

हमेशा जैसा! इसका मतलब था कि पेरिस से प्लेग की जो सीरम भेजी गई थी वह पहले वाली सीरम से कम कारगर थी। इसका मतलब था कि मरने वालों की तादाद बढ़ रही थी। अभी तक सिवाय उन परिवारों के, जहाँ प्लेग फैल चुकी थी, प्लेग से बचाव के लिए लोगों को टीका लगाना नामुमकिन था। इस आन्दोलन को लोकप्रिय बनाने के लिए यह ज़रूरी था कि बहुत बड़ी तादाद में टीके मँगवाए जाएँ। अधिकांश मरीज़ों की गिल्टियाँ फटने में ही नहीं आती थीं। लगता था कि वे भी मौसम के साथ सख़्त हो गई थीं। —प्लेग के मरीज़ों को बहुत तकलीफ़ सहनी पड़ती थी। पिछले चौबीस घंटों में महामारी की एक नई क़िस्म के दो मामले आए थे। प्लेग न्यूमोनिक हो गई थी। उसी दिन एक मीटिंग में डॉक्टरों ने, जो बेहद थके और परेशान थे, प्रीफ़ेक्ट को नए हुक्म जारी करने के लिए मजबूर किया। बेचारे प्रीफ़ेक्ट के होश-हवास गायब थे। साँस के ज़रिये छूत को रोकने के हुक्म जारी किए गए, क्योंकि न्यूमोनिक प्लेग की छूत साँस के ज़रिये ही फैलती है। प्रीफ़ेक्ट ने वैसा ही किया जैसा कि डॉक्टर चाहते थे, लेकिन वे लोग हमेशा की तरह कमोबेश अज्ञान के अँधेरे में भटक रहे थे।

माँ को देखते ही रियो के मन में बचपन की अधबिसरी भावुकता जाग उठी। माँ की कोमल भूरी आँखें बेटे पर गड़ी थीं।

"माँ, तुम्हें कभी डर नहीं लगता?"

"ओह इस उम्र में डरने के लिए बहुत कम बातें रह जाती हैं।"

"आजकल दिन बहुत लम्बे हो गए हैं और अब मैं बहुत कम घर पर रहता हूँ।"

"अगर मुझे मालूम हो कि तुम घर लौटकर आओगे तो मुझे इन्तज़ार करना बुरा नहीं लगता, और जब तुम घर पर नहीं रहते तो मैं सोचती रहती हूँ कि तुम क्या कर रहे होगे। कोई नई ख़बर है?"

"हाँ, अगर पिछले तार पर विश्वास किया जाए तो उससे यही ज़ाहिर होता है कि उसकी तबीयत बिलकुल ठीक है। लेकिन मैं जानता हूँ उसने मेरी परेशानी कम करने के लिए यह बात लिखी है।"

दरवाज़े की घंटी बजी, डॉक्टर माँ की ओर देखकर मुस्कराया और दरवाज़ा खोलने गया। ज़ीने की मद्धम रोशनी में तारो एक बड़े सफ़ेद भालू-जैसा दिखाई दे रहा था। रियो ने आगन्तुक को अपनी डेस्क के सामने की कुर्सी पर बिठाया और

ख़ुद अपनी कुर्सी के पीछे खड़ा रहा। दोनों के बीच डेस्क का लैम्प था। सारे कमरे में सिर्फ़ यही एक रोशनी थी। तारो ने फ़ौरन काम की बात शुरू की—"मैं जानता हूँ कि तुमसे मैं बिना किसी संकोच के बातें कर सकता हूँ।"

रियो ने सिर हिलाकर हामी भरी।

"पन्द्रह दिन में या ज़्यादा-से-ज़्यादा एक महीने बाद यहाँ तुम्हारा कोई काम नहीं रहेगा। स्थिति काबू से बाहर हो जाएगी।"

"मान लिया!"

"सफ़ाई का महकमा ठीक से काम नहीं कर रहा—वहाँ बहुत कम कर्मचारी हैं—इसके अलावा आपने बहुत मेहनत की है।"

रियो ने इस बात को क़बूल किया।

तारो ने कहा, "ख़ैर मैंने सुना है कि अधिकारी ज़बरन भरती की बात सोच रहे हैं। तमाम स्वस्थ लोगों को प्लेग से लड़ने के लिए भरती किया जाएगा।"

"तुम्हारी ख़बर तो सही है लेकिन अधिकारी वैसे ही बदनाम हैं और प्रीफ़ेक्ट अभी कोई फ़ैसला नहीं कर पा रहा।"

"अगर वह लोगों को मजबूर करने का जोख़िम नहीं उठाना चाहता तो लोगों से यह क्यों नहीं कहा जाता कि वे स्वेच्छा से इस काम में मदद करें?"

"उन्हें कहा जा चुका है। लेकिन बहुत कम लोगों ने सहयोग दिया था।"

"यह काम सरकारी अफ़सरों की मार्फ़त हुआ था और आधे मन से किया गया था। अफ़सरों में कल्पना और दूरदर्शिता की कमी है। वे कभी किसी असल मुसीबत का मुक़ाबला नहीं कर सकते और वे जो तरीक़े सोचते हैं, उनसे मामूली जुकाम को भी नहीं रोका जा सकता। अगर हमने अफ़सरों को इसी तरह काम करने दिया तो जल्द ही वे भी मर जाएँगे और हम भी मौत का शिकार हो जाएँगे।"

"इसकी आशंका बहुत ज़्यादा है, लेकिन मैं तुम्हें बताना चाहता हूँ कि वे जेल के क़ैदियों को इस 'भारी काम' में लगाने की बात सोच रहे हैं।" रियो ने कहा।

"मैं चाहूँगा कि इस काम में आज़ाद आदमी लगाए जाएँ।"

"चाहूँगा तो मैं भी यही... लेकिन क्या मैं पूछ सकता हूँ कि तुम्हारे मन में यह बात क्यों उठी?"

"मैं नहीं चाहता कि किसी भी आदमी को मौत के मुँह में धकेला जाए। मुझे इससे सख़्त नफ़रत है।"

रियो ने तारो की आँखों में आँखें डालकर देखा।

"तो... क्या?" उसने पूछा।

"मैं यह कहना चाहता हूँ कि मैंने स्वयंसेवकों के समूह बनाने की एक योजना तैयार की है। आप मुझे अफ़सरों के अधिकार दिलवाएँ ताकि इस योजना को चलाया जा सके, इससे हम अफ़सरशाही से छुट्टी पा लेंगे। वैसे भी अफ़सर आजकल बेहद व्यस्त हैं। हर पेशे में मेरे दोस्त हैं, वे इकट्ठा होकर इस आन्दोलन को शुरू करेंगे। मैं ख़ुद भी इसमें हिस्सा लूँगा।" तारो ने कहा।

रियो ने जवाब दिया, "यह बताने की ज़रूरत नहीं कि मैं तुम्हारे सुझाव को ख़ुशी से क़बूल करता हूँ। विशेषकर इन परिस्थितियों में और मेरे काम में तो जितने मदद करने वाले हों उतना ही अच्छा है। मैं अधिकारियों से तुम्हारी योजना पास कराने का जिम्मा लेता हूँ। लेकिन..." रियो गहरे सोच में डूब गया, "लेकिन मेरे ख़याल में तुम जानते ही हो कि इस क़िस्म के काम से जान का ख़तरा है। मेरा फ़र्ज़ है कि मैं तुमसे एक सवाल पूछूँ। क्या तुमने सब खतरों पर ग़ौर किया है?"

तारो की भूरी आँखें शान्त भाव से डॉक्टर पर टिक गईं।

"फ़ादर पैनेलो के प्रवचन के बारे में तुम्हारी क्या राय थी, डॉक्टर?"

सवाल बड़े मामूली ढंग से पूछा गया था। रियो ने भी इसी ढंग से जवाब दिया, "मैंने ज़िन्दगी में इतने ज़्यादा अस्पताल देखे हैं कि मुझे सामूहिक सज़ा का विचार पसन्द नहीं आ सकता। लेकिन जैसा कि तुम जानते हो, कई बार ईसाई लोग बिना सोचे ही ऐसी बातें कह जाते हैं। वे जैसे नज़र आते हैं, वे उससे कहीं बेहतर हैं।"

"ख़ैर, तुम भी फ़ादर पैनेलो की तरह सोचते हो कि प्लेग का एक अच्छा पहलू भी है। इसने लोगों की आँखें खोल दी हैं और उन्हें सोचने पर मजबूर कर दिया है।"

डॉक्टर ने बेचैनी से सिर हिलाया।

"यह काम तो हर बीमारी करती है। जो बात दुनिया की और बुराइयों पर लागू होती है, वह प्लेग पर भी लागू होती है। इससे इनसान को अपने से ऊपर उठने में मदद मिलती है। इसके बावजूद जब आप इन मुसीबतों को देखते हैं, जो प्लेग से पैदा होती हैं, तो कोई पागल, डरपोक या बिलकुल अन्धा आदमी ही प्लेग के आगे घुटने टेकने की सलाह देगा।"

रियो ने बिना अपनी आवाज़ ऊँची किए यह बात कही थी, लेकिन तारो ने शायद रियो को शान्त करने के लिए हाथ से इशारा किया। वह मुस्करा रहा था।

रियो ने अपने कन्धे सिकोड़कर कहा, "हाँ, लेकिन तुमने अभी तक मेरे सवाल का जवाब नहीं दिया। क्या तुमने इसके नतीजों पर विचार किया है?"

तारो ने अपने कन्धों को कुर्सी की पीठ से सटाकर अपना सिर रोशनी में आगे बढ़ाया।

"तुम परमेश्वर में यक़ीन करते हो, डॉक्टर?" फिर यह सवाल मामूली लहजे में पूछा गया था, लेकिन इस बार रियो को जवाब सोचने में ज़्यादा देर लगी।

"नहीं—लेकिन दरअसल इसका मतलब क्या है? मैं अँधेरे में कुछ पाने की कोशिश में भटक रहा हूँ, लेकिन मुद्दत से मुझे इसमें कोई मौलिकता नहीं दिखाई देती..."

"क्या यह—क्या तुम्हारे और फ़ादर पैनेलो के बीच की खाई यही नहीं है?"

"मुझे इसमें शक है। पैनेलो पढ़ा-लिखा विद्वान आदमी है। वह कभी मौत के सम्पर्क में नहीं आया। इसीलिए वह सचाई के ऐसे विश्वास से सचाई के 'स' पर ज़ोर देकर यह बात कह सकता है। लेकिन हर देहाती पादरी, जो अपने इलाक़े में आता-जाता है और जिसने किसी इनसान को मृत्यु-शैया पर छटपटाते हुए देखा है, मेरी ही तरह सोचता है। वह इनसान के दुख-दर्द की अच्छाई बताने के बजाय दुख को दूर करने की कोशिश करेगा।" रियो उठ खड़ा हुआ। अब उसका चेहरा अँधेरे में था। उसने कहा, "तुम मेरे सवाल का जवाब नहीं दोगे, इसलिए इस विषय पर हम और अधिक बात नहीं करेंगे।"

तारो अपनी कुर्सी पर बैठा रहा। वह फिर मुस्करा रहा था।

"मान लो मैं भी जवाब में तुमसे एक सवाल पूछूँ?"

अब डॉक्टर भी मुस्कुराया।

"तुम्हें रहस्यमय होना अच्छा लगता है। क्यों, ठीक है न?...अच्छा, फ़ौरन पूछो क्या पूछना चाहते हो?"

"मेरा सवाल यह है कि तुम अपने कर्तव्य के प्रति इतनी निष्ठा क्यों दिखाते हो जबकि तुम परमेश्वर में यक़ीन नहीं करते? मेरा ख़याल है तुम्हारे जवाब से मुझे अपना जवाब देने में मदद मिलेगी।" तारो ने कहा।

रियो का चेहरा अभी भी अँधेरे में था, उसने कहा कि वह इस सवाल का जवाब पहले ही दे चुका है। अगर उसका किसी सर्वशक्तिमान परमेश्वर में यक़ीन होता तो वह बीमारों का इलाज करना छोड़ देता और उन्हें उसके रहम पर छोड़ देता। लेकिन दुनिया में कोई भी आदमी इस क़िस्म के परमेश्वर पर यक़ीन नहीं करता; यहाँ तक कि पैनेलो भी नहीं जिसका ख़याल है कि वह ऐसे परमेश्वर में यक़ीन रखता है। इसका सबूत यह है कि कभी किसी आदमी ने पूरी तरह अपने को भाग्य

पर नहीं छोड़ा। ख़ैर, जो भी हो, इस मामले में रियो समझता था कि वह सही रास्ते पर है–सृष्टि को जिस हालत में देखता है उससे संघर्ष करता है।

तारो ने कहा, "आह! तो अपने पेशे के बारे में तुम्हारे ऐसे विचार हैं।"

"कमोबेश!" डॉक्टर रोशनी में वापस आ गया।

तारो ने होंठों से मद्धम आवाज़ में सीटी बजाई और डॉक्टर उसकी तरफ़ आँखें फाड़कर देखने लगा।

"हाँ, तुम्हारा ख़याल है कि मैं अहंकार की वजह से ऐसा सोचता हूँ। लेकिन मैं तुम्हें यक़ीन दिलाता हूँ कि मुझमें अहंकार की सिर्फ़ उतनी ही मात्रा है जो ज़िन्दा रहने के लिए ज़रूरी है। मेरे भविष्य में क्या है और इस हालत के ख़त्म होने पर क्या होगा इसका अनुमान मैं नहीं लगा सकता। फ़िलहाल तो मैं बस इतना ही जानता हूँ कि मेरे सामने बीमार लोग हैं, जिनका इलाज होना चाहिए। बाद में शायद वे सारी बातों पर ग़ौर करेंगे और मैं भी करूँगा, लेकिन अभी ज़रूरत है उन्हें ठीक करने की। मैं उन्हें बचाने की भरसक कोशिश करता हूँ, बस!"

"किससे बचाने की?"

रियो खिड़की की तरफ़ मुड़ा। क्षितिज पर एक छाया-रेखा समुद्र के वहाँ होने की सूचना दे रही थी। उसे सिर्फ़ अपनी थकान का एहसास हो रहा था। साथ ही उसके मन में अपने साथी के सामने अपना दिल खोलकर रखने की अचानक एक बेतुकी, तीव्र इच्छा उठ रही थी, जिसे दबाने की वह कोशिश कर रहा था। उसका साथी शायद एक विलक्षण व्यक्ति था, लेकिन डॉक्टर का ख़याल था कि वह उसके ही वर्ग का था।

"मैं बिलकुल नहीं जानता, तारो! यक़ीन करो, मैं बिलकुल नहीं जानता। मैं इस पेशे में बिना किसी विशेष प्रयोजन के ऐसे ही दाख़िल हुआ था, क्योंकि मेरी नज़रों में यह एक कामयाब पेशा था जिसकी आकांक्षा अक्सर बहुत से नौजवान करते हैं। शायद इसलिए भी क्योंकि मुझ जैसे मज़दूर के बेटे के लिए इतनी तरक़्क़ी करना भी बहुत बड़ी बात थी...फिर मैंने लोगों को मरते हुए देखा। क्या तुम्हें मालूम है कि कुछ लोग आख़िरी दम तक मरने से इनकार करते हैं? क्या तुमने किसी औरत को आख़िरी साँस में 'हरगिज़ नहीं मरूँगी' कहते सुना है? मैंने सुना है। और मैंने देखा कि इन दृश्यों के प्रति मेरा दिल कभी कठोर नहीं हो सकता। उस वक़्त मैं नौजवान था और संसार के विधान को देखकर मेरी अन्तरात्मा को चोट लगती थी। बाद में मैं अधिक विनम्र हो गया। बस मैं लोगों को मरते हुए देखने

का आदी नहीं हो सका। मैं सिर्फ़ इतना ही जानता हूँ। फिर भी चाहे जो हो..."

रियो ख़ामोश होकर बैठ गया। उसका मुँह सूख रहा था।

"फिर भी...क्या?" तारो ने कोमल स्वर में पूछा।

"फिर भी," डॉक्टर ने अपनी बात दुहराई और फिर उसे हिचकिचाहट महसूस हुई। उसने तारो पर नज़रें गड़ाकर कहा, "यह एक ऐसी बात है जिसे तुम्हारी क़िस्म का आदमी ज़रूर समझ सकता है, लेकिन संसार का विधान मौत से निश्चित होता है, इसलिए क्या यह परमेश्वर के हक में बेहतर नहीं होगा अगर हम उसमें यक़ीन करना छोड़ दें और अपनी पूरी ताक़त से मौत के ख़िलाफ़ लड़ें, आसमान की तरफ़ नज़रें उठाए बग़ैर जहाँ वह ख़ामोश बैठा है?"

तारो ने सिर हिलाया।

"हाँ, लेकिन इस हालत में तुम्हारी जीत बहुत दिन तक नहीं टिक पाएगी; बस, मुझे इतना ही कहना है।"

रियो के चेहरे पर विषाद छा गया।

"हाँ, मुझे यह मालूम है। लेकिन इसी वजह से तो हम संघर्ष करना नहीं छोड़ सकते।"

"वजह तो नहीं हो सकती, यह मैं मानता हूँ...मैं सिर्फ़ अब यह कल्पना कर सकता हूँ कि इस प्लेग का तुम्हारे लिए क्या अर्थ है।"

"हाँ, कभी न ख़त्म होने वाली हार।"

तारो ने पल भर के लिए डॉक्टर की तरफ़ देखा और फिर भारी क़दमों से दरवाज़े की ओर चल पड़ा। रियो उसके पीछे-पीछे आया और उसकी बग़ल में पहुँचा ही था कि तारो ने, जो फ़र्श की तरफ़ देख रहा था, अचानक पूछा :

"तुम्हें ये बातें किसने सिखाईं, डॉक्टर?"

तुरन्त जवाब आया :

"पीड़ा ने।"

रियो ने ऑपरेशन-रूम का दरवाज़ा खोला और तारो से कहा कि वह भी बाहर जा रहा है। उसे शहर से बाहर एक बस्ती में किसी मरीज़ को देखने जाना है। तारो ने सुझाव दिया कि दोनों एक साथ चलें। डॉक्टर राज़ी हो गया। हॉल में उन्हें मदाम रियो मिली। रियो ने माँ से तारो का परिचय करवाया।

"यह मेरा दोस्त है", उसने कहा।

"सचमुच मुझे तुमसे मिलकर बहुत ख़ुशी हुई।" मदाम रियो ने कहा।

जब मदाम रियो चली गई तो तारो मुड़कर उनकी तरफ़ देखता रहा।

ज़ीने पर पहुँचकर डॉक्टर ने बत्ती जलाने के लिए स्विच दबाया, लेकिन ज़ीने में अँधेरा छाया रहा। शायद बिजली की बचत करने के लिए कोई नया ऑर्डर पास किया गया था। लेकिन निश्चित रूप से कुछ नहीं कहा जा सकता था। पिछले कुछ दिनों से सड़कों और घरों में भी गड़बड़ हो रही थी। हो सकता है शहर के क़रीब-क़रीब सभी लोगों की तरह इस इमारत का पोर्टर भी अपने फ़र्ज़ को पूरा नहीं कर रहा हो। इससे आगे सोचने का डॉक्टर को वक़्त ही नहीं मिला। पीछे से तारो की आवाज़ सुनाई दी।

"एक बात और है डॉक्टर, चाहे यह तुम्हें बेवक़ूफ़ी ही मालूम हो। तुम पूरी तरह ठीक सोचते हो।"

डॉक्टर ने अपने कन्धे सिकोड़ लिए। अँधेरे में उसकी यह मुद्रा तारो नहीं देख सका।

"सच पूछो तो, यह मेरे दायरे से बाहर की चीज़ है। लेकिन तुम...तुम इस बारे में क्या जानते हो?"

"आह!" तारो ने शान्त स्वर में उत्तर दिया, "मेरे पास सीखने को बहुत कम बचा है।"

रियो रुक गया और उसके पीछे ही एक सीढ़ी पर तारो का पैर फिसल गया। तारो ने डॉक्टर के कन्धे का सहारा लेकर अपना सन्तुलन ठीक किया।

"क्या तुम सचमुच सोचते हो कि तुम्हें जीवन के बारे में सारा ज्ञान प्राप्त हो गया है?"

अँधेरे में उसी शान्त, विश्वासपूर्ण स्वर में जवाब सुनाई दिया।

"हाँ।"

बाहर सड़क पर पहुँचकर उन्हें एहसास हुआ कि बहुत देर हो गई है। शायद ग्यारह का वक़्त हो गया था। शहर में सिवाय अज्ञात सरसराहटों की आवाज़ के, पूरी ख़ामोशी छाई थी। दूर एम्बुलेंस की मद्धम घंटी सुनाई दी। दोनों जने कार में बैठ गए और रियो ने कार स्टार्ट की।

"तुम कल अस्पताल में इंजेक्शन लेने ज़रूर आना," रियो ने कहा, "लेकिन इस तरह का...दुस्साहसपूर्ण काम शुरू करने से पहले तुम्हें यह ज़रूर मालूम होना चाहिए कि तुम्हारे ज़िन्दा रहने की कितनी सम्भावना है। हर तीन में से सिर्फ़ एक के बचने की उम्मीद है।"

"इस तरह के हिसाब से कोई फ़ायदा नहीं; तुम इस बात को मेरी तरह समझते हो डॉक्टर! सौ बरस पहले प्लेग ने ईरान के एक शहर की पूरी आबादी का सफाया कर दिया था, सिर्फ़ एक आदमी बच गया था। वह आदमी लाशें ढोने का काम करता था और जब तक प्लेग फैली रही, उसने यह काम जारी रखा।"

"उसे तीन में से एक वाला मौक़ा मिल गया था, बस यही समझो," रियो ने अपनी आवाज़ धीमी कर ली थी। "लेकिन तुम ठीक कहते हो। इस बारे में हमारा ज्ञान नगण्य ही है।"

वे बस्ती में दाख़िल हो रहे थे। कार के सामने की बत्तियों से ख़ाली सड़कें आलोकित हो रही थीं। कार खड़ी हो गई। रियो ने कार के सामने खड़े होकर तारो से पूछा कि क्या वह अन्दर चलना चाहेगा। तारो ने कहा, "हाँ।" आसमान की झिलमिलाती हुई रोशनी उनके चेहरों पर पड़ी। अचानक रियो हँस पड़ा। इस संक्षिप्त हँसी में बहुत मैत्री-भाव था।

"साफ़-साफ़ बताओ तारो! आख़िर तुम्हें इस काम में हिस्सा लेने के लिए किसने प्रेरणा दी?"

"मैं नहीं जानता। शायद मेरे...नैतिक सिद्धान्तों ने।"

"नैतिक सिद्धान्तों ने? क्या मैं पूछ सकता हूँ कि वे सिद्धान्त क्या हैं?"

"बोध!"

तारो मरीज़ के घर की तरफ़ मुड़ गया। इसके बाद रियो ने उसका चेहरा तब देखा जब वे दमे के बूढ़े मरीज़ के कमरे में पहुँचे।

8

अगले दिन तारो ने अपना काम शुरू कर दिया और काम करने वालों की पहली टुकड़ी के नाम लिखे। इसके बाद और बहुत से लोगों ने अपने नाम लिखाए।

ख़ैर, यहाँ कथाकार का मकसद सफ़ाई करने वाली इन टुकड़ियों को ज़रूरत से ज़्यादा महत्त्व देना नहीं है। इसमें शक नहीं कि आजकल हमारे अधिकांश नागरिक इस टुकड़ी की सेवाओं की अतिरंजित प्रशंसा करने के मोह को नहीं छोड़ सकते। लेकिन कथाकार का ख़याल है कि प्रशंसनीय कामों को ज़रूरत से ज़्यादा महत्त्व देने का अर्थ है इनसान की प्रकृति के सबसे बुरे पहलू को प्रच्छन्न, लेकिन सशक्त रूप से श्रद्धांजलि अर्पित करना। इस दृष्टिकोण को अपनाने का अर्थ है कि ऐसे काम अनुपम और दुर्लभ हैं जबकि क्रूरता और उदासीनता अधिक सहज और स्वाभाविक हैं। कथाकार इस दृष्टिकोण को नहीं मानता। दुनिया में जो बुराई है वह हमेशा अज्ञान से पैदा होती है। और अगर नेकनीयती में विवेक नहीं है तो वह भी उतना ही नुकसान पहुँचा सकती है जितना कि मानव-द्रोह और दुर्भावना। अगर सम्पूर्णता में देखा जाए तो इनसानों में बुराई के बजाय अच्छाई ज़्यादा होती है, लेकिन असली बात यह नहीं है। इनसान कमोबेश अज्ञान के शिकार हैं, इसी को हम अच्छाई या बुराई कहते हैं। सबसे बड़ा पाप, जिसका प्रतिकार नहीं किया जा सकता, ऐसे क़िस्म का अज्ञान है जो सोचता है कि वह सब कुछ जानता है इसलिए उसे हत्या का अधिकार है। हत्यारे की आत्मा अन्धी होती है; सच्ची नेकी या सच्चा प्यार परम स्पष्टदर्शिता के बग़ैर सम्भव नहीं है।

इसलिए सफ़ाई करने वाली इन टुकड़ियों को, जिन्हें बनाने का समूचा श्रेय तारो को था, समर्थन प्राप्त होना चाहिए और इन्हें वस्तुपरक दृष्टि से देखना चाहिए। इसीलिए कथाकार लच्छेदार भाषा में उनके साहस और सेवा-भाव को बयान नहीं

करता, बल्कि अपेक्षाकृत उतना ही महत्त्व देता है जितना कि मिलना चाहिए। लेकिन वह प्लेग से पीड़ित हमारे नगरवासियों के विद्रोही और आहत दिलों का इतिहासकार बना रहेगा।

जिन लोगों ने 'सैनेटरी स्क्वैड' में नाम लिखाया था, वे किसी उदात्त आदर्श से प्रेरित नहीं हुए थे, क्योंकि उन्हें मालूम था कि उनके सामने सिर्फ़ यही रास्ता है, इसके विपरीत जाने की वे कल्पना तक नहीं कर सकते थे। इन टुकड़ियों ने हमारे नगरवासियों को महामारी से लड़ने में मदद की और उन्हें यक़ीन दिला दिया कि जब प्लेग उनके सिर पर आ ही पड़ी है तो उससे लड़ने की जिम्मेवारी भी उन्हीं के ऊपर है। जब से प्लेग से लड़ना कुछ लोगों का फ़र्ज़ बन गया, तब से वह अपने असली रूप में प्रकट हुई अर्थात वह हम सब लोगों का सरोकार बन गई।

ख़ैर, जो हुआ अच्छा हुआ! लेकिन हम किसी स्कूल-टीचर को इसलिए बधाई नहीं देते कि वह बच्चों को 'दो और दो चार होते हैं' सिखाता है, हालाँकि हम शायद उसे इस बात की बधाई दे सकते हैं कि उसने एक प्रशंसनीय पेशा चुना है। तो फिर आइए हम कहें कि तारो और अनेक दूसरे लोगों ने 'दो और दो चार होते हैं' सिद्ध करने का जिम्मा लिया था इसलिए वे बधाई के पात्र हैं। उन्होंने इससे उलटी बात सिद्ध करने की कोशिश नहीं की। लेकिन हम यह भी कहेंगे कि उनकी यह सद्भावना स्कूल-मास्टरों में और स्कूल-मास्टरों की तरह सोचने वाले अनेक लोगों में पाई जाती है। मानव-जाति के पक्ष में यह कहा जा सकता है कि ऐसे लोगों की संख्या हमारी उम्मीद से कहीं ज़्यादा है। कम-से-कम कथाकार का तो यही विश्वास है। कहना न होगा कि उसके ख़िलाफ़ जो इल्ज़ाम लगाया जा सकता है वह कथाकार को मालूम है, वह यह है कि तारो और उसके साथी अपनी जान को जोख़िम में डाल रहे थे। लेकिन इतिहास में ऐसा मौक़ा बार-बार आता है जब 'दो और दो चार होते हैं' कहने का साहस करने वाले आदमी को मौत की सज़ा दी जाती है। स्कूल-टीचर इस बात को अच्छी तरह जानता है। सवाल यह नहीं है कि इस गिनती के फलस्वरूप क्या इनाम या सज़ा मिलती है। सवाल यह है कि 'दो और दो चार होते हैं' यह बात किसी को मालूम है या नहीं। हमारे जो नगरवासी इस मुसीबत में अपनी जान जोख़िम में डाल रहे थे, उनके सामने सवाल यह था कि प्लेग उनके बीच मौजूद थी या नहीं, और उससे लड़ना उन लोगों का फ़र्ज़ था या नहीं।

उन दिनों बहुत से नए नैतिकतावादी पैदा हुए थे जो हमारे शहर में इस बात का प्रचार करते घूमते थे कि प्लेग पर कोई बस नहीं चल सकता और हमें विधाता

की मरज़ी के आगे सिर झुका देना चाहिए। तारो, रियो और उनके दोस्त चाहे जैसे जवाब देते, लेकिन वे सब एक ही नतीजे पर पहुँचे थे, उन्हें यक़ीन था कि किसी-न-किसी तरीक़े से प्लेग के ख़िलाफ़ संघर्ष ज़रूर करना चाहिए और हरगिज़ झुकना नहीं चाहिए। सबसे ज़रूरी बात यह थी कि ज़्यादा-से-ज़्यादा लोगों को मरने और अन्तहीन बिछोह से बचाया जाए। इसे करने का सिर्फ़ एक ही साधन था—प्लेग से जूझना। इस दृष्टिकोण में प्रशंसा की कोई विशेष बात नहीं थी, यह तर्कसंगत ही था।

इसलिए यह स्वाभाविक ही था कि बूढ़ा डॉक्टर कॉस्तेल अटल विश्वास से, लगातार मेहनत करके थोड़े सामान और वक़्त में ही प्लेग की सीरम तैयार कर रहा था। रियो को भी यक़ीन था कि प्लेग के ताज़ा कीटाणुओं से तत्काल बनी सीरम बाहर से मँगाई जाने वाली सीरम से ज़्यादा जल्दी असर करेगी, क्योंकि ट्रॉपिकल रोगों की पाठ्य-पुस्तकों में प्लेग के जिन जीवाणुओं का ज़िक्र पाया जाता है वे हमारी प्लेग के जीवाणुओं से कुछ अलग क़िस्म के थे, कॉस्तेल को उम्मीद थी कि वह बहुत कम वक़्त में सीरम की शुरू की सप्लाई तैयार कर लेगा।

इसलिए यह भी स्वाभाविक था कि ग्रान्द, जिसे किसी माने में 'हीरो' नहीं कहा जा सकता था, इस वक़्त सैनेटरी स्क्वैडों का जनरल सेक्रेटरी था। तारो द्वारा संगठित की गई टुकड़ियों के कुछ हिस्से शहर के अधिक आबादी वाले इलाक़ों में काम कर रहे थे ताकि वहाँ सफ़ाई की हालत सुधारी जा सके। उनका काम घरों की सफ़ाई देखना और उन तहख़ानों और बरसातियों की सूची बनाना था जिनकी सफ़ाई सरकार के सफ़ाई विभाग ने अभी तक नहीं की थी। स्वयंसेवकों के जत्थे डॉक्टरों के साथ एक-एक घर में जाकर प्लेग की छूत वाले लोगों को घरों से निकालकर अस्पताल पहुँचाते थे। चूँकि ड्राइवरों की कमी थी इसलिए वे मरीज़ों और मुर्दों की गाड़ियों को भी चलाते थे। इन सारे कामों में बाकायदा आँकड़े और रजिस्टर रखने पड़ते थे। यह काम ग्रान्द ने सँभाला।

इस लिहाज़ से कथाकार का ख़याल है कि रियो और तारो से भी ज़्यादा ग्रान्द सफ़ाई की टुकड़ियों के साहस का सच्चा प्रतीक था। उसने अपने स्वभाव के अनुसार बिना किसी हिचकिचाहट के सहृदयतापूर्वक फ़ौरन अपनी स्वीकृति दे दी थी। उसने सिर्फ़ यह माँग की थी कि उसे हल्का काम सौंपा जाए, क्योंकि बुढ़ापे में वह इससे ज़्यादा भारी काम नहीं कर सकता था। हर रोज़ शाम को वह छह से लेकर आठ बजे तक का वक़्त देने के लिए राज़ी हो गया। जब रियो ने उत्साहपूर्वक उसे धन्यवाद दिया तो ग्रान्द ने आश्चर्य प्रकट किया "क्यों, यह भी कोई मुश्किल

काम है? प्लेग हमारे बीच में मौजूद है और यह साफ़ है कि हमें कोई क़दम उठाना ही पड़ेगा। काश! हर चीज़ सीधी और आसान होती!" और उसने फिर अपना प्रिय मुहावरा इस्तेमाल किया। कई बार शाम को अपनी रिपोर्ट लिखने और आँकड़े तैयार करने के बाद ग्रान्द और रियो गपशप किया करते थे। कुछ दिन में तारो भी उनकी बातचीत में शामिल होने लगा अपने दोनों साथियों के सामने अपने दिल का बोझ हल्का करने में ग्रान्द को बेहद ख़ुशी होती। उसके साथी उसके कठिन साहित्यिक प्रयास में सच्ची दिलचस्पी लेने लगे, जिसमें वह प्लेग के बावजूद जुटा था। इस चर्चा से उनकी मानसिक थकान भी कम हो जाती थी।

"तुम्हारी घुड़सवार महिला का क़िस्सा कैसा चल रहा है?" तारो पूछता और ग्रान्द हमेशा तिरछी मुस्कान के साथ कहता, "दुलकी चाल से चल रही है—चल रही है!" एक दिन शाम को ग्रान्द ने एलान किया कि वह घुड़सवार महिला के लिए 'शानदार' शब्द इस्तेमाल नहीं करेगा, बल्कि उसे 'इकहरे बदन वाली' कहेगा। "यह शब्द अधिक ठोस और वास्तविक है।" उसने समझाया। इसके बाद उसने दोनों दोस्तों को वाक्य का नया रूप सुनाया।

"मई के महीने की एक सुहानी सुबह एक इकहरे बदन वाली घुड़सवार तरुणी बोये द बोलोन के फूलों से सुसज्जित रास्तों में ललछौंहे भूरे रंग की एक ख़ूबसूरत घोड़ी पर देखी जा सकती थी।

"इस तरह से बेहतर तस्वीर बनती है न! और मैंने मई के महीने की जगह 'मई के महीने की एक सुहानी सुबह' लिखा है, क्योंकि पहले वाक्य से घोड़ी की चाल वाला अंश कुछ लम्बा हो जाता था, आप मेरा मतलब समझ गए हैं न?"

इसके बाद ग्रान्द ने 'ख़ूबसूरत विशेषण पर कुछ परेशानी ज़ाहिर की। उसकी राय में यह विशेषण उसकी भावनाओं को पूरी तरह व्यक्त करने में असमर्थ था, इसलिए वह किसी ऐसे विशेषण की तलाश में था जो फ़ौरन और साफ़ ढंग से उस शानदार जानवर की तस्वीर खींच सके, जिसकी तस्वीर उसके मन में थी। 'गदराया हुआ' शब्द ठोस होते हुए भी ठीक नहीं था, बल्कि इसमें हिकारत और बेहूदगी की मात्रा थी। कुछ क्षण के लिए उसे 'खरहरा किया' शब्द मोहक लगा था, लेकिन यह भारी और फूहड़ था, जिससे लय में शिथिलता आ गई थी। फिर एक दिन उसने विजेता भाव से घोषित किया कि उसे सही शब्द मिल गया, 'काली, ललछौंही भूरी घोड़ी।' उसने कहा कि 'काली' से ऐश्वर्य और सुन्दरता का आभास मिलता है।

"इससे काम नहीं चलेगा?"

"क्यों नहीं?"

"क्योंकि 'ललछौंही भूरी' घोड़े की नस्ल नहीं बल्कि एक रंग है।"

"कौन-सा रंग?"

"ख़ैर...जो भी हो, यह काला रंग नहीं है।"

ग्रान्द बेहद परेशान दीख रहा था।

"धन्यवाद," उसने उत्साह से कहा, "कितनी ख़ुशक़िस्मती की बात है कि आप मेरी मदद कर रहे हैं! लेकिन आप लोगों ने देखा यह कितना मुश्किल काम है!"

" 'चमकदार' कैसा रहेगा?" तारो ने सुझाव दिया।

ग्रान्द ने सोच में डूबी नज़रों से उसकी तरफ़ देखा और कहा, "हाँ, यह अच्छा शब्द है।" और धीरे-धीरे उसके होंठों पर एक मुस्कान खिल उठी।

कुछ दिन बाद उसने बताया कि 'फूलों से सुसज्जित' शब्द उसे काफ़ी परेशान कर रहा है। वह सिर्फ़ दो शहरों, ओरान और मोतेलीमार से परिचित है। कई बार वह अपने दोस्तों से कहता कि वे उसे बोये द बोलोन की वृक्षों से ढकी सड़कों के बारे में बताएँ—वहाँ फल किस क़िस्म के होते हैं और किस तरतीब में लगाए जाते हैं? दरअसल रियो और तारो में से किसी को कभी यह अन्दाज़ नहीं था कि वे सड़कें 'फूलों से सुसज्जित' थीं। लेकिन ग्रान्द की अटल आस्था ने उन्हें अपनी स्मृतियों पर अविश्वास करने के लिए मजबूर कर दिया। ग्रान्द को उन लोगों के अविश्वास पर ताज्जुब हुआ। वह इस नतीजे पर पहुँचा कि सिर्फ़ कलाकार ही अपनी आँखों का इस्तेमाल करना जानते हैं। लेकिन एक दिन शाम को रियो ने उसे उत्तेजित हालत में पाया, क्योंकि 'फूलों से सुसज्जित' के बजाय उसने 'बिखरे हुए फूल' लिख दिया था। वह बार-बार अपनी हथेलियाँ रगड़ रहा था। "अब मैं उन फूलों को देख सकता हूँ, सूँघ सकता हूँ। हैट्स ऑफ, जेंटलमैन!" फिर उसने विजेता भाव से वाक्य पढ़कर सुनाया।

"मई के महीने की एक सुहानी सुबह एक छरहरे बदन की नौजवान घुड़सवार लड़की बोये द बोलोन के वृक्षों से ढके मार्ग पर एक चमकदार ललछौंही भूरी घोड़ी पर सवार देखी जा सकती थी। रास्ते में फूल बिखरे हुए थे।"

लेकिन जब यह वाक्य ऊँचे स्वर में पढ़ा गया तो बहुवचन के 'ओं' अप्रिय मालूम हुए। ग्रान्द की आवाज़ बीच-बीच में अटक गई और मन्द हो गई। ग्रान्द हताश-भाव से बैठ गया और उसने डॉक्टर से जाने की इजाज़त माँगी। उसे अब कठिन चिन्तन करना था।

बाद में पता चला कि इन्हीं दिनों दफ़्तर में काम करते हुए ग्रान्द में लापरवाही और भुलक्कड़पन के लक्षण दिखाई देने लगे थे। अधिकारियों ने इस मामले को गम्भीर समझा था। म्यूनिसिपल के पास बहुत कम स्टाफ़ रह गया था और उन पर काम का बोझ बढ़ गया था। इसके अलावा लगातार उन्हें नई ज़िम्मेदारियाँ सँभालनी पड़ रही थीं। ग्रान्द की लापरवाही का असर उसके विभाग की कार्यकुशलता पर पड़ा। उसके अफ़सर ने उसकी ख़ूब ख़बर ली और कहा कि उसे काम करने के लिए तनख़्वाह मिलती है और वह अपने काम को ठीक से नहीं कर रहा। "मुझे पता चला है कि तुमने सफ़ाई करने वाले स्वयंसेवकों की टुकड़ी में भी अपना नाम लिखाया है। ख़ैर, तुम दफ़्तर की ड्यूटी के बाद के समय में यह काम करते हो, इसलिए मुझे इससे कोई सरोकार नहीं। लेकिन ऐसे मुसीबत के वक़्त समाज-सेवा का एक ही तरीक़ा है। वह यह कि सब लोग अपना काम ठीक से करें। बाक़ी सब बातें बेकार हैं।"

"वह ठीक कहता है," ग्रान्द ने रियो से कहा।

"हाँ, वह ठीक कहता है।" डॉक्टर ने सहमति जताई।

"लेकिन मैं अपने विचारों को सन्तुलित नहीं कर पाता। वाक्य का अन्तिम हिस्सा मुझे परेशान किए रहता है। मैं ठीक शब्दों का चुनाव नहीं कर पा रहा।"

बार-बार बहुवचन के 'ओं' की ध्वनि ग्रान्द को अब भी कर्णकटु मालूम होती थी, लेकिन उन्हें सुधारने के लिए उसके सामने सिवा घटिया पर्यायवाची शब्दों का इस्तेमाल करने के और कोई चारा नहीं था। 'बिखरे हुए फूल' का प्रयोग जब पहली बार उसके दिमाग़ में आया था तो उसे बेहद ख़ुशी हुई थी, लेकिन अब इस से उसे सन्तोष नहीं हो रहा था। यह कैसे कहा जा सकता था कि फूल बिखरे हुए हैं जबकि वे रास्ते के दोनों ओर लगाए गए होंगे या अपने-आप ही उग आए होंगे। किसी-किसी शाम को तो वह रियो से भी ज़्यादा थका हुआ दिखाई देता था।

सचमुच लगातार इस व्यर्थ खोज ने उसके मन को थका दिया था, फिर भी वह रजिस्टर में पूर्ववत आँकड़े जमा करता और लिखता था, जिनकी ज़रूरत सफ़ाई की टुकड़ियों को थी। धैर्यपूर्वक हर शाम वह आँकड़ों का नए सिरे से योग करता था और उसे स्पष्ट करने के लिए ग्राफ़ भी तैयार करता या। वह अपने 'तथ्यों' को बिलकुल साफ़ और सही रूप में पेश करने की कोशिश में अपने दिमाग़ को झकझोर डालता था। अक्सर वह किसी अस्पताल में रियो से मिलने जाता था कि किसी दफ़्तर या डिस्पेंसरी में उसके लिए मेज़-कुर्सी का प्रबन्ध कर दिया जाए। फिर

वह एकाग्रतापूर्वक काम करने बैठ जाता था, ठीक उसी तरह जैसे वह म्यूनिसिपल कमेटी में अपनी मेज़ के आगे बैठकर काम करता था। हर बार काग़ज़ लिखकर वह स्याही सुखाने के लिए गरम हवा में हिलाता था जिसमें कीटाणुनाशक दवाइयों और बीमारी की गन्ध बसी थी। ऐसे मौक़ों पर ईमानदारी से कोशिश करता था कि वह 'घुड़सवार महिला' के बारे में न सोचे और अपना ध्यान काम पर केन्द्रित करे।

हाँ, अगर यह सच है कि लोग चाहते हैं कि उनके सामने उन लोगों की मिसालें रखी जाएँ जिन्हें वे 'बहादुर' कहते हैं और अगर यह नितान्त आवश्यक है कि इस कहानी में 'हीरो' हो, तो कथाकार अपने पाठकों से उस अज्ञात और मामूली 'हीरो' का परिचय कराता है जिसके पास सिर्फ़ एक नेक दिल और एक ऐसा आदर्श है जो देखने में हास्यास्पद मालूम होता है। कथाकार का विचार है कि वह पाठकों के साथ पूरा इंसाफ़ कर रहा है। इससे सचाई के प्रति भी उसका फ़र्ज़ पूरा हो जाएगा। दो और दो मिलकर चार हो जाएँगे और बहादुरी को ख़ुशी के मुक़ाबले दूसरे नम्बर की जगह मिलेगी जो कि हमेशा मिलनी चाहिए, क्योंकि पहली जगह पाने का हक़ ख़ुशी को है। इससे इस इतिहास में भी व्यक्तित्व पैदा हो जाएगा, जिसका उद्देश्य कहानी में अच्छी भावनाओं का अर्थात उन भावनाओं का समावेश करना है जो न तो बुराई का प्रदर्शन करती हैं, न ही जिनमें स्टेज के नाटक की तरह सस्ती और कुरूप भावुकता है।

कम-से-कम डॉक्टर रियो की तो यही राय थी जब उसने अख़बारों में वे सन्देश और प्रोत्साहन के शब्द पढ़े और रेडियो पर सुने जो बाहर की दुनिया के लोगों ने प्लेग-ग्रस्त नगरवासियों को भेजे थे। हवाई जहाज़ या सड़कों के रास्ते उन्होंने सामान तो भेजा ही था, इसके अलावा दुनिया से कटे हुए उस शहर से अख़बारों के लेखों और रेडियो-वार्ताओं में भी स्नेह और प्रशंसा व्यक्त की जाती थी। हर बार उन लेखों और वार्ताओं की लच्छेदार भाषा सुनकर, जैसी कि इनाम पाने के लिए दिये गए भाषणों में लिखी जाती है, डॉक्टर को बहुत बुरा लगता था। यह कहने की ज़रूरत नहीं कि डॉक्टर को यह अच्छी तरह मालूम था कि यह हमदर्दी सच्ची है। लेकिन इसे सिर्फ़ परम्परागत भाषा में ही व्यक्त किया जा सकता था, जिसमें लोग उस भावना को व्यक्त करने की कोशिश करते हैं जो उन्हें मानव-मात्र से जोड़ती है; मिसाल के लिए यह शब्दावली ग्रान्द की रोज़मर्रा की छोटी-छोटी कोशिशों को व्यक्त करने में तो नाकाम थी ही, प्लेग की परिस्थितियों में भी ग्रान्द के क्या आदर्श थे, यह बयान करने में भी वह असमर्थ थी।

कई बार आधी रात को नींद में सोए शहर के विशाल मौन में, सोने से पहले डॉक्टर रेडियो सुनता था। इन दिनों वह अपने को बहुत कम सोने देता था। धरती के सुदूर छोरों से, ज़मीन और समुद्र के हज़ारों मील पार सहृदय और दयावान वक्ता सहानुभूति की अपनी भावनाओं को व्यक्त करने की कोशिशें कर रहे थे, लेकिन उन्होंने यह भी साबित कर दिया कि कोई भी व्यक्ति ऐसी किसी अदृश्य पीड़ा का साझीदार नहीं बन सकता। 'ओरान! ओरान!' व्यर्थ में ही यह आवाज़ समुद्र पार से गूँज रही थी और व्यर्थ में ही रियो दिल में उम्मीद लेकर रेडियो सुनता था। हर बार सुवचनों का ज्वार उठता था जिससे वक्ता और ग्रान्द के बीच कभी न पटने वाली खाई का एहसास और बढ़ जाता था। वे लोग भावुक स्वर में आवाज़ देते थे, "ओरानवासियो, हम तुम्हारे साथ हैं!" लेकिन, डॉक्टर ने मन-ही-मन कहा, लेकिन प्यार और मौत में वे हमारे साथी नहीं। और साथ देने का यही एक तरीक़ा है। वे लोग हमसे बहुत दूर हैं।

9

और, उस ज़माने में जब प्लेग अपनी तमाम ताक़तें इकट्ठी करके शहर पर धावा बोल रही थी और उसे बरबाद कर रही थी, उसका ज़िक्र करने से पहले प्रसंगवश हमें रेम्बर्त-जैसे हठीले लोगों के लम्बे और हृदय-विदारक, नीरस संघर्ष का ज़िक्र करना होगा। वे अपनी खोई ख़ुशी के लिए लड़ रहे थे और प्लेग को अपने व्यक्तित्व के उस हिस्से से वंचित रखना चाहते थे जिसे बचाने के लिए वे अन्तिम क्षण तक जूझने को तैयार थे। गुलामी की जंज़ीरों से लड़ने का उन्होंने यही तरीक़ा सोचा था। हालाँकि उनका संघर्ष सक्रिय नहीं था, फिर भी (कथाकार की दृष्टि में) उसमें अपनी एक महानता थी। इसके अलावा अपनी निरर्थकता और असंगतियों में भी यह संघर्ष एक कल्याणकारी अहंकार का साक्षी था।

रेम्बर्त प्लेग से इसलिए लड़ रहा था ताकि प्लेग उस पर काबू न पा सके। जब उसे यक़ीन हो गया कि वह किसी जायज़ तरीक़े से शहर से बाहर नहीं निकल सकता तो उसने तय किया, जैसा कि उसने रियो को बताया कि वह दूसरे तरीक़े अपनाएगा। सबसे पहले उसने कॉफ़ी-हाउसों के वेटरों से साँठ-गाँठ की। आमतौर पर वेटरों को अन्दरूनी बातों का पता रहता है। लेकिन पहले जिस वेटर से उसने बात की उससे तो यही पता चला कि शहर से भागने की कोशिश करने वालों को सख़्त जुर्माने होते हैं और सज़ाएँ दी जाती हैं। एक कॉफ़ी-हाउस में तो सचमुच उसे भेदिया समझकर खदेड़ दिया गया। जब रियो के यहाँ उसकी मुलाक़ात कोतार्द से हुई तब जाकर मामला कुछ आगे बढ़ा। उस रोज़ उसमें और रियो में फिर बातचीत हो रही थी कि किस तरह अफ़सरों ने उसकी प्रार्थना पर कोई ध्यान नहीं दिया। कोतार्द ने उनकी बातचीत का आख़िरी हिस्सा सुना।

कुछ दिन बाद रेम्बर्त की कोतार्द से सड़क पर मुलाक़ात हो गई। इन दिनों कोतार्द सबसे तपाक से मिलता था।

उसने पूछा, "हेलो रेम्बर्त! अभी तक कामयाबी नहीं मिली?"

"बिलकुल नहीं।"

"इन लाल फीते के व्यापारियों पर भरोसा करने से कोई फ़ायदा नहीं। चाहकर भी वे तुम्हारी बात नहीं समझ सकते।"

"मैं जानता हूँ और अब मैं कोई दूसरा तरीक़ा तलाश कर रहा हूँ। लेकिन यह टेढ़ा मामला है।"

"हाँ, टेढ़ा तो है ही, लेकिन..." कोतार्द ने कहा।

उसे एक तरकीब मालूम थी और उसने वह तरकीब रेम्बर्त को समझाई। रेम्बर्त को बहुत ताज्जुब हुआ। पिछले कुछ दिन से वह कॉफ़ी-हाउसों के चक्कर काटता रहा था, उसका कई नए लोगों से परिचय हुआ था और उसे पता चला था कि ऐसे मामलों के लिए एक 'संस्था' थी। दरअसल कोतार्द, जो इन दिनों अपनी हैसियत से कहीं ज़्यादा ख़र्च करने लगा था, चोरी से राशन की चीज़ों को बाहर से मँगवाता था। वह ऊँचे दामों पर चोरी से मँगवाए सिगरेट और घटिया शराबें बेचता था, जिससे उसने अच्छी-खासी रकम जमा कर ली थी।

"क्या तुम विश्वासपूर्वक कह सकते हो कि यह सम्भव है?" रेम्बर्त ने पूछा।

"बिलकुल। अभी कुछ दिन पहले किसी ने मुझसे यह प्रस्ताव किया था।"

"लेकिन तुमने इसे स्वीकार नहीं किया।"

"छोड़ो भी, इसमें शक की कोई बात नहीं।" कोतार्द के लहजे में मैत्री-भाव था। "मैंने इसलिए स्वीकार नहीं किया, क्योंकि मुझे यहाँ से जाने की कोई इच्छा नहीं। इसके कई कारण हैं।" थोड़ी देर ख़ामोश रहने के बाद उसने कहा, "देखता हूँ कि तुम्हें इन कारणों में कोई दिलचस्पी नहीं है।"

"मैं समझता हूँ कि उन कारणों से मुझे कोई सरोकार नहीं।" रेम्बर्त ने जवाब दिया।

"एक माने में यह सही है, लेकिन दूसरे लिहाज से स्थिति यूँ है कि जब से शहर में प्लेग फैली है, मैं ज़्यादा आराम से रहने लगा हूँ।"

रेम्बर्त ने कोई टिप्पणी नहीं की, फिर उसने पूछा, "अच्छा इस तथाकथित 'संस्था' से कैसे सम्पर्क किया जा सकता है?"

"आह! यह आसान बात नहीं है।...मेरे साथ आओ," कोतार्द ने कहा।

शाम के चार बजे थे। जलते हुए आसमान तले शहर जैसे उबल रहा था। आसपास कोई नज़र नहीं आता था। सब दुकानों के दरवाज़े बन्द थे। कोतार्द और

रेम्बर्त मेहराबों के नीचे से कुछ दूर तक चुपचाप चलते गए। इस वक़्त प्लेग का प्रकोप कुछ कम रहता था। महामारी की तरह तेज़ रोशनी की वजह से भी सारे रंग मुरझा जाते थे और लोगों का आना-जाना बन्द हो जाता था। यह कहना मुश्किल था कि हवा में ख़तरे का भारीपन था या सिर्फ़ धूल और गरमी का। ध्यान से देख और सोचकर ही किसी को वहाँ प्लेग की मौजूदगी का एहसास हो सकता था। सिर्फ़ नकारात्मक इशारों से ही प्लेग अपनी मौजूदगी का पता देती थी। कोतार्द ने, जिसकी आजकल प्लेग से दोस्ती थी, रेम्बर्त का ध्यान कुत्तों की अनुपस्थिति की तरफ़ दिलाया जो आमतौर पर यहाँ दरवाज़ों की छाँह में लेटकर हाँफते हुए, ठंडी ज़मीन के टुकड़े को तलाश करने का निरर्थक प्रयास करते हुए देखे जा सकते थे।

वे बुलेवार द पामीयर्ज़ से होते हुए प्लेस द आर्मे से गुज़रे और फिर बन्दरगाह की ओर मुड़े। बाईं तरफ़ एक कॉफ़ी-हाउस था जिस पर हरे रंग की सफ़ेदी की गई थी और पीले रंग की खुरदरी कैनवस की कनात फुटपाथ तक फैली हुई थी। कॉफ़ी-हाउस में घुसते वक़्त कोतार्द और रेम्बर्त ने अपना-अपना माथा पोंछा। भीतर लोहे की छोटी-छोटी मेज़ें थीं, जिन पर हरे रंग का रोगन किया गया था। बन्द होने वाली कुर्सियाँ भी थीं। कमरा ख़ाली था, हवा में मक्खियों की भिनभिनाहट सुनाई दे रही थी। शराब के काउंटर पर पीले रंग के पिंजड़े में एक तोता अपने अड्डे पर बैठा था। उसके सारे पंख ढलके हुए थे। दीवारों पर कुछ सैनिक दृश्यों की तस्वीरें थीं जो मिट्टी और मकड़ी के जालों से ढकी हुई थीं। मेज़ों पर पक्षियों की बीटें सूख रही थीं—उस मेज़ पर भी, जिसके आगे रेम्बर्त बैठा था। उसे ताज्जुब हुआ कि ये बीटें कहाँ से आईं। इतने में किसी के पंख फड़फड़ाने की आवाज़ आई और एक ख़ूबसूरत मुर्गा अँधेरे कोने से निकलकर फुदकता हुआ आया, जहाँ वह छिपा बैठा था।

इसी वक़्त गरमी कई दरजे ज़्यादा बढ़ गई। कोतार्द ने अपना कोट उतार दिया और मेज़ पर ज़ोर से मुट्ठी मारकर आवाज़ की। एक बेहद नाटा आदमी नीले रंग का लम्बा एप्रन पहनकर, जो उसकी गरदन तक उठा हुआ था, पीछे के दरवाज़े से आया। उसने कोतार्द को अभिवादन किया और ज़ोर से मुर्गे को अपने रास्ते से हटाता हुआ मेज़ के पास पहुँचा। मुर्गे की गुस्से-भरी कें-कें को डुबोने के लिए उसने ऊँची आवाज़ में दोनों जनों से पूछा कि वे क्या पसन्द करेंगे? कोतार्द ने सफ़ेद शराब का ऑर्डर दिया और पूछा, "गार्सिया कहाँ है?" बौने ने जवाब दिया कि गार्सिया बहुत दिन से कॉफ़ी-हाउस में दिखाई नहीं दिया।

"क्या ख़याल है, वह आज शाम को आएगा?"

"ख़ैर, वह मुझे अपने राज़ तो नहीं बताता। लेकिन आप तो जानते ही हैं कि अक्सर वह किस वक़्त यहाँ आता है।"

"हाँ, कोई खास ज़रूरी बात नहीं है। लेकिन मैं उसे अपने इस दोस्त से मिलवाना चाहता हूँ।"

शराब वाले ने अपने गीले हाथ एप्रन के सामने के हिस्से से पोंछते हुए पूछा, "आह! तो ये सज्जन भी बिजनेस में शामिल हैं?"

"हाँ," कोतार्द ने कहा। ठिगने आदमी ने नकियाते हुए कहा, "अच्छी बात है। शाम को आइएगा। मैं लड़के को भेजकर उसे ख़बर करा दूँगा।"

जब वे बाहर आए तो रेम्बर्त ने पूछा कि किस बिजनेस का ज़िक्र हो रहा था।

"अरे वाह, स्मगलिंग! ये लोग फाटकों से सन्तरियों के देखते-देखते माल भीतर ले आते हैं। इस बिजनेस में बहुत आमदनी है।"

"समझ गया।" रेम्बर्त एक क्षण की ख़ामोशी के बाद बोला, "मेरा ख़याल है कि कचहरी में भी उनके दोस्त होंगे।"

"तुमने सही बात भाँप ली है।"

शाम के वक़्त कनात को लपेट दिया गया। तोता अपने पिंजरे में टें-टें करने लगा। छोटी मेज़ों के इर्द-गिर्द लोग जमा हो गए। उन्होंने सिर्फ़ कमीजें और पतलूनें पहन रखी थीं। जब कोतार्द दाख़िल हुआ तो एक आदमी, जिसकी सफ़ेद कमीज़ में से ईंट-जैसे लाल रंग का सीना चमक रहा था और जिसने स्ट्रॉ हैट पहन रखा था, उठकर खड़ा हो गया। उसका चेहरा धूप में तपा हुआ था, नाक-नक्श चौकस थे, काले रंग की छोटी-छोटी आँखें थीं, दाँत बहुत सफ़ेद थे, उँगलियों में दो या तीन अँगूठियाँ थीं, उसकी उम्र तीस के क़रीब मालूम होती थी।

"ख़ुश रहो प्यारे!" उसने रेम्बर्त की तरफ़ ध्यान न देकर कोतार्द से कहा, "आओ बार में चलकर एक-एक पिएँ।"

उन्होंने ख़ामोशी से शराब के तीन दौर चलाए।

"चलो ज़रा टहलें," गार्सिया ने सुझाव दिया।

वे बन्दरगाह की तरफ़ चल पड़े। गार्सिया ने पूछा कि वह उनकी क्या खिदमत कर सकता है। कोतार्द ने बताया कि वह अपने दोस्त मोशिए रेम्बर्त का बिज़नेस के लिए नहीं, बल्कि 'भागने के लिए' परिचय कराना चाहता है। सिगरेट का कश खींचते हुए गार्सिया आगे बढ़ता गया। उसने कुछ सवाल पूछे जिनमें वह 'यह

आदमी' कहकर रेम्बर्त की उपस्थिति की तरफ़ ध्यान दिए बग़ैर रेम्बर्त के बारे में बात करने लगा।

"यह यहाँ से क्यों जाना चाहता है?"

"इसकी पत्नी फ्रांस में है।"

"आह!" फिर थोड़ी देर ख़ामोश रहने के बाद गार्सिया ने पूछा "यह क्या काम करता है?"

"यह पत्रकार है।"

"क्या अभी भी? पत्रकारों की जीभ बहुत लम्बी होती है।"

"मैं तुम्हें बता चुका हूँ कि यह मेरा दोस्त है," कोतार्द ने जवाब दिया।

वे घाटों तक ख़ामोशी से चलते रहे। अब घाटों के गिर्द तारों की बाड़ लगा दी गई थी। वे एक छोटे-से रेस्तराँ की तरफ़ मुड़े जिसके अन्दर से तली हुई मछली की सुगन्ध आ रही थी।

गार्सिया ने निश्चयपूर्वक कहा, "जो भी हो, यह मेरे बस की बात नहीं, सिर्फ़ राओल ही ऐसा आदमी है जो यह काम कर सकता है। मुझे उससे सम्पर्क करना पड़ेगा। यह आसान काम नहीं है।"

"सचमुच? वह दुबका बैठा है, क्यों?" कोतार्द ने दिलचस्पी ज़ाहिर की।

गार्सिया ने कोई जवाब न दिया। शराबख़ाने के दरवाज़े के पास जाकर वह रुक गया और पहली बार उसने रेम्बर्त से सीधे बात की।

"परसों ग्यारह बजे, अपर टाउन में कस्टम की बैरकों के पास मिलना।" फिर वह भीतर जाने लगा। अचानक तभी मानो उसे कुछ ख़याल आया। उसने लापरवाही से कहा, "इस काम में कुछ ख़र्च करना पड़ेगा।"

रेम्बर्त ने सिर हिलाकर सम्मति प्रकट की, "सो तो होगा ही।"

लौटते वक़्त रास्ते में पत्रकार ने कोतार्द को धन्यवाद दिया।

"इसमें धन्यवाद की कोई बात नहीं मेरे दोस्त! तुम्हारी मदद करके मुझे ख़ुशी ही होगी। और फिर तुम पत्रकार हो। कभी-न-कभी तुम मेरे बारे में भी एकाध शब्द लिख दोगे।"

दो दिन बाद रेम्बर्त और कोतार्द शहर के ऊपरी हिस्से को जाने वाली चौड़ी छायाहीन सड़क को पार कर रहे थे। कस्टम अफ़सरों की बैरकों के एक हिस्से को अस्पताल में बदल दिया गया था और मुख्य फाटक के सामने बहुत से लोग खड़े थे। कुछ किसी मरीज़ से मिलने की आशा लेकर आए थे—यह आशा निरर्थक थी,

क्योंकि मरीज़ों से मुलाक़ात करने की सख़्त मनाही थी। कुछ लोग किसी बीमार की ख़बर पाने की उम्मीद से आए थे, हालाँकि घंटे-भर में इस ख़बर का महत्त्व ख़त्म हो जाता था। इन कारणों से हमेशा अस्पताल के बाहर भीड़ जमा रहती थी और आवा-जाही नज़र आती थी; इसीलिए शायद गार्सिया ने रेम्बर्त से मिलने के लिए यह जगह चुनी थी।

कोतार्द ने कहा, "मेरी समझ में नहीं आता कि तुम यहाँ से जाने के लिए क्यों इतने उतावले हो रहे हो? शहर में जो घटनाएँ हो रही हैं मुझे तो वे सचमुच दिलचस्प मालूम होती हैं।"

"मुझे नहीं," रेम्बर्त ने जवाब दिया।

"हाँ, यह मैं मानता हूँ कि लोगों को बहुत जोख़िम उठानी पड़ रही है, फिर भी अगर तुम ग़ौर से सोचो तो इस नतीजे पर पहुँचोगे कि प्लेग से पहले किसी काफी अधिक ट्रैफिक वाली सड़क को पार करने में भी इतनी ही जोख़िम रहती थी।"

इसी वक़्त रियो की कार आकर उनके बराबर खड़ी हो गई। तारो ड्राइव कर रहा था और रियो की आँखें नींद से मुँदी जा रही थीं। रियो ने जगकर दोनों का अभिवादन किया।

तारो ने कहा, "हम एक-दूसरे को जानते हैं। हम एक ही होटल में हैं।" फिर उसने रेम्बर्त से कहा कि वह उसे कार में बिठाकर शहर के केन्द्र तक ले जा सकता है।

"नहीं, धन्यवाद! हमने यहाँ किसी को मिलने के लिए वक़्त दिया है।"

रियो ने कठोर दृष्टि से रेम्बर्त की तरफ़ देखा।

"हाँ," रेम्बर्त ने कहा।

कोतार्द को ताज्जुब हुआ, "क्या माज़रा है? क्या डॉक्टर को यह बात मालूम है?"

"वह रहा मजिस्ट्रेट," तारो ने आँख के इशारे से कोतार्द को चेतावनी दी।

कोतार्द के चेहरे का भाव बदल गया। मजिस्ट्रेट ओथों सड़क पर उनकी तरफ़ बढ़ा आ रहा था। उसकी चाल में तेज़ी के साथ-साथ शालीनता भी थी। उन लोगों के पास पहुँचकर उसने अपना हैट उतार लिया।

"गुड मॉर्निंग, मोशिए आथों," तारो ने कहा।

मजिस्ट्रेट ने कार में बैठे लोगों के अभिवादन का जवाब दिया और फिर रेम्बर्त और कोतार्द की तरफ़ देखकर ख़ामोशी से सिर हिलाया जो पीछे की तरफ़ खड़े थे। तारो ने कोतार्द और पत्रकार का परिचय कराया। मजिस्ट्रेट कुछ देर तक आँखें

फाड़-फाड़कर आसमान की ओर देखता रहा, फिर उसने ठंडी साँस लेकर कहा कि सचमुच बड़ी मुसीबत का वक़्त आ गया है।

"मैंने सुना है, मोशिए तारो, कि आप लोगों को प्लेग से बचने के तरीक़े सिखा रहे हैं। यह कहने की ज़रूरत नहीं कि आप सचमुच कितना प्रशंसनीय काम कर रहे हैं, कितनी शानदार मिसाल कायम कर रहे हैं...डॉक्टर रियो, क्या ख़याल है, क्या महामारी और ज़्यादा बढ़ेगी?"

रियो ने जवाब दिया कि आदमी सिर्फ़ उम्मीद ही कर सकता है कि हालत बिगड़ेगी नहीं। मजिस्ट्रेट ने कहा कि इनसान को कभी उम्मीद नहीं छोड़नी चाहिए, क़िस्मत के खेल निराले हैं।

तारो ने पूछा, "क्या मौजूदा परिस्थितियों के फलस्वरूप मजिस्ट्रेट महोदय का काम बढ़ गया है?"

"ठीक इससे उलटी बात हुई है। जिन मामलों को हम पहली बार के फ़ौजदारी मामले कहते हैं वे दिन-ब-दिन दुर्लभ होते जा रहे हैं। दरअसल अब मेरा काम सिर्फ़ नई धाराओं के गम्भीर उल्लंघन की जाँच करना रह गया है। हमारे साधारण क़ानूनों की कभी इतनी इज़्ज़त नहीं की गई जितनी कि लोग आजकल कर रहे हैं।"

"क्योंकि आज के मुक़ाबले पहले के क़ानून बहुत अच्छे मालूम होते हैं," तारो ने कहा।

मजिस्ट्रेट ने, जो आसमान से नज़रें हटाने में असमर्थ दिखाई देता था, अचानक अपनी कोमल चिन्तनशीलता छोड़कर तारो की तरफ़ घूरकर देखा।

"इससे क्या फ़र्क़ पड़ता है? असली चीज़ क़ानून नहीं, बल्कि सज़ा है...और यह एक ऐसी चीज़ है जिसे हम सबको क़बूल करना चाहिए।"

जब मजिस्ट्रेट कुछ दूर चला गया तो कोतार्द ने कहा, "यह आदमी पहले नम्बर का दुश्मन है।"

तारो ने स्टार्टर दबाया।

कुछ देर बाद रेम्बर्त और कोतार्द ने गार्सिया को आते देखा। यह दिखाए बग़ैर कि वह उन्हें जानता है, वह सीधा उनके पास आया और दुआ-सलाम करने के बजाय बोला, "तुम्हें कुछ इन्तज़ार करना पड़ेगा।"

उनके आसपास भीड़ में बिलकुल ख़ामोशी छाई थी। भीड़ में अधिकतर औरतें ही थीं। सबके हाथों में पुलिन्दे थे। वे इस निरर्थक उम्मीद से वहाँ आई थीं कि किसी-न-किसी तरह वे यह सामान अपने बीमार रिश्तेदारों तक पहुँचा सकेंगी। सबसे

ज़्यादा ग़लतफ़हमी उन्हें इस बात की थी कि शायद उनके रिश्तेदार उनकी भेजी हुई चीज़ें खाएँगे। फाटक पर हथियारबन्द सन्तरियों का पहरा था और रह-रहकर फाटक और बैरकों के बीच के सहन में पैशाचिक चीख़ों की आवाज़ें सुनाई देती थीं, जिन्हें सुनकर परेशान आँखें बीमारों के वार्डों की तरफ़ उठ जाती थीं।

तीनों जने खड़े इस दृश्य को देख रहे थे, कि पीछे से किसी ने तपाक से 'गुड मॉर्निंग' कहा। तीनों ने पीछे मुड़कर देखा। गरमी के बावजूद राओल गहरे रंग का सूट पहने था, जिसकी काट बहुत शानदार थी। उसके सिर पर फेल्ट हैट था, जिसका सिरा ऊपर की ओर मुड़ा था। वह लम्बा-तड़ंगा आदमी था। उसके चेहरे पर कुछ पीलापन था। अपने होंठ हिलाए बग़ैर : उसने साफ़ आवाज़ में फ़ौरन कहा,

"चलो, केन्द्र की तरफ़ पैदल चलें...और गार्सिया, तुम्हारे आने की कोई ज़रूरत नहीं।"

गार्सिया ने एक सिगरेट सुलगाया और वह वहीं रह गया। बाक़ी के लोग आगे चले गए। रेम्बर्त और कोतार्द के बीचोबीच राओल बहुत तेज़ चाल से चलने के लिए सबको प्रेरित कर रहा था।

"गार्सिया ने मुझे सारा मामला समझा दिया है। हम इसे तय कर सकते हैं। लेकिन मैं तुम्हें आगाह देना चाहता हूँ कि इसमें तुम्हारे पूरे दस हज़ार लग जाएँगे।"

रेम्बर्त ने कहा कि उसे ये शर्तें मंजूर हैं।

"कल घाटों के पास स्पेनिश रेस्तराँ में मेरे साथ लंच लेना।"

रेम्बर्त ने कहा, "ठीक है।" राओल ने उससे हाथ मिलाया। वह पहली बार मुस्करा रहा था। जब वह चला गया तो कोतार्द ने कहा कि वह कल लंच के वक़्त नहीं आ सकेगा, क्योंकि उसे किसी से मिलना है। ख़ैर, रेम्बर्त को अब उसकी मदद की ज़रूरत भी नहीं है।

अगले दिन जब रेम्बर्त स्पेनिश रेस्तराँ में दाख़िल हुआ तो सब लोग गरदन घुमाकर उसकी तरफ़ देखने लगे। ऐसा मालूम होता था कि उस अँधेरे तहख़ाने-जैसे कमरे में जो छोटी पीली सड़क से भी नीचा था, सिर्फ़ मर्द ही आते थे जिनमें अधिकांश स्पेनिश थे। उनकी शक्लों से तो यही ज़ाहिर होता था। राओल कमरे के पीछे दीवार के पास की मेज़ के आगे बैठा था। जब राओल ने पत्रकार को इशारे से बुलाया और रेम्बर्त उसकी तरफ़ जाने लगा तो सब लोगों के चेहरों पर से उत्सुकता गायब हो गई और वे फिर अपनी तश्तरियों पर सिर झुकाकर खाना खाने लगे। राओल की बग़ल में एक लम्बा, दुबला आदमी बैठा था जिसने हजामत ठीक से नहीं बनवाई

थी। उसके कन्धे बेहद चौड़े थे, चेहरा घोड़े-जैसा था और सिर के बाल झड़ने लगे थे। उसने कमीज़ की आस्तीनें ऊपर चढ़ा रखी थीं और उसकी लम्बी, काले बालों से भरी दुबली बाँहें नज़र आ रही थीं। जब रेम्बर्त का उससे परिचय कराया गया तो उसने तीन बार धीरे से सिर हिलाया। राओल ने उसका नाम नहीं बताया। वह 'हमारा दोस्त' कहकर उसके बारे में बात कर रहा था।

"हमारे दोस्त का ख़याल है कि वह तुम्हारी मदद कर सकता है। वह.." राओल ने वाक्य अधूरा छोड़ दिया क्योंकि इसी वक़्त वेट्रेस राओल का ऑर्डर लेने आई थी। "वह तुम्हें हमारे दो दोस्तों से मिलाएगा, जो कुछ सन्तरियों से तुम्हारा परिचय कराएँगे, जिन्हें हम लोगों ने राज़ी कर लिया है। लेकिन इसका मतलब यह नहीं कि तुम फ़ौरन जा सकोगे। इसका फ़ैसला सन्तरियों पर छोड़ना पड़ेगा। वे ही तय करेंगे कि कौन-सा वक़्त सबसे अच्छा रहेगा। सबसे आसान बात यह होगी कि तुम कुछ रातें उनमें से एक के घर बिताओ। उसका घर फाटक के बहुत नज़दीक है। सबसे पहले हमारा यह दोस्त तुम्हारा कुछ लोगों से परिचय कराएगा जिनकी हमें ज़रूरत है। फिर जब सब ठीक हो जाएगा तो ख़र्च की बात तय कर लेना।

फिर 'दोस्त' ने, जो लगातार टमाटर और मसालेदार सलाद मुँह में डालता जा रहा था, धीरे से अपना घोड़े-जैसा मुँह ऊपर-नीचे हिलाया, उसके बाद उसने स्पेनिश लहजे में बोलना शुरू किया। उसने रेम्बर्त से कहा कि वह एक दिन छोड़कर अगले दिन गिरजे के पोर्च में आठ बजे उसे मिले।

"दो दिन और इन्तज़ार करना पड़ेगा।" रेम्बर्त ने कहा।

"देखो, यह इतना आसान मामला नहीं है। वे छोकरे कुछ तहकीकात करेंगे।" राओल ने कहा।

घोड़े-जैसे चेहरे वाले आदमी ने एक बार फिर समर्थन में सिर हिलाया। बातचीत के लिए कोई विषय तलाश करने में कुछ देर लगी। यह समस्या बड़ी आसानी से हल हो गई, जब रेम्बर्त ने मालूम कर लिया कि घोड़े-जैसे मुँह वाला वह शख़्स फुटबॉल का जोशीला खिलाड़ी है। उसे भी फुटबाल एसोसिएशन में बड़ी दिलचस्पी थी। दोनों फ्रेंच चैम्पियनशिप, पेशेवर अंग्रेज़ खिलाड़ियों की टीमों के गुणों और बॉल फेंकने के तरीकों पर बातचीत करते रहे।

खाना ख़त्म होते-होते घोड़ा-मुँह ख़ूब ख़ुश नज़र आने लगा और उसने रेम्बर्त को 'अमाँ यार' कहना शुरू कर दिया। उसने रेम्बर्त को यह यक़ीन दिलाने की कोशिश की कि फुटबॉल के मैदान में खिलाड़ी के लिए सबसे अच्छी जगह सेंटर

हॉफ़ की है। "अमाँ यार, देखो सेंटर हॉफ़ वाला ही दूसरे लोगों को दौड़ाता है। इस खेल का सारा आर्ट इसी में है, क्यों?" रेम्बर्त को यह बात माननी ही पड़ी हालाँकि वह ख़ुद खेल में हमेशा सेंटर फॉरवर्ड ही रहा था। बातचीत शान्तिपूर्वक चलती रही। फिर किसी ने रेडियो चला दिया। कुछ देर तक भावुक क़िस्म के गीत बजते रहे, फिर यह ख़बर सुनाई गई कि कल प्लेग से एक सौ सैंतीस मौतें हुई थीं। किसी के चेहरे पर कोई भी भाव प्रकट नहीं हुआ। घोड़ा-मुँह ने सिर्फ़ अपने कन्धे सिकोड़े और उठ खड़ा हुआ। राओल और रेम्बर्त भी उसकी देखा-देखी उठ खड़े हुए।

जब वे रेस्तराँ से बाहर निकल रहे थे तो सेंटर हॉफ़ ने ज़ोर से रेम्बर्त से हाथ मिलाकर कहा, "मेरा नाम गोन्ज़ेल्ज़ है।" रेम्बर्त को आगामी दो दिन अनन्तकाल के समान मालूम हुए। वह रियो से मिलने गया और उसने सभी ताज़ा ख़बरें उसे बताईं। वह डॉक्टर के साथ एक मरीज़ को भी देखने गया। उसने एक घर की दहलीज़ से ही डॉक्टर से विदा ली जहाँ एक मरीज़, जिसके बारे में शक था कि उसे प्लेग हो गई है, खड़ा डॉक्टर का इन्तज़ार कर रहा था। हॉल में लोगों की आवाज़ें और कदमों की आहटें सुनाई दे रही थीं, परिवार के लोगों को डॉक्टर के आने की चेतावनी दी जा रही थी।

"मेरा ख़याल है तारो वक़्त पर आएगा," रियो बुदबुदाया। वह थका-माँदा नज़र आ रहा था।

"क्या महामारी काबू से बाहर होती जा रही है?" रेम्बर्त ने पूछा।

रियो ने कहा कि ऐसी स्थिति नहीं है, बल्कि मौतों के ग्राफ की उठान पहले से कम गहरी होती जा रही है। सिर्फ़ उनके पास बीमारी से लड़ने के लिए पर्याप्त साधन नहीं हैं।

हमारे पास सामान की कमी है। दुनिया की सारी फ़ौजों में आमतौर पर सामान की कमी काम करने वालों की संख्या से पूरी हो जाती है, लेकिन हमारे पास लोगों की भी कमी है।

"क्या दूसरे शहरों से डॉक्टर और ट्रेंड असिस्टेंट नहीं भेजे गए?"

"हाँ, दस डॉक्टर और सौ के क़रीब मददगार भेजे गए हैं। सुनने में यह संख्या बहुत बड़ी मालूम होती है, लेकिन मौजूदा हालत में मुश्किल से इन लोगों से काम चल रहा है और अगर हालत बिगड़ गई तो इतनी संख्या पर्याप्त नहीं होगी।" रियो ने कहा।

रेम्बर्त ने, जो घर के भीतर से आने वाली आवाज़ें सुन रहा था, एक दोस्ती-भरी मुस्कराहट के साथ डॉक्टर की तरफ़ देखा।

"हाँ, तुम जल्द ही अपनी लड़ाई जीतने की कोशिश करो," फिर उसके चेहरे पर एक परछाईं आकर चली गई। उसने धीमे स्वर में कहा, "मैं यह बात इसलिए नहीं कह रहा क्योंकि मैं यहाँ से जा रहा हूँ।"

रियो ने जवाब दिया कि उसे यह अच्छी तरह मालूम है। लेकिन रेम्बर्त ने कहा, "मैं डरपोक हूँ, मैं ऐसा नहीं सोचता। कम-से-कम साधारण तौर पर तो डरपोक नहीं हूँ—मुझे इस बात को कसौटी पर कसने के कई मौक़े मिल चुके हैं। सिर्फ़ कुछ विचार ऐसे हैं जिन्हें मैं बर्दाश्त नहीं कर सकता।

डॉक्टर ने उसकी आँखों में झाँककर कहा, "तुम उस लड़की से फिर मिलोगे?"

"हो सकता है, लेकिन मैं यह सोचना बर्दाश्त नहीं कर सकता कि यह स्थिति हमेशा इसी तरह जारी रहेगी और मेरी महबूबा की उम्र दिन-ब-दिन बढ़ती जाएगी। तीस बरस की उम्र में इनसान का बुढ़ापा शुरू हो जाता है और उसे ज़िन्दगी में से भरसक ख़ुशी पाने की कोशिश करनी पड़ती है...लेकिन मुझे यह शक है कि तुम्हारी समझ में शायद यह बात नहीं आएगी।"

रियो जवाब में कह रहा था कि उसकी समझ में सब कुछ आ रहा है। इतने में तारो वहाँ आ गया। वह बहुत उत्तेजित दिखाई दे रहा था।

"मैंने अभी पैनेलो को यहाँ आने के लिए कहा है।"

"अच्छा?"

"उसने थोड़ी देर सोचने के बाद 'हाँ' कर दी।"

"यह अच्छी बात है। मुझे यह जानकर ख़ुशी हुई कि वह अपने प्रवचन से बेहतर आदमी है।"

अधिकांश लोग ऐसे ही होते हैं। सिर्फ़ उन्हें मौक़ा देने का सवाल है।" तारो ने मुस्कराकर कहा और फिर रियो की तरफ़ देखकर आँख मारी, "यही तो ज़िन्दगी में मेरा काम है—लोगों को मौक़ा देना।"

"माफ़ कीजिए, मुझे जाना है," रेम्बर्त ने कहा।

गुरुवार को जब मुलाक़ात होनी तय हुई थी, आठ बजने से पाँच मिनट पहले रेम्बर्त गिरजे के पोर्च में दाख़िल हुआ। हवा अभी तक अपेक्षाकृत ठंडी थी। छोटे-छोटे रोएँदार बादल आसमान में इकट्ठा हो रहे थे, जिन्हें फ़ौरन ही सूरज एक ही बार में निगलने वाला था। हरी घास की लॉनों से सीलन की हल्की गन्ध उठ रही थी,

हालाँकि वे धूप से सूख गई थीं। सूरज अभी पूर्व में बने मकानों से ढका हुआ था। इसलिए वह सिर्फ़ जोन ऑफ़ आर्क के बुत के कवच को ही गरम कर रहा था। केथीड्रल स्क्वेयर में धूप का एक ही टुकड़ा नज़र आ रहा था। जब घड़ी ने आठ बजाए तो रेम्बर्त ख़ाली पोर्च में कुछ क़दम आगे बढ़ा। भीतर से गाने की मद्धम आवाज़ें, सीली हवा और अगरबत्तियों की बासी गन्ध आ रही थी। फिर आवाज़ें रुक गईं। काले रंग की दस आकृतियाँ इमारत से बाहर निकलीं और तेज़ी से शहर के केन्द्र की तरफ़ बढ़ गईं। रेम्बर्त बेचैन हो उठा। कुछ और काली आकृतियाँ सीढ़ियों पर चढ़कर पोर्च में दाख़िल हुईं। रेम्बर्त एक सिगरेट सुलगाने ही वाला था कि सहसा उसके मन में यह ख़याल उठा कि शायद इस जगह सिगरेट पीना बुरा समझा जाता हो।

सवा आठ बजे गिरजे का ऑर्गन बहुत धीमी आवाज़ में बजने लगा। पहले तो मद्धम रोशनी में उसे कुछ दिखाई न दिया, लेकिन अगले ही क्षण उसे उन लोगों की छोटी-छोटी काली आकृतियाँ नज़र आने लगीं जो उसके आगे-आगे गिरजे के बीच वाले हिस्से में जमा थे। वे सब अस्थायी रूप से निर्मित चबूतरे के एक कोने में एक साथ बैठे थे। चबूतरे पर सन्त रोश की एक मूर्ति थी जिसे जल्दी में हमारे शहर के एक मूर्तिकार ने तैयार किया था। घुटनों के बल बैठे हुए वे लोग पहले से भी ज़्यादा छोटे नज़र आ रहे थे। वे जमे हुए अँधेरे के टुकड़े मालूम होते थे। लगता था कि वे भूरे धुएँ-भरे कुहासे में तैर रहे थे; उनकी आकृतियाँ भी उस कुहासे की तरह धुँधली थीं। उनके ऊपर ऑर्गन की अन्तहीन धुन सुनाई दे रही थी।

जब रेम्बर्त गिरजे से बाहर निकला तो उसने गोन्ज़ेल्ज़ को सीढ़ियों से उतरकर शहर की तरफ़ जाते देखा।

गोन्ज़ेल्ज़ ने कहा, "मेरा ख़याल था दोस्त कि तुम यहाँ से चले गए हो, क्योंकि बहुत देर हो गई है।"

उसने बताया कि वह तय स्थान पर अपने दोस्तों से मिलने गया था। वह स्थान बिलकुल पास ही था। आठ बजकर दस मिनट पर वह वहाँ पहुँचा था और बीस मिनट तक इन्तज़ार करने के बाद भी उसे कोई नहीं मिला।

"ज़रूर किसी वजह से वे रुक गए होंगे। हमारे बिज़नेस में बहुत क़िस्म की अड़चनें आती हैं, यह तो तुम जानते ही हो।"

गोन्ज़ेल्ज़ ने कहा कि वह अगले दिन युद्ध-स्मारक के पास रेम्बर्त से मिलेगा। रेम्बर्त ने एक ठंडी साँस लेकर सिर पर फिर से अपना हैट सरका लिया।

"अपने दिल को इतनी तकलीफ़ मत दो," गोन्ज़ेल्ज़ ने हँसकर कहा, "ज़रा सोचो कि फुटबॉल में एक गोल बनाने के लिए कितना दौड़ना पड़ता है और कितनी बार बॉल अपने साथियों की तरफ़ फेंकनी पड़ती है!"

"यह तो ठीक है, लेकिन फुटबॉल का खेल तो डेढ़ ही घंटे में ख़त्म हो जाता है।"

ओरान में युद्ध-स्मारक ऐसी जगह बना है जहाँ से समुद्र दिखाई देता है। बन्दरगाह के सामने बनी चट्टानों तक सैर करने की एक सड़क बनी है। अगले दिन रेम्बर्त फिर वक़्त से पहले ही निश्चित स्थान पर पहुँच गया और वक़्त काटने के लिए उन लोगों के नामों की सूची पढ़ने लगा जिन्होंने देश की ख़ातिर अपने प्राणों का बलिदान दिया था। कुछ मिनट बाद दो आदमी वहाँ आए और रेम्बर्त पर सरसरी नज़र डालकर सैरगाह की मुँडेर पर कुहनियाँ टिकाकर सूने निर्जीव बन्दरगाह की तरफ़ ग़ौर से देखने लगे। दोनों ने नीले रंग की पतलूनों के ऊपर छोटी आस्तीनों वाले स्वेटर पहन रखे थे। दोनों का क़द भी क़रीब-क़रीब एक-जैसा था। पत्रकार कुछ दूर हटकर पत्थर की एक बेंच पर बैठ गया और आराम से उन लोगों के हुलिये का निरीक्षण करने लगा। वे दोनों छोकरे थे, बीस बरस से ज़्यादा उनकी उम्र नहीं थी। उसी वक़्त गोन्ज़ेल्ज़ उधर आता दिखाई दिया।

उसने देरी से आने के लिए माफ़ी माँगी और कहा, "यह हमारे दोस्त हैं।" फिर वह रेम्बर्त को दोनों छोकरों के पास ले गया और उसने बताया कि उनमें से एक का नाम मार्सल और दूसरे का लुई है। उनकी शक्लें आपस में इतनी मिलती थीं कि रेम्बर्त को यक़ीन हो गया कि वे दोनों सगे भाई हैं।

"ठीक है, अब आप लोगों का परिचय हो गया है, आप काम-काज की बातें शुरू कर सकते हैं।" गोन्ज़ेल्ज़ ने कहा।

मार्सेल या लुई, दोनों में से किसी एक ने कहा कि दो दिन बाद पहरे पर उनकी एक हफ़्ते की ड्यूटी लगने वाली है। वे पहले यह देखेंगे कि कौन-सी रात इस काम के लिए सबसे ज़्यादा अच्छी रहेगी। मुसीबत यह थी कि पश्चिमी फाटक पर उन दोनों के अलावा दो सन्तरी और भी थे जो बाकायदा फ़ौज के सिपाही थे। उन दोनों को इस मामले से दूर ही रखना पड़ेगा, उन पर भरोसा नहीं किया जा सकता। इसके अलावा बेकार में ही ख़र्च बढ़ जाएगा। लेकिन कई बार ये सन्तरी नज़दीक के एक शराबख़ाने के पिछले कमरे में कई घंटे गुज़ारते हैं। मार्सेल या लुई ने कहा कि रेम्बर्त के लिए सबसे अच्छा तरीक़ा यही होगा कि वह उन लोगों के घर रहे जो कि फाटक से कुछ ही मिनट की दूरी पर है। जब रास्ता साफ़ होगा तो उनमें

से एक जाकर उसे ख़बर कर देगा। इस स्थिति में रेम्बर्त के लिए 'भागना' काफ़ी आसान हो जाएगा। लेकिन वक़्त बहुत कम है। सुना है कि फाटकों के बाहर दूर तक एक और सन्तरी-चौकी बनने वाली है।

रेम्बर्त राज़ी हो गया और उसने अपनी बची हुई सिगरेटों में से कुछ सिगरेटें उन्हें पेश कीं। दोनों में से जो अभी तक ख़ामोश रहा था, उसने गोन्ज़ेल्ज़ से पूछा कि इस काम के लिए रकम तय हो चुकी है या नहीं, कुछ पेशगी भी मिलेगी या नहीं?

"नहीं," गोन्ज़ेल्ज़ ने कहा, "तुम्हें इस बात की चिन्ता करने की कोई ज़रूरत नहीं। यह मेरा दोस्त है, जाने के वक़्त रकम अदा कर देगा।"

तय हुआ कि वे लोग फिर मिलेंगे। गोन्ज़ेल्ज़ ने कहा कि वे लोग परसों रात स्पेनिश रेस्तराँ में उसके साथ खाना खाएँ। वह जगह उन नौजवानों के घर के बहुत क़रीब थी जहाँ से वे पैदल भी वहाँ पहुँच सकते थे। गोन्ज़ेल्ज़ ने कहा, "दोस्त, पहली रात मैं तुम्हारा साथ दूँगा।"

अगले दिन जब रेम्बर्त अपने सोने के कमरे में जा रहा था तो होटल की सीढ़ियों पर उसकी मुलाक़ात तारो से हुई जो नीचे आ रहा था।

"मेरे साथ आना चाहेगे? मैं रियो से मिलने जा रहा हूँ।" तारो ने कहा।

रेम्बर्त ने हिचकिचाहट ज़ाहिर की और कहा, "मुझे हमेशा ऐसा लगता है कि मैं उसके काम में दख़ल दे रहा हूँ।"

"मेरे विचार से तुम्हें इसकी चिन्ता करने की कोई ज़रूरत नहीं है। वह तुम्हारे बारे में बहुत सी बातें करता है।"

पत्रकार ने कुछ देर तक सोचने के बाद कहा, "देखो, अगर डिनर के बाद तुम्हारे पास कुछ वक़्त ख़ाली हो तो क्यों न तुम और रियो आकर मेरे साथ शराब पियो? अगर देर भी हो जाए तो भी कोई परवाह नहीं।"

"यह तो रियो पर निर्भर करेगा और प्लेग पर भी।" तारो के स्वर में संशय था।

ख़ैर, रात के ग्यारह बजे रियो और तारो होटल के छोटे और तंग शराबख़ाने में दाख़िल हुए। वहाँ क़रीब तीस लोग जमा थे और सब-के-सब ऊँची आवाज़ में पूरी ताक़त से बोल रहे थे। प्लेग से घिरे हुए शहर की ख़ामोशी से रेस्तराँ में आने वाले ग्राहक अचानक इतना शोर सुनकर चौंक उठे और दहलीज़ पर ही रुक गए। जब उन्होंने देखा कि अभी भी होटल में शराब मिलती है तो वे फ़ौरन इस शोर का कारण समझ गए। रेम्बर्त ने, जो एक कोने में रखे स्टूल पर बैठा था, उन्हें इशारे

से बुलाया। बिना उत्तेजना दिखाए उसने एक शोर मचाने वाले को अपनी कोहनी से धकेलकर अपने दोस्तों के लिए जगह ख़ाली की। "आप लोगों को एतराज तो नहीं होगा अगर शराब तेज़ हो?"

"नहीं, बल्कि हमें ख़ुशी होगी," तारो ने कहा।

जब रेम्बर्त ने रियो के हाथ में शराब का पेग दिया तो रियो ने शराब में मिली कड़वी चीज़ों को सूँघा। उस शोर-शराबे में अपनी आवाज़ दूसरों तक पहुँचाना बहुत मुश्किल था, लेकिन रेम्बर्त शराब में ज़्यादा दिलचस्पी दिखा रहा था। डॉक्टर यह तय नहीं कर पा रहा था कि उस पर शराब का नशा चढ़ा है या नहीं। शराब के काउंटर के आसपास की समूची अर्धचन्द्राकार जगह घिरी हुई थी। बीच की जगह एक नौसेना के अफ़सर ने घेर ली थी, जिसके आसपास दो लड़कियाँ बैठी थीं। अफ़सर एक मोटे, लाल चेहरे वाले आदमी को काहिरा की टाइफ़स महामारी के बारे में बता रहा था, "वहाँ मिस्री लोगों के लिए कैम्प बने हुए थे। बीमारों को तम्बुओं में रखा जाता था। उनके चारों तरफ़ सन्तरियों का पहरा रहता था। अगर मरीज़ के परिवार का कोई आदमी चोरी से अहमक़ाना देसी दवाई भीतर भेजने की कोशिश करता था तो उसे देखते ही सन्तरी गोली चला देते। सख़्ती तो थी लेकिन उन परिस्थितियों में सिर्फ़ यही किया जा सकता था।" दूसरी मेज़ पर, जिसके गिर्द ज़िन्दादिल नौजवान लोग जमा थे, उनकी बातें सुनाई नहीं दे रही थीं, क्योंकि ऐन उनके सिर के ऊपर एक लाउडस्पीकर के कर्कश स्वर में 'सेंट जेम्ज़ का अस्पताल' का रिकॉर्ड सुनाई दे रहा था।

"कहो कुछ कामयाबी मिली?"

रियो को अपनी आवाज़ ऊँची करनी पड़ी।

"कोशिश जारी है।" रेम्बर्त ने जवाब दिया, "शायद एक हफ़्ते में कुछ बात बने।"

"कितने अफ़सोस की बात है!" तारो ज़ोर से बोला।

"क्यों?"

रियो ने बताया, "ओह! तारो ने यह बात इसलिए कही है क्योंकि उसका ख़याल है कि यहाँ रहकर तुम हमारे लिए मददगार साबित हो सकते हो। लेकिन मैं तुम्हारी यहाँ से जाने की भावना को अच्छी तरह समझ सकता हूँ।"

तारो ने शराब के अगले दौर के दाम चुकाए।

रेम्बर्त अपने स्टूल से उठकर खड़ा हो गया और उसने पहली बार तारो से नज़रें मिलाकर पूछा, "भला मैं यहाँ रहकर आप लोगों की क्या मदद कर सकता हूँ?"

"वाह, यह भी कहने की बात है? तुम हमारी सफ़ाई की टुकड़ियों में से किसी एक टुकड़ी में काम कर सकते हो।"

रेम्बर्त के चेहरे पर फिर चिन्ता और ज़िद्दीपन का भाव आ गया जो अक्सर दिखाई देता था। वह फिर अपने स्टूल पर चढ़कर बैठ गया।

"तुम्हारा क्या ख़याल है? क्या ये टुकड़ियाँ अच्छा काम नहीं कर रहीं?" तारो ने पूछा। उसने अभी अपने गिलास से शराब का एक घूँट पिया था और वह रेम्बर्त की तरफ़ घूर रहा था।

"मुझे यक़ीन है कि वे अच्छा काम कर रही हैं।" रेम्बर्त ने जवाब दिया और वह अपने गिलास की पूरी शराब पी गया।

रियो ने देखा कि रेम्बर्त का हाथ काँप रहा है। उसे यक़ीन हो गया कि रेम्बर्त की शराबखोरी बहुत बढ़ चुकी है।

अगले दिन जब रेम्बर्त दूसरी बार स्पेनिश रेस्तराँ में दाख़िल हुआ तो उसे लोगों की भीड़ से होकर गुज़रना पड़ा। लोग अपनी कुर्सियाँ उठाकर बाहर सड़क के किनारे आ गए थे और शाम की हरी सुनहरी रोशनी में ठंडी हवा के पहले झोंकों का मज़ा ले रहे थे। उनके तम्बाकू से कड़वी गन्ध आ रही थी। रेस्तराँ क़रीब-क़रीब ख़ाली था। रेम्बर्त पीछे वाले हिस्से की मेज़ पर चला गया जहाँ उनकी पहली मुलाक़ात के रोज़ गोन्ज़ेल्ज़ बैठा था। उसने वेट्रेस से कहा कि वह कुछ देर इन्तज़ार करने के बाद ऑर्डर देगा। साढ़े सात बजे थे।

दो-दो, तीन-तीन करके लोग भीतर आने लगे और मेज़ों के इर्द-गिर्द बैठ गए। वेट्रेसों ने खाने-पीने की चीज़ें परोसनी शुरू कीं और तहख़ाने-जैसे कमरे में छुरी-काँटों की आवाज़ें और बातचीत की भनभनाहट गूँज उठीं। आठ बज गए। रेम्बर्त अभी तक इन्तज़ार कर रहा था। रेस्तराँ की बत्तियाँ जला दी गईं। उसकी मेज़ के पास आकर नए लोग बैठ गए। उसने खाने का ऑर्डर दिया। साढ़े आठ बजे उसने खाना ख़त्म किया। अभी तक गोन्ज़ेल्ज़ और दोनों नौजवानों में से कोई भी दिखाई नहीं दिया था। धीरे-धीरे रेस्तराँ ख़ाली हो रहा था और बाहर रात का अँधेरा तेज़ी से फैल रहा था। दरवाज़े पर टँगे परदे समुद्र से आने वाली गरम हवा से हिल रहे थे। नौ बजे रेम्बर्त को एहसास हुआ कि रेस्तराँ बिलकुल ख़ाली हो गया है और वेट्रेस जिज्ञासा की दृष्टि से उसे देख रही है। उसने बिल चुकाया और बाहर चला आया। सड़क के सामने का कॉफ़ी-हाउस खुला देखकर वह भीतर चला गया और ऐसी जगह बैठ गया जहाँ से वह रेस्तराँ के दरवाज़े पर नज़र रख सकता था। साढ़े

नौ बजे वह धीमे क़दमों से अपने होटल में लौट आया। वह इस परेशानी में था कि गोन्ज़ेल्ज़ को तलाश करने का कोई तरीक़ा खोजना चाहिए। उसे गोन्ज़ेल्ज़ का पता भी मालूम नहीं था। उसने सोचा, हो सकता है कि फिर नए सिरे से यह सिरदर्द वाला मामला शुरू करना पड़े। इस आशंका से ही वह निरुत्साह हो गया।

इसी क्षण जब वह अँधेरी सड़कों पर चल रहा था, जहाँ तेज़ी से एम्बुलेंस गाड़ियाँ गुज़र रही थीं, अचानक उसे लगा कि इस बीच वह उस औरत को भूल ही गया था जिसे वह प्यार करता था। उसने बाद में डॉक्टर रियो को भी यह बात बताई। वह उन दीवारों से निकलने की कोई दरार तलाश करने में इतना तल्लीन हो गया था जिन्होंने उसे अपनी प्रियतमा से जुदा कर दिया था। लेकिन इसी वक़्त जब मुक्ति के सारे रास्ते बन्द हो गए थे, अपनी प्रियतमा को पाने की कामना उसके मन में अचानक इतनी तीव्र और प्रचंड हो उठी कि उसने इस दाहक यंत्रणा से बचने के लिए, जो दावानल की तरह उसके ख़ून में फैल रही थी, होटल की तरफ़ भागना शुरू कर दिया।

अगले दिन तड़के ही वह रियो के यहाँ गया और उससे कोतार्द का पता पूछा।

"मैं अब सिर्फ़ यही कर सकता हूँ कि इस मामले को फिर नए सिलसिले से शुरू करूँ।"

"कल रात यहाँ आना। तारो ने मुझसे कोतार्द को भी यहाँ निमंत्रित करने के लिए कहा था—न जाने क्यों। वह दस बजे यहाँ आएगा। तुम साढ़े दस बजे पहुँच जाना।" रियो ने कहा।

जब कोतार्द अगले दिन डॉक्टर के यहाँ पहुँचा तो तारो और रियो एक मरीज़ के बारे में बहस कर रहे थे, जिसके स्वस्थ होने की कोई उम्मीद नहीं थी, इसके बावजूद वह अच्छा हो गया था।

"दस में से सिर्फ़ एक चांस उसके बचने का था। वह बड़ा ख़ुशक़िस्मत निकला।" तारो ने कहा।

"छोड़ो भी! हो सकता है उसे प्लेग न हुई हो।" कोतार्द ने कहा।

दोनों जनों ने उसे यक़ीन दिलाया कि उस मरीज़ को प्लेग ही थी।

"यह नामुमकिन है क्योंकि मरीज़ अच्छा हो गया है। सभी जानते हैं कि जब किसी को प्लेग हो जाती है तो जीने का चांस ख़त्म हो जाता है।"

"आमतौर पर तो यह ठीक है, लेकिन अगर तुम हार मानने के लिए तैयार नहीं तो तुम्हारे लिए मेरे पास कुछ ख़ुशख़बरियाँ हैं।"

कोतार्द हँसने लगा।

"ख़ैर बहुत कम होंगी। आज शाम तुमने मौतों के आँकड़े देखे?"

तारो ने, जो कोतार्द की तरफ़ दोस्ती-भरी निगाहों से देख रहा था, कहा कि उसे ये नवीनतम आँकड़े मालूम हैं और वह यह भी जानता है कि स्थिति बहुत गम्भीर है। लेकिन इससे क्या साबित होता है? सिर्फ़ यही कि अधिकारियों को इससे भी ज़्यादा सख़्त क़दम उठाने चाहिए।

"कैसे? जितनी सख़्ती आजकल है उससे ज़्यादा सख़्त क़दम और नहीं उठाए जा सकते।"

"नहीं। लेकिन शहर के हर आदमी को अपने पर सख़्ती करनी चाहिए।"

कोतार्द परेशानी से उसकी तरफ़ देखने लगा। तारो कहता गया कि शहर में आलसी और निकम्मे लोगों की तादाद बहुत ज़्यादा है। प्लेग से सबका सरोकार है और हर आदमी को अपना फ़र्ज़ पूरा करना चाहिए। मिसाल के लिए हर तन्दुरुस्त आदमी का सफ़ाई की टुकड़ियों में स्वागत है।

"विचार तो बहुत अच्छा है।" कोतार्द मुस्कराया, "लेकिन इससे कोई फ़ायदा नहीं निकलेगा। प्लेग ने तुम लोगों पर काबू पा लिया है और तुम कुछ भी नहीं कर सकते।"

"हम देखेंगे यह बात सही है, या नहीं," तारो ने अपनी आवाज़ को कोशिश करके संयत बनाया, "जब हम सभी तरीक़े आजमा चुकेंगे तब नतीजा पता चलेगा।"

इस बीच रियो अपने डेस्क पर बैठकर रिपोर्टों की नक़ल कर रहा था। तारो अभी भी नाटे व्यापारी की तरफ़ देख रहा था जो बेचैनी से अपनी कुर्सी में हिल-डुल रहा था।

"सुनिए मोशिए कोतार्द, आप हम लोगों का साथ क्यों नहीं देते?"

अपना गोल ऊनी हैट उठाकर कोतार्द कुर्सी से खड़ा हो गया। उसके चेहरे से लगता था कि उसकी भावनाओं को ठेस पहुँची है।

उसने कहा, "यह मेरा काम नहीं है।" फिर उसने रोब से कहा, "सबसे बड़ी बात यह है कि प्लेग से मुझे फ़ायदा-ही-फ़ायदा है, इसलिए मुझे कोई वजह नज़र नहीं आती जिसके लिए मैं प्लेग को ख़त्म करने की कोशिश करूँ।"

तारो ने अपने माथे पर मुक्का मारा। लगता था जैसे कोई नई बात उसे अचानक सूझी थी।

"अरे हाँ, मैं भूल ही गया था। अगर तुम्हारी दोस्त प्लेग तुम्हारी मदद न करती तो तुम कभी के गिरफ़्तार हो जाते।"

कोतार्द चौंक पड़ा और उसने कसकर कुर्सी की पीठ पकड़ ली। मालूम होता था कि वह नीचे गिरने वाला था। रियो ने लिखना बन्द कर दिया और संजीदगी से कोतार्द को देखने लगा।

"तुम्हें यह किसने बताया?" कोतार्द चीख़ उठा।

"वाह! तुम्हीं ने तो बताया था।" तारो के चेहरे पर हैरानी का भाव था।

"कम-से-कम तुम्हारी बातों से तो मैंने और डॉक्टर ने यही नतीजा निकाला है।"

अपना सारा संयम खोकर कोतार्द क़समें खाने लगा।

"तैश में मत आओ," तारो ने नरमी से कहा, "न डॉक्टर और न मैं पुलिस को तुम्हारी ख़बर पहुँचाने की बात सोच सकते हैं। तुमने कुछ भी किया हो उससे हमें कोई सरोकार नहीं। ख़ैर, जो भी हो, हमें पुलिस से कभी कोई काम नहीं पड़ा। छोड़ो भी, बैठ जाओ!"

कोतार्द ने कुर्सी की तरफ़ देखा और फिर हिचकिचाता हुआ कुर्सी पर बैठ गया। उसने एक गहरी साँस ली।

"यह मुद्दत पहले की बात है," उसने कहना शुरू किया, "न जाने कैसे उन लोगों ने गड़े मुर्दे उखाड़े हैं। मेरा ख़याल था कि लोग यह बात भूल गए हैं। लेकिन किसी ने बकवास शुरू कर दी। उस आदमी को उड़ा देना चाहिए। पुलिस ने मुझे बुलवाया और कहा कि जब तक मामले की जाँच पूरी न हो मैं कहीं न जाऊँ। मुझे यक़ीन हो गया है कि अन्त में वे मुझे ज़रूर गिरफ़्तार कर लेंगे।"

"क्या कोई गम्भीर मामला था?" तारो ने पूछा।

"यह तो इस बात पर निर्भर करता है कि आप 'गम्भीर' शब्द का क्या अर्थ समझते हैं। जो भी हो, मैंने किसी का क़त्ल नहीं किया था।"

"क़ैद हो सकती है या आजीवन कारावास?"

कोतार्द की हालत बुरी हो रही थी। "अगर मेरी क़िस्मत होगी तो सिर्फ़ क़ैद मिलेगी।" लेकिन क्षण-भर के बाद वह फिर उत्तेजित हो उठा। "मुझसे ग़लती हो गई थी। सब लोग ग़लतियाँ करते हैं। यह सच है या नहीं? सिर्फ़ इसी वजह से मुझे सज़ा दी जाए, अपने घर, परिचितों, रिश्तेदारों से अलग कर दिया जाए, मुझे अपने रहन-सहन की आदतों को छोड़ना पड़े, मैं यह बर्दाश्त नहीं कर सकता।"

तारो ने पूछा, "तो क्या इसीलिए तुम्हारे दिमाग़ में ख़ुद को फाँसी देने का शानदार ख़याल पैदा हुआ था?"

"हाँ, मैं मानता हूँ, यह एक अहमक़ाना ख़याल था।"

पहली बार रियो बोला। उसने कोतार्द से कहा कि वह उसकी परेशानी को अच्छी तरह समझता है, लेकिन हो सकता है आख़िर में सारा मामला सुलझ जाए।

"ओह, फ़िलहाल तो मुझे कोई डर नहीं है।" तारो ने कहा, "देखता हूँ कि तुम हमारी कोशिशों में शामिल नहीं होओगे।"

बेचैनी से अपने हैट को मरोड़ते हुए कोतार्द चालाक नज़रों से तारो की तरफ़ देखने लगा।

"मुझे उम्मीद है कि आप मेरे ख़िलाफ़ मन में कोई शिकवा नहीं रखेंगे मोशिए तारो..."

"हरगिज़ नहीं!" तारो मुस्कराया, "कम-से-कम जान-बूझकर तो प्लेग के कीटाणुओं की तादाद बढ़ाने की कोशिश मत करो।"

कोतार्द ने प्रतिवाद करते हुए कहा कि वह कभी नहीं चाहता था कि प्लेग फैले। प्लेग का फैलना एक संयोग है और अगर प्लेग की वजह से इन दिनों उसे सुविधा हो गई है तो इसमें उसका कोई क़सूर नहीं है। इसके बाद उसमें फिर साहस पैदा हो गया और जब रेम्बर्त कमरे में दाख़िल हुआ तो कोतार्द धमकी-भरे स्वर में चिल्ला रहा था।

"इसके अलावा मुझे पक्का यक़ीन है कि तुम्हारी कोशिशों से कोई फ़ायदा नहीं निकलेगा।"

जब रेम्बर्त को यह पता चला कि कोतार्द को गोन्ज़ेल्ज़ के घर का पता नहीं मालूम था तो उसे बहुत निराशा हुई। उसने सुझाव दिया कि वे एक बार फिर छोटे कॉफ़ी-हाउस में जाएँ। उन्होंने फ़ैसला किया कि वे कल फिर मिलेंगे। जब रियो ने रेम्बर्त से कहा कि वह रियो को बराबर यह सूचित करता रहे कि उसे अपनी योजना में सफलता मिली है या नहीं, तो रेम्बर्त ने कहा कि रियो और तारो हफ़्ते के आख़िर में फिर किसी रात उससे मिलने आएँ—चाहे कितनी देर हो जाए, वह अपने कमरे में ही मौजूद रहेगा।

अगले दिन सुबह कोतार्द और रेम्बर्त कॉफ़ी-हाउस में गए और गार्सिया के लिए सन्देश छोड़ आए कि वह अगर हो सके तो उसी शाम को वरना अगले दिन उनसे आकर मिले। वे सारी शाम गार्सिया का इन्तज़ार करते रहे। अगले दिन गार्सिया आया। उसने ख़ामोशी से रेम्बर्त की सारी बातें सुनीं, फिर उसे बताया कि उसे कुछ मालूम नहीं कि इस बीच क्या हुआ है। लेकिन वह जानता है कि इस बीच शहर के कई हिस्सों का चौबीस घंटों तक आपस में सम्पर्क टूट गया था, क्योंकि हर घर का मुआइना हो रहा था। हो सकता है गोन्ज़ेल्ज़ और दोनों छोकरे पुलिस के घेरे

को तोड़कर न निकल सके हों। वह सिर्फ़ इतना ही कर सकता है कि एक बार फिर राओल से उसका सम्पर्क करा दे। साफ़ ज़ाहिर है कि यह परसों तक ही हो सकेगा।

"मैं समझ गया—मुझे नए सिरे से सारा मामला शुरू करना पड़ेगा।" रेम्बर्त ने कहा।

एक दिन बाद रेम्बर्त राओल से सड़क के कोने पर मिला और उसने गार्सिया के अनुमान का समर्थन किया। सचमुच शहर की निचली बस्तियों का शहर से सम्पर्क टूट गया था और उनके गिर्द घेरा डाल दिया गया था। अब समस्या थी कि गोन्ज़ेल्ज़ से मिला कैसे जाए। दो दिन बाद रेम्बर्त और फुटबॉल के खिलाड़ी ने एक साथ दोपहर का खाना खाया।

गोन्ज़ेल्ज़ ने कहा, "यह बड़ी अहमक़ाना बात है। तुम दोनों को आपस में मिलने का कोई तरीक़ा ज़रूर निकालना चाहिए था।"

रेम्बर्त ने पूरे दिल से इस बात का समर्थन किया।

गोन्ज़ेल्ज़ ने कहा, "कल सुबह हम फिर उन छोकरों से मिलेंगे और मामले को आगे बढ़ाने की कोशिश करेंगे।"

लेकिन जब वे अगले दिन वहाँ गए तो छोकरे घर पर नहीं थे। वे एक पुर्ज़ा छोड़ गए थे जिस पर लिखा था कि वे दोपहर में हाई स्कूल के बाहर मिलेंगे। जब रेम्बर्त अपने होटल में लौटा तो तारो उसके चेहरे का भाव देखकर चौंक उठा।

"तुम्हारी तबीयत ख़राब है?"

"मुझे नए सिरे से काम शुरू करना पड़ेगा, इसलिए मेरा मूड ख़राब हो गया है।" फिर उसने कहा, "तुम रात को आ रहे हो न?"

जब दोनों दोस्त रात को रेम्बर्त के कमरे में दाख़िल हुए तो उन्होंने रेम्बर्त को बिस्तर पर लेटा हुआ पाया। वह फ़ौरन उठ खड़ा हुआ और उसने गिलासों में शराब डाली। गिलास पहले से ही तैयार रखे थे। गिलास को होंठों से लगाने से पहले रियो ने उससे पूछा कि उसे अपने काम में कामयाबी मिल रही है या नहीं। पत्रकार ने जवाब दिया कि उसे फिर उसी दौर में से गुज़रना पड़ रहा है और मामला वहीं है जहाँ पहले था। एक या दो रोज़ में वह उन लोगों से आख़िरी बार मिलेगा। फिर उसने शराब का एक घूँट पीकर निराश स्वर में कहा, "कहने की ज़रूरत नहीं, वे लोग इस बार भी नियत स्थान पर नहीं पहुँचेंगे।"

"छोड़ो भी! उन्होंने पिछली बार तुम्हें धोखा दिया था, इसका यह मतलब नहीं कि वे इस बार भी ऐसा ही करेंगे।"

"अच्छा तो तुम अभी तक नहीं समझ सके," रेम्बर्त ने हिकारत के साथ अपने कन्धे सिकोड़कर कहा।

"किस बात को नहीं समझ सके?"

"प्लेग को।"

"आह!" रियो बोला।

"नहीं तुम नहीं समझ सके—इसका मतलब साफ़ है...बार-बार वही बात होती रहेगी।"

वह कमरे के कोने में गया और उसने एक छोटा-सा ग्रामोफ़ोन चला दिया।

"यह कौन-सा रिकॉर्ड है? मैंने इसे पहले भी सुना है।" "यह 'सन्त जेम्ज़ का अस्पताल' है।"

इसी वक़्त दूर कहीं दो गोलियाँ सुनाई दीं। "कोई कुत्ता या भगोड़ा होगा।" तारो ने कहा।

कुछ क्षणों के बाद जब रिकॉर्ड ख़त्म हो गया तो खिड़की के पास से किसी एम्बुलेंस की घंटी सुनाई दी जो रात की ख़ामोशी में खो गई।

"बड़ा बोर करने वाला रिकॉर्ड है।" रेम्बर्त ने टिप्पणी की, "आज शायद दसवीं बार मैंने इसे बजाया है।"

"क्या सचमुच तुम्हें यह रिकॉर्ड इतना अच्छा लगता है?"

"नहीं। मेरे पास सिर्फ़ यही एक रिकॉर्ड है।" एक क्षण बाद उसने कहा, "मैंने यही कहा था—बार-बार एक ही चीज़ करनी पड़ती है।"

उसने रियो से पूछा कि सफ़ाई की टुकड़ियों का काम कैसा चल रहा है? इस वक़्त पाँच टुकड़ियाँ काम कर रही थीं और उम्मीद थी कि कुछ नई टुकड़ियाँ भी बनाई जाएँगी। लगता था कि पत्रकार बिस्तर पर बैठकर अपने हाथों के नाख़ूनों को ग़ौर से देख रहा था। रियो उसकी बलिष्ठ, झुकी हुई पालथी मारकर बैठी आकृति की तरफ़ देखने लगा। सहसा उसे एहसास हुआ कि रेम्बर्त भी उसकी तरफ़ देख रहा है।

"जानते हो डॉक्टर, मैंने तुम्हारे इस आन्दोलन पर काफ़ी सोच-विचार किया है। अगर मैं तुम्हारा साथ नहीं दे रहा तो उसके कई कारण हैं।...नहीं, यह बात नहीं कि मैं अपनी जान जोख़िम में डालने से डरता हूँ। मैंने स्पेन के गृह-युद्ध में हिस्सा लिया था।"

"तुम किस पक्ष के साथ थे?"

"हारने वालों के साथ। लेकिन उसके बाद से मैंने बहुत-कुछ सोचा है।"

"किस बारे में?"

"साहस के बारे में। मैं जानता हूँ कि इनसान अनेक महान काम कर सकता है, लेकिन अगर वह महान भावनाओं को महसूस करने में असमर्थ है तो उसे देखकर मैं सर्द हो जाता हूँ।"

"हमारा तो ख़याल था कि इनसान सब कुछ कर सकता है।" तारो ने कहा।

"मैं इस बात से सहमत नहीं हो सकता। न इनसान में बहुत ज़्यादा देर तक दुख सहने की सामर्थ्य है, न सुख सहने की। इसका मतलब यह है कि उसमें असली चीज़ों की सामर्थ्य नहीं। उसने बारी-बारी से दोनों जनों को देखा और पूछा, "बताओ तारो, क्या तुम किसी की मुहब्बत में अपनी जान दे सकते हो?"

"कह नहीं सकता, लेकिन मेरा ख़याल है कि मैं ऐसा नहीं कर सकता, इस हालत में तो बिलकुल नहीं कर सकता।"

"देखा! लेकिन तुम किसी विचार के लिए अपनी जान देने की सामर्थ्य रखते हो। यह बात फ़ौरन नज़र आ जाती है। ख़ैर, जहाँ तक मेरा ताल्लुक़ है मैंने बहुत से लोगों को देखा है जो किसी विचार के लिए अपनी जान देते हैं। मैं हीरो बनने में विश्वास नहीं करता। मैं जानता हूँ कि यह आसान है और मैं जान चुका हूँ कि यह घातक बन सकता है। मुझे इस बात में दिलचस्पी है कि आदमी जिस चीज़ से प्यार करे उसी के लिए जिए और मर जाए।"

रियो बड़े ग़ौर से पत्रकार को देख रहा था। उसकी नज़रें अभी भी रेम्बर्त पर थीं। उसने धीमे स्वर में कहा, "रेम्बर्त, इनसान एक विचार नहीं है।"

रेम्बर्त उछलकर बिस्तर से खड़ा हो गया। उसका चेहरा भावावेश से तमतमा उठा। "इनसान एक विचार है और वह बहुत क्षुद्र विचार बन जाता है जब वह प्यार से पीठ मोड़ लेता है। और यही मेरे कहने का असली मतलब है, हम—इनसान प्यार करने की सामर्थ्य खो बैठे हैं। हमें इस हक़ीक़त का सामना करना चाहिए, डॉक्टर! आइए हम वह सामर्थ्य प्राप्त करने के लिए प्रतीक्षा करें और अगर हम उस सामर्थ्य को प्राप्त नहीं कर सकते तो हम उस मुक्ति की प्रतीक्षा कर सकते हैं जो हममें से हरेक को प्राप्त होगी। उसे हीरो बनने की ज़रूरत नहीं पड़ेगी। जहाँ तक मेरा ताल्लुक है मैं इससे अधिक कामना नहीं करता।"

रियो उठ खड़ा हुआ। अचानक वह बेहद थका हुआ दिखाई देने लगा।

"तुम ठीक कहते हो रेम्बर्त, बिलकुल ठीक कहते हो। तुम जो भी करने जा रहे हो, मैं हरगिज़ तुम्हें उससे रोकने की काशिश नहीं करूँगा। मुझे यह बात बिलकुल

सही और उचित मालूम होती है। लेकिन मैं तुम्हें एक बात ज़रूर बताना चाहूँगा। इन सब बातों में बहादुरी का कोई सवाल नहीं। यह सामान्य सौजन्य का सवाल है। यह एक ऐसा विचार है जिसे सोचकर शायद कुछ लोग मुस्करा उठें, लेकिन प्लेग से लड़ने का एकमात्र तरीक़ा है सामान्य सौजन्य।"

"सामान्य सौजन्य से तुम्हारा क्या अभिप्राय है?" रेम्बर्त ने संजीदा ढंग से पूछा।

"और लोग इसका क्या मतलब समझते हैं यह तो मैं नहीं जानता, लेकिन जहाँ तक मेरा ताल्लुक़ है, मैं जानता हूँ कि मेरे लिए यह अपना फ़र्ज़ अदा करने में निहित है।"

"तुम्हारा फ़र्ज़! काश मैं भी तय कर पाता कि मेरा फ़र्ज़ क्या है।" रेम्बर्त की आवाज़ में काटने वाला तीखापन था, "हो सकता है कि मैं ग़लती से प्यार को सबसे पहले रख रहा होऊँ।"

रियो ने उससे नज़रें मिलाकर ज़ोरदार ढंग से कहा, "नहीं, तुम ग़लत नहीं हो।"

रेम्बर्त टकटकी लगाए लगातार दोनों को देखता रहा।

"मेरा ख़याल है कि इस सारी स्थिति में तुम्हें किसी चीज़ के खोने का डर नहीं है। इस तरह फ़रिश्तों की तरफ़दारी करना ज़रा आसान रहता है।"

रियो ने अपना गिलास ख़ाली कर दिया।

उसने तारो से कहा, "चलो चलें! हमें काम करना है।"

वह बाहर चला गया।

तारो भी उसके पीछे-पीछे गया, लेकिन दरवाज़े के नज़दीक पहुँचकर उसने अपना निश्चय शायद बदल दिया। वह रुककर पत्रकार को देखने लगा।

"शायद तुम्हें नहीं मालूम कि रियो की पत्नी यहाँ से क़रीब सौ मील दूर एक सेनेटोरियम में है।" उसने रेम्बर्त से कहा।

रेम्बर्त ने आश्चर्य प्रकट किया और कुछ कहना शुरू किया, लेकिन इसके पहले ही तारो कमरे से बाहर जा चुका था।

अगले दिन तड़के ही रेम्बर्त ने डॉक्टर को फ़ोन किया, "जब तक मैं शहर से निकलने का कोई तरीक़ा नहीं निकाल पाता, क्या तब तक तुम मुझे अपने साथ काम करने दोगे?"

कुछ देर की ख़ामोशी के बाद जवाब सुनाई दिया, "ज़रूर, रेम्बर्त! धन्यवाद!"

तीसरा भाग

I

इस तरह हर हफ़्ते प्लेग के क़ैदी भरसक संघर्ष करते रहे। कुछ तो रेम्बर्त की तरह यह कल्पना भी करने लगे कि वे अभी तक आज़ाद हैं और वे मनपसन्द बातें कर सकते हैं। लेकिन दरअसल यह कहना ज़्यादा सही होता कि इस वक़्त तक जब अगस्त का आधा महीना गुज़र चुका था, प्लेग ने हर चीज़ और हर आदमी को निगल लिया था। अब किसी व्यक्ति की अलग क़िस्मत नहीं थी—सबकी एक ही क़िस्मत थी, जो प्लेग से और सबकी साझा भावनाओं से बनी थी। सबसे शक्तिशाली भावना निर्वासन और वंचना की थी जिससे विद्रोह और भय की तरंगें भी पैदा हो गई थीं। इसीलिए कथाकार के विचार में यह क्षण, जिसमें गरमी और बीमारी अपने चरम पर पहुँच चुकी थी, ज़िन्दा लोगों की ज्यादतियों, लाशों के दफ़न और जुदाई में पड़े प्रेमियों का चित्रण करने के लिए सबसे अधिक उपयुक्त है।

कई दिन तक प्लेग से पीड़ित शहर में लू चलती रही। ओरान के लोग खास तौर पर हवा से डरते हैं, क्योंकि जिस पठार पर यह शहर बना है उसमें आँधी और लू को रोकने वाला कोई प्राकृतिक अवरोध नहीं है, हवा बिना किसी रोक-टोक के प्रचंड रूप से सड़कों पर आफ़त मचा सकती है। उन महीनों में जब बारिश की एक बूँद भी नहीं गिरी थी, जिससे शहर में ताज़गी आ पाती, हर चीज़ पर धूल की परत चढ़ गई थी, जो हवा के ज़ोर से उड़कर धूल के बादलों में बदल गई। धूल और हवा में उड़ते हुए काग़ज़ के टुकड़े लोगों की टाँगों से टकराने लगे, सड़कें पहले से भी ज़्यादा वीरान नज़र आने लगीं। सिर्फ़ थोड़े-से लोग तेज़ क़दमों से कमर झुकाकर, रूमालों से मुँह ढककर चलते नज़र आते थे। रात होने पर भी पहली-जैसी भीड़ों की जगह जब हर आदमी यह सोचकर दिन को लम्बा करने की कोशिश करता था कि शायद यह उसकी ज़िन्दगी का आख़िरी दिन हो, अब लोगों के छोटे-छोटे झुंड तेज़ी से अपने घरों या मनपसन्द कॉफ़ी-हाउसों की तरफ़ बढ़ते

नज़र आते थे। इसके परिणामस्वरूप अँधेरा होते ही सड़कें ख़ामोश और ख़ाली हो जाती थीं, सिर्फ़ लू की कर्कश साँय-साँय सुनाई देती थी। अदृश्य तूफ़ानी समुद्र से नमक और समुद्री शैवालों की गन्ध आ रही थी। सूने शहर के बढ़ते हुए अँधेरे में शहर पर धूल की चादर बिछ जाती थी, समुद्र की कड़वी फुहार आकर शहर को धो जाती थी, हवा का कर्कश स्वर सुनाई देता था। ऐसे में हमारा शहर एक अभिशप्त द्वीप की तरह दिखाई देता था।

अभी तक शहर के केन्द्रीय भाग की अपेक्षा उन इलाक़ों में ही प्लेग से ज़्यादा मौतें हुई थीं जहाँ आबादी ज़्यादा थी या जहाँ मकान ठीक तरतीब से नहीं बने थे। लेकिन अचानक ही प्लेग ने नया हमला किया और शहर के व्यावसायिक केन्द्र पर क़ब्ज़ा कर लिया। लोगों ने हवा पर छूत फैलाने का इल्ज़ाम लगाया। होटल-मैनेजर के शब्दों में,हवा ने प्लेग के कीटाणुओं का 'प्रसार' किया था। चाहे कोई भी कारण रहा हो शहर के केन्द्रीय इलाक़ों में रहने वाले लोग जब हर रात एम्बुलेंस गाड़ियों की आवाज़ सुनते थे, जो उनकी खिड़कियों के नीचे प्लेग की शोकपूर्ण भावनाशून्य घंटियाँ बजाकर उन्हें जगाती थीं, तो उन्हें एहसास होता था कि अब उनकी बारी भी आ गई है।

अधिकारियों का इरादा था कि जहाँ प्लेग का प्रकोप अधिक है उन इलाक़ों को बाक़ी शहर से अलग कर दिया जाए और उन्हीं लोगों को उस इलाक़े में जाने दिया जाए जिनका वहाँ जाना बहुत ही ज़रूरी हो। इन इलाक़ों के लोग समझने लगे कि ये पाबन्दियाँ खास तौर पर उन्हीं के लिए लागू की गई हैं, इसलिए वे दूसरे इलाक़ों में रहने वाले लोगों से ईर्ष्या करने लगे, क्योंकि उन्हें अपेक्षाकृत अधिक आज़ादी थी। दूसरे इलाक़ों के लोग निराशा के क्षणों में अपना दिल ख़ुश करने के लिए उन लोगों की दुर्दशा की कल्पना करने लगे जिन्हें उनसे कम आज़ादी थी। उन दिनों लोगों के पास सांत्वना का एक ही साधन था, "जो भी हो, कइयों की हालत तो मुझसे भी गई-गुज़री है।"

उसी वक़्त शहर में आग लगने की घटनाएँ शुरू हो गईं, विशेषकर पश्चिमी फाटक के नज़दीक के मुहल्लों में। जाँच के बाद पता चला कि जो लोग क्वारंटाइन रहकर लौटे थे वे ही आग की इन घटनाओं के लिए ज़िम्मेदार थे। बेचैनी और रिश्तेदारों की मौत से वे अपना मानसिक सन्तुलन खो बैठे थे और वे इस विचित्र भ्रम में आकर मकानों को आग लगा रहे थे कि इस संहार में प्लेग का नाश हो जाएगा। इस क़िस्म की आग को बुझाना बड़ा कठिन हो गया था, जिसकी संख्या

इतनी ज़्यादा थी और जो इतनी बार लगती थी कि कई इलाक़ों को ख़तरा पैदा हो गया था, क्योंकि इन दिनों बड़ी तेज़ हवाएँ चल रही थीं। अधिकारियों ने नेक इरादों से आग लगाने वालों को बहुत समझाने की कोशिश की कि उनके घरों में सरकार की तरफ़ से जिन कीटाणुनाशक दवाइयों का धुआँ दिया गया है उसके बाद उन्हें छूत लगने का कोई डर नहीं, लेकिन जब ये कोशिशें बेकार गईं तो इस तरह की आग लगाने वालों के लिए लम्बी सज़ाएँ घोषित की गईं। शायद सिर्फ़ क़ैद के डर से इन दुखी लोगों ने अपनी हरकतें नहीं बन्द कीं, बल्कि उन दिनों यह आम ख़याल था कि जेल की सज़ा मौत की सज़ा के बराबर है, क्योंकि शहर की जेल में बड़ी तादाद में मौतें होती थीं। यह मानना पड़ेगा कि लोगों के इस ख़याल में कुछ-न-कुछ सचाई ज़रूर थी। ऐसा मालूम होता था कि प्लेग प्रत्यक्ष कारणों से सबसे अधिक प्रचंड आक्रमण उन लोगों पर करती थी जो मजबूरी से या अपनी मर्ज़ी से दूसरों के साथ रहते थे; मिसाल के लिए सिपाही, क़ैदी, मठों में रहने वाले संन्यासी और साध्वियाँ। हालाँकि कुछ क़ैदियों को औरों से अलग रखा जाता है फिर भी जेल एक क़िस्म की बिरादरी होती है। इस बात का सबूत यह है कि हमारे शहर की जेल में प्लेग से जितनी मौतें क़ैदियों की होती थीं उसी के अनुपात में वॉर्डरों की भी होती थीं। प्लेग किसी का लिहाज़ या इज़्ज़त नहीं करती थी और उसके निरंकुश शासन में गवर्नर से लेकर मामूली अपराधी भी एक-सी सज़ा भुगत रहा था और जेल के इतिहास में शायद पहली बार निष्पक्ष रूप से इंसाफ़ हो रहा था।

प्लेग भेद-भावों को समतल कर रही थी, इसे दूर करने के लिए अधिकारियों ने छोटे-बड़े का वर्गीकरण किया। वे चाहते थे कि जो वॉर्डर अपना कर्तव्य-पालन करते हुए मौत का शिकार हुए थे उन्हें तमगे दिये जाएँ, लेकिन ये कोशिशें बेकार साबित हुईं। चूँकि मार्शल लॉ घोषित हो चुका था इसलिए एक लिहाज़ से वॉर्डरों को भी ड्यूटी पर समझा जा सकता था। उन्हें मृत्यु के बाद मिलिट्री मेडल दिये गए। क़ैदियों ने इसके ख़िलाफ़ कुछ नहीं कहा लेकिन फ़ौजी क्षेत्रों में इस बात पर सख़्त एतराज़ उठाया गया। यह कहा गया, और यह तर्कसंगत भी था कि इसके परिणामस्वरूप जनता के मन में एक अत्यन्त खेदजनक ग़लतफ़हमी और घबराहट फैल जाएगी। सिविल अधिकारी इस दलील के आगे झुक गए और उन्होंने तय किया कि जो वॉर्डर अपना काम करते हुए मौत के शिकार हुए थे उन्हें 'प्लेग मेडल' दिये जाएँ। चूँकि पहले कुछ लोगों को मिलिट्री मेडल दिए गए थे और उसका बुरा असर पड़ चुका था। उन लोगों उन मेडलों को अब वापस लेने का सवाल नहीं

उठता था, इसलिए फ़ौजी क्षेत्रों में अब भी असन्तोष छाया हुआ था। इसके अलावा प्लेग मेडल में एक और भी कमी थी, क्योंकि उसका नैतिक असर किसी फ़ौजी पुरस्कार से कहीं कम था—क्योंकि महामारी के ज़माने में लोगों को ऐसे मेडल तो आसानी से मिल जाते हैं, इसलिए कोई भी सन्तुष्ट नहीं था।

एक और दिक़्क़त यह थी कि जेल के अधिकारी धार्मिक और कुछ हद तक फ़ौजी अधिकारियों द्वारा अपनाए हुए तरीकों का अनुसरण नहीं कर सकते थे। शहर के दोनों मठों के संन्यासियों को मठों से निकालकर फ़िलहाल कुछ धार्मिक विचारों वाले परिवारों के साथ रख दिया गया था। इसी तरह जब भी सम्भव हो सका छोटे-छोटे दलों में लोगों को बैरकों से निकालकर स्कूलों या अन्य सार्वजनिक संस्थानों में टिका दिया गया था। इस तरह बीमारी ने, जिसने प्रकट रूप से हमारे घिरे हुए शहर में मजबूरन एकता पैदा की थी, सदियों से बसी हुई बिरादरियों को विच्छिन्न कर दिया और उन्हें अलग बाहर रहने के लिए खदेड़ दिया। इस बात से भी सबकी बेचैनी बढ़ गई थी।

वास्तव में इस बात की कल्पना आसानी से की जा सकती है कि इन परिवर्तनों और तेज़ हवा ने मिलकर कुछ लोगों के मन पर कैसा विस्फोटक प्रभाव डाला होगा। शहर के फाटकों पर अक्सर हमले होते थे और अब हमला करने वाले हथियारबन्द होकर आते थे। दोनों तरफ़ से गोलियाँ चलती थीं, कुछ लोग हताहत भी होते थे और थोड़े-से लोग भागने में कामयाब हो गए थे। इसके बाद सन्तरी-चौकियों पर सिपाहियों की संख्या बढ़ा दी गई और भागने की कोशिशें भी फ़ौरन कम हो गईं। फिर भी इन घटनाओं से क्रान्तिकारी हिंसा की एक लहर पैदा हुई हालाँकि वह छोटे पैमाने पर ही थी। जिन मकानों को सफ़ाई महकमे के अधिकारियों ने जला दिया था या बन्द करवा दिया था, उन्हें लूट लिया गया। लेकिन ये घटनाएँ सोच-समझकर पहले से ही तैयारी करके हुई थीं, यह नहीं कहा जा सकता था। आमतौर पर क्षणिक प्रलोभन के कारण शिष्ट व्यक्ति भी ऐसी हरकतें कर बैठते थे जिनकी दूसरे लोग फ़ौरन नक़ल करते थे। कभी-कभी क्षणिक उन्माद में आकर कोई आदमी मकान-मालिक की नज़रों के सामने ही किसी जलते हुए मकान में घुस जाता था और मकान-मालिक शोक से विमूढ़ खड़ा आग की लपटों को देखता रहता था। उसकी उदासीनता देखकर बहुत से तमाशबीन पहले आदमी का अनुकरण करते थे और देखते-ही-देखते अँधेरी सड़क पर दौड़ने वालों की भीड़ लग जाती थी। बुझती हुई लपटों की मद्धिम लाली में जब वे घर से सजावट का सामान या फ़र्नीचर अपने

कन्धों पर लादकर बाहर निकलते थे तो वे कुबड़े और कुरूप बौने दिखाई देते थे। इस तरह की वारदातों से मजबूर होकर ही अधिकारियों ने मार्शल-लॉ की घोषणा की थी और फ़ौजी कायदे लागू किए थे। मकान लूटने वाले दो आदमियों को गोली मार दी गई थी। लेकिन हमें शक है कि इससे अन्य लोगों पर कुछ ख़ास असर पड़ा था। हर रोज़ इतनी मौतें होती थीं कि इन दो सज़ाओं की किसी को परवाह ही नहीं थी, ये समुद्र में बूँद के समान थीं। दरअसल इस तरह की वारदातें अक्सर होती रहीं और अधिकारियों ने उनमें दख़ल देने की कोई कोशिश नहीं की, दिखावे के लिए भी नहीं। सिर्फ़ एक नियम का ही नागरिकों पर कुछ असर हुआ, वह था कर्फ़्यू ऑर्डर। ग्यारह बजे के बाद शहर में एकदम अँधेरा छा जाता था। ऐसे में ओरान एक विशाल कब्रिस्तान की तरह दिखाई देता था।

चाँदनी रातों में सीधी-लम्बी सड़कें और मैली-सफ़ेद दीवारें, जिन पर कहीं किसी वृक्ष की भी परछाईं नहीं थी और जिनकी निस्तब्धता में किसी के क़दमों या कुत्ते के भूँकने की आवाज़ भी नहीं आती थी, पीली मद्धिम रोशनी में चमकती रहती थीं। ख़ामोश शहर अब सिर्फ़ विशाल, मुर्दा, घनाकार आकृतियों का संग्रह-मात्र रह गया था जिसमें महान व्यक्तियों के काँसे के खोल-चढ़े बुत खड़े थे। उनके पत्थर या धातु के बने भावहीन चेहरों और उनकी असली शक्ल में एक शोकपूर्ण साम्य था। सूने चौकों और मार्गों में ये दिखावटी बुत झुकते आसमान-तले अपनी हुकूमत जमाए थे; हो सकता था ये जड़ राक्षस जड़ता के उस शासन के प्रतीक हों जो ज़बरदस्ती हमारे ऊपर लादा गया था, या उस शासन के अन्तिम पहलू हों—एक ऐसे निष्प्राण शहर के प्रतीक जिसमें प्लेग, पत्थरों और अँधेरे ने मिलकर हर आवाज़ को बन्द कर दिया था।

लेकिन अँधेरा लोगों के दिलों में भी था। मुर्दों को दफ़न करने के बारे में जिस तरह की बे-सिर-पैर की अफवाहें हमारे शहर में फैली हुई थीं, उसी तरह उन्हें आश्वस्त करने वाले तथ्यों की तरफ़ उतना ही कम ध्यान दिया जाता था। कथाकार इन मुर्दों के दफ़न किए जाने की चर्चा किए बग़ैर नहीं रह सकता, इसलिए माफ़ी का एक शब्द यहाँ उचित ही होगा, क्योंकि वह अच्छी तरह जानता है कि लोग इस मामले में उसकी भर्त्सना करेंगे। कथाकार यह सफ़ाई देता है कि इस काल में लगातार लोग दफ़नाए जाते रहे और दफ़नाने का ढंग ही कुछ ऐसा था कि एक माने में न सिर्फ़ कथाकार ही नहीं बल्कि सब लोग उनकी तरफ़ ध्यान देने के लिए मजबूर हो गए थे। ख़ैर, जो भी हो, यह नहीं समझ लेना चाहिए कि कथाकार को

ऐसी रस्मों के प्रति अस्वस्थ मोह है, बल्कि इसके विपरीत उसे ज़िन्दा लोगों की सोहबत ज़्यादा पसन्द है—इसकी जीती-जागती मिसाल समुद्र स्नान है। लेकिन नहाने के घाट पहुँच से बाहर थे और ज़िन्दा लोगों की सोहबत दिन-ब-दिन ख़तरनाक होती जा रही थी और मुर्दों की सोहबत में बदलती जा रही थी। यह तो ज़ाहिर ही था। इसमें शक नहीं कि अगर कोई चाहता तो हमेशा इस अप्रिय सचाई का सामना करने से इनकार कर सकता था, उस तरफ़ से अपनी आँखें मूँद सकता था या उसे अपने दिल से निकाल सकता था। लेकिन इस प्रत्यक्ष सचाई में एक भयंकर और अकाट्य तर्क है जो अन्त में बचाव के सभी साधनों को छिन्न-भिन्न कर देता है। मिसाल के लिए जिस दिन आपके किसी प्रियजन को दफ़नाने की ज़रूरत हो तो आप भला मुर्दों के दफ़न के प्रति लापरवाही कैसे दिखा सकते हैं!

दरअसल जिस रफ़्तार से मुर्दे दफ़नाए जाते थे उसे देखकर हैरानी होती थी। सारी औपचारिकताएँ धीरे-धीरे ख़त्म हो गई थीं और साधारण तौर पर यह कहा जा सकता है कि ऐसी तमाम रस्मों पर, जो जटिल और विस्तृत थीं, पाबन्दी लगा दी गई थी। प्लेग का मरीज़ अपने परिवार के लोगों से दूर ही मर जाता था और रस्म के मुताबिक़ लाश की निगरानी करने पर भी पाबन्दी लगा दी गई थी, जिसके परिणामस्वरूप अगर कोई आदमी शाम के वक़्त मरता था तो उसकी लाश रात-भर अकेली ही रहती थी, जो दिन के वक़्त मरते थे उन्हें फ़ौरन दफ़ना दिया जाता था। परिवार के लोगों को ख़बर तो दी ही जाती थी, लेकिन अधिकांश मामलों में चूँकि मृतक मरीज़ मरने से पहले परिवार में रह चुका होता था इसलिए परिवार के सभी लोग छूत के वार्ड में होते थे और उनकी सारी हलचलें ख़त्म हो जाती थीं। लेकिन अगर मृतक परिवार में नहीं रहा होता था तो परिवार के लोगों को सूचित किया जाता था कि वे निश्चित समय पर जनाज़े का साथ दें—अर्थात जब लाश को नहलाकर ताबूत में डाल दिया जाता था और जनाज़े को क़ब्रिस्तान ले जाने का वक़्त आता था, तब कहीं परिवार के लोग वहाँ पहुँचते थे।

मिसाल के लिए हम कल्पना कर सकते हैं कि यह सारी कार्यवाही उस सहायक अस्पताल में हो रही थी, जिसका इंचार्ज डॉक्टर रियो था। यह स्कूल की इमारत थी जिसे अस्पताल में बदल दिया गया था। मुख्य इमारत के पिछवाड़े बाहर निकलने का एक दरवाज़ा था। बरामदे के एक स्टोर में ताबूत जमा किए गए थे। जब मृतक के परिवार के लोग वहाँ पहुँचे तो उन्होंने बरामदे में एक ताबूत देखा जिसे पहले से ही कीलों से बन्द कर दिया गया था। इसके बाद सबसे महत्त्वपूर्ण कार्यवाही

शुरू हुई। परिवार के मुखिया को सरकारी काग़ज़ों पर दस्तपत्र करने थे। इसके बाद ताबूत को एक मोटरगाड़ी में रख दिया गया। यह मुर्दागाड़ी थी, या एक बड़ी एम्बुलेंस को मुर्दागाड़ी में तब्दील कर दिया गया था। मातम करने वाले एक टैक्सी में बैठ गए, कुछ टैक्सियाँ अब भी अधिकारियों की इजाज़त से चलती थीं। दोनों गाड़ियाँ तेज़ रफ़्तार से शहर के केन्द्र से बचते हुए एक दूसरे रास्ते से क़ब्रिस्तान की तरफ़ चल पड़ीं। फाटक पर एक चौकी के सामने सब गाड़ियाँ रुकती थीं जहाँ पुलिस के अफ़सर बाहर निकलने के सरकारी परमिट पर मोहर लगाते थे। इस मोहर के बग़ैर हमारे नागरिकों को क़ब्रिस्तान में, जिसे अन्तिम विश्राम-स्थल कहते हैं, जगह नहीं मिल सकती थी। सिपाही एक तरफ़ हट गया और कारें ज़मीन के एक टुकड़े के पास आकर रुकीं जहाँ बहुत-सी क़ब्रें ख़ुदी थीं और मेहमानों का इन्तज़ार कर रही थीं। एक पादरी शोक करने वालों से मिलने आया, क्योंकि अब मुर्दों को दफ़नाने के वक़्त धार्मिक रस्में निभाने पर पाबन्दी लगा दी गई थी। प्रार्थनाओं के साथ ताबूत को मुर्दागाड़ी से घसीटकर उतारा गया और रस्सियों से बाँधकर क़ब्र के नज़दीक लाया गया, रस्से खींच लिये गए और ताबूत अपना बोझ लिये क़ब्र के तले में विश्राम के लिए पहुँच गया। पादरी ने पवित्र जल छिड़कना शुरू किया ही था कि ताबूत के ढक्कन पर ज़ोर से मिट्टी गिरने की आवाज़ आई। एम्बुलेंस पहले से ही जा चुकी थी और उसे कीटाणुनाशक दवाई छिड़ककर साफ़ किया जा रहा था। इधर क़ब्र पर मिट्टी का ढेर बढ़ता जाता था और कुदालों से मिट्टी डालने की विषादपूर्ण आवाज़ आ रही थी, उधर परिवार के लोग टैक्सी में पुलिन्दों की तरह भरे जा रहे थे। पन्द्रह मिनट बाद वे घर वापस पहुँच गए।

इस सारी कार्यवाही को कम-से-कम जोख़िम और ज़्यादा-से-ज़्यादा तेज़ रफ़्तार से पूरा किया गया। इसमें शक नहीं कि प्लेग के शुरू के दिनों में मृतकों के सम्बन्धियों की सहज-भावनाओं को इस तेज़ रफ़्तार की कार्यवाही से चोट पहुँची थी। लेकिन यह ज़ाहिर था कि प्लेग के ज़माने में ऐसी भावनाओं का ध्यान नहीं रखा जा सकता, इसलिए कार्यकुशलता पर सब कुछ न्योछावर कर दिया गया, हालाँकि दफ़नाने के इस संक्षिप्त तरीक़े से शुरू में लोगों का मनोबल डावाँडोल हो गया था। आमतौर पर लोगों को यह नहीं मालूम होता कि सम्बन्धियों को अच्छी तरह दफ़नाने की भावना कितनी प्रबल होती है। लेकिन ज्यों-ज्यों वक़्त गुज़रता गया हमारे शहर के लोगों का ध्यान अपनी तात्कालिक आवश्यकताओं पर केन्द्रित होने लगा। खाद्य-समस्या गम्भीर हो गई। सरकारी काग़ज़ों की खानापूरी, खाने की चीज़ों

को तलाश करने और दुकानों-दफ़्तरों के आगे क़तारों में खड़े होने में ही लोगों का सारा वक़्त कट जाता था। उन्हें यह सोचने की फुरसत नहीं थी कि उनके आसपास लोग किस तरह मर रहे हैं और किसी दिन वे ख़ुद भी इसी तरह मर जाएँगे। इस तरह हमारे दैनिक जीवन की बढ़ती हुई पेचीदगियों से जो मुसीबतें थीं एक माने में हमारे लिए वरदान साबित हुईं। दरअसल अगर प्लेग इतनी तबाही न मचाती तो जो होता भलाई के लिए होता।

उस वक़्त ताबूतों की, मुर्दों को लपेटने के कफ़नों की और क़ब्रिस्तान में जगह की कमी हो गई। इस सिलसिले में फ़ौरन कोई क़दम उठाना ज़रूरी था और व्यावहारिक सुविधा के लिहाज़ से यह ज़रूरी हो गया कि बहुत से लोगों को एक ही क़ब्र में दफ़ना दिया जाए और ज़रूरत पड़ने पर अस्पताल और क़ब्रिस्तान के बीच मुर्दागाड़ी के चक्कर बढ़ा दिए जाएँ। एक बार तो रियो के अस्पताल में सिर्फ़ पाँच ही ताबूत रह गए। जब पाँचों सन्दूक लाशों से भर गए तो उन्हें एक-साथ एम्बुलेंस में लाद दिया गया। क़ब्रिस्तान पहुँचकर सन्दूकों को ख़ाली कर दिया गया और लोहे-जैसे भूरे रंग की लाशों को स्ट्रेचरों पर रखकर एक छप्पर में पहुँचा दिया गया जो खास तौर से इसीलिए बनाया गया था। वहाँ लाशें अपने दफ़न होने का इन्तज़ार करने लगीं। इस बीच ख़ाली ताबूतों में कीटाणुनाशक दवा छिड़की गई और उन्हें अस्पताल ले जाया गया। जब भी ज़रूरत पड़ती, लाशें दफ़नाने का यह तरीक़ा अख्तियार किया जाता। यह तरीक़ा कामयाब रहा और प्रीफ़ेक्ट ने इसका समर्थन किया। यहाँ तक कि उसने रियो से यह भी कहा कि किताबों में प्लेग के वर्णनों में लिखा है कि हब्शी लोग लाशों से भरे छकड़े खींचा करते थे—उससे तो मौजूदा तरीक़ा कहीं बेहतर है।

"हाँ," रियो ने कहा। "इस बार भी प्लेग में उतने ही लोग मरते और दफ़नाए जाते हैं जितने कि पुराने ज़माने की प्लेग में दफ़नाए जाते थे, लेकिन अब हम मौत के आँकड़े रखते हैं। आपको मानना पड़ेगा कि इसी का नाम प्रगति है।"

हालाँकि व्यावहारिक रूप में यह पद्धति सफल रही, लेकिन जिस तरीक़े से मृतकों को दफ़नाया जाता था, उसकी वजह से प्रीफ़ेक्ट को भी मजबूर होकर पाबन्दी लगानी पड़ी कि लाश को क़ब्र में दफ़नाते वक़्त मृतक का कोई रिश्तेदार वहाँ मौजूद न रहे। यह हुक्म जारी करने में उसे काफ़ी तकलीफ़ हुई थी। रिश्तेदारों को सिर्फ़ क़ब्रिस्तान के फाटकों तक आने की इजाज़त थी, वह भी सरकारी तौर पर नहीं। जहाँ तक दफ़नाने की आख़िरी रस्म का सवाल था, स्थिति बहुत-कुछ

बदल चुकी थी। क़ब्रिस्तान के एक सुदूर कोने में ज़मीन के एक खुले टुकड़े में, जहाँ कहीं-कहीं मस्तगी के पेड़ लगे थे, दो बड़े गड्ढे खोदे गए थे। एक मर्दों के लिए सुरक्षित था और दूसरा औरतों के लिए। इस लिहाज़ से अधिकारी अभी तक औचित्य को महत्त्व देते थे। बाद में जाकर परिस्थितियों की मजबूरी से शालीनता के इस बचे-खुचे अंश को भी तिलांजलि दे दी गई और अन्धाधुन्ध मर्दों और औरतों की लाशों को गड्ढों में फेंका गया। तसल्ली सिर्फ़ इसी बात की है कि यह अपमानजनक कार्यवाही प्लेग की तबाही के आख़िरी दौर में हुई।

जिस दौर की हम अब चर्चा कर रहे हैं, उसमें अभी तक मर्दों और औरतों की लाशों को अलग-अलग रखा जाता था और अधिकारी इस बात पर ज़ोर देते थे। हर गड्ढे की तली में बिना बुझाए हुए चूने की एक गहरी परत बिछा दी गई थी, जो ज़ोर से खौलता था और जिससे भाप उठती थी। गड्ढे के किनारों के पास चूने की एक मेड़ से बुलबुले उठ रहे थे जो ऊपर आकर हवा में फूट जाते थे। जब एम्बुलेंस अपना काम ख़त्म कर चुकती थी तो स्ट्रेचरों को सीधी क़तार में गड्ढों के पास लाया जाता था। नंगी लाशें, जो ऐंठकर बदसूरत हो जाती थीं, एक साथ गड्ढे में धकेल दी जाती थीं और उन पर चूने की परत बिछाकर मिट्टी डाल दी जाती थी। मिट्टी की परत सिर्फ़ कुछ इंच गहरी होती थी, ताकि बाद में आने वाले लाशों के ढेर के लिए जगह की गुंजाइश रखी जा सके। अगले दिन मृतकों के रिश्तेदारों से मुर्दों के रजिस्टर में दस्तख़त करने के लिए कहा जाता था, जिससे ज़ाहिर होता है कि इनसान और दूसरे जीवों, मिसाल के लिए कुत्तों की मौत में फ़र्क़ किया जा सकता है। इनसानों की मौतें बाकायदा रजिस्टर में दर्ज की जाती हैं और आँकड़ों का सावधानी से हिसाब रखा जाता है।

ज़ाहिर है कि इन तमाम कामों के लिए बहुत से स्टाफ़ की ज़रूरत थी और रियो के पास काम करने वालों की अक्सर कमी रहती थी। बहुत से क़ब्र खोदने वाले, स्ट्रेचर उठाने वाले और इसी तरह के लोग, जो सरकारी नौकर थे और बाद में कई लोग अपनी मरज़ी से भी यह काम करने लगे थे, प्लेग से मर चुके थे। चाहे कितनी ही सावधानियाँ बरती गईं, लेकिन आख़िरकार छूत ने अपना असर किया ही। लेकिन तमाम बातों के बावजूद सबसे ज़्यादा हैरानी की बात यह है कि जब तक महामारी चलती रही, इन कामों के लिए लोगों की कोई कमी महसूस नहीं हुई। नाजुक वक़्त तब आया जब महामारी अपने चरम पर थी। डॉक्टर की परेशानी स्वाभाविक ही थी। उस वक़्त ऊँचे ओहदों और सख़्त कामों, दोनों के लिए

कर्मचारियों की कमी हो गई। रियो दफ़नाने वालों के काम को सख़्त काम कहता था। लेकिन ज़रा यह विरोधाभास देखिए कि जब सारा शहर बीमारी की पकड़ में आ गया तो प्लेग ने ही परिस्थितियों को आसान बना दिया, क्योंकि शहर की आर्थिक ज़िन्दगी के विच्छिन्न हो जाने से बहुत से लोग बेकार हो गए थे। इनमें से बहुत कम प्रशासनिक ओहदों के काबिल थे, लेकिन 'मोटे-मोटे' काम के लिए लोगों को भरती करना बहुत आसान हो गया। इसके बाद से डर के बजाय ग़रीबी ज़्यादा बड़ी प्रेरकशक्ति बन गई, क्योंकि जोख़िम की वजह से ऐसे काम करने वालों को ज़्यादा तनख़्वाह मिलती थी। सफ़ाई करने वालों के पास काम चाहने वालों की अर्जियों की एक सूची थी। जब भी कोई जगह ख़ाली होती तो उन लोगों को ख़बर दे दी जाती जिनका नाम सूची में सबसे ऊपर होता था। अगर ये लोग ज़िन्दा रहते थे तो बुलाए जाने पर ज़रूर हाज़िर होते थे। प्रीफ़ेक्ट, जो हमेशा से जेल के क़ैदियों को काम पर लगाने से हिचकिचाता था, इस अप्रिय क़दम को उठाने की मजबूरी से बच गया। उसने कहा कि जब तक बेकार लोग मौजूद हैं, हम इन्तज़ार कर सकते हैं, क़ैदियों से काम लेने की कोई ज़रूरत नहीं है।

इस तरह अगस्त के अन्त तक हमारे शहरियों की लाशों को उनके अन्तिम विश्राम-स्थल तक पहुँचाया जाता रहा, शालीन ढंग से नहीं तो कम-से-कम इतने व्यवस्थित ढंग से कि अधिकारी महसूस करते थे कि वे मृतकों और उनके रिश्तेदारों के प्रति अपना कर्तव्य निभा रहे हैं। ख़ैर, हम यहाँ आने वाली घटनाओं का थोड़ा अन्दाज़ लगा सकते हैं और उन परिस्थितियों को बयान कर सकते हैं जिनसे हमें प्लेग के आख़िरी दौर में गुज़रना पड़ा। अगस्त के बाद से इतनी मौतें होने लगीं कि हमारे शहर के छोटे-से क़ब्रिस्तान में और लाशों को दफ़नाने की गुंजाइश ही नहीं रही। दीवारों को गिराकर पड़ोसियों की ज़मीन में भी दख़ल देने के सुविधाजनक तरीक़े अपनाए गए, लेकिन वे पर्याप्त नहीं थे। फ़ौरन ही किसी नए तरीक़े की ज़रूरत थी। पहला क़दम यह उठाया गया कि लाशों को रात के वक़्त दफ़नाया जाने लगा। ज़ाहिर है कि रात को दफ़नाने की कार्यवाही अधिक संक्षिप्त की जा सकती थी। एम्बुलेंसों में ज़्यादा तादाद में लाशों के ढेर लगाए जाने लगे। कर्फ़्यू के बाद जो लोग शहर के बाहर की बस्तियों में घूमते थे या जो अपनी ड्यूटी की वजह से बाहर निकलते थे, उन्हें अक्सर लम्बी सफ़ेद एम्बुलेंस गाड़ियाँ तेज़ रफ़्तार से गुज़रती हुई दिखाई देती थीं। गाड़ियों की घंटियों की नीरस खनखनाहट से आसपास की सारी सड़कें गूँज उठती थीं। लाशों को अन्धाधुन्ध गड्ढों में गिरा दिया जाता था,

और गड्ढे में पहुँचते ही कुदालें भर-भरकर बिना बुझा चूना उनके ऊपर डाला जाता था, जिससे उनके चेहरे जल जाते थे। सबके ऊपर एक साथ मिट्टी डाल दी जाती थी—वक़्त के साथ-साथ गड्ढों को और भी ज़्यादा गहरा खोदा जाने लगा।

कुछ दिनों बाद ही नई जगह तलाश करने के लिए नए क़दम उठाने की ज़रूरत पड़ गई। संकटकालीन तरीक़े के तौर पर नागरिकों की लाशों के अवशेषों को क़ब्रों से निकालकर जलाने के लिए भेजा गया और इसके बाद लाशों को जलाया जाने लगा। इसके फलस्वरूप शहर के पूर्व में, फाटकों से बाहर बना श्मशान काम में लाया जाने लगा। पूर्वी फाटक की सन्तरी-चौकी को अपनी जगह से हटाकर और आगे भेज दिया गया। फिर म्यूनिसिपैलिटी के एक कर्मचारी को एक ऐसी तरकीब सूझी जिससे मुसीबतज़दा अधिकारियों को काफ़ी मदद मिली। उसने सलाह दी कि समुद्र-तट की सड़क पर जो ट्रामें जाती थीं और जो अब ख़ाली थीं, उन्हें इस प्रयोजन के लिए इस्तेमाल किया जा सकता है। अब तो ट्रामों और छकड़ों को इस नए काम के लिए इस्तेमाल किया जाने लगा और श्मशान तक पहुँचने के लिए ट्राम की छोटी पटरियाँ बिछा दी गईं। इस तरह श्मशान ट्रामों का टर्मिनस स्टेशन बन गया।

गरमी के आख़िरी महीनों में और पतझड़ के सारे मौसम में हर रोज़ समुद्र-तट की चट्टानों के गिर्द बनी सड़क पर आसमान की पृष्ठभूमि में झूलकर चलती हुई ट्रामों का एक विलक्षण जुलूस दिखाई देता था। इन ट्रामों में एक भी मुसाफ़िर नहीं रहता था। इस इलाक़े में रहने वाले लोगों को जल्द ही सारी स्थिति का ज्ञान हो गया। हालाँकि चट्टानों पर दिन-रात पहरा रहता था, फिर भी लोगों के छोटे-छोटे झुंड पुलिस की नज़रें बचाकर चट्टानों के बीच जाकर खुले छकड़ों और ट्रामों पर फूल फेंकते थे। गरमी की रातों के गरम अँधेरे में फूलों और लाशों से भरी गाड़ियों के पहियों का कर्कश स्वर सुनाई देता था।

शुरू के कुछ दिनों में शहर की पूर्वी बस्तियों पर एक चिपचिपा, बदबूदार धुएँ का बादल छाया रहा। सब डॉक्टरों की राय थी कि यह बदबू अप्रिय होते हुए भी नुकसान नहीं पहुँचा सकती। लेकिन इस इलाक़े के लोगों ने धमकी दी कि वे एक साथ यह इलाक़ा छोड़कर कहीं और चले जाएँगे। उन्हें यक़ीन हो गया था कि आसमान से उन पर कीटाणु बरस रहे हैं—इसके परिणामस्वरूप उन्हें ख़ुश करने के लिए अधिकारियों को वहाँ से धुआँ हटाने के लिए लम्बा-चौड़ा इन्तज़ाम करना पड़ा और मशीनें लगानी पड़ीं। इसके बाद जब कभी तेज़ हवा चलती तभी पूर्व से

आती हुई बदबू उन्हें इस बात की याद दिलाती कि वे एक व्यवस्था में रह रहे हैं और हर रोज़ रात को प्लेग की लपटें अपनी वसूली करती हैं।

महामारी जब अपने चरम पर थी तो उसके ये नतीजे निकले थे। ख़ुशक़िस्मती से हालत इससे ज़्यादा नहीं बिगड़ी वरना यह आसानी से यक़ीन किया जा सकता है कि हमारे अधिकारियों की साधन-सम्पन्नता, अफ़सरों की कार्य-कुशलता और श्मशान की मुर्दे जलाने की क्षमता भी स्थिति का सामना न कर पाती। रियो जानता था कि अधिकारी हताश होकर लाशों को समुद्र में फेंकने जैसे और भी भयंकर क़दम उठाने पर बहसें कर रहे हैं। रियो की आँखों के सामने एक तस्वीर आई। उसे लगा जैसे चट्टानों के नीचे उथले पानी में कोई बदसूरत चीज़ हिल-डुल रही है। वह यह भी जानता था कि अगर प्लेग की मौतों की संख्या बढ़ गई तो कोई भी संस्था, चाहे वह कितनी भी कार्य-कुशल क्यों न हो, स्थिति का मुक़ाबला नहीं कर सकेगी। ढेरों लोग एक साथ मरेंगे और सड़कों पर लाशें सड़ा करेंगी। अधिकारी चाहे जो करें चौराहों पर मरते हुए लोग, सबको समझ में आने लायक नफ़रत के उन्माद या पागल उम्मीद में ज़िन्दा लोगों का आलिंगन करते हुए नज़र आएँगे।

इन्हीं दृश्यों और डरों ने हमारे नगरवासियों में इस भावना को जीवित रखा था कि वे निर्वासित हैं और बाक़ी दुनिया से अलग हो गए हैं। इस सिलसिले में कथाकार को यह पूरा एहसास है कि वह सचमुच की किसी चमत्कारपूर्ण बात को, किसी साहसी कारनामे को या किसी वैसे यादगार तथ्य को दर्ज नहीं कर सकता जैसे तथ्य पुराने ऐतिहासिक विवरणों में हमें रोमांचित करते हैं। हक़ीक़त यह है कि महामारी से कम सनसनीखेज़ और नीरस घटना कोई नहीं हो सकती। बड़ी मुसीबतें अगर ज़्यादा देर तक रहती हैं तो वे नीरस हो जाती हैं। जो लोग इस दौर से गुज़रे थे, उनकी स्मृतियों में प्लेग के ये अवसादपूर्ण दिन जस्ते के रंग की आकाश तक फैली प्रचंड, देदीप्यमान लपटों की तरह सुरक्षित नहीं हैं, बल्कि एक ऐसे दानव की पूर्व-निश्चित, धीमी प्रगति के रूप में सुरक्षित हैं जो अपने रास्ते में आने वाली हर चीज़ को नष्ट कर देता है।

नहीं, प्लेग के शुरू के दौर में रियो के मन में महामारी के विषय में जो शानदार आडम्बरपूर्ण कल्पनाएँ पैदा हुई थीं, वे सचमुच की प्लेग से बिलकुल मेल नहीं खाती थीं। सबसे बड़ी बात तो यह थी कि प्लेग एक चालाक और कभी न झुकने वाला दुश्मन था। वह एक कुशल संगठन-कर्ता थी जो अपना काम मुस्तैदी से और पूरी तरह निभा रही थी। बातों-ही-बातों में हम यह भी कह दें कि कथाकार ने निष्पक्ष

और वस्तुपरक दृष्टि इसलिए अपनाई है ताकि वह न सचाई के प्रति, न अपने प्रति बेइंसाफ़ी कर सके। उसने कलात्मक प्रभाव पैदा करने के लिए अपने ब्योरे में कहीं कोई रद्दोबदल नहीं की। सिर्फ़ जहाँ घटनाओं को तर्कसंगत ढंग से बयान करने की ज़रूरत पड़ी वहाँ उसने कमोबेश साधारण संशोधन किए हैं। इस कठिनाई को सामने रखते हुए कथाकार को बड़े अफ़सोस से यह क़बूल करना पड़ता है कि लोगों के दुख का सबसे बड़ा, सबसे गहरा और विस्तृत कारण प्रियजनों से बिछुड़ना था—कथाकार का कर्तव्य है कि प्लेग के अन्तिम दौर में यह भावना जिस रूप में आई वह उसे बयान करे, लेकिन इससे इनकार नहीं किया जा सकता कि इस दुख की तीव्रता भी कुछ-कुछ कम हो चली थी।

क्या इसका कारण यह था कि हमारे नगरवासी, यहाँ तक कि वे लोग भी जिन्हें अपने प्रियजनों से बिछुड़कर तीव्र वेदना हुई थी, प्रियजनों के बग़ैर रहने के आदी हो गए थे। एकदम ऐसा मान लेना सचाई के ख़िलाफ़ होगा। यह कहना ज़्यादा सही होगा कि उनकी भावनाएँ और शरीर दिनोंदिन शोक में घुलते जा रहे थे। प्लेग के शुरू में उनके मन में बिछुड़े प्रियजनों की स्मृति बिलकुल साफ़ थी और उनकी अनुपस्थिति को महसूस करके उन्हें बड़ी तकलीफ़ होती थी। लेकिन उन्हें अपने प्रियतमों या प्रियतमाओं के चेहरे, मुस्कराहटें और कुछ ऐसे क्षण याद थे जबकि वे बेहद सुखी थे (वे अपने अतीत का सिंहावलोकन कर रहे थे)। लेकिन उन क्षणों में, जब वे अतीत की स्मृतियों को ताज़ा कर रहे थे, उनके प्रियतम या प्रियतमाएँ क्या कर रही होंगी, यह कल्पना करने में उन्हें बड़ी दिक़्क़त पेश आती थी, खास तौर पर जब उन्हें एक सुदूर पृष्ठभूमि की कल्पना करनी पड़ती थी जहाँ तक पहुँचने की वे उम्मीद भी नहीं कर सकते थे। कहने का अर्थ यह है कि ऐसे क्षणों में स्मृति तो अपना काम करती थी लेकिन कल्पना असफल हो जाती थी। प्लेग के दूसरे दौर में उनकी स्मृति भी असमर्थ हो गई। उन्हें प्रिय व्यक्ति का चेहरा भूल गया हो यह बात नहीं थी, लेकिन वे चेहरे को उसके सजीव मांसल रूप में नहीं देख पाते थे और अब उसे स्मृति के आईने में देखने में असमर्थ थे, जो कि भूलने के बराबर ही था।

इस तरह पहले कुछ हफ़्तों में तो उनकी शिकायत थी कि उनका प्यार जैसा था और उनके लिए प्यार का जो अर्थ था अब उसकी छाया मात्र बाक़ी रह गई है। अब उन्हें यह बोध हुआ कि परछाइयाँ भी क्षीण हो सकती हैं और ज़िन्दगी के वे मद्धिम रंग, जो स्मृतियों से पैदा होते हैं, ख़त्म हो जाते हैं। इतनी लम्बी जुदाई के

बाद वे उस आत्मीयता और निकटता की कल्पना करने में भी असमर्थ हो गए थे, यहाँ तक कि वे यह भी नहीं समझ पाते थे कि किसी ऐसे व्यक्ति के साथ रहने में, जिसकी ज़िन्दगी उनकी ज़िन्दगी में लिपटी हुई है, कैसी अनुभूति होती है।

इस दृष्टि से उन्होंने अपने को प्लेग की दशा के अनुसार ढाल लिया था। यह दशा आम होने की वजह से और भी ज़्यादा शक्तिशाली हो गई थी। इन लोगों में से किसी में उदात्त भावना को महसूस करने शक्ति नहीं रह गई थी। सबके दिलों में क्षुद्र और नीरस भावनाएँ थीं। "अब तो इस मुसीबत को ख़त्म होना चाहिए।" लोग अक्सर कहते थे, क्योंकि मुसीबत के वक़्त सब यही चाहते हैं कि वह जल्द ख़त्म हो जाए और दरअसल सब यही चाहते थे। लेकिन इस तरह की बातें करते वक़्त हमारे दिल में वह तीव्र आकुलता या प्रचंड क्षोभ नहीं उठता था जो प्लेग के पहले दौर में उठा करता था। हमारे दिमाग़ों की धुँधली रोशनी में अब भी कुछ स्पष्ट विचार बच रहे थे, हम दरअसल उन्हीं में से एक विचार को व्यक्त किया करते थे। पहले हफ़्तों के क्षोभपूर्ण विद्रोह का स्थान एक विशाल निराशा ने ले लिया था, पाठक इसे असहायपन न समझे हालाँकि इसमें एक निष्क्रियता और सामयिक समर्पण था।

हमारे नागरिक साथियों ने हार मान ली थी और जैसा कहा जाता है, हमने परिस्थितियों के मुताबिक़ अपने को ढाल लिया था, क्योंकि इसके सिवा हमारे सामने कोई चारा नहीं था। उनके मन की उदासी और दुख अभी भी कायम थे, लेकिन अब उन्हें उनकी कसक नहीं महसूस होती थी। कुछ लोगों के लिए, जिनमें डॉक्टर रियो भी था, यही चीज़ सबसे अधिक निराशाजनक मालूम होती थी; उदासी की आदत उदासी से कहीं बदतर है। अभी तक जो लोग अपने प्रियजनों से बिछुड़े थे वे पूरी तरह से दुखी नहीं हुए थे। उनके दुःख की रात्रि में हमेशा उम्मीद की एक किरण झलकती रहती थी, लेकिन अब वह किरण भी बुझ गई थी। आप उन्हें सड़क के कोनों में, कॉफ़ी-हाउसों में, या दोस्तों के मकानों में देख सकते थे। वे बेचैन, उदासीन और इतने ऊबे हुए नज़र आते थे कि उनकी वजह से सारा शहर रेलवे-वेटिंग रूम की तरह दिखाई देता था। जिनके पास नौकरियाँ थीं, वे बिलकुल प्लेग की रफ़्तार से और एक धीमे धैर्य से काम करते थे। हर आदमी में विनयशीलता आ गई थी। पहली बार लोग बिना किसी हिचकिचाहट के दिल खोलकर अपने प्रियजनों के बारे में बातें करने लगे। सब लोग एक ही तरह के शब्द इस्तेमाल करते थे और अपनी वंचना को उसी दृष्टिकोण से देखते थे, जिससे वे महामारी के ताज़े आँकड़ों को देखते थे। यह परिवर्तन आश्चर्यजनक था, क्योंकि अब तक वे

बड़े जतन से अपनी व्यक्तिगत पीड़ा को जनसाधारण की पीड़ा से अलग सँजोकर रखे हुए थे। अब उन्होंने उसे सर्वसाधारण की पीड़ा में शामिल करना स्वीकार कर लिया था। स्मृतियों और उम्मीदों के बग़ैर वे सिर्फ़ क्षण के लिए जीने लगे। 'यहीं' और 'अब' उनके लिए सब कुछ हो गए थे। इस बात से इनकार नहीं किया जा सकता कि प्लेग ने धीरे-धीरे हम सबमें न सिर्फ़ प्यार की बल्कि दोस्ती की क्षमता भी ख़त्म कर दी थी। यह स्वाभाविक ही था क्योंकि प्यार भविष्य की माँग करता है और हमारे पास वर्तमान के क्षणों की एक शृंखला के सिवा कुछ नहीं बचा था।

ख़ैर, हमारी दुर्दशा का यह बयान, उसकी एक मोटी रूपरेखा ही है। यह सच है कि सब बिछुड़े हुए लोगों की आख़िर में यही हालत हुई थी, लेकिन साथ में हमें यह भी कहना चाहिए कि सब लोगों की एक [illegible] यह हालत नहीं हुई। इसके अलावा इस पूर्ण जड़ता में जकड़े जाने पर भी उनमें मेधा-शक्ति की चिनगारियाँ और स्मृति की टूटी-फूटी किरणें शेष थीं जिन्होंने निर्वासितों में पहले से अधिक तारण्य भरी और तेज़ चेतना जगा दी थी। यह तब होता था जब मिसाल के लिए वे यह सोचकर कि प्लेग ख़त्म हो गई है, भविष्य की योजनाएँ बनाते थे या अनायास ही, संयोगवश उनके मन में ईर्ष्या की टीस उठती थी—ईर्ष्या का कोई पात्र नहीं था, फिर भी उनकी ईर्ष्या में तीव्रता थी। कुछ और लोगों में अचानक ताक़त की बाढ़ आ जाती थी और हफ़्ते में कुछ दिन उनकी क्लान्ति दूर हो जाती थी। इतवार को और शनिवार की दोपहर को ऐसा होता था। इसके कारण साफ़ थे, क्योंकि उस ज़माने में जब प्रेमी-प्रेमिकाएँ एक साथ थे तो ये दिन आनन्द मनाने के लिए तय थे। कई बार अँधेरा छाने के साथ ही उनके मन पर अवसाद छा जाता था, जो एक प्रकार की चेतावनी थी कि बीते दिनों की स्मृतियाँ फिर सतह पर तैर रही हैं लेकिन यह चेतावनी हमेशा सही साबित नहीं होती थी। संध्या का समय, जो धार्मिक वृत्ति के लोगों के लिए अन्तरात्मा में झाँकने का समय होता है, एक क़ैदी और निर्वासित के लिए, जिसके पास मन को केन्द्रित करने के लिए शून्य के सिवा कुछ नहीं है, सबसे ज़्यादा कठिन समय होता है। क्षण-भर के लिए उनका मन डावाँडोल हो जाता था, फिर वे अपनी जड़ता में डूब जाते थे; जेल का दरवाज़ा फिर बन्द हो जाता था।

ज़ाहिर है कि इन परिस्थितियों में उन्हें अपनी ज़िन्दगी की सबसे अधिक व्यक्तिगत बातों को छोड़ना पड़ा था। जबकि प्लेग के आरम्भिक दिनों में उन्हें वे छोटी-छोटी बातें अत्यन्त महत्त्वपूर्ण मालूम हुई थीं जो औरों के लिए अर्थहीन थीं, इन बातों का उनके लिए विशेष महत्त्व था। इस तरह शायद ज़िन्दगी में उन्हें पहली

बार एहसास हुआ था कि हर व्यक्ति अपने में अपूर्व है। इसके विपरीत अब उन्हें सिर्फ़ उन्हीं बातों में दिलचस्पी थी जिनमें सब लोगों को दिलचस्पी थी। उनके विचार साधारण थे और उनकी कोमलतम अनुभूतियाँ अब अमूर्त–साधारण श्रेणी की बातें मालूम होती थीं। प्लेग उन पर इस तरह छा गई थी कि कई बार तो उनके मन में एक ही आकांक्षा उठती थी कि वे प्लेग की लाई हुई नींद में हमेशा के लिए सो जाएँ। "बड़ा अच्छा हो अगर मुझे भी प्लेग की छूत लग जाए–सारा क़िस्सा ख़त्म हो जाए!" लेकिन दरअसल वे पहले से ही सोए हुए थे; यह सारा दौर उनके लिए लम्बी रात की गहरी नींद के सिवा और कुछ नहीं था। शहर में नींद में चलने वाले लोग रहते थे, जिनकी नींद बहुत कम मौक़ों पर टूटती थी। जब रात को उनके दिल के ज़ख़्म, जो देखने में बि[illegible] [illegible]द मालूम होते थे, अचानक फट जाते थे, वे चौंककर जग जाते थे और खोए-खोए मन की जिज्ञासा से अपने ज़ख़्मों को सहलाने लगते थे, और बिजली की तेज़ी से उनका शोक फिर भड़क उठता था और उनकी आँखों के आगे उनके प्यार का शोकपूर्ण स्वरूप अनायास ही आ जाता था। सुबह वे फिर साधारण परिस्थितियों में अर्थात प्लेग के वातावरण में लौट जाते थे।

यह सवाल पूछा जा सकता है कि देखने वालों पर प्लेग के इन निर्वासितों ने क्या प्रभाव डाला था? जवाब बड़ा सीधा-सादा है; इन लोगों ने कोई भी असर नहीं डाला। या अगर इसे दूसरे शब्दों में कहा जाए तो ये लोग बाक़ी लोगों की तरह ही दिखाई देते थे, अविशिष्ट। वे शहर की गति-शून्यता और निरर्थक बचकाने आन्दोलन में हिस्सा लेते थे; उनकी विवेचन-शक्ति का नामोनिशान न रहा, बल्कि उनमें एक सर्द उदासीनता पैदा हो गई थी। मिसाल के लिए सबसे ज़्यादा मेधावी लोग भी बाकियों की तरह इस उम्मीद में कि उन्हें प्लेग के जल्द ख़त्म होने का यक़ीन हो जाए, अख़बार पढ़ने और रेडियो सुनने का दिखावा करते देखे जा सकते थे। अख़बार पढ़कर या तो उनके मन में विलक्षण उम्मीदें जगती थीं या अतिरंजित भय पैदा होते थे, जबकि उन पंक्तियों को किसी पत्रकार ने ऊब से उबासी लेते हुए बिना समझे-बूझे अन्धाधुन्ध ही लिखा होता था। इस बीच लोग बीयर पीते थे, अपने बीमार रिश्तेदारों की देखभाल करते थे, आलस में वक़्त गँवाते थे या काम करके अपने को भुलावे में रखते थे, दफ़्तर की फ़ाइलों में काग़ज़ात रखते थे, या घर बैठकर ग्रामोफ़ोन बजाते थे। वे अपनी किसी गतिविधि से यह ज़ाहिर नहीं होने देते थे कि वे बाक़ी लोगों से अलग हैं। दूसरे शब्दों में, हम कह सकते हैं कि उन्होंने अपने मन के मुताबिक़ अपनी ज़िन्दगी को निर्धारित करना छोड़ दिया था।

प्लेग ने सबकी संवेदनशीलता ख़त्म कर दी थी। यह इस बात से ज़ाहिर होता था कि लोगों को इस बात की बिलकुल परवाह नहीं रही थी कि वे किस क़िस्म के कपड़े पहनते हैं या कैसा खाना खाते हैं। ज़िन्दगी में जो भी दिक़्क़तें आती थीं, वे उनका सामना करने के लिए तैयार रहते थे।

और अन्त में अपने प्रियजनों से बिछुड़े लोगों के पास वह विचित्र अधिकार भी न रहा, जो प्लेग के शुरू में उन्हें प्राप्त था। वे प्यार के अहंकार और उससे पैदा होने वाले फ़ायदे को खो बैठे थे। अब कम-से-कम उनके सामने स्थिति साफ़ हो गई थी; इस मुसीबत से लड़ना सबकी ज़िम्मेदारी बन गई थी। शहर के फाटकों से सुनाई देने वाली बन्दूकों की आवाज़ें, ज़िन्दगी और मौत की लय पर निशान लगाने वाली रबर की मोहरों की नपी-तुली आवाज़ें, फ़ाइलें, अग्निकांड, घबराहट और औपचारिकताएँ, सब एक बदसूरत, लेकिन रजिस्टर में दर्ज मौत के निमित्त काम कर रही थीं। जहरीले धुओं, एम्बुलेंसों की ख़ामोश खनखनाहटों में हम सब एक समान निर्वासन के दुख उठा रहे थे और अचेतन रूप से अपने प्रियजनों से मिलने, शान्ति के चमत्कार को फिर से पाने की प्रतीक्षा कर रहे थे। इसमें शक नहीं कि हमारा प्यार अब भी ज़िन्दा था, लेकिन व्यावहारिक दृष्टि से उसका कोई फ़ायदा नहीं था। वह हमारे भीतर एक जड़ पदार्थ की तरह था और किसी अपराध या उम्रक़ैद की तरह ऊसर था। एक ऐसे सब्र को पाकर, जिसका कोई फ़ायदा नहीं था, हम सिर्फ़ उम्मीद करने की जिद पर अड़े हुए थे। इस दृष्टि से देखने पर हमारे कुछ शहरियों का दृष्टिकोण खाने के सामान की दुकानों के बाहर लगी लम्बी क़तारों से मिलता-जुलता था जो आजकल देखने में आती थीं। इसमें वही मजबूरी, लम्बी, कभी न ख़त्म होने वाली सहनशीलता थी, जिसमें किसी क़िस्म के भ्रम की गुंजाइश नहीं थी। फ़र्क़ सिर्फ़ इतना था कि खाना तलाश करने वालों की मानसिक स्थिति की तीव्रता अगर बहुत बढ़ जाए तब कहीं जाकर वह जुदाई की कचोटने वाली पीड़ा का मुक़ाबला कर सकती थी। जुदाई की व्यथा एक ऐसी भयंकर भूख से पैदा हुई थी जो कभी सन्तुष्ट नहीं हो सकती थी।

ख़ैर, अगर पाठक इन निर्वासितों की मन:स्थिति का सही अनुमान लगा लें तो हमें एक बार फिर उन नीरस शामों की कल्पना करनी पड़ेगी, जो धूल की परत और सुनहरे आलोक से छनकर उन वृक्षरहित सड़कों पर छा रही थीं, जहाँ औरतों और मर्दों की भारी भीड़ें थीं, क्योंकि दिन के अन्तिम प्रकाश में नहाए हुए छज्जों की तरफ़ अब एक ही क़िस्म की आवाज़ उठती थी—धीमी आवाज़ों, पदचापों

और असंख्य जूतों के तलों की एक सम्मिलित ऊँची आवाज़ जो गरम लू में प्लेग की पैशाचिक साँय-साँय से ताल मिला रही थी। अब मोटरों और गाड़ियों का शोर बन्द हो गया था, जो साधारण परिस्थितियों में शहरों की एकमात्र आवाज़ होती है। नई आवाज़ एक ऐसे विशाल जनसमूह की आवाज़ थी जो किसी तरह अपने दुर्भाग्य के दिन काट रहा था और अच्छे दिनों के आने का इन्तज़ार कर रहा था। यह कभी न ख़त्म होने वाली, दम घोंटने वाली भिनभिनाहट थी, जो धीरे-धीरे शहर के एक कोने से दूसरे कोने तक छा जाती थी और हर शाम उस अन्धी सहनशीलता को पूरी सचाई और शोकाकुलता से व्यक्त करती थी जिसने हमारे दिलों से प्यार को खदेड़ दिया था।

चौथा भाग

I

पूरे सितम्बर और अक्टूबर के दौरान शहर पूरी तरह, प्लेग की दया पर निर्भर रहा। किसी तरह 'काम चलाने' के सिवा और कोई चारा नहीं था। हज़ारों मर्द और औरतें हफ़्तों तक यही करते रहे। लगता था ये हफ़्ते कभी ख़त्म नहीं होंगे। हमारी सड़कों पर बारी-बारी से कुहरे, गरमी और बारिश का बोलबाला रहा। दक्षिण से मैनाओं और चिड़ियों के ख़ामोश झुंड आए, जो बहुत ऊँचाई पर उड़ रहे थे। लेकिन वे शहर से दूर-दूर रहते थे मानो उस दैत्याकार मूसल ने, जो घरों के ऊपर आवाज़ करता हुआ चक्कर काट रहा था और जिसका फ़ादर पैनेलो ने ज़िक्र किया था, पक्षियों को चेतावनी देकर हम लोगों से दूर कर दिया था। अक्टूबर के शुरू में बारिश की बौछारों ने आकर सड़कों को धो डाला। इस बीच सिवा काम चलाने के बृहद् प्रयास के हमारी ज़िन्दगी में और कोई महत्त्वपूर्ण घटना नहीं हुई।

अब आकर रियो और उसके दोस्तों को एहसास हुआ कि वे कितने थक गए थे। सचमुच सफ़ाई की टुकड़ियों में काम करने वालों के लिए अब अपनी थकान को सँभालना बस से बाहर हो गया। रियो ने अपने और अपने साथियों में आई इस तब्दीली को देखा, जिसने हर चीज़ के प्रति एक विचित्र उदासीनता का रूप धारण कर लिया था। मिसाल के लिए, जो लोग अभी तक प्लेग से सम्बन्धित हर ख़बर में गहरी दिलचस्पी दिखाते आए थे, बिलकुल उदासीन हो गए। रेम्बर्त, जिसे अस्थायी तौर पर एक क्वारंटाइन स्टेशन की निगरानी के लिए नियुक्त किया गया था, जिसके होटल को इसी मकसद के लिए क़ब्ज़े में ले लिया गया था, किसी भी वक़्त उन लोगों की संख्या बता सकता था जो उसके सुपुर्द किए गए थे। जिन लोगों में अचानक प्लेग के लक्षण नज़र आने लगते थे उन्हें फ़ौरन अस्पताल पहुँचाने के लिए उसने जो तरीक़ा निकाला था उसका पूरा ब्योरा उसके मन में पक्की तरह से बैठ गया था और वह मुँहज़बानी सब कुछ बता सकता था। उसी तरह उसकी

देखरेख में प्लेग की छूत से बचाने के लिए जिन्हें टीके लगाए जाते थे, उनका क्या असर होता था, इसके आँकड़े भी उसे मुँहज़बानी याद थे। फिर भी हफ़्ते में प्लेग से कितनी मौतें हुईं, यह वह नहीं बता सकता था, यहाँ तक कि वह यह भी नहीं बता सकता था कि मौतों की संख्या बढ़ रही है या कम हो रही है, और इस बीच परिस्थितियों के बावजूद उसने 'भाग निकलने' की उम्मीद नहीं छोड़ी थी।

जहाँ तक दूसरे लोगों का सम्बन्ध था वे दिन-भर और रात को देर तक लगातार काम करते रहते थे, उन्होंने कभी अख़बार पढ़ने या रेडियो सुनने की परवाह नहीं की थी। जब उन्हें किसी ऐसे प्लेग के मरीज़ के स्वस्थ होने की ख़बर बताई जाती थी, जिसके बचने की कोई उम्मीद नहीं थी, तो वे दिखावटी तौर पर दिलचस्पी तो लेते थे लेकिन दरअसल उनकी भावनाशून्य उदासीनता की तुलना किसी महायुद्ध के सैनिक से की जा सकती थी जो लगातार लड़ने के बोझ से चूर-चूर हो चुका है, जो सिर्फ़ अपनी दैनिक ड्यूटी के बारे में ही सोचता है, यहाँ तक कि जिसने यह उम्मीद करना भी छोड़ दिया है कि कभी आख़िरी मुठभेड़ होगी या सुलह का बिगुल सुनाई देगा।

ग्रान्द अभी भी क़ायदे से प्लेग के आँकड़े तैयार करता था, लेकिन वे आँकड़े किस दिशा की ओर संकेत करते थे, यह बताना उसके लिए असम्भव था। प्रबल सहन-शक्ति का परिचय देने वाले रियो, रेम्बर्त और तारो की तरह उसकी सेहत भी अच्छी नहीं थी। और अब म्यूनिसिपैलिटी के दफ़्तर में ड्यूटी देने के अतिरिक्त उसे रात को रियो के क्लर्क का काम भी करना पड़ता था। इस थकान का असर उसकी सेहत पर साफ़ दीख रहा था, और वह सिर्फ़ दो या तीन विचारों की मदद से ज़िन्दा रह रहा था जो उसके दिमाग़ में पक्की तरह बैठ गए थे। उनमें से एक विचार तो यह था कि प्लेग के ख़त्म होते ही वह एक हफ़्ते की छुट्टी लेकर अपनी किताब पूरी कर डालेगा। वह बहुत ज़्यादा भावुक हो गया था और भावुकता के क्षणों में रियो से अपने दिल की बातें किया करता था और जीन की चर्चा करता था। वह अब कहाँ होगी? वह सोचता था, अख़बारों को पढ़कर क्या कभी उसे ग्रान्द का ख़याल आता होगा? एक दिन रियो को यह देखकर अपने पर ताज्जुब हुआ कि वह ग्रान्द से अपनी पत्नी के बारे में बड़े साधारण ढंग से बातें कर रहा था। आज तक उसने किसी से ऐसी बातें नहीं की थीं।

उसकी पत्नी के भेजे हुए तार किस हद तक विश्वसनीय थे, इस बात में उसे शक था। तारों में वह हमेशा यक़ीन दिलाती थी कि उसकी सेहत ठीक है। रियो ने

सेनेटोरियम के डॉक्टर को तार देने का फ़ैसला किया। डॉक्टर ने जवाब दिया कि रियो की पत्नी की हालत पहले से बिगड़ गई है, लेकिन पूरी कोशिश की जा रही है कि बीमारी आगे न बढ़े। रियो ने यह ख़बर किसी को नहीं बताई थी। उसका ख़याल था कि स्नायविक थकान की वजह से ही वह ग्रान्द को यह बात बता बैठा है। जीन के बारे में डॉक्टर से बातें करने के बाद ग्रान्द ने मदाम रियो के बारे में कुछ सवाल पूछे और रियो का जवाब सुनकर कहा, "जानते हो, आजकल के डॉक्टर बीमारी को जिस तरह दूर कर देते हैं, वह निरा चमत्कार है।" रियो ने इस बात का समर्थन किया और सिर्फ़ इतना कहा कि बहुत लम्बे अरसे से अपनी पत्नी से अलग रहने की वजह से उसकी सेहत पर असर पड़ा है। हो सकता है अगर वह अपनी पत्नी के साथ रहता तो पत्नी की हालत सुधर जाती। मौजूदा परिस्थितियों में बेचारी अपने को बहुत अकेली महसूस करती होगी। इसके बाद रियो ख़ामोश हो गया और ग्रान्द के अगले सवालों को उसने गोलमोल जवाब देकर टाल दिया।

बाक़ी लोगों की भी यही हालत थी। तारो अपने को औरों से ज़्यादा सँभाले हुए था, लेकिन उसकी डायरी से ज़ाहिर होता था कि उसकी जिज्ञासा की गहराई अभी तक कायम थी लेकिन उसका वैविध्य समाप्त हो चुका था। इस दौर में उसे सिर्फ़ एक ही आदमी में दिलचस्पी थी, वह कोतार्द था। शाम के वक़्त वह रियो के फ़्लैट में लौटता था। जब से होटल को अधिकारियों ने क्वारंटाइन केन्द्र बना दिया था तब से तारो रियो के यहाँ आकर रहने लगा था। जब ग्रान्द और रियो प्लेग के दैनिक आँकड़ों को पढ़ते थे तो वह रत्ती-भर दिलचस्पी नहीं दिखाता था। उसे ज्योंही मौक़ा मिलता वह बातचीत का रुख अपने प्रिय विषय, ओरान के दैनिक जीवन के छोटे-छोटे पहलुओं की तरफ़ मोड़ देता।

डॉक्टर कास्तेल सबसे ज़्यादा थका-माँदा दिखाई देता था। जिस दिन उसने आकर रियो को बताया कि प्लेग की सीरम तैयार हो गई है और उसने पहली बार सीरम को मोशिए ओथों के नन्हे बेटे पर आजमाने का फ़ैसला किया है, जिसके बचने की कोई उम्मीद नहीं है, अचानक रियो ने ताज़े आँकड़े पढ़कर सुनाते हुए गौर किया कि डॉक्टर कास्तेल अपनी कुर्सी में पड़ा गहरी नींद सो रहा था। अपने पुराने दोस्त का बदला हुआ चेहरा देखकर रियो को बड़ा सदमा पहुँचा। कास्तेल के चेहरे पर हर वक़्त एक सहृदय और व्यंग्य-भरी मुस्कान छाई रहती थी जिससे उसके चेहरे पर हमेशा यौवन की कान्ति रहती थी। लेकिन अब अचानक अनियंत्रित होकर वही चेहरा अपनी असली उम्र और ज़िन्दगी के निष्फल बरसों की सूचना

दे रहा था। उसके खुले हुए होंठों से लार बह रही थी। इस दृश्य को देखकर रियो को लगा जैसे उसके गले में कोई चीज़ अटक गई है।

इन्हीं बातों से रियो अपनी थकान का अनुमान लगा सका। उसकी संवेदनशीलता काबू से बाहर हो रही थी। दबी रहने के कारण वह कठोर हो गई थी और आसानी से अक्सर एकदम चटख जाती थी और रियो भावनाओं के तूफ़ान में अपने को सर्वथा असहाय पाता था। अपनी भावनाओं पर काबू रखने और अपने हृदय की रक्षा करने के लिए उसे कठोर बनाने के सिवा रियो के पास और कोई चारा न रहा। वह जानता था कि दिन काटने का यही एकमात्र तरीक़ा है। हर सूरत में अब उसके दिमाग़ में बहुत कम भ्रम बचे थे और थकान इन बचे-खुचे भ्रमों को भी ख़त्म कर रही थी। वह जानता था कि एक अनिश्चित काल के लिए जिसके ओर-छोर की झलक भी उसे नहीं मिल सकती, मरीज़ों को स्वस्थ करना नहीं बल्कि प्लेग के लक्षण की पहचान करना, जाँच करना, देखना, बताना, दर्ज करना और फिर मौत के हवाले कर देना, यही उसका मौजूदा काम था। कभी-कभी कोई औरत उसकी आस्तीन पकड़कर हृदय-विदारक स्वर में रो पड़ती, "डॉक्टर, तुम इसे बचा लोगे न!" लेकिन रियो अब ज़िन्दगी बचाने के लिए नहीं बल्कि बीमार को अस्पताल पहुँचाने के लिए, वहाँ मौजूद रहता था। लोगों के चेहरों पर उसे जो नफ़रत दिखाई देती थी वह कितनी निष्फल थी! एक बार एक औरत ने उससे कहा, "क्या तुम्हारे सीने में दिल नहीं है?" वह ग़लती पर थी। रियो के पास दिल था। उसी की ताक़त से तो वह दिन में बीस घंटे काम करता था, और हर घंटे मरते हुए लोगों को देखता था जिन्हें ज़िन्दा रहना चाहिए था। इसी की वजह से वह हर रोज़ सुबह नए सिरे से काम करता था। जिस तरह की परिस्थितियाँ अब थीं, उनका सामना करने भर के लिए ही तो उसके दिल में ताक़त थी। भला वह दिल किसी ज़िन्दगी को कैसे बचा सकता था!

नहीं, उन व्यस्त दिनों में वह लोगों को डॉक्टरी मदद नहीं पहुँचाता था; लोगों को सिर्फ़ सूचनाएँ देता था। स्पष्ट है कि यह ऐसा काम नहीं था, जो किसी इनसान को शोभा देता, लेकिन उस सारी परिस्थिति में भला उस ख़ौफ़ से भरी, तबाह आबादी में किस व्यक्ति के पास पौरुषपूर्ण काम करने की सम्भावना रह गई थी! एक माने में रियो की यह थकान उसके लिए वरदान साबित हुई। अगर उसकी थकान ज़रा भी कम होती और उसकी संवेदना अधिक सचेत होती, तो मौत की सर्वव्यापी बदबू उसे अधिक भावुक बना देती। लेकिन जब किसी आदमी को नींद

के लिए सिर्फ़ चार घंटे मिलते हों तो वह भावुक नहीं हो सकता। उसे सब चीज़ें अपनी असली शक्ल में दिखाई देती हैं अर्थात वह उन्हें इंसाफ़; भयंकर जड़ इंसाफ़ की भड़कीली रोशनी में देखता है। दूसरे लोग, वे मर्द और औरतें जिन्हें मौत की सज़ा मिली थी इस नीरस बोध के साझीदार थे। प्लेग से पहले उसे पैगम्बर समझा जाता था। वह दो गोलियों या एक इंजेक्शन से ही लोगों को ठीक कर देता था, और जब वह किसी मरीज़ के कमरे में जाता था तो लोग रास्ते में ही उसकी बाँह पकड़ लेते थे। वह सुखद लेकिन ख़तरनाक अनुभूति थी। इसके विपरीत अब वह सिपाहियों को साथ लेकर आता था और वे राइफलों के कुन्दों से दरवाज़े पीटते थे, तब कहीं जाकर परिवार के लोग दरवाज़ों को खोलते थे। उनका बस चलता तो वे रियो को और समस्त मानव-जाति को अपने साथ क़ब्र में घसीटकर ले जाते। हाँ, यह बात बिलकुल सच साबित हो गई थी कि इनसान इनसानों के बग़ैर ज़िन्दा नहीं रह सकता। यह भी सच था कि रियो भी इन दुखी लोगों की तरह असहाय था और वह भी दया की उस हल्की सिहरन का पात्र था जो उसके मन में उन लोगों से मिलने के बाद उठती थी।

जो भी हो, उन लम्बे हफ़्तों में जो लगता था कभी ख़त्म नहीं होंगे, डॉक्टर के दिल में अपनी पत्नी से जुदाई सम्बन्धी विचारों के साथ-ही-साथ ये विचार भी उठते थे। उसके दोस्तों के मन में भी ऐसे ही विचार उठते थे, कम-से-कम उनके चेहरों को देखकर तो रियो को ऐसा ही लगता था। लेकिन प्लेग से लड़ने वाले लोगों की थकान का सबसे ख़तरनाक प्रभाव इस बात में नहीं था कि वे बाहर की घटनाओं और दूसरे लोगों की भावनाओं के प्रति अपेक्षाकृत उदासीन थे; बल्कि इस बात में था कि उन्होंने अपने जीवन के व्यक्तिगत पहलुओं पर सुस्ती और निष्क्रियता को छा जाने दिया था। उनमें एक नई प्रवृत्ति पैदा हो गई थी। वे हर ऐसे काम से बचते थे जो उन्हें तात्कालिक दृष्टि से आवश्यक नहीं मालूम होता था, या जिसके करने में उन्हें बहुत ज़्यादा मेहनत पड़ती थी जो उनकी दृष्टि में व्यर्थ थी। इस तरह ये लोग दिन-ब-दिन स्वच्छता के नियमों का और भी ज़्यादा उल्लंघन करने लगे। और कीटाणुओं के नाश के लिए उन्हें जो क़दम उठाने चाहिए थे, उनमें भी कमी करने लगे। कई बार तो वे प्लेग से अपना बचाव करने के उपाय किए बग़ैर ही न्यूमोनिक प्लेग के मरीज़ों को देखने चले जाते थे। उनका कहना था कि उन्हें बहुत देर से ख़बर मिलती थी इसलिए उन्हें किसी सफ़ाई केन्द्र में जाकर अपने कपड़ों पर कीटाणुनाशक दवाई डलवाने की फ़ुरसत नहीं थी। इसी में ज़्यादा ख़तरा था; क्योंकि बीमारी से लड़ने

में वे जो ताक़त लगाते थे उसके कारण उन्हें छूत लगने की सम्भावना बढ़ गई थी। संक्षेप में यही कहा जा सकता है कि वे अपनी क़िस्मत से जुआ खेल रहे थे और कोई भी क़िस्मत पर दबाव डालकर अपनी बात नहीं मनवा सकता।

लेकिन शहर में सिर्फ़ एक आदमी ऐसा था जो न हताश दीखता था, न ही थका हुआ, जो सन्तोष का जीता-जागता स्वरूप था। वह आदमी कोतार्द था। रियो और रेम्बर्त से सम्पर्क रखते हुए भी वह उनसे दूर-दूर रहता था, लेकिन इन दिनों उसने जान-बूझकर तारो से मेल-जोल बढ़ा लिया था। तारो को बहुत कम फुरसत मिलती थी, लेकिन जब भी मिलती थी, कोतार्द उससे ज़रूर मिलता था। एक तो इसलिए कि तारो को उसके सारे मामलों का पता था, दूसरे यह कि तारो हमेशा एक दोस्त की तरह उससे मिलता था और उसकी ख़ातिरदारी करता था। तारो में यह बहुत बड़ी विशेषता थी; चाहे उसे कितनी भी मेहनत क्यों न करनी पड़े वह हमेशा ग़ौर से दूसरों की बातें सुनता था और उसका साथ पाकर लोगों को सुख मिलता था। यहाँ तक कि कई बार शाम को जब वह थकान से चूर दिखाई देता था, अगले दिन उसमें अचानक नई ताक़त आ जाती थी। "तारो ऐसा आदमी है जिससे बातें की जा सकती हैं," एक बार कोतार्द ने रेम्बर्त से कहा था, "क्योंकि उसमें सचमुच इनसान के गुण हैं। अगर तुम मेरा आशय समझ सको तो मैं यही कहूँगा कि वह दूसरों के दिल की बात समझता है।"

इस दौर में तारो की डायरी कोतार्द के व्यक्तित्व पर केन्द्रित थी, शायद इसका यही कारण था। स्पष्ट था कि तारो कोतार्द के व्यक्तित्व की पूरी तस्वीर खींचने की कोशिश कर रहा था। कोतार्द की बातों के आधार पर या अपनी व्याख्या के अनुसार वह कोतार्द की हर प्रतिक्रिया और विचार को नोट करता था। 'कोतार्द और प्लेग से उसके सम्बन्ध' शीर्षक से हम उसकी डायरी में कई पृष्ठों के बहुत से नोट्स पाते हैं। कथाकार का ख़याल है कि उन नोट्स का सारांश यहाँ ज़रूर देना चाहिए।

डायरी में सबसे पहले तारो ने कोतार्द के तत्कालीन व्यक्तित्व के बारे में साधारण वक्तव्य दिया है। "उसका व्यक्तित्व खिल रहा है। उसकी सहृदयता और ख़ुशमिजाजी का विस्तार हो रहा है।" प्लेग जो शक्ल अख्तियार कर रही थी उससे कोतार्द बिलकुल परेशान नहीं था। कभी-कभी तारो के सामने वह अपनी असली भावनाओं को भी व्यक्त कर बैठता था, "हालत बिगड़ रही है न? ख़ैर, अब सब एक ही नाव पर सवार हैं।"

तारो ने टिप्पणी लिखी है, "इसमें शक नहीं कि और लोगों की तरह उसकी

जान भी ख़तरे में है, लेकिन यही असली बात है; वह दूसरों के साथ ख़तरे में है। और मुझे पूरा यक़ीन है कि वह गम्भीरता से कभी नहीं सोचता कि उसकी जान को ज़्यादा ख़तरा है। लगता है कि उसके दिमाग़ में यह बात बैठ गई है और यह बात उतनी अस्वाभाविक नहीं है जितनी कि यह मालूम होती है कि अगर किसी आदमी को कोई ख़तरनाक बीमारी या गम्भीर चिन्ता हो तो उसे दूसरी बीमारियाँ और चिन्ताएँ नहीं लग सकतीं।" उसने मुझसे पूछा, "क्या कभी तुमने इस बात पर ग़ौर किया है कि कभी किसी आदमी को दो बीमारियाँ एक साथ नहीं होतीं? मान लो कि तुम्हें कैंसर या बढ़ते हुए तपेदिक-जैसी कोई असाध्य बीमारी है, ऐसी हालत में तुम्हें कभी प्लेग या टाइफ़स की छूत नहीं लग सकती, यह एकदम नामुमकिन है। इससे दूर भी हम जा सकते हैं; क्या तुमने कभी सुना है कि कोई ऐसा आदमी, जिसे कैंसर हो, मोटर-दुर्घटना में मरा हो?" यही सिद्धान्त, चाहे इसका जो मूल्य हो, कोतार्द की ख़ुशमिज़ाजी कायम रखता है। अगर उसे सब लोगों से अलग रहना पड़े तो उसे बहुत बुरा लगेगा। एकान्त में क़ैद काटने के बजाय वह प्लेगमुक्त लोगों की भीड़ में रहना ज़्यादा पसन्द करेगा। प्लेग ने आकर पुलिस की जाँचों, जासूसी, गिरफ़्तारी के वारंटों को ख़त्म कर दिया है, और वैसे देखा जाए तो इन दिनों हमारे पास कोई पुलिस नहीं है, अतीत या वर्तमान के कोई अपराध या अपराधी नहीं हैं—सिर्फ़ मौत की सज़ा पाए लोग हैं जो माफ़ी की उम्मीद लगाए बैठे हैं। यह माफ़ी देने वाले की सनक पर निर्भर करती है और ऐसे लोगों में पुलिस के सिपाही भी शामिल हैं।

इस तरह कोतार्द के पास (अगर हम तारो के विश्लेषण पर यक़ीन कर सकें) अपने आसपास के लागों की मानसिक अशान्ति और दुख को ख़ुशी और रस ले-लेकर सन्तोष प्रकट करने के पर्याप्त कारण थे। उसकी यह प्रवृत्ति इस टिप्पणी द्वारा स्पष्ट हो सकती थी, "बके जाओ मेरे दोस्तो! लेकिन मैं पहले ही यह सब भुगत चुका हूँ।"

तारो ने लिखा है, "जब मैंने उसे सुझाव दिया कि दूसरों से सम्पर्क न तोड़ने का सबसे अच्छा तरीक़ा यह है कि आदमी की अन्तरात्मा साफ़ हो।" तो वह चिढ़कर बोला, "अगर ऐसी बात है तो सब लोग हमेशा एक-दूसरे से अलग रहते हैं।" और एक क्षण बाद उसने कहा, "तारो, तुम जो चाहे कहो लेकिन मैं तुम्हें यह बता दूँ, लोगों को एक साथ लाने का एकमात्र तरीक़ा यह है कि उन पर प्लेग का अभिशाप छोड़ दिया जाए। तुम अपने आसपास की परिस्थितियों पर नज़र डालो तो तुम्हें इस बात की सचाई का पता चल जाएगा।" मैं उसके दृष्टिकोण को

अच्छी तरह से समझता हूँ और यह भी समझता हूँ कि हमारी मौजूदा ज़िन्दगी का ढर्रा कोतार्द के लिए कितना सुखद है। हर क़दम पर वह अपने मन में उठने वाली प्रतिक्रियाओं को भला कैसे न पहचानता? हर आदमी दूसरों की नज़रों में अच्छा बना रहने की कोशिश करता है, कई बार लोग रास्ता भटकने वाले पर मेहरबानी करके उसकी मदद करते हैं और कई बार चिड़चिड़ेपन का प्रदर्शन करते हैं; जिस ढंग से लोग बढ़िया रेस्तराओं में जमा होते हैं, वहाँ रहने में उन्हें सुख मिलता है और वे वहाँ से बाहर नहीं निकलना चाहते; सिनेमाघरों के सामने रोज़ लोगों की क़तारें रहती हैं। थियेटरों, संगीत-सभागारों और यहाँ तक कि नृत्य-सभागारों में भी भीड़ रहती है। सारे चौक और मार्ग लोगों से भर जाते हैं। लोग हर क़िस्म के सम्पर्क से बचना चाहते हैं, फिर भी सबके मन में इनसानों के सामीप्य की आकांक्षा है जिससे प्रेरित होकर इनसान इनसानों के प्रति, शरीर शरीरों के प्रति आकर्षित होते हैं और मर्द और औरत में आकर्षण पैदा होता है। ज़रूर कोतार्द इन सारे अनुभवों से गुज़रा होगा—सिवाय एक अनुभव के; जहाँ तक उसका सवाल है, औरतों का मामला निकाल देना चाहिए। भला उसके जैसी थूथनी से...! मैं कह सकता हूँ कि जब उसे किसी चकले में जाने की ख़्वाहिश होती है तो वह अपने मन पर काबू पा लेता है। इसमें बदनामी की आशंका है और हो सकता है किसी दिन यह बात उसके ख़िलाफ़ चली जाए।

संक्षेप में इस महामारी ने उसे अहंकारी बना दिया है। अकेली ज़िन्दगी बसर करने वाले इस आदमी को जिसे एकाकीपन से नफ़रत थी, महामारी ने अपनी साज़िश में अपना साथी बना लिया है। हाँ, 'साथी', उसके लिए यही शब्द उपयुक्त है, और उसे इस साज़िश में शामिल होने में कितना मज़ा आता है! वह अपने इर्द-गिर्द के सभी लोगों, उनके अन्धविश्वासों, बेबुनियाद घबराहटों से तालमेल बनाए हुए है। इन लोगों की नसे हर वक़्त तनी रहती हैं, उनके दिमाग़ में एक ही विचार छाया है कि वे प्लेग के बारे में कम-से-कम बात करेंगे। फिर भी वे सारा वक़्त इसी के बारे में बातें करते रहते हैं; ज़रा-सा सिरदर्द होने पर वे आतंकित हो उठते हैं—वे जान गए हैं कि सिरदर्द प्लेग का आरम्भिक लक्षण है; और उनका थकान से चूर चिड़चिड़ा मिज़ाज जिसकी वजह से वे छोटी-छोटी भूलों पर भी बुरा मानते हैं और अगर उनकी पतलून का एक भी बटन गुम जाता है तो उनकी आँखों में आँसू आ जाते हैं।

तारो अक्सर कोतार्द के साथ शाम को टहलने निकलता था। उसने बताया है

कि किस तरह वे दोनों अँधेरा होने पर सड़कों पर खड़ी भीड़ में घुसकर किस तरह सड़क के लैम्पों की चंचल रोशनी में हिलते हुए सफ़ेद और काले जनसमूह में कन्धों-से-कन्धे जोड़कर शामिल हो जाते थे और इनसानों के रेवड़ के साथ-साथ मनोरंजन के स्थानों में अपने को बहने देते थे, जहाँ लोगों के सामीप्य की गरमी प्लेग की सर्द साँस से बचने का साधन मालूम होती थी। कुछ महीने पहले सार्वजनिक स्थानों पर कोतार्द जिस विलासिता, प्रचुरता और उन्मादपूर्ण रात्रि-उत्सवों की कल्पना किया करता था जो उसकी सामर्थ्य से बाहर थीं, अब शहर के सारे लोग उन्हीं की तलाश में थे। कीमतों के दिन-ब-दिन बढ़ने के बावजूद लोगों ने इतनी फ़िजूलख़र्ची कभी नहीं की थी। लोगों की न्यूनतम ज़रूरतें अक्सर पूरी नहीं होती थीं, लेकिन अनावश्यक चीज़ों पर इससे पहले कभी इतना पैसा नहीं लुटाया गया था। फुरसत के सारे मनोरंजन सौ गुना बढ़ गए, हालाँकि अब बेकारी की वजह से लोग मनोरंजन की तलाश में रहते थे। कई बार तारो और कोतार्द कुछ मिनट तक प्रेमी जोड़ों में से किसी जोड़े का पीछा करते; साधारण परिस्थितियों में ये युगल प्रेमी अपने प्रेमाकर्षण को दुनिया की नज़रों से छिपाने की कोशिश करते, लेकिन अब वे एक-दूसरे से सटकर सड़कों पर भीड़ में चलते थे। उनमें महान प्रेमियों की आत्म-तन्मयता और सम्मोहन पैदा हो गया था। उन्हें अपने आसपास के लोगों की उपस्थिति का कोई एहसास न था। कोतार्द उन्हें वासना-भरी नज़रों से घूरता और कहता, "शाबाश प्यारो! तुम बहुत अच्छा काम कर रहे हो! इसे जारी रखो!" यहाँ तक कि उसकी आवाज़ भी बदल गई थी और पहले से ऊँची हो गई थी। जब तारो ये पंक्तियाँ लिख रहा था तो कोतार्द का व्यक्तित्व सर्वसाधारण की उत्तेजना के अनुकल वातावरण में 'खिल' रहा था। कॉफ़ी-हाउसों की मेज़ों पर लोग अपने मौजीपन में बहुत ज़्यादा बख़्शीश छोड़ जाते थे, कोतार्द की आँखों के सामने ही अनेक प्रेम-सम्बन्ध स्थापित हो रहे थे।

लेकिन तारो को कोतार्द के दृष्टिकोण में ईर्ष्या और बदले की भावना कहीं नहीं दिखाई दी, "मैं इन सब अनुभवों से गुज़र चुका हूँ।" कोतार्द के इस कथन में विजय की भावना की अपेक्षा दया की मात्रा ही अधिक थी। तारो ने लिखा, "कोतार्द इन लोगों को बहुत पसन्द करने लगा है जो शहर की दीवारों के भीतर आसमान के छोटे से टुकड़े तले क़ैद हैं। मिसाल के लिए अगर उसे मौक़ा मिलता तो वह ज़रूर इन लोगों को समझाता कि आख़िर स्थिति इतनी बुरी नहीं है। उसने मुझे कहा था, "तुम इन लोगों को यह कहता हुआ सुनते हो। प्लेग के बाद मैं यह करूँगा और

वह करूँगा, वे लोग जहाँ हैं वहीं रहने के बजाय चिन्ता में घुले जा रहे हैं और उन्हें अपनी सुख-सुविधाओं का एहसास तक नहीं होता। मेरी ही मिसाल लो! क्या मैं कह सकता हूँ, 'गिरफ़्तार होने के बाद मैं यह करूँगा और वह करूँगा...?' गिरफ़्तारी अन्त नहीं बल्कि शुरुआत है। जबकि प्लेग...जानते हो मैं क्या सोचता हूँ? ये लोग इसलिए क्षुब्ध हैं क्योंकि ये मुक्त हृदय से आनन्द नहीं मनाते। और मैं होश-हवास में बातें कर रहा हूँ।"

तारो लिखता है, "हाँ, कोतार्द होश-हवास में बातें कर रहा है, उसे यहाँ के लोगों की ज़िन्दगियों की असंगति का अच्छी तरह पता था जिनके मन में इनसानों के सम्पर्क की तीव्र आकांक्षा थी लेकिन वे इस इच्छा के आगे झुक नहीं सकते थे, क्योंकि उनके मन का अविश्वास ही उन्हें दूसरों से अलग किए हुए था, क्योंकि इस बात को सब जानते हैं कि पड़ोसी पर विश्वास नहीं किया जा सकता; वह आपको बीमारी की छूत दे देगा और आपको पता ही नहीं चलेगा, आपकी क्षणिक भूल का फ़ायदा उठाकर वह आपको छूत देने से नहीं चूकेगा। अगर किसी ने कोतार्द की तरह ज़िन्दगी गुज़ारी है तो उसे हर आदमी जासूस दिखाई देता है, वे लोग भी जिनके प्रति वह आकर्षित होता है—उसकी यह प्रतिक्रिया आसानी से समझी जा सकती है। वे लोग जिन्हें हर वक़्त डर बना रहता है कि कहीं असम्भावित रूप में ही प्लेग अपना सर्द हाथ उनके कन्धों पर न रख दे और जब वे अपने को मुबारकबाद देते हैं कि वे सही-सलामत हैं तो उसी वक़्त प्लेग शायद उन पर धावा बोल देती है, ऐसे लोगों के प्रति मन में भाईचारे की भावना होना सम्भव है। जहाँ तक यह सम्भव है, कोतार्द आतंक के इस साम्राज्य में भी निश्चिन्त है। लेकिन मुझे शक है क्योंकि वह लोगों से पहले आतंक से गुज़र चुका है, वह इस अनिश्चितता में हिस्सा नहीं बँटा सकता, जो हर वक़्त लोगों के मन पर छाई रहती है। सारी परिस्थितियाँ हैं। हम सब लोगों की तरह, जो अभी प्लेग से नहीं मरे, उसे पूरा एहसास है कि किसी भी क्षण उसकी आज़ादी और उसकी ज़िन्दगी उससे छिन सकती है। लेकिन चूँकि उसने लगातार भय में रहना सीख लिया है इसलिए वह इस बात को स्वाभाविक ही समझता है कि दूसरे लोगों की भी यही मन:स्थिति हो। या शायद इसे यों व्यक्त करना चाहिए; कोतार्द को जब अकेले ही डर का बोझ बर्दाश्त करना पड़ता था, उसकी अपेक्षा अब इन परिस्थितियों में वह डर को ज़्यादा आसानी से बर्दाश्त कर सकता है। इस दृष्टि से वह ग़लती पर है इसलिए और लोगों के बजाय उसे समझना अधिक कठिन है। जो भी हो, इसी वजह से उसे ज़रूर समझना चाहिए।

नोट्स के अन्त में तारो ने प्लेग-पीड़ित शहर के लोगों की, जिनमें कोतार्द भी शामिल था, विचित्र मानसिक स्थिति का चित्र खींचने के लिए एक कहानी दी है। इस कहानी में इस काल का सारा विक्षिप्त वातावरण फिर से सजीव हो उठता है। इसीलिए कथाकार ने इसे इतना महत्त्व दिया है।

एक शाम को कोतार्द और तारो म्यूनिसिपल थियेटर और ऑपेरा-हाउस में गए जहाँ ग्लक का ऑपेरा 'ऑर्फ़ियस' दिखाया जा रहा था। बहार के मौसम में एक टूरिंग ऑपेरा कम्पनी इस ऑपेरा को कुछ दिनों के लिए पेश करने ओरान आई थी। इसी बीच प्लेग फैल गई और कम्पनी को वहीं रुकना पड़ा—उन्हें बहुत-सी दिक़्क़तें पेश आईं, इसलिए उन्होंने ऑपेरा हाउस के प्रबन्धकों के साथ एक समझौता कर लिया जिसके मुताबिक़ उन्हें अगली सूचना मिलने तक हफ़्ते में एक दिन ऑपेरा खेलने के लिए कहा गया। इसलिए पिछले कई महीनों से हर शुक्रवार की शाम को हमारा ऑपेरा-हाउस ऑर्फ़ियस[1] और युरिडिस[2] की प्रार्थनाओं के संगीतमय क्रन्दन से गूँजता आ रहा था। फिर भी ऑपेरा की लोकप्रियता कायम रही और हर शुक्रवार को समूचा हॉल भर जाता था। सबसे ऊँचे दामों की सीटों पर बैठकर कोतार्द और तारो नीचे स्टालों की तरफ़ देख सकते थे जो ओरान की सोसाइटी के प्रमुख लोगों से ठसाठस भरे थे। अपनी सीटों पर जाते वक़्त वे लोग जिस शालीनता से चल रहे थे, उसे देखकर कोतार्द और तारो को बड़ा मजा आया। जब ऑर्केस्ट्रा के वादक सावधानी से आकर अपनी जगहों पर बैठ रहे थे, तो इवनिंग-ड्रेस पहने लोग एक क़तार से दूसरी क़तार में बड़ी अदा से अपने दोस्तों का अभिवादन करते हुए नज़र आते थे। स्टेज का अगला हिस्सा रोशनी से नहा उठता था। शिष्ट बातचीत की कोमल भनभनाहट में उनका आत्मविश्वास लौट आता था जो उन्हें शहर की अँधेरी सड़कों पर चलते वक़्त नहीं मिलता था। प्लेग से बचने के लिए इवनिंग-ड्रेस एक तावीज़ का काम दे रही थी।

ऑपेरा के पहले अंक में ऑर्फ़ियस सारा वक़्त अपनी खोई हुई युरिडिस के लिए मधुर स्वर में विलाप करता रहा और यूनानी पोशाकें पहने कुछ स्त्रियाँ ऑर्फ़ियस की दुर्दशा पर सुरीले गीत गाकर टिप्पणियाँ करती रहीं। संगीत की हर तीसरी पंक्ति में प्रेम की उपासना की गई थी। श्रोताओं ने संयत भाव से तालियाँ बजाकर अपनी प्रसन्नता व्यक्त की। सिर्फ़ थोड़े-से लोगों ने ग़ौर किया कि दूसरे अंक के गीत में ऑर्फ़ियस ने गले में थर्राहट पैदा की थी जो शुरू के संगीत में नहीं थी और दूसरे

1-2. यूनानी पौराणिक गाथाओं के पात्र।

अंक में पाताल के स्वामी[1] को अपने आँसुओं की शक्ति से प्रभावित करते वक़्त ऑर्फ़ियस ने अतिरंजित भावुकता व्यक्त की थी। उसने अपनी आवाज़ को कई बार झटके दिये थे जिससे हमारे नाट्यकला के पारंगत लोगों ने सोचा कि ऑर्फ़ियस चतुराई से अपने शब्दों के भावों को प्रकट करने की कोशिश कर रहा है हालाँकि उसकी अदायगी अतिरंजित थी।

तीसरे अंक में जाकर जब ऑर्फ़ियस और युरिडिस का लम्बा दोगाना शुरू हुआ, ऐन उस मौक़े पर जब युरिडिस को ज़बरदस्ती उसके प्रेमी से अलग किया जा रहा था तो श्रोताओं में आश्चर्य से खलबली मच गई। लगता था कि गायक ऑर्केस्ट्रा के संकेत के इन्तज़ार में था, या स्टॉलों से आई धीमी आवाज़ों ने उसकी भावनाओं का समर्थन किया था। अचानक उसी क्षण ऑर्फ़ियस लड़खड़ाते क़दमों से असंगत और हास्यास्पद भाव से स्टेज की अगली रोशनियों की तरफ़ बढ़ा। पुराने ढंग के चोग़े से निकलकर उसकी बाँहें और टाँगें फैली हुई थीं। वह स्टेज के बीचोबीच बने बाड़े में गिर पड़ा जहाँ नाटक का सामान वग़ैरह रखा जाता था। ऑर्फ़ियस का इस तरह गिरना हमेशा दकियानूसी मालूम होता था, लेकिन इस बार दर्शकों की नज़रों में यह बात और भी भयंकर और अर्थपूर्ण हो गई थी, क्योंकि इसी वक़्त ऑर्केस्ट्रा ख़ामोश हो गया, दर्शक उठ खड़े हुए और हॉल से बाहर जाने लगे। शुरू में तो वे किसी प्रार्थना-गृह या किसी मृतक के कमरे से निकलने वाले जनसमूह की तरह ख़ामोश थे। औरतों ने अपनी स्कर्ट ऊपर उठा ली थी और वे सिर झुकाकर चल रही थीं। मर्द औरतों की कोहनियों को थामकर चल रहे थे ताकि वे ऊपर उठी हुई सीटों से न टकरा जाएँ। लेकिन धीरे-धीरे उनकी गति तेज़ होती गई, फुसफुसाहट शोर में बदल गई और अन्त में भीड़ भगदड़ मचाती हुई दरवाज़ों से बाहर निकलने लगी। सब एक-दूसरे को धक्का देकर बाहर निकलने की कोशिश करने लगे। रास्ता तंग हो गया और लोग बेतरतीब शक्ल में निराशापूर्ण कोलाहल मचाते हुए सड़क पर आ गए।

कोतार्द और तारो, जो अभी अपनी सीटों से उठकर खड़े ही हुए थे, सामने अपने ज़माने की ज़िन्दगी की एक नाटकीय तस्वीर देख रहे थे। स्टेज पर प्लेग ने एक अभिनेता को ख़ामोश करके पछाड़ दिया था और स्टॉलों में विलासिता के खिलौने, लाल मखमल की सीटों पर पड़े पंखे और लेस के शॉल, जिन्हें लोग वहीं छोड़ गए थे, बिलकुल बेमतलब मालूम हो रहे थे।

---

1. प्लूटो—ऑर्फ़ियस की पत्नी युरिडिस को प्लूटो ने क़ैद कर लिया था।

2

सितम्बर के शुरू में रेम्बर्त बड़ी मेहनत और ईमानदारी से रियो के साथ काम करता रहा। जिस दिन उसे लड़कों के स्कूल के बाहर गोन्ज़ेल्ज़ और दोनों छोकरों से मिलना था, उस दिन उसने सिर्फ़ दो घंटे की छुट्टी माँगी।

गोन्ज़ेल्ज़ ठीक वक़्त पर निश्चित स्थान पर पहुँच गया था। जब वह रेम्बर्त से बातें कर रहा था तो उन्होंने देखा, दोनों लड़के हँसते हुए उनकी तरफ़ आ रहे थे। उन्होंने कहा कि पिछले हफ़्ते उन्हें कोई कामयाबी नहीं मिली थी, लेकिन कामयाबी की कोई उम्मीद भी नहीं थी। ख़ैर, इस हफ़्ते सन्तरी-चौकी पर उनकी ड्यूटी नहीं है। रेम्बर्त को अगले हफ़्ते तक सब्र करना चाहिए। वे फिर एक बार कोशिश करेंगे। रेम्बर्त ने कहा कि निश्चय ही ऐसे कामों में सब्र की ज़रूरत होती ही है। गोन्ज़ेल्ज़ ने सुझाव दिया कि वे सब अगले सोमवार को इसी वक़्त फिर मिलें, और इस बार बेहतर होगा अगर रेम्बर्त मार्सेल और लुई के साथ रहे। "हम दोनों मुलाक़ात के लिए वक़्त तय करेंगे। अगर मैं न आ सका तो तुम सीधे उनके घर चले जाना। मैं तुम्हें इनका पता दे दूँगा।" लेकिन मार्सेल या लुई ने कहा कि सबसे अच्छी बात होगी कि वह अपने 'दोस्त' को सीधा वहीं ले चले, फिर उसे ढूँढ़ने में कोई दिक़्क़त नहीं होगी। अगर उसे एतराज़ न हो तो वह वहीं खाना भी खा सकता है। चारों जनों के लिए वहाँ काफ़ी खाना मिल जाएगा। इस तरह से उसे 'सब बातों का अन्दाजा भी हो जाएगा।' गोन्ज़ेल्ज़ ने भी कहा कि यह सुझाव बहुत अच्छा है और चारों जने बन्दरगाह की तरफ़ रवाना हुए।

मार्सेल और लुई घाटों से दूर चट्टानों के सामने वाले फाटक के पास रहते थे। उनका छोटा-सा मकान स्पेनिश शैली का था। सिटनियों पर शोख रंग किया गया था और कमरे ख़ाली और अँधेरे थे। लड़कों की माँ ने, जो स्पेनिश बुढ़िया थी और

जिसके झुर्रियों वाले चेहरे पर मुस्कराहट थी, खाने की एक चीज़ परसी, जिसमें चावल का इस्तेमाल किया गया था। गोन्ज़ेल्ज़ ने आश्चर्य प्रकट किया, क्योंकि कुछ दिनों से शहर में चावल नहीं मिल रहा था। मार्सेल ने कहा, "हम फाटक पर यह सौदा तय कर लेते हैं।" रेम्बर्त ने पेट भरकर खाना खाया और शराब पी। गोन्ज़ेल्ज़ ने उससे कहा कि वह बड़ा ही शानदार आदमी है। दरअसल पत्रकार अगले हफ़्ते के बारे में सोच रहा था।

पता चला कि अब उसे पन्द्रह दिन रुकना पड़ेगा क्योंकि सन्तरियों की ड्यूटी एक हफ़्ते के बजाय दो हफ़्ते कर दी गई है ताकि बार-बार ड्यूटियाँ न बदलनी पड़ें। उस पखवाड़े में रेम्बर्त ने अथक परिश्रम किया। वह सुबह से लेकर रात तक मानो आँख मूँदकर अपनी शक्ति की हर बूँद ख़र्च कर रहा था। वह रात को बहुत देर से सोता था और उसे गहरी नींद आती थी। आलस की ज़िन्दगी गुज़ारने के बाद फ़ौरन उसे लगातार काम करना पड़ रहा था जिससे वह क़रीब-क़रीब विचार-शून्य या अशक्त हो गया था। वह अपनी भागने की योजना के बारे में बहुत कम बात करता था। यहाँ सिर्फ़ एक घटना गौर करने लायक़ है। यह तब के एक हफ़्ते बाद की है जब उसने डॉक्टर के सामने क़बूल किया था कि पहली बार उसे सचमुच शराब का नशा चढ़ा था। इससे एक दिन पहले की शाम शराबख़ाने से बाहर निकलकर उसे ऐसा महसूस हुआ कि उसके पेट के निचले भाग में सूजन है और बाँहें हिलाने पर उसकी बग़लों में दर्द हो रहा है। उसने सोचा, अब मेरी शामत आ गई है। उसके मन में जो एकमात्र प्रतिक्रिया हुई वह बड़ी ऊटपटांग थी—जैसा कि उसने रियो के सामने साफ़-साफ़ क़बूल किया था—उसके मन में विचार उठा कि वह भागता हुआ अपर टाउन में जाए और उस छोटे चौक पर पहुँचकर, जहाँ से समुद्र न सही खुले आकाश का काफ़ी बड़ा टुकड़ा नज़र आता था, शहर की दीवारों के पार ज़ोर से चिल्लाकर अपनी पत्नी को पुकारे। घर लौटकर जब उसने देखा कि उसके शरीर पर प्लेग का कोई भी लक्षण नहीं है तो उसे अपनी प्रतिक्रिया पर बहुत शरम आई। लेकिन रियो ने कहा कि वह जानता है कि कभी-कभी आदमी के मन में इस तरह की ख़्वाहिश उठ सकती है। "ऐसी बात मन में उठना बहुत सहज है।"

जब रेम्बर्त रियो को गुड नाइट कहकर चलने लगा तो रियो ने अचानक कहा, "आज सुबह मोशिए ओथों तुम्हारे बारे में बातें कर रहे थे। उन्होंने मुझसे पूछा कि क्या मैं तुम्हें जानता हूँ? मैंने कहा 'हाँ'।" तब उन्होंने कहा, "अगर वह आपका

दोस्त है तो उससे कहिए कि स्मगलरों के साथ न मिला-जुला करे। ऐसी बात फ़ौरन नज़र में आ जाती है।"

"इसका क्या मतलब है?"

"इसका मतलब यह है कि तुम्हें जो करना है, जल्दी कर डालो।"

"शुक्रिया," कहकर रेम्बर्त ने डॉक्टर से हाथ मिलाया।

दरवाज़े पर पहुँचकर रेम्बर्त ने सहसा पीछे मुड़कर देखा। जब से प्लेग शुरू हुई थी, रियो ने पहली बार रेम्बर्त को मुस्कराते देखा था।

"लेकिन तुम मेरा जाना रोक क्यों नहीं देते? तुम आसानी से यह कर सकते हो।"

रियो ने अपनी आदत के मुताबिक़ सावधानी से रेम्बर्त से हाथ मिलाया और कहा कि वह किसी के मामले में दख़ल नहीं देना चाहता। रेम्बर्त ने ख़ुशी का रास्ता चुना है, इसलिए उसे रोकने के लिए रियो के पास कोई दलील नहीं है। व्यक्तिगत रूप से वह यह फ़ैसला करने में असमर्थ है कि रेम्बर्त ने जो रास्ता चुना है वह सही है या ग़लत है।

"तो फिर तुम मुझसे जल्दी करने के लिए क्यों कह रहे हो?"

अब मुस्कराने की बारी रियो की थी।

"इसीलिए क्योंकि मैं भी तुम्हारी ख़ुशी में अपना फ़र्ज़ अदा करना चाहता हूँ।"

अगले दिन दोनों अधिकांश वक़्त एक साथ काम करते रहे, लेकिन दोनों में से किसी ने भी इस विषय पर बात नहीं की। इतवार को रेम्बर्त छोटे स्पेनिश मकान में रहने के लिए चला गया। उसे बैठक में सोने के लिए चारपाई दी गई। दोनों भाई खाना खाने के लिए घर नहीं आते थे और उसे कहा गया था कि वह घर से बहुत कम बाहर निकले। वह सारा वक़्त अकेला रहता था। कभी-कभी उन लड़कों की माँ से मुलाक़ात हो जाती थी। बुढ़िया का सूखा शरीर गठरी की तरह दिखाई देता था। वह हमेशा काले रंग की पोशाक पहनती थी और हर वक़्त काम में व्यस्त रहती थी। उसके बादामी चेहरे पर झुर्रियाँ-ही-झुर्रियाँ थीं और बाल एकदम सफ़ेद थे। वह ज़्यादा बातें नहीं करती थी, लेकिन रेम्बर्त को देखकर वह स्नेह से मुस्करा देती थी।

एक बार उसने रेम्बर्त से पूछा, "क्या उसे यह डर नहीं कि उसकी पत्नी को भी प्लेग की छूत लग सकती है?" रेम्बर्त ने जवाब दिया कि छूत लगने का ख़तरा तो ज़रूर है लेकिन बहुत कम। अगर वह ओरान में ही रहा, तो हो सकता है कि वे दोनों ज़िन्दगी में कभी एक-दूसरे से न मिल सकें।

बुढ़िया मुस्कराई। उसने पूछा, "क्या वह अच्छी है?"

"बहुत अच्छी।"

"ख़ूबसूरत है?"

"मेरे ख़याल में तो ख़ूबसूरत है।"

"ओह! तभी तुम इतने परेशान हो," बुढ़िया ने सिर हिलाकर कहा।

वह हर रोज़ सुबह प्रार्थना के लिए गिरजाघर जाती थी। एक बार सुबह प्रार्थना से लौटकर उसने रेम्बर्त से पूछा, "तुम परमेश्वर में यक़ीन नहीं करते?"

जब रेम्बर्त ने क़बूल किया कि वह ईश्वर को नहीं मानता तो उसने फिर कहा, "तभी तुम इतने परेशान हो।"

इसके बाद बुढ़िया ने कहा, "तुम ठीक सोचते हो। तुम्हें अपनी पत्नी के पास लौट जाना चाहिए वरना तुम्हारे पास क्या बच रहेगा?"

रेम्बर्त अपना अधिकांश समय कमरे में चक्कर काटने में, रोगन की हुई दीवारों को शून्य दृष्टि से देखने में और पंखों को छूने में लगाता था जो उस घर की एकमात्र सजावट थे, या फिर मेज़पोश के किनारों पर लगे ऊन के गेंदनुमा फुँदनों को गिनता रहता था। लड़के शाम के वक़्त घर लौटते थे। वे इतना ही कहते थे कि अभी उचित अवसर नहीं आया। डिनर के बाद मार्सेल गिटार बजाता था और सब जने सौंफ़ की ख़ुशबू वाली शराब पीते थे। रेम्बर्त गहरे सोच में डूबा रहता था।

बुधवार को मार्सेल ने कहा, "कल रात के लिए मामला तय हुआ है, आधी रात को। देखना, वक़्त पर तैयार रहना।" उसने बताया कि उसके साथ जिन दो सन्तरियों की ड्यूटी थी उनमें से एक को प्लेग हो गई है और दूसरे आदमी पर, जो उसी कमरे में सोता था, निगरानी रखी जा रही है। इसीलिए दो या तीन दिन तक मार्सेल और लुई चौकी पर अकेले ही रहेंगे। रात को वे तैयारियों को अन्तिम रूप दे चुके हैं, रेम्बर्त उन पर पूरा भरोसा कर सकता है। रेम्बर्त ने उन्हें धन्यवाद दिया।

"अब तो ख़ुश हो?" बुढ़िया ने पूछा।

रेम्बर्त ने कहा, "हाँ।" लेकिन वह किसी दूसरे सोच में पड़ा था।

अगले दिन बड़ी गरमी थी, धूल छाई हुई थी और गरमी की धुन्ध से सूरज भी ढक गया था। प्लेग से मरने वालों की संख्या बढ़ गई थी। लेकिन स्पेनिश बुढ़िया पहले की तरह शान्त रही। उसने कहा, "दुनिया में इतना ज़्यादा पाप है, अगर लोग मरेंगे नहीं तो और क्या होगा?"

मार्सेल और लुई की तरह रेम्बर्त भी कमर तक नंगा था। फिर भी उसके कन्धों और सीने से पसीना बह रहा था। बन्द कमरे की मद्धिम रोशनी में उनके धड़ महोगनी

की पॉलिश की हुई लकड़ी की तरह चमक रहे थे। रेम्बर्त पिंजरे में बन्द जानवर की तरह ख़ामोशी से कमरे में चक्कर काट रहा था। अचानक शाम के चार बजे उसने कहा कि वह बाहर जा रहा है।

"भूलना मत। ठीक आधी रात वहाँ पहुँच जाना। सारे इन्तज़ाम कर लिये गए हैं।" मार्सेल ने कहा।

रेम्बर्त डॉक्टर के फ़्लैट पर गया। रियो की माँ ने उसे बताया कि डॉक्टर अपर टाउन के अस्पताल में मिल सकता है। पहले की तरह आज भी फाटकों के इर्द-गिर्द लोगों की भीड़ जमा थी। रह-रहकर एक पुलिस सार्जेंट, जिसकी आँखें बाहर की तरफ़ निकली हुई थीं, चिल्ला उठता था, "आगे चलो!" भीड़ आगे बढ़ती थी लेकिन हमेशा एक दायरे में। "यहाँ भटकने का कोई फ़ायदा नहीं। तुम लोग घर क्यों नहीं जाते?" सार्जेंट का कोट पसीने से तर हो गया था। लोग जानते थे कि वहाँ रहने से 'कोई फ़ायदा नहीं।' लेकिन झुलसा देने वाली गरमी के बावजूद वे वहीं खड़े रहे। रेम्बर्त ने सार्जेंट को अपना 'पास' दिखाया। सार्जेंट ने कहा कि वह तारो के दफ़्तर में चला जाए। उसके दफ़्तर का दरवाज़ा सहन में खुलता था। वह फ़ादर पैनेलो के नज़दीक से गुज़रा जो दफ़्तर से बाहर निकल रहे थे।

तारो काले रंग की लकड़ी की मेज के आगे बैठा था। उसने कमीज़ की आस्तीनें ऊपर चढ़ा रखी थीं और वह रूमाल से कोहनी के मोड़ का पसीना पोंछ रहा था। दफ़्तर के छोटे कमरे से, जिसमें सफ़ेद रोगन किया गया था, दवाइयों और सीले कपड़ों की बू आ रही थी।

"तुम अभी तक यहीं हो?" तारो ने आश्चर्य प्रकट किया।

"हाँ, मैं रियो से एक बात करना चाहता हूँ।"

"वह वार्ड में है, देखो। क्या तुम उससे मिले बग़ैर अपना काम नहीं कर सकते?"

"क्यों?"

"डॉक्टर ज़रूरत से ज़्यादा मेहनत कर रहा है। मैं भरसक उसे मिलने वालों से बचाता हूँ।"

रेम्बर्त ने ग़ौर से तारो की तरफ़ देखा। वह पहले से दुबला हो गया था और थकान से उसकी आँखें और चेहरा निस्तेज हो गए थे। उसके चौड़े कन्धे नीचे ढलक गए थे। दरवाज़े पर एक दस्तक सुनाई दी और एक सहायक चेहरे पर सफ़ेद नक़ाब लगाए भीतर आया। उसने तारो के डेस्क पर कार्डों की एक छोटी-सी ढेरी रख दी। नकाब के अन्दर से उसकी आवाज़ मोटी होकर सुनाई दे रही थी। उसने

कहा, "छह" और वह बाहर चला गया। तारो ने पत्रकार की तरफ़ देखा और कार्डों को पंखे की तरह फैलाकर उसे दिखाया।

"साफ़-सुथरे हैं न? ये मौतें हैं, कल रात के शिकार।" फिर माथे पर त्योरियाँ डालकर उसने कार्डों को सरकाकर आपस में मिला दिया। "हमारे लिए एक ही काम बचा है—मुनीमगीरी!"

मेज़ का सहारा लेकर तारो धीरे-धीरे खड़ा हो गया।

"तो क्या तुम जल्द ही जा रहे हो?"

"आज आधी रात को।"

तारो ने कहा कि उसे यह सुनकर बड़ी ख़ुशी हुई है। उसने रेम्बर्त को सलाह दी कि वह अपनी देखभाल करे।

"क्या तुमने यह बात सच्चे दिल से कही है?" तारो ने अपने कन्धे सिकोड़ लिये।

"मेरी उम्र में आकर इनसान को सच्चा होना ही पड़ता है। झूठ बोलने में बहुत मेहनत पड़ती है।"

"माफ़ करना तारो, लेकिन मेरे मन में डॉक्टर से मिलने की बहुत ख़्वाहिश है।" पत्रकार ने कहा।

"मैं जानता हूँ। मुझसे भी ज़्यादा उसमें इनसान का दिल है। अच्छी बात है, आओ!"

"दरअसल इसलिए नहीं..." रेम्बर्त ने शब्दों के अभाव में, वाक्य को अधूरा छोड़ दिया।

तारो ने उसकी तरफ़ देखा और अप्रत्याशित रूप से उसके चेहरे पर मुस्कराहट फूट पड़ी।

वे एक तंग बरामदे से गुज़रे। दीवारों पर हल्के हरे रंग की सफ़ेदी की गई थी और मछलियों के हौज़ की तरह वहाँ की रोशनी नीले रंग की थी। बरामदे के आख़िर के कमरे में जाने से पहले, जहाँ दोपल्ले वाले शीशों के दरवाज़े से हिलती-डुलती छायाकृतियाँ दिखाई दे रही थीं, तारो रेम्बर्त को एक छोटे-से कमरे में ले गया, जिसकी सारी दीवारें अलमारियों से ढकी थीं। एक अलमारी खोलकर उसने कीटाणुनाशक मशीन से, मलमल में लिपटे रुई के दो नकाब निकाले, और उनमें से एक रेम्बर्त को दिया और कहा कि वह उसे मुँह पर बाँध ले।

पत्रकार ने पूछा—क्या सचमुच नकाब बाँधने से कोई फ़ायदा होगा? तारो ने कहा, "नहीं," लेकिन इससे दूसरों में विश्वास पैदा होता है।

शीशे का दरवाज़ा खोलकर वे एक बड़े-से कमरे में दाख़िल हुए, जिसकी सारी खिड़कियाँ गरमी के बावजूद बन्द थीं। छत पर पंखे चल रहे थे और वे मटमैले बिस्तरों की दो लम्बी क़तारों पर गरम और बासी हवा को बिलो रहे थे। हर तरफ़ लोग दबी ज़बान में या चीख़कर कराह रहे थे। इन आवाज़ों ने मिलकर एक नीरस मर्सिये-जैसे स्थायी स्वर पैदा कर दिये थे। सलाखों वाली ऊँची खिड़कियों से तेज़ रोशनी कमरे में आ रही थी, जिसमें सफ़ेद पोशाक वाले कुछ आदमी धीरे-धीरे हर पलंग के पास जा रहे थे। वार्ड की भयंकर गरमी से रेम्बर्त का जी घबरा गया और वह बड़ी मुश्किल से रियो को पहचान सका। रियो एक कराहती हुई आकृति के ऊपर झुका था और मरीज़ के पेट में नश्तर लगा रहा था। दोनों ने मरीज़ की टाँगों को पकड़कर अलग कर दिया था। फ़ौरन रियो सीधा खड़ा हो गया। उसने अपने औज़ार एक ट्रे में डाल दिये जिसे एक सहायक उठाए हुए था और वह कुछ क्षण तक बिना हिले-डुले मरीज़ की तरफ़ देखता रहा, जिसके ज़ख़्मों पर अब पट्टी बाँधी जा रही थी।

"कोई ख़बर है?" उसने तारो से पूछा जो आकर उसके पास खड़ा हो गया था।

"क्वारंटाइन केन्द्र में फ़ादर पैनेलो रेम्बर्त की जगह पर आने के लिए राज़ी हो गए हैं। वे पहले भी बहुत मुफ़ीद काम कर चुके हैं। रेम्बर्त जा रहा है, इसलिए हमें तीसरे नम्बर के ग्रुप को नए सिरे से संगठित करना होगा।"

"कास्तेल ने प्लेग के टीकों की पहली शीशियाँ तैयार कर ली हैं। वह इन्हें फ़ौरन आज़माए जाने के पक्ष में है।"

"गुड। यह तो अच्छी ख़बर है।" रियो ने कहा, "और रेम्बर्त यहाँ आया है।"

रियो ने अपने आसपास देखा। जब उसकी दृष्टि पत्रकार पर पड़ी तो नकाब के ऊपर उसकी आँखें सिकुड़ गईं।

"तुम यहाँ किसलिए आए हो? तुम्हें तो कहीं और होना चाहिए था?" रियो ने कहा। तारो ने बताया कि 'वह मामला' आधी रात के लिए तय हुआ है। इसके साथ ही रेम्बर्त ने अपनी बात जोड़ी "फ़िलहाल यही स्कीम है।"

जब भी इन लोगों में से कोई नकाब पहने-पहने बात करता था तो मलमल फूलकर होंठों के ऊपर गीली हो जाती थी। इससे बातचीत में एक प्रकार की कृत्रिमता आ गई थी, लगता था जैसे तीन बुत आपस में बातें कर रहे हों।

"मैं तुमसे एक बात करना चाहूँगा," रेम्बर्त ने कहा।

"अच्छी बात है। मैं अभी घर जा रहा हूँ। तारो के दफ़्तर में मेरा इन्तज़ार करो।"

क़रीब एक मिनट बाद रेम्बर्त और रियो कार की पिछली सीट पर बैठे हुए थे।

तारो ड्राइव कर रहा था, गीयर लगाते वक़्त उसने आसपास देखा।

"पेट्रोल ख़त्म हो रहा है। कल हमें फ़ौजियों की तरह क़तार बाँधकर चलना पड़ेगा।" तारो ने कहा।

रेम्बर्त बोला, "डॉक्टर, मैं शहर छोड़कर नहीं जा रहा। मैं तुम्हारे पास रहना चाहता हूँ।"

तारो बिना हिले-डुले कार चलाता रहा। लगता था कि रियो अपनी थकान से छुटकारा पाने में असमर्थ था।

"और—'उसका' क्या होगा?" रियो की आवाज़ बड़ी मुश्किल से सुनाई दे रही थी।

रेम्बर्त ने जवाब दिया कि उसने सारे मामले पर बड़ी गम्भीरता से सोच-विचार किया है। उसके विचार तो नहीं बदले लेकिन अगर वह चला गया तो उसे अपने पर शरम आएगी, जिसकी वजह से अपनी प्रियतमा के साथ उसका सम्बन्ध और भी पेचीदा हो जाएगा।

इस बार और अधिक उत्साह दिखाते हुए रियो ने कहा कि यह निरी बकवास है। अगर कोई अपने सुख को ज़्यादा पसन्द करता है तो इसमें उसे शरम नहीं महसूस करनी चाहिए।

"यह तो सही है," रेम्बर्त ने जवाब दिया, "लेकिन जब सब दुखी हों तो सिर्फ़ अपना सुख हासिल करने में शरम महसूस हो सकती है।"

तारो ने, जो अभी तक ख़ामोश रहा था, पीछे मुड़कर देखे बग़ैर कहा कि अगर रेम्बर्त दूसरे लोगों के दु:ख में हिस्सा बँटाने की इच्छा रखता है तो उसके पास फिर अपने सुख के लिए कोई समय नहीं बचेगा। इसलिए दोनों रास्तों में से उसे एक रास्ता चुनना ही पड़ेगा।

"बात यह नहीं है," रेम्बर्त ने फिर कहा। "अब तक मैं हमेशा अपने को इस शहर में एक अजनबी-सा महसूस करता था और मुझे ऐसा लगता था कि आप लोगों से मेरा कोई रिश्ता नहीं है। लेकिन अब मैंने अपनी आँखों से जो कुछ देखा है, इसके बाद मैं जान गया हूँ कि मैं चाहूँ या न चाहूँ, मैं यहीं का हूँ। प्लेग से लड़ना सबका फ़र्ज़ है।" जब दोनों जने ख़ामोश रहे तो रेम्बर्त चिढ़-सा गया। "धत तेरे की! लेकिन मेरी तरह आप लोग भी इस बात को जानते हैं। उस अस्पताल में

आख़िर आप लोग क्या कर रहे हैं? क्या आप लोगों ने पूरी तरह से अपना रास्ता चुन लिया है और ख़ुशी को ठुकरा दिया है?"

रियो और तारो ने अब भी कुछ न कहा। डॉक्टर के घर के नज़दीक पहुँचने तक ख़ामोशी छाई रही। रेम्बर्त ने फिर अपना सवाल ज़ोरदार आवाज़ में दुहराया। रियो ने बड़ी मुश्किल से अपने शरीर को गद्दी पर से उठाया और रेम्बर्त की तरफ़ मुड़कर कहा।

"माफ़ करना रेम्बर्त—सचमुच मैं नहीं जानता क्यों, लेकिन अगर तुम हम लोगों के पास रुकना चाहते हो तो ज़रूर रुको।" कार के मुड़ने की वजह से क्षण-भर के लिए डॉक्टर की बात टूट गई, फिर सीधा अपने सामने देखते हुए रियो बोला, "क्योंकि आदमी जिस चीज़ से प्यार करता है उसकी तरफ़ कभी पीठ नहीं करनी चाहिए, किसी कीमत पर भी नहीं। लेकिन मैं भी तो यही कर रहा हूँ 'क्यों' कर रहा हूँ, यह नहीं जानता।" वह फिर गद्दी में धँस गया। उसने क्लान्त स्वर में कहा, "ऐसी ही परिस्थिति है। और कोई चारा नहीं है। इसलिए इस हक़ीक़त को सामने रखकर हमें नतीजे निकालने चाहिए।"

"कौन-से नतीजे?"

रियो ने कहा, "आह! आदमी इलाज करने के साथ-साथ 'जान' नहीं सकता। इसलिए हमें जल्द-से-जल्द इलाज करना चाहिए। यह ज़्यादा ज़रूरी काम है।"

आधी रात के वक़्त तारो और रियो रेम्बर्त को एक इलाक़े का नक्शा दे रहे थे जिस पर निगरानी रखने का काम रेम्बर्त को सौंपा गया था। तारो ने अपनी घड़ी की तरफ़ देखा। फिर उसकी नज़रें रेम्बर्त की नज़रों से टकराईं।

"क्या तुमने उन लोगों को ख़बर कर दी है?" तारो ने पूछा।

रेम्बर्त ने मुँह दूसरी तरफ़ फेर लिया, और बड़ी कठिनाई से उसके मुँह से ये शब्द निकले, "आप लोगों के पास आने से पहले मैंने उन्हें एक पुर्ज़ा लिखकर भिजवा दिया था।"

3

अक्टूबर के अन्त में प्लेग से लड़ने के लिए कास्तेल की सीरम पहली बार आज़माई गई। सच कहें तो यह रियो का आख़िरी दाँव था। अगर इसमें असफलता मिलती तो डॉक्टर को यक़ीन था कि सारा शहर महामारी के रहम पर निर्भर करेगा। या तो अनिश्चित काल के लिए प्लेग अपनी तबाही जारी रखेगी या अचानक अपने-आप ही ख़त्म हो जाएगी।

जिस दिन कास्तेल रियो से मिलने आया था उससे एक दिन पहले मोशिए ओथों का बेटा बीमार पड़ गया था और परिवार के सब लोगों को क्वारंटाइन कर दिया गया था। इस तरह बच्चे की माँ ने, जो अभी क्वारंटाइन वार्ड से छूटकर आई थी, अपने-आपको फिर परिवार से अलग पाया। सरकारी क़ायदों की पाबन्दी करते हुए मजिस्ट्रेट ने ज्योंही बच्चे में प्लेग के लक्षण देखे त्यों ही उसने डॉक्टर रियो को बुलवा भेजा। जब रियो कमरे में दाख़िल हुआ तो बच्चे के माँ-बाप मरीज़ के सिरहाने खड़े थे। बच्चा बेहद कमज़ोरी की हालत में था और बिना रोए-धोए उसने डॉक्टर को अपनी जाँच करने दी। जब रियो ने आँखें ऊपर उठाईं तो उसने देखा मजिस्ट्रेट की नज़रें उसी पर गड़ी थीं। उसके पीछे बच्चे की माँ का पीला चेहरा नज़र आया। वह मुँह पर एक रूमाल लगाए खड़ी थी। उसकी बड़ी-बड़ी आँखें, जो आशंका से और भी फैल गई थीं, डॉक्टर की हर गतिविधि का पीछा कर रही थीं।

"इसे छूत 'लग' गई है न?" मजिस्ट्रेट ने बुझी हुई आवाज़ में पूछा।

"हाँ," कहकर रियो फिर बच्चे की तरफ़ देखने लगा।

माँ की आँखें और भी ज़्यादा फैल गईं, लेकिन उसने अब भी कुछ न कहा। मोशिए ओथों भी कुछ देर तक ख़ामोश रहा, फिर उसने पहले से भी धीमी आवाज़ में कहा, "अच्छा डॉक्टर, हमें जो कहा जाएगा हम वही करेंगे।"

रियो मदाम ओथों की तरफ़ नहीं देखना चाहता था जो अब भी मुँह पर रूमाल लगाए खड़ी थी।

रियो ने सकपकाकर संकोच से कहा, "अगर आप मुझे अपना फ़ोन इस्तेमाल करने दें तो ज़्यादा देर नहीं लगेगी।"

मजिस्ट्रेट ने कहा कि वह डॉक्टर को टेलीफ़ोन के पास ले चलेगा। लेकिन जाने से पहले डॉक्टर ने मदाम ओथों की तरफ़ मुड़कर देखा।

"मुझे सख़्त अफ़सोस है, लेकिन आपको अपना सामान तैयार करना पड़ेगा। आप जानती ही हैं कि कैसी परिस्थिति है।"

मदाम ओथों घबराई हुई दिखाई दे रही थी। वह फ़र्श की तरफ़ ताक रही थी।

धीरे से अपना सिर हिलाकर वह बड़बड़ाई, "मैं समझ गई। फ़ौरन तैयारी शुरू करती हूँ।"

जाने से पहले रियो ने किसी आकस्मिक आवेग से प्रेरित होकर ओथों दम्पति से पूछा कि क्या वह उनके लिए कुछ कर सकता है? बच्चे की माँ ख़ामोशी से उसकी तरफ़ देखती रही और अब मजिस्ट्रेट ने रियो की नज़रों से अपनी नज़रें हटा लीं।

"नहीं," कहकर मजिस्ट्रेट ने बड़ी मुश्किल से अपना थूक निगलकर कहा, "लेकिन मेरे बेटे को बचा लो।"

प्लेग के शुरू के दिनों में सिर्फ़ औपचारिकता के लिए लोगों को क्वारंटाइन में रखा जाता था, लेकिन रियो और रेम्बर्त ने इसको फिर से व्यवस्थित किया था और वे इस मामले में बड़ी सख़्ती से पेश आ रहे थे। वे मरीज़ के परिवार के लोगों को एक-दूसरे से अलग रखने का खास तौर से ख़याल कर रहे थे, ताकि परिवार के एक आदमी को अगर छूत लग भी जाए तो छूत को और आगे न फैलने दिया जाए। रियो ने यह बात मजिस्ट्रेट को समझाई, जिसने इस कार्यवाही का समर्थन किया। लेकिन पति-पत्नी ने एक-दूसरे की तरफ़ ऐसी निगाहों से देखा जिससे रियो के सामने यह स्पष्ट हो गया कि वे दोनों इस तरह ज़बरदस्ती अलग कर दिये जाने को कितना महसूस करते हैं। मदाम ओथों और उसकी नन्ही बच्ची को क्वारंटाइन अस्पताल में रेम्बर्त की देखभाल में कमरे दिये जा सकते थे। लेकिन मजिस्ट्रेट के लिए प्लेग के नज़रबन्दों के कैम्प के सिवा और कहीं जगह नहीं मिल सकती थी। अधिकारी आजकल सड़क-विभाग द्वारा भेजे गए तम्बुओं से म्यूनिसिपैलिटी के खेल के मैदान में यह कैम्प बना रहे थे। जब रियो ने मजिस्ट्रेट से क्षमा माँगी कि वह उसे

इससे अच्छी जगह नहीं दिला सकता तो मोशिए ओथों ने जवाब दिया कि सब लोगों के लिए एक ही नियम लागू होता है, इसलिए उसका पालन करना ही उचित है।

लड़के को सहायक अस्पताल के एक छोटे कमरे में रखा गया जो प्लेग से पहले छोटे बच्चों की पढ़ाई का कमरा था। बीस घंटे बाद रियो को विश्वास हो गया कि लड़के के बचने की कोई उम्मीद नहीं है। छूत लगातार बढ़ रही थी और लड़के का शरीर बीमारी से लड़ने की कोई कोशिश नहीं कर रहा था। बच्चे की छोटी-छोटी बाँहों और टाँगों के जोड़ों में छोटी-छोटी गिल्टियाँ, जो अभी पूरी तरह से नहीं उभरी थीं, चिपकी हुई थीं। साफ़ ज़ाहिर था कि इस लड़ाई में प्लेग की जीत होने वाली थी। इन परिस्थितियों में लड़के पर कास्तेल की सीरम आज़माने के विचार पर रियो की अन्तरात्मा ने उसको बिलकुल नहीं धिक्कारा। उसी रात खाने के बाद बच्चे को टीका लगाया गया, इसमें काफ़ी देर लगी, लेकिन उसका रत्ती-भर फ़ायदा न हुआ। अगले दिन तड़के ही वे इस टीके का असर देखने के लिए बच्चे के पलंग के गिर्द जमा हुए—इसी नतीजे पर सब कुछ निर्भर करता था।

बच्चे की सुस्ती कुछ कम हो गई थी और वह बिस्तर पर छटपटाता हुआ करवटें बदल रहा था। तड़के चार बजे से डॉक्टर, कास्तेल और तारो बच्चे के सिरहाने बैठे बीमारी के बढ़ने और घटने की हर अवस्था को दर्ज़ कर रहे थे। तारो का भारी-भरकम शरीर पलंग के सिरहाने झुका हुआ था, और पायताने के पास एक कुर्सी पर बैठा कास्तेल पुराने चमड़े की जिल्द में बँधी एक किताब पढ़ रहा था। रियो उसके पास खड़ा था। जब क्लास-रूम में रोशनी बढ़ गई तो एक-एक करके अस्पताल के और लोग भी जमा होने लगे। सबसे पहले फ़ादर पैनेलो आया और पलंग के सामने की दीवार का सहारा लेकर खड़ा रहा। उसका चेहरा शोक से खिंचा हुआ था, और कई दिनों की थकान जमा हो जाने से उसके विशाल माथे पर झुर्रियाँ पड़ गई थीं। इस बीच उसने क्षण-भर के लिए भी अपने को आराम नहीं करने दिया था। इसके बाद ग्रान्द आया। सात बजे थे और ग्रान्द की साँस फूल रही थी। इसके लिए उसने माफ़ी माँगी। वह सिर्फ़ कुछ क्षणों के लिए वहाँ रुक सकता था। उसने पूछा—टीके का कोई फ़ायदा नज़र आया या नहीं? बिना कुछ कहे रियो ने बच्चे की तरफ़ इशारा किया। बच्चे की आँखें बन्द थीं, दाँत भिंचे हुए थे, तकलीफ़ से उसका चेहरा ऐंठ गया था और वह तकिए पर बार-बार सिर घुमा रहा था। जब कमरे में कुछ ज़्यादा रोशनी हो गई और दूर कोने में टँगे ब्लैकबोर्ड पर चॉक से अभी तक लिखा समीकरण का सवाल दिखाई देने लगा, उसी वक़्त

रेम्बर्त कमरे में दाख़िल हुआ। साथ वाले पलंग के पायताने के पास खड़े होकर उसने जेब से सिगरेट का पैकेट निकाला, लेकिन बच्चे की तरफ़ नज़र जाते ही उसने पैकेट फिर जेब में रख लिया।

अपनी कुर्सी पर बैठे-बैठे कास्तेल ने चश्मे में से रियो को देखा।

"बच्चे के बाप की कोई ख़बर है?"

"नहीं, वह नज़रबन्द कैम्प में है।"

डॉक्टर के हाथ पलंग के डंडे को कसकर पकड़े हुए थे और उसकी नज़रें नन्हे, तड़पते हुए शरीर पर लगी थीं। अचानक बच्चे का शरीर अकड़ गया और कमर कुछ ढीली पड़ गई, धीरे-धीरे बाँहें और टाँगे अंग्रेज़ी के एक्स अक्षर की तरह फैल गईं। फ़ौजी कम्बल से ढके शरीर से सीली ऊन और बासी पसीने की बू आई। लड़के ने फिर दाँत भींच लिये। इसके बाद धीरे-धीरे उसका शरीर ढीला पड़ने लगा, उसकी बाँहें और टाँगें फिर पलंग के बीचोबीच आ गईं। वह ख़ामोश और निश्चल था, उसकी आँखें अभी भी बन्द थीं और साँस जैसे तेज़ हो गई थी। रियो ने तारो की तरफ़ देखा, तारो ने फ़ौरन अपनी नज़रें नीची कर लीं। वे पहले भी बच्चों को मरता हुआ देख चुके थे—कई महीनों से मौत बिना किसी पक्षपात के निर्ममता दिखाती आई थी, लेकिन उन लोगों ने कभी किसी बच्चे की यंत्रणा को इस तरह हर मिनट बाद नहीं देखा था जिस तरह वे आज तड़के से देखते आ रहे थे। यह कहने की ज़रूरत नहीं कि प्लेग के इन मासूम शिकारों की पीड़ा उन्हें हमेशा अपने सही रूप में ही दिखाई देती थी। यह बड़ी भयंकर और घिनौनी चीज़ थी। लेकिन अभी तक वे उसके घिनौनेपन को अमूर्त रूप में देखते आए थे। उन्होंने कभी इतनी देर तक किसी मासूम बच्चे को मौत की यंत्रणा में छटपटाते हुए नहीं देखा था।

और उसी वक़्त बच्चे का शरीर अचानक ऐंठ गया, लगता था जैसे उसके पेट में किसी ने काट खाया हो। उसके मुँह से एक लम्बी चीख़ निकली। कुछ क्षण तक, जो अनन्त मालूम होते थे, उसकी वह अजब ऐंठन छाई रही, बार-बार उसका शरीर काँपकर ऐंठ उठता था। लगता था जैसे उसका नाजुक शरीर प्लेग की भयंकर फूत्कार के आगे झुक रहा था और हवा के बार-बार आने वाले झोंकों में टूट रहा था। फिर तूफ़ानी हवाएँ गुज़र गईं, शान्ति छा गई और बच्चा कुछ आराम करने लगा। उसका बुख़ार भी कम मालूम होता था और वह महामारी के गीले किनारे पर हाँफ रहा था। उस पर मौत-जैसी स्थिरता छायी थी। जब तीसरी बार विनाश की आग्नेय लहर ने उस पर धावा बोला और उसे थोड़ा-सा ऊपर उठा

लिया तो बच्चा सिकुड़कर बिस्तर के कोने में चला गया। लगता था आगे बढ़ती हुई लपटों के डर से, जो उसके अंगों को चाट रही थीं, वह सहम गया। क्षण-भर बाद ज़ोर से अपना सिर इधर-उधर पटकने के बाद उसने अपना कम्बल उतारकर फेंक दिया। सूजी हुई पलकों से बड़े-बड़े आँसू जमा होकर धँसे हुए, शीशे जैसे रंग के गालों पर लुढ़क पड़े। जब ऐंठन का दौरा गुज़र गया तो बच्चा, जिसकी दुबली बाँहें और टाँगें तन गई थीं, अड़तालीस घंटों के भीतर ही जिनका सारा गोश्त सूख गया था और सिर्फ़ हड्डियाँ नज़र आ रही थीं, पीठ के बल अस्त-व्यस्त बिस्तर में छटपटाकर लेट गया, जैसे उसे शिकंजे में यंत्रणा दी गई हो। वह सलीब पर जड़े हुए ईसा का विद्रूप बना लेटा था।

नीचे झुककर तारो ने अपने भारी हाथ से आँसुओं और पसीने से तर उस नन्हे चेहरे को सहलाया। कास्तेल ने कुछ क्षण पहले अपनी किताब बन्द कर दी थी और अब उसकी नज़रें बच्चे पर गड़ी थीं। उसने बोलना शुरू किया, लेकिन बोलने से पहले उसे खाँसना पड़ा। उसकी आवाज़ में एक कर्कश गूँज थी।

"आज सुबह तो हालत में कुछ सुधार नहीं हुआ था, रियो?"

रियो ने सिर हिलाया, लेकिन यह कहा कि बच्चा उम्मीद से ज़्यादा लड़ रहा है। फ़ादर पैनेलो ने, जो दीवार के साथ लगकर खड़े थे, धीमे स्वर में कहा, "अगर यह मर गया तो इसने औरों से ज़्यादा दुःख झेला होगा।"

वार्ड में रोशनी बढ़ रही थी, दूसरे बिस्तरों पर लेटे नौ मरीज़ करवटें बदल रहे थे और कराह रहे थे, लेकिन उनकी आवाज़ें दबी हुई थीं। उन्होंने जान-बूझकर अपनी आवाज़ें धीमी कर ली थीं। दूर, वार्ड के आख़िर में एक मरीज़ चिल्ला रहा था और रह-रहकर कुछ कह रहा था, जिससे दर्द के बजाय आश्चर्य का आभास मिलता था। सचमुच ऐसा लगता था कि मरीज़ों के लिए भी पहले दौर का विक्षिप्त आतंक गुज़र चुका था और उन्होंने अब बीमारी के प्रति शोकपूर्ण आत्मसमर्पण का दृष्टिकोण अपना लिया था। सिर्फ़ बच्चा अपनी पूरी नन्हीं ताक़त से लड़ रहा था। बीच-बीच में रियो उसकी नाड़ी देखता था इसलिए नहीं कि इसमें कोई फ़ायदा था बल्कि इसलिए कि वह अपने इस सम्पूर्ण असहायपन से बचना चाहता था—और जब वह अपनी आँखें बन्द करता था तो उसे लगता था कि बच्चे की नाड़ी की हलचल उसके अपने ख़ून की उत्तेजना में मिल गई थी। और फिर यंत्रणा सहते हुए बच्चे के साथ एक होकर उसने अपने शरीर की बची-खुची ताक़त से बच्चे को बचाने के लिए संघर्ष किया। लेकिन कुछ क्षण तक जुड़े रहने के बाद जल्द ही उनके दिलों

की धड़कनों की लय अलग-अलग हो गई, बच्चा उसके हाथों से निकल गया और एक बार फिर रियो को अपनी अशक्तता का एहसास हुआ। उसने बच्चे की नन्ही, पतली कलाई छोड़ दी और वापस अपनी जगह पर आ बैठा।

सफ़ेदी की हुई दीवारों पर रोशनी का रंग गुलाबी से पीले में बदल रहा था। नए गरमी से तपे हुए दिन की पहली तरंगें खिड़कियों से टकराने लगीं। ग्रान्द यह कहकर कि वह फिर लौटेगा, उठ खड़ा हुआ, किसी ने उसकी आवाज़ न सुनी। सब इन्तज़ार कर रहे थे। बच्चे की आँखें अभी भी बन्द थीं। वह पहले से अधिक शान्त दिखाई देने लगा। पक्षी के नाखूनों की तरह उसकी नन्ही उँगलियाँ बिस्तर के दोनों छोरों को नोच रही थीं। फिर उसकी उँगलियाँ उठीं, उसने घुटनों पर पड़ा कम्बल नोचा और अचानक उसका शरीर दोहरा हो गया। वह अपनी जाँघें पेट पर ले आया और बिना हिले-डुले पड़ा रहा। पहली बार उसने आँखें खोलीं और रियो की तरफ़ देखा जो उसके ऐन सामने खड़ा था। उसका नन्हा चेहरा भूरे रंग की मिट्टी के मुखौटे की तरह सख़्त हो गया था। धीरे-धीरे उसके होंठ खुले और उनमें से एक लम्बी, अटूट चीख़ निकली, जो साँस लेने के बावजूद ज्यों-की-त्यों बनी रही। इस चीख़ ने वार्ड को एक भयंकर क्षोभपूर्ण प्रतिरोध से भर दिया, शैशव का यह नन्हा क्रन्दन वार्ड के सभी सन्तप्त लोगों की वेदना की सामूहिक अभिव्यक्ति बन गया। रियो ने अपने होंठ भींच लिये, तारो दूसरी तरफ़ देखने लगा, रेम्बर्त जाकर कास्तेल के पास खड़ा हो गया, जिसके घुटनों पर बन्द किताब पड़ी थी। फ़ादर पैनेलो ने बच्चे के नन्हे मुँह की तरफ़ देखा जिसे प्लेग की मलिनता ने विषाक्त कर दिया और जिसमें से मौत की क्रुद्ध चीत्कार निकल रही थी जो आदिकाल से मानवता सुनती आई है। फ़ादर पैनेलो घुटनों के बल बैठ गया और सबने उस अनाम, अनन्त क्रन्दन में उसके भर्राए गले की आवाज़ सुनी।

"हे परमेश्वर, इस बच्चे को ज़िन्दा रहने दो..."

लेकिन बच्चे की चीत्कार जारी रही और दूसरे मरीज़ भी बेचैन हो उठे। वार्ड के छोर वाला मरीज़, जो लगातार चीख़ रहा था, अब और ज़ोर से चीख़ने लगा था। उसकी रुक-रुक कर आने वाली नन्हीं चीख़ें एक अनवरत चीख़ में बदल गईं। दूसरे मरीज़ों की कराहटें भी तेज़ हो गईं। सिसकियों का एक झोंका तेज़ी से आया, जिसमें फ़ादर पैनेलो की प्रार्थना की आवाज़ भी डूब गई। रियो ने, जो अभी तक पलंग के डंडे को कसकर पकड़े हुए था, अपनी आँखें मूँद लीं जो थकान और ग्लानि से चौंधिया गई थीं।

जब उसने आँखें खोलीं तो तारो उसके पास खड़ा था।

"मैं जा रहा हूँ। मुझसे ये आवाज़ें बर्दाश्त नहीं होतीं।" रियो ने कहा।

लेकिन उसी वक़्त अचानक सारे मरीज़ ख़ामोश हो गए। अब डॉक्टर को एहसास हुआ कि बच्चे का क्रन्दन धीरे-धीरे क्षीण होकर फड़फड़ाता हुआ ख़ामोशी में बदल गया है। मरीज़ों ने फिर कराहना शुरू किया, लेकिन इस बार मध्यम आवाज़ में यह सुदूर प्रतिध्वनि उस लड़ाई की थी जो अब ख़त्म हो चुकी थी, क्योंकि अब वह सचमुच ख़त्म हो चुकी थी। कास्तेल पलंग की दूसरी तरफ़ चला गया था, उसने कहा कि अन्त नज़दीक आ गया है। बच्चे का मुँह अब भी खुला हुआ था, लेकिन वह ख़ामोश था और उसका नन्हा सिकुड़ा शरीर अस्त-व्यस्त कम्बलों के बीच पड़ा था। उसके गाल अब भी आँसुओं से गीले थे।

फ़ादर पैनेलो बच्चे के पलंग के पास गया और उसने हाथ उठाकर आशीर्वाद दिया। फिर अपना चोगा समेटकर वे पलँगों की क़तार के बीच से निकलकर बाहर चला गया।

"क्या आपको नए सिरे से काम शुरू करना पड़ेगा?" तारो ने कास्तेल से पूछा।

बूढ़े डॉक्टर ने धीरे से सिर हिलाया। उसके चेहरे पर एक ऐंठी हुई मुस्कान थी। "शायद! जो भी हो, बच्चे ने बहुत देर तक बीमारी से लड़ाई लड़ी जिसे देखकर मुझे आश्चर्य हुआ है।"

रियो उठकर बाहर जा रहा था, उसकी चाल इतनी तेज़ थी और चेहरे पर ऐसा विचित्र भाव छा गया था कि जब वह दरवाज़े से फ़ादर पैनेलो के नज़दीक से गुज़रने लगा तो फ़ादर पैनेलो ने उसे रोकने के लिए बाँह बढ़ाई।

"सुनो तो, डॉक्टर..." उसने कहना शुरू किया।

रियो क्रुद्ध भाव से उसकी तरफ़ मुड़ा और कहा, "आह! वह बच्चा तो बिलकुल मासूम था। मेरी तरह आप भी इस बात को जानते हैं।"

और रियो फ़ादर पैनेलो से रगड़ खाता हुआ स्कूल के खेलने के मैदान के पार चला गया और धुँधले, छोटे पेड़ों-तले एक लकड़ी की बेंच पर बैठकर अपना पसीना पोंछने लगा जो बहकर उसकी आँखों में जाने लगा था। उसके दिल को जैसे कोई शिकंजे में जकड़कर दबा रहा था। उसके मन में आया कि इस जकड़ से बचने के लिए ज़ोर-ज़ोर से शाप दे। अंजीर के पेड़ों की टहनियों से गरमी छनकर आ रही थी। एक सफ़ेद धुन्ध तेज़ी से सुबह के नीले आकाश में फैल रही थी जिससे हवा में और भी ज़्यादा दम घुटने लगा था। रियो थककर बेंच पर लेट गया। जब उसने

खुरदरी टहनियों और चमकते हुए आसमान की तरफ़ देखा तो उसका साँस फूलना बन्द हो गया और उसने अपनी थकान से लड़ने की कोशिश की। उसे अपने पीछे एक आवाज़ सुनाई दी।

"अभी तुम्हारी आवाज़ में क्रोध क्यों था? जो दृश्य हम लोग देखते आ रहे थे वह मेरे लिए भी उतना ही असह्य था जितना तुम्हारे लिए था।"

रियो ने मुड़कर पैनेलो की तरफ़ देखा।

"मैं जानता हूँ। मुझे अफ़सोस है, लेकिन थकान एक क़िस्म का पागलपन होती है। और कई बार तो मेरे मन में सिर्फ़ अन्धे विद्रोह की भावना ही उठती है।"

पैनेलो ने धीमी आवाज़ में कहा, "मैं सब समझता हूँ। इस तरह की बात विद्रोह इसलिए पैदा करती है, क्योंकि वह इनसान की समझ के बाहर की चीज़ है। लेकिन शायद हमें उन चीज़ों से भी प्यार करना चाहिए जिन्हें हम समझ नहीं सकते।"

रियो धीरे-धीरे उठकर बैठ गया। उसने थकान के ख़िलाफ़ अपनी सारी ताक़त और उत्साह को बटोरकर पैनेलो की तरफ़ देखा, फिर उसने अपना सिर हिलाकर कहा, "नहीं फ़ादर! प्यार के बारे में मेरे मन में दूसरे ही क़िस्म के विचार हैं। और अपनी ज़िन्दगी के आख़िरी दिन तक मैं ऐसे विधान से हरगिज़ प्यार नहीं कर सकूँगा जिसमें बच्चों को इतनी यंत्रणा दी जाती है।"

पादरी के चेहरे पर चिन्ता की एक परछाईं नज़र आई। वह क्षण-भर के लिए ख़ामोश रहा। फिर उसने उदास स्वर में कहा, "आह डॉक्टर! अभी मुझे एहसास हुआ है कि 'रहमत' का क्या मतलब है?"

रियो फिर बेंच में धँस गया था। उसकी थकान फिर लौट आई थी, जिसकी गहराइयों से वह बोल रहा था। उसके स्वर में कोमलता आ गई थी।

"यह एक ऐसी चीज़ है जो मेरे पास नहीं है। मैं यह जानता हूँ लेकिन इस बारे में मैं आपसे बहस न करूँ तो अच्छा होगा। हम मिलकर एक ऐसी चीज़ के लिए काम कर रहे हैं जिसने हमें एकता के सूत्र में बाँध दिया है जो कुफ्र और प्रार्थनाओं से परे की चीज़ है। और यही असली चीज़ है।" फ़ादर पैनेलो रियो के पास बैठ गया। ज़ाहिर था कि उसके दिल पर गहरा असर पड़ा था।

"हाँ-हाँ, तुम भी इनसान की मुक्ति के लिए काम कर रहे हो।" पैनेलो ने कहा।

रियो ने मुस्कराने की कोशिश की।

"मुक्ति मेरे लिए बहुत बड़ा शब्द है। मैं इतनी बड़ी महत्त्वाकांक्षा नहीं रखता। मेरा सम्बन्ध इनसान की सेहत से है; मेरे लिए पहली चीज़ उसकी सेहत है।"

पैनेलो को कुछ हिचकिचाहट-सी महसूस हुई। उसने अपनी बात शुरू की, "डॉक्टर..." लेकिन फिर ख़ामोश हो गया। उसके चेहरे से भी पसीना टपक रहा था। "अच्छा फ़िलहाल के लिए अलविदा," कहकर फ़ादर उठ खड़ा हुआ। उसकी आँखें भीग गई थीं। जब वह जाने लगा तो रियो जो किसी सोच में डूबा हुआ नज़र आ रहा था, अचानक खड़ा हो गया और पैनेलो की तरफ़ एक क़दम आगे बढ़ा।

"मैं फिर माफ़ी चाहता हूँ और वादा करता हूँ कि इस तरह का प्रलाप मैं फिर नहीं करूँगा।"

पैनेलो ने अपना हाथ आगे बढ़ाया और अफ़सोस ज़ाहिर करते हुए कहा, "और अभी भी—मैं तुम्हें यक़ीन नहीं करवा सका।"

"इससे क्या फ़र्क़ पड़ता है! आप जानते ही हैं कि मुझे मौत और बीमारी से नफ़रत है। आप चाहें या न चाहें, हम लोग साथी हैं और इन दुश्मनों से एक साथ लड़ रहे हैं।" रियो अभी भी पैनेलो का हाथ थामे हुए था। "तो आपने देखा—अब परमेश्वर भी हमें अलग नहीं कर सकता।" रियो ने कहा, लेकिन उसने कोशिश की कि उसकी नज़रें पादरी की नज़रों से न मिलें।

4

रियो के स्वयंसेवकों के दल में शामिल होने के बाद से फ़ादर पैनेलो अपना सारा वक़्त अस्पतालों में और ऐसी जगहों पर काटता था जहाँ प्लेग से उसका सीधा सम्पर्क होता था। उसने जान-बूझकर अपने लिए ऐसी जगह चुनी थी जो उसकी दृष्टि में उसी पर आश्रित थी—लड़ाई में सबसे अगली जगह। और तब से लगातार वह मौत से अपने कन्धे रगड़ रहा था। हालाँकि सैद्धान्तिक रूप से समझा जा सकता था कि बीच-बीच में टीके लगवाने के कारण उस पर छूत असर नहीं कर सकती थी, लेकिन वह अच्छी तरह जानता था कि किसी भी क्षण मौत उस पर भी क़ाबिज़ हो सकती है और उसने इस बारे में सोच-विचार भी किया था। बाहर से मालूम होता था कि उसकी शान्ति में कोई फ़र्क़ नहीं आया, लेकिन जिस दिन से उसने एक बच्चे की मौत देखी थी, उसी दिन से उसके दिल में कोई चीज़ बदल गई थी। उसके दिल का बढ़ता हुआ तनाव उसके चेहरे से ज़ाहिर होता था। जब एक दिन पैनेलो ने रियो को मुस्कराकर बताया था कि वह एक छोटा-सा निबन्ध लिख रहा है, जिसका शीर्षक है "क्या किसी पादरी को डॉक्टर से मशवरा करना चाहिए?" तो रियो को पादरी की बात के अन्दाज़ से ऐसा लगा कि उसके पीछे कोई-न-कोई गम्भीर बात ज़रूर है। जब डॉक्टर ने कहा कि वह भी निबन्ध को पढ़ना चाहेगा तो पैनेलो ने उसे बताया कि जल्द ही वह पुरुषों की एक प्रार्थना में प्रवचन देगा और उसी में इस विषय पर उसके अधिकांश विचार भी प्रकट हो जाएँगे।

"उम्मीद है तुम भी आओगे डॉक्टर! तुम्हें यह विषय दिलचस्प मालूम होगा।"

जिस दिन फ़ादर पैनेलो ने अपना दूसरा प्रवचन दिया, उस दिन बहुत तेज़ हवा चल रही थी। यह मानना पड़ेगा कि श्रोताओं की संख्या पहली बार से कम थी; इसका एक कारण यह भी था कि हमारे शहरियों के लिए इस तरह के प्रवचनों का नयापन ख़त्म हो गया था। दरअसल उन्हें जिन असाधारण परिस्थितियों का सामना

करना पड़ रहा था उनमें 'नयापन' शब्द का कोई अर्थ नहीं रहा था। इसके अलावा अधिकांश लोगों ने यह मानकर कि उन्होंने धार्मिक रस्मों को एकदम तिलांजलि नहीं दी थी या उन्होंने सीधेपन में आकर अपनी अनैतिक और भ्रष्ट ज़िन्दगियों को एक साथ नहीं मिला दिया था, अब साधारण धार्मिक कृत्यों की जगह स्वेच्छाचारी अन्धविश्वासों को अपना लिया था। इस तरह वे प्रार्थना में शामिल होने के बजाय सन्त रोश के अभिरक्षक पदक पहनना अधिक पसन्द करते थे, जो उनके ख़याल में उन्हें बीमारी से बचा सकते थे।

मिसाल के तौर पर उन दिनों हर क़िस्म की भविष्यवाणियों में लोगों की दिलचस्पी बहुत बढ़ गई थी। उम्मीद की जाती थी कि बहार के मौसम में महामारी अपने-आप अचानक किसी भी क्षण ख़त्म हो जाएगी। इसलिए कोई भी, प्लेग कितने दिन चलेगी, इस बारे में किसी को अनुमान लगाते हुए नहीं सुनना चाहता था, क्योंकि हर आदमी ने अपने को यक़ीन दिला दिया था कि प्लेग ज़्यादा दिन नहीं चलेगी। लेकिन दिनों के गुज़रने के साथ ही लोगों के दिलों में यह डर बढ़ने लगा कि हो सकता है यह मुसीबत अनिश्चित काल तक चलती रहे। इसके बाद सब लोगों की उम्मीदें प्लेग की समाप्ति पर ही केन्द्रित हो गईं, जिसके परिणामस्वरूप भविष्यवाणियों की कॉपियाँ—जो कहा जाता था कि ज्योतिषियों या कैथोलिक चर्च के सन्तों ने की हैं—हाथों-हाथ पढ़ी जाने लगीं। स्थानीय छापेख़ानों को फ़ौरन ख़याल आया कि लोगों के इस नए शौक़ को पूरा करके काफ़ी मुनाफ़ा पैदा किया जा सकता है, इसलिए उन्होंने उन भविष्यवाणियों को छाप दिया। यह देखकर कि इस तरह के साहित्य के लिए जनता की भूख अभी तक शान्त नहीं हुई, उन्होंने म्यूनिसिपल पुस्तकालयों में प्राचीन वृत्तान्तों, संस्मरणों इत्यादि में से मस्तिष्क के इस चारे के लिए रिसर्च कराई। और जब यह सोता भी सूख गया तो उन्होंने पत्रकारों को भविष्यवाणियाँ लिखने के लिए नियुक्त किया और कम-से-कम इस दृष्टि से तो पत्रकारों ने ख़ुद को प्राचीन काल के भविष्यवक्ताओं के बराबर ही साबित कर दिया।

इस तरह की भविष्यवाणियाँ सचमुच हमारे अख़बारों में धारावाहिक रूप से छपी थीं और उन्हें उतनी ही दिलचस्पी और शौक़ से पढ़ा जाने लगा जिस तरह स्वस्थ सरगर्म ज़माने में इन कॉलमों में छपने वाली इश्क़-मुहब्बत की कहानियाँ पढ़ी जाती थीं। कुछ भविष्यवाणियाँ तो गणित की विलक्षण गणनाओं पर आधारित थीं जिनमें साल की कुल मौतों और प्लेग के महीनों का सम्बन्ध जोड़ा गया था। कुछ लोगों ने पिछले ज़माने की महामारियों के साथ प्लेग की तुलना की थी और

उनकी समानताएँ साबित की थीं (भविष्यवक्ता इन्हें 'अचल तत्त्व' कहते थे) और उनका दावा था कि वे उनसे ऐसे नतीजे निकाल सकते हैं जो वर्तमान मुसीबत पर भी लागू होंगे। लेकिन सबसे लोकप्रिय भविष्यवक्ता वे थे जो रहस्यमयी अनर्गल भाषा में घटनाओं के अनुक्रम की घोषणा करते थे जिनमें से किसी को भी व्याख्या करके वर्तमान परिस्थितियों पर लागू किया जा सकता था और वे इतनी गूढ़ थीं कि उनकी मनचाही व्याख्या की जा सकती थी। इस तरह रोज़ नोस्त्रादेमस और सन्त मोदिलिया से मशवरा किया जाता था जिससे हमेशा सुखद परिणाम निकलता था। लेकिन एक बात सारी भविष्यवाणियों में समान रूप से मौजूद थी—वे लोगों को आशा दिलाती थीं जबकि बदक़िस्मती से प्लेग कोई आशा नहीं दिलाती थी।

इस तरह हमारे शहर में अन्धविश्वास ने ज़बरदस्ती धर्म की जगह ले ली। इसीलिए जिस गिरजे में फ़ादर पैनेलो प्रवचन दे रहा था वह सिर्फ़ तीन-चौथाई भरा था। उस रोज़ शाम को जब रियो वहाँ आया तो झूलने वाले दरवाज़ों से हवा के तेज़ झोंके भीतर जा रहे थे और गिरजे के आसपास के रास्तों में भी अचानक हवा भर गई थी। सर्द और ख़ामोश गिरजे में रियो ने पुरुष श्रोताओं से घिरे फ़ादर को मंच पर चढ़ते देखा। वह पहली बार की अपेक्षा अधिक कोमल और गम्भीर लहज़े में बोल रहा था और कई बार तो उपयुक्त शब्दों के अभाव में उसकी ज़बान लड़खड़ा जाती थी। सबसे बड़ा परिवर्तन यह आया था कि वह 'तुम' के बजाय 'हम' शब्द का इस्तेमाल कर रहा था।

लेकिन धीरे-धीरे उसके स्वर में दृढ़ता आती गई। उसने श्रोताओं को याद दिलाया कि कई महीनों से प्लेग हमारे बीच रहती आई है और प्लेग को अक्सर अपनी मेज़ों और अपने प्रियजनों के पलँगों पर हमने कई बार नज़दीक से देखा है, इसलिए अब हम इसे ज़्यादा अच्छी तरह समझते हैं। हमने प्लेग को अपनी बग़ल में चलते देखा है और जहाँ हम काम करते हैं वहाँ प्लेग हमारे इन्तज़ार में रहती थी। इस तरह अब शायद हम इस स्थिति में हैं कि प्लेग हमें लगातार जो सन्देश देती आ रही है, हम उसका अर्थ समझें। हो सकता है कि जब प्लेग पहली बार यहाँ आई थी तो हमें इतना धक्का पहुँचा था कि हमने इस सन्देश को ध्यानपूर्वक सुना ही नहीं था। फ़ादर ने पहले प्रवचन में जो बातें कही थीं, वे अभी भी लागू होती हैं कम-से-कम उसका तो यही विश्वास था और शायद हममें से किसी का ख़याल हो (फ़ादर ने अपने सीने पर ज़ोर से मुक्का मारा) कि उसके शब्दों में उदारता नहीं थी। चाहे कुछ हो, एक बात का खंडन नहीं हो सकता और हर परिस्थिति में इस सचाई को हमें याद रखना चाहिए। एक ईसाई की दृष्टि में हर चीज़, हर घटना उसकी भलाई

के लिए है, चाहे ऊपर से देखने में वह कितनी ही हृदयहीन क्यों न मालूम हो, चाहे उसे कितनी तकलीफ़ें झेलनी पड़ें, और परीक्षा की इस कठिन घड़ी में हर ईसाई को चाहिए कि वह उस भलाई को पहचाने, और समझे कि वह भलाई किन चीज़ों में है और किस तरह वह उन्हें अपने अनुकूल बना सकता है।

इस पर रियो के नज़दीक बैठे लोग अपने बैठने की जगहों पर बनी हाथ टिकाने की हत्थियों का सहारा लेकर आराम से बैठ गए। एक बड़ा गद्दीदार दरवाज़ा हवा में धीमी आवाज़ कर रहा था, कोई आदमी उसे बन्द करने के लिए उठा, जिसके परिणामस्वरूप रियो का ध्यान प्रवचन से हटकर दूसरी तरफ़ चला गया और उसने पैनेलो की अगली बातें नहीं सुनीं। लेकिन उनका सारांश यह मालूम होता था; हम प्लेग के कारण खोजने की चाहे जितनी कोशिशें करें लेकिन हमें यह भी जानना चाहिए कि प्लेग हमें क्या सबक सिखाना चाहती है। रियो ने अनुमान लगाया कि फ़ादर के ख़याल में प्लेग का कोई कारण नहीं बताया जा सकता।

रियो की दिलचस्पी बढ़ गई जब फ़ादर ने ज़ोरदार लहज़े में कहा कि कुछ चीज़ें ऐसी भी हैं जिन्हें हम उसी तरह छू सकते हैं जिस तरह परमेश्वर को छू सकते हैं और कुछ चीज़ों को बिलकुल नहीं छू सकते। इसमें किसी को शक नहीं हो सकता कि दुनिया में अच्छाई और बुराई दोनों, मौजूद हैं और उनमें फ़र्क़ समझना ज़रूरी है। दिक़्क़त तब शुरू होती है जब हम बुराई की तह में जाते हैं। इनसान के दुःख को भी फ़ादर ने बुरी चीज़ों में शामिल किया। इस तरह हमारी ज़िन्दगी में ऐसा दर्द भी है जो हमें ज़रूरी मालूम होता है और ऐसा भी है जो हमें निरर्थक मालूम होता है।

डॉन जुआन के दोजख़ में जाने की और एक बच्चे की मिसाल लीजिए। दुराचारी आदमी पर ईश्वर की कोप दृष्टि पड़े और वह मर जाए यह बात तो हमें सही मालूम होती है, लेकिन हमारी समझ में यह नहीं आता कि एक मासूम बच्चा किसलिए तकलीफ़ उठाता है। और सच यह है कि बच्चे की व्यथा से अधिक बड़ी और महत्त्वपूर्ण चीज़ कोई नहीं; उसे देखते ही हमारे मन में दहशत छा जाती है और हमें उसके औचित्य के लिए कारण तलाश करने पड़ते हैं। ज़िन्दगी के दूसरे क्षेत्रों में ईश्वर ने हमारा काम आसान कर दिया है इसलिए उस हद तक हमारे धर्म में कोई गुण नहीं है। लेकिन इस बात में ईश्वर ने हमें परास्त कर दिया है। सचमुच हम उस ईश्वर से टकरा रहे हैं जिसे प्लेग ने हमारे इर्द-गिर्द खड़ा कर दिया है और उस दीवार की प्राणघातक छाँह में ही हमें अपनी मुक्ति का कोई तरीक़ा निकालना है। फ़ादर पैनेलो दीवार को लाँघने के आसान तरीकों को अपनाने के लिए तैयार

नहीं था, क्योंकि इस तरह वह आसानी से श्रोताओं को विश्वास दिला सकता था कि बच्चे की पीड़ा के एवज़ में उन्हें अनन्त काल तक सुख मिलेगा। लेकिन वह यह विश्वास कैसे दे सकता था जब उसे इस बारे में कुछ भी मालूम नहीं था। दावे से यह कहने का साहस किसमें है कि अनन्त सुख इनसान की पीड़ा के एक क्षण का बदला चुका सकता है? जो इस तरह का दावा करे वह कभी सच्चा ईसाई नहीं हो सकता और उस महान शिक्षक का शिष्य नहीं हो सकता जिसने अपने शरीर और आत्मा में पीड़ा की यंत्रणा का अनुभव किया था, न ही फ़ादर पैनेलो पीड़ा के उस प्रतीक, सलीब पर चढ़े ईसा के संतप्त शरीर में आस्था रखेगा। वह अपनी जगह पर डटे रहकर ईमानदारी से बच्चे की पीड़ा की भयंकर समस्या का सामना करेगा, और उन लोगों से, जो आज उसके शब्द सुन रहे हैं, कहेगा, "मेरे भाइयो, हम लोगों की परीक्षा का वक़्त आ पहुँचा है। या तो हमें हर चीज़ में आस्था रखनी होगी या हर चीज़ में अविश्वास करना होगा। और मैं पूछता हूँ आप लोगों में से किसमें इतना साहस है कि वह हर चीज़ में अविश्वास करे?"

रियो को लगा कि इन बातों के जरिये फ़ादर पैनेलो कुफ़्र के विचार से खिलवाड़ कर रहा है, लेकिन अन्त तक इस विचार का पीछा करने के लिए उसके पास वक़्त नहीं है। फ़ादर ज़ोरदार शब्दों में कह रहा था कि "ईसाइयों को जो यह कठिन कर्तव्य सौंपा गया है, यही उसका सबसे बड़ा गुण और विशेषाधिकार है।" वह अच्छी तरह जानता है कि कुछ लोग जिनकी शिक्षा पुरानी नैतिकता और ढिलाई के साथ हुई है, इस बात से क्षुब्ध होंगे, और उस ईसाई-गुण की चर्चा से क्रुद्ध भी होंगे जो देखने में बहुत कठोर मालूम होता है और जिसके बारे में वह श्रोताओं से बात करने जा रहा है। लेकिन प्लेग के ज़माने का धर्म हर रोज़ का धर्म नहीं हो सकता। सुख के दिनों में इनसान की आत्मा बिना कष्ट के रहे और आनन्द मनाए, इस बात को परमेश्वर मंजूर कर सकता है और इसकी ख़्वाहिश भी करता है, लेकिन कठिन मुसीबत के दिनों के लिए परमेश्वर ने इनसान की आतमा पर कठिन कर्तव्य भी लगा दिए हैं। इसलिए आज परमेश्वर ने अपने जीवों की परीक्षा के लिए उन्हें यंत्रणा भेजी है ताकि वे सबसे बड़े गुण को सीखें और उस पर अमल करें—या तो पूरी तरह या बिलकुल नहीं।

कई शताब्दी पहले धर्म-विरोधी और कलुषित विचारों वाले एक लेखक ने चर्च के एक राज़ को खोलने का दावा किया था। उसने घोषणा की थी कि 'पर्गेटरी'[1] का अस्तित्व ही नहीं है। वह यह बताना चाहता था कि परमेश्वर बीच

1. ईसाई मत के अनुसार पापमोचन का स्थान।

का क़दम नहीं उठाता। इनसान को स्वर्ग और नर्क में से एक को चुनना पड़ता है। या आत्मा को सुख मिलता है या नर्क में भेज दिया जाता है। पैनेलो का कहना था कि यह एक धर्म-विरोधी विचार है जो सिर्फ़ अन्धी, अशान्त आत्मा से ही पैदा हो सकता है। लेकिन सम्भव है कि इतिहास में ऐसे दौर भी आए हों जब 'पर्गेटरी' की उम्मीद न रही हो, जब क्षमा करने लायक पापों की चर्चा करना भी सम्भव न रहा हो, जब हर पाप मारक रहा हो, और हर उपेक्षा अपराध रही हो। बीच का कोई रास्ता न रहा हो।

यहाँ आकर पादरी रुक गया और रियो को बाहर सनसनाती हुई हवा की आवाज़ साफ़ सुनाई देने लगी। बन्द दरवाज़ों के नीचे से आने वाली आवाज़ों से लगता था कि हवा ने बढ़कर तूफ़ान की शक्ल ले ली है। उसे फिर फ़ादर पैनेलो की आवाज़ सुनाई दी। वह कह रहा था कि जिस सम्पूर्ण समर्पण और स्वीकृति की वह बात कर रहा है उसका सीमित शाब्दिक अर्थ नहीं समझना चाहिए जैसा कि आमतौर पर सभी शब्दों का समझा जाता है। वह केवल समर्पण या उससे भी कठिन गुण विनयशीलता की बात नहीं कर रहा; वह उस अपमान और अहंकार-दमन की बात कर रहा है जिसमें अपमानित व्यक्ति की भी स्वीकृति रहती है। यह सच है कि किसी बच्चे की यंत्रणा को देखकर दिल और दिमाग़ में अपमान की भावना जागृत होती है, लेकिन इसीलिए तो इससे समझौता करना ज़रूरी है। फ़ादर पैनेलो ने श्रोताओं को विश्वास दिलाया कि वह जो बात कहने जा रहा है वह कहना आसान नहीं; क्योंकि यही परमेश्वर की मरज़ी है, इसलिए हमारी भी उसमें रज़ामन्दी है। इसी तरह, और सिर्फ़ इसी तरह एक सच्चा ईसाई इस समस्या का ईमानदारी से सामना कर सकता है और वह छलकपट को त्यागकर सबसे बड़े सवाल की तह में पहुँचने की कोशिश करेगा और वह सवाल है सही रास्ता चुनना। वह हर चीज़ में आस्था रखेगा ताकि उसे अनास्था के लिए मजबूर न होना पड़े। उन नेक औरतों की तरह, जो यह सुनकर कि गिल्टियों के रास्ते से ही कुदरत प्लेग की छूत को शरीर से बाहर निकालती है, गिरजाघर में जाकर प्रार्थना करने लगीं, "हे परमेश्वर, हमारे शरीर में गिल्टियाँ पैदा कर दे!" इसी तरह हर ईसाई को पूरी तरह परमेश्वर की मरज़ी के आगे समर्पण कर देना चाहिए चाहे वह उसकी संवेदनशीलता की सीमा से बाहर की चीज़ ही क्यों न हो। यह कहना ग़लत है, "मैं 'यह' समझता हूँ लेकिन 'वह' मुझे मंजूर नहीं है।" हमें सीधे उन बातों की तह में पहुँचना चाहिए जो हमें मंजूर नहीं हैं सिर्फ़ इसलिए क्योंकि इसी तरह हमें अपना रास्ता चुनने पर

विवश होना पड़ता है। बच्चों की यंत्रणाएँ हमारी मुसीबतों का खाद्य हैं; लेकिन इस खाद्य के बग़ैर हमारी आत्माएँ आध्यात्मिक भूख से मर जाएँगी।

जब पादरी थोड़ी देर के लिए रुकता था तो बाहर से आने वाली आवाज़ें सुनाई देने लगती थीं। अचानक पादरी ने अपनी आवाज़ ऊँची कर ली और जैसे ख़ुद को श्रोताओं की जगह रखकर वह पूछ रहा था कि ऐसी परिस्थितियों में क्या करना उचित होगा। वह जानता था कि वह जो बात कहने जा रहा है लोग उसके लिए 'भाग्यवाद' का शब्द इस्तेमाल करेंगे। ख़ैर, वह इस शब्द से डरेगा नहीं, बशर्ते इसे उस शब्द के आगे 'सक्रिय' शब्द जोड़ने की इजाज़त मिल जाए। यह कहने की ज़रूरत नहीं कि अबीसीनिया के उन ईसाइयों की नक़ल नहीं की जा सकती थी जिनकी चर्चा वह पहले प्रवचन में कर चुका था। न ही हमें उन ईरानियों का अनुकरण करना चाहिए जिन्होंने प्लेग के ज़माने में अपने छूत-लगे कपड़े सफ़ाई का काम करने वाले ईसाइयों पर फेंक दिए थे और ऊँची आवाज़ में परमेश्वर से मिन्नत की थी कि वह इन काफिरों को भी प्लेग की छूत दे दे जो परमेश्वर की भेजी हुई महामारी को रोकने की कोशिशें कर रहे थे। लेकिन काहिरा के उन पादरियों का अनुकरण करना भी ग़लत होगा, जिन्होंने, जब शहर में प्लेग का प्रकोप था तब प्रार्थना में प्रसाद बाँटने के लिए चिमटियों का इस्तेमाल किया था, ताकि वे लोगों के गीले गरम मुँहों के स्पर्श से बच सकें, हो सकता था वहाँ छूत छिपी हो। प्लेग-ग्रस्त ईरानवासी और पादरी दोनों ही ग़लती पर थे। ईरानियों को किसी बच्चे की यंत्रणा की परवाह नहीं थी; इसके विपरीत पादरियों के व्यवहार में यंत्रणा स्वाभाविक आतंक अत्यधिक रूप में झलकता था। दोनों ने असली समस्या से बचने की कोशिश की थी। उन्होंने ईश्वर की आवाज़ सुनने से इनकार कर दिया था।

लेकिन पैनेलो ने कहा कि कई और भी मिसालें हैं जिनकी याद वह श्रोताओं को कराएगा। अगर मार्साई की प्लेग के ऐतिहासिक विवरण विश्वसनीय हैं तो उनमें लिखा है कि मर्सी मठ के इक्यासी पादरियों में से सिर्फ़ चार ही प्लेग में ज़िन्दा बच पाए थे, जिनमें से तीन भाग गए थे। इतिहासकार ने सिर्फ़ तथ्य ही दिये थे, उसका इतना ही फ़र्ज़ था। लेकिन इस विवरण को पढ़ते वक़्त फ़ादर पैनेलो का ध्यान उस पादरी पर लगातार केन्द्रित रहा जो अपने सत्तर साथियों की मौत के बावजूद, और अपने उन तीन भाइयों की मिसाल के बावजूद, जो मठ छोड़कर भाग गए थे, अकेला रह गया था। मंच के कोने पर ज़ोर से मुक्का मारकर फ़ादर पैनेलो गरज उठा, "मेरे भाइयो, हममें से हरेक को उसी पादरी की तरह डटे रहना चाहिए।"

प्लेग से बचने के लिए सावधानी न बरतने का या जनता की भलाई के लिए जारी किए गए हुक्मों को न मानने का सवाल ही नहीं उठता। न ही हमें उन नैतिकतावादियों की सलाह माननी चाहिए जो कहते हैं कि हम प्लेग के आगे घुटने टेक दें और अपना संघर्ष बन्द कर दें। नहीं, हमें आगे बढ़ना चाहिए अँधेरे में रास्ता टटोलते हुए। हो सकता है बीच-बीच में हमें ठोकरें भी खानी पड़ें। हमें भरसक भलाई करनी चाहिए। इसके अलावा मुझे यही कहना है कि हमें परमेश्वर के रहम पर भरोसा करके डटे रहना चाहिए, नन्हे बच्चों की मौत देखकर भी हमारी आस्था अडिग रहनी चाहिए और हमें आराम की ख़्वाहिश छोड़ देनी चाहिए।

यहाँ फ़ादर पैनेलो ने श्रोताओं को मार्साई की प्लेग के ज़माने के बिशप बेल्ज़ूंस के महान व्यक्तित्व की याद दिलाई—किस तरह महामारी के अन्तिम दौर में बिशप ने अपना कर्तव्य निभाने के बाद, जैसा कि उसे शोभा देता था, अपने को अपने महल में बन्द कर लिया, जिसके इर्द-गिर्द ऊँची दीवारें थीं, और अपने साथ उसने खाने-पीने का काफ़ी सामान रख लिया। अचानक बिशप के प्रति जनता की भावना बदल गई, जैसा कि घोर मुसीबत के ज़माने में अक्सर होता है। मार्साई के लोग, जो बिशप की पूजा करते थे, अब उसके ख़िलाफ़ हो गए। उन्होंने बिशप के महल में छूत भेजने के लिए उसके महल के आसपास लाशों का ढेर लगा दिया और यहाँ तक कि दीवारों के ऊपर से भी लाशें फेंक दीं ताकि बिशप की मौत अवश्य हो जाए। इस तरह क्षणिक कमज़ोरी में बहकर बिशप ने अपने को बाहर की सारी दुनिया से अलग कर लिया। और देखिए, उसके सिर पर लाशें बरसने लगीं। इससे हम सबको सबक सीखना चाहिए। हमें अपने को पूरी तरह से यक़ीन दिलाना चाहिए कि प्लेग के समय में बचाव का कोई द्वीप नहीं है। न ही बीच का कोई रास्ता। हमें यह संकट स्वीकार करना ही पड़ेगा। हमें या तो परमेश्वर से मुहब्बत करनी पड़ेगी या नफ़रत करनी पड़ेगी। और परमेश्वर से नफ़रत करने की जुर्रत किसमें है?

"मेरे भाइयो," पादरी की आवाज़ से ऐसा लगता था कि प्रवचन ख़त्म होने वाला है, "परमेश्वर से प्यार करना बड़ा मुश्किल है। यह प्यार सम्पूर्ण आत्म-समर्पण की माँग करता है, इसमें अपने मानवीय व्यक्तित्व को तुच्छ समझना पड़ता है। फिर भी इस प्यार के कारण हम बच्चों की यंत्रणाओं और मौतों से समझौता कर लेते हैं, सिर्फ़ इसी प्यार के कारण हम उन्हें उचित ठहरा सकते हैं, चूँकि हम इन बातों को समझने में असमर्थ हैं और परमेश्वर की मरज़ी को ही अपनी मरज़ी बना सकते हैं। इसी को आस्था कहते हैं, जो इनसानों की नज़रों में ज़ुल्म है और परमेश्वर की

नज़रों में बड़ी नाजुक चीज़ है। हमें हमेशा इसी आस्था को प्राप्त करने का यत्न करना चाहिए। हमें अपनी सीमाओं से आगे उस ऊँचे और दहशत भरे दृश्य तक उठने की आकांक्षा रखनी चाहिए। उस ऊँचे समतल मैदान में हर चीज़ अपनी जगह पर चली जाएगी, सारी बेतरतीबियाँ दूर हो जाएँगी और दिखावटी इंसाफ़ के काले बादलों से सचाई फूट पड़ेगी। दक्षिणी फ्रांस के कुछ गिरजों के पूर्वी भागों के चबूतरों के नीचे सदियों से प्लेग से मरे लोगों को दफ़नाया जाता रहा है, और पादरी उनकी समाधियों के ऊपर खड़े होकर प्रवचन देते हैं। उनके मुँह से निकला हुआ ईश्वरीय सन्देश उस चबूतरे से निकलता है जिसमें बच्चों ने भी योग दिया है।'

जब रियो उठकर जाने की तैयारी कर रहा था तो अधखुले दरवाज़ों से हवा के एक तेज़ झोंके ने आकर गिरजे के बीच के हिस्से को आन्दोलित कर दिया और बाहर निकलते हुए श्रोताओं के चेहरों पर ज़ोर से प्रहार किया। हवा अपने साथ वर्षा की गन्ध, भीगे फुटपाथों का तेज़ स्वाद लाई थी और उन्हें बाहर के मौसम के बारे में चेतावनी दे रही थी। रियो के आगे ही एक बूढ़ा पादरी और एक नौजवान पादरी जा रहे थे, हवा में उनकी टोपियाँ उड़ी जा रही थीं और टोपियों को सिर पर रखे रहने में उन्हें बड़ी दिक़्क़त हो रही थी। लेकिन इसकी वजह से बड़े पादरी को पैनेलो के प्रवचन के बारे में बहस करने में कोई दिक़्क़त नहीं हो रही थी। वह फ़ादर की भाषण-शैली की तारीफ़ कर रहा था, लेकिन पैनेलो के दुस्साहसपूर्ण विचारों से वह दुविधा में पड़ गया था। उसकी राय में पैनेलो के प्रवचन में सच्ची शक्ति के बजाय घबराहट ज़्यादा थी, और इस उम्र में तो पादरी को बिलकुल नहीं घबराना चाहिए। नौजवान पादरी ने, जिसने हवा से बचने के लिए चेहरा नीचे की तरफ़ झुकाया हुआ था, जवाब दिया कि वह फ़ादर को बहुत अरसे से देखता आ रहा है। उसने फ़ादर के विचारों का विकास भी देखा है और उसका ख़याल है कि आगामी पैम्फ़लेट में उसके फ़ादर के विचार और भी ज़्यादा दुस्साहसपूर्ण हो जाएँगे। वास्तव में हो सकता है कि उसे प्रेस वाले छापने से इनकार कर दें।

"क्या तुम्हारा ऐसा ख़याल है? पैम्फ़लेट का मुख्य विचार क्या है?"

अब वे केथीड्रल स्क्वेयर में पहुँच गए थे और हवा के गर्जन के कारण नौजवान के लिए कुछ क्षण तक बोलना असम्भव हो गया। जब हवा कुछ थमी तो उसने संक्षेप में अपने साथी को बताया, "किसी पादरी के लिए डॉक्टर को बुलाना बेतुका है।"

जब रियो ने तारो को पैनेलो के प्रवचन के बारे में बताया तो तारो ने कहा कि वह एक ऐसे पादरी को जानता है जो युद्ध के दौरान अपनी आस्था खो बैठा था,

क्योंकि उसने एक ऐसे नौजवान को देखा था जिसकी दोनों आँखें नष्ट हो गई थीं।

तारो ने कहा, "पैनेलो ठीक कहता है। अगर एक मासूम नौजवान की आँखें तबाह हो सकती हैं तो एक ईसाई के सामने दो ही रास्ते हैं—या तो वह अपनी आस्था गँवा दे या अपनी आँखों को नष्ट करने की स्वीकृति दे दे। पैनेलो को अपनी आस्था खोना मंजूर नहीं है, इसलिए वह अन्त तक इस विभीषिका का साथ देगा—उसके कहने का यही मतलब था।"

हो सकता है तारो की यह टिप्पणी बाद में होने वाली अफ़सोसनाक घटनाओं पर रोशनी डाले, जिनके दौरान पादरी के व्यवहार को उसके दोस्त भी नहीं समझ पाए थे। पाठक इसका निर्णय ख़ुद करें।

प्रवचन के कुछ दिन बाद पैनेलो को अपने कमरे छोड़ने पड़े। यह वह दौर था जब बहुत से लोगों को प्लेग की नई परिस्थितियों से मजबूर होकर अपने मकान बदलने पड़े थे। जब होटल को ज़ब्त कर लिया गया तो तारो रियो के घर जाकर रहने लगा था। अब फ़ादर को भी वे कमरे ख़ाली करने पड़े जो चर्च के अधिकारियों ने एक धार्मिक वृत्ति की वृद्ध महिला के घर में दिलवाए थे। यह महिला अभी तक महामारी से बची रही थी। घर बदलने में पैनेलो को बहुत ज़्यादा शारीरिक और मानसिक थकान हुई थी, जिसका उसकी मेज़बान पर बुरा असर पड़ा था। एक रोज़ शाम को जब वृद्धा बड़े उत्साह से सन्त ओदिलिया की भविष्यवाणियों की तारीफ़ों के पुल बाँध रही थी तो पादरी शायद थकान की वजह से थोड़ी अधीरता प्रदर्शित कर बैठा। इसके बाद से वृद्धा को प्रसन्न करने की और उसका क्रोध शान्त करने की सारी कोशिश बेकार साबित हुई। वृद्धा के मन में पादरी के बारे में बुरा ख़याल पैदा हो गया था जिसकी कड़वाहट बनी रही। हर रात अपने सोने के कमरे में जाने से पहले, जहाँ सारा फर्नीचर क्रोशिये के बनाए कपड़ों से ढका था, पादरी ड्राइंग रूम से गुज़रता था जहाँ उसकी मेज़बान बैठी रहती थी। बिना गरदन घुमाए वह 'गुडनाइट फ़ादर' कहती थी। पादरी को इस कड़वी 'गुडनाइट' की स्मृति लेकर सोने के लिए जाना पड़ता था और इस सारी घटना की कल्पना से ही उसे घबराहट होने लगती थी। एक ऐसी ही शाम को पादरी ने महसूस किया कि जिस तरह पानी बाँधों को तोड़ देता है, उसी तरह उसकी कलाइयों और कनपटियों में बुख़ार ज़ोर मार रहा था जो पिछले कई दिनों से उसके ख़ून में छिपा था।

बाद की घटनाओं का ब्योरा सिर्फ़ वृद्धा की ज़बान से पता चला। अगले रोज़ सुबह वह अपनी आदत के मुताबिक़ जल्दी उठी। क़रीब एक घंटे तक इन्तज़ार

करने के बाद भी जब पैनेलो कमरे से बाहर न निकला तो वृद्धा ने हिचकिचाते हुए कमरे का दरवाज़ा खटखटाया। पादरी अभी तक बिस्तर में लेटा था, रात-भर उसे नींद नहीं आई थी। उसे साँस लेने में दिक़्क़त हो रही थी और चेहरा भी पहले से ज़्यादा लाल था। वृद्धा ने विनीत स्वर में (यह वृद्धा का कहना है) कहा कि फ़ौरन किसी डॉक्टर को बुला लेना चाहिए, लेकिन पादरी ने उसके सुझाव को बड़ी 'बदतमीजी' से ठुकरा दिया। वृद्धा कमरे से चली आई, इसके सिवा वह और कर भी क्या सकती थी! बाद में फ़ादर ने घंटी बजाकर नौकरानी को बुलाया और वृद्धा से मिलने की इच्छा प्रकट की। उसने अपनी अशिष्टता के लिए माफ़ी माँगी और वृद्धा को आश्वासन दिया कि उसे प्लेग नहीं हो सकती; क्योंकि प्लेग का कोई भी लक्षण दिखाई नहीं दिया था; मामूली तबीयत ख़राब हो गई थी। वृद्धा ने शालीनतापूर्वक जवाब दिया कि उसने किसी आशंका के कारण डॉक्टर को बुलाने का सुझाव नहीं दिया था, उसे अपनी सुरक्षा की तनिक भी चिन्ता नहीं थी क्योंकि वह परमेश्वर के हाथों में है; लेकिन चूँकि फ़ादर उसके मेहमान हैं, इसलिए वह फ़ादर की भलाई के लिए कुछ हद तक अपने को जिम्मेवार समझती है। जब पादरी ने कुछ न कहा तो वृद्धा ने पादरी के प्रति अपना कर्तव्य निभाने के लिए (उसका यही कहना है) फिर अपने डॉक्टर को बुलाने का सुझाव दिया। फ़ादर पैनेलो ने कहा कि तकलीफ़ उठाने की कोई ज़रूरत नहीं है। उसने कुछ दलीलें भी दी थीं, जो वृद्धा को बेहूदा और बेतुकी मालूम हुई थीं। वृद्धा के पल्ले सिर्फ़ यही दलील पड़ी थी, जिसे वह सबसे ज़्यादा बेतुकी समझती थी कि फ़ादर ने इसीलिए डॉक्टर को बुलाने के ख़िलाफ़ सैद्धान्तिक एतराज़ उठाया था। वृद्धा को ऐसा लगा कि शायद बुख़ार की वजह से उसके मेहमान का दिमाग़ गड़बड़ हो गया है, इसलिए उसने चाय का एक प्याला लाने के सिवा और कुछ न किया।

अपना कर्तव्य निभाने के दृढ़ निश्चय से प्रेरित होकर वह हर दो घंटे बाद बीमार के पास जाती रही। पादरी की बेचैनी जो दिन-भर जारी रही थी, उसे देखकर वृद्धा को हैरत हुई थी। वह कम्बल उतारकर फेंक देता था, फिर उसे ओढ़ लेता था। वह लगातार अपने पसीने से तर माथे पर हाथ फेरता जा रहा था। बीच-बीच में वह उठकर बिस्तर पर बैठ जाता था और भर्राए गले से खाँसकर अपना गला साफ़ करता था। लगता था कि उसे उल्टी आ रही है, और कोई आधी ठोस-सी चीज़ उसके फेफड़ों में फँसकर उसका दम घोंट रही है जिसे वह निकाल देना चाहता है। हर बार उसकी कोशिश व्यर्थ जाती थी। फिर थकान से चूर होकर वह तकिए

पर सिर रखकर लेट जाता था। फिर ज़रा-सा उठकर वह आँखें फाड़-फाड़कर सामने की तरफ़ देखने लगता था। यह बात बीमारी के दौरों से भी ज़्यादा घबराने वाली थी। अभी भी वृद्धा डॉक्टर को बुलाकर अपने मेहमान को नाराज़ नहीं करना चाहती थी। हो सकता है वह सिर्फ़ बुख़ार हो—लक्षणों की प्रचंडता से तो ऐसा ही ज़ाहिर होता था।

दोपहर को उसने एक बार फिर पादरी से बात करने की कोशिश की, लेकिन पादरी के मुँह से सिर्फ़ चन्द अनर्गल वाक्य ही निकले। वृद्धा ने फिर डॉक्टर को बुलाने का सुझाव दिया। इस पर पादरी उठकर बैठ गया और उसने दृढ़, लेकिन घुटी हुई आवाज़ में इनकार कर दिया। इन परिस्थितियों में वृद्धा ने अगले दिन सुबह तक इन्तज़ार करना उचित समझा; अगर फ़ादर की हालत में सुधार न हुआ तो वह उस नम्बर पर टेलीफ़ोन कर देगी जो हर रोज़ दस बार रेंसदाक सूचना विभाग द्वारा प्रसारित किया जाता था। उसे अभी भी अपने कर्तव्य का एहसास था, उसने सोचा कि वह रात को भी मरीज़ को देखने जाएगी और अगर उसे किसी देखभाल की ज़रूरत पड़ी तो उसे पूरा करेगी। लेकिन ग्यारह बजे के क़रीब पादरी को जड़ी-बूटियों का काढ़ा पिलाने के बाद उसने आधे घंटे तक आराम करने का फ़ैसला किया। जब उसकी नींद खुली तो दिन निकल आया था। सबसे पहले वह पादरी के कमरे में गई।

पैनेलो बिना हिले-डुले लेटा था; चेहरे की लाली गायब हो गई थी, अब उस पर मौत-जैसा पीलापन छाया था, गाल भीतर नहीं धँसे थे इसलिए यह पीलापन और भी ज़्यादा ज़ाहिर हो रहा था। पादरी बिस्तर के ऊपर लटकते हुए लैंप के आसपास बनी मोतियों की झालर की तरफ़ देख रहा था। जब वृद्धा कमरे में दाख़िल हुई तो पादरी ने अपना चेहरा घुमाया। वृद्धा ने पादरी के चेहरे को बड़े अजब ढंग से बयान किया था। ऐसा लगता था जैसे रात-भर पादरी की सख़्त पिटाई होती रही थी। वह एक ज़िन्दा आदमी के बजाय मुर्दा मालूम हो रहा था। जब वृद्धा ने पूछा कि उसकी तबीयत कैसी है, तो उसने उदासीन स्वर में जवाब दिया कि उसकी हालत ख़राब है। उसके स्वर की उदासीनता से वृद्धा को हैरत हुई। पादरी ने कहा कि उसे डॉक्टर की ज़रूरत नहीं, वह सिर्फ़ यही चाहता है कि सरकारी नियमों के अनुसार उसे अस्पताल में पहुँचा दिया जाए। वृद्धा घबराई हुई टेलीफ़ोन की तरफ़ भागी।

रियो दोपहर को पहुँचा। वृद्धा की सारी बातें सुनने के बाद उसने जवाब दिया कि पैनेलो ठीक है, लेकिन शायद अब उसे बचाया नहीं जा सकता। फ़ादर ने

बिलकुल उदासीन भाव से रियो का स्वागत किया था। रियो ने उसकी जाँच की और उसे यह देखकर ताज्जुब हुआ कि सिवा फेफड़ों की रुकावट के न्यूमोनिक या ब्यूबोनिक प्लेग के कोई लक्षण नहीं थे, जो अक्सर नज़र आते हैं। लेकिन नब्ज़ इतनी धीरे चल रही थी और पादरी की हालत इतनी चिन्ताजनक थी कि अब उसके बचने की उम्मीद बहुत कम थी।

रियो ने पादरी को बताया, "आपके शरीर में प्लेग का कोई भी विशिष्ट लक्षण नहीं, लेकिन मैं निश्चयपूर्वक नहीं कह सकता इसलिए आपको अलग वार्ड में रखना होगा।"

पैनेलो मानो शिष्टतावश, बड़े विचित्र ढंग से मुस्कराया। रियो टेलीफ़ोन करने के लिए बाहर गया और लौटकर उसने पादरी की तरफ़ देखा।

"मैं आपके पास ही ठहरूँगा," रियो ने मृदु स्वर में कहा।

पैनेलो ने अधिक सजीवता दिखाई और डॉक्टर को देखकर उसकी आँखों में एक प्रकार का उत्साह आ गया। फिर वह बड़ी कठिनाई से बोला। यह कहना भी असम्भव था कि उसकी आवाज़ में उदासी थी या नहीं। उसने कहा, "धन्यवाद! लेकिन दुनिया में पादरियों के कोई दोस्त नहीं होते। वे अपना सर्वस्व ईश्वर को सौंप देते हैं।"

पादरी ने कहा कि उसे सलीब दे दिया जाए, जो पलंग के ऊपर टँगा था। वह मुँह फेरकर सलीब की तरफ़ देखने लगा। अस्पताल पहुँचकर पैनेलो के मुँह से एक शब्द भी नहीं निकाला। उसने बिना किसी विरोध के अपना इलाज होने दिया, लेकिन क्षण-भर के लिए भी सलीब को अपने से अलग न होने दिया। पादरी को सन्दिग्ध हालत में देखकर रियो यह फ़ैसला न कर सका कि उसे आख़िर क्या बीमारी है। पिछले कुछ हफ़्तों से प्लेग ने जैसे पकड़ में न आने की हठ कर रखी थी। पैनेलो की अनिश्चित हालत का कोई परिणाम न निकला।

उसका बुख़ार बढ़ गया, दिन-भर खाँसी ज़ोर पकड़ती गई, जिसने उसकी क्षीण देह को झकझोर दिया। रात को जाकर पैनेलो के फेफड़ों से वह चीज़ निकली जो उसका दम घोंट रही थी। यह लाल रंग की थी। तेज़ बुख़ार में भी पैनेलो की आँखों की शान्ति कायम रही। अगले दिन सुबह जब वह मरा हुआ पाया गया, उसका शरीर बिस्तर पर झुका हुआ था। तब भी उसकी आँखों से कुछ ज़ाहिर न हुआ। पादरी के नाम के कार्ड पर लिख दिया गया—'सन्दिग्ध मामला'।

5

उस साल 'ऑल सोल्ज़ डे' का वातावरण पहले सालों की अपेक्षा भिन्न था। इसमें शक नहीं कि मौसम अच्छा हो गया था। अचानक उसमें तब्दीली आई थी और तेज़ गरमी की जगह पतझड़ की हल्की हवा ने ले ली थी। पहले बरसों की तरह दिन-भर ठंडी हवा चलती थी और बड़े-बड़े बादल क्षितिज के एक छोर से दूसरे छोर तक दौड़ लगाते थे और मकानों पर अपनी परछाइयाँ फेंकते जाते थे। उनके जाते ही नवम्बर के आसमान की पीली सुनहरी रोशनी मकानों पर छा जाती थी।

इस मौसम में पहली बार बरसातियाँ नज़र आईं—चमकदार रबड़ चढ़ी हुई बरसातियाँ पहनने वालों की संख्या इतनी अधिक थी कि देखकर ताज्जुब होता था। इसका कारण यह था कि हमारे अख़बारों में यह ख़बर छपी थी कि दो सौ साल पहले दक्षिणी फ्रांस में फैलने वाली भयंकर महामारियों में डॉक्टर छूत से बचने के लिए मोमजामे के कपड़े पहना करते थे। दुकानों ने इस मौक़े से फ़ायदा उठाकर उन तमाम बरसातियों के स्टॉक को, जिनका अब फ़ैशन नहीं रहा था, बेच लिया। खरीदने वालों का ख़याल था कि ये बरसातियाँ उन्हें 'कीटाणुओं' से बचाने की गारंटी हैं।

लेकिन 'ऑल सोल्ज़ डे' के इन परिचित दृश्यों में हम यह नहीं भूल सके कि लोग क़ब्रिस्तानों में नहीं गए थे। पहले सालों में ट्रामों में गुलदाऊदी के फूलों की मन्द सुगन्ध छाई रहती थी और क़ब्रिस्तानों के आगे हाथों में फूल लिये औरतों की लम्बी क़तारें दिखाई दिया करती थीं, जो अपने परिवार के मृतकों की कब्रों पर फूल चढ़ाकर श्रद्धांजलि अर्पित करना चाहती थीं। यह वह दिन था जब कई महीनों की विस्मृति और लापरवाही की कसर चुकाई जाती थी। लेकिन जिस साल प्लेग आई, लोग अपने मृतक रिश्तेदारों को याद नहीं करना चाहते थे। क्योंकि वे पहले से ही

ज़रूरत से ज़्यादा मृतकों के बारे में सोच रहे थे, इसलिए अफ़सोस और उदासी के साथ फिर क़ब्रिस्तान में जाने का सवाल ही नहीं उठता था। मृतक अब वे परित्यक्त नहीं रहे थे, जिनके पास साल में एक बार आकर उनके रिश्तेदार अपनी निर्दोषिता साबित करते थे। अब वे अनधिकार चेष्टा से ज़िन्दा लोगों में आने वाले मेहमान थे, जिन्हें भूल जाने की ख़्वाहिश होती है। इसीलिए इस साल मृतकों के दिन को जान-बूझकर लेकिन चुपचाप भुला दिया गया। जैसी कि कोतार्द ने रूखे ढंग से टिप्पणी की थी, आजकल हमारे लिए हर दिन मृतकों का दिन है। तारो ने देखा कि दिन-ब-दिन कोतार्द की मज़ाक़ करने की आदत बढ़ती जा रही है।

और सचमुच श्मशान में प्लेग से मरे लोगों की चिताओं की प्रचंडता पूर्ववत कायम थी। इसमें शक नहीं कि मौत के आँकड़ों में कोई वृद्धि नहीं हुई थी, लेकिन ऐसा लगता था कि प्लेग हमेशा के लिए अपने प्रचंड रूप में हमारे बीच बस गई थी और एक कार्य-कुशल सरकारी अफ़सर की तरह हर रोज़ नियम और उत्साहपूर्वक मौतों की वसूली कर लेती थी। सैद्धान्तिक और सरकारी दृष्टिकोण से यह आशाजनक आसार थे। बहुत लम्बी उठने के बाद मौत के ग्राफ़ की रेखा सीधी हो गई थी, इससे बहुत से लोग, मिसाल के लिए डॉक्टर रिचर्ड, आश्वस्त हो गए थे। डॉक्टर ख़ुशी से अपने हाथ रगड़कर कहता था, "आज तो ग्राफ़ बहुत अच्छा है।" उसके विचार में बीमारी सबसे ऊँचे निशान पर पहुँच चुकी थी, इसलिए सिवा कम होने के अब उसके पास कोई रास्ता नहीं था। उसने इसका श्रेय डॉक्टर कास्तेल की नई सीरम को दिया, जिसकी वजह से सचमुच कई ऐसे लोग बच गए थे, जिनके बचने की कोई उम्मीद नहीं थी। इस बात से इनकार न करते हुए भी वृद्ध डॉक्टर ने उसे याद दिलाया कि भविष्य अनिश्चित है; इतिहास यह साबित करता है कि महामारियाँ अनायास ही फिर ज़ोर पकड़ लेती हैं जबकि उनके ज़ोर पकड़ने की कोई उम्मीद नहीं होती। अधिकारियों ने, जो बहुत दिनों से नगरवासियों के नैतिक साहस को बढ़ावा देना चाहते थे, लेकिन प्लेग की प्रचंडता के कारण ऐसा न कर सके थे, डॉक्टरों की एक मीटिंग बुलाकर उनसे इस विषय पर घोषणा करवाने का फ़ैसला किया। बदक़िस्मती से, मीटिंग होने से पहले डॉक्टर रिचर्ड भी प्लेग का शिकार हो गया, जबकि प्लेग ठीक पानी चढ़ने के 'निशान' तक पहुँची थी।

यह ख़ेदजनक घटना, जो सनसनीखेज़ थी, दरअसल कोई बात साबित न कर सकी। हमारे अधिकारी उतने ही अस्वाभाविक ढंग से फिर निराशावादी हो गए, जिस तरह वे आशावादी हुए थे। रही डॉक्टर कास्तेल की बात, वे सीरम बनाने में

ज़्यादा-से-ज़्यादा सावधानी बरतने लगे। इस समय तक कोई सार्वजनिक स्थान या इमारत ऐसी नहीं थी जो अस्पताल या क्वारंटाइन कैम्प में न बदल दी गई हो। सिर्फ़ प्रीफ़ेक्ट के दफ़्तर बच गए थे, जिनकी शासन-प्रबन्ध और कमेटी की मीटिंगों के लिए ज़रूरत थी। वैसे महामारी में अपेक्षाकृत स्थिरता आ गई थी, इसलिए रियो की संस्था अभी भी स्थिति का सामना करने में समर्थ थी। हालाँकि उन पर लगातार काम का बोझ पड़ रहा था, लेकिन डॉक्टर और उनके सहायकों को इससे ज़्यादा कोशिशें करने की ज़रूरत नहीं दिखाई दे रही थी। उन्हें तो मशीन की तरह अपना काम करना था, जो इनसान की ताक़त से कहीं बड़ा था। न्यूमोनिक प्लेग की छूत, जिसके कुछ मामले पाए जा चुके थे, अब सारे शहर में फैल रही थी। ऐसा लगता था कि हवाएँ छूत की आग को भड़का रही थीं और लोगों के सीनों में सुलगा रही थीं। न्यूमेटिक प्लेग के मरीज़ ख़ून-मिला थूक फेंककर जल्द ही ख़त्म हो जाते थे। महामारी की यह नई शक्ल ज़्यादा फैलने वाली और ज़्यादा जानलेवा थी। लेकिन विशेषज्ञों की राय में हमेशा से मतभेद रहा था। अधिक सुरक्षा के लिए सफ़ाई-विभाग के सभी कर्मचारी तीन बार तह की हुई मलमल के नकाब पहनते थे, जिन्हें उबालकर कीटाणुरहित कर लिया गया था। लेकिन ब्यूबोनिक प्लेग के मामले कम हो जाने के बावजूद मरने वालों की संख्या पहले-जैसी ही बनी रही।

इस बीच खाद्य-आपूर्ति में दिक़्क़त होने के कारण अधिकारी चिन्तित हो उठे थे। मुनाफ़ाखोर खाने-पीने की चीज़ों को, जो दुकानों में नहीं मिलती थीं, बहुत महँगे दामों पर बेच रहे थे। नतीजतन ग़रीब परिवारों की बड़ी दुर्दशा हुई और अमीरों को किसी चीज़ की कमी महसूस नहीं हो रही थी। प्लेग को अपने निष्पक्ष शासन से नगरवासियों में समानता पैदा करनी चाहिए थी, लेकिन अब उसका उलटा ही असर हुआ और अभ्यस्त लालसाओं के संघर्ष के कारण लोगों के दिलों में अन्याय की कटु भावना और भी तीव्र हो उठी। मौत की अचूक समानता का रास्ता अब भी उनके लिए खुला था—लेकिन इस तरह की समानता की किसी को ख़्वाहिश नहीं थी। ग़रीब लोग, जो इस मुसीबत के शिकार थे, आसपास के गाँवों के बारे में आकांक्षा-भरे सपने देखने लगे, जहाँ अब भी रोटी सस्ती थी और ज़िन्दगी पर कोई पाबन्दी नहीं थी। उनके मन में यह स्वाभाविक किन्तु असंगत इच्छा जाग्रत हुई कि उन्हें भी इन सुखी गाँवों में जाने की इजाज़त मिलनी चाहिए। यह भावना एक नारे में प्रकट हुई, जिसे लोग सड़कों पर लिखते थे और जो दीवारों पर खड़िया से लिखा गया था, "रोटी दो या ताज़ा हवा दो!" यह अर्द्ध-व्यंग्यपूर्ण युद्ध का नारा उन

प्रदर्शनों का सूचक था, जिन्हें आसानी से दबा दिया गया था, लेकिन जिनसे सब सचेत हो गए थे कि नगरवासियों में आक्रोश की अप्रीतिकर भावना बढ़ती जा रही है।

यह कहना न होगा कि अख़बार अधिकारियों द्वारा दी गई हिदायत का पालन कर रहे थे, कि हर सूरत में लोगों की आशावादिता कायम रखी जाए। अख़बारों के मुताबिक़ हमारे नगरवासी 'साहस और दृढ़ता की मिसाल थे,' लेकिन ऐसे शहर में, जिसे अपने ही साधनों पर निर्भर रहना था, जहाँ कोई चीज़ गुप्त नहीं रह सकती थी, किसी को जनता की इस मिसाल के बारे में भ्रम नहीं था। लोगों के साहस और दृढ़ता का अन्दाज़ा, जिसकी हमारे पत्रकार चर्चा करते थे, आप किसी क्वारंटाइन डिपो में या नज़रबन्दों के कैम्पों में जाकर लगा सकते थे। संयोगवश, अन्यत्र व्यस्त रहने के कारण कथाकार को इन कैम्पों में ज़्यादा जाने का मौक़ा नहीं मिला, इसलिए इन स्थानों की दशा के ब्योरे के लिए तारो की डायरी पर भरोसा करना उसकी मजबूरी है।

तारो एक बार रेम्बर्त के साथ म्यूनिसिपैलिटी के खेल के मैदान में बने कैम्प में गया था, जिसका विवरण उसने अपनी डायरी में दिया है। यह मैदान शहर की सीमा पर बना है, उसके एक तरफ़ ट्राम की लाइन है और दूसरी तरफ़ ऊसर भूमि है, जो उस पठार के सुदूर कोने तक चली गई है जिस पर ओरान बसा है। मैदान के आसपास कंक्रीट की ऊँची दीवारें बनी थीं और चारों फाटकों पर सन्तरी तैनात कर दिये गए थे, जिसकी वजह से बाहर निकलकर भागना असम्भव हो गया था। दीवार एक और काम भी करती थी—सड़क पर से गुज़रने वाले लोग क्वारंटाइन में रहने वाले अभागों को नहीं देख सकते थे, लेकिन इसका एक फ़ायदा यह था कि भीतर के लोग सारा दिन ट्रामों की आवाज़ सुनते थे, हालाँकि उन्हें दिखाई कुछ नहीं देता था। जब सड़क पर ट्रैफ़िक का शोर बढ़ जाता था, तो वे अन्दाज़ लगा लेते थे कि लोग काम पर जा रहे हैं या काम से लौट रहे हैं। उन्हें यह एहसास होता था कि वे जिस ज़िन्दगी से वंचित कर दिये गए हैं, वह ज़िन्दगी उनसे कुछ ही गज़ की दूरी पर पूर्ववत चल रही है और इन ऊँची दीवारों ने दो संसारों को अलग कर दिया है, जो दो ग्रहों की तरह एक-दूसरे से अपरिचित हैं।

तारो और रेम्बर्त ने खेल के मैदान में जाने के लिए एक इतवार की शाम चुनी। उनके साथ फुटबॉल का खिलाड़ी गोन्ज़ेल्ज़ भी था, जिससे रेम्बर्त ने सम्पर्क क़ायम किया था और जो औरों के साथ बारी-बारी से कैम्प की निगरानी के लिए राज़ी हो गया था। इस बार रेम्बर्त गोन्ज़ेल्ज़ को कैम्प के कमांडेंट से परिचय करवाने लाया था। उस रोज़ दोपहर को जब उनकी मुलाक़ात हुई तो गोन्ज़ेल्ज़ ने फ़ौरन कहा कि प्लेग

से पहले इस वक़्त वह फुटबॉल की वर्दी पहनना शुरू करता था। अब तो खेल के मैदान भी ज़ब्त हो गए हैं। सब बातें अतीत की कहानी बनकर रह गई हैं। गोन्ज़ेल्ज़ अपने को बेकार महसूस कर रहा था और उसके व्यवहार से यह बात ज़ाहिर भी हो रही थी। इसीलिए उसने रेम्बर्त के सुझाव पर यह काम स्वीकार कर लिया था, लेकिन उसने एक शर्त रखी थी कि वह सिर्फ़ हफ़्ते के अन्त में ही ड्यूटी दिया करेगा।

आसमान में बादल छाए थे, और उनकी तरफ़ देखकर गोन्ज़ेल्ज़ ने अफ़सोस-भरे स्वर में कहा कि ऐसा दिन जब न ज़्यादा गरमी है, न पानी बरस रहा है, मैच खेलने के लिए सबसे अच्छा रहता। फिर उसने अतीत की बातों को भरसक कोशिशों से याद करना शुरू किया—ड्रेसिंग रूमों से आती हुई मालिश की गन्ध, भीड़ से ठसाठस भरे स्टैंड, खिलाड़ियों की रंगीन कमीज़ें, जो भूरी धरती की पृष्ठभूमि में ख़ूब चमकती थीं। हॉफ़ टाइम के वक़्त वे लोग नीबू का शरबत या लेमनेड पिया करते थे, जो उनके सूखे गलों को गुदगुदाकर फिर से ताज़ा कर देता था। तारो ने यह भी दर्ज किया है कि किस तरह जब वे गन्दी सड़कों से गुज़रे तो फुटबॉल के खिलाड़ी ने रास्ते में पड़े सब पत्थरों को ठोकर लगाई थी। उसका मकसद परनाले के छेदों में पत्थरों को डालना था। जब भी कोई पत्थर छेद में पहुँच जाता था, तो गोन्ज़ेल्ज़ चिल्ला उठता था, "शाबाश! गोल हो गया!" अपना सिगरेट ख़त्म करके उसने अधजले टुकड़े को मुँह से निकालकर फेंक दिया और उसके ज़मीन पर गिरने से पहले ही उसे पैरों के अँगूठे पर थामने की कोशिश की। खेल के मैदान के पास कुछ बच्चे खेल रहे थे। जब उनमें से एक ने उनकी तरफ़ गेंद फेंकी तो गोन्ज़ेल्ज़ ने विशेष रूप से भागकर गेंद को सफ़ाई से 'लौटा' दिया।

जब वे मैदान में दाख़िल हुए तो स्टैंडों पर लोगों की खचाखच भीड़ थी। खेल के मैदान में तम्बू गड़े थे, जिनके भीतर से बिस्तर, कम्बल और कपड़ों की गठरियाँ दिखाई देती थीं। स्टैंडों को गरमी और बारिश में नज़रबन्दों के इस्तेमाल के लिए खुला रखा गया था। लेकिन यह कैम्प का नियम था कि सूरज डूबने के बाद हर आदमी अपने तम्बू में पहुँच जाए। स्टैंडों के नीचे नहाने के फव्वारे वाले नल लगा दिये गए थे और जो कमरे कभी खिलाड़ियों के ड्रेसिंग-रूम हुआ करते थे उन्हें दफ़्तरों और बीमारों के कमरों में बदल दिया गया था। कैम्प के अधिकांश लोग स्टैंडों पर इधर-उधर बैठे थे। कुछ टच लाइन[1] पर चहलक़दमी कर रहे थे और कुछ लोग अपने तम्बुओं के सामने बैठकर निर्लिप्त भाव से आसपास का दृश्य देख

---

1. सीमा रेखा, जिसके बाहर खिलाड़ी नहीं जा सकते।

रहे थे। कुछ लोगों के पैर एक-दूसरे पर रखे लकड़ी के तख़्तों पर फिसल रहे थे, उनके चेहरों पर एक अनजानी उम्मीद की झलक थी।

"ये लोग दिन-भर क्या करते हैं?" तारो ने रेम्बर्त से पूछा।

"कुछ भी नहीं।"

क़रीब-क़रीब सभी लोग ख़ाली हाथ थे और बाँहें लटकाए चल रहे थे। इन मुसीबतज़दा लोगों की भीड़ में एक और विशेष बात नज़र आई थी—सबके-सब ख़ामोश थे।

रेम्बर्त ने कहा, "जब शुरू में ये लोग यहाँ आए थे तो इतना शोर मचता था कि कोई बात सुनाई ही नहीं देती थी। लेकिन धीरे-धीरे वे ख़ामोश हो गए।"

अपने नोट्स में तारो ने कुछ बातें लिखी हैं, जो उसकी दृष्टि में इस परिवर्तन को अच्छी तरह समझा सकती हैं। उसने कल्पना की है कि शुरू के दिनों में वे लोग किस तरह एक साथ सटकर तम्बुओं में रहते होंगे, मक्खियों की भिनभिनाहट सुनते होंगे, अपने जिस्म खुजलाते होंगे और जब कभी उन्हें कोई कृपालु श्रोता मिलता होगा तो वे अपने क्षोभ और आशंकाओं को कर्कश स्वर में व्यक्त करते होंगे। लेकिन जब कैम्प में ज़रूरत से ज़्यादा भीड़ हो गई तो सहानुभूति से किसी की बात सुनने वाले श्रोताओं की भी कमी हो गई। इसलिए ख़ामोश रहने और हर चीज़ और हर आदमी के ख़िलाफ़ मन में सन्देह पालने के सिवा उनके पास कोई चारा न रहा। सचमुच दर्शक को ऐसा लगता था जैसे ईंटों जैसे लाल रंग के कैम्प पर भूरे रंग के चमकदार आसमान से ओस की तरह सन्देह की भावना बरस रही थी।

हाँ, सबकी आँखों में सन्देह था। वे यह तो सोच ही रहे थे कि उन्हें नज़रबन्द कर दिये जाने का कोई-न-कोई उचित कारण तो होगा ही—वे उन भयाक्रान्त लोगों की तरह थे जो अपनी समस्या में उलझे हुए थे। तारो को सबकी आँखों में वही शून्यता नज़र आई। उन्हें उन तमाम चीज़ों से अलग कर दिया गया था, जो उनकी ज़िन्दगी थी, इसलिए उन्हें बेहद मानसिक पीड़ा हो रही थी। चूँकि वे सारा वक़्त मौत के ही बारे में नहीं सोच सकते थे, इसलिए वे कुछ भी नहीं सोचते थे। वे एक माने में छुट्टी पर थे। तारो ने लिखा है, "लेकिन सबसे ज़्यादा बुरी बात तो यह है कि लोग उन्हें भूल गए हैं और उन्हें इस बात का पूरा एहसास है। उनके दोस्त उन्हें भूल गए हैं। क्योंकि उनके पास सोचने के लिए और बहुत-सी बातें हैं। यह स्वाभाविक ही है। वे जिन्हें प्यार करते हैं वे भी उन्हें भूल गए हैं, क्योंकि उनकी

सारी शक्तियाँ उन्हें कैम्प से निकालने के लिए योजनाएँ बनाने और व्यावहारिक क़दम उठाने में ही लग गई हैं। हमेशा इन योजनाओं और क़दमों में उलझे रहने के कारण उन्होंने उन लोगों के बारे में सोचना ही बन्द कर दिया है, जिनकी रिहाई के लिए वे कोशिशें कर रहे हैं और यह भी स्वाभाविक ही है। दरअसल स्थिति यूँ है—कोई भी असली माने में किसी दूसरे के बारे में सोचने की क्षमता नहीं रखता, चाहे कितनी ही बड़ी मुसीबत क्यों न आ जाए; क्योंकि सचमुच किसी के बारे में सोचने का अर्थ है कि दिन में सारा वक़्त उसी के बारे में सोचा जाए, विचार की धारा में तनिक भी बाधा न पड़े। खाना खाते वक़्त, अगर गाल पर मक्खी आकर बैठ जाए, घर का काम-काज करना पड़े या अचानक कहीं खुजली हो जाए, तब भी मन की एकाग्रता न टूटे। लेकिन मक्खियाँ और खुजलाहटें तो बनी ही रहती हैं। इसीलिए ज़िन्दगी बसर करना कठिन काम है—और ये लोग इस बात को अच्छी तरह से जानते हैं।"

कैम्प का प्रेसीडेंट आया। उसने कहा कि ओथों नामक एक सज्जन उनसे मिलना चाहते हैं। गोन्ज़ेल्ज़ को दफ़्तर में छोड़कर वह दूसरे लोगों को स्टैंड के एक कोने में ले गया जहाँ ओथों अकेला बैठा था। उन्हें आते देखकर मजिस्ट्रेट खड़ा हो गया, उसने वही पोशाक पहन रखी थी, जो वह पहले पहना करता था और उसका कॉलर अभी भी अकड़ा हुआ था। तारो को सिर्फ़ एक ही परिवर्तन नज़र आया। मजिस्ट्रेट ने कनपटी के पास बालों की एक लट को कंघी से पीछे नहीं किया था और एक बूट के तस्मे खुले हुए थे। वह बहुत थका मालूम होता था, उसने एक बार भी आगन्तुकों के चेहरे की तरफ़ नहीं देखा। ओथों ने कहा कि उसे सब लोगों से मिलकर बड़ी ख़ुशी हुई है और वे जाकर डॉक्टर रियो को उसकी तरफ़ से धन्यवाद दे दें।

कुछ क्षणों की ख़ामोशी के बाद मजिस्ट्रेट ने बोलने की कोशिश की, "उम्मीद है कि जैक़स को ज़्यादा तकलीफ़ नहीं हुई।"

तारो ने पहली बार मजिस्ट्रेट के मुँह से उसके बेटे का नाम सुना और उसे एहसास हुआ कि कोई चीज़ बदल गई है। सूरज डूब रहा था और बादलों के एक सुराख़ से सूरज की समतल किरणें स्टैंडों को कुरेद रही थीं और उन लोगों के चेहरों पर एक पीली आभा डाल रही थीं।

"नहीं," तारो ने कहा, "नहीं, बच्चे को सचमुच तकलीफ़ नहीं हुई।"

जब वे वहाँ से जा रहे थे, तो मजिस्ट्रेट अभी भी प्रकाश की तरफ़ टकटकी लगाकर देख रहा था।

वे गोन्ज़ेल्ज़ से विदा लेने के लिए दफ़्तर में पहुँचे, तो गोन्ज़ेल्ज़ ड्यूटियों की फ़ेहरिस्त पढ़ रहा था। उन लोगों से हाथ मिलाते वक़्त फुटबॉल का खिलाड़ी ख़ूब हँसा।

"ख़ैर, मैं फिर अपने पुराने ड्रेसिंग रूम में पहुँच गया। चलो, कुछ काम तो मिल ही गया।"

इसके फ़ौरन बाद जब कैम्प का प्रेसीडेंट तारो और रेम्बर्त को छोड़ने के लिए बाहर आया तो उन्हें स्टैंडों से घर्र-घर्र की आवाज़ सुनाई पड़ी। क्षण-भर बाद ही लाउडस्पीकरों ने, जो सुखी ज़माने में मैचों के नतीजे की घोषणा करते थे या टीमों का परिचय कराते थे, कैम्पवासियों को सूचित किया कि वे रात के खाने के लिए अपने-अपने तम्बुओं में चले जाएँ। धीरे-धीरे सब लोग क़तारें बाँधकर स्टैंडों से चले आए और पैर घसीटते हुए तम्बुओं की तरफ़ चल पड़े। जब सब तम्बुओं में पहुँच गए, तो बिजली से चलने वाली दो ट्रॉलियाँ, जो रेलवे-प्लेटफ़ॉर्मों पर सामान पहुँचाया करती थीं, तम्बुओं की क़तार के बीच चलने लगीं। तम्बुओं के अन्दर से लोगों ने अपने हाथ आगे बढ़ा दिये, हर ट्राली पर रखी दो देगों में से दो करछुलों ने खाने की चीज़ें निकालकर सफ़ाई से उन बरतनों में डाल दीं, जो लोगों ने अपने हाथों में पकड़ रखी थीं, फिर ट्राली अगले तम्बू के आगे जाकर रुक गई।

"कितने सलीक़े और फुरती से यहाँ काम होता है," तारो ने कहा।

उन लोगों से हाथ मिलाते वक़्त कैम्प के प्रेसीडेंट का चेहरा ख़ुशी से खिल उठा। उसने कहा, "है न? इस कैम्प में हम सलीके और फुरती पर बहुत ज़ोर देते हैं।"

अँधेरा फैल रहा था। आसमान के बादल साफ़ हो गए थे और कैम्प एक ठंडी नरम रोशनी में नहा उठा था। शाम की निस्तब्धता में प्लेटों और चम्मचों की मद्धिम खनखनाहट सुनाई दे रही थी। तम्बुओं के ऊपर चमगादड़ मँडरा रहे थे जो अचानक अँधेरे में गायब हो जाते थे। दीवारों के बाहर पटरियों पर एक ट्राम-कार की कर्कश चीत्कार सुनाई दे रही थी।

"बेचारे मोशिए ओथों!" जब कैम्प का फाटक बन्द हो गया तो तारो अस्फुट स्वर में बुदबुदाया। "उनकी मदद करने को जी चाहता है। लेकिन एक जज की मदद कैसे की जा सकती है?"

6

शहर में इसी क़िस्म के और भी कई कैम्प थे, लेकिन चूँकि कथाकार को उनके बारे में व्यक्तिगत अनुभव नहीं है और वह सचाई के ख़िलाफ़ कोई बात नहीं लिखना चाहता, इसलिए उसने दूसरे कैम्पों के बारे में कुछ नहीं लिखा। इन कैम्पों के अस्तित्व-मात्र से, उनमें बन्द जनसमूहों से आने वाली गन्ध से, संध्या के झुटपुटे में सुनाई देने वाली लाउडस्पीकरों की आवाज़ों से, कैम्प के इर्द-गिर्द बने रहस्यमय वातावरण से और इन वर्जित स्थानों से पैदा हुए डर से हमारे नगरवासियों के नैतिक साहस में गम्भीर गिरावट आ गई थी, सबके मन घबराहट और आशंका से भर उठे थे। अक्सर शहर की शान्ति भंग होती थी और छोटे-मोटे दंगे हो जाते थे।

ज्यों-ज्यों नवम्बर नज़दीक आ रहा था, सुबह के वक़्त सर्दी बढ़ती जाती थी। बारिश की तेज़ बौछारों ने सड़कों को धो दिया था और आसमान के बादल भी साफ़ हो गए थे। सुबह के वक़्त शहर क्षीण, चमकदार धूप में नहा उठता था। लेकिन रात होने के साथ-साथ हवा गरम हो जाती थी। ऐसी ही एक रात को तारो ने रियो को अपनी ज़िन्दगी की कहानी सुनाई।

एक दिन जब उन्हें बहुत ज़्यादा काम करना पड़ा था, तारो ने डॉक्टर को सुझाव दिया कि वे दोनों एक साथ रियो के पुराने मरीज़ को देखने चलेंगे, जो दमे से पीड़ित था। शहर के पुराने हिस्से के मकानों के शिखरों पर अभी भी धूप की हल्की आभा थी, चौराहों पर हवा के मन्द झोंके उनके चेहरों का स्पर्श कर रहे थे। ख़ामोश सड़कों से गुज़रने के बाद शुरू में तो उन्हें बूढ़े के बातूनीपन से चिढ़ हुई। वह अलंकृत शैली में भाषण दे रहा था कि कुछ लोग तो हालत से तंग आ गए हैं और बार-बार चन्द मुट्ठी-भर लोग ही खाने की सारी बढ़िया चीज़ें हड़प जाते हैं। यह बात हमेशा नहीं चलेगी, एक दिन—यह कहकर बूढ़े ने अपने हाथ मले, "एक

दिन तो सारे कूड़े-कचरे का सफ़ाया हो जाएगा।" जब तक डॉक्टर बूढ़े की जाँच करता रहा, बूढ़ा इसी विषय पर बोलता रहा।

इसी वक़्त ऊपर किसी के क़दमों की आहट सुनाई दी। तारो की नज़रें छत की तरफ़ लगी देखकर बुढ़िया ने बताया कि पड़ोसियों की लड़कियाँ छत पर टहल रही हैं। उसने यह भी बताया कि ऊपर से बहुत अच्छा दृश्य दिखाई देता है, शहर के इस हिस्से में अक्सर घरों की छतें एक तरफ़ मिली रहती हैं, इसलिए औरतों को अपनी पड़ोसिनों से मिलने के लिए सड़क से होकर नहीं जाना पड़ता।

बूढ़े ने सलाह दी, "क्यों न ऊपर हो आइए? आपको ताज़ा हवा मिल जाएगी।"

उन्होंने पाया कि पर कोई नहीं था। सिर्फ़ तीन कुर्सियाँ पड़ी थीं। एक तरफ़, जहाँ तक नज़र जाती थी, छतों की क़तार थी। सबसे दूर की छत एक काली खुरदरी चीज़ की तरफ़ झुकी हुई थी। तारो और रियो ने पहचाना, वह शहर के सबसे नज़दीक की पहाड़ी थी। दूसरी तरफ़ कुछ सड़कों और अदृश्य बन्दरगाह को मापती हुई उनकी नज़रें क्षितिज पर जा टिकीं जहाँ समुद्र और आसमान एक मद्धिम, थर्राती हुई भूरी रेखा में मिल रहे थे। काले टुकड़े के पार जहाँ चट्टानें थीं, अचानक रह-रहकर एक रोशनी उठती थी, वह रोशनी किधर से आ रही थी, यह वे नहीं जान सके। जहाज़ों के प्रवेश-मार्ग पर अभी भी बत्ती जल रही थी ताकि ओरान के सूने बन्दरगाह से गुज़रकर समुद्र तटवर्ती दूसरे बन्दरगाहों पर जाने वाले जहाज़ों को सुविधा हो। रात की हवा ने आसमान को बुहारकर स्फटिक की तरह चमकदार बना दिया था। तारे चाँदी के टुकड़ों की तरह मालूम हो रहे थे, घूमती हुई बत्ती की पीली चमक में रह-रहकर उनकी आभा मन्द पड़ जाती थी। हवा के झोंकों में मसालों और गरम पत्थरों की सुगन्ध थी। हर चीज़ ख़ामोश थी।

एक कुर्सी पर बैठते हुए रियो ने कहा, "बड़ी अच्छी जगह है। लगता है जैसे प्लेग यहाँ तक नहीं पहुँची।"

तारो डॉक्टर की तरफ़ पीठ किए समुद्र को देख रहा था।

"हाँ, यहाँ आकर बड़ा अच्छा लगता है," उसने क्षण-भर की ख़ामोशी के बाद कहा।

फिर रियो की बग़ल वाली कुर्सी पर बैठकर उसने रियो के चेहरे पर अपनी नज़रें गड़ा दीं। तीन बार आसमान में रोशनी फैली और फिर लुप्त हो गई। नीचे एक कमरे से, जो सड़क की तरफ़ खुलता था, चीनी के बरतनों की धीमी खनखनाहट सुनाई दी। घर में ज़ोर से कोई दरवाज़ा बन्द हुआ।

तारो ने साधारण स्वर में कहा, "रियो, क्या तुम्हें इस बात का एहसास है कि तुमने कभी यह जानने की कोशिश नहीं की कि मैं कैसा आदमी हूँ? क्या मैं तुम्हें अपना दोस्त समझ सकता हूँ?"

"हाँ, हम दोस्त तो हैं ही, लेकिन हमें दोस्ती का प्रदर्शन करने के लिए वक़्त नहीं मिला।"

"गुड। इससे मुझमें कुछ विश्वास पैदा हुआ है। मान लो, अगर हम अब एक घंटा दोस्ती के लिए निकाल लें।"

रियो जवाब में मुस्कराया।

"तो लो...।"

कुछ गलियों के पार गीली सड़क पर तेज़ी से चलती कार की मद्धिम, लेकिन लम्बी फूत्कार सुनाई दी—फिर यह फूत्कार बन्द हो गई। दूर कहीं अस्पष्ट चिल्लाहटों ने वातावरण की नीरवता को भंग किया। उसके बाद तारों-भरे आसमान से जैसे किसी मोटे आवरण ने इन दोनों जनों को लपेट लिया और ख़ामोशी छा गई। तारो उठकर मुँडेर पर जा बैठा था, उसका मुँह रियो की तरफ़ था जो अपनी कुर्सी में धँसा बैठा था। टिमटिमाते आसमान की पृष्ठभूमि में रियो के भारी शरीर की काली रेखाकृति दीख रही थी। तारो को बहुत कुछ कहना था, उसके अपने शब्दों में ही हम सारी बातें बताएँगे।

"मैं चाहता हूँ तुम्हें मेरी बात समझने में आसानी हो, रियो! इसलिए सबसे पहले मैं यही कहूँगा कि मुझे पहले प्लेग हो चुकी है—इस शहर में आकर प्लेग का सामना करने से बहुत पहले। दूसरे शब्दों में इसका यह अर्थ हुआ कि मैं भी और लोगों की तरह ही हूँ। कुछ लोग ऐसे हैं, जो इस बात को नहीं जानते या इस हालत में बेचैनी महसूस करते हैं। कुछ लोग जानते हैं और इस हालत से निकलना चाहते हैं। जहाँ तक मेरा व्यक्तिगत सवाल है, मैं हमेशा इस हालत से निकलना चाहता था।

"जवानी में मैं अपनी मासूमियत के ख़याल पर ज़िन्दा था, जिसका मतलब है कि मेरे मन में कोई ख़याल ही नहीं था। मैं उन लोगों में से नहीं, जो अपने को यंत्रणा देते हैं। मैंने उचित ढंग से अपनी ज़िन्दगी शुरू की थी। मैंने जिस काम में हाथ डाला उसी में मुझे सफलता मिली। बुद्धिजीवियों के क्षेत्र में, बेतकल्लुफ़ी से घूमा करता था, औरतों के साथ मेरी ख़ूब पटती थी और अगर कभी-कभार मेरे मन में पश्चात्ताप की कसक उठती थी तो वह जितनी आसानी से पैदा होती थी उतनी आसानी से ख़त्म भी हो जाती थी। फिर एक दिन मैंने सोचना शुरू किया और अब...

"मैं तुम्हें यह बता दूँ कि तुम्हारी तरह जवानी में मैं ग़रीब नहीं था। मेरे पिता ऊँचे ओहदे पर थे—वे पब्लिक प्रॉसीक्यूशनों के डायरेक्टर थे। लेकिन उनकी तरफ़ देखकर कोई यह अनुमान नहीं लगा सकता था। देखने में वे बड़े ख़ुशमिज़ाज और दयालु मालूम होते थे, और वे सचमुच ऐसे ही थे। मेरी माँ बड़ी सादा और शरमीली औरत थीं और मैं हमेशा उन्हें बहुत चाहता था, लेकिन मैं माँ के बारे में बात नहीं करूँ तो अच्छा है। मेरे पिता मुझ पर हमेशा मेहरबान थे, और मेरा ख़याल है कि वे मुझे समझने की कोशिश भी करते थे। वे एक आदर्श पति नहीं थे, इस बात को मैं अब जान गया हूँ, लेकिन इस बात से मेरे मन पर कोई विशेष आघात नहीं पहुँचा। अपनी बेवफ़ाइयों में भी वे बड़ी शालीनता से व्यवहार करते थे जैसी कि उनसे उम्मीद की जा सकती थी। आज तक उनकी बदनामी नहीं हुई। कहने का मतलब यह कि उनमें मौलिकता बिलकुल नहीं थी और अब उनके मरने के बाद मुझे एहसास हुआ है कि वे पलस्तर के बने सन्त तो नहीं थे, लेकिन एक आदमी की हैसियत से वे बड़े नेक और शालीन थे। बस, वे बीच के रास्ते पर चलते थे। वे उस क़िस्म के लोगों में से थे, जिनके लिए मन में हल्की, लेकिन स्थिर भावना उमड़ती है—यही भावना सबसे अधिक टिकाऊ होती है।

"मेरे पिता में एक विशेष बात थी—हमेशा वे रात को सोने से पहले रेलवे का बड़ा टाइमटेबल पढ़ते थे। इसलिए नहीं कि उन्हें अक्सर ट्रेन में सफ़र करना पड़ता था। ज़्यादा-से-ज़्यादा वे ब्रिटेनी तक जाते थे जहाँ देहात में उनका छोटा-सा मकान था। हम लोग हर साल गरमियों में वहाँ जाया करते थे। लेकिन वे चलते-फिरते टाइमटेबल थे। वे आपको पेरिस-बर्लिन एक्सप्रेसों के आने और जाने का सही वक़्त बता सकते थे; ल्यों से वार्सा कैसे पहुँचा जा सकता है, किस वक़्त कौन-सी ट्रेनें पकड़नी चाहिए, इसका उन्हें पूरा पता रहता था। तुम अगर उनसे किन्हीं दो राजधानियों के बीच का फ़ासला पूछते तो वे तुम्हें सही-सही बता सकते थे। भला तुम मुझे बता सकते हो कि ब्रियान्को से केमोनी कैसे पहुँचा जा सकता है? मेरे ख़याल में तो अगर किसी स्टेशन-मास्टर से यह सवाल किया जाए तो वह भी अपना सिर खुजलाने लगेगा। लेकिन मेरे पिता के पास इस सवाल का जवाब तुरन्त तैयार मिलता था। क़रीब-क़रीब हर शाम वे इस विषय में अपना ज्ञान बढ़ाया करते थे और उन्हें इस बात पर बड़ा गर्व था। उनके इस शौक़ से मेरा बहुत मनोरंजन होता था। मैं यात्रा-सम्बन्धी बड़े पेचीदा सवाल उनसे पूछा करता था और उनके जवाबों को रेलवे टाइमटेबल से मिलाकर देखा करता था। उनके जवाब हमेशा बिलकुल

सही निकलते थे। शाम को मैं और मेरे पिता रेलवे के ये खेल खेला करते थे, जिसकी वजह से हम दोनों की ख़ूब पटती थी। उन्हें मेरे-जैसे श्रोता की ही ज़रूरत थी जो ध्यान से उनकी बातें सुने और पसन्द करे। मेरी नज़र में उनकी यह दक्षता अधिकांश गुणों की तरह प्रशंसा के लायक थी।

"लेकिन मैं बहक रहा हूँ और अपने आदरणीय पिता को बहुत अधिक महत्त्व दे रहा हूँ। दरअसल उन्होंने मेरे हृदय-परिवर्तन की महान घटना में केवल अप्रत्यक्ष योग दिया था, मैं उस घटना के बारे में तुम्हें बताना चाहता हूँ। सबसे बड़ा काम उन्होंने सिर्फ़ यही किया कि मेरे विचार जागृत किए। जब मैं सत्रह बरस का था तो मेरे पिता ने मुझसे कहा कि मैं कचहरी में आकर उन्हें बोलता हुआ सुनूँ। कचहरी में एक बड़ा मामला चल रहा था और शायद उनका ख़याल था कि मैं उन्हें उनके सर्वोत्तम रूप में देखूँगा। मुझे यह भी शक हुआ कि उनका ख़याल था कि मैं क़ानून की शान-शौकत और औपचारिक दिखावे से प्रभावित हो जाऊँगा और मुझे यही पेशा अपनाने की प्रेरणा मिलेगी। मैं जानता था कि वे मेरे वहाँ जाने के लिए बड़े उत्सुक थे। हम घर में अपने पिता का जो व्यक्तित्व देखते थे उससे अलग क़िस्म का व्यक्तित्व वहाँ देखने को मिलेगा, यह कल्पना मुझे अत्यन्त सुखद मालूम हुई। मेरे वहाँ जाने के सिर्फ़ यही कारण थे। अदालत की कार्यवाही मुझे हमेशा सहज और क़ायदे के मुताबिक़ मालूम होती थी, जैसी कि चौदह जुलाई की परेड या स्कूल के भाषण-दिवस की कार्यवाही। इस सम्बन्ध में मेरे विचार अमूर्त थे और मैंने इस बारे में कभी गम्भीरता से नहीं सोचा था।

"उस दिन की कार्यवाही के बाद मेरे मन में सिर्फ़ एक ही तस्वीर उभरी थी, वह तस्वीर अपराधी की थी। मुझे इस बात में शक नहीं कि वह अपराधी था—उसने क्या अपराध किया था, यह ज़्यादा महत्त्व की बात नहीं है। तीस बरस का वह नाटा आदमी, जिसके बाल बिरले और भुरभुरे थे, सब कुछ क़बूल करने के लिए अधीर दिखाई दे रहा था। अपने अपराध पर उसे सच्ची ग्लानि हो रही थी और उसके साथ जो होने वाला था उसके प्रति वह आशंकित था। कुछ मिनट बाद मैंने सिवा अपराधी के चेहरे के, हर तरफ़ देखना बन्द कर दिया। वह पीले रंग का उल्लू मालूम होता था, बहुत ज़्यादा रोशनी से जिसकी आँखें अन्धी हो रही हों। उसकी टाई कुछ अस्त-व्यस्त थी। वह लगातार दाँतों से अपने नाख़ून काट रहा था, सिर्फ़ दाएँ हाथ के...क्या इससे भी आगे कुछ कहने की मुझे ज़रूरत है? क्यों? तुम तो समझ ही गए होगे—वह एक ज़िन्दा इनसान था।

"जहाँ तक मेरा सम्बन्ध था—अचानक बिजली की तरह मेरे मन में यह एहसास कौंध गया। अभी तक तो मैं उस आदमी को उसकी औपचारिक उपाधि 'प्रतिवादी' के साधारण रूप में देखता रहा था। मैं ठीक से नहीं कह सकता कि मैं अपने पिता को भूल गया, लेकिन उसी क्षण जैसे किसी चीज़ ने मेरे मर्मस्थल को जकड़ लिया और कठघरे में खड़े उस आदमी पर मेरे सारे ध्यान को केन्द्रित कर दिया। मुकदमे की कार्यवाही मुझे बिलकुल सुनाई नहीं दी, मैं सिर्फ़ इतना जानता था कि वे लोग उस ज़िन्दा आदमी को मारने पर तुले हुए थे और किसी सहज स्वाभाविक भावना की लहर ने बहाकर मुझे उस आदमी के पक्ष में खड़ा कर दिया था। मुझे उस वक़्त होश आया जब मेरे पिता अदालत के सामने बोलने के लिए खड़े हुए।

"लाल गाउन में उनका व्यक्तित्व एकदम बदल गया था। वे दयालु या ख़ुशमिज़ाज नहीं मालूम होते थे। उनके मुँह से लम्बे दिखावटी वाक्य साँपों की अन्तहीन पाँत की तरह निकल रहे थे। मुझे एहसास हुआ कि मेरे पिता क़ैदी की मौत का आह्वान कर रहे थे, वे जूरी से कह रहे थे कि वे क़ैदी को दोषी सिद्ध करके समाज के प्रति अपने दायित्व को पूरा करें। यहाँ तक कि वे यह भी कह रहे थे कि उस आदमी का सिर काट देना चाहिए। मैं मानता हूँ कि उन्होंने ऐन यही शब्द इस्तेमाल नहीं किए थे। उनका फॉर्मूला था, "इसे सबसे बड़ी सज़ा मिलनी चाहिए" लेकिन इन दोनों बातों में बहुत कम फ़र्क़ था और मतलब एक ही था। मेरे पिता ने जिस सिर की माँग की थी वह सिर उन्हें मिल गया। लेकिन सिर उतारने का काम मेरे पिता ने नहीं किया। मैं अन्त तक मुकदमे को सुनता रहा था, मेरे मन में उस अभागे आदमी के प्रति एक ऐसी भयंकर और नज़दीकी आत्मीयता जागृत हुई, जो मेरे पिता ने कभी महसूस नहीं की होगी। फिर भी सरकारी वकील होने के नाते उन्हें उस मौक़े पर मौजूद रहना पड़ा जिसे शिष्ट भाषा में 'क़ैदी के अन्तिम क्षण' कहा जाता है। लेकिन जिसे दरअसल हत्या कहना चाहिए—हत्या का सबसे घृणित रूप।

"उस दिन के बाद से मैं जब भी रेलवे टाइमटेबल देखता तो मेरा मन ग्लानि से काँप उठता। मैं मुक़दमों की कार्यवाही में, मौत की सज़ाओं में और फाँसियों में एक हैरत-भरी दिलचस्पी लेने लगा। मुझे यह क्षोभपूर्ण एहसास हुआ कि मेरे पिता ने अक्सर ये पाशविक हत्याएँ देखी होंगी—जब वे सुबह बहुत जल्दी उठा करते थे, और तब मैं उनके जल्दी उठने के कारण का अनुमान नहीं लगा पाता था। मुझे याद है कि ऐसे मौक़ों पर ग़लती से बचने के लिए वे अपनी घड़ी में अलार्म लगा देते थे। माँ के सामने इस प्रसंग का ज़िक्र करने का मुझमें साहस नहीं था। लेकिन

अब मैं अपनी माँ को ज़्यादा ग़ौर से देखने लगा और मैंने देखा कि उनका दाम्पत्य जीवन अब निरर्थक था और माँ ने उसके सुधार की उम्मीद भी छोड़ दी थी। इससे मुझे माँ को माफ़ करने में मदद मिली। उस वक़्त मैं यही सोचता था। बाद में मुझे मालूम हुआ कि माफ़ी की कोई बात ही नहीं थी; शादी से पहले वह बड़ी ग़रीब थीं और ग़रीबी ने उन्हें परिस्थितियों के आगे झुकना सिखाया था।

"शायद तुम मुझसे यह सुनने की उम्मीद रखते हो कि मैंने फ़ौरन घर छोड़ दिया। नहीं, मैंने बहुत महीने, दरअसल पूरा एक साल वहाँ गुज़ारा। फिर एक दिन शाम को मेरे पिता ने अलार्म वाली घड़ी माँगी, क्योंकि उन्हें अगले दिन जल्दी उठना था। उस रात मुझे नींद नहीं आई। अगले दिन पिताजी के घर लौटने से पहले ही मैं जा चुका था।

"संक्षेप में यह हुआ कि मेरे पिता ने मुझे पत्र लिखा, वे मुझे तलाश करने के लिए तहक़ीक़ात करवा रहे थे। मैं उनसे मिलने गया और अपने कारण बताए बग़ैर मैंने उन्हें शान्त भाव से समझा दिया कि अगर उन्होंने मुझे घर लौटने के लिए मजबूर किया तो मैं आत्महत्या कर लूँगा। उन्होंने मुझे आज़ादी देकर सारा झगड़ा ख़त्म कर दिया क्योंकि वे दयालु-हृदय आदमी थे—जैसा कि मैं पहले कह चुका हूँ। उन्होंने मुझे अपने ढंग से ज़िन्दगी बसर करने की बेवकूफ़ी पर लेक्चर दिया, (उनकी दृष्टि में मेरे उस व्यवहार का यही कारण था और मैंने उन्हें धोखा न दिया हो, ऐसा नहीं कह सकता) और मुझे बहुत-सी नेक सलाहें भी दीं। मैं देख रहा था कि इस बात ने उनके दिल पर गहरा असर डाला था और वे बड़ी मुश्किल से अपने आँसुओं को रोकने की कोशिश कर रहे थे। बाद में—बहुत अरसे के बाद मैं बीच-बीच में अपनी माँ से मिलने के लिए जाने लगा, ऐसे मौक़ों पर मैं अपने पिता से भी ज़रूर मिलता था। मेरा ख़याल है कि कभी-कभार की इन मुलाक़ातों से मेरे पिता सन्तुष्ट थे। व्यक्तिगत तौर पर मेरे मन में उनके प्रति ज़रा भी दुश्मनी नहीं थी, बल्कि दिल में कुछ उदासी-सी छा गई थी। पिता की मौत के बाद मैंने माँ को अपने पास बुला लिया और अगर वे ज़िन्दा रहतीं तो अभी मेरे पास ही रहतीं।

"मुझे अपनी शुरू की ज़िन्दगी के बारे में ज़्यादा इसलिए बताना पड़ा, क्योंकि मेरे लिए यह...हर चीज़ की शुरुआत थी।" अठारह बरस की उम्र में ही मुझे ग़रीबी का सामना करना पड़ा—उससे पहले मैं आराम की ज़िन्दगी बसर करता आया था। मैंने बहुत से काम किए और किसी काम में मुझे असफलता नहीं मिली। लेकिन मेरी असली दिलचस्पी मौत की सज़ा में थी। मैं कठघरे में खड़े उस बेचारे अन्धे

'उल्लू' के साथ हिसाब चुकता करना चाहता था, इसलिए मैं लोगों के शब्दों में एक आन्दोलनकारी बन गया, बस मैं विनाश नहीं करना चाहता था। मेरे विचार में मेरे इर्द-गिर्द की सामाजिक व्यवस्था मौत की सज़ा पर आधारित थी और स्थापित सत्ता के ख़िलाफ़ लड़कर मैं हत्या के ख़िलाफ़ लड़ूँगा। यह मेरा विचार था, और लोगों ने भी मुझे यही कहा था और मेरा अभी तक यह विश्वास है कि मेरा वह विचार ठोस रूप से सही था। मैं उन लोगों के एक दल में शामिल हो गया जिन्हें मैं उस समय पसन्द करता था और दरअसल जिन्हें मैं अब भी पसन्द करता हूँ। यूरोप का कोई ऐसा देश नहीं जिसके आन्दोलनों में मैंने हिस्सा न लिया हो। लेकिन वह दूसरी ही कहानी है।

"यह कहने की ज़रूरत नहीं कि मौक़ा पड़ने पर हम भी मौत की सज़ाएँ देते थे। लेकिन मुझे बताया गया था कि एक नए संसार के निर्माण के लिए—जिसमें हत्याएँ बन्द हो जाएँगी—ये मौतें ज़रूरी हैं। यह भी कुछ हद तक सच था—और सच हो सकता है। जहाँ सचाई की व्यवस्था का सवाल है मुझमें डटे रहने की क्षमता नहीं है। इसका कारण चाहे कुछ भी हो, मेरे मन में हिचकिचाहट पैदा हुई। लेकिन फिर मुझे कठघरे में खड़े उस अभागे 'उल्लू' का ख़याल आया और उससे मुझे अपना काम जारी रखने का साहस मिला। यह साहस उस दिन तक बना रहा ज़ब मैं एक फाँसी के वक़्त मौजूद था—यह फाँसी हंगरी में[1] दी गई थी और मुझे वैसा ही विक्षिप्त आतंक महसूस हुआ जैसा बचपन में हुआ था। मेरी आँखों के आगे सब चीज़ें चकराने लगीं।

"क्या तुमने कभी किसी फ़ायरिंग स्क्वैड द्वारा किसी आदमी को गोली से उड़ाए जाते देखा है? नहीं, तुमने नहीं देखा होगा। चुनिन्दा लोगों को ही यह दृश्य देखने को मिलता है। किसी निजी दावत की तरह इसमें शामिल होने के लिए निमंत्रण की ज़रूरत होती है। किताबों और तस्वीरों से आमतौर पर फायरिंग स्क्वैड के बारे में विचार बटोरे जाते हैं। कल्पना की जाती है कि एक खम्भे के साथ एक आदमी बँधा है, जिसकी आँखों पर पट्टी बँधी है और कुछ दूर पर सिपाही खड़े हैं। लेकिन असल नज़ारा बिलकुल और ही तरह का होता है। तुम्हें मालूम है कि फायरिंग स्क्वैड मौत की सज़ा पाए आदमी से सिर्फ़ डेढ़ गज़ दूर खड़ा होता है? क्या तुम्हें मालूम है कि अगर उनका शिकार दो क़दम भी आगे बढ़ आए तो उसका सीना राइफ़लों से छू जाएगा? क्या तुम जानते हो कि इतने कम फ़ासले पर खड़े होकर

1. उपन्यास सन् 1947 में छपा था।

सिपाही उस आदमी के दिल पर निशाना लगाते हैं और उनकी बड़ी गोलियाँ इतना बड़ा छेद कर देती हैं जिसमें पूरा हाथ घुस सकता है? नहीं, तुम्हें यह नहीं मालूम! ये ऐसी बातें हैं जिनका ज़िक्र नहीं किया जाता। प्लेग-पीड़ित लोग किसी इनसान की ज़िन्दगी के मुक़ाबले अपनी मानसिक शान्ति को अधिक तरजीह देते हैं। शालीन लोगों की नींद में खलल नहीं पड़ना चाहिए न! क्यों? सचमुच यह सब जानते हैं कि ऐसे ब्योरों पर अधिक समय ख़र्च करना भयंकर कुरुचि का परिचय देना है। लेकिन जहाँ तक मेरा सवाल है इस घटना के बाद से मुझे कभी ठीक से नींद नहीं आई। उसका कड़वा स्वाद मेरे मुँह में बना रहा और मेरा मन उसके ब्योरे में उलझा रहा और चिन्तामग्न रहा।

"और इस तरह मुझे एहसास हुआ कि बहुत सालों से मैं प्लेग से पीड़ित हूँ और यह एक विरोधाभास भी था, चूँकि मेरा पक्का विश्वास था कि मैं अपनी समस्त शक्ति से इससे जूझ रहा था। मुझे एहसास हुआ कि हज़ारों लोगों की मौतों में अप्रत्यक्ष रूप से मेरा हाथ रहा है। मैंने उन कामों और सिद्धान्तों का समर्थन किया है, जिनसे वे मौतें हुई हैं और मौतों के सिवा उनका कोई और नतीजा नहीं निकल सकता था। और लोगों को इन विचारों से ज़रा भी परेशानी नहीं हुई थी, कम-से-कम वे स्वयं इसे व्यक्त नहीं करते थे। लेकिन मैं उनसे अलग था, मुझे जो एहसास हुआ था वह मेरे गले में अटक गया था। मैं उन लोगों के साथ होते हुए भी अकेला था। जब मैं इन बातों की चर्चा छेड़ता तो वे कहते कि मुझे इतना अधिक शंकालु नहीं होना चाहिए; मुझे याद रखना चाहिए कि कितने बड़े सवाल इसके साथ जुड़े हुए हैं! और उन्होंने कई दलीलें दीं जो अक्सर बहुत ज़ोरदार थीं ताकि मैं उस चीज़ को निगल सकूँ जो उनकी दलीलों के बावजूद मेरे मन में ग्लानि पैदा करती थी। मैंने जवाब में कहा कि प्लेग से अभिशप्त लोगों में, विशिष्ट व्यक्तियों के पास भी जो लाल चोग़े पहनते हैं—अपने कामों को सही ठहराने की दलीलें हैं और अगर एक बार मैंने अनिवार्यता और बहुमत की शक्ति की दलील मान ली, जो कि अक्सर कम विशिष्ट लोगों द्वारा पेश की जाती है, तो मैं विशिष्ट लोगों की दलीलों को कभी अस्वीकार नहीं कर सकता। इसके जवाब में उन लोगों ने यह कहा कि अगर मौत की सज़ा पूरी तरह से लाल चोग़े वालों के हाथ में छोड़ दी जाए तो हम पूरी तरह से उनके हाथों में खेलने लगेंगे। इसका जवाब मैंने दिया कि अगर हम एक बार झुक जाते हैं तो फिर हर बार हमें झुकते जाना पड़ेगा। मुझे लगता है कि इतिहास ने मेरी बात को सच साबित किया है। आज इस बात की होड़ लगी हुई है

कि कौन सबसे ज़्यादा हत्याएँ करता है। सब पागल होकर हत्या करने में लगे हैं और चाहने पर भी वे इसे बन्द नहीं कर सकेंगे।

"जो भी हो, दलीलों से मुझे ज़्यादा सरोकार नहीं था। मुझे तो उस बेचारे 'उल्लू' में दिलचस्पी थी, जबकि एक धोखाधड़ी की कार्यवाही में प्लेग की बदबू से सड़े मुँहों ने एक हथकड़ी लगे आदमी को बताया था कि उसकी मौत नज़दीक आ रही है। उन्होंने इस तरह के वैज्ञानिक प्रबन्ध किए कि कई दिन और रातों तक मानसिक पीड़ा झेलने के बाद उसे बेरहमी से क़त्ल कर दिया जाए। मुझे इनसान के सीने में बने मुट्ठी-जितने बड़े छेद से सरोकार था और मैंने मन-ही-मन तय कर लिया कि जहाँ तक मेरा सम्बन्ध है, दुनिया की कोई चीज़ मुझसे किसी ऐसी दलील को स्वीकार नहीं करवा सकती, जो इन क़त्लों को सही ठहराए। हाँ, मैंने जान-बूझकर अन्धे हठ का रास्ता चुना, उस दिन तक के लिए जब मुझे अपना रास्ता ज़्यादा साफ़ दिखाई देगा।

"अभी भी मेरे विचार वही हैं। कई साल तक मुझे इस बात पर शर्मिन्दगी रही, सख़्त शर्मिन्दगी रही कि मैं अपने नेक इरादों के साथ, कई स्तर पीछे हटकर भी हत्यारा बना था। वक़्त के साथ-साथ मैं सिर्फ़ इतना ही सीख सका कि वे लोग भी, जो दूसरों से बेहतर हैं, आजकल अपने को और दूसरों को हत्या करने से नहीं रोक सकते, क्योंकि वे इसी तर्क के सहारे ज़िन्दा रहते हैं, और हम इस दुनिया में किसी की जान को जोख़िम में डाले बग़ैर कोई छोटे-से-छोटा काम भी नहीं कर सकते। हाँ, तब से मुझे अपने पर शर्म आती रही है। मुझे एहसास हो गया है कि हम सब प्लेग से पीड़ित हैं, मेरे मन की शान्ति नष्ट हो गई है। और आज भी मैं उसे पाने की कोशिश कर रहा हूँ; अब भी सभी दूसरे लोगों को समझने की कोशिश कर रहा हूँ और चाहता हूँ कि मैं किसी का जानी दुश्मन न बनूँ। मैं सिर्फ़ इतना जानता हूँ कि इनसान को प्लेग के अभिशाप से मुक्त होने के लिए भरसक कोशिश करनी चाहिए और सिर्फ़ इसी तरीक़े से हम कुछ शान्ति की उम्मीद कर सकते हैं। और अगर शान्ति नहीं तो शालीन मौत तो नसीब हो सकती है। इसी से और सिर्फ़ इसी से इनसान की मुसीबतें कम हो सकती हैं, अगर वे मरने से नहीं बच सकते तो उन्हें कम-से-कम नुकसान पहुँचे और हो सकता है थोड़ा फ़ायदा भी पहुँचे। इसीलिए मैंने तय किया है कि मैं ऐसी किसी चीज़ से सम्बन्ध नहीं रखूँगा जो प्रत्यक्ष या अप्रत्यक्ष रूप से, अच्छे या बुरे कारणों से किसी इनसान को मौत के मुँह में धकेलती है या ऐसा करने वालों को सही ठहराती है।

"इसीलिए महामारी मुझे इसके सिवा कोई नया सबक नहीं सिखा पाई कि मुझे तुम्हारे साथ मिलकर उससे लड़ना चाहिए। मैं पूरी तरह से जानता हूँ—हाँ रियो, मैं कह सकता हूँ कि मैं इस दुनिया की नस-नस पहचानता हूँ, हममें से हरेक के भीतर प्लेग है, धरती का कोई आदमी इससे मुक्त नहीं है। और मैं यह भी जानता हूँ कि हमें अपने ऊपर लगातार निगरानी रखनी पड़ेगी ताकि लापरवाही के किसी क्षण में हम किसी के चेहरे पर अपनी साँस डालकर उसे छूत न दे बैठें। दरअसल कुदरती चीज़ तो रोग का कीटाणु है। बाक़ी सब चीज़ें ईमानदारी, पवित्रता और (अगर तुम इसे भी जोड़ना चाहो) इनसान की इच्छा-शक्ति का फल हैं—ऐसी निगरानी का फल हैं जिसमें कभी ढील नहीं होनी चाहिए। नेक आदमी, जो किसी को छूत नहीं देता, वह है जो सबसे कम लापरवाही दिखाता है—लापरवाही से बचने के लिए बहुत बड़ी इच्छा-शक्ति की और कभी न ख़त्म होने वाले मानसिक तनाव की ज़रूरत है। हाँ रियो, प्लेग का शिकार होना बड़ी थकान पैदा करता है। लेकिन प्लेग का शिकार न होना और भी ज़्यादा थकान पैदा करता है। इसीलिए दुनिया में आज हर आदमी थका हुआ नज़र आता है। हर आदमी एक माने में प्लेग से तंग आ गया है। इसीलिए हममें से कुछ लोग, जो अपने शरीरों से प्लेग को बाहर निकालना चाहते हैं, इतनी हताशापूर्ण थकान महसूस करते हैं—ऐसी थकान जिससे मौत के सिवा और कोई चीज़ हमें मुक्ति नहीं दिला सकती।

"जब तक मुझे वह मुक्ति नहीं मिलती, मैं जानता हूँ कि आज की दुनिया में मेरी कोई जगह नहीं है। जब मैंने हत्या करने से इनकार किया था तभी से मैंने अपने को निर्वासित कर लिया था, यह निर्वासन कभी ख़त्म नहीं होगा। 'इतिहास का निर्माण' करने का काम मैं दूसरों पर छोड़ता हूँ। मैं यह भी जानता हूँ कि मुझमें इतनी योग्यता नहीं कि मैं उन लोगों के कामों के औचित्य पर अपना निर्णय दे सकूँ। मेरे मन की बनावट में कोई कमी है जिसकी वजह से मैं समझदार हत्यारा नहीं बन सकता। इसलिए यह विशिष्टता नहीं, बल्कि कमज़ोरी है। लेकिन इन परिस्थितियों में मैं जैसा हूँ वैसा ही रहने के लिए तैयार हूँ। मैंने विनयशीलता सीख ली है। मैं सिर्फ़ यह कहता हूँ कि इस धरती पर महामारियाँ हैं और उनसे पीड़ित लोग हैं और यह हम पर निर्भर करता है कि जहाँ तक सम्भव हो सके, हम इन महामारियों का साथ न दें। हो सकता है इस बात में बचकाना सरलता हो; यह सरल है या नहीं इसका निर्णय तो मैं नहीं कर सकता, लेकिन मैं यह जानता हूँ कि यह बात सच्ची है। तुमने देख ही लिया है कि मैंने इतनी ज़्यादा दलीलें सुनी थीं जिन्होंने क़रीब-क़रीब

मेरी मति भ्रष्ट कर दी थी, और दूसरे लोगों की मति भी इतनी अधिक भ्रष्ट कर दी थी कि वे हत्या के समर्थक हो गए थे। मुझे यह एहसास हुआ कि हम स्पष्ट और नपी-तुली भाषा का प्रयोग नहीं करते—यही हमारी सारी मुसीबतों की जड़ है। इसलिए मैंने तय किया कि मैं हमेशा अपनी बातचीत और व्यवहार में स्पष्टता बरतूँगा। अपने को सही रास्ते पर लाने का मेरे पास सिर्फ़ यही तरीक़ा था। इसीलिए मैं सिर्फ़ यही कहता हूँ कि दुनिया में महामारियाँ हैं और उनका शिकार होने वाले लोग हैं—अगर इतना कहने-मात्र से ही मैं प्लेग की छूत को फैलाने का साधन बनता हूँ तो कम-से-कम मैं जान-बूझकर ऐसा नहीं करता। संक्षेप में यह कहा जा सकता है कि मैं मासूम हत्यारा बनने की कोशिश करता हूँ। तुमने देख ही लिया होगा कि मैं महत्त्वाकांक्षी आदमी नहीं हूँ।

"मैं मानता हूँ कि इन दो श्रेणियों में हमें तीसरी श्रेणी भी जोड़ लेनी चाहिए—सच्चे चिकित्सकों की श्रेणी, लेकिन यह एक मानी हुई बात है कि ऐसे लोग बहुत विरले होते हैं और निश्चय ही उनका काम बहुत कठिन होगा। इसीलिए मैंने हर मुसीबत में, मुसीबतज़दा लोगों की तरफ़ होने का फ़ैसला किया ताकि मैं नुकसान को कम कर सकूँ। कम-से-कम उन लोगों में मैं यह तलाश कर सकता हूँ कि तीसरी श्रेणी तक कैसे अर्थात शान्ति तक कैसे पहुँचा जा सकता है।"

तारो ने जब यह बात ख़त्म की तो वह टाँग हिलाता हुआ मुँडेर पर जूते की एड़ी से आवाज़ कर रहा था। थोड़ी देर की ख़ामोशी के बाद डॉक्टर ने अपनी कुर्सी में ज़रा ऊपर उठकर पूछा कि क्या तारो को शान्ति पाने का रास्ता मालूम है?

"हाँ," तारो ने जवाब दिया। "वह हमदर्दी का रास्ता है।"

दूर दो एम्बुलेंसों की खनखनाहट सुनाई दे रही थी। अभी तक वे जिन छितराती हुई आवाज़ों को सुनते आ रहे थे, वे एक साथ शहर के बाहरी हिस्से में, पथरीली पहाड़ियों के पास जमा हो गई थीं, इसके बाद गोली चलने की-सी आवाज़ सुनाई दी और फिर ख़ामोशी छा गई। रियो ने गिना, दो बार घूमने वाली बत्ती चमकी थी। हवा के झोंके में ताज़गी आ गई और समुद्र से आने वाले झोंके में क्षण-भर के लिए नमकीन गन्ध छा गई। उसी वक़्त उन्हें चट्टानों के नीचे टकराती हुई लहरों का मन्द स्वर साफ़ सुनाई दिया।

तारो ने अकस्मात लापरवाही से कहा, "मुझे इस बात में दिलचस्पी है कि आदमी सन्त कैसे बन सकता है।"

"लेकिन तुम तो ईश्वर में यक़ीन नहीं करते।"

"बिलकुल सही है! क्या बिना ईश्वर के इनसान सन्त बन सकता है? यही तो समस्या है, एकमात्र समस्या है, जिसका आज मैं सामना कर रहा हूँ।"

अचानक जहाँ से आवाज़ें आई थीं, वहाँ आग की लपट दिखाई दी और हवा के प्रवाह को काटती हुई बहुत-सी आवाज़ों की फुसफुसाहट उन्हें सुनाई दी। लपटें फ़ौरन ठंडी हो गईं और उनके पीछे सिर्फ़ लाल रंग की मद्धिम लालिमा रह गई, फिर एक झोंके के साथ उन्हें लोगों की चिल्लाहट और बन्दूक चलने की आवाज़ सुनाई दी इसके बाद लोगों की क्षुब्ध भीड़ का शोर सुनाई दिया। तारो उठ खड़ा हुआ और कान लगाकर सुनने लगा—लेकिन अब कोई और आवाज़ सुनाई नहीं दे रही थी।

"लगता है फाटकों पर फिर कोई मुठभेड़ हुई है।"

"ख़ैर अब तो झगड़ा ख़त्म हो गया है।"

तारो ने धीमी आवाज़ में कहा कि यह कभी ख़त्म नहीं होता है और अनेक लोग इसके शिकार हुए होंगे, क्योंकि ऐसा ही होता है।

"शायद!" डॉक्टर ने जवाब दिया। "लेकिन जानते हो, मुझे सन्तों के बजाय हारे हुए लोगों से ज़्यादा हमदर्दी होती है। मुझे लगता है कि बहादुरी और धार्मिकता वास्तव में मुझे प्रभावित नहीं करतीं—मुझे इनसान की इनसानियत में ज़्यादा दिलचस्पी है।"

"हाँ, हम दोनों एक ही चीज़ की तलाश में हैं, लेकिन मैं कम महत्त्वाकांक्षी हूँ।"

रियो ने यह सोचकर कि तारो मज़ाक़ कर रहा है, मुस्कराकर उसकी तरफ़ देखा। लेकिन आसमान की मन्द आभा में तारो का चेहरा उदास और गम्भीर नज़र आ रहा था। हवा का एक और झोंका आया, रियो ने अपनी त्वचा पर गरमी का स्पर्श महसूस किया। तारो ने अपने को तनिक-सा झटका दिया।

उसने कहा, "जानते हो अब हमें दोस्ती की ख़ातिर क्या करना चाहिए?"

"तुम जो भी चाहो, तारो!"

"हमें तैरने के लिए जाना चाहिए। यह उन मासूम ख़ुशियों में से है, जिनमें एक सन्त भी हिस्सा ले सकता है। क्यों, तुम्हारा क्या ख़याल है?" रियो फिर मुस्कराया। तारो ने कहा, "सचमुच यह बड़ी बेहूदा बात है कि हम सिर्फ़ प्लेग के वातावरण में और प्लेग की ख़ातिर ही ज़िन्दा रहें। इनसान को मुसीबतज़दा लोगों की तरफ़ से ज़रूर लड़ना चाहिए, लेकिन अगर वह इस लड़ाई के सिवा किसी भी चीज़ में दिलचस्पी लेना बन्द कर दे तो इसका क्या फ़ायदा है?"

"ठीक है, आओ चलें।" रियो ने कहा।

कुछ मिनटों बाद कार बन्दरगाह के फाटक के सामने खड़ी हो गई। चाँद

निकल आया था और परछाइयों के साथ मिली दूधिया चितकबरी चाँदनी उनके आसपास फैली थी। उनके पीछे क़तार-दर-क़तार शहर था, जिससे बदबूदार हवा आ रही थी। उससे बचने के लिए वे समुद्र की तरफ़ गए। उन्होंने एक सन्तरी को अपने 'पास' दिखाए। सन्तरी ने बड़ी बारीकी से उनका मुआइना किया और वे एक मैदान पार करके, जिसमें कनस्तरों का ढेर लगा था, जेटी की तरफ़ बढ़े। यहाँ की हवा में बासी शराब और मछली की सड़ाँध फैली थी। जेटी तक पहुँचने से पहले ही उन्हें आयोडीन और समुद्री पौधों की गन्ध आई, जो समुद्र के नज़दीक होने की सूचना दे रही थी। उन्हें विशाल चट्टानों से टकराती हुई लहरों का स्वर भी क़रीब-क़रीब सुनाई दे रहा था। जेटी पर पहुँचकर उन्होंने अपने सामने फैला हुआ समुद्र देखा, कोमल स्पन्दित रोएँदार मखमल, जो किसी जंगली जीव की तरह चमकीली थी। वे समुद्र के सामने एक पत्थर पर बैठ गए। धीरे-धीरे लहरें उठने-गिरने लगीं। शान्ति से साँस लेने वाली लहरों के ऊपर अचानक एक स्निग्ध रोशनी आ गई और टिमटिमाती बत्तियों की धुन्ध में समुद्र की सतह पर झिलमिलाने लगी। उनके सामने असीम अँधेरा फैला था। रियो अपने हाथ के नीचे हवा-पानी की मार से घिसी और ऐंठी हुई चट्टानों को महसूस कर सकता था—उसके मन पर एक अजब ख़ुशी छा गई। उसने देखा कि तारो के चेहरे पर भी वही ख़ुशी थी—ऐसी ख़ुशी जो कुछ नहीं भूलती, यहाँ तक कि हत्या को भी नहीं।

दोनों ने कपड़े उतार दिये और रियो ने पहले पानी में डुबकी लगाई। सर्दी की पहली कँपकँपी दूर होने के बाद जब वह ऊपर आया तो उसे पानी गुनगुना मालूम हुआ। कुछ डुबकियों के बाद उसने महसूस किया कि पानी में पतझड़ की गरमी है जो समुद्रों को गरमी के लम्बे दिनों में तपे किनारों से मिलती है जिनमें गरमी जमा हो जाती है। रियो लगातार तैर रहा था और उसके पैर बुलबुले छोड़ते जाते थे, पानी उसकी बाँहों से फिसलकर टाँगों के पास जमा हो रहा था। तभी ज़ोर से एक छपाका सुनाई दिया, जिससे पता चला कि तारो ने भी डुबकी लगाई थी। रियो पीठ के बल बिना हिले-डुले पानी पर लेट गया और चाँद-सितारों से जगमगाते आसमान के गुम्बद को देखने लगा। उसने एक गहरी साँस ली। उसके बाद उसे पानी में छपछप की आवाज़ सुनाई दी जो लगातार तेज़ होती गई। रात के खोखले अँधेरे में वह आवाज़ आश्चर्यजनक रूप से स्पष्ट थी। तारो तैरकर उसके पास आ रहा था, अब वह तारो की साँसों की आवाज़ सुन सकता था।

रियो मुड़कर अपने दोस्त के बराबर तैरने लगा और तारो की बाँहों की लय

पर बाँहें चलाने लगा, लेकिन तारो ज़्यादा तेज़ तैराक था और उसके साथ होने के लिए रियो को अपनी रफ़्तार तेज़ करनी पड़ी। कुछ मिनट तक वे साथ-साथ तैरते रहे—एक ही उत्साह, एक ही लय में। सारी दुनिया से अलग वे शहर के वातावरण और प्लेग से मुक्ति पा गए थे। फिर रियो रुक गया और वे धीरे-धीरे तैरते हुए वापस आए, सिर्फ़ एक जगह पर उन्होंने अप्रत्याशित रूप से अपने को बरफ़-जैसी ठंडी धारा में जकड़ा हुआ पाया। समुद्र के बिछाए इस फन्दे से उनकी ताक़त को जैसे किसी ने कोड़ा मारकर सचेत कर दिया था। दोनों पहले से ज़्यादा ज़ोर से बाँहें चलाने लगे।

कपड़े पहनकर वे वापस शहर की तरफ़ चल पड़े। दोनों में से किसी ने एक भी शब्द न कहा, लेकिन दोनों को ऐक्य का एहसास हो रहा था और वे जानते थे कि इस रात की स्मृति हमेशा उनके मन में ताज़ा रहेगी। जब उन्हें प्लेग का सन्तरी दिखाई दिया तो रियो भाँप गया कि तारो भी उसी की तरह यह सोच रहा है कि बीमारी ने उन्हें क्षण-भर विश्राम करने की इजाज़त दे दी है, जो बहुत अच्छी बात है और अब उन्हें फिर दिल लगाकर काम करना चाहिए।

7

हाँ, प्लेग ने उन्हें थोड़ा-सा आराम का वक़्त दिया था और उन्हें फिर दिल लगाकर काम करना चाहिए। दिसम्बर के पूरे महीने में प्लेग हमारे शहरियों के सीने के भीतर-ही-भीतर सुलगती रही, श्मशान की चिताओं को तेज़ करती रही और कैम्पों में इनसाननुमा इनसानों को असबाब की तरह भरती रही। कहने का मतलब यह है कि प्लेग लगातार अपनी आदत के मुताबिक़ झटके देती हुई, लेकिन बिना रुके, लगातार आगे बढ़ती रही। अधिकारियों को उम्मीद थी कि जाड़ा आकर प्लेग की भीषणता को कम कर देगा, लेकिन शुरू में जब सर्दी का ज़ोर हुआ तो प्लेग ज्यों-की-त्यों बनी रही। इसलिए हम लोगों के सामने सिर्फ़ एक ही रास्ता था कि हम इन्तज़ार करते रहें। चूँकि बहुत लम्बे इन्तज़ार के बाद इनसान इन्तज़ार करना बन्द कर देता है, इसलिए लोग इस तरह दिन काट रहे थे जैसे उनका कोई भविष्य न हो।

जहाँ तक डॉक्टर रियो का सवाल था, शान्ति और दोस्ती का वह संक्षिप्त घंटा उसकी ज़िन्दगी में दोबारा न आ सका। एक और अस्पताल खुल गया था और बातचीत करने के लिए सिर्फ़ मरीज़ ही उसके साथी थे। लेकिन उसने देखा कि महामारी में कुछ परिवर्तन आ गया है। क्योंकि दिन-ब-दिन न्यूमोनिक प्लेग के मामले बढ़ते जा रहे थे; अपने ढंग से मरीज़ भी जैसे डॉक्टर का समर्थन कर रहे थे। प्लेग के शुरू के दौर की तरह वे हताश या बदहवास नहीं हुए थे, बल्कि अब उन्हें अच्छी तरह मालूम हो गया था कि उनकी भलाई किस बात में है और वे ख़ुद-ब-ख़ुद अधिकारियों से ऐसी कार्यवाही करने की माँग करते थे जिसमें उनकी भलाई थी। वे हर वक़्त पीने के लिए कोई-न-कोई चीज माँगते थे और चाहते थे कि उन्हें भरसक गरम रखा जाए। रियो का काम पहले की तरह ही थका देने वाला था, लेकिन अब उसे यह नहीं लगता था कि वह अकेला ही प्लेग से लड़ रहा है; मरीज़ उसकी मदद करते थे।

दिसम्बर के अन्त में रियो को मोशिए ओथों का एक पत्र मिला, जो अभी तक क्वारंटाइन में था। उसने लिखा था कि उसकी क्वारंटाइन में रहने की मियाद पूरी हो गई है, लेकिन बदक़िस्मती से वह जिस तारीख़ को कैम्प में दाख़िल हुआ था वह काग़ज़ दफ़्तर में कहीं खो गया है। इसलिए उसकी नज़रबन्दी के लिए दफ़्तर वाले ज़िम्मेदार हैं जिन्होंने ग़लती की है। उसकी पत्नी हाल ही में रिहा होकर प्रीफ़ेक्ट के दफ़्तर में विरोध जताने गई थी लेकिन वहाँ उसके साथ बदतमीज़ी का सलूक किया गया था; उन लोगों ने मदाम ओथों से कहा कि दफ़्तर कभी ऐसी ग़लती नहीं करता। रियो ने रेम्बर्त से इस मामले की खोजबीन करने को कहा और कुछ दिनों बाद मोशिए ओथों रियो से मिलने आया। सचमुच दफ़्तर वालों ने ग़लती की थी। रियो ने इस पर क्षोभ भी प्रकट किया था। लेकिन ओथों ने, जो इस बीच दुबला हो गया था, तिरस्कारपूर्वक अपना शिथिल हाथ उठाया और अपने शब्दों को तौलते हुए कहा कि ग़लती हर आदमी से हो सकती है। डॉक्टर ने मन-ही-मन सोचा कि निश्चय ही कोई परिवर्तन हुआ है।

रियो ने पूछा, "अब आप क्या करेंगे मोशिए ओथों? मेरा ख़याल है कि आपका बहुत-सा काम जमा हो गया होगा?"

"मैं तो छुट्टी की दरख़्वास्त दे रहा हूँ।"

"मैं समझ गया। आपको आराम की ज़रूरत है।"

"यह बात नहीं। मैं वापस कैम्प जाना चाहता हूँ।"

रियो को अपने कानों पर विश्वास न हुआ।

"लेकिन आप अभी तो कैम्प से छूटकर आए हैं?"

"शायद मैं अपनी बात स्पष्ट नहीं कर सका। मैंने सुना है कि सरकारी दफ़्तरों के कुछ कर्मचारी उस कैम्प में स्वयंसेवकों की हैसियत से काम कर रहे हैं।" मजिस्ट्रेट ने अपनी आँखों को गोल घुमाया और बालों की एक लट सहलाते हुए कहा, "इससे मेरा मन काम में उलझा रहेगा। मैं जानता हूँ कि आपको यह बात हास्यास्पद मालूम होगी लेकिन मैं अपने नन्हे बेटे से कम अलगाव महसूस करूँगा।"

रियो ने मोशिए ओथों की तरफ़ देखा; क्या उन कठोर भाव-शून्य आँखों में अचानक कोई कोमलता आ गई थी? हाँ, मजिस्ट्रेट की आँखें धुँधली हो गई थीं और उनकी फ़ौलादी चमक गायब हो गई थी।

रियो ने कहा, "ज़रूर! चूँकि यह आपकी ख़्वाहिश है, मैं आपको कैम्प में भिजवा दूँगा।"

❖ ❖ ❖

डॉक्टर ने अपना वादा पूरा किया; और प्लेग-पीड़ित शहर की हालत क्रिसमस तक वैसी ही बनी रही। तारो हर समस्या में अपनी ख़ामोश कार्यकुशलता का परिचय देता था। रेम्बर्त ने डॉक्टर को अपना एक राज़ बताया, वह दो नौजवान सन्तरियों की मदद से अपनी पत्नी को पत्र भेजता है और कभी-कभी पत्नी का जवाब भी आ जाता है। उसने रियो को सुझाव दिया कि वह भी इस गुप्त ज़रिये का फ़ायदा उठाए। रियो राज़ी हो गया। कई महीनों बाद पहली बार वह पत्र लिखने बैठा। उसे यह बड़ा कष्टसाध्य मालूम हुआ, उसे लगा जैसे वह भूल गया है कि पत्र में कैसी भाषा लिखनी चाहिए। पत्र भेज दिया गया। जवाब आने में बहुत देर लगी। जहाँ तक कोतार्द का सम्बन्ध था वह दिन-ब-दिन सम्पन्न होता जा रहा था और छिप-छिपकर ग़ैर-क़ानूनी सौदों में ख़ूब पैसे बना रहा था। लेकिन ग्रान्द की हालत इससे विपरीत थी; क्रिसमस का मौसम उसे माफ़िक़ नहीं आया था।

सचमुच उस साल क्रिसमस में पुराने वक़्त की कोई याद नहीं रही थी। स्वर्ग के बजाय वह नर्क का सूचक बन गया था। दुकानें ख़ाली और अँधेरी थीं। मिठाई की दुकानों की खिड़कियों में ख़ाली डिब्बे थे या बनावटी मिठाइयाँ थीं, ट्रामों में उदासीन और निर्लिप्त लोगों की भीड़ें थीं—यह सब पहले वक़्त में क्रिसमस की रौनक़ से बिलकुल विपरीत था। तब शहर के अमीर-ग़रीब सभी लोग त्योहार मनाते थे; अब सिर्फ़ थोड़े-से ख़ुशक़िस्मत लोग, जिनके पास सभी सुख-सुविधाएँ थीं और जो पैसा फूँक सकते थे, त्योहार मना रहे थे। वे भी पिछवाड़े की किसी दुकान या घर के कमरे के एकान्त में शराब पी रहे थे, लेकिन उन्हें अपने व्यवहार पर शर्म महसूस हो रही थी। गिरजाघरों में गीतों के बजाय प्रार्थनाएँ अधिक गाई जा रही थीं। कुछ बच्चे, जो इतने छोटे थे कि उन्हें मालूम ही नहीं था कि वे किस ख़तरे के मुँह में हैं, पाले से सर्द सड़कों पर खेल रहे थे। लेकिन किसी में इतना साहस नहीं था कि बीते दिनों की तरह परमेश्वर के नाम पर उनका स्वागत करता, जो अपने साथ तोहफ़े लाता है, जो इनसान के दुख जितना पुराना और नौजवानों की उम्मीदों-जैसा नया है। किसी के दिल में एक पुरानी धुँधली उम्मीद के सिवा और किसी भावना के लिए स्थान नहीं था—ऐसी उम्मीद जिसके बल पर इनसान अपने को मौत की तरफ़ नहीं बहने देता, यह उम्मीद सिर्फ़ ज़िन्दा रहने की ज़िद थी।

पिछली शाम को ग्रान्द को हमेशा की तरह दफ़्तर में न देखकर रियो परेशान हो उठा था और वह तड़के ही ग्रान्द के घर पहुँचा, लेकिन ग्रान्द घर पर नहीं था।

ग्रान्द के दोस्तों से कहा गया कि वे उसकी खोज करें। क़रीब ग्यारह बजे रेम्बर्त ने अस्पताल में आकर ख़बर दी कि उसे दूर से ग्रान्द की एक झलक मिली थी, वह 'बड़े विचित्र ढंग से' निरुद्देश्य घूम रहा था। बदक़िस्मती से वह फ़ौरन उसकी नज़रों से गायब हो गया था। तारो और डॉक्टर कार में बैठकर ग्रान्द को तलाश करने लगे।

दोपहर के वक़्त रियो कार से निकलकर सर्द हवा में आया; उसे अभी कुछ दूर से ग्रान्द की एक झलक दिखाई दी थी। ग्रान्द एक दुकान की खिड़की के शीशे से चेहरा सटाकर खड़ा था। खिड़की के भीतर फूहड़ ढंग से तराशे हुए लकड़ी के खिलौने रखे थे। बूढ़े के गालों पर लगातार आँसू बह रहे थे, जिनसे डॉक्टर का दिल कचोट उठा; क्योंकि वह उन आँसुओं का कारण अच्छी तरह जानता था—संवेदना में उसके अपने आँसू भी उमड़ आए। उसकी आँखों के आगे बहुत दिन पहले के उस दृश्य की तस्वीर उभर आई—एक दूसरी दुकान की खिड़की के सामने छोटा लड़का खड़ा था, इसी लड़के की तरह क्रिसमस के लिए बढ़िया पोशाक पहने। और अचानक जीन भावावेश में आकर उसकी तरफ़ मुड़ी थी और उसने कहा था कि वह बड़ी ख़ुश है। रियो जान गया था कि ग्रान्द के मन में उन धुँधले बरसों की स्मृतियाँ उमड़ रही हैं, विषाद के क्षणों में ग्रान्द के कानों में जीन की तरुण आवाज़ गूँज रही है और वह यह भी जानता था कि आँसू बहाता हुआ बूढ़ा क्या सोच रहा था। रियो ने भी सोचा कि प्यार के बग़ैर दुनिया एक बेजान दुनिया है और हमेशा इनसान की ज़िन्दगी में ऐसा वक़्त आता है जब वह क़ैद से, अपने काम से, कर्तव्य-परायणता से ऊब जाता है और सिर्फ़ एक ही चीज़ की तमन्ना करने लगता है—किसी प्रिय चेहरे की, प्यार-भरे किसी दिल की गरमी और जादू की।

ग्रान्द ने खिड़की के शीशे में डॉक्टर की परछाईं देखी। वह अभी भी रो रहा था। उसने अपनी गरदन घुमाई और दुकान के सामने के हिस्से का सहारा लेकर खड़ा हो गया, उसने रियो को अपनी तरफ़ आते देखा।

"ओह, डॉक्टर, डॉक्टर...!" इससे ज़्यादा वह कुछ न कह सका।

रियो भी बोल न सका, उसने एक अस्पष्ट इशारे से अपनी हमदर्दी ज़ाहिर की। वह भी इस क्षण ग्रान्द के शोक में साझीदार था। उसके हृदय में भी वही तीव्र क्षोभ था, जो सारी मानवता की साझी पीड़ा देखकर हमारे मन में जागृत होता है।

"हाँ ग्रान्द," वह बड़बड़ाया।

"काश, मैं उसे पत्र लिखने के लिए समय निकाल सकता! उसे ख़बर देता... उसे बिना पश्चात्ताप के सुखी होने देता!"

रियो ने एक झटके से ग्रान्द की बाँह पकड़ी और उसे आगे खींच ले गया। ग्रान्द ने इसका विरोध नहीं किया और वह टूटे-फूटे वाक्य बड़बड़ाता रहा।

"बहुत दिन हो गए हैं! इसे बर्दाश्त करते-करते बहुत दिन हो गए हैं! हर वक़्त आदमी अपने मन का बोझ हल्का करना चाहता है और एक दिन मजबूर होना ही पड़ता है...ओह, डॉक्टर, मुझे मालूम है कि मैं देखने में ख़ामोश क़िस्म का आदमी मालूम होता हूँ, बाक़ी सब लोगों की तरह। लेकिन मुझे बड़ी भयंकर कोशिश करनी पड़ी है...सिर्फ़...सिर्फ़ नॉर्मल दिखाई देने के लिए और अब यह भी मेरे लिए बहुत मुश्किल हो गया है।"

यह कहकर वह एकदम ख़ामोश हो गया। वह ज़ोर से काँप रहा था, उसकी आँखों में बुख़ार-जैसी चमक थी। रियो ने उसका हाथ छूकर देखा, हाथ बुख़ार से जल रहा था।

"तुम्हें घर जाना चाहिए।"

लेकिन ग्रान्द ने अपना हाथ छुड़ा लिया और तेज़ी से भागने लगा। कुछ दूर जाकर वह रुक गया, उसने अपनी बाँहें आगे फैलाकर घुमानी शुरू कर दीं। फिर वह एड़ी के बल लट्टू की तरह घूमने लगा और धम्म से फुटपाथ पर गिर पड़ा। कुछ लोग, जो नज़दीक आ रहे थे, अचानक रुक गए और दूर से ही इस दृश्य को देखने लगे—उन्हें नज़दीक आने की हिम्मत नहीं हो रही थी। रियो को बूढ़े को उठाकर कार में पहुँचाना पड़ा।

ग्रान्द बिस्तर में लेटा था, उसे साँस लेने में दिक़्क़त हो रही थी, उसके फेफड़ों में सूजन आ गई थी। रियो गहरे सोच में पड़ गया। बूढ़े के परिवार में कोई नहीं था। उसे अस्पताल ले जाने से क्या फ़ायदा था? उसने सोचा कि वह और तारो मिलकर उसकी देखभाल कर लेंगे।

ग्रान्द का सिर तकिए में धँसा था। उसके गालों पर एक हरा-सा भूरापन आ गया था, उसकी आँखें भावशून्य और अपारदर्शी हो गई थीं। लगता था कि वह नज़रें गड़ाकर उस आग की तरफ़ देख रहा था, जिसे तारो एक पुरानी लकड़ी की पेटी के बचे-खुचे हिस्सों को फूँककर जला रहा था। "मेरी हालत बुरी है," वह बुदबुदाया। वह जब बोलने की कोशिश करता था तो उसके बुख़ार से झुलसे हुए फेफड़ों से एक अजब क़िस्म की कड़कती हुई आवाज़ सुनाई देती थी। रियो ने उसे बोलने के लिए मना किया और कहा कि वह फिर उसे देखने आएगा। मरीज़ के होंठ एक विचित्र मुस्कान से खुल गए और उसके दुबले चेहरे पर सहयोग का

हास्यपूर्ण भाव आ गया, "अगर मैं बच सका, डॉक्टर—हैट्स ऑफ!" क्षण-भर बाद वह कमज़ोरी से निढाल हो गया।

कुछ घंटे बाद ग्रान्द के पास फिर जाने पर उन्होंने देखा गया कि वह बिस्तर में आधा उठकर बैठ गया है। उसके चेहरे पर अचानक जो परिवर्तन आया था, उसे देखकर रियो भयभीत हो उठा। बीमारी की ज्वालाओं से उसका चेहरा झुलस गया था। लेकिन उसकी बेचैनी कम हो गई थी, वह होश-हवास में था। उसने फ़ौरन मेज़ की दराज़ से अपनी पांडुलिपि मँगवाई, जो हमेशा वहीं रखी रहती थी। जब तारो ने पन्ने उसके हाथ में पकड़ाए तो उसने उसकी तरफ़ देखे बग़ैर ही उन्हें सीने से लगा लिया और फिर डॉक्टर के हाथ में पकड़ा दिया, वह इशारे से डॉक्टर को समझा रहा था कि वह उन पन्नों को पढ़े। पांडुलिपि में क़रीब पचास पन्ने थे। रियो ने एक नज़र डालकर देखा कि अधिकांश पन्नों में बार-बार एक ही वाक्य लिखा था, कहीं-कहीं उसमें थोड़ा परिवर्तन किया गया था, उसे सरल बनाया गया था या उसे अधिक विस्तृत रूप दिया गया था। बार-बार मई के महीने का, घुड़सवार महिला का और बोये के मार्गों का अलग-अलग ढंग से ज़िक्र किया गया था। स्पष्टीकरण के लिए लिखे नोट्स के अलावा शब्दों के चुनाव के लिए कुछ लम्बी सूचियाँ भी दी गई थीं। लेकिन आख़िरी पन्ने में नीचे बड़े सुन्दर और साफ़ अक्षरों में लिखा हुआ था, "मेरी प्रियतमा जीन, आज क्रिसमस डे है और..." सिर्फ़ आठ शब्द। उसके ऊपर बहुत ही सुन्दर अक्षरों में प्रसिद्ध वाक्य का सबसे नया रूप था। ग्रान्द फुसफुसाया, "इसे पढ़ो।" रियो ने पढ़ना शुरू किया—

"मई के महीने की एक सुहानी सुबह, एक छरहरे बदन की घुड़सवार महिला बोये के मार्गों में जहाँ चमकदार फूल उगे थे, एक चमकदार ललछौंही भूरी घोड़ी पर सवार देखी जा सकती थी..."

"क्या यह सही है?" उस बूढ़ी आवाज़ में बुख़ार की कँपकँपी थी। रियो ने जान-बूझकर उसकी तरफ़ से नज़रें हटा ली और ग्रान्द बिस्तर पर करवटें लेने लगा। "मैं जानता हूँ, तुम क्या सोच रहे हो। यहाँ पर 'सुहानी' शब्द नहीं जँचता। यह..."

रियो ने चादर के नीचे से उसका हाथ पकड़ लिया।

"नहीं डॉक्टर! अब कुछ नहीं हो सकता...अब कोई वक़्त नहीं है..." उसके सीने में बड़ी तकलीफ़ हो रही थी, फिर उसने ऊँची, चीख़ती आवाज़ में कहा, "इसे जला डालो!"

डॉक्टर हिचकिचाया, लेकिन ग्रान्द के आदेश का लहज़ा इतना भीषण था और

उसकी आवाज़ में इतनी पीड़ा थी कि रियो उठकर अँगीठी तक गया और उसने बुझती हुई आग में वे काग़ज़ डाल दिये। आग भड़क उठी और अचानक कमरे में रोशनी और गरमी फैल गई। जब डॉक्टर बिस्तर के नज़दीक आया तो ग्रान्द ने अपनी पीठ मोड़ ली थी और उसका चेहरा दीवार को छू रहा था। सीरम का टीका लगाने के बाद रियो ने फुसफुसाकर तारो से कहा कि ग्रान्द रात भी नहीं काट सकेगा। तारो ने मरीज़ के पास रहने की इच्छा प्रकट की। डॉक्टर राज़ी हो गया।

रात-भर रियो को ग्रान्द की मौत का ख़याल सताता रहा। लेकिन अगले दिन सुबह उसने देखा कि ग्रान्द बिस्तर में बैठकर तारो से बातें कर रहा था। उसका बुख़ार उतरकर नॉर्मल हो गया था और साधारण कमज़ोरी के सिवा उसके शरीर में बीमारी का कोई चिह्न दिखाई नहीं देता था।

ग्रान्द ने कहा, "हाँ डॉक्टर! मैंने व्यर्थ में ही जल्दबाज़ी की। लेकिन मैं फिर नए सिरे से कोशिश करूँगा। तुम देखना, मुझे एक-एक शब्द याद है।"

रियो ने संशय भरी नज़रों से तारो की ओर देखा और कहा, "हमें इन्तज़ार करना चाहिए।"

लेकिन दोपहर तक भी उसकी हालत वैसी ही रही। अँधेरा होने तक ख़तरा टल गया था। ग्रान्द के इस 'पुनर्जन्म' का रहस्य समझना रियो की बुद्धि से परे की चीज़ थी।

रियो को कई और बातों से भी बहुत आश्चर्य हुआ। उसी वक़्त एक लड़की अस्पताल में लाई गई, जिसे देखकर रियो ने कह दिया कि वह नहीं बचेगी, इसलिए फ़ौरन उसे छूत के वार्ड में भेज दिया गया। वह तेज़ बुख़ार में प्रलाप कर रही थी और उसमें न्यूमोनिक प्लेग के सारे लक्षण मौजूद थे। लेकिन अगले दिन सुबह उसका बुख़ार कम हो गया, ग्रान्द के मामले की तरह डॉक्टर ने सोचा कि सुबह तो अक्सर ही बुख़ार कम हो जाता है। वह अपने अनुभव से जानता था कि यह बुरा लक्षण है। लेकिन दोपहर के वक़्त भी लड़की का बुख़ार नहीं बढ़ा और रात को सिर्फ़ कुछ डिग्री ही बढ़ा। बेहद थकान के बावजूद उसे साँस लेने में कोई तकलीफ़ नहीं हो रही थी। रियो ने तारो से कहा कि लड़की की हालत में सुधार होना 'डॉक्टरी उसूलों के ख़िलाफ़' है, लेकिन अगले हफ़्ते में चार और ऐसे मामले रियो ने देखे।

हफ़्ते के आख़िर में जब रियो और तारो दमा के बढ़े मरीज़ से मिलने के लिए गए तो उसके उत्साह का कोई ठिकाना न था।

"क्या आप यक़ीन करेंगे, वे फिर बाहर निकल रहे हैं!"

"कौन?"

"अरे वाह! चूहे और कौन!"

अप्रैल के बाद से शहर में एक भी ज़िन्दा या मरा हुआ चूहा नहीं दिखाई दिया था। तारो ने परेशान होकर रियो की तरफ़ देखा।

"तो क्या प्लेग फिर नए सिरे से शुरू हो रही है?" बूढ़ा अपनी हथेलियाँ रगड़ रहा था।

"डॉक्टर, तुम देखना वे किस तरह भागते हैं! बस मजा आ जाएगा!" उसने ख़ुद दो चूहों को सड़क के दरवाज़े के रास्ते घर में घुसते देखा था।

और कुछ पड़ोसियों ने भी उसे बताया था कि उन्हें तहख़ानों में चूहे दिखाई दिये थे। कुछ घरों में लोगों ने लकड़ी के काम के पीछे खुरचने की चुरमुराहट की परिचित आवाज़ें सुनी थीं। रियो बेचैनी से मौत के आँकड़ों का इन्तज़ार करने लगा, जो हर सोमवार को घोषित किए जाते थे। उनमें कमी हो गई थी।

पाँचवाँ भाग

I

हालाँकि अचानक प्लेग का इस तरह पीछे हटना अप्रत्याशित होने के साथ-ही-साथ सुखद भी था, लोगों ने इसका स्वागत किया था, लेकिन हमारे शहर के लोग ख़ुशी मनाने की जल्दी में नहीं थे। उन लम्बे महीनों ने उसके मन में प्लेग से मुक्ति पाने की प्रबल आकांक्षा तो जगा दी थी लेकिन उन्हें बुद्धिमत्ता भी सिखा दी थी। अब उन्हें प्लेग की तत्काल समाप्ति पर बहुत कम भरोसा रह गया था। लेकिन फिर भी सारे शहर में बीमारी के इस नए मोड़ की चर्चा थी, और इसे न स्वीकार करने के बावजूद लोगों के दिलों में आशाएँ पनपने लगी थीं। बाक़ी सब बातों को मन से खदेड़कर दूर हटा दिया गया; इस लड़खड़ा देने वाले तथ्य के आगे लोग यह भी भूल गए कि कई लोग हर रोज़ प्लेग के शिकार होते थे। वह तथ्य यह था कि साप्ताहिक आँकड़ों के अनुसार मौतों की संख्या में कमी हो गई थी। सेहत के भूतपूर्व स्वर्णिम ज़माने के लौटने उम्मीद की लोग मन-ही-मन कर रहे थे, उसकी एक निशानी यह भी थी कि हमारे शहरी हालाँकि अपनी इस उम्मीद को व्यक्त नहीं करते थे—लेकिन यह सच है कि वे बड़े सतर्क और अनासक्त भाव से उस नई ज़िन्दगी के बारे में बातें करते थे जो प्लेग के ख़त्म होने के बाद शुरू होने वाली थी।

सब इस बात से सहमत थे कि पहले ज़माने की सब सुविधाएँ उन्हें फ़ौरन नहीं मिल सकतीं। दोबारा निर्माण करने के बजाय तबाही ज़्यादा आसानी और जल्दी से की जा सकती है। लेकिन लोगों का ख़याल था कि खाने-पीने की चीज़ों की आपूर्ति की हालत में तो ज़रूर सुधार होगा और कम-से-कम वह चिन्ता तो हट जाएगी जो हर परिवार के लिए सबसे बड़ी समस्या बनी हुई थी। लेकिन दरअसल इन मामूली और कोमल आकांक्षाओं के पीछे उन्मुक्त और उन्मत्त आशाएँ छिपी थीं और अक्सर जब हममें से किसी को इस बात का एहसास होता था तो वह फ़ौरन यह टिप्पणी

जोड़ देता था कि—अधिक-से-अधिक आशावादी दृष्टिकोण अपनाकर भी हम यह उम्मीद नहीं कर सकते कि प्लेग एक ही दिन में कम हो जाएगी।

दरअसल प्लेग एक ही दिन में तो नहीं थमी, लेकिन हमारी उम्मीदों से कहीं ज़्यादा जल्दी उसका प्रकोप कम हो गया। जनवरी के पहले हफ़्ते में बेहद सर्दी का दौर शुरू हुआ और सर्दी जैसे बिल्लौर की परत बनकर शहर पर छा गई, लेकिन इससे पहले आसमान कभी इतना नीला नहीं दिखाई दिया था। दिन-ब-दिन उसकी बरफ़ानी दीप्ति तेज़ रोशनी के साथ मिलकर शहर में फैलती रही और पाले से साफ़ की हुई हवा में जैसे बीमारी ने अपनी प्रचंडता खो दी और बाद के तीन हफ़्तों में हर हफ़्ते मौत के आँकड़ों में भारी कमी का ऐलान किया गया। इस तरह अपेक्षाकृत बहुत कम समय में बीमारी अपनी उन तमाम जीतों को हार बैठी, जो उसने पिछले कई महीनों में इकट्ठा की थीं। ग्रान्द और रियो के अस्पताल में भरती होने वाली लड़की पर भी जिसकी क़िस्मत में शायद मौत लिखी थी, जब प्लेग ने कोई असर न किया, जब कुछ इलाक़ों में दो-तीन दिन तक प्लेग का प्रकोप बढ़ने लगा और दूसरे इलाक़ों में प्लेग एकदम ख़त्म हो गई, जब प्लेग ने एक नया तरीक़ा अपनाया—सोमवार के दिन ज़्यादा लोग बीमार होने लगे और बुधवार को क़रीब-क़रीब सब रोग से छुटकारा पाने लगे—संक्षेप में कुछ दिन की प्रचंडता के बाद जब प्लेग का उत्साह एकदम ठंडा पड़ने लगा तो लोग समझने लगे कि प्लेग की ताक़त कम हो रही है और थकान और कोफ्त से मजबूर होकर प्लेग अपना आत्म-संयम, और गर्वीली कार्य-कुशलता भी खो रही है, जो अभी तक उसकी ताक़त का सबसे बड़ा राज़ था। अचानक कास्तेल के प्लेग-निरोधक इंजेक्शनों को अक्सर ऐसी कामयाबी मिलने लगी जो अभी तक नहीं मिली थी। दरअसल डॉक्टरों के सारे अस्थायी इलाज जिनके अभी तक कोई नतीजे नहीं निकले थे, सब मरीजों पर असर करने लगे। ऐसा लगता था जैसे प्लेग का पीछा करके उसे घेर लिया गया हो और प्लेग की आकस्मिक कमज़ोरी से उसके ख़िलाफ़ इस्तेमाल होने वाले भोथरे हथियार तेज़ हो गए। सिर्फ़ दुर्लभ क्षणों में बीमारी अपने को समेटकर तीन या चार ऐसे मरीज़ों पर अन्धी होकर झपट्टा मारती थी, जिनके बारे में उम्मीद की जाती थी कि वे बच जाएँगे, मौत के पंजे में उनके प्राण निकल जाते थे। सचमुच कुछ ऐसे बदक़िस्मत लोग थे, जब उनके बचने की उम्मीद सबसे ज़्यादा थी, तभी वे मारे गए थे—मजिस्ट्रेट मोशिए ओथों के साथ भी यही हुआ था, जिन्हें क्वारंटाइन कैम्प से छुट्टी मिली थी। तारो ने उनके बारे में कहा था कि, 'उनकी क़िस्मत ने

उनका कोई साथ नहीं दिया।' लेकिन यह कहना मुश्किल था कि तारो ने यह बात मोशिए ओथों की ज़िन्दगी को दृष्टि में रखकर कही थी या मौत को।

लेकिन आमतौर पर यह कहा जा सकता है कि महामारी हर दिशा में पीछे हट रही थी। सरकारी विज्ञप्तियों में भी जो शुरू में सिर्फ़ धुँधली, उत्साहहीन आशाओं को ही प्रोत्साहन देती थीं, अब लोगों के इस विचार का समर्थन रहता था कि लड़ाई जीत ली गई है और दुश्मन मोर्चे से पीछे हट रहा है। लेकिन इसे जीत कहा जा सकता था, इसमें शक था। सिर्फ़ इतना ही कहा जा सकता था कि बीमारी जिस रहस्यमय ढंग से आई थी उसी ढंग से जा रही थी। हमारी नीति नहीं बदली थी, लेकिन कल तक वह स्पष्ट रूप से असफल रही थी और आज उसकी जीत हो रही थी। सबसे बड़ी बात यह नज़र आती थी कि महामारी अपने सारे उद्देश्य पूरे करने के बाद ही पीछे हटी थी—दूसरे शब्दों में अगर कहा जाए तो महामारी ने अपना मकसद हासिल कर लिया था।

फिर भी ऐसा मालूम होता था कि शहर में कुछ नहीं बदला था। दिन-भर सड़कों पर ख़ामोशी छाई रहती थी। अँधेरा होने पर हमेशा की तरह भीड़ें जमा हो जाती थीं, अब लोग ओवरकोट और स्कॉर्फ पहनते थे। कॉफ़ी-हाउसों और सिनेमाघरों की आमदनी पहले जैसी ही थी। लेकिन नज़दीक से देखने पर लोग पहले से कम परेशान नज़र आते थे और वे कभी-कभी मुस्कराते भी थे। इससे यह बात साबित होती थी कि प्लेग फूटने के बाद से आज तक कोई आदमी सबके सामने मुस्कराता हुआ दिखाई नहीं दिया था। दरअसल कई महीनों से शहर कफ़न में लिपटा था जिसके भीतर हवा बिलकुल नहीं थी। इससे शहर का दम घुट रहा था, लेकिन अब उस क़फन में एक सुराख़ हो गया था। हर सोमवार को जब हम रेडियो सुनते थे तो हमें मालूम हो जाता था कि यह सुराख़ और भी बढ़ रहा है। जल्द ही हम आज़ादी की हवा में साँस ले सकेंगे। लेकिन यह सांत्वना नकारात्मक थी। लोगों की ज़िन्दगियों पर इसका फ़ौरन कोई असर नहीं पड़ा था। फिर भी एक महीना पहले अगर किसी को कहा जाता कि कभी कोई ट्रेन छूटी है, या समुद्र में किश्ती छोड़ी गई है या कारों को फिर सड़कों पर आने की इजाज़त मिल गई है, तो वह इस ख़बर को अविश्वासपूर्वक सुनता। लेकिन जनवरी के मध्य में इस तरह की घोषणा से किसी को कोई हैरानी नहीं हुई होगी। लेकिन इस दशा में बहुत मामूली परिवर्तन हुआ था, फिर भी यह हमारे नगरवासियों की उम्मीद को बढ़ाने में बहुत अधिक सहायक साबित हुआ था और सचमुच यह कहा जा सकता था कि एक बार अगर आशा

की मद्धिम-सी किरण भी फूट सकती तो प्लेग के साम्राज्य का अन्त हो जाता।

लेकिन यह मानना ही पड़ेगा कि हमारे नागरिकों की प्रतिक्रियाएँ इतनी भिन्न थीं कि वे असंगत मालूम होती थीं। यह कहना ज़्यादा सही होगा कि वे अतिशय आशावादिता और तीव्र निराशा के बीच झूल रहे थे। इसीलिए यह विलक्षण परिस्थिति पैदा हुई कि उस वक़्त जब मौत के आँकड़े सबसे अधिक आशाजनक थे, कई लोगों ने शहर के फाटकों से बाहर भागने की कोशिश की। अधिकारियों को इसकी बिलकुल उम्मीद नहीं थी, और साफ़ ज़ाहिर था कि सन्तरी भी इसके लिए तैयार नहीं थे, क्योंकि बहुत से 'भगोड़े' भागने में सफल हो गए थे। लेकिन इस मामले की गहराई में देखने से पता चलता है कि इस बार भागने वाले लोग तर्कसंगत कारणों से प्रेरित हुए थे। उनमें से कुछ में प्लेग ने इतनी अनास्था पैदा कर दी थी कि वह एक प्रकार से उनकी प्रकृति ही बन गई थी। वे किसी भी प्रकार की आशा के प्रति बहुत संवेदनशील थे। जब प्लेग का दौर ख़त्म हो गया तब भी वे प्लेग के ज़माने के नियमों पर ही चलते रहे। उनके बारे में यह कहा जा सकता है कि वे ज़माने से पिछड़ गए थे। बाक़ी लोग—खास तौर पर वे जो अभी तक मजबूरी से अपने प्रियजनों से अलग रह रहे थे—निराशा और क़ैद के इन महीनों के बाद आशा के झोंके ने उनकी बेसब्री की चिनगारियों को भड़काकर शोलों में बदल दिया और उसी आँधी में उनका आत्मसंयम भी बह गया। यह सोचकर उनमें घबराहट हो गई थी कि कहीं ऐसा न हो कि अपनी मंज़िल के नज़दीक पहुँचकर ही उनकी मौत हो जाए और वे कभी अपने प्रियजनों को न देख पाएँ और इतने लम्बे अरसे तक वंचित रहने के बावजूद उन्हें कोई लाभ न हो। इसलिए लगातार कई महीनों तक वे इस लम्बी यंत्रणा में दृढ़ता और सहनशक्ति का परिचय देते आए थे, लेकिन आशा की पहली थिरकन ने ही उस चीज़ को तोड़ दिया था, जिसे भय और निराशा भी क्षीण नहीं कर सके थे। जल्दबाज़ी के पागलपन में उन्होंने प्लेग को पछाड़ने की कोशिश की, लेकिन वे अन्त तक इसके साथ तालमेल बनाए रखने में असमर्थ रहे।

उधर बढ़ती हुई आशावादिता के अनेक लक्षण दिखाई दे रहे थे। मिसाल के लिए क़ीमतों में अचानक भारी कमी हो गई थी। सिर्फ़ आर्थिक दृष्टिकोण से इस कमी को समझना मुश्किल था। हमारी मुश्किलें पहले की ही तरह मौजूद थीं, फाटकों को सख़्ती से बन्द रखा जाता था और खाद्य-स्थिति में कोई सुधार नहीं हो रहा था। इसलिए क़ीमतों में कमी पूरी तरह से एक मनोवैज्ञानिक प्रतिक्रिया थी। लगता था कि प्लेग के कमज़ोर पड़ते का असर सभी क्षेत्रों पर पड़ना अनिवार्य था।

आशावादिता की इस बढ़ती हुई लहर से उन लोगों को भी फ़ायदा हुआ था, जो प्लेग से पहले समूहों में रहते थे और अब जिन्हें अकेले रहने के लिए मजबूर होना पड़ा था। दोनों ईसाई-मठ फिर खुल गए और उनकी साधारण ज़िन्दगी फिर शुरू हो गई, कार्यक्रम भी होने लगे। फ़ौजियों को भी उन बैरकों में जमा कर दिया गया, जो ज़ब्त नहीं की गई थीं, वे पहले दिनों की तरह फिर ग़ैरिसन की ज़िन्दगी बसर करने लगे। ये मामूली बातें थीं, लेकिन बहुत ज़्यादा अर्थपूर्ण थीं।

दबी हुई, लेकिन सक्रिय उत्तेजना की यह हालत 25 जनवरी तक बनी रही, जब मौत के साप्ताहिक आँकड़ों में इतनी भारी कमी हो गई कि मेडिकल बोर्ड से मशवरा करने के बाद अधिकारियों ने यह घोषणा की कि अब यह निश्चित रूप से कहा जा सकता है कि महामारी थम गई है। विज्ञप्ति में यह भी कहा गया था कि अक्लमन्दी से काम लेते हुए प्रीफ़ेक्ट ने यह भी तय किया है कि शहर के फाटक पन्द्रह दिन और बन्द रखे जाएँ, और एक महीने तक प्लेग-निरोधक तरीक़े इस्तेमाल में लाए जाएँ, यह आशा प्रकट की गई थी कि लोग निश्चय ही इस क़दम की सराहना करेंगे। इस काल में अगर ज़रा-सा भी ख़तरा दिखाई दिया तो 'स्थायी आदेशों का कठोरता से पालन किया जाएगा और ज़रूरत पड़ने पर अगर अधिकारीगण उचित समझेंगे तो इस अवधि को अनिश्चित काल के लिए बढ़ा दिया जाएगा।' लेकिन सब लोग सहमत थे कि ये वाक्य सिर्फ़ सरकारी शब्दाडम्बर हैं। 25 तारीख़ की रात को ख़ूब जश्न मनाए गए। लोगों की ख़ुशी से अपना सम्बन्ध जतलाने के लिए प्रीफ़ेक्ट ने आदेश दिया कि सड़कों पर पहले दिनों की तरह ही रोशनी की जाए। रोशनी से जगमगाती सड़कों पर प्रसन्न नगरवासियों के समूह हँसते और गाते हुए परेड करने लगे।

यह सच है कि कुछ मकानों की खिड़कियों की सिटकिनियाँ बन्द रहीं और भीतर से लोग ख़ामोशी से बाहर गूँजने वाली ख़ुशी की आवाज़ों को सुनने लगे। लेकिन इन घरों में भी जहाँ मातम छाया था, गहरी निश्चिन्तता की भावना छा गई थी; शायद इसलिए कि अब उन्हें यह डर नहीं रहा था कि उनके परिवार के और लोग उनसे अलग कर दिये जाएँगे या इसलिए कि उनके दिलों से व्यक्तिगत परेशानी की परछाईं दूर हो गई थी। जिन परिवारों का कोई सदस्य अभी भी अस्पताल में, क्वारंटाइन कैम्प में या घर में बीमार पड़ा था, वे लोगों की इस ख़ुशी से अलग रहते थे और मजबूरी के एकान्त में इन्तज़ार करते थे कि प्लेग और लोगों की तरह उनका पिंड भी छोड़ दे। इसमें शक नहीं कि इन परिवारों के दिल में भी उम्मीदें

थीं, लेकिन वे उन्हें बचाकर रखे हुए थे और उन्होंने ख़ुद को संयमित कर लिया था कि जब तक उन्हें पूरी तरह यक़ीन नहीं हो जाएगा कि वे उम्मीदें सच्ची हैं, वे उन पर भरोसा नहीं करेंगे। वे निर्वासित लोग ख़ामोशी से सुख और दुख की सीमा पर अपनी मुक्ति की प्रतीक्षा कर रहे थे। उनके चारों तरफ़ ख़ुशी का वातावरण छाया था, जिसे देखते हुए उनकी यह प्रतीक्षा और भी अधिक दुखदायी मालूम होती थी।

लेकिन इन अपवादों से अधिकांश लोगों के सन्तोष में कमी नहीं आई। इसमें शक नहीं कि प्लेग अभी ख़त्म नहीं हुई थी—लोगों को यह बात याद रखनी थी, लेकिन कल्पना में वे कई हफ़्ते पहले से ही ट्रेनों की सीटियों की आवाज़ें सुन रहे थे, ये ट्रेनें बाहर की दुनिया में जा रही थीं, जिसका कोई ओर-छोर नहीं था—चमकते हुए समुद्रों में बन्दरगाह से रवाना होते हुए स्टीमर सीटी बजा रहे थे; अगले दिन ये दिवास्वप्न ख़त्म हो जाते और सन्देह की व्यथा लौट आती, लेकिन उस क्षण तो शहर के सारे लोग अँधेरे शोकपूर्ण क़ैदख़ानों से निकलकर जहाँ उनकी जड़ें पत्थरों की तरह जम गई थीं, बाहर आए और किसी जहाज़ दुर्घटना के बचे यात्रियों की भीड़ की तरह उम्मीद के देश की ओर चल दिए।

उस रात को कुछ देर के लिए तारो, रियो, रेम्बर्त और उनके साथी कूच करती हुई भीड़ में शामिल हो गए और उन्हें भी ऐसा महसूस हुआ जैसे वे हवा पर चल रहे थे। मुख्य सड़कों से गुज़रने के बाद जब वे ख़ाली गलियों में पहुँचे जहाँ घरों की खिड़कियाँ बन्द थीं, वहाँ भी लोगों के हर्षपूर्ण कोलाहल ने उनका पीछा किया। थकान की वजह से न जाने क्यों बड़ी सड़कों पर फैले हर्ष के कोलाहल और बन्द खिड़कियों के पीछे छाये शोक के फ़र्क़ का एहसास उन्हें न हो सका। इस तरह भावी मुक्ति के दो पहलू थे, एक ख़ुशी का और दूसरा आँसुओं से भरा।

एक ऐसे क्षण में जब दूर ख़ुशी का कोलाहल बढ़कर गर्जन का रूप धारण कर रहा था, अचानक तारो चलते-चलते रुक गया। सड़क पर कोई छोटी-सी चिकनी चीज़ भागी जा रही थी। वह एक बिल्ली थी, जब से बहार का मौसम शुरू हुआ था उन्हें पहली बार बिल्ली दिखाई दी थी। बिल्ली सड़क के बीचोबीच रुक गई, हिचकिचाई, उसने अपना पंजा चाटा और उसे अपने दाएँ कान के पीछे फेरा; फिर वह आगे बढ़कर अँधेरे में गायब हो गई। तारो मन-ही-मन मुस्कराने लगा; उसने सोचा कि बालकनी वाला बूढ़ा भी ख़ुश होगा।

2

लेकिन उन दिनों में, जब मालूम होता था कि प्लेग पीछे हट रही थी और शर्मिन्दा होकर उस अज्ञात माँद में घुस रही थी जहाँ से वह चोरी-चपुके आई थी, शहर में कम-से-कम एक आदमी ऐसा था, जो प्लेग के पीछे हटने से क्षुब्ध था। और अगर तारो के नोट्स पर भरोसा किया जाए तो यह आदमी कोतार्द था।

अगर सच पूछा जाए तो उस तारीख़ से जबसे मौत के आँकड़ों में भारी कमी हुई थी, इस डायरी की टिप्पणियों में एक अजब परिवर्तन हुआ था। तारो की लिखाई को पढ़ना मुश्किल हो गया है—हो सकता है इसका कारण थकान हो—डायरी-लेखक एक प्रसंग से दूसरे प्रसंग पर बिना किसी तारतम्य के पहुँच जाता है। इससे भी बड़ी बात यह है कि बाद के इन टिप्पणियों में पहले जैसी वस्तुपरक दृष्टि नहीं है, व्यक्तिगत विचार आ गए हैं। कोतार्द के मामले के बारे में लिखे दो लम्बे पैराग्राफ़ों के बीच हम बूढ़े और बिल्लियों का संक्षिप्त विवरण पाते हैं। तारो हमें बताता है कि प्लेग ने बूढ़े के प्रति उसकी प्रशंसा को बिलकुल कम नहीं किया है, प्लेग ख़त्म होने के बाद भी बूढ़े में उसकी दिलचस्पी क़ायग थी। बदक़िस्मती से यह दिलचस्पी तारो की नेकनीयती के बावजूद जारी न रह सकी। उसने कोशिश की थी कि किसी तरह बूढ़ा उसे नज़र आ जाए। पच्चीस जनवरी के यादगार दिन के बाद कितने ही दिनों तक वह तंग सड़क के एक कोने पर खड़ा रहा। बिल्लियाँ अपनी जगहों पर वापस आ गई थीं और धूप सेंक रही थीं। लेकिन जब वह वक़्त आया, जब बूढ़ा बालकनी पर नियमपूर्वक आया करता था, दरवाज़े बन्द रहे। इसके बाद कई दिन तक तारो ने दरवाज़ों को एक बार भी खुलते नहीं देखा। वह इस विलक्षण नतीजे पर पहुँचा कि बूढ़ा या तो मर गया है या चिढ़ा हुआ है। उसकी चिढ़ की वजह शायद यही होगी कि उसने सोचा था कि उसके विचार सही हैं जबकि प्लेग ने यह साबित

कर दिया था कि वह ग़लती पर है। अगर वह मर गया है तो सवाल उठता है (दमा के बूढ़े मरीज़ की तरह) क्या वह भी सन्त था? तारो ऐसा नहीं सोचता था, लेकिन बूढ़े में उसे एक 'संकेत' दिखाई दिया था, उसने लिखा है, "शायद हम सन्त-पद के क़रीब ही पहुँच सकते हैं। इस हालत में हमें शान्त और धार्मिक पैशाचिकता से कुछ समय के लिए काम लेना चाहिए।"

कोतार्द का निरीक्षण करके लिखी गई टिप्पणियों के साथ-ही-साथ इधर-उधर हमें ग्रान्द के बारे में बिखरी हुई टिप्पणियाँ मिलती हैं—वह धीरे-धीरे स्वस्थ हो रहा था और पूर्ववत काम पर जाता था जैसे उसे कुछ हुआ ही न हो। रियो की माँ के बारे में कुछ बातें लिखी हैं। कभी-कभी तारो की वृद्धा से बातचीत होती थी, जब वह रियो के घर में रहता था। प्लेग के बारे में वृद्धा के दृष्टिकोण और विचार सभी चीज़ें ब्योरेवार डायरी में दर्ज की गई हैं। तारो सबसे ज़्यादा मदाम रियो के अहंकार-दमन और बेहद सरल शब्दों में हर बात को बयान करने के ढंग पर ज़ोर देता है। मदाम रियो हमेशा एक ख़ास खिड़की के आगे तनकर बैठती थी। बिना हाथ हिलाए उसकी नज़रें नीचे ख़ामोश सड़क पर लगी रहती थीं वह तब तक कमरे में बैठी रहती थी जब तक शाम कमरे में नहीं आ जाती थी और मदाम रियो एक निश्चल परछाईं बनकर दूसरी परछाइयों के साथ धीरे-धीरे अँधेरे में नहीं खो जाती थी। तारो ने उसकी 'फ़ुरती' के बारे में भी लिखा है। मदाम रियो बड़ी फ़ुरती से एक कमरे से दूसरे कमरे में आती-जाती थी। उसकी दयालुता का भी तारो ने ज़िक्र किया है। हालाँकि वृद्धा की दयालुता की कोई ख़ास मिसालें उसे दिखाई नहीं दी थीं, लेकिन उसके हर काम और हर शब्द में दयालुता की कोमल आभा थी। लगता था कि वह बिना सोचे-विचारे (बाहर से तो ऐसा ही दिखाई देता था) ही सब बातें बूझ लेती थी। ख़ामोशी और धुँधलेपन के बावजूद किसी रोशनी के सामने हतोत्साह नहीं होती थी यहाँ तक कि प्लेग की चटकीली रोशनी के आगे भी नहीं। यहाँ आकर तारो की लिखावट में एक विचित्र अस्पष्टता आ गई थी। इसके बाद की पंक्तियाँ तो पढ़ी ही नहीं जा सकती थीं और जिस प्रकार अपना आत्म-संयम खो देने का पक्का सबूत देने के लिए उसने डायरी की आख़िरी पंक्तियों में पहली बार अपनी व्यक्तिगत ज़िन्दगी के बारे में लिखा। "उसे देखकर मुझे अपनी माँ की याद आती है। मुझे माँ में सबसे ज़्यादा यह बात पसन्द थी कि उसने अपने आपको मिटा दिया था, जिसे 'धुँधला पड़ जाना' कहते हैं। मैं हमेशा माँ के पास जाना चाहता हूँ। यह बात आठ बरस पहले हुई थी, लेकिन मैं यह नहीं कह सकता कि

वह मर गई। माँ ने अपने को पहले से भी ज़्यादा मिटा दिया और जब मैंने मुड़कर देखा तो वह वहाँ नहीं थी।"

लेकिन हम कोतार्द की बात कर रहे थे। जब मौत के साप्ताहिक आँकड़ों में कमी होने लगी तो कोतार्द कई बार अनेक बहानों से रियो से मिलने गया। लेकिन साफ़ ज़ाहिर था कि वह दरअसल रियो से यह मालूम करना चाहता था कि उसकी राय में महामारी अभी और कितनी लम्बी चलेगी। "क्या सचमुच तुम्हारा ख़याल है कि बीमारी अचानक ख़त्म हो जाएगी?" कोतार्द को इसमें शक था, कम-से-कम वह ज़ाहिर तो ऐसा ही कर रहा था। लेकिन चूँकि वह बार-बार यह सवाल पूछ रहा था, इससे साबित होता था कि वह जितने विश्वास का दिखावा कर रहा था, उसे उससे कहीं कम विश्वास था। जनवरी के मध्य से रियो ने उसे आशाजनक उत्तर देने शुरू कर दिये, लेकिन वे उत्तर कोतार्द को सख़्त नापसन्द थे। इसलिए हर बार उसकी प्रतिक्रिया अलग होती थी, कभी वह गुस्ताख़ी दिखाता था और कभी निराशा। एक दिन डॉक्टर ने द्रवित होकर उसे बताया कि आँकड़ों के आशाजनक होने के बावजूद अभी यह नहीं कहा जा सकता कि हम मुसीबत से बाहर निकल आए हैं।

कोतार्द ने फ़ौरन कहा, "इसका मतलब यह है कि ठीक से कोई नहीं जानता कि क्या होगा। बीमारी किसी भी वक़्त फिर फूट सकती है।"

"बिलकुल! यह भी मुमकिन है कि हालत में तेज़ी से सुधार हो।"

अनिश्चितता की यह हालत सब लोगों के लिए शोकपूर्ण होते हुए भी कोतार्द के लिए सुखद थी। तारो ने कोतार्द को अपने इलाक़े के दुकानदारों से बातें करते हुए देखा था। वह रियो की राय का प्रचार करने की इच्छा से ऐसा कर रहा था। सचमुच उसे ऐसा करने में कोई दिक़्क़त नहीं हुई। प्लेग की हार की ख़बरों से पैदा हुआ जोश जब कम हो गया तो बहुत से लोगों के मन में फिर से शक पैदा हो गए। उनकी परेशानी को देखकर कोतार्द को सांत्वना मिली। कई बार वह निराश हो जाता था। उसने तारो से कहा, "हाँ, जल्द ही एक दिन फाटक खुल जाएँगे और फिर देखना वे मुझे जलते हुए कोयले की तरह निकाल फेंकेंगे।"

जनवरी के पहले तीन हफ़्तों में कोतार्द का मूड अचानक इतना ज़्यादा बदल जाता था कि सबको बड़ा ताज्जुब हुआ। आमतौर पर वह अपने पड़ोसियों और परिचितों में लोकप्रिय बनने के लिए कोई कसर नहीं छोड़ता था, लेकिन अब लगातार कई दिन तक वह जान-बूझकर उनसे मिलने से कतराने लगा। तारो को मालूम हुआ कि ऐसे मौक़ों पर कोतार्द अचानक बाहर की दुनिया से अपने सारे सम्पर्क तोड़

देता था और कुंठित भाव से अपने मन के घोंघे में घुस जाता था। वह रेस्तराओं में, थियेटरों में या अपने प्रिय कॉफ़ी-हाउसों में भी दिखाई नहीं देता था। लेकिन मालूम होता था कि अब वह महामारी के पहले-जैसी अन्धकारमय और साधारण ज़िन्दगी फिर से बसर करने में असमर्थ था। वह अपने कमरे में ही बैठा रहता था और नज़दीक के एक रेस्तराँ से खाना ऊपर ही मँगवा लेता था। सिर्फ़ रात होने पर वह छोटी-मोटी चीज़ें ख़रीदने के लिए बाहर निकलता था, और दुकान से निकलकर अँधेरी सुनसान सड़कों पर छिप-छिपकर घूमा करता था। ऐसे मौक़ों पर एक या दो बार तारो से उसकी मुलाक़ात हो गई, लेकिन कोतार्द ने सिर्फ़ रूखे अन्दाज़ में हाँ-हू किया। फिर वह अचानक एक ही दिन में मिलनसार हो गया, प्लेग के बारे में लम्बी-चौड़ी बातें करने लगा, हर आदमी से पूछता कि प्लेग के बारे में उसकी क्या राय है। और बड़ी ख़ुशी से भीड़ में मिलने-जुलने लगा।

25 जनवरी को जब सरकारी घोषणा की गई तो कोतार्द फिर छिप गया। दो दिन बाद तारो ने उसे एक दूर की सड़क पर चहलक़दमी करते देखा। जब कोतार्द ने तारो से कहा कि वह उसके साथ घर चले तो तारो हिचकिचाया, उस दिन वह काम करते-करते थक गया था। लेकिन कोतार्द इनकार सुनने के लिए राज़ी न हुआ। वह बहुत उत्तेजित दिखाई दे रहा था, ज़ोर से हाथ हिला रहा था और बहुत तेज़ी से और ऊँची आवाज़ में बोल रहा था। उसने सबसे पहले तारो से पूछा कि उसके ख़याल में क्या सचमुच सरकारी विज्ञप्ति का यह अर्थ था कि प्लेग ख़त्म हो गई है? तारो ने कहा कि यह साफ़ ज़ाहिर है कि सिर्फ़ सरकारी घोषणा से महामारी को ख़त्म नहीं किया जा सकता, लेकिन निश्चित रूप से ऐसा मालूम होता है कि अगर कोई ऐसी-वैसी दुर्घटना न हुई तो कुछ ही दिनों में प्लेग ख़त्म हो जाएगी।

कोतार्द ने कहा, "हाँ, अगर दुर्घटनाएँ न हुईं, और दुर्घटनाएँ तो होंगी ही, क्यों?"

तारो ने बताया कि सरकार ने इस सम्भावना को नज़र में रखते हुए ही और पन्द्रह दिनों तक फाटक खोलने से इनकार कर दिया है।

"और वे कितने अक्लमन्द थे!" कोतार्द ने उसी तरह उत्तेजित स्वर में कहा। "हालत को देखते हुए तो मैं कहूँगा कि अधिकारियों को अपने शब्द वापस लेने पड़ेंगे।"

तारो ने कहा, हो सकता है ऐसा हो; लेकिन उसके ख़याल में ज़्यादा अक्लमन्दी इस बात में होगी कि फाटकों के खुलने पर और निकट भविष्य में सामान्य जन-जीवन के फिर से चालू होने पर भरोसा किया जा सके।

"मान लिया लेकिन 'सामान्य जन-जीवन के फिर से चालू होने' का क्या मतलब है?" कोतार्द ने पूछा।

तारो मुस्करा दिया, "सिनेमाघरों में नई फ़िल्में दिखाई जाएँगी।"

लेकिन कोतार्द नहीं मुस्कराया। उसने पूछा, क्या लोग यह सोचते हैं कि प्लेग ने ज़िन्दगी को बिलकुल नहीं बदला और क्या शहर की ज़िन्दगी पूर्ववत जारी रहेगी जैसे कुछ भी न हुआ हो? तारो का ख़याल था कि प्लेग ने ज़िन्दगी को बदला है और एक माने में नहीं भी बदला। यह स्वाभाविक ही था कि हमारे साथी नागरिकों की सबसे बड़ी ख़्वाहिश यही थी और रहेगी कि वे इस तरह आचरण कर सकें जैसे कुछ हुआ ही न हो, इसी वजह से एक माने में कोई चीज़ नहीं बदलेगी। लेकिन इस बात को अगर दूसरे दृष्टिकोण से देखा जाए तो हम पाएँगे कि इनसान सब कुछ नहीं भूल सकता, चाहे उसके मन में भूलने की कितनी ही ज़्यादा ख़्वाहिश क्यों न हो। प्लेग लोगों के दिलों में निशान ज़रूर छोड़ जाएगी।

इस पर कोतार्द ने साफ़ और रूखे ढंग से कह दिया कि उसे लोगों के दिलों में दिलचस्पी नहीं है। दरअसल सबसे कम परवाह उसे दिलों की है। वह तो यह जानने में दिलचस्पी रखता है कि सारे प्रशासन को नए सिरे से बदला जाएगा या नहीं, मिसाल के लिए क्या सार्वजनिक सेवा-कार्यों में आमूल परिवर्तन होगा या नहीं? तारो को क़बूल करना पड़ा कि उसे इस मामले का अन्दरूनी तौर पर कुछ पता नहीं है। लेकिन व्यक्तिगत रूप से उसका ख़याल है कि महामारी की उथल-पुथल के बाद इन सेवाओं को फिर से चालू करने में कुछ देर ज़रूर लग जाएगी। यह भी सम्भव मालूम होता है कि हर क़िस्म की नई समस्याएँ पैदा होंगी, जिनसे प्रशासन व्यवस्था का कुछ सीमा तक पुनर्संगठन करना पड़ेगा।

कोतार्द ने सिर हिलाकर समर्थन किया, "हाँ, यह तो नामुमकिन नहीं है। दरअसल सबको नए सिरे से ज़िन्दगी शुरू करनी पड़ेगी।"

वे कोतार्द के घर के नज़दीक पहुँच रहे थे। अब वह पहले से अधिक ख़ुश दीख रहा था। उसने तय कर लिया था कि वह भविष्य को आशावाद के दृष्टिकोण से देखेगा। साफ़ ज़ाहिर था कि वह यह कल्पना कर रहा था कि शहर को फिर से नई बेदाग़ ज़िन्दगी मिलेगी, अतीत मिट जाएगा और फिर नए सिरे से सब कुछ शुरू होगा।

तारो मुस्कराया, "तो यह बात है! हो सकता है तुम्हारे लिए भी अच्छी परिस्थितियाँ पैदा हो जाएँ—कौन कह सकता है? हम सबको एक माने में नई ज़िन्दगी मिलेगी।"

वे कोतार्द के दरवाज़े के आगे हाथ मिला रहे थे।

"बिलकुल ठीक! नए सिरे से बेदाग़ ज़िन्दगी शुरू करना कितनी बड़ी बात होगी!" कोतार्द की उत्तेजना बढ़ती जा रही थी।

अचानक अँधेरे हॉल से दो आदमी निकले। तारो ने मुश्किल से कोतार्द को यह बड़बड़ाते हुए सुना ही था, 'ये लोग आख़िर क्या चाहते हैं?' कि वे दोनों आदमी जो मामूली ओहदे के सरकारी कर्मचारी मालूम होते थे, और जिन्होंने अपनी सबसे बढ़िया पोशाक पहन रखी थी, पूछा कि क्या उसका नाम कोतार्द है? कोतार्द ने दबी ज़बान में कुछ कहा और पीछे की तरफ़ घूमकर अँधेरे में गायब हो गया। कुछ क्षणों तक तारो और दोनों सरकारी आदमी शून्य दृष्टि से एक-दूसरे को देखते रहे। फिर तारो ने उनसे पूछा कि वे क्या चाहते हैं? निश्चित सूचना दिये बग़ैर उन लोगों ने बताया कि वे 'कुछ मालूम करने' आए थे और वे धीरे-धीरे उसी तरफ़ चले गए जिधर कोतार्द गया था।

घर लौटकर तारो ने इस विचित्र घटना का ब्योरा लिखा और उसके बाद लिखा, "आज रात मुझे बेहद थकान महसूस हो रही है।" उसकी लिखावट इस बात की पुष्टि कर रही थी। उसने यह भी लिखा कि अभी उसे बहुत-सा काम करना है, लेकिन यह कोई ऐसा कारण नहीं है जिसकी वजह से इनसान अपने को तैयारी की हालत में न रखे। उसने अपने-आप से सवाल पूछा कि वह तैयारी की हालत में है या नहीं। और फिर जैसे अतिरिक्त अंश के तौर पर—यहाँ आकर डायरी समाप्त हो जाती है—उसने लिखा कि दिन और रात के समय ज़रूर एक ऐसा क्षण होता है जब आदमी का साहस मन्द पड़ जाता है। वह इसी क्षण से डरता था।

3

अगले दिन, फाटक खुलने की निश्चित तारीख़ से कुछ दिन पहले, रियो जब दोपहर को घर आया तो वह सोच रहा था कि वह जिस तार का इन्तज़ार कर रहा था वह घर पहुँचा होगा या नहीं। हालाँकि आजकल भी दिन-भर उसे उतनी ही मेहनत करनी पड़ती थी, जितनी कि उन दिनों में जब प्लेग अपने चरम पर थी, लेकिन निकट भविष्य में मुक्ति की सम्भावना ने उसकी थकान को मिटा दिया था। उसकी उम्मीद लौट आई थी और उसके साथ ही ज़िन्दगी के प्रति एक नया उत्साह भी मन में पैदा हुआ था। कोई इनसान लगातार तनाव की स्थिति में नहीं रह सकता जबकि उसकी समस्त शक्ति और इच्छा-शक्ति चरम-बिन्दु पर पहुँच चुकी हो। जब वह तनाव हट जाए और संघर्ष के लिए तने हुए स्नायुओं और पुट्ठों को आराम मिले, तो इनसान को बेहद ख़ुशी होती है। रियो जिस तार के इन्तज़ार में था अगर वह तार भी आ गया हो तो रियो नए सिरे से ज़िन्दगी शुरू कर सकेगा। सचमुच उसे ऐसा महसूस होता था कि उन दिनों हर आदमी नए सिरे से ज़िन्दगी शुरू कर रहा था।

वह हॉल में पोर्टर के कमरे के नज़दीक से गुज़रा। नया पोर्टर, जो बूढ़े माइकेल की जगह पर नियुक्त हुआ था, हॉल के सामने की खिड़की से चेहरा सटाकर खड़ा था। रियो को देखकर वह मुस्कराया। सीढ़ियाँ चढ़ते वक़्त रियो की आँखों के आगे पोर्टर का मुस्कराता हुआ चेहरा घूम गया, जो थकान से पीला पड़ गया था।

हाँ, वह नए सिरे से ज़िन्दगी शुरू करेगा, अगर एक बार 'जुदाई' का दौर ख़त्म हो गया और अगर वह ख़ुशक़िस्मत रहा तो...इन विचारों के साथ वह दरवाज़ा खोल रहा था, जब उसने देखा कि उसकी माँ उससे मिलने के लिए नीचे हॉल की तरफ़ जा रही थी। माँ ने उसे बताया कि तारो की तबीयत अच्छी नहीं है। वे रोज़ की तरह ठीक वक़्त पर उठे थे, लेकिन उसकी बाहर जाने की इच्छा

नहीं हुई इसलिए वह फिर बिस्तर में लेट गया था। मदाम रियो बहुत परेशान थीं।

"हो सकता है, यह कोई संजीदा बात हो।" रियो ने कहा।

तारो पीठ के बल बिस्तर पर लेटा था, उसका भारी सिर तकिए में गहरा धँसा था और उसकी विशाल छाती पर चादर आगे की तरफ़ निकली हुई थी। उसके सिर में दर्द था और टेम्प्रेचर बढ़ गया था। उसने रियो को बताया कि लक्षणों से तो कोई निश्चित बात नहीं कही जा सकती, लेकिन हो सकता है वे प्लेग के ही लक्षण हों।

उसकी जाँच करने के बाद रियो ने कहा, "नहीं, अभी तक तो कोई निश्चित लक्षण नहीं दीख रहा।"

लेकिन तारो को बेहद प्यास लग रही थी। बरामदे में आकर डॉक्टर ने अपनी माँ से कहा कि हो सकता है तारो को प्लेग हो। "ओहो!" माँ बोली, "यह कैसे मुमकिन है? और अब?" क्षण-भर के बाद उसने कहा, "बर्नार्द, हम उसे यहीं रखेंगे।"

रियो सोच में पड़ गया। उसने संशय स्वर में कहा, "सच पूछो तो मुझे ऐसा करने का कोई अधिकार नहीं है। फिर शहर के फाटक जल्द ही खुलेंगे। अगर तुम यहाँ न होतीं तो मेरा ख़याल है कि मैं इसकी ज़िम्मेदारी ख़ुद ले लेता..."

"बर्नार्द, उसे यहीं रहने दो और मुझे भी यहीं रहने दो। तुम जानते ही हो कि मैंने हाल ही में प्लेग से बचने का एक और टीका लगवाया है।"

डॉक्टर ने कहा कि टीके तो तारो ने भी लगवाए थे, हो सकता है कि थकान की वजह ने उसने आख़िरी टीका न लगवाया हो या ज़रूरी सावधानियाँ न बरती हों।

रियो ऑपरेशन-रूम में चला गया और जब वह लौटा तो तारो ने उसके हाथ में एक सन्दूक देखा, जिसमें प्लेग के सीरम की बड़ी शीशियाँ थीं।

तारो ने कहा, "आह, तो यही मामला है।"

"कोई ज़रूरी नहीं। लेकिन हमें कोई जोख़िम नहीं उठाना चाहिए।"

बिना कुछ कहे तारो ने अपनी बाँह आगे बढ़ा दी और देर तक इंजेक्शन लगवाता रहा। ये वही इंजेक्शन थे, जो उसने ख़ुद बहुत बार दूसरे लोगों को लगाए थे।

"शाम तक हमें हालत का ज़्यादा अच्छी तरह पता चल जाएगा।" रियो ने तारो से नज़रें मिलाते हुए कहा।

"लेकिन, मुझे आइसोलेशन में भेजने के बारे में क्या हुआ?"

"यह अभी तय नहीं हुआ कि तुम्हें प्लेग है।"

तारो कोशिश करके मुस्कराया।

"ख़ैर, मैंने पहली बार तुम्हें मरीज़ को छूत के वार्ड में भेजने का हुक्म दिये बग़ैर ही इंजेक्शन लगाते देखा है।"

रियो दूसरी तरफ़ देखने लगा।

"यहाँ तुम अच्छी तरह से रहोगे। मेरी माँ और मैं तुम्हारी देखभाल करेंगे।"

तारो ने कुछ नहीं कहा। डॉक्टर बक्से में शीशियाँ रख रहा था। वापस मुड़कर देखने से पहले वह इन्तज़ार करता रहा कि शायद तारो कुछ कहे, लेकिन तारो ख़ामोश रहा। रियो उसके बिस्तर के पास आया। मरीज़ टकटकी लगाकर उसकी तरफ़ देख रहा था, हालाँकि उसके चेहरे पर तनाव था, लेकिन उसकी भूरी आँखें शान्त थीं। रियो उसके ऊपर झुककर मुस्कराया।

"अब सोने की कोशिश करो। मैं अभी थोड़ी देर में लौट आऊँगा।"

जब वह बाहर निकला तो पीछे से तारो ने उसे आवाज़ दी। वह फिर कमरे में लौट आया। तारो अजब ढंग से पेश आ रहा था। लगता था वह किसी बात पर काबू पाने की कोशिश कर रहा है, लेकिन उसे कहने के लिए मजबूर भी था।

उसने आख़िर कह ही दिया, "रियो, मुझे पूरा सच बता देना, मुझे इसी पर भरोसा है।"

"मैं वादा करता हूँ।"

तारो के भारी चेहरे से जैसे कोई बोझ उतर गया, वह मुस्करा दिया, "धन्यवाद! मैं मरना नहीं चाहता और मैं ज़िन्दा रहने के लिए लड़ूँगा। लेकिन अगर मैं मुक़ाबले में हार गया तो मैं चाहता हूँ कि उसका अन्त अच्छी तरह हो।"

आगे झुककर रियो ने उसका कन्धा दबाया, "नहीं, सन्त बनने के लिए तुम्हें ज़िन्दा रहना चाहिए। इसलिए संघर्ष करो।"

उस दिन मौसम बहुत सर्दी के बाद कुछ गरम हो गया, ज़ोरदार आँधियों के साथ ओले पड़े और बारिश आई। सूर्यास्त के वक़्त आसमान कुछ साफ़ हो गया और फ़िर तेज़ सर्दी हो गई। रियो शाम को घर लौटा। ओवरकोट उतारे बग़ैर ही वह अपने दोस्त के कमरे में आया। तारो जैसे निश्चल लेटा था, लेकिन उसके भिंचे हुए होंठों से जो बुख़ार से सफ़ेद पड़ गए थे, मालूम होता था कि उसने लड़ाई जारी रखी थी।

"कहो, कैसे हो?" रियो ने पूछा।

तारो ने चादर से अपने चौड़े कन्धों को ज़रा-सा उठाया और कहा, "मैं मुक़ाबले में हार रहा हूँ।"

डॉक्टर उसके ऊपर झुका। तारो की जलती हुई त्वचा के नीचे गिल्टियाँ निकल

आई थीं और उसके सीने से ऐसी आवाज़ आ रही थी जैसे वहाँ भट्टी छिपी हो। अजब बात तो यह थी कि तारो में एक साथ दोनों क़िस्म की प्लेगों के लक्षण दिखाई दे रहे थे।

रियो सीधा खड़ा हो गया और उसने कहा कि सीरम को अभी तक असर करने का पूरा वक़्त नहीं मिला। तारो ने कुछ कहना चाहा, लेकिन बुख़ार की तेज़ी ने उसके गले के शब्दों को दबा दिया।

खाने के बाद रियो और उसकी माँ मरीज़ के सिरहाने ड्यूटी देने बैठ गए। रात संघर्ष से शुरू हुई और रियो जानता था कि तड़के तक प्लेग की छूत के साथ यह भयानक कुश्ती जारी रहेगी। इस लड़ाई में तारो के हृष्ट-पुष्ट कन्धे और सीना ही उसके सबसे बड़े साधन नहीं थे, बल्कि वह ख़ून भी था जो रियो की सुई के नीचे से टपका था। इस ख़ून में कोई चीज़ थी, जो इनसान की आत्मा से भी अधिक शक्तिशाली थी, इनसान का कोई कौशल जिसके रहस्य का उद्घाटन नहीं कर सकता था। डॉक्टर का काम सिर्फ़ अपने दोस्त की लड़ाई का दर्शक बनना था। उसे अब क्या करना चाहिए, गिल्टियों को उत्तेजित करने के लिए कौन-से टीके देने चाहिए, लगातार कई महीनों की असफलताओं से रियो को इन साधनों की असलियत मालूम हो गई थी। दरअसल वह एक ही तरीक़े से मदद कर सकता था, भाग्य के अनुग्रह को अवसर देना—अगर भाग्य को उत्तेजित न किया जाए तो वह भी सोया रहता है। भाग्य ऐसा साथी था जिसे अलग नहीं किया जा सकता था। रियो प्लेग का ऐसा पहलू देख रहा था जिसने उसे स्तब्ध कर दिया था। वह फिर उन तमाम चालों को हराने की भरसक कोशिश कर रही थी, जो उसके ख़िलाफ़ बरती गई थीं, वह अप्रत्याशित स्थानों पर हमला कर रही थी और उन स्थानों से निकल रही थी, जो उसके रहने के निश्चित स्थान समझे जाते थे। एक बार फिर प्लेग तमाम योजनाओं को विफल करने पर तुली थी।

तारो बिना हिले-डुले संघर्ष करता रहा। रात में एक बार भी उसने बेचैनी से दुश्मन के हमलों का मुक़ाबला नहीं किया। सिर्फ़ अपने समस्त अचेत भारी विस्तार से और ख़ामोशी से उसने अपनी लड़ाई को जारी रखा, यहाँ तक कि उसने बोलने की कोशिश भी नहीं की। उसने अपने तरीक़े से यह सूचित किया था कि वह अब अपना ध्यान संघर्ष के अतिरिक्त कहीं और लगाने की स्थिति में नहीं है। रियो संघर्ष के उलट-फेरों को अपने दोस्त की आँखों में देख सकता था, जो कभी बन्द हो जाती थीं और कभी खुल जाती थीं; उन पलकों में देख सकता था, जो कभी

कसकर पुतली के साथ जुड़ जाती थीं और कभी फैल जाती थीं और उसकी नज़रों में देख सकता था जो कभी कमरे की किसी चीज़ पर या डॉक्टर और उसकी माँ पर टिक जाती थीं। हर बार जब उसकी नज़रें डॉक्टर की नज़रों से टकराती थीं, तो वह बड़ी कोशिश करके मुस्कराता था।

बीच में एक बार सड़क पर तेज़ क़दमों की आहट सुनाई दी। वे दूर से आ रही किसी धमक के आगे भाग रहे थे। धीरे-धीरे वह आवाज़ नज़दीक आती गई और ज़ोर से बारिश शुरू हो गई। शहर में फिर ज़ोर की बारिश और तूफ़ान आया था, फ़ौरन फुटपाथ पर तड़ातड़ ओले गिरने की आवाज़ आने लगी। खिड़कियों के आगे लगी तिरपालें हवा में ज़ोर से फरफराने लगीं। रियो का ध्यान कुछ क्षणों के लिए ओलों की आवाज़ों की तरफ़ चला गया था। उसने फिर तारो के चेहरे पर छाई परछाइयों को देखा। तारो के चेहरे पर पलंग के पास रखे एक लैम्प की रोशनी पड़ रही थी। उसकी माँ सलाइयों से ऊन की कोई चीज़ बुन रही थी और बीच-बीच में आँखें उठाकर मरीज़ की तरफ़ देख लेती थी। डॉक्टर ने अपना फ़र्ज़ भरसक निभा दिया था। तूफ़ान गुज़र जाने के बाद कमरे की ख़ामोशी ज़्यादा गहरी हो गई। अब वहाँ सिर्फ़ उस अदृश्य युद्ध का उपद्रव छाया था। अनिद्रा से डॉक्टर के स्नायुओं में उत्तेजना पैदा हो गई थी। उसे लगा कि ख़ामोशी की तीक्ष्णता में उसे वह मद्धिम पैशाचिक 'सी-सी' की आवाज़ सुनाई दे रही है, जो महामारी के आरम्भ से ही उसके कानों में गूँजती आ रही थी। उसने अपनी माँ को इशारे से कहा कि वह सोने के लिए चली जाए। माँ ने सिर हिलाकर इनकार कर दिया और उसकी आँखों में चमक आ गई। फिर उसने सलाइयों की नोकों पर चढ़े एक फन्दे को ग़ौर से देखा। उसका ख़याल था कि वह फन्दा शायद ग़लत हो गया था। रियो ने उठकर मरीज़ को पानी दिया और फिर बैठ गया।

फुटपाथ पर फिर क़दमों की आवाज़ गूँज उठी। यह आवाज़ नज़दीक आती गई, फिर दूर चली गई। लोग तूफ़ान के थमने से फ़ायदा उठाकर जल्दी-जल्दी घर जा रहे थे। पहली बार डॉक्टर को एहसास हुआ कि एम्बुलेंसों की खड़खड़ाहट के बग़ैर यह रात, जिसमें देर से भी लोग आ-जा रहे थे, अतीत की रातों-जैसी थी; यह प्लेग से मुक्त रात थी। ऐसा मालूम होता था जैसे सरदी, सड़कों की रोशनी और लोगों की भीड़ ने मिलकर महामारी को खदेड़ दिया हो, और महामारी ने शहर की गहराइयों को छोड़कर इस गरम कमरे में शरण ले ली थी और वह तारो के निश्चल शरीर पर अपना आख़िरी हमला कर रही थी। अब वह पहले की तरह घरों के

ऊपर हवा में अपना मूसल नहीं घुमा रही थी, लेकिन वह मरीज़ के कमरे की गंदी हवा में धीरे-धीरे सीटी बजा रही थी। जब से लम्बा रतजगा शुरू हुआ था, तभी से वह इस आवाज़ को सुनता आ रहा था। वह इन्तज़ार कर रहा था कि यहाँ भी वह विचित्र आवाज़ बन्द हो जाए और वह अपनी हार क़बूल कर ले।

भोर से कुछ पहले रियो अपनी माँ की तरफ़ देखकर फुसफुसाया, "अच्छा हो अगर तुम अब थोड़ा-सा आराम कर लो, क्योंकि रात को तुम्हें मेरी जगह यहाँ बैठना पड़ेगा। और देखो, सोने से पहले गोलियाँ ज़रूर खा लेना।"

मदाम रियो ने उठकर अपनी बुनाई तहा दी और वे मरीज़ के सिरहाने चली आई। कुछ देर से तारो की आँखें बन्द थीं। उसके कड़े माथे पर पसीने से बाल चिपक गए थे। मदाम रियो ने एक ठंडी साँस ली और तारो ने आँखें खोलीं। उसने वृद्धा का दयालु चेहरा अपने ऊपर झुका देखा। बुख़ार के ज़ोर से तपे चेहरे के एक छोर से दूसरे छोर तक वही निश्चल मुस्कान फिर पैदा हो गई। लेकिन फ़ौरन उसकी आँखें बन्द हो गईं। रियो कमरे में अकेला रह गया। वह जाकर उस कुर्सी पर बैठ गया जहाँ से उठकर उसकी माँ अभी गई थी। सड़क पर ख़ामोशी छाई थी और सोये शहर से कोई आवाज़ नहीं आ रही थी। भोर की ठंडक का स्पर्श महसूस हो रहा था।

डॉक्टर की आँख लगी ही थी कि सड़क पर एक छकड़े के पहियों की आवाज़ से वह जाग उठा। उसे कुछ कँपकँपी महसूस हुई। उसने तारो की तरफ़ देखा, तूफ़ान कुछ थम गया था। वह भी सो रहा था। लोहे के पहियों की आवाज़ दूर जाकर गायब हो गई। खिड़की के शीशों पर अब भी अँधेरा छाया था। जब डॉक्टर तारो के नज़दीक आया तो तारो ने भावशून्य दृष्टि से उसकी तरफ़ देखा। वह उस आदमी की तरह था, जिसने नींद की सीमा को पार न किया हो।

"तुम्हें नींद आई थी न?" रियो ने पूछा।

"हाँ।"

"साँस लेने में कुछ आसानी हो रही है?"

"थोड़ी-थोड़ी। क्यों, क्या यह किसी बात की निशानी है?"

रियो कुछ क्षणों के लिए ख़ामोश रहा, फिर उसने कहा, "नहीं तारो! यह किसी बात की निशानी नहीं है। मेरी तरह तुम भी जानते हो कि अक्सर सुबह के वक़्त आदमी की तबीयत अच्छी हो जाती है।"

"धन्यवाद," तारो ने सिर हिलाकर समर्थन किया, "हमेशा मुझे सही-सही बात बता दिया करो।"

रियो पलंग के एक ओर बैठा था। वह अपने नज़दीक बीमार की टाँगों का स्पर्श महसूस कर रहा था, जो किसी समाधि पर बनी मूर्ति की टाँगों की तरह सख़्त और अकड़ी हुई थीं। तारो को साँस लेने में दिक़्क़त हो रही थी।

"बुख़ार फिर लौट आएगा न, रियो?" उसने हाँफते हुए पूछा।

"हाँ, लेकिन दोपहर के वक़्त हमें असली स्थिति मालूम हो जाएगी।"

तारो ने अपनी आँखें बन्द कर लीं। मालूम होता था कि वह अपनी सारी ताक़त को इकट्ठा कर रहा था। उसके चेहरे पर बेहद थकान नज़र आ रही थी। वह बुख़ार बढ़ने का इन्तज़ार कर रहा था और बुख़ार ने अभी से उसके भीतर कहीं उभरना शुरू कर दिया था। जब उसने आँखें खोलीं तो उसकी नज़र धुँधली-सी दिखाई दी। जब उसने रियो को अपने ऊपर झुके देखा तो उसकी आँखों में चमक आ गई। रियो के हाथ में एक गिलास था।

"पियो।"

तारो ने पानी पीकर धीरे-धीरे तकिए पर अपना सिर झुका दिया।

"यह लम्बा मामला है।" वह अस्फुट स्वर में बोला।

रियो ने कसकर उसकी बाँह पकड़ ली, लेकिन तारो पर, जिसका सिर दूसरी तरफ़ हटा हुआ था, कोई प्रतिक्रिया नहीं हुई। फिर अचानक जैसे भीतर का कोई बाँध बिना सूचना दिये टूट गया, बुख़ार की तूफ़ानी लहर फिर लौट आई और तारो के गाल और माथा रक्तिम हो उठे। तारो की आँखें जब खुलीं तो उसने डॉक्टर को देखा, जो फिर झुककर उसे स्नेहपूर्ण प्रोत्साहन की दृष्टि से देख रहा था। तारो ने मुस्कराने की कोशिश की, लेकिन सूखे थूक ने उसके जबड़ों और होंठों को भींचकर बन्द कर दिया था, इसमें से मुस्कराहट अपना रास्ता न बना सकी। तने हुए चेहरे पर सिर्फ़ सजीव आँखें ही साहस से चमक रही थीं। सात बजे मदाम रियो फिर मरीज़ के शयनकक्ष में लौट आई डॉक्टर अस्पताल में फ़ोन करने के लिए और अपनी जगह तारो की देखभाल के लिए किसी आदमी का प्रबन्ध करने के लिए ऑपरेशन-रूम में गया। उसने तय किया कि वह मरीज़ों को नहीं देखेगा। वह कुछ क्षण तक ऑपरेशन-रूम के कोच पर लेट गया। पाँच मिनट बाद वह मरीज़ के कमरे में गया। तारो का चेहरा मदाम रियो की तरफ़ मुड़ा था, जो पलंग के नज़दीक अपने हाथ गोद में रखे बैठी थी। कमरे की मद्धिम रोशनी में वृद्धा सिर्फ़ एक अँधेरी परछाईं की तरह दीख रही थी। तारो इतने ग़ौर से उनकी तरफ़ देख रहा था कि मदाम रियो ने अपने होंठों पर उँगली रखी और उठकर सिरहाने रखा लैम्प

बुझा दिया। परदों के पीछे दिन की रोशनी बढ़ रही थी और जब मरीज़ का चेहरा रोशनी में नज़र आने लगा, तो मदाम रियो ने देखा कि अभी भी तारो की नज़रें उसी पर गड़ी हैं। पलंग पर झुककर वृद्धा ने चादर की सिलवटें ठीक कीं और जब वह सीधी खड़ी हुई तो उसने क्षण-भर के लिए तारो के गीले, उलझे बालों पर अपना हाथ रखा। फिर उसे जैसे कहीं दूर से दबी हुई एक आवाज़ सुनाई दी, 'धन्यवाद' और किसी ने कहा कि अब सब ख़ैरियत है। जब वृद्धा अपनी कुर्सी पर वापस आकर बैठी तो तारो ने अपनी आँखें बन्द कर ली थीं और भिंचे हुए मुँह के बावजूद उसके क्षीण चेहरे पर एक मन्द मुस्कान मँडरा रही थी।

दोपहर के वक़्त बुख़ार अपनी चरम सीमा पर पहुँच गया। बलगम मिली खाँसी ने मरीज़ के शरीर को झकझोर दिया और अब वह ख़ून थूक रहा था। गिल्टियों की सूजन ख़त्म हो गई थी, लेकिन वे अभी भी मौजूद थीं, जोड़ों में गड़े लोहे के टुकड़ों की तरह। रियो ने फ़ैसला किया कि गिल्टियों में नश्तर लगाना असम्भव होगा। रह-रहकर बुख़ार और खाँसी के दौरों के बीच तारो अब भी अपने दोस्तों की तरफ़ देख रहा था। लेकिन जल्द ही उसकी आँखों का खुलना बहुत कम हो गया और पहचान के संक्षिप्त क्षणों में उसके बिगड़े चेहरे पर जो चमक आ जाती थी वह भी लगातार मद्धिम होती गई। तूफ़ान के कोड़ों से उसका शरीर ऐंठ गया था और प्रकाश का कौंधना बहुत कम हो गया था। तूफ़ान के बीच वह धीरे-धीरे परित्यक्त भाव से बह रहा था। रियो के सामने अब एक नकाब की तरह चेतना-शून्य चेहरा पड़ा था, जिससे मुस्कराहट हमेशा के लिए चली गई थी। वह इनसान का शरीर, उसके दोस्त का शरीर प्लेग की बरछियों से छलनी होकर, झुलसा देने वाली दैवी लपटों में जल रहा था। वे तमाम हवाएँ इस आग को और भी भड़का रही थीं। रियो की आँखों के सामने उसका दोस्त महामारी की अन्धकारमय बाढ़ में तड़प रहा था। रियो उसे तबाही से बचाने में असमर्थ था। वह सिर्फ़ निष्फल रूप से किनारे पर ख़ाली हाथ, दुखित हृदय, निहत्था और असहाय खड़ा होकर मुसीबत के इस हमले का द्रष्टा-मात्र रह सकता था और जब अन्त आया तो रियो की आँखें आँसुओं से भर गईं। वे असहायता के आँसू थे। उसने तारो को लुढ़ककर, दीवार की तरफ़ मुँह किए खोखली कराहट के साथ मरते नहीं देखा, लगता था जैसे उसके भीतर कोई ज़रूरी तार टूट गया था...

अगली रात संघर्ष की नहीं, बल्कि ख़ामोशी की थी। ख़ामोश, मौत के कमरे में रियो लाश के सिरहाने बैठा था। लाश अब रोज़मर्रा के कपड़ों में थी। यहाँ भी

रियो को उस तात्त्विक शान्ति का अनुभव हुआ, जो उसने कुछ रातों पहले प्लेग से दूर ऊँची छत पर बैठकर शहर के फाटकों पर हुए क्षणिक उपद्रव के बाद अनुभव की थी। साथ ही उसे उस ख़ामोशी का ख़याल आ रहा था जो अस्पताल में मरने वालों के बिस्तरों पर छाई रहती थी। वहाँ और यहाँ एक ही जैसा गम्भीर विराम था, एक ऐसी ख़ामोशी थी जो युद्ध के बाद छा जाती है; हार की ख़ामोशी। लेकिन अब उसके मृत दोस्त को ख़ामोशी अपने में लपेट रही थी। इस घनी ख़ामोशी में और सड़कों और शहर में छाई ख़ामोशी में—जो कि अब आख़िरकार मुक्ति की साँस ले रहा था, इतनी सौम्यता थी कि रियो को यह निर्मम एहसास हुआ कि यह आख़िरी हार थी; यह वह आख़िरी विनाशकारी मुठभेड़ थी, जिसके बाद युद्ध ख़त्म हो जाता है और जो स्वयं शान्ति को भी एक असाध्य बीमारी बना देता है। तारो ने शान्ति को प्राप्त कर लिया था या नहीं यह डॉक्टर नहीं बता सकता था, क्योंकि अब सब कुछ समाप्त हो गया था। लेकिन डॉक्टर ने यह महसूस किया कि इसके बाद से उसके लिए शान्ति पाना असम्भव हो गया है, ठीक उसी तरह जैसे एक माँ के लिए, जिसने युद्ध में अपना बेटा खो दिया हो या एक ऐसे आदमी के लिए, जिसने अपने दोस्त को दफ़नाया हो, युद्ध-विराम कभी नहीं होता।

रात फिर सर्द हो गई थी और जाड़े के साफ़ आसमान में ठंडे तारे चमक रहे थे। धुँधली रोशनी वाले कमरे में उन्हें महसूस हुआ कि जैसे जाड़ा आकर खिड़कियों के शीशों से टकरा रहा हो। उन्हें ध्रुवदेशी रात का लम्बा रुपहला दीर्घोच्छ्वास सुनाई दे रहा था। मदाम रियो हमेशा की मुद्रा में पलंग के नज़दीक बैठी थी। पलंग के सिरहाने रखे लैम्प की रोशनी से उसके शरीर का दायाँ हिस्सा चमक रहा था। कमरे के बीचोबीच रोशनी के छोटे वृत्त से बाहर रियो बैठा इन्तज़ार कर रहा था। रह-रहकर पत्नी की याद उसके मन को घेर रही थी, लेकिन हर बार वह उसे मन के एक कोने में धकेल देता था।

जब रात शुरू हुई तो पाले की ठंडी हवा में सड़क से गुज़रने वाले लोगों के क़दमों की आहट गूँजने लगी।

"तुमने सारे इन्तज़ाम कर लिए हैं न?" मदाम रियो ने पूछा।

"हाँ, मैंने टेलीफ़ोन कर दिया है।"

दोनों ने फिर अपना ख़ामोश जागरण शुरू कर दिया। बीच-बीच में मदाम रियो कनखियों से अपने बेटे को देख लेती थी और जब भी रियो उसे ऐसा करते हुए देखता था तो वह मुस्करा देता था। बाहर सड़क पर लम्बी ख़ामोशियों को रात

की आवाज़ें ढँक रही थीं। सड़कों पर फिर बहुत-सी कारें चलने लगी थीं, हालाँकि सरकारी तौर पर अभी इसकी इजाज़त नहीं मिली थी। टायरों की फूत्कार करती हुई कारें तेज़ रफ़्तार से आगे बढ़ जाती थीं, रुककर फिर लौट आती थीं। आवाज़ें, दूर से सुनाई देने वाली पुकारें सुनाई दीं, फिर ख़ामोशी छा गई। घोड़ों के सुमों की आवाज़ें, मोड़ पर मुड़ती हुई ट्रामों की चीख़ें, अस्पष्ट बुदबुदाहटें सुनाई दीं और एक बार फिर रात ख़ामोशी से साँस लेने लगी।

"बर्नार्द!"

"हाँ।"

"बहुत ज़्यादा तो नहीं थक गए?"

"नहीं।"

इसी क्षण रियो ने जान लिया कि उसकी माँ क्या सोच रही है। वह यह भी जानता था कि वह उसे प्यार करती है। लेकिन उसे यह भी मालूम था कि किसी से प्यार करने का अपेक्षाकृत कम महत्त्व है, या यह कहना बेहतर होगा कि प्यार में कभी इतनी ताक़त नहीं होती कि वह अपने को व्यक्त करने के लिए उपयुक्त शब्द तलाश कर सके। इसलिए वह और उसकी माँ एक-दूसरे को हमेशा ख़ामोशी से प्यार करते रहेंगे और एक दिन वह या उसकी माँ में से कोई मर जाएगा और वे ज़िन्दगी से अपने स्नेह को इससे ज़्यादा अभिव्यक्ति दिये बग़ैर ही चले जाएँगे। इस तरह वह भी तारो के पास रहा था और आज शाम को तारो मर गया था और उनकी दोस्ती को पूरी तरह से एक-दूसरे की ज़िन्दगी में दाख़िल होने का मौक़ा तक नहीं मिला था। तारो 'मुक़ाबले' में हार गया था, जैसा कि उसने ख़ुद कहा था। लेकिन रियो ने क्या जीता था? सिर्फ़ प्लेग के परिचय और तारो की दोस्ती की याद का उसे अनुभव हुआ था। उसने स्नेह को पाया था और एक दिन वह भी एक स्मृति बनकर रह जाएगा। इसलिए प्लेग और ज़िन्दगी के संघर्ष में आदमी सिर्फ़ ज्ञान और स्मृतियाँ ही जीत सकता था। लेकिन शायद तारो इसे प्रतियोगिता जीतना कहता।

एक और कार सड़क पर गुज़री और मदाम रियो कुछ चौंक उठी। रियो उसकी तरफ़ देखकर मुस्कराया। माँ ने उसे यक़ीन दिलाया कि वह थकी नहीं है और उसने फ़ौरन यह भी कहा, "तुम्हें सामने पहाड़ों पर जाकर लम्बा आराम करना चाहिए।"

"करूँगा, माँ!"

ज़रूर वह सामने पहाड़ों में जाकर आराम करेगा, यह भी स्मृति के लिए एक बहाना बन जाएगा। अगर प्रतियोगिता में जीतने का यही मतलब है तो सिर्फ़ अपने

ज्ञान और स्मृतियों के बल पर अपनी आशाओं से अलग रहकर, जीना कितना मुश्किल होगा! शायद तारो इसी तरह ज़िन्दा रहा था, और उसे मरीचिकाओं से रहित ज़िन्दगी की नीरस निरर्थकता का पूरा एहसास हो गया था। बिना आशा के कोई शान्ति नहीं हो सकती और तारो किसी को भी कसूरवार ठहराने के अधिकार से वंचित रहा था—हालाँकि वह अच्छी तरह जानता था कि कोई इनसान इस अधिकार के बग़ैर नहीं रह सकता और कई बार अभिशप्त को भी जल्लाद बनना पड़ता है। तारो ने विरोधाभासों से पेचीदा ज़िन्दगी बसर की थी, और उसे कभी आशा की सांत्वना का अनुभव नहीं हुआ था। क्या उसकी सन्त बनने की आकांक्षा का, दूसरों की सेवा करके शान्ति खोजने का यही कारण था? दरअसल रियो को इस सवाल का जवाब बिलकुल मालूम नहीं था, और उसे इसकी ज़्यादा परवाह भी नहीं थी। हमेशा उसके मन में तारो की तस्वीर एक ऐसे आदमी की तस्वीर के रूप में ज़िन्दा रहेगी, जो उसकी कार चलाते वक़्त स्टीयरिंग व्हील को कसकर पकड़ता था, या उस हृष्ट-पुष्ट शरीर की तस्वीर जो अब निश्चल पड़ा था। जानने का यही अर्थ है : एक सजीव उष्णता और मौत की एक तस्वीर।

निश्चय ही अगले दिन अपनी पत्नी की मृत्यु की ख़बर पाकर डॉक्टर रियो ने जिस संयम और धैर्य का परिचय दिया उसका भी यही कारण था। वह उस वक़्त ऑपरेशन-रूम में था। उसकी माँ भागी हुई आई और उसने बेटे के हाथ में एक टेलीग्राम पकड़ा दिया और फिर तारघर के लड़के को बख्शीश देने के लिए हॉल में वापस चली गई। जब वह लौटी तो उसके बेटे के हाथ में टेलीग्राम खुला रखा था। उसने बेटे की तरफ़ देखा, लेकिन बेटे की नज़रें खिड़की पर टिकी हुई थीं; बन्दरगाह से निकलते हुए सुबह के सूरज की दीप्ति ने खिड़की को आलोकित कर दिया था।

"बर्नार्द!" माँ ने कोमल स्वर में कहा।

डॉक्टर ने मुड़कर माँ को इस तरह देखा जैसे वह किसी अजनबी को देख रहा हो।

"टेलीग्राम में कोई ऐसी-वैसी ख़बर थी?"

"हाँ, यही ख़बर थी... एक हफ़्ता पहले।"

मदाम रियो ने खिड़की की तरफ़ मुँह फेर लिया। रियो कुछ देर तक ख़ामोश रहा। फिर उसने अपनी माँ को रोने से मना कर दिया। वह मन-ही-मन इस ख़बर का इन्तज़ार कर रहा था, फिर भी उसके लिए बर्दाश्त करना बहुत मुश्किल था। यह कहते वक़्त वह जानता था कि यह आघात उसके लिए नया नहीं है। पिछले कई महीनों से, पिछले दो दिनों से वह इसी तरह के शोक को लगातार झेलता आ रहा था।

4

आख़िरकार फ़रवरी की एक सुहानी सुबह में, तड़के ही धूम-धाम से शहर के फाटकों को खोला गया। नगरवासियों ने, अख़बारों ने, रेडियो ने और सरकारी विज्ञप्तियों ने इस घटना का स्वागत किया। अब कथाकार सिर्फ़ उन समारोहों को ही बयान कर सकता है, जो फाटकों के खुलने के बाद आयोजित किए गए, हालाँकि वह ख़ुद दिल से इन समारोहों में हिस्सा नहीं ले सका था।

बड़ी मेहनत से दिन और रात के उत्सवों का आयोजन किया गया। इसी वक़्त स्टेशन पर खड़े इंजनों से धुआँ निकलने लगा, जहाज़ हमारे बन्दरगाह के नज़दीक पहुँच रहे थे। अलग-अलग तरीक़ों से वे सब याद दिला रहे थे कि पुनर्मिलन का चिर-प्रतीक्षित दिन आ पहुँचा था और तमाम बिछुड़े हुए लोगों के आँसू बन्द हो गए थे।

हम यहाँ आकर आसानी से जुदाई की भावना के परिणामों की कल्पना कर सकते हैं, जिन्होंने हमारे बहुत से शहरियों के दिलों में बहुत दिन से कड़वाहट पैदा कर दी थी। दिन-भर बाहर से आने वाली गाड़ियों में भी उतनी ही भीड़ रही जितनी कि शहर से जाने वाली गाड़ियों में थी। हर मुसाफ़िर ने बहुत पहले से ही अपनी सीट रिज़र्व करवा ली थी, और पिछले पन्द्रह दिनों से इस डर से उनकी जान सूली पर टँगी हुई थी कि कहीं ऐन वक़्त पर अधिकारी अपने फ़ैसले से मुकर न जाएँ। शहर में आने वाले कुछ मुसाफ़िर अब भी घबराए-से थे। उन्हें अपने-अपने दोस्तों और रिश्तेदारों के दुर्भाग्य का तो पता था, लेकिन बाक़ी लोगों और शहर की हालत का उन्हें कुछ पता न था। कल्पना में वे उसकी भयंकर और नीरस तस्वीर देखते थे। लेकिन यह बात सिर्फ़ उन लोगों पर लागू होती थी, जो लम्बे निर्वासन के दौरान शोक से सूख नहीं गए थे। बिछुड़े प्रेमियों पर यह बात लागू नहीं होती थी।

और सचमुच प्रेमीगण अपने निश्चित विचार में पूरी तरह से तल्लीन थे, उनके लिए सिर्फ़ एक ही चीज़ बदली थी। जुदाई के उन महीनों में वक़्त उतनी तेज़ी से नहीं गुज़रा था जैसा कि वे चाहते थे। वे हमेशा वक़्त की रफ़्तार को तेज़ करना चाहते थे। अब, जब उन्हें शहर नज़र आ रहा था और ट्रेन स्टेशन में दाख़िल हो रही थी, इंजन की ब्रेक लग रही थी। अगर उनका बस चलता तो वे वक़्त की रफ़्तार को धीमा कर देते और उत्सुकता के क्षणों को लम्बा कर देते; क्योंकि उन दिनों हफ़्तों और महीनों की अनुभूति ने, जिससे उनका प्यार वंचित रह गया था और जो धुँधली होते हुए भी तीखी थी, उनके मन में यह अस्पष्ट भावना जगा दी थी कि वे क्षतिपूर्ति के हक़दार हैं। हर्ष के इन क्षणों की रफ़्तार प्रतीक्षा के लम्बे घंटों से आधी होनी चाहिए। प्लेटफ़ॉर्म या घर पर उनकी प्रतीक्षा करने वाले लोग भी अधीरता से क्षुब्ध हो रहे थे और उत्सुकता से काँप रहे थे। प्लेटफ़ॉर्म पर इन्तज़ार करने वालों में रेम्बर्त भी था, जिसकी पत्नी को पहले से ही फाटक खुलने की ख़बर भेज दी गई थी। उसने फ़ौरन तैयारियाँ शुरू कर दी थीं और वह पहली ट्रेन से आ रही थी। यहाँ तक कि रेम्बर्त भी यह सोचकर घबरा रहा था कि उसे एक ऐसे प्यार और निष्ठा का सामना करना पड़ेगा, जिसे प्लेग के लम्बे महीनों ने धीरे-धीरे घिसकर एक निष्प्रभ अमूर्तन में बदल दिया था; उसे हाड़-मांस की उस औरत का सामना करना था, जिसने इन भावनाओं को जागृत किया था।

काश! वह वक़्त की रफ़्तार को रोक सकता और एक बार फिर वही आदमी बन जाता, महामारी के फूटने पर जिसके मन में सिर्फ़ एक ही विचार और आकांक्षा थी कि किसी तरह वह शहर से भागकर उस औरत के पास पहुँच सकता, जिसे वह प्यार करता था। लेकिन वह जानता था कि अब इस बात का कोई सवाल नहीं उठता; वह बहुत ज़्यादा बदल चुका था। प्लेग ने उसमें ज़बरदस्ती एक ऐसी अनासक्ति और उदासीनता भर दी थी जिसे वह अपनी पूरी कोशिश करके भी दिल से नहीं निकाल सकता था, और जो एक निराकार भय की तरह उसके मन में छाई हुई थी। उसे लगा जैसे प्लेग बहुत जल्दी अचानक ही ख़त्म हो गई थी और उसे अपने को सँभालने का वक़्त ही नहीं मिला था। ख़ुशी पूरी रफ़्तार से उसके ऊपर पटकी जा रही थी, उसकी उम्मीद से कहीं ज़्यादा तेज़ी से। रेम्बर्त समझ गया कि प्रकाश के कौंधने की तरह उसकी छिनी हुई सब चीज़ें उसे वापस मिल जाएँगी और ख़ुशी एक ऐसी लपट की तरह उस पर टूट पड़ेगी, जिसके साथ कोई खिलवाड़ नहीं किया जा सकेगा।

सचमुच सब लोग कुछ हद तक चेतन रूप से रेम्बर्त की तरह ही सोच रहे थे। यही हाल उन सभी लोगों का था जो प्लेटफार्म पर खड़े थे जिसके बारे में हम कुछ कहना चाहते हैं। हर आदमी अपनी व्यक्तिगत ज़िन्दगी में वापस लौट रहा था, फिर भी मित्रता की भावना अभी ज़िन्दा थी और वे आपस में एक-दूसरे की ओर देखकर मुस्करा रहे थे। लेकिन ज्योंही उन्होंने नज़दीक आते हुए इंजन का धुआँ देखा तो तीव्र हर्षोन्माद के ज्वार के सामने निर्वासन की भावना गायब हो गई और जब ट्रेन खड़ी हो गई तो एक मादक क्षण में ही जब अपनत्व और अधिकार जताने की भूखी बाँहों ने उन शरीरों को आलिंगनबद्ध कर लिया जिनकी आकृतियाँ वे भूल गई थीं, इसके साथ ही वे लम्बे बिछोह ख़त्म हो गए जिनके बारे में लोगों का ख़याल था कि वे कभी ख़त्म नहीं होंगे। रेम्बर्त को इतना वक़्त ही नहीं मिला कि वह अपनी पत्नी को देख सके जो उसकी तरफ़ दौड़ती आ रही थी। वह आकर सीधी उसके सीने से लिपट गई थी। रेम्बर्त ने उसे अपनी बाँहों में ले लिया था और उसके सिर को अपने कन्धों पर दबा रहा था। उसे सिर्फ़ अपनी प्रेयसी के परिचित केश ही दिखाई दे रहे थे, उसने अपने आँसुओं को मुक्त भाव से बहने दिया। वह नहीं जानता था कि ये ख़ुशी के आँसू थे या बहुत दिनों के दबे हुए दुख के आँसू। उसे सिर्फ़ यही एहसास था कि आँसुओं की वजह से वह अपने को यह तसल्ली नहीं दे सकेगा कि उसके कन्धे से चिपका चेहरा सचमुच वही चेहरा था जिसके बारे में उसने बहुत बार तमन्ना की थी या वह किसी अजनबी का चेहरा था। उस क्षण तो वह अपने आसपास के लोगों की तरह ही व्यवहार करना चाहता था जिनका ख़याल था कि प्लेग इनसानों के दिलों के भीतर कोई चीज़ बदले बग़ैर भी आकर चली जा सकती है—अगर वे ऐसा नहीं सोचते थे तो इसका अभिनय ज़रूर कर रहे थे।

एक-दूसरे से सटे हुए, बाहर की दुनिया से आँखें मूँदकर वे अपने घरों में गए। और ऐसा लगता था कि वे महसूस कर रहे थे कि उन्होंने प्लेग को हरा दिया है। वे हर उदासी को भूल गए थे और उन लोगों की दुर्दशा को भी भूल गए थे, जो उसी ट्रेन से आए थे, लेकिन प्लेटफ़ॉर्म पर उनकी प्रतीक्षा करने वाला कोई नहीं था। वे घर जाकर उस भय की पुष्टि के लिए ख़ुद को तैयार कर रहे थे जो लम्बी ख़ामोशी ने पहले से ही उनके दिलों में पैदा कर दिया था। इन लोगों के लिए, जिनका साथी केवल सद्यजात शोक था, जो इस क्षण अपने को किसी प्रियजन की मृत्यु के शोक की आजीवन स्मृति के लिए समर्पित कर रहे थे—इन दुखी लोगों की दशा बिलकुल अलग थी। इनकी जुदाई की कसक अपनी चरम सीमा तक जा

पहुँची थी। उन माताओं, पतियों और पत्नियों के लिए, जो अपनी सारी ख़ुशी खो बैठे थे, प्लेग अभी भी ख़त्म नहीं हुई थी, क्योंकि उनके प्रियजन किसी गड्ढे में चूने की तह के नीचे दबे थे या राख के एक टीले में उनकी मुट्ठीभर राख अवशेष रूप में जमा थी, जहाँ वह पहचानी नहीं जा सकती थी।

लेकिन मातम करने वाले इन एकाकी लोगों पर कौन ध्यान दे रहा था! तड़के से ही सर्द तीखी हवा के झोंकों को परास्त करके सूरज शहर पर शान्त, स्थिर प्रकाश की धारा लगातार बरसा रहा था। क़िलों में, पहाड़ियों पर, निश्चल पवित्र नीले आसमान-तले तोपें लगातार गरज रही थीं। हर आदमी घर से बाहर निकलकर भीड़-भाड़ के उन क्षणों का उत्सव मनाने के लिए आया था जब कठिन यंत्रणा का दौर ख़त्म हो चुका था और विस्मृति का ज़माना अभी शुरू नहीं हुआ था।

सड़कों और चौराहों पर लोग नृत्य कर रहे थे। चौबीस घंटों में ही मोटरगाड़ियों का ट्रैफ़िक दुगुना हो गया और हर मोड़ पर ख़ुशी मनाती हुई भीड़ें मोटरों को रोकने लगीं। हर गिरजे की घंटी पूरी दोपहर ज़ोर से बजती रही। नीला और सुनहरा आसमान घंटियों की आवाज़ से गूँज उठा। हर गिरजे में परमेश्वर का शुक्रिया अदा करने के लिए प्रार्थनाएँ हो रही थीं। लेकिन साथ ही मनोरंजन के स्थानों में भी ठसाठस भीड़ें थीं। कॉफ़ी-हाउस कल की परवाह न करके शराब की आख़िरी बोतलें ग्राहकों को पेश कर रहे थे। हर शराब-घर के आसपास शोर मचाती हुई भीड़ें इकट्ठा थीं, जिनमें प्रेमियों के जोड़े भी थे, जो इस बात की परवाह किए बग़ैर कि लोग क्या कहेंगे, एक-दूसरे से लाड़ कर रहे थे। सब लोग हँस रहे थे या ख़ुशी से चिल्ला रहे थे। बहुत महीनों से उनकी ज़िन्दगी की लौ धीमी जल रही थी, इसलिए दबी हुई संचित भावनाएँ आज उनके ज़िन्दा रहने के स्वर्णिम पर्व पर मुक्त हृदय से लुटाई जा रही थीं। कल फिर असली ज़िन्दगी अपनी पाबन्दियों के साथ शुरू होने वाली थी, लेकिन इस क्षण अलग-अलग वर्गों के लोग भाईचारे के भाव से एक-दूसरे के सम्पर्क में आ रहे थे। मौत का सामीप्य जिस ऊँच-नीच के भेद को मिटाने में असफल रहा था, वह भेद आनन्द के कुछ घंटों में, मुक्ति के उल्लास में मिट गया था।

लेकिन अति उत्साह की यह अधिकता उस दिन शहर का सिर्फ़ एक पहलू था। सूर्यास्त के समय काफ़ी लोग, जिनमें रेम्बर्त और उसकी पत्नी भी शामिल थे, मूक सन्तोष और ख़ुशी के अत्यधिक सूक्ष्म रूपों से ढके थे। बहुत से जोड़ों और परिवारों को देखकर लगता था कि वे ऐसे ही टहलने निकले हैं। उससे ज़्यादा उनके बाहर निकलने का कोई प्रयोजन नहीं दीखता था, जबकि असल में वे भावुकता के

कारण उन स्थानों की तीर्थ-यात्रा कर रहे थे जहाँ उन्हें दुख झेलने की शिक्षा मिली थी। वे शहर में आने वाले नए लोगों को प्लेग के आश्चर्यजनक या कम विख्यात स्मारकों और निशानियों को दिखा रहे थे। कई बार तो प्लेग में ज़िन्दा रहने वाला आदमी सिर्फ़ गाइड का रोल ही अदा करता था और 'आँखों देखे गवाह' का काम करता था, जो 'पूरी घटना से गुज़र' चुका था और अपने डर का ज़िक्र किए बग़ैर खुलकर ख़तरे का बयान करता था। ये ख़ुशी हासिल करने के मामूली तरीक़े थे, जो मनोरंजन से कुछ ही अधिक महत्त्वपूर्ण थे। कुछ और लोग शहर में टहलते हुए भावुकता का अधिक प्रदर्शन कर रहे थे। मिसाल के लिए जब कोई आदमी किसी ऐसे स्थान की ओर इशारा करता था, जिसके लिए उसके मन में उदास, लेकिन कोमल स्मृतियाँ थीं, तो वह अपने साथ की लड़की या औरत से कहता, "इस जगह ऐसी ही एक शाम को मैं तुम्हारे लिए बेहद तड़प रहा था, लेकिन तुम वहाँ नहीं थीं।" इन भावुक तीर्थ-यात्रियों को आसानी से पहचाना जा सकता था; वे भीड़ के शोर-शराबे में, आत्मकेन्द्रित, सबसे तटस्थ फुसफुसाहट के नखलिस्तान-जैसे नज़र आते थे। चौराहों पर बजते हुए बैंडों से भी ज़्यादा वे मुक्ति के अपार हर्ष का विश्वास दिला रहे थे। ये हर्षोन्मत्त जोड़े जो एक-दूसरे से लिपटे थे और बहुत कम बोल रहे थे, ख़ुशियों के कोलाहल के बीच सुखी लोगों की अहंकारपूर्ण अहम्मन्यता और बेइंसाफ़ी से घोषित कर रहे थे कि प्लेग ख़त्म हो गई है और जुल्म का दौर बीत गया है। सब प्रमाणों के ऐन सामने भी वे साफ़-साफ़ इनकार कर रहे थे कि हमने कभी ऐसी पागल दुनिया देखी थी, जिसमें लोग मक्खियों की तरह मारे गए थे या प्लेग ने कभी विधिवत ऐसी कठोर पैशाचिकता दिखाई थी और जान-बूझकर ऐसा उन्मत्त रोष व्यक्त किया था और उन तमाम चीज़ों के प्रति, जो 'यहाँ और अब' मौजूद नहीं थीं, एक घृणित उच्छृंखलता पैदा कर दी थी। वे इनकार कर रहे थे कि कभी यहाँ श्मशान घर की बदबू भी फैली थी, जिससे ज़िन्दा लोग भी अवसन्न और विमूढ़ हो गए थे। संक्षेप में वे लोग इस बात से इनकार करते थे कि कभी हम लोग पिशाचग्रस्त शहरी थे, जनसंख्या का एक हिस्सा रोज़ एक भट्ठी में जलाया जाता था और चिपचिपी बदबू बनकर फैल जाता था और बाक़ी लोग एक जकड़ी हुई बेबसी से अपनी बारी आने का इन्तज़ार करते थे।

कम-से-कम रियो को तो ऐसा ही मालूम हुआ जब वह दोपहर के बाद शहर के बाहरी हिस्से में जा रहा था। वह घंटियों, तोपों, बैंडों और कान फाड़ देने वाली चिल्लाहटों के बीच अकेला पैदल चल रहा था। उसके लिए एक दिन की भी छुट्टी

लेने का कोई सवाल नहीं उठता था। बीमारों को कोई छुट्टियाँ नहीं होतीं। ठंडी साफ़ रोशनी में नहाए हुए शहर में से भुनते हुए गोश्त और सौंफ़ की सुवासित शराब की परिचित सुगन्धें उठ रही थीं। उसके आसपास ख़ुश चेहरे चमकते हुए आसमान की तरफ़ उठे थे। मर्द और औरतें, जिनके चेहरे लाल हो गए थे, लालसा की मद्धिम और खिंची हुई आवाज़ों के साथ एक-दूसरे को आलिंगन में बाँध रहे थे। हाँ, प्लेग और उसका आतंक ख़त्म हो गया था और भावावेग से तनी वे बाँहें बता रही थीं कि उन्हें उस ज़माने में क्या-क्या सहना पड़ा था। निर्वासन और अभाव का जो भी गम्भीरतम अर्थ हो सकता है, उसका अनुभव उन्हें हो चुका था।

पहली बार रियो को मालूम हुआ कि वह उस पारिवारिक साम्य को एक नाम दे सकता था, जिसकी झलक उसने पिछले कई महीनों से सड़क पर नज़र आने वाले चेहरों में पाई थी। उसे बस अपने गिर्द देखने-भर की ज़रूरत थी। प्लेग के ख़त्म होने पर इन मर्दों और औरतों के चेहरों पर उस भूमिका की झलक आ गई थी, जो वे बहुत दिनों से निभाते आए थे; वे स्वदेश त्यागे हुए लोगों की भूमिका अदा करते आए थे। पहले उनके चेहरे और अब उनकी पोशाकें उनके सुदूर स्वदेश से निर्वासन की कहानी कह रही थीं। जब प्लेग ने शहर के दरवाज़े बन्द कर दिये थे, तो वे जुदाई की ज़िन्दगी बसर करने लगे थे और ज़िन्दगी की उस गरमी से वंचित हो गए थे, जो हर चीज़ को भूलने की ताक़त देती है। विभिन्न मात्राओं में, शहर के हर हिस्से में मर्द और औरतें फिर से मिलने के लिए तड़पते रहे थे, हरेक की तमन्ना एक-जैसी नहीं थी, न ही हो सकती थी। अधिकांश लोग किसी अनुपस्थित प्रियजन के लिए, किसी शरीर की गरमी के लिए, प्यार के लिए या सिर्फ़ ऐसी ज़िन्दगी के लिए तड़प रहे थे जिसे आदत ने प्यारा बना दिया था। कुछ लोग दोस्तों की संगति से वंचित हो जाने की वजह से तड़प रहे थे, हालाँकि वे इस बात को नहीं जानते थे। वे इसलिए भी परेशान थे, क्योंकि वे दोस्तों से सम्पर्क स्थापित करने के साधारण साधनों—ख़त, ट्रेनों और बोटों का इस्तेमाल करने में भी असमर्थ थे। कुछ और लोग, जिनकी संख्या अपेक्षाकृत कम थी—हो सकता है तारो भी इसी श्रेणी में हो, एक ऐसी चीज़ से पुनर्मिलन चाहते थे जिसकी व्याख्या करने में वे असमर्थ थे, लेकिन उनकी दृष्टि में धरती पर वही एकमात्र चाहने के काबिल चीज़ थी। कई बार वे इस चीज़ को शान्ति कहते थे, क्योंकि इससे बेहतर नाम उन्हें नहीं सूझता था।

रियो चलता गया, आगे जाकर भीड़ें और भी बढ़ गईं, शोरशराबा कई गुना तेज़ हो गया और उसे ऐसा लगा कि बढ़ने के साथ-साथ उसकी मंज़िल पीछे हटती

जा रही है। धीरे-धीरे उसने अपने को एक उत्तेजित, कोलाहल-भरी भीड़ की तरफ़ आकर्षित होते हुए पाया। उसमें से उठती हुई ख़ुशी की चीख़ों का अर्थ उसकी समझ में आ रहा था। कुछ हद तक यह उसकी अपनी थी। हाँ, उन्होंने एक साथ आत्मा और शरीर के दुख झेले थे। उन्हें निर्दयी अवकाश ने, ऐसे निर्वासन ने जिसकी भरपाई भी नहीं थी और ऐसी प्यास ने सताया था जो कभी नहीं बुझ पाई थी। लाशों के ढेरों में, एम्बुलेंसों की टनटनाती घंटियों में, उन चेतावनियों में जिन्हें भाग्य का नाम दिया जाता है, भय और यंत्रणापूर्ण विद्रोह की निरन्तर लहरों में, इन तमाम चीज़ों के आतंक में, हमेशा इन असहाय आतंकित लोगों के कानों में एक महान आवाज़ गूँजती रहती थी, जो उन्हें अपने आकांक्षाओं के देश, अपनी मातृभूमि में वापस बुला रही थी। यह भूमि दम और गला घोंटे हुए शहर की दीवारों से बाहर, पहाड़ियों की सुवासित झाड़ियों में, समुद्र की लहरों में, आज़ाद आसमानों तले और प्यार की संरक्षा में थी। वे यहीं अपनी खोई मातृभूमि में, सुख में लौटना चाहते थे और बाक़ी की सभी चीज़ों के प्रति ग्लानि-भरी उपेक्षा दिखाते थे।

उस निर्वासन और पुनर्मिलन की आकांक्षा का क्या अर्थ था, यह रियो नहीं जानता था। लेकिन जब वह आगे बढ़ रहा था और उसके चारों तरफ़ धक्का-मुक्की हो रही थी, बीच-बीच में लोग उसका रास्ता रोक लेते थे, और वह धीरे-धीरे कम भीड़ वाली सड़कों पर आ रहा था, तो उसके मन में ख़याल उठा कि इन चीज़ों का कोई अर्थ हो या न हो, इसका कोई महत्त्व नहीं है। इनसानों की उम्मीद का जवाब मिलता है, हमें तो उसी के बारे में सोचना चाहिए।

अब वह जान गया था कि वह जवाब क्या है। शहर के बाहरी हिस्से में, जहाँ सड़कें क़रीब-क़रीब ख़ाली थीं, उसे यह बात ज़्यादा अच्छी तरह समझ में आ गई। वे, जिनका दिल अपने छोटे घर-बार से चिपका था, सिर्फ़ यही चाहते थे कि वे अपने प्रियजनों के पास लौट जाएँ। कई बार उन्हें सफलता मिल जाती थी। हालाँकि उनमें से कुछ अब भी अकेले ही सड़कों पर चल रहे थे—उन प्रियजनों के बग़ैर, जिनका उन्होंने इन्तज़ार किया था। वे लोग भी ख़ुश थे जिन्हें दोहरी जुदाई नहीं सहनी पड़ी थी, हममें से कुछ लोगों को सहनी पड़ी थी जो महामारी से पहले के ज़माने में शुरू से ही अपने प्यार को पक्की नींव पर खड़ा करने में असफल रहे थे और कई सालों तक अन्धों की तरह उस समझौते को टटोलते रहे थे, जिसे पाना बहुत मुश्किल है और जिसमें बहुत देर लगती है, जो अन्ततः बेमेल प्रेमियों को दीर्घकालिक सामंजस्य के सूत्र में बाँधता है। ऐसे लोगों ने, ख़ुद रियो तरह,

समय पर ज़रूरत से ज़्यादा भरोसा करने का उतावलापन दिखाया था; और अब वे हमेशा के लिए जुदा हो गए थे। लेकिन रेम्बर्त जैसे दूसरे लोगों ने, जिसे डॉक्टर ने उस रोज़ सुबह कहा था, "हिम्मत से काम लो! 'अब' यह साबित करना तुम्हीं पर निर्भर करता है कि तुम सही रास्ते पर हो" बिना ठोकर खाए अपने प्रियजनों का स्वागत किया था, जिनके बारे में उनका ख़याल था कि वे हमेशा के लिए खो गए हैं। जो भी हो, कुछ समय के लिए तो वे ख़ुश रहेंगे। वे अब जानते हैं कि ज़िन्दगी में सिर्फ़ एक ही चीज़ ऐसी है जिसे पाने की तमन्ना इनसान हमेशा कर सकता है और कभी-कभी उसे पा भी सकता है : वह चीज़ है इनसान का प्यार।

लेकिन उन अन्य लोगों को जो इनसान और व्यक्ति से ऊँची किसी ऐसी चीज़ की आकांक्षा करते थे, जिसकी वे कल्पना भी नहीं कर सकते थे, कोई जवाब न मिला। ऐसा लग सकता है कि तारो ने वह दुर्लभ शान्ति पा ली थी जिसकी वह चर्चा किया करता था। लेकिन यह शान्ति उसे सिर्फ़ मौत में मिली थी, और इतनी देर से मिली थी कि उससे कोई फ़ायदा नहीं उठाया जा सकता था। रियो घरों के दरवाज़ों में प्रेमियों के जोड़ों को डूबते सूरज की मन्द रोशनी में एक-दूसरे को आकांक्षा-भरी नज़रों से निहारते और आलिंगनबद्ध होते देख रहा था—अगर उन्हें मनचाही चीज़ मिल गई थी तो उसका कारण यह था कि उन्होंने वही चीज़ माँगी थी, जो उनके अपने वश में थी। और जब वह उस सड़क के मोड़ पर मुड़ा, जहाँ ग्रान्द और कोतार्द रहते थे, तो वह सोच रहा था कि जिन लोगों की आकांक्षाएँ इनसान और उसके साधारण, किन्तु दुर्लभ प्यार तक ही सीमित रहती हैं, अगर उन्हें कभी-कभार उनका पुरस्कार मिल जाता है तो यह मुनासिब ही है।

5

यह वृत्तान्त ख़त्म होने वाला है और डॉक्टर बर्नार्द रियो के लिए यह क़बूल करने का उपयुक्त क्षण है कि वही कथाकार है। लेकिन अन्तिम दृश्यों को बयान करने से पहले, वह हर हाल में उस काम का औचित्य सिद्ध करना चाहेगा, जो उसने हाथ में लिया था और दावे से यह कहना चाहेगा कि अपने निश्चय के अनुसार उसने एक निष्पक्ष द्रष्टा का लहज़ा अपनाने की पूरी कोशिश की। उसका पेशा ऐसा था कि वह प्लेग के ज़माने में हमारे शहरियों की बहुत बड़ी संख्या के सम्पर्क में आया था और उसे लोगों की अलग-अलग बातों को सुनने का मौक़ा मिलता था। इसलिए उसने जो भी देखा या सुना वह उसे सही बयान करने की अनुकूल स्थिति में था। लेकिन ऐसा करने में उसने अपेक्षित सीमाओं में रहने की पूरी कोशिश की है। मिसाल के लिए आमतौर पर उसने अपने को उन्हीं बातों तक सीमित रखा है जिन्हें वह ख़ुद देख सका था। उसने अपने सह-पीड़ितों पर वे विचार नहीं थोपे, जो तमाम बातों के बावजूद अनिवार्यतः उनके नहीं हो सकते थे। जहाँ तक दस्तावेज़ों का सम्बन्ध है, उसने सिर्फ़ उन्हीं दस्तावेज़ों का इस्तेमाल किया है जो भाग्य या दुर्भाग्य से उसके हाथ लग गए थे।

उसे एक क़िस्म के जुर्म में गवाही देने के लिए बुलाया गया था। उसने इतने संयम से काम लिया जो अपनी अन्तरात्मा के मुताबिक़ आचरण करने वाले गवाह को शोभा देता है। फिर भी अपने दिल की आवाज़ का कहना मानकर उसने जान-बूझकर मुजरिमों का पक्ष लिया है और अपने साथी नागरिकों के साथ उन आश्वासनों में हिस्सा बँटाने की कोशिश की है, जो सबकी एकमात्र साझी चीज़ें थीं—प्यार, निर्वासन और दुख। इस तरह वह सचमुच कह सकता है कि लोगों की कोई ऐसी परेशानी नहीं थी जो उसने महसूस नहीं की थी; कोई ऐसी दुर्दशा नहीं थी, जिसमें उसे भी मुसीबत न झेलनी पड़ी हो।

ईमानदार गवाह होने के लिए यह उसका फ़र्ज़ था कि वह अपने को मुख्य रूप से उन बातों तक सीमित रखता जो लोगों ने की या कहीं, या जो दस्तावेज़ों से बटोरी जा सकती थीं। जहाँ तक उसकी व्यक्तिगत मुसीबतों और लम्बी अनिश्चितता का सम्बन्ध था, उसका फ़र्ज़ था कि वह ख़ामोश रहता। कभी-कभी जब वह इन बातों की ओर इशारा करता है तो सिर्फ़ इसलिए ताकि इन बातों से उसे अपने साथी नागरिकों की ज़िन्दगी पर रोशनी डालने में मदद मिले और वह यथासम्भव इस बात की सही तस्वीर पेश कर सके कि अधिकांश समय शहर के लोग घबराहट में क्या सोचते थे। दरअसल अपने पर जान-बूझकर ख़ामोशी की यह पाबन्दी लगाने में उसे ज़्यादा कोशिश नहीं करनी पड़ती थी। जब भी उसके मन में लालच उठता था कि वह प्लेग-पीड़ितों की असंख्य आवाज़ों में अपना व्यक्तिगत स्वर भी जोड़ दे, तो वह यह सोचकर रुक जाता था कि उसका एक भी दुख ऐसा नहीं जो सब लोगों का दुःख न हो और ऐसी दुनिया में, जहाँ अक्सर आदमी अकेला ही दुख झेलता है, यह एक सुविधाजनक बात थी।

लेकिन हमारे शहर के लोगों में कम-से-कम एक आदमी ऐसा था, जिसके पक्ष में डॉक्टर रियो कुछ नहीं कह सकता था। वह वही आदमी था, जिसके बारे में एक दिन तारो ने रियो से कहा था, "उसका एकमात्र असल अपराध यही है कि उसने अपने दिल से एक ऐसी चीज़ का समर्थन किया, जिसने मर्दों, औरतों और बच्चों के प्राण लिये थे। मैं बाक़ी बातों को तो समझ सकता हूँ, और सिवा 'उस बात के' मैं उसे माफ़ कर सकता हूँ।" यह सर्वथा उचित ही है कि यह वृत्तान्त उस आदमी के ज़िक्र से ख़त्म हो, जिसके दिल में अज्ञान अर्थात एकाकीपन था।

मुख्य सड़कों से निकलकर, जहाँ ख़ुशियाँ ज़ोर-शोर से जारी थीं, जब डॉक्टर रियो उस सड़क पर दाख़िल हुआ जहाँ ग्रान्द और कोतार्द रहते थे, तो पुलिस के सिपाहियों की एक क़तार ने उसे रोक लिया। डॉक्टर के लिए इससे ज़्यादा हैरानी की बात कोई नहीं हो सकती थी। शहर का यह ख़ामोश हिस्सा दूर से आती हुई रँगरेलियों की आवाज़ की वजह से और भी ख़ामोश मालूम हो रहा था। डॉक्टर को वहाँ शान्ति के साथ-साथ सुनसान भी नज़र आया।

एक सिपाही ने कहा, "मुझे अफ़सोस है डॉक्टर! लेकिन मैं आपको आगे नहीं जाने दे सकता। एक पागल आदमी बन्दूक लेकर सब पर गोली चला रहा है। लेकिन बेहतर होगा कि आप यहीं रुक जाएँ। हो सकता है, हमें आपकी ज़रूरत पड़ जाए।"

इसी वक़्त रियो ने ग्रान्द को अपनी तरफ़ आते देखा। ग्रान्द को भी नहीं पता था कि क्या हो रहा है। पुलिस ने उसे भी रोक दिया। उसे बताया गया कि बन्दूक की आवाज़ें उसी घर से आ रही थीं जहाँ वह रहता था। वे सड़क पर कुछ दूर घर का अगला हिस्सा देख सकते थे, जो शाम की ठंडी रोशनी में नहाया हुआ था। सड़क पर थोड़ा आगे पुलिस के सिपाहियों की एक और क़तार थी—ठीक वैसी ही क़तार जिसने रियो और ग्रान्द को आगे बढ़ने से रोका था, और क़तार के पीछे मुहल्ले के कुछ लोग तेज़ी से सड़क को बार-बार एक छोर से दूसरे छोर तक पार करते हुए दिखाई दे रहे थे। घर के ऐन सामने सड़क ख़ाली पड़ी थी और सुनसान चौराहे के बीचोबीच एक हैट और गन्दे कपड़े का एक टुकड़ा पड़ा था। ग़ौर से देखने पर उन्हें और पुलिस के सिपाही नज़र आए जो हाथ में पिस्तौलें लिये घर के सामने के दरवाज़ों की हिफ़ाज़त कर रहे थे। ग्रान्द के घर की सारी खिड़कियाँ बन्द थीं, सिर्फ़ दूसरी मंज़िल की एक खिड़की खुली थी, जो एक ही क़ब्ज़े पर लटकी मालूम होती थी। सड़क पर एक भी आवाज़ सुनाई नहीं दे रही थी—सिर्फ़ बीच में शहर के केन्द्र से आते हुए संगीत के स्वर कानों में पड़ते थे।

अचानक रिवॉल्वर की दो गोलियाँ चलीं; गोलियाँ सामने वाली इमारतों में से किसी एक इमारत से आई थीं और ढीली खिड़की की कुछ खपच्चियाँ उड़ा ले गईं। फिर ख़ामोशी लौट आई। दूर से देखने पर दिन के कोलाहल के बाद यह सारा मामला रियो को सपने की किसी घटना की तरह अवास्तविक मालूम हो रहा था।

ग्रान्द ने अचानक कहा, "अरे, वह तो कोतार्द की खिड़की है! कुछ समझ में नहीं आता। मेरा ख़याल था कि वह कहीं गायब हो गया है।"

"वे लोग गोली क्यों चला रहे हैं?" रियो ने सिपाही से पूछा।

"ओह, सिर्फ़ उसे उलझाए रखने के लिए। हम गाड़ी का इन्तज़ार कर रहे हैं, जिसमें ज़रूरी सामान होगा। अगर कोई सामने के दरवाज़े से भीतर जाने की कोशिश करता है तो वह आदमी गोली चला देता है। अभी उसने हमारे एक आदमी पर गोली चलाई है।"

"लेकिन उसने गोली क्यों चलाई?"

"यह भी कोई पूछने की बात है? कुछ लोग सड़क पर रँगरेलियाँ मना रहे थे, उसने उन पर गोली चलाई। पहले तो उन्हें पता न चला कि गोली कहाँ से आ रही है। जब उसने फिर फायर किया तो उन्होंने चिल्लाना शुरू कर दिया। एक आदमी ज़ख़्मी हो गया और बाक़ी वहाँ से भाग गए। मेरा ख़याल है कि कोई पागल हो गया है।"

दोबारा छाई ख़ामोशी के क्षण अनन्त मालूम हो रहे थे। फिर उन्हें सड़क के पार एक कुत्ता दिखाई दिया। रियो ने कई महीनों के बाद पहली बार कुत्ता देखा था। वह कीचड़ में लथपथ स्पेनियल जाति का कुत्ता था। शायद उसके मालिकों ने उसे कहीं छिपा रखा था। वह मजे में दीवार के साथ-साथ चलने लगा। फिर दरवाज़े पर रुककर अपने पिस्सू निकालने लगा। कुछ पुलिस वालों ने सीटी बजाकर उसे वहाँ से हटाना चाहा। कुत्ते ने अपना सिर उठाया और सड़क पर आकर हैट को सूँघने लगा। इसी वक़्त दूसरी मंज़िल की खिड़की से किसी ने रिवॉल्वर चलाया। कुत्ते ने उछाली हुई पैनकेक की तरह एक कलाबाज़ी खाई, हवा में टाँगें मारने लगा और फिर बग़ल के बल गिरकर तड़पने लगा। उसका शरीर दर्द से ऐंठ रहा था। फिर जैसे बदला लेने के लिए सामने के घर से पाँच या छह गोलियों ने खिड़की की और खपच्चियाँ उड़ा दीं। इसके बाद फिर ख़ामोशी लौट आई। सूरज कुछ आगे बढ़ा था और छाँह की लकीर, कोतार्द की खिड़की के क़रीब पहुँच गई थी। डॉक्टर के पीछे सड़क पर किसी गाड़ी की ब्रेक लगने की मद्धिम आवाज़ आई।

"लो वे आ गए।" सिपाही ने कहा।

वैन से बहुत से पुलिस के अफ़सर कूदकर बाहर निकले और उन्होंने गाड़ी में से लिपटे हुए रस्से, एक सीढ़ी और मोमजामे में लिपटे दो बड़े चौकोर पुलिन्दे निकाले। फिर वे ग्रान्द के मकान के सामने वाले मकानों की क़तार की पिछली सड़क की ओर मुड़ गए। क़रीब एक मिनट बाद हलचल-सी होती मालूम हुई, हालाँकि घरों के दरवाज़ों में साफ़ नहीं दिखाई दे रहा था। फिर इन्तज़ार का संक्षिप्त दौर आया। कुत्ते ने हिलना-डुलना बन्द कर दिया था; अब वह एक छोटी गहरे रंग की चमकदार तलैया में पड़ा था।

अचानक उस मकान से, जहाँ पुलिस के अफ़सर पिछले रास्ते से दाख़िल हुए थे, मशीनगन की गोलियाँ दनादन चलने लगीं। उनका निशाना अभी भी खिड़की पर था, खिड़की का पुरज़ा-पुरज़ा उड़ गया था और अँधेरी ख़ाली जगह नज़र आ रही थी, जिसे ग्रान्द और रियो अपनी जगह से नहीं देख सकते थे। जब पहली मशीनगन ने फायर करना बन्द किया तो दूसरी मशीनगन ने सड़क के कुछ दूर एक मकान से फायरिंग शुरू कर दी। मालूम होता था वे खिड़की पर ही निशाना लगा रहे थे। कुछ ईंटों और चूने का ढेर गिरकर फुटपाथ पर जमा हो गया। इसी वक़्त तीन पुलिस-अफ़सर सड़क पार करके दरवाज़े में गायब हो गए। मशीनगन ने फ़ायर करना बन्द कर दिया। इसके बाद फिर इन्तज़ार का एक दौर शुरू हुआ। घर के भीतर से

दो दबे हुए विस्फोट सुनाई दिये, एक अस्पष्ट कोलाहल सुनाई दिया, जो धीरे-धीरे तेज़ होता गया। फिर उन्हें एक नाटा आदमी दिखाई दिया, जिसने कमीज़-पतलून पहन रखी थी और जो अपनी पूरी ताक़त से चिल्ला रहा था। उसे दरवाज़े के बाहर घसीटा नहीं जा रहा था, बल्कि उठाकर लाया जा रहा था।

फिर जैसे किसी प्रतीक्षित इशारे से सड़क की सारी खिड़कियाँ खुल गईं और खिड़कियों में उत्तेजित चेहरों की क़तारें नज़र आने लगीं। घरों से लोगों की भीड़ सोते के पानी की तरह फूटकर बाहर आ गई और पुलिस की क़तारों को धक्के देने लगी। रियो को उस नाटे आदमी की थोड़ी-सी झलक दिखाई दी। वह सड़क के बीचोबीच खड़ा था, दो पुलिस-अफ़सरों ने उसकी बाँहें पीछे की तरफ़ बाँध दी थीं। वह अभी भी चिल्ला रहा था। एक सिपाही ने आगे आकर शान्त-भाव से और अपने फ़र्ज़ के एहसास से भरसक उस आदमी को दो मुक्के जमाए।

"यह तो कोतार्द है! पागल हो गया है!" ग्रान्द की आवाज़ उत्तेजना से बुलन्द हो गई थी।

कोतार्द पीछे की तरफ़ गिर गया था। ज़मीन पर गिरे अस्त-व्यस्त ढेर को सिपाही ने ज़ोर से ठोकर मारी। लोगों की एक छोटी-सी भीड़ डॉक्टर और उसके बूढ़े दोस्त की तरफ़ बढ़ने लगी।

"दूर खड़े रहो!" सिपाही ज़ोर से चिल्लाया।

जब कोतार्द और उसे क़ैद करने वालों का झुंड रियो के नज़दीक से गुज़रा तो रियो ने दूसरी तरफ़ मुँह फेर लिया...

जब साँझ का अँधेरा गहरा होकर रात बन गया, तब कहीं ग्रान्द और डॉक्टर वहाँ से चले। कोतार्द कांड ने अड़ोस-पड़ोस का आलस दूर कर दिया था और शहर की इन दूरदराज़ सड़कों पर भी शोर और रँगरेलियाँ मनाने वालों की भीड़ें जमा हो गईं। अपने दरवाज़े के आगे पहुँचकर ग्रान्द ने डॉक्टर को गुडनाइट कहा। उसने कहा कि वह शाम का काम करेगा। सीढ़ियाँ चढ़ते वक़्त उसने कहा कि उसने जीन को पत्र लिखा था और वह पहले की अपेक्षा अब ज़्यादा ख़ुशी महसूस कर रहा था। साथ में उसने अपने वाक्य को भी नए ढंग से लिखना शुरू कर दिया था, "मैंने तमाम विशेषणों को काट दिया है।"

उसकी आँखों में चमक आ गई, उसने अपना हैट दरबारी अन्दाज़ से उतारकर हाथों में ले लिया। लेकिन रियो कोतार्द के बारे में सोच रहा था। जब वह अपने दमे के पुराने मरीज़ को देखने जा रहा था तो उस अभागे आदमी के चेहरे पर पड़ने

वाली मुक्कों की मार की मन्द और भारी आवाज़ अभी भी उसके मन में गूँज रही थी। शायद किसी मरे हुए आदमी के बजाय क़सूरवार आदमी के बारे में सोचना ज़्यादा तकलीफ़देह होता है।

जब वह मरीज़ के घर पहुँचा तो काफ़ी अँधेरा हो चुका था। सोने के कमरे में दूर से नई आज़ादी की ख़ुशियाँ मनाने की आवाज़ें सुनाई दे रही थीं और बूढ़ा हमेशा की तरह एक पतीले से दूसरे पतीले में मटर डाल रहा था।

उसने कहा, "ये लोग मौज मनाकर अच्छा ही कर रहे हैं। कहते हैं कि हर क़िस्म के लोगों से ही दुनिया बनती है और डॉक्टर, तुम्हारे साथी का क्या हाल है?"

"वह मर गया है।" डॉक्टर अपने मरीज़ की छाती की घरघराहट को सुन रहा था।

"आह... सचमुच?" बूढ़ा जैसे सकपका गया।

"उसे प्लेग हुई थी।" रियो ने बताया।

"हाँ," बूढ़े ने एक मिनट की ख़ामोशी के बाद कहा, "हमेशा सबसे अच्छे आदमी ही इस दुनिया से चले जाते हैं। ज़िन्दगी ऐसी ही है। लेकिन वह ऐसा आदमी था जिसे मालूम था कि वह क्या चाहता है।"

"तुम ऐसा क्यों कह रहे हो?" डॉक्टर अपना स्टेथोस्कोप वापस अपनी जगह पर रख रहा था।

"ओह, इसकी कोई ख़ास वजह नहीं है। सिर्फ़... ख़ैर वह बातें करने की ख़ातिर ही बातें नहीं करता था। मुझे उससे लगाव-सा हो गया था। लेकिन यही तो बात है! ये सब लोग कह रहे हैं कि यह प्लेग थी। यहाँ प्लेग आ चुकी है।" सुनकर आदमी सोचता है कि शायद उन लोगों को उम्मीद है कि इस बात के लिए उन्हें तमगे दिये जाएँगे। लेकिन इसका क्या मतलब है?—'प्लेग?' सिर्फ़ ज़िन्दगी, उससे ज़्यादा कुछ नहीं।"

"ख़याल रखना, नियमित रूप से भाप लेना!"

"मेरी चिन्ता न करो डॉक्टर! बूढ़े कुत्ते में अभी बहुत जान बाक़ी है और मैं सब लोगों को क़ब्र में पहुँचाकर जाऊँगा।" वह दबी हुई हँसी हँसा। "इसी जगह तो मैं उन्हें मात देता हूँ। मैं जानता हूँ कि ज़िन्दा किस तरह रहा जाता है।"

दूर से आती हुई ख़ुशी की चिल्लाहटें भी जैसे डींग का समर्थन कर रही थीं। कमरे का आधा रास्ता पार करके डॉक्टर रुक गया।

"अगर मैं ऊपर छत पर जाऊँ तो तुम्हें एतराज़ तो नहीं होगा?"

"बिलकुल नहीं। तुम लोगों को देखना चाहते हो—क्यों?...लेकिन वे सचमुच

हमेशा की तरह ही हैं।" जब रियो कमरे से जा रहा था तो बूढ़े के दिमाग़ में एक नया विचार आया, "मैं कहता हूँ डॉक्टर, क्या यह सच है कि उन लोगों का एक स्मारक बनाया जाएगा जो प्लेग से मरे थे?"

"अख़बार तो यही कहते हैं। स्मारक बनेगा या सिर्फ़ यादगार का पत्थर।"

"मैं इसकी क़सम खा सकता हूँ। और भाषण भी दिये जाएँगे।" बूढ़ा फिर दबे गले से हँसा, "मैं अभी से बता सकता हूँ कि वे भाषणों में क्या कहेंगे, 'हमारे प्यारे मृतक...' फिर वे जाकर शानदार दावत खाएँगे।"

रियो इस वक़्त तक आधा ज़ीना पार कर चुका था। ऊपर सर्द, अथाह आसमान की गहराइयाँ जगमगा रही थीं और पहाड़ियों की चोटियों के पास तारे चकमक पत्थर की तरह चमक रहे थे। यह बहुत-कुछ वैसी ही रात थी, जब वह और तारो प्लेग को भूलने के लिए छत पर आए थे। फ़र्क़ इतना था कि आज समुद्र की लहरें ज़्यादा ज़ोर से चट्टानों से टकरा रही थीं, हवा शान्त और पारदर्शी थी। उसमें नमक की वह गन्ध नहीं थी, जो पतझड़ की हवा अपने साथ लाई थी। शहर का कोलाहल अभी भी लहरों की तरह छतों की लम्बी क़तारों से टकरा रहा था, लेकिन आज वह विद्रोह की नहीं, मुक्ति की सूचना दे रहा था। दूर केन्द्रीय सड़कों और चौराहों पर एक लाल रोशनी फैली थी। नई आज़ादी की इस रात में आकांक्षाओं का कोई अन्त नहीं था और रियो को उन्हीं आकांक्षाओं का कोलाहल सुनाई दे रहा था।

अँधेरे बन्दरगाह से म्यूनिसिपैलिटी द्वारा आयोजित आतिशबाज़ी का पहला रॉकेट छूटा। शहर ने ख़ुशी की एक लम्बी आह के साथ उसका स्वागत किया। कोतार्द, तारो और वह औरत, जिसे रियो ने प्यार करके खो दिया था, मृतक, कसूरवार सब एक साथ भुला दिये गए थे। हाँ, बूढ़े ने ठीक कहा था, "लोग हमेशा एक-जैसे रहते हैं। लेकिन यही उनकी ताक़त और मासूमियत है। इसी स्तर पर, जो सब दुखों से ऊपर था, रियो ख़ुद को उन्हीं में से एक समझता था। लहरों की तरह छत की दीवार से टकराती हुई हर्ष-ध्वनियों में, जो प्रतिक्षण लम्बी और तेज़ होती जा रही थीं और अँधेरे में गिरते रंगीन आग के सघन प्रपातों को देखकर डॉक्टर रियो ने इस वृत्तान्त को तैयार करने का फ़ैसला किया, ताकि वह ख़ामोश लोगों में शामिल न होकर प्लेग-पीड़ित लोगों के पक्ष में गवाही दे सके, ताकि उनके साथ हुई ज़्यादती और बेइंसाफ़ी का एक स्थायी स्मारक बन सके। हम महामारी के ज़माने में जो सबक सीखते हैं, उन्हें वह सरल भाषा में बयान

करना चाहता था और बताना चाहता था कि इनसानों में घृणा करने योग्य बातों की अपेक्षा प्रशंसनीय गुण अधिक मात्रा में हैं।

फिर भी उसे मालूम था कि वह जो कहानी बयान करने जा रहा है वह अन्तिम जीत की कहानी नहीं हो सकती। वह सिर्फ़ यादगार के लिए एक प्रमाण होगा कि अगर फिर इनसान को आतंक और उसके निष्ठुर हमलों के ख़िलाफ़ निरन्तर संघर्ष करना पड़े तो क्या कुछ करना पड़ेगा और अतीत में क्या कुछ किया गया है, किस तरह अपनी व्यक्तिगत मुसीबतों के बावजूद वे सब लोग, जो सन्त बनने में असमर्थ हैं, लेकिन महामारियों के सामने सिर झुकाना मंजूर नहीं करते, लोगों को रोग से मुक्ति दिलाने की भरसक कोशिशें करते हैं।

और सचमुच जब रियो ने शहर से उठती हुई ख़ुशी की आवाज़ों को सुना तो उसे याद आया कि ऐसी ख़ुशी हमेशा ख़तरे का कारण होती है। उसे वह बात मालूम थी जिसे ख़ुशियाँ मनाने वाले नहीं जानते थे, लेकिन किताबें पढ़कर जान सकते थे। वह बात यह थी कि प्लेग का कीटाणु न मरता है, न हमेशा के लिए लुप्त होता है। वह सालों तक फ़र्नीचर और कपड़े की अलमारियों में छिपकर सोया रह सकता है; वह शयनगृहों, तहख़ानों, सन्दूकों और किताबों की अलमारियों में छिपकर उपयुक्त अवसर की ताक में रहता है; और शायद फिर वह दिन आएगा जब इनसानों का नाश करने और उन्हें ज्ञान देने के लिए वह फिर चूहों को उत्तेजित करके किसी सुखी शहर में मरने के लिए भेजेगा।

✪✪✪

परिशिष्ट

समय-सन्दर्भ

वर्ष	अल्बैर कामू का जीवन	साहित्यिक सन्दर्भ	ऐतिहासिक घटनाक्रम
1913	अल्जीरिया के उत्तरपूर्वी तटवर्ती शहर मोन्दोवी (ड्रेन) में 07 नवम्बर को जन्म।	मार्सल प्रूस्त का उपन्यास *स्वां'स वे* प्रकाशित।	
1914	पिता लुसियन ऑगस्ते कामू मार्ने की पहली लड़ाई में मारे गए। उन्हें सम्मान स्वरूप क्रोश्क्स डे गुएर्रे और मेडैले मिलिटरे प्रदान किया गया। माँ कैथरीन हेलेन कामू को आघात।		पहले विश्वयुद्ध की शुरुआत।
1919			वर्साय की सन्धि
1926		अर्नेस्ट हेमिंग्वे का उपन्यास द *सन आल्सो राइजेज और* आन्द्रे मालरों का द *टेम्पटेशन ऑफ़ द वेस्ट* प्रकाशित।	
1928		आन्द्रे जीद का उपन्यास द *काउंटरफ़ेटर्स* और आन्द्रे मालरों का उपन्यास द *कंकरर्स* प्रकाशित।	

1929	आन्द्रे जीद की रचनाओं से रू-ब-रू।		
1930	पहली बार ट्यूबरकुलोसिस की चपेट में आए।	मालरों का उपन्यास *द रायल वे* प्रकाशित।	
1932	*सुड* में आलेखों का प्रकाशन।	लुई-फ़र्डिनेंड सेलिन का उपन्यास *जर्नी टु द इंड ऑफ़ द नाइट* प्रकाशित।	अल्जीरिया की विजय की शताब्दी।
1933	यूनिवर्सिटी ऑफ़ अल्जीयर्स में दाखिल।	मालरों का *मैन्स' फ़ेट,* जे. ग्रेनिएर का *आइलैंड्स,* विलियम फ़ॉकनर के उपन्यास *सेंक्चुरी* का फ्रेंच अनुवाद प्रकाशित।	अडोल्फ़ हिटलर जर्मनी का चांसलर नियुक्त।
1934	सिमोन हाई से विवाह। अल्जीयर्स प्रीफ़ैक्चर में बतौर क्लर्क काम करना शुरू किया। इसी दौरान *अल्जेर एटुडिनाँ* के लिए कला समीक्षाएँ लिखीं।		डालादिएर की रैडिकल-सोशलिस्ट सरकार के लिए विश्वासमत को बाधित करने के मकसद से दक्षिणपंथी समूहों द्वारा संसदीय व्यवस्था विरोधी दंगे।
1935	कम्युनिस्ट पार्टी में शामिल हुए।		अबीसिनिया पर हमला। फ्रैंको-सोवियत करार। मालरों ने कमिटे डे विजिलेंस डेस इंटेलेक्चुएल्स एंटीफ़ासिस्टेस के अल्जीरियाई प्रभाग को सम्बोधित किया।

1936	*लाइसेंस दे फ़िलॉसफ़ी* पूरी की। 'थियेटर दु त्रावेल' थियेटर समूह शुरू किया। मालरों के उपन्यास *डेज़ ऑफ़ रॉथ* से प्रेरित पहला नाटक। रेडियो-अल्जेर में अभिनेता बने। सिमोन हाई से तलाक़।	लुई-फ़र्डिनेंड सेलिन का उपन्यास *डेथ ऑन द इन्स्टालमेंट प्लान,* जेम्स मैलाहन केन के उपन्यास *पोस्टमैन ऑलवेज़ रिंग्स ट्वाइस* का फ्रेंच अनुवाद प्रकाशित।	फ्रांस में पापुलर फ्रंट सरकार। स्पेनी गृहयुद्ध।
1937	कम्युनिस्ट पार्टी छोड़ी। *द राइट साइड एंड द रांग साइड* प्रकाशित। *अल्जेर रिपब्लिकन* में पत्रकारिता।	एर्स्किन काल्डवेल के उपन्यास *टोबैको रोड* का फ्रेंच अनुवाद प्रकाशित।	
1938		मालरों का *मैंस होप,* ज्याँ पाल सार्त्र का *नौसिया* और सैमुएल बैकेट का उपन्यास *मर्फ़ी* प्रकाशित।	म्युनिख़ समझौता।
1939	कैबिलिया पर आलेख लिखे। *नुपिटल्स* प्रकाशित।	ज्याँ पाल सार्त्र का कहानी संग्रह *द वाल,* जॉन स्टाइनबैक के उपन्यास *ऑफ़ माइस एंड मैन* का फ्रेंच अनुवाद प्रकाशित।	जर्मनी ने चेकोस्लोवाकिया पर हमला किया। स्पेन में फ्रैंको काबिज। जर्मनी ने पालैंड पर हमला किया।
1940	*अल्जेर रिपब्लिकन* पर प्रतिबन्ध। फ्रांसिन फ़ॉरे से विवाह।		जर्मनी ने फ्रांस पर हमला किया। असेम्बली नेशनाले ने पेटैन को सत्ता सौंपने के लिए पूरा समर्थन दिया।
1941	ओरान लौटे। *मिथ ऑफ़ सिसिफ़स* पूरा किया। तीन एब्सर्ड अब पूरे हुए।		जर्मनी ने सोवियत संघ पर हमला किया।

1942	मैसिफ सेंट्रल में स्वास्थ्य लाभ। द *आउटसाइडर* प्रकाशित।	फ्रांसिस पोंज का कविता-संग्रह द *वॉयस ऑफ़ थिंग्स,* ज्याँ पाल सार्त्र का नाटक द *फ़्लाइज* प्रकाशित।	नॉर्थ अफ्रीका पर मित्र राष्ट्रों का हमला। दक्षिणी फ्रांस के मुक्त क्षेत्र पर जर्मनों का कब्ज़ा। बौद्धिक प्रतिरोध को प्रोत्साहित करने के लिए कमिटे नेशनल डेस एक्रिवांस का गठन।
1943	पेरिस गए। *एडिशंस गैलीमार* के लिए काम किया। द *मिथ ऑफ़ सिसिफ़स* प्रकाशित। *कॉम्बैट* से जुड़े।	सार्त्र का दार्शनिक ग्रंथ *बीईंग एंड नथंगिनेस* प्रकाशित।	इटली का आत्मसर्पण।
1944	*क्रॉस पर्पस* का प्रकाशन।	सार्त्र का नाटक *नो एक्ज़िट* प्रकाशित।	मित्र राष्ट्रों की सेना नॉरमंडी पहुँची। पेरिस की मुक्ति।
1945	*कालिगुला, लेटर्स टु ए जर्मन फ्रेंड* प्रकाशित।	सार्त्र का उपन्यास द *एज ऑफ़ रीज़न* प्रकाशित।	युद्धविराम।
1947	*काम्बैट* छोड़ दी। द *प्लेग* प्रकाशित।		सेटिफ़, अल्जीरिया में जनसंहार। मेडागास्कर में फ्रेंच शासन के ख़िलाफ़ विद्रोह।
1948	*स्टेट ऑफ़ सीज* प्रकाशित।	सार्त्र का नाटक *डर्टी हैंड्स* और निबन्ध पुस्तक *व्हाट इज़ लिटरेचर* प्रकाशित।	
1949	द *जस्ट* प्रकाशित।		
1950	*एक्चुअल्स* प्रकाशित।		

1951	द *रिबेल,* 'फ़र्स्ट सीरीज़ : एब्सर्ड...सेकेंड सीरीज़ : रिवोल्ट' प्रकाशित।	आन्द्रे जीद का निधन।	
1952		सार्त्र और अतियथार्थवादियों के साथ विवाद। सैमुएल बैकेट का नाटक *वेटिंग फ़ॉर गोदो* प्रकाशित।	
1953	*एक्चुएल्स II* प्रकाशित।	रोलाँ बार्थ की आलोचना-कृति *राइटिंग डिग्री ज़ीरो* और रॉब-ग्रिलेट का उपन्यास द *इरेज़र्स* प्रकाशित।	
1954	*समर* प्रकाशित।		अल्जीरिया की आज़ादी की लड़ाई शुरू।
1955	*ला' एक्सप्रेस* के लिए लिखा।		
1956	फ्रांसीन फ़ॉरे से अलगाव। *ला' एक्सप्रेस* छोड़ी'। द *फ़ॉल* प्रकाशित।	नैथली सराउते का उपन्यास द *एज ऑफ़ सस्पिशन,* सेलिन का उपन्यास *कैसल टू कैसल* प्रकाशित।	स्वेज पर फ्रैंको-ब्रिटिश हमला। बुदापेस्ट में विद्रोह।
1957	*एक्ज़ाइल एंड द किंगडम* प्रकाशित। साहित्य के लिए नोबेल पुरस्कार प्रदान किया गया।	रॉब-ग्रिलेट का उन्यास *जेलेसी* और सैमुएल बैकेट का नाटक *एंडगेम* प्रकाशित।	
1958	अल्जीरिया पर आलेखों का संकलन : एक्चुएल्स III प्रकाशित। द *राइट साइड एंड द रांग साइड* भूमिका के साथ पुनर्प्रकाशित।	सैमुएल बैकेट का नाटक *क्रैप्स लास्ट टैप* प्रकाशित।	अल्जीरिया में दक्षिणपंथी ओएएस (द ऑर्गेनाइजेशन आर्मी सेक्रेट) की कार्रवाई। जनरल डे गॉल की सत्ता में वापसी। फ़िफ़्थ रिपब्लिक गठित।

1959 फ़्योदोर दोस्तोयेव्स्की के उपन्यास द *पजेज़्ड* का रूपान्तर किया।

1960 4 जनवरी को विलेब्लेविन में भीषण कार दुर्घटना में निधन। अधूरे उपन्यास *ला प्रीमियर होमे* (द फ़र्स्ट मैन) की पांडुलिपि उनकी कार से मिली।

उत्तर कथन

मानवीय भविष्य की तलाश

ज्याँ-पाल सार्त्र ने अल्बैर कामू की मौत पर कहा था—वह उन दुर्लभ लोगों में से एक था जिनके लिए हम इन्तज़ार कर सकते हैं; क्योंकि वे चुनाव करने में जल्दबाज़ी नहीं करते और अपने चुनाव के प्रति वफ़ादार बने रहते हैं।

यह उन्हीं सार्त्र की प्रतिक्रिया थी जिन्होंने कामू के साथ वैचारिक संघर्ष के दौरान उन पर निर्मम प्रहार करने का कोई मौक़ा नहीं छोड़ा था। सार्त्र और कामू न केवल समकालीन थे बल्कि उनके बीच अच्छी मित्रता थी। इन दोनों साहित्यिक दिग्गजों की मित्रता जितनी मशहूर हुई, उनके बीच की वैचारिक बहस उससे कहीं अधिक सार्वजनिक चर्चा का विषय बनी। वास्तव में उन दोनों की बहस बीसवीं सदी के मध्याह्न की सबसे चर्चित बहस थी जिसमें सार्त्र कामू को मार्क्सवादी राजनीतिक प्रतिबद्धता की कसौटी पर परख रहे थे, जबकि कामू सिद्धान्त को अपने अनुभवों के आधार पर तोल रहे थे। उनके विचारों का अन्तर स्पष्ट था। सार्त्र को कामू में राजनीतिक प्रतिबद्धता की कमी या विचलन नज़र आ रहा था, पर कामू अपनी प्रतिबद्धता को लेकर बिल्कुल संशय में नहीं थे। मनुष्य की गरिमा और अस्मिता उनके चिन्तन और लेखन के केन्द्र में थी लेकिन इसको वे सिर्फ़ राजनीतिक हदों में रखकर देखने के पक्ष में नहीं थे। वे घोषित सिद्धान्तों के बजाय अपने अनुभवों पर भरोसा कर रहे थे। जबकि सार्त्र लेखकीय प्रतिबद्धता को मार्क्सवादी सिद्धान्तों के साथ-साथ पार्टी के प्रति प्रतिबद्धता तक बढ़ाकर रख रहे थे जिससे सहमत होना कामू के लिए मुमकिन नहीं था।

इस सोच के पीछे कामू की अपनी पृष्ठभूमि और अनुभव थे। सार्त्र की सम्पन्न पारिवारिक पृष्ठभूमि के विपरीत उनका जन्म 1913 में अल्जीरिया के एक अत्यन्त ग़रीब परिवार में हुआ था। उनके पिता के पूर्वज फ्रांस से आकर अल्जीरिया में बसे थे, जबकि माँ स्पेनी मूल की थी। दोनों ही परिवार किसानी-मज़दूरी करने वाले थे।

कामू के पिता के समय स्थिति कुछ ऐसी हुई कि उनका बचपन अनाथालय में गुजरा और किशोर होते न होते उन्हें मज़दूरी करनी पड़ी। कामू एक साल के भी नहीं हुए थे कि उनके पिता पहले विश्वयुद्ध के दौरान मार्ने की पहली लड़ाई में मारे गए। घर का बोझ माँ के कन्धों पर आ गया। घर चलाने के लिए उन्हें दूसरों के यहाँ काम करना पड़ा। उन्हें कम सुनाई देता था और पति की मौत ने उन्हें मानसिक तौर पर गहरा आघात पहुँचाया। वह अपनी दोनों सन्तानों—कामू और उनके बड़े भाई—को लेकर मायके चली गईं। कामू के लिए नानी के यहाँ का परिवेश भी कुल मिलाकर राहत पहुँचाने वाला नहीं था। रौब चलाने वाली नानी और लकवाग्रस्त मामा के साथ दो कमरों वाले अपार्टमेंट में अपने भाई और माँ के साथ रहते हुए कामू ने जो अनुभव हासिल किए, ज़िन्दगी का जो उजाला-अँधेरा देखा, वे उनके लेखन और चिन्तन की दिशा तय करने वाले साबित हुए। ग़रीबी उनके लिए रोज़मर्रा की सचाई थी लेकिन प्रकृति का उदार रूप भी उनके लिए वैसी ही सचाई थी। वास्तव में कामू ने अपने बचपन में ग़रीबी के साथ-साथ उस धूप की चमक को भी महसूस किया जो अल्जीरिया में सबको सुलभ थी। इस विशिष्ट अनुभव से उन्होंने अपने लिए दो महत्त्वपूर्ण सबक चुने। ग़रीबी को अपनी राह में बाधक मानने के बजाय उन्होंने इससे यह समझा कि इतिहास में धूप की चमक ही सब कुछ नहीं होता। और धूप की सर्वसुलभता को देखकर उन्होंने यह धारणा बनाई कि केवल प्रकृति की उदारता ही इतिहास को निर्धारित करने वाला इकलौता कारक नहीं होती। ये निष्कर्ष यथास्थिति को स्वीकार करने वाले कतई नहीं थ। परिवर्तन की आवश्यकता से अनजान नहीं थे। इससे उन्होंने कभी इनकार नहीं किया। लेकिन परिवर्तन के रास्ते के सन्धान के लिए वह किसी सिद्धान्त का आँख-मूँदकर अनुसरण करने को तैयार नहीं थे। घोषित सिद्धान्तों के लिए उनके पास तीखे सवाल थे, क्योंकि उनकी वास्तविकता को देख लेने के बाद उनका तरफ़दार बने रहना कामू के लिए सम्भव नहीं था। जैसा कि कामू के साथ बहस में सार्त्र लगातार जोर देते रहे थे, अन्याय आधारित मौजूदा व्यवस्था को समाप्त करने के लिए वे क्रान्तिकारी हिंसा से इनकार नहीं करते थे। उनके मुताबिक साम्यवाद तक पहुँचने के लिए यह जरूरी था। लेकिन कामू ने हिंसा की अनिवार्यता पर सवाल खड़ा किया। मनुष्य की मुक्ति के विचार ने दोनों को जोड़ा था। दोनों न्याय पक्षधर थे और इसके लिए नई राजनीतिक व्यवस्था चाहते थे। साम्यवाद से स्वाभाविक ही उन्हें उम्मीद थी। लेकिन तत्कालीन विश्व व्यवस्था की वास्तविकताओं को देखते हुए कामू ने कहा

कि पूर्ण स्वतंत्रता वर्चस्व के लिए सबसे शक्तिशाली का अधिकार है जबकि पूर्ण न्याय तमाम अन्तर्विरोधों के दमन से हासिल किया गया है, इसलिए यह स्वतंत्रता का नाश करता है। इसलिए उन्होंने मानवीय अस्मिता और गरिमा के लिए, न्याय और स्वतंत्रता के बीच सन्तुलन की वकालत की जिसमें हिंसा की जगह नहीं थी। स्पष्टतः इस मुद्दे पर सार्त्र और कामू दो विपरीत सिरों पर खड़े थे। बीच की इस दूरी, को कामू ने यह कहकर और स्पष्ट कर दिया कि वे आखिरकार स्वतंत्रता को चुनेंगे, क्योंकि न्याय की अनुभूति नहीं होने पर स्वतंत्रता, अन्याय के खिलाफ विद्रोह के अधिकार को बनाए रखती है जिससे संवाद का रास्ता खुला रहता है।

कामू और सार्त्र दोनों को अस्तित्ववादी माना जाता है। इस विचार दर्शन का वास्ता मुख्य रूप से मनुष्य के अस्तित्व से जुड़े प्रश्नों से है। निस्सन्देह ये प्रश्न दोनों के लेखन और चिन्तन में महत्त्वपूर्ण रूप से उपस्थित हैं। पर उनके बीच के वैचारिक विवाद ने स्पष्ट कर दिया कि कामू के लिए मनुष्य की अस्मिता और गरिमा का प्रश्न जितना राजनैतिक था उससे कहीं अधिक नैतिक था। ऐसे विचारों के कारण उन्हें बुर्जुआ बुद्धिजीवी और मार्क्सवाद विरोधी भी कहा गया। लेकिन यह उनका सरलीकरण था। उनके बचपन पर पहले विश्वयुद्ध की छाया पड़ी थी जबकि उनके रचनात्मक काल का ख़ासा समय दूसरे विश्वयुद्ध के इर्द-गिर्द रहा। वैचारिक वाद-विवाद और स्पष्ट पक्षधरता की अपेक्षा वाले उस दौर में साम्यवाद सर्वाधिक सम्भावना वाले विचार के रूप में उपस्थित था। युवा कामू के लिए यह एकदम स्वाभाविक था कि वे उस वाद-विवाद की ओर आकर्षित होते। वे वामपन्थ की तरफ़ आकर्षित हुए और अल्जीरियाई कम्युनिस्ट पार्टी में गए। उन्हीं दिनों उन्होंने नाटक के ज़रिए लोगों तक वामपन्थी विचारों को पहुँचाने और मज़दूरों को पढ़ाने का काम भी किया। यह सब क्रान्ति के लक्ष्य से लोगों को जोड़ने और उस तक पहुँचने के प्रयास थे, लेकिन क्रान्ति का उद्देश्य रखने वाले लोगों के विपरीत कामू इसके परिणामों को केवल अच्छे कपड़े-लत्ते हासिल कर लेने तक सीमित करके नहीं देखते थे। उसे वह श्रम की सृजन-शक्ति और श्रमिक की मानवीय गरिमा से आँकने के पक्ष में थे। उन्होंने महसूस किया कि क्रान्ति से वह जिस प्रकार की अपेक्षा कर रहे हैं वह उन्हें पार्टी-संगठन से मिलने वाला नहीं था। 1935 में वह पार्टी में शामिल हुए थे और 1937 में उससे अलग हो गए।

उसी साल उनके लेखों का पहला संकलन 'द रांग साइड एंड द राइट साइड' छपा जिसमें उन्होंने शुरुआती और ननिहाल में बिताए अपने दिनों का ज़िक्र किया

था। अगले साल उनके लेखों का दूसरा संग्रह 'नुपिटल्स' छपा जिसमें अल्जीरियाई प्राकृतिक सुषमा को रेखांकित किया गया था।

कम्युनिस्ट पार्टी से निकलने के बाद कामू 'अल्जेर रिपब्लिकन' से जुड़कर पत्रकारिता करने लगे। अपने पत्रकारीय लेखन में भी उन्होंने वैचारिक के मुकाबले मानवीय पक्षधरता पर ज़ोर दिया और अल्जीरिया के कैबिलिया क्षेत्र में रहने वाले मुसलमानों की समस्याओं पर लेख लिखे। 'कॉम्बैट' उनकी पत्रकारिता का अगला अहम मुकाम बना, जिसमें काम करते हुए उन्होंने न्याय और सचाई के आदर्शों के अनुकूल वाम विचारों के प्रति झुकाव वाला स्वतंत्र रुख़ अपनाया और राजनीतिक कार्यों के लिए ठोस नैतिक आधार की ज़रूरत पर बल दिया।

एक तरफ़ वैचारिक चिन्तन-मनन जारी थी तो दूसरी तरफ़ वे साहित्य लेखन में जुटे थे। दूसरा विश्वयुद्ध सामने था। उथल-पुथल के इसी दौर में उन्होंने अपना पहला उपन्यास 'द आउटसाइडर' लिखना शुरू किया। जो 1942 में छपा। उसी साल उनका मशहूर निबन्ध 'द मिथ ऑफ़ सिसिफ़स' भी प्रकाशित हुआ।

अब तक न सिर्फ़ उनकी लेखकीय प्रतिभा जाहिर हो चुकी थी बल्कि उनकी वैचारिकता का स्वरूप भी स्पष्ट हो चुका था। वे मनुष्य की अस्मिता और गरिमा के सवाल को हमेशा आगे रखते थे। मानव जीवन के बेतुकेपन को महसूस करते हुए उस पर विचार करते थे। इस बेतुकेपन से छुटकारा कहाँ मिल सकता है—इस प्रश्न के साथ उन्होंने शून्यवाद (निहिलिज़्म) से क्रान्ति और विद्रोह तक पर विचार किया। यह वैचारिक मन्थन तीव्रतर होता जा रहा था और मानवीय भविष्य की पैरोकारी उनके विचारों में लगातार दृढ़ होती जा रही थी। 1943 में वे फ्रांस जाकर विख्यात प्रकाशन 'एडिशंस गैलीमार' से जुड़ गए।

इसकी स्पष्ट झलक उनके उपन्यास 'द प्लेग' में दिखाई पड़ी जो 1947 में छपा। इस उपन्यास का लेखन उन्होंने दूसरे विश्वयुद्ध के अन्तिम दौर में ही शुरू कर दिया था। वह असफलता की एक गहरी भावना महसूस कर रहे थे। युवावस्था में ही जिस ट्यूबरकुलोसिस की चपेट में वे आ चुके थे, उसने उन्हें शारीरिक रूप से दबोच रखा था। इस व्यक्तिगत मुश्किल के बरअक्स अस्त-व्यस्त हो रही तत्कालीन दुनिया थी जो शान्ति के दवोदार तमाम विचारों की मौजूदगी के बावजूद तेज़ी से महायुद्ध की तरफ़ जा रही थी। राजनीतिक शक्तियों की कथनी और करनी, दोनों अनावृत हो रही थीं। इन सबको देखते हुए कामू ने 1945 में अपने एक लेख में अपना नज़रिया रखा—

“आतंक के इस युग में मेरे जैसे लोग न अमेरिका का साथ दे सकते हैं और न रूस का, हत्या को हम जायज नहीं ठहरा सकते। राजनैतिक मतान्धता के कारण बुद्धिजीवियों की आवाज़ को कुचला नहीं जा सकता।”

ख़ुद को समाजवादी बतलाते हुए उन्होंने सवाल किया कि मानवीय स्वतंत्रता में विश्वास करने वाले उनके जैसे लेखक को क्या सिर्फ़ इस वजह से आतंक और हत्या की नियति स्वीकार कर लेनी चाहिए क्योंकि वह मार्क्सवाद का सैद्धान्तिकरण है, क्योंकि वह अमेरिका के बजाय रूस में घटित हो रहा है।

क्रान्ति की सीमाएँ उन्हें दिख रही थीं। वह समझ रहे थे कि अन्याय के प्रतिकार का उद्‌देश्य लेकर शुरू होने वाली क्रान्ति सत्ता तक पहुँचते ही स्वयं अपने संकल्प से विचलित हो जाती है और दमन तंत्र का निर्माण करने लगती है जो जन सामान्य के ख़िलाफ़ हो जाता है। ऐसे में विद्रोह उन्हें अपेक्षित लगा रहा था, क्योंकि उसमें उन्हें स्वतंत्रता की सम्भावना अधिक नज़र आती थी।

एक लेखक के रूप में उन्होंने इतिहास रचने वाले लोगों का हित साधने के बजाय, इतिहास से उत्पीड़ित लोगों के साथ खड़ा होना उचित समझा। स्पष्टत: यह राजनैतिक से अधिक एक नैतिक आग्रह था और बेशक मानवीय भी। ‘प्लेग’ में इस आग्रह की झलक दिखलाई पड़ती है। कामू का पहला उपन्यास बीसवीं सदी के तत्कालीन परिदृश्य में आदमी के अलग-थलग पड़ते जाने और वस्तुत: अजनबी में बदल जाने की त्रासदी को रेखांकित करने वाला था। उसके साथ ही छपे अपने निबन्ध ‘द मिथ ऑफ़ सिसिफ़स’ में उन्होंने प्रचलित व्यवस्था को पूर्णत: नकारने वाले ‘शून्यवाद’ और ‘बेतुकापन’ जैसी धारणाओं का विश्लेषण किया था। लेकिन ‘प्लेग’ में कामू की वैचारिक दृष्टि में एक महत्त्वपूर्ण प्रस्थान नज़र आता है। यह प्रस्थान अपने पहले के विचारों को अस्वीकार करना नहीं था, बल्कि उस रास्ते की तलाश करना था, जो ज़िन्दगी को बेतुकेपन से मुक्त कर सकती है। प्रत्यक्ष तौर पर इस उपन्यास में ओरान नामक एक शहर में महामारी के फैलने और पूरे शहर के अलग-थलग पड़ जाने और प्लेग से लड़ने की कहानी है। जहाँ के निवासी इस असाधारण आपदा के प्रति अलग-अलग तरह से प्रतिक्रिया व्यक्त करते हैं। उपन्यास का एक पात्र डॉक्टर रियो संक्रमण के ख़तरे को समझते हुए और अपने पारिवारिक जीवन की समस्या (उसकी पत्नी टी.बी. ग्रस्त है और सेनेटोरियम में चली गई है) को पीछे रखकर मरीजों की जान बचाने में जुट जाता है। जबकि एक अन्य पात्र कोतार्द महामारी को अच्छा अवसर समझकर चोरबाज़ारी के ज़रिए कमाई करने में

जुट जाता है। दूसरे कई पात्र दूसरी तरह से प्रतिक्रिया व्यक्त करते हैं। इन सबके ज़रिए कामू बतलाते हैं कि पीड़ा और मृत्यु के विरुद्ध संघर्ष में स्वेच्छा से अपना उत्तरदायित्व निभाने में ही मानवीय भविष्य बचा रह सकता है। इस तरह वह जीवन के बेतुकेपन से 'विद्रोह' करने का एक नैतिक विचार प्रस्तुत करते हैं।

अगर 'प्लेग' की रचना और उसके प्रकाशन काल को ध्यान में रखें तो यह अनुमान लगाना असंगत न होगा कि उपन्यास में वर्णित महामारी को एक प्रतीक के बतौर भी देखा जा सकता है। इस उपन्यास में एक किरदार कहता है कि हममें से हरेक के भीतर एक प्लेग है। धरती का कोई आदमी इससे मुक्त नहीं है। और मैं यह भी जानता हूँ कि हमें अपने ऊपर लगातार निगरानी रखनी पड़ेगी ताकि लापरवाही के किसी क्षण में हम किसी और के चेहरे पर अपनी साँस डालकर उसे छूत न दे बैठें। दरअसल क़ुदरती चीज़ तो रोग का कीटाणु है। बाक़ी सब चीज़ें ईमानदारी, पवित्रता और (अगर तुम इसे भी जोड़ना चाहो) इनसान की इच्छा-शक्ति का फल हैं—ऐसी निगरानी का फल हैं जिसमें कभी ढील नहीं होनी चाहिए।

अगर प्लेग की जगह युद्ध और तानाशाही जैसी आपदाओं को रखकर विचार करें तो क्या यह बात उतनी ही सच नहीं है, जितनी प्लेग के बारे में!

'LA PESTE' (THE PLAGUE) का यह हिन्दी अनुवाद एक लम्बे अन्तराल के बाद प्रकाशित हो रहा है। पहली बार यह 1961 में छपा था और काफ़ी प्रशंसित हुआ था। शिवदानसिंह चौहान और विजय चौहान* ने जिस दौर में यह अनुवाद किया था, तब के मुकाबले आज की भाषा में काफ़ी बदलाव आ चुका है। इस बदलाव को देखते हुए और आज की पीढ़ी की भाषिक संवेदना के अनुकूल बनाने के लिहाज़ से अनुवाद में कुछेक संशोधन और परिमार्जन किए गए हैं। ऐसा करते हुए उपन्यास की शैली और कथ्य का पूरा ख़याल रखा गया है।

—धर्मेन्द्र सुशान्त

---

* **शिवदानसिंह चौहान** (1918-2000) हिन्दी में मार्क्सवादी आलोचना के प्रमुख हस्ताक्षर के रूप में जाने जाते हैं। हिन्दी की प्रसिद्ध पत्रिका *आलोचना* के सम्पादक भी रहे। उन्होंने और उनकी पत्नी **विजय चौहान** ने संयुक्त रूप से विश्व साहित्य की अनेक श्रेष्ठ कृतियों के अनुवाद किए जिनमें *जुर्म और सज़ा* (दोस्तोयेव्स्की), *संघर्ष* (चेखव), *एक औरत की ज़िन्दगी* (मोपासां), *दो शहरों की दास्तान* (चार्ल्स डिकेन्स), *प्लेग* (कामू) आदि शामिल हैं।

अल्बैर कामू

अपने नोबेल पुरस्कार भाषण में, 1957

हरेक पीढ़ी निस्सन्देह महसूस करती है कि उसे दुनिया को बदलना है। मेरी पीढ़ी को मालूम है कि यह उसमें सिर्फ़ सुधार नहीं करेगी। लेकिन इसकी ज़िम्मेदारी शायद उससे भी बड़ी है। दुनिया को ख़ुद को नष्ट करने से रोकना इसमें निहित है।

हम एक भ्रष्ट इतिहास के वारिस हैं, एक ऐसा इतिहास जिसमें विफल क्रान्तियाँ, उन्मादी विज्ञान, मर चुके देवता और घिसी-पिटी विचारधाराएँ मिली हुई हैं, जहाँ औसत दर्जे की शक्तियाँ सब कुछ को नष्ट कर सकती हैं लेकिन यह नहीं जानतीं कि समाज को आश्वस्त कैसे करना है, जहाँ नफ़रत और दमन का सेवक बनने के लिए बुद्धि ने ख़ुद को पतित कर लिया है। अपनी इस जर्जर स्थिति से ऊपर उठकर हमारी पीढ़ी को उन मूल्यों को पुनर्स्थापित करना है जिनसे जीवन और मृत्यु की गरिमा कायम रह सके—अन्दर भी और बाहर भी! एक ऐसी दुनिया में जहाँ विघटन का ख़तरा मँडरा रहा है और जहाँ महान न्यायकर्ता मौत का शाश्वत राज्य स्थापित करने का जोखिम उठाते हैं, वहाँ हमारी पीढ़ी को पता है कि उसे वक़्त के ख़िलाफ़ एक सनकी दौड़ लगाकर राष्ट्रों के बीच शान्ति स्थापित करनी है, एक ऐसी शान्ति जिसका आधार दासता न हो। उसे श्रम और संस्कृति में सामंजस्य स्थापित करना है, साथ ही दुनिया के तमाम लोगों को साथ लेकर 'ऑर्क ऑव कॉवनेंट' (नियमों की पेटिका) फिर से बनाना है। यह निश्चित नहीं है कि मौजूदा पीढ़ी कभी भी इतने बड़े कार्य को पूरा कर पाएगी लेकिन यह दुनिया में हर जगह सचाई और स्वतंत्रता की दोहरी चुनौती लिए उठ रही है और ज़रूरत पड़े तो मन में नफ़रत रखे बिना इसके लिए मर मिटना भी जानती है। यह प्रवृत्ति जहाँ कहीं भी मिले, इसे सलाम और प्रोत्साहित करना चाहिए। ख़ासकर वहाँ, जहाँ वह ख़ुद को न्योछावर करती दिखे। जो भी हो, यह जो सम्मान आपने मुझे दिया है, आप ही की पूर्ण स्वीकृति से मैं इस पीढ़ी को सौंपना चाहूँगा।